L'INSTRUCTION POPULARISÉE PAR L'ILLUSTRATION

SOUS LA DIRECTION DE

M. BESCHERELLE AINÉ

LA
MYTHOLOGIE ILLUSTRÉE

MYTHOLOGIES PITTORESQUES

DE TOUS LES TEMPS, DE TOUS LES LIEUX ET DE TOUS LES PEUPLES.

DEUXIÈME PARTIE.

**Mythologies Orientale — Scandinave — Gauloise — Anglaise — Américaine
de l'Océanie, etc, etc.**

ILLUSTRÉE PAR MM. J.-A. BEAUCÉ, STAAL, H. ÉMY, MÉRY, ETC.

Prix : 90 centimes.

A PARIS,

CHEZ MARESCQ ET COMPAGNIE,
ÉDITEURS DE CET OUVRAGE,
RUE DU PONT-DE-LODI, 5 (PRÈS LE PONT-NEUF).

ET CHEZ GUSTAVE HAVARD,
RUE GUÉNÉGAUD, 15 (PRÈS LA MONNAIE).

Paris. — Imprimerie Schneider, rue d'Erfurth, 1.

LA MYTHOLOGIE

DE TOUS LES TEMPS

DE TOUS LES LIEUX ET DE TOUS LES PEUPLES.

PREMIÈRE PARTIE COMPRENANT

LES MYTHOLOGIES ORIENTALE — SCANDINAVE — GAULOISE — ANGLAISE — AMÉRICAINE — DE L'OCÉANIE, ETC.

SOUS LA DIRECTION DE

M. BESCHERELLE AINÉ

ILLUSTRÉE PAR MM. H. ÉMY, MÉRY, ETC., ETC.

A PARIS

CHEZ MARESCQ ET COMPAGNIE,
ÉDITEURS DE CET OUVRAGE.
RUE DU PONT-DE-LODI, 5 (PRÈS LE PONT-NEUF).

CHEZ GUSTAVE HAVARD,
LIBRAIRE,
RUE GUÉNÉGAUD, 15 (PRÈS LA MONNAIE).

1854

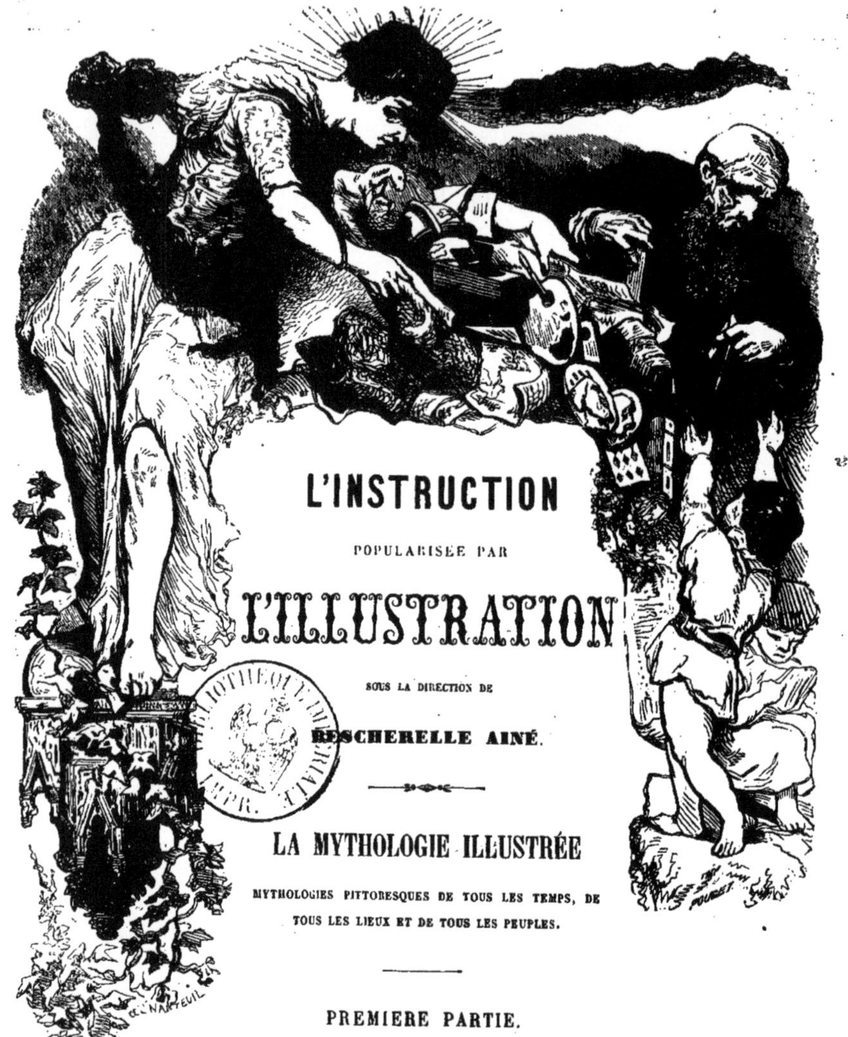

PREMIÈRE PARTIE.

Mythologies Orientale — Scandinave — Gauloise — Anglaise — Américaine — de l'Océanie, etc.

INTRODUCTION.

L'Asie, berceau de l'humanité, mère des peuples, est la source d'où tout a découlé sur le monde, les lettres, les arts, les sciences et les systèmes religieux et philosophiques qui depuis l'antiquité jusqu'à nos jours ont eu cours parmi les hommes. C'est cette Asie féconde, à laquelle se rattache, dans la géographie ancienne, la fertile vallée du Nil, que nous allons surtout étudier dans ce qu'elle a de plus pittoresque et de plus original, de plus poétique et de plus féerique; et cette étude, nous l'espérons, ne sera pas sans fruit pour le public, car, dans le sujet qui va nous occuper, les conceptions les plus élevées, les idées les plus profondes, se trouvent à côté des images les plus gracieuses et les plus riantes. Qu'on se représente une de ces forêts vierges des régions intertropicales. De loin, cette masse énorme de verdure, se détachant triste et sombre sur un ciel bleu inondé de lumière, frappe l'esprit d'une terreur involontaire. Mais approchez; pénétrez sous ces dômes de feuillage, vous y trouverez de délicieuses clairières qu'embaument de leurs senteurs balsamiques

7   Paris. — Imp. Simon Raçon et Cie, rue d'Erfurth, 1.

1

mille fleurs aux larges corolles, autour desquelles bourdonnent des essaims d'insectes au corselet d'or, d'azur et d'émeraude. Vous verrez, sur les bords de quelque large fleuve, se dresser comme des colonnades les troncs noueux des arbres séculaires, à moitié cachés sous les bras flexibles des lianes, qui jettent au-dessus des eaux limpides des arches de verdure et de fleurs où se balancent avec grâce des oiseaux parés des couleurs les plus éblouissantes. Là tout est amour et bonheur; tout chante, bruit, gazouille ou murmure! c'est la vie dans toute sa plénitude! Telle est la mythologie orientale. Voulez-vous reposer votre esprit sur des tableaux gracieux? Déjà les Apsaras accourent à votre rencontre et les Péris se balancent autour de vous sur leurs ailes plus blanches que la neige. Désirez-vous du merveilleux? Gravissez les flancs de l'Albordi, égarez-vous sur les hauteurs du mont Mérou; tournez-vous du côté du Kaf! Voulez-vous tout ensemble du grandiose et du merveilleux? Assistez avec les dieux, les géants et les mauvais génies, à la confection de l'Amrita, l'ambroisie des divinités indoues. Vous plaît-il de remonter à l'origine des peuples? Nous vous apprendrons, en parlant des Ases, comment les traditions font partir de l'Inde ou des rivages de la mer Caspienne les colonies qui ont peuplé la Suède et la Norwége; nous vous montrerons les habitants des bords de la mer Rouge, venant à la suite d'Oannès civiliser la Babylonie et inaugurant, sur les côtes orientales de la Méditerranée, cette grande science de la navigation qui nous a donné l'Amérique et l'Océanie? Aimeriez-vous à pénétrer dans les replis les plus secrets des civilisations antiques, et à voir se dérouler devant vous les traits les plus caractéristiques des mœurs des anciens peuples? Lisez les articles Anaïtis, Baal Peor, Mylitta, Adonies, etc., vous y verrez la dissolution des mœurs autorisée par la religion même! Plairait-il à votre esprit curieux de connaître les idées mythiques et philosophiques cachées sous tant de grossières enveloppes, bœuf, taureau, bélier, cynocéphales? Parcourez les articles Apis, Amon, Anubis, Moloch, Isis, Astaroth, etc., etc. La grande œuvre de la création vous intéresse peut-être? Interrogez encore Amon et ensuite Brahma, Siva, Vichnou, Ymer, Bahvani et tant d'autres! Nous vous montrerons dans les dieux de l'Orient tous ceux qu'adoraient ces Grecs vaniteux, qui se disaient les enfants même du sol qu'ils habitaient; et si, donnant un plus libre cours à votre ardeur de tout connaître, vous voulez voir les rapports qui peuvent exister entre les religions étrangères et celle même que vous professez, vous n'aurez qu'à consulter les articles Ormouzd, Amoun, Bouddha, Amida, Trimourti, Aritchandren, etc., etc. Dans la mythologie vous trouverez des notions sur toutes les questions qui excitent au plus haut degré la curiosité humaine. Nous vous dévoilerons les secrets du sanctuaire; nous ferons briller à vos yeux comme une torche ardente la sagesse des anciens si longtemps méconnue! Qui de vous n'a payé à ce grand génie qu'on nomme Cuvier le juste tribut de son admiration? Cuvier, comme Colomb, a découvert un monde! un monde détruit depuis des milliers d'années, un monde sur lequel ont passé les eaux des déluges et le feu qui bout dans les entrailles de la terre! Eh bien! lisez notre article Omorka, et vous verrez se dresser devant vous ces créatures bizarres, monstrueuses et gigantesques! Ce que la science moderne croit avoir découvert, l'antiquité le connaissait, et notre Muséum d'histoire naturelle existait peut-être, il y a trois mille ans, dans le temple d'un dieu babylonien!

Nous ne nous sommes pas bornés à la mythologie orientale; nous passerons également en revue les dieux de la Scandinavie et de l'Allemagne, ceux de la Gaule, de l'Angleterre et de l'Irlande, de l'Amérique et de l'Océanie, et, lorsque les personnifications divines d'un pays ne nous présenteront pas assez d'importance pour être l'objet d'articles spéciaux, nous les ferons connaître dans des articles généraux tels que Manitous, Esprits, Soleil, etc., ou même au nom des pays ou des peuples auxquels elles appartiennent. Nous avons du reste évité toutes les déductions qui pourraient être de nature à froisser les susceptibilités ou les croyances, nous bornant à raconter les faits tels qu'ils nous sont donnés par les livres sacrés des différents peuples ou par les voyageurs, et à en faire connaître le sens philosophique.

Alexandre BONNEAU.

Ruines d'un temple consacré à Onuphis, en Egypte.

AAR-TOION, c'est-à-dire *chef miséricordieux*. Divinité suprême, dieu créateur des Iakoutes ou Sochalar en Sibérie. Il a pour femme Khoubé-Khatoum, *brillante de gloire*.

ABADDIR, *père grand*. C'est le nom qu'on donnait à des divinités carthaginoises, qui correspond peut-être en même temps aux dieux Cabires et aux aérolithes nommés Abaddirs et Bétyles. Les prêtres des Abaddirs étaient appelés Encaddirs. Voy. Pierres sacrées.

ABELLIO. Un des dieux des Gaulois selon J. César, qui le fait présider à la santé. On pense, avec raison, qu'Abellio était un dieu-soleil ; son nom, en effet, ne diffère qu'à peine de l'Abellios ou Apollon crétois, appelé Bela par les Lacédémoniens, et on peut sans crainte le faire rentrer dans la grande famille des Baal, Bel, Belis, Belen, etc.

ABIDA ou **ABIDAMA.** Une des plus grandes divinités des Mongols-Kalmouks. Il habite la région orientale du ciel, juge, au sortir de la vie, les âmes qui vont ensuite animer des corps d'hommes ou d'animaux, et purifie celles qui sont impures. Il s'identifie avec le soleil lui-même. Il forme, avec Chakiamouni et Elik-Khan, une espèce de trinité.

ACHGOUAIA-XERAX. Le principe du bien dans l'archipel des Canaries, opposé à Gouaïota, le mauvais principe. On le nommait aussi Achouhouchanar (le plus élevé) et Achouhourahan (le plus grand), ce qui pourrait le faire considérer comme le dieu suprême des Gouanches.

ACINAX. Divinité scythique représentée par une lame d'épée enfoncée sur une quille de bois, et devant laquelle on immolait des chevaux. Le nom d'Acinax, identique à Mars, se retrouve dans le mot grec *akinakês*, cimeterre.

AÇOUINS ou plutôt **AÇOUINAOU.** Dioscures de l'Inde, fils d'une nymphe changée en cavale et fécondée par les rayons du soleil, qui s'introduisirent dans ses narines. Le caractère distinctif des Açouins est la jeunesse unie à la beauté. Ils sont toujours à cheval et voyagent par le monde, guérissant les maladies de l'âme et du corps. On voit clairement dans ce mythe l'origine des dioscures de l'antiquité grecque et latine, qui avaient conservé tous les traits distinctifs de leurs aînés. L'un de ces dioscures indiens portait le nom d'Açouin et l'autre celui de Koumar.

ADAD. Dieu phénicien et assyrien nommé aussi Adod ou Asdod, et époux d'Addirdaga (le grand poisson). On le représentait sous la forme humaine, et la partie inférieure de sa tête était environnée de rayons, qui se dirigeaient vers la terre, ce qui ne laisse aucun doute sur son identité avec le soleil. Il était en outre qualifié de roi des dieux, titre évidemment solaire, auquel s'applique parfaitement le sens d'*unique*, trouvé dans son nom par quelques savants. Les rois syriens, qui, de même que ceux des Parthes, des Egyptiens, des anciens Hellènes, des Américains, etc., cherchaient à faire remonter au soleil l'origine de leur dynastie, prenaient le nom d'Adad ou de Ben-Adad (fils d'Adad).

ADIMA, c'est-à-dire *le premier*. Nom donné par les Hindous à Souaïambhouva, le premier des sept Menous. On l'appelle aussi Parama-Pouroucha, *le grand homme*. Il a pour femme Prakriti, *la nature*, nommée aussi Adimi, *la première*, et Iva, *la femelle*. Nous nous contenterons de faire remarquer le rapport apparent de ces personnages fictifs avec l'Adam et l'Eve des Hébreux et *la première-née*, protogénie de la théogonie phénicienne. Adimo, c'est-à-dire *l'infortune*, est aussi, dans les Chasters, selon Brunet, le nom du premier homme, dont la femme est Kama, *l'amour.*

ADONÉE. C'est le nom qu'on donnait à Bacchus, c'est-à-dire au soleil, en Orient et en particulier dans l'Arabie. Ce nom ne diffère point d'Adonaï et d'Adonis, et signifie *seigneur*, titre particulièrement affecté au soleil ; il se retrouve dans celui d'une foule de rois et d'autres personnages, tels que Assar-Addon, Nebo-K-Apon-Assar, Assar-Addon, Assar-Adan-Baal, dont on a fait Sardanapale, Adonisébeth, etc.

ADONIS, c'est-à-dire *seigneur*. Un des dieux les plus célèbres de la Syrie. Les mythographes varient beaucoup sur son origine. Ceux-ci le disent fils de Phénix, roi de Phénicie, et d'Alphésibée ; ceux-là de Théias, roi d'Assyrie, et de Smyrne ou Myrrha, sa propre fille ; d'autres de Cynire, roi de Chypre, et de Métharmé. La légende la plus répandue est celle qui le fait naître de l'inceste de Théias et de Smyrne. Sa mère, pour échapper à la honte, invoqua les dieux, et, quittant la vie sans se réfugier dans la mort, devint l'arbre qui porte la myrrhe. Au bout de neuf mois, Adonis brisa l'écorce maternelle. Astarté, frappée de sa beauté, voulut le réserver pour ses plaisirs et le renferma dans un coffre dont elle confia la garde à Proserpine. Mais la dépositaire, jalouse de son trésor, refusa de s'en dessaisir. Jupiter, pris pour arbitre, décida que, sur les douze mois de l'année, Adonis en aurait quatre, en consacrerait quatre autres à Astarté, et que le reste appartiendrait à Proserpine. Mais le fils de Cynira sentait battre son cœur pour la déesse de l'amour et de la beauté ; aux quatre mois donnés à la fille du ciel, il ajouta ceux dont le libre usage lui avait été laissé. Une tradition moins ancienne, et qui nous paraît lui être inférieure à la première, place la contestation des deux déesses après la mort d'Adonis. Tant qu'il avait vécu, Vénus seule avait joui de son amour ; mais Perséphone, le voyant arriver dans sa sombre demeure, se sentit elle-même éprise de ses charmes ; Vénus obtient de Jupiter la résurrection de son bien-aimé ; Proserpine refuse de lâcher sa proie. La muse Calliope, chargée par Jupiter de régler le différend, décrète que les deux rivales le posséderont tour à tour pendant six mois de l'année. Le jugement déplut également à Vénus et à Proserpine, et Jupiter, pour en finir, prit la décision consignée dans la première légende.

La mort d'Adonis, chantée par les poëtes anciens et modernes, est une des fictions mythologiques les plus célèbres dans l'antiquité. Adonis, transporté par Vénus dans ses délicieuses retraites de Cythère, d'Amathonte et de Paphos, se sentit pris un jour d'un vague ennui de ces plaisirs sans fin, de ces voluptés sans cesse renaissantes qu'il puisait sur le sein de la déesse. Bouillant de vie et de jeunesse, il quitte brusquement sa divine maîtresse, et, l'arc à la main, le carquois sur l'épaule, il parcourt les montagnes du Liban et poursuit les bêtes féroces sous l'ombrage épais des forêts. Mars, qui n'avait que trop de motifs de haine contre le bel adolescent, envoie sur son passage un sanglier monstrueux ; Adonis le blesse ; l'animal, furieux, se précipite sur lui, et le perce de ses défenses. C'en est fait, Adonis n'est plus ; le fils de Myrrha a vu passer devant ses yeux les ombres de la mort ; Vénus accourt désolée, éplorée, échevelée ; l'air retentit de ses cris et de ses soupirs ; elle cherche à ranimer sous le feu de ses baisers le cadavre inanimé. Vains efforts ! soins impuissants ! Adonis doit descendre dans le séjour des ombres ; et Vénus inconsolable le recouvre de mauves et de laitues.

Le simple exposé de l'histoire d'Adonis ne laisse aucun doute sur son origine sidérale, et son nom seul suffirait pour prouver son identité avec le soleil. Mais la preuve devient tout à fait évidente, lorsqu'on le voit partager son existence entre Vénus, qui désigne ici la partie supérieure et lumineuse du ciel, et Proserpine, qui en est la partie inférieure et ténébreuse. Sa mort est le symbole de la décroissance du soleil lorsqu'il descend vers l'équateur pour en franchir la ligne imaginaire. Le soleil, en effet, semble alors nous dire un éternel adieu, et, si l'on se rappelle que l'astre roi, élevé au-dessus de lui-même par les abstractions métaphysiques, et considéré comme force agissante et créatrice, avait pour plus haute représentation le symbole honteux, qui figurait dans les fêtes d'Adonis

comme dans celles de Bacchus, on comprendra pourquoi Vénus le couvre de mauves et de laitues, plantes réfrigérantes et énervantes, ce qui se rapporte parfaitement à la nature de la blessure qu'il avait reçue du sanglier qui, suivant Ovide,

..... Totos... sub inguine dentes abdidit.

Mais Adonis n'est pas mort ; il s'élève au nord de l'équateur ; il n'appartient plus à Proserpine, des bras langoureux de laquelle il vient de s'échapper ; il n'appartient pas encore à Vénus ; mais, dans sa marche ascensionnelle, il s'avance vers les régions supérieures du ciel ; c'est là que l'attend Aphrodite. Proserpine ne le reverra plus que lorsqu'il tombera de nouveau sous la dent meurtrière du sanglier céleste. Or, ce sanglier, comme un mythographe l'a démontré, est un des signes qui accompagnent le scorpion, constellation traversée par le soleil lorsqu'il abandonne l'hémisphère supérieur, et séjour de Mars, ce qui explique l'intervention de ce dieu dans la mort d'Adonis.

Mort d'Adonis.

Nous signalerons à l'article Adonies les rapports d'Adonis avec Osiris, et, à l'article Atys, nous prouverons son identité avec cette dernière divinité.

ADONIES ou Fêtes d'Adonis. Ces fêtes, une des solennités les plus renommées de l'antiquité païenne, se composaient de deux parties bien distinctes ; l'une, l'*Aphanisme* ou disparition, destinée à rappeler la mort d'Adonis, se passait dans le deuil et dans les larmes ; l'autre, consacrée à célébrer la résurrection du dieu, avait un caractère de joie et d'allégresse qui contrastait singulièrement avec la première, et qui recevait le nom d'*Hévrèse* (découverte). L'Aphanisme surtout était célébré avec une pompe extraordinaire, au son mélancolique des flûtes appelées gingrai, mot qui, selon Bochart, veut dire *seigneur*, comme Adonis, et qui, suivant Athénée et Pollux, était le nom même d'Adonis en Phénicie. Une procession immense se dirigeait vers un catafalque somptueux, aux dimensions gigantesques. Les prêtres marchaient les premiers, et parmi eux on voyait les canéphores chargés de corbeilles, de gâteaux, de fleurs, de branches d'arbres et de parfums. Les femmes venaient ensuite en robes de deuil et sans ceinture ; leur démarche était triste et chancelante ; leur visage portait tous les signes de la douleur.

On arrivait enfin au catafalque ; des femmes le recouvraient de superbes tapis de pourpre, et, sur le monument funèbre, on déposait la statue d'Adonis, pâle comme la mort avec sa plaie saignante, et auprès du dieu, sur un lit séparé, ou sur le catafalque même, on plaçait la figure éplorée de Vénus Epitymbie, c'est-à-dire de Vénus à la tombe, rôle souvent rempli par une jeune fille, vivante image de la beauté et de la douleur de la déesse qu'elle représentait. Le soir, au moment où le soleil s'inclinant sur l'horizon allait disparaître dans les flots rayonnants de la mer, on faisait couler sur le corps d'Adonis des eaux limpides, des huiles odoriférantes ; on accomplissait le cathédre ou sacrifice funéraire, on déposait dans la tombe le divin cadavre, et les femmes faisaient tomber sous le rasoir ou les ciseaux les flots abondants de leur chevelure.

A Alexandrie, c'était la mer même qui servait de tombeau à Adonis. On se rendait en grande pompe sur le rivage, avec la statue du dieu, portée par les dames les plus distinguées de la ville, et quelquefois par les reines d'Egypte, et on la précipitait dans les flots, cérémonie qui avait rapport à la fois au coucher du soleil dans les ondes, et à l'antagonisme d'Adonis ou Osiris avec Typhon et de

Vénus ou Isis avec Nephté. On jetait en même temps dans la mer un panier d'osier contenant une tête de carton et des lettres par lesquelles les habitants de l'Egypte annonçaient à ceux de la Syrophénicie que le temps des larmes était passé, que le dieu qu'ils pleuraient était retrouvé, qu'Adonis Soleil était ressuscité. Ce panier, poussé par les vents, ne manquait jamais, dit-on, d'arriver à Byblos, où il était attendu avec impatience.

L'hévrèse représentait encore Adonis sur le catafalque; mais, cette fois, c'était Adonis ressuscité, c'était le soleil remontant faible et languissant encore sur notre hémisphère pour l'inonder bientôt de torrents de lumière. C'était le printemps qui venait étendre sur la terre son manteau de verdure et sa couronne de fleurs. La joie succédait aux gémissements et aux pleurs, et de jeunes arbustes, du blé en herbe, des mauves, des laitues, du fenouil, etc., placés dans une multitude de vases, de corbeilles, de paniers d'argile, d'osier, de bois, de bronze, d'argent ou d'or même, selon la fortune de ceux qui les offraient et du temple qui en fournissait une partie, formaient autour du catafalque un jardin verdoyant, image de la végétation renaissante. On préparait devant les portes, sur les places, sur les terrasses des maisons, des festins au dieu ressuscité. Les savants ne sont point d'accord sur la durée des Adonies. Ordinairement l'aphanisme et l'hévrèse se suivaient de près; l'intervalle qui les séparait ne parait pas avoir dépassé ordinairement huit jours, et quelquefois il se réduisait à un seul, ce qui donnait alors à la fête une durée totale de trois jours. Meursius cependant prétend que, dans quelques localités, les deux parties, l'hévrèse et l'aphanisme, avaient lieu à six mois de distance, par allusion à la migration périodique apparente du soleil dans l'hémisphère austral. L'hévrèse et l'aphanisme n'avaient pas non plus toujours lieu dans le même ordre; à Alexandrie comme à Athènes, l'hévrèse précédait l'aphanisme; c'était le contraire à Byblos, ce qui explique comment on recevait dans cette dernière ville, avant l'hévrèse, les lettres et le panier jetés à la mer par les Alexandrins, sept jours auparavant. Ce dernier fait, attesté par saint Cyrille, Lucien, Procope, est des plus curieux. Il nous apprend d'abord qu'à Byblos il y avait huit jours d'intervalle entre l'aphanisme et l'hévrèse, et nous aide ensuite à préciser l'époque de la fête, qui devait nécessairement tomber en février ou en mars, puisque c'est alors que soufflent les vents du sud et du sud-ouest qui seuls pouvaient porter à Byblos la corbeille des Alexandrins. Nous savons en outre que le temps de la fête concordait avec un phénomène singulier, que l'on a longtemps révoqué en doute: la teinte sanglante des eaux du fleuve Adonis; mais il est aujourd'hui prouvé que ce phénomène a lieu lorsque les pluies du printemps, qui commencent en mars, apportent dans le lit du fleuve la poussière ocreuse des montagnes. Ce n'était donc point en juillet, comme le dit Sainte-Croix, mais en mars qu'on célébrait les Adonies, à Byblos et à Alexandrie, usage suivi par les Athéniens, mais dont on s'écartait dans un grand nombre de localités. Les fêtes lugubres de Thamouz, célébrées par les femmes de Jérusalem, ne différaient point des Adonies.

ADRAMELECH et **ANAMELECH**. Divinités des Sépharaïtes, en Syrie, dont il est parlé dans le quatrième livre des *Rois* (IV, 17, 31), et qui se trouvent toujours unies. Adramélech, qui signifie, dit-on, *roi magnifique*, et Anamélech, qu'on traduit par *roi compatissant*, passent pour avoir été représentés, le premier, avec une tête ou un corps de mulet, et le second, avec une tête de cheval. Il est impossible de savoir quelles étaient les attributions de ces deux divinités. Ce qu'il y a de positif, c'est qu'elles étaient toutes deux sidérales, comme le prouvent leur titre de Melech, *roi*, et leur culte, qui consistait à brûler ou à purifier par le feu des enfants en leur honneur. Comme on les trouve toujours unies, il est possible qu'elles représentent le soleil et la lune, ou Mars et Vénus, car, en Orient, cette dernière est souvent une divinité mâle. Dupuis croit qu'Adramélech était Cephée et Anamélech, Pégase.

AFI. Mythol. scandinave. Voy. HEIMDALL.

AFRIETS. Génies monstrueux qui jouent dans la mythologie arabe le même rôle que les ogres et les géants dans les romans de chevalerie.

AGATHODŒMON, c'est-à-dire *bon génie*, est le nom grec d'un dieu égyptien dont nous ne connaissons pas la dénomination nationale, mais qui parait souvent se rapporter à Knef, une des formes d'Amon. On consacrait à cette divinité un serpent inoffensif qui portait le même nom et qui diffère essentiellement de l'Urœus. (Voy. ce mot.) Le serpent Agathodœmon était le symbole de la vie, de la santé, de la jeunesse, à cause du renouvellement de sa peau, et de l'éternité, dont il représente le cercle infini lorsqu'il se mord la queue. On représente ordinairement l'Agathodœmon avec une barbe et un corps replié en nombreuses spirales; sa tête est ornée d'un diadème royal, et sa queue est souvent terminée par des fleurs de lotus ou des épis. Quelquefois il se trouve combiné avec des formes de lion et porte des ailes; on le voit aussi avec des jambes humaines ou avec une tête d'homme ou de femme. Combiné avec le lion, c'est Knef-Neith qu'il représente; avec la tête de femme, il désigne Neith, Saté ou Isis.

AGHOGOK. Dieu créateur adoré dans les îles Aléoutiennes, voisines du Kamtchatka. Les habitants de ces contrées croient que les hommes, par ordre de cette divinité, eurent les chiens pour ancêtres, prétention que l'on trouvera certainement chez nous peu ambitieuse, mais qui se comprend chez un peuple pour lequel le chien est une véritable providence, et qui, d'ailleurs, se rapproche beaucoup de certaines théories émises par des savants modernes.

AGNAR, fils de Geirod. Il était âgé de dix ans lorsque son père, prince dur et impitoyable, refusa l'hospitalité à Grimnir, le fit charger de chaînes, et lui parla avec hauteur et dédain. Agnar, plus compatissant, offrit à l'étranger un breuvage rafraîchissant. Or, Grimnir, c'était Odin lui-même, le souverain des dieux et des hommes. Il promit à Agnar le royaume de son père, et prononça son nom redoutable. Geirod, en l'entendant, fut saisi tout à coup d'un accès de démence, se perça de son épée, et laissa ainsi le trône à Agnar. Agnar, selon Finn Magnus, est l'été, fils de l'hiver, qui sourit à Odin, représentant l'air atmosphérique fatigué de la rigueur de l'hiver.

AGNI ou **AGHNI.** L'un des huit Vaçous placés immédiatement au-dessous de Brahma. Il préside à la région du sud-est et au feu sous toutes ses formes, au feu céleste, au feu terrestre, au feu qui bouillonne dans les entrailles de la terre, au feu qui réchauffe, féconde et purifie, comme à celui qui brûle, qui dessèche et qui tue. Cette double propriété du feu devait le faire considérer sous deux aspects différents, comme le Fta égyptien, avec lequel il se confond sous beaucoup de rapports. De même, en effet, que Fta se change en Souk ou Remfa (Saturne), et en Ertosi (Mars), de même Agni est représenté avec deux visages, désignant le feu qui produit et le feu qui détruit, et avec quatre bras, dont deux sont armés de glaives. Sa double tête est environnée de flammes, et ses trois jambes symbolisent les trois espèces de feu de la liturgie indoue: celui du mariage, celui des funérailles et celui des sacrifices. Un bélier bleu, aux cornes d'un rouge ardent, lui sert de monture. Agni, comme Hercule, la lumière solaire, qui n'est qu'un des diamants d'une éclatante auréole, est embrasé des feux de l'amour; il séduit les femmes des sept Richis et les transporte aux cieux, où elles deviennent les sept planètes. Un détail qu'il importe de ne pas oublier, c'est l'union d'Agni avec Vaïou, Pavaca ou Marouta, le dieu des vents et de l'air, qui sert de véhicule aux ondes lumineuses comme aux sons et aux odeurs. Le culte d'Agni est un des plus importants dans la religion indoue; ses sacrifices précèdent ordinairement ceux des autres dieux. Qu'est-ce, en effet, qu'Agni? N'est-il pas le grand purificateur, Pavaca, comme on l'appelle sur les bords du Gange?

Les rapports entre Agni et certains mythes des peuples occidentaux sont aussi remarquables que frappants. Le bélier sur lequel il est porté n'est-il pas le taureau doré (rouge) de Phryxus? L'Amon égyptien n'était-il pas souvent représenté avec deux têtes de bélier? N'est-ce pas du nom même de ce dieu que viennent les mots latins *ignis*, feu, et *agnus*, agneau, l'animal sacré entre tous, le symbole du sacrifice ?

AGOIE. Dieu de la Guinée, adoré par les nègres de Juidah, sur la côte des Esclaves. Sa statue, placée dans la hutte du grand prêtre, rend, par l'intermédiaire du ministre et au moyen de petites boules de terre, des oracles fort respectés. Le dieu, noir comme ses adorateurs, haut de dix-huit pouces environ, est représenté accroupi dans un vase rouge. Sa position, la forme de ses jambes et les doigts de ses pieds lui donnent à peu près l'aspect d'un crapaud. Son cou et les deux côtés du vase sont ornés de drap écarlate. Il a pour coiffure un javelot avec la tige in-

férieure duquel se confond un lézard, et le long duquel se trouvent, au-dessus du lézard, un croissant, au-dessus du croissant, un lézard horizontalement placé, et au-dessus de ce lézard, le fer de lance qui termine le javelot. D'autres lézards, des plumes d'oiseaux, des serpents, partant des deux côtés du javelot, comme des rayons égaux, complètent cette singulière coiffure, dont le sens allégorique embarrasserait de plus habiles que nous.

AGROTE. Le plus grand des dieux adorés à Byblos, où il était représenté par une colonne dans un temple porté par des bœufs. On lui attribuait l'art agricole, celui de la chasse et l'invention des pressoirs et des maisons. Agrote, qui n'est que le nom du dieu traduit en grec, signifie *laboureur;* il devait la naissance à Agre, c'est-à-dire le *champ*, le *terrain fécond*, fils d'Isis et d'Osiris. Il était regardé comme le dieu de la neuvième race.

AHRIMAN. Mythol. pers. Voy. ORMOUZD.

AIÉNAR, fils de Mohani-Maïa et de Siva. C'est le dieu des agriculteurs indiens, qui a les plus grands rapports avec le Pan grec. Ses temples sont toujours élevés dans la campagne et dans les lieux écartés. On lui immole le coq et le chevreau, et il est la seule divinité indoue devant laquelle on fasse couler le sang. Autour de ses temples, ordinairement de petite dimension, on voit, dans des niches ou dans des lieux couverts, une multitude de chevreaux en terre, qui lui sont offerts par des agriculteurs à la suite de quelques vœux. Dans un sens plus élevé, Aiénar est chargé de faire régner dans le monde le bon ordre et la police. Alors encore il n'est pas sans analogie avec Pan, considéré comme le grand Tout, conception panthéiste qui se confond nécessairement avec celle de l'ordre et de l'harmonie universelle.

ALCIS. Divinités germaines adorées par les Naharvales. Leurs principaux attributs étaient la jeunesse et, par suite, la beauté. Les Alcis étaient frères, comme Castor et Pollux et les Açouins (voyez ce mot), ce qui pourrait les faire prendre pour des Dioscures. On les honorait au fond des forêts, et Tacite nous apprend que leurs prêtres se revêtaient d'habits de femme pour officier. Les Alcis étaient-ils androgynes ?

ALLAH-TAALAI (l'Alilat des Grecs et des Romains), c'est-à-dire *dieu très-haut*, nom sous lequel les anciens Arabes adoraient leur divinité suprême, le soleil, feu principe, recteur universel idéalisé. Taalaï n'était qu'une épithète de cette divinité, dont Allah était le vrai nom. Or, Allah, le dieu unique et souverain du Coran, vient de l'article *al*, et de *elah*, dieu, en arabe. A ce dernier mot on doit rattacher le pluriel Elohim, qui désignait aussi la divinité chez les Juifs : mais Elah lui-même paraît avoir pour primitif El, *le Fort*, qu'on retrouve comme dénomination divine chez une foule de peuples. Jehovah est souvent appelé El ; les divinités chaldéennes Bel, Bal, Baal; les mots Alomin et Alonoth, par lesquels on désignait la divinité chez les Carthaginois ; le Bélénos gaulois; le dieu El-ios (le soleil) des Grecs, etc., etc., nous présentent ce même radical, affecté de signes différents. — La déesse Allata, la lune, adorée par les Arabes de Thakif, et dont la statue fut brisée par ordre de Mahomet, n'en est que la terminaison féminine. C'est toujours la lune, en rapport direct avec le soleil, comme épouse, comme principe femelle, comme force humide et productrice.

ALBORDI, c'est-à-dire littéralement *le Bordi*. Montagne célèbre dans la mythologie des anciens Perses, et dont l'existence chimérique domine encore aujourd'hui tout le système de cette poésie féerique, brillante et traditionnelle qui charme l'Arabe sous sa tente et le voyageur au milieu des sables du désert. Comme le Kaf, l'Himala, le Mérou, etc., le Bordi est la montagne des montagnes, qui étend sur le monde entier ses gigantesques racines. Nous ferons connaître, à l'article MONTAGNES, le sens caché sous ces conceptions antiques, et le motif philosophique et cosmique qui a présidé à la divinisation des hauts sommets du globe. Le Bordi, montagne sacrée, montagne des mondes, placé sous la surveillance de l'ized Barzo, est la demeure des sept Amschaspands, et, par conséquent, des vingt-huit Izeds, ministres des Amschaspands, des Hamkars, serviteurs des Izeds, et des Fervers, légions innombrables dans lesquelles chaque dieu, chaque ized, chaque homme, chaque animal, chaque arbre et tout brin d'herbe qui germe dans le sol fécond, compte un génie chargé spécialement de le protéger. Ramené à la réalité terrestre et géographique, l'Albordi est l'Elbrouz, le pic le plus élevé de la chaîne du Caucase, qui passait pour avoir servi de retraite à Zerudocht (Zoroastre).

ALEMANUS. Le dieu de la guerre chez les anciens Germains, qui l'invoquaient avant de marcher contre l'ennemi. Il était surtout honoré dans les environs de Ratisbonne, au milieu des populations boïennes. Ce qui l'a fait regarder par quelques auteurs comme un roi des Boïens. Mais l'Allemagne porte encore le nom d'Alemanus, qui paraît composé d'all-mann, *tout-homme*, *réunion d'hommes*, expression qui semblerait désigner la formation d'un peuple ; on est donc en droit de contester la réalité historique d'Alemanus. Ne pourrait-on pas supposer qu'Odin, adoré par les ancêtres de la nation allemande, aura chez eux pris le nom collectif de la confédération primitive ?

ALRUNES ou **RUNES**. C'étaient les lares et les pénates des anciens Scandinaves, qu'on représentait presque toujours sous la figure de la femme, vrai et touchant symbole du rôle bienfaisant qu'elle joue dans la famille. Les statues des Alrunes étaient petites et formées de racines d'un bois dur et presque toujours de celles de la mandragore. On les habillait, on les couchait, on les lavait, on les parfumait, on leur donnait à boire et à manger, et, si on les négligeait, elles souffraient de toutes les privations qui leur étaient imposées. Les Alrunes ne diffèrent probablement que de nom des Séraphins des Hébreux, et nous sommes portés à croire qu'elles ont donné naissance à une superstition célèbre autrefois dans notre pays : l'envoûtement, qui consistait à faire une petite figure de cire, représentant une personne à laquelle on voulait du mal, et qu'on perçait au cœur si l'on désirait sa mort ; à laquelle on crevait les yeux, si on voulait la rendre aveugle. — Les Alrunes passaient pour annoncer l'avenir, qu'elles indiquaient par de légers signes de tête. Les prêtres portaient aussi le nom d'Alrunes, et c'est probablement le même nom qu'on trouve dans Tacite sous la forme Aurinie, et qu'il applique à une prophétesse germaine. Suivant une tradition populaire, qui s'est perpétuée dans certaines contrées du nord de l'Europe, les Alrunes sont des racines de forme humaine qui ne croissent qu'aux lieux où le sang des coupables coule sous le glaive de la justice. L'homme assez heureux pour en trouver une n'a qu'à désirer, et aussitôt ses vœux sont accomplis; ses coffres sont remplis d'or et de diamants; sa chaumière se transforme en palais. On voit sans peine l'origine de ce préjugé. Les racines de mandragores dont on faisait les Alrunes ont de tout temps, par leur ressemblance avec le corps humain, donné prise à la superstition. Les dieux pénates du Nord n'étaient pas sans rapport avec les *runes* ou caractères de l'alphabet scandinave qui passaient aussi pour des divinités, et qu'on employait à diverses opérations magiques.

AMBO. Déesse égyptienne, femme d'Osiris, comme roi de l'Amenthi. Ambo est par conséquent l'Isis souterraine, le principe femelle répandu dans les entrailles de la terre. Elle n'est sans doute, comme le pense M. Parisot, qu'un Anbo (Anubis) féminisé. On la nomme aussi Tithrambo.

AMIDA. Le dieu suprême, immatériel, immuable, indivisible, antérieur à la nature, adoré par les Japonnais. Amida nous apparaît sous deux formes. Comme dieu unique dans l'acception la plus haute qu'on puisse attacher à ce mot et comme divinité médiatrice. C'est comme médiateur, comme sauveur, qu'il abandonna le Gokourakf, le séjour de l'éternelle joie, il y a des milliers ou des millions d'années, et qu'il se fit chair pour racheter d'avance, par ses austérités et ses souffrances, l'espèce humaine jusque dans les générations les plus lointaines. Cette existence dure, pénible, arrosée de sueurs et de larmes, Amida la supporta non pas un âge d'homme, non pas un siècle, mais pendant mille ou deux mille ans, étonnant les contemporains par ses miracles, les édifiant par ses exemples et par ses paroles. Son œuvre terminée, il déposa sa croix, et détruisit de ses propres mains la chair qu'il avait revêtue. En d'autres termes, il se tua, et remonta dans le Gokourakf, où il intercède sans cesse auprès de Jemma, le roi des enfers, en faveur des âmes auxquelles il s'intéresse, obtient la remise de leurs peines et leur permet d'aller animer de nouveaux corps. Ce qu'Amida recherche dans un homme, c'est une vie pure et sainte, conforme aux ordonnances qu'il a laissées. Ses prescriptions, au nombre de cinq, sont appelées Gokaï (*les cinq prescriptions*) et consistent : à ne pas tuer; à ne pas voler; à être chaste; à ne pas mentir; à ne pas boire de liqueurs fortes.

Malheureusement, la manière dont Amida a quitté les hommes qu'il était venu régénérer et sauver, a fait naître parmi ses sectateurs les plus déplorables abus. Aux cinq préceptes commandés par le maître, les prêtres en ont ajouté un sixième : le suicide. Aussi voit-on de temps en temps les dévots, après de longues et terribles austérités, monter sur une nacelle richement ornée et pavoisée de banderoles de soie aux couleurs éclatantes, et se précipiter dans les flots au son des instruments. — Amida est ordinairement représenté avec trois têtes couvertes d'une toque ou avec une tête de chien, monté sur un cheval à sept têtes et mordant un grand cercle d'or qu'il tient à la main. — Ses trois têtes sont évidemment un symbole trinitaire; celles de son cheval nous représentent le dieu qui règne dans les cieux au-dessus des sept planètes qu'il dirige et qu'il gouverne. Quant à la tête de chien et au cercle d'or, la première nous reporte nécessairement au triple Cerbère, et le second est, comme le serpent qui se mord la queue, le symbole de l'éternité.

AMON ou **AMOUN** et **AMEN**. L'Ammon ou Hammon des Grecs; le dieu créateur de l'ancienne Égypte, l'esprit qui pénètre toutes choses, le révélateur des formes cachées, dont le nom, suivant Manethon, signifie occulte ou caché. Sa légende la plus ordinaire est : « Amon-ra, seigneur des trois régions du monde, seigneur suprême ou céleste. » Considéré comme âme du monde matériel,

organisé et animé par les dieux émanés de lui, Amon est représenté avec quatre têtes de béliers, car alors, dit Champollion, il représente les quatre grands esprits du monde créé : Soou, l'air qui s'étend de la terre à la lune; Phré, le soleil; Atmou, la terre; Osiris, le principe humide. Mais, si l'on en croit Lanci (lettre à M. Prisse d'Avesnes), ces quatre têtes de béliers sur le corps du dieu désignent l'équinoxe de printemps, le solstice d'hiver, le solstice d'été et l'équinoxe d'automne, personnifiés par quatre Amon, dont les noms, qui se retrouvent dans les livres bibliques tous diféremment écrits, sont Amen-Bal ou Baal-Amon, Amen-ra, Amen-On, Amen-Bah. Sous la forme purement humaine, Amon est représenté assis sur un trône, avec le corps bleu, une ceinture bleue, une tunique soutenue par des bretelles. Sa barbe est désignée par un appendice noir; il tient dans la main gauche le sceptre terminé par l'oiseau Koucoupha; dans la droite, la croix ansée, symbole de la vie divine; il a des bracelets au haut des bras et quelquefois aux poignets, et porte sur la tête la coiffure royale surmontée de deux plumes de diverses couleurs. Représenté avec une tête de bélier, il a de plus, entre les deux plumes dont sa tête est ornée, un disque sur lequel se dresse le serpent Uræus.

Amoun, à la fois un et multiple, se délègue, comme nous l'avons dit, en plusieurs divinités, modifications plus ou

moins importantes de son essence fondamentale. Ainsi, comme Amon-Knoufis, il est l'esprit incréé, l'âme universelle d'où émane la vie éternelle. Souvent alors il a pour symbole identique à lui-même l'inoffensif Agathodœmon; comme Amon-Mendès, il est essentiellement générateur, et prend, dans les légendes, le titre d'Amon, seigneur des régions du monde; comme Amon-Knef, il est la source intarissable d'où partent tous les biens moraux et physiques, le principe qui anime, pénètre et soutient le monde. — dans les bas-reliefs, c'est Amoun qui donne la croix ansée aux héros et aux rois qui lui sont présentés par Phré, le soleil. Les Pharaons s'intitulaient : enfant d'Amon; chéri d'Amon, roi des dieux; approuvé par Amon.

Amon était adoré en Éthiopie, en Lybie, dans l'île de Méroé, dans l'oasis de Syouah, qui portait autrefois son nom et où il avait un temple et des oracles célèbres dans toute l'antiquité. Thèbes enfin, la Noammon de la Bible, la Diospolis des Grecs, qui le confondaient avec Jupiter, lui était consacrée.

Le bélier était l'animal sacré d'Amon, et la plupart des grands monuments de Thèbes étaient reliés par des avenues colossales de béliers, dont on trouve encore des restes devant le fameux temple de Karnac. Amon même était souvent représenté sous la forme pure de ce quadrupède, soit, comme le pense Dupuis, parce qu'il était le symbole du soleil entrant dans le signe du bélier, soit, comme le dit Champollion, parce que le bélier, en écriture hiératique, signifie une âme, un esprit divin du premier ordre, ce qui expliquerait en même temps pourquoi toutes les divinités considérées comme esprits recteurs de l'univers sont figurées sous la forme de Criocéphales.

Nous avons déjà fait connaître plusieurs des formes sous lesquelles on représentait Amon. On lui donnait aussi celle d'un bélier à quatre têtes, tantôt sans ailes, tantôt avec des ailes déployées ; celle d'un bélier à cornes de bouc (Amon-Mendès) ; celle d'un scarabée ; on le dépeignait enfin, et c'est le seul exemple égyptien que l'on en connaisse, comme Panthée, c'est-à-dire concentrant en lui toutes les forces divines. Nous possédons peu de renseignements sur le culte rendu à cette divinité ; nous savons cependant que ses fêtes étaient célébrées avec une magnificence extraordinaire. Une grande procession avait lieu tous les ans en son honneur. A Thèbes, elle ne durait pas moins de douze jours. C'est pendant cette cérémonie qu'on tirait du temple oriental sa bari ou barque sacrée, que dix-huit prêtres portaient solennellement à l'occident dans la Lybie ou l'Ethiopie, allusion évidente à la marche du soleil dans les cieux.

AMRGIN ou **AMHERGIN**. Druide de Mileadh, fils de Miles et de Scota et frère d'Eibhear-Fionn. A la tête du clan des Brigantes et de celui des Milésiens, il soumit une foule de peuplades irlandaises pour venger le meurtre d'Ith, fils aîné de Brioghan.

AMRITA. C'est le nom que les livres sacrés des Indous donnent au breuvage d'immortalité. Avant la création de cette boisson divine, qui précéda d'un grand nombre de siècles l'apparition de l'homme sur la terre, les dieux étaient mortels. Après dix mille ans de guerre entre les génies du bien, les patriarches, et les génies du mal et les géants, les deux partis conclurent une trêve afin de réunir leurs efforts pour former l'Amrita. On commença par transporter, travail gigantesque, œuvre périlleuse, le mont Mérou dans la mer de Lait. La distance était déjà parcourue presque tout entière, quand l'énorme montagne échappe tout à coup aux milliers de mains qui la soutiennent. Vichnou-Naraïana se penche, la soulève, et la pose sur la tête de l'oiseau Garoud'ha, qui bientôt nage dans la mer de Lait avec le Mérou, dont les innombrables sommets se perdent dans les cieux. Adicéchen, le grand serpent à mille têtes, s'enroule autour de la colossale pyramide ; les dieux et les génies tirent des deux côtés le divin reptile pour forcer par cette pression terrible la montagne rebelle à céder ses arbres, ses herbes odoriférantes, ses parfums, ses fleurs et ses fruits, dont le mélange avec les eaux de la mer de Lait devait donner naissance à l'Amrita. Mais le Mérou, perdant subitement l'équilibre, s'enfonce dans les flots. C'en était fait de la terre : un choc terrible allait la bouleverser et la briser ! Vichnou se métamorphose en tortue, plonge au-dessous de la montagne, qu'il ramène à la surface des eaux sur sa carapace, aussi grande qu'un monde. Adicéchen l'enlace de nouveau ; les dieux et les génies se remettent à l'œuvre ; des torrents de sueur inondent les écailles azurées du reptile ; ses yeux lancent des éclairs ; ses mille langues font retentir l'air de sifflements affreux ; tout est enveloppé d'épais tourbillons de fumée, de flammes et de vapeur ardente ; l'Océan mugit ; tout ce qui vivait dans son sein vient expirer à la surface ; du haut du Mérou descendent avec fracas ses arbres séculaires et tous ses trésors de verdure ; le feu dévorant l'enveloppe et tous ses aromates, tous ses sucs précieux, viennent se mêler à la mer de Lait, qui se trouve changée en un liquide délicieux, tel que rien de semblable n'avait encore touché les lèvres des dieux. Le Mérou qui l'avait formé en est lui-même imprégné, et de tous ses pores transsude une rosée exquise et nourrissante. Une foule de créatures s'échappent en même temps de la montagne (voy. MÉROU) ; la dernière est Danavandri, démon à forme humaine, qui tient à la main un vase blanc renfermant l'Amrita et l'immortalité !.. Les géants s'emparent du précieux flacon ; Vichnou, sous la figure de Mohini-Maïa (l'illusion), bayadère divine, charme les mauvais génies par ses danses légères et ses chants harmonieux, prend l'Amrita, qu'il doit également partager entre les dieux et leurs antagonistes, et en fait boire d'abord aux premiers. Mais, usant de subterfuge, il fait en sorte qu'il n'en reste plus une goutte pour les géants et les Assouras (mauvais génies). L'un de ces derniers, Rahou, pressentant ce qui va arriver, prend la figure d'un dieu ; l'Amrita a déjà touché ses lèvres ; Vichnou, averti par le soleil et par la lune, lui abat tout à coup la tête ; mais cette tête est devenue immortelle ; elle va prendre place parmi les astres étincelants de la voûte céleste. L'Amrita nous fait penser naturellement à l'ambroisie de la mythologie grecque. Le mot ambroisie signifie *immortel*, et M. Parisot pense que ce mot même peut venir d'Amrita, formé en sanscrit de A privatif, et de mrita, *la mort*.

AMSCHASPANDS. Génies du premier ordre et création d'Ormouzd dans la mythologie persane. Ils sont au nombre de sept, et Ormouzd est le premier d'entre eux. Opposés aux Dews d'Ahriman (voy. ORMOUZD), ils les combattront jusqu'à la fin des douze millénaires. Leur nombre de sept fait allusion aux sept planètes et aux sept jours de la semaine. Si l'on met de côté Ormouzd, ils sont en rapport avec les six constellations supérieures du zodiaque, comme les Dews, moins Ahriman, avec les signes inférieurs. Pour être conséquent, il faut ensuite les rapprocher des six ghambars, des six millénaires et des six époques de la création. Les Amschaspands, qui commandent aux Izeds (voy. ce mot), génies du second ordre, exercent, sous la haute surveillance d'Ormouzd, leurs attributions sur les différentes parties de l'univers et veillent au maintien de son ordre. Ils sont appelés, dans l'Iecht-Sadé, rois de la lumière, yeux immortels de Houm, sources jaillissantes du vrai, du beau, de l'honnête ; inimitables modèles de l'homme, etc. Quoiqu'ils soient évidemment des purs esprits, le zend-avesta les dit androgynes, et ils apparaissent quelquefois aux hommes. Quatre d'entre eux, par exemple, se montrèrent à Gouchtasp, sous la forme de cavaliers richement équipés. Les six Amschaspands sont, d'après M. Eugène Burnouf dans son savant et judicieux *Commentaire sur l'Yaçna :* Bahman (la bienveillance), qui préside à la lumière et à l'ensemble des races animales, excepté l'homme placé sous la direction particulière d'Ormouzd ; Ardibehescht (la pureté excellente), le génie du feu ; Schariver (le roi désirable), génie des sept métaux ; Sapandomad ou Espendarmad (celle qui est sainte et soumise), qui rend la terre féconde ; Khordad (celle qui produit tout), aussi appelée Haurvadhbya et Sawapatchora, génie femelle des eaux, qui se confond avec Amerdad (celle qui donne la vie), appelée aussi Ameretatbya, qui préside aux arbres et aux fruits. Ce double génie, à cause de sa dualité, reçoit le nom Dvytayam ; le sixième est Goschouroun (âme du taureau), qui préside aux troupeaux.

ANAITIS ou **ANAHID**. Divinité à laquelle Artaxercès Mnémon éleva le premier des statues dans les villes de Babylone, de Suze, d'Ecbatane, d'où son culte se répandit dans la Bactriane, la Lydie et la Syrie. Hérodote nous apprend qu'elle était identique à la Mylitta de Babylone, en parle sous le nom de Vénus-Uranie, et dit que l'Asie entière l'honorait sous différents noms. Nul doute qu'Anaïtis ne soit une grande déesse, une déesse mère, un génie panthée femelle. Elle a pour prototype Anahid, un des vingt-huit izeds auxquels Ormouzd confie le gouvernement du monde sous la direction des sept Amschaspands. Anaïtis était l'esprit du feu femelle opposé au feu mâle personnifié dans Mithra, car le feu, comme le soleil, était androgyne. La région caucasienne jusqu'à la Perse était le foyer principal du culte d'Anaïtis. A Comana et à Zélu, elle portait le nom d'Enyo, corruption évidente de celui d'Anahid. Ses temples, comme les abbayes du moyen âge, avaient des dépendances territoriales d'une immense étendue, cultivées par une multitude d'esclaves des deux sexes, nommés Hierodoules ou serfs sacrés. On en comptait jusqu'à six mille appartenant au temple de Comana de Cappadoce. On peut juger par là des richesses de ces sanctuaires, augmentées encore par la foule des pèlerins qui y affluaient à l'époque des fêtes solennelles.

Pendant ces fêtes, qui avaient lieu au printemps et à l'automne, on voyait le souverain pontife se montrer, couronne en tête, à la foule rassemblée. Les dévots, hommes et femmes, vêtus chacun d'habits du sexe opposé, se livraient à des danses extravagantes, échevelées, furibondes, se frappaient à coups redoublés, se déchiraient avec des couteaux, inondaient de leur sang les pavés sacrés, et s'abandonnaient en l'honneur des dieux à toutes les débauches et à toutes les dissolutions. Strabon rapporte même que les personnages les plus distingués consacraient leurs filles au service d'Anaïtis.

Voilà pourtant où en étaient arrivés les peuples les plus civilisés de l'ancien monde! Sous prétexte de rendre à la nature un culte digne d'elle, ils transformaient les temples en maisons de débauche, et foulaient aux pieds la pudeur, couronne sacrée des vierges. C'est à peine si nous pouvons croire à de pareils usages, nous autres chrétiens et hommes du Nord; et pourtant ce que nous avons dit d'Anaïtis s'applique en général au culte de toutes les hautes divinités féminines considérées comme grandes mères et comme génératrices. Pourquoi d'ailleurs serionsnous surpris de retrouver dans l'antiquité les scandaleuses orgies que l'Inde a tolérées jusqu'à nos jours? Le symbole de l'énergie créatrice, aussi profondément révéré que pourrait l'être chez nous le triangle mystique, n'était-il pas honoré sur les bords de l'Euphrate et du Tigre comme sur les rives de l'Indus et du Gange?

ANDATÉ. Déesse de la victoire chez les anciens Bretons. Elle était particulièrement honorée par les Trinolantes, qui habitaient les comtés d'Essex, de Middlesex, etc. Ses autels s'élevaient au milieu d'un bois sacré, et les prisonniers faits à la guerre étaient les victimes qu'on lui immolait. Le nom de cette déesse, selon Cambden, vient du mot celtique *anadhait*, renverser.

ANGERDODE ou **ANGUBDODE**, c'est-à-dire *messagère de malheur*, femme de la race des géants avec laquelle le dieu Locke entretint un commerce illégitime après avoir vainement cherché une femme parmi les habitantes de Midgard et des autres villes célestes. De cette union naquit le fameux loup Fenris, le grand serpent Jormoungandour et Hila, la déesse du sombre empire.

ANNINGA et **MALINA.** Vous connaissez le système de Ptolémée, qui fait si respectueusement tourner le soleil autour de notre globe; vous l'avez rejeté, je n'en doute pas, pour celui de Copernic, qui place le soleil au centre du monde, et à cette dernière combinaison vous avez ajouté la grande loi de la gravitation universelle des planètes vers le soleil, et des satellites vers les planètes, entrevue par Képler et Bouillaud, énoncée par Hooke et Borelli, et mathématiquement démontrée par le grand génie qui s'appelle Newton! Mais, dans ces théories magnifiques, dans ces rotations d'étoiles, de planètes, de comètes flamboyantes jetées dans l'espace à des milliers et à des millions de lieues de la terre, l'esprit s'égare, l'imagination se perd! et je crois bien mériter de vous, ami lecteur, en vous exposant un système plus simple, qui sera compris sans difficulté par vos enfants mêmes et qui règne sans contestation dans des contrées immenses que nous connaissons à peine.

Sachez d'abord, ainsi nous l'apprennent les Groënlandais, que tous les corps célestes ont été primitivement des hommes ou des animaux, que diverses circonstances ont fait arriver au firmament, où ils sont devenus rouges ou blancs selon leur nourriture habituelle. La lune, qui s'appelle *Anninga*, était dans l'origine un charmant petit garçon, qui avait pour sœur *Malina*. Or, un jour, au milieu d'une bande joyeuse d'enfants, Anninga se met en jouant à poursuivre sa sœur; celle-ci, se retournant tout à coup, barbouille de suie la blanche figure de son frère, continue sa course serrée de près par Anninga, arrive enfin aux extrémités de la terre et s'élance dans le ciel où elle devient le soleil; Anninga se précipite après elle dans l'espace, où il devient la lune; mais, il a beau hâter le pas, il ne peut atteindre Malina, qu'il ne cesse pourtant de poursuivre depuis des siècles et qu'il poursuivra sans doute bien des siècles encore. Si maintenant vous demandez d'où viennent les taches qui ternissent le teint blanc de la lune, je vous prierai de vous rappeler la suie dont l'espiègle Malina a barbouillé le visage de son frère; si vous voulez savoir pourquoi la lune disparaît après son dernier quartier, je vous répondrai que, pressée par la faim, elle cesse un moment de courir après sa sœur, pour aller chasser les chiens de mer. Elle s'engraisse alors de leur chair, c'est pourquoi vous la voyez remonter dans les cieux avec une face pleine et rebondie.

Malina et Anninga n'ont point oublié les faiblesses de la nature humaine. — En sa qualité de femme, Malina hait les hommes, aussi descend-elle de temps en temps sur la terre afin de les tourmenter. Nous disons alors que le soleil s'est éclipsé. Pour la forcer à remonter dans le ciel, les femmes ne trouvent rien de plus naturel que de pincer les oreilles à leurs chiens, et Malina, sachant par les hurlements de ces animaux que les femmes prennent fait et cause pour leurs maris, se hâte de regagner sa céleste demeure. Anninga de son côté a les femmes en horreur. Il leur inspire des pensées mauvaises, leur fait oublier les lois de la pudeur, et, comme sa sœur, abandonne souvent le firmament étoilé pour leur nuire. Il met alors tout en désordre dans les maisons; dévore les cuirs qui font la richesse des habitants, fait sa pâture de tout ce qu'il trouve dans les garde-mangers, et ne bat en retraite qu'au bruit des chaudrons et des poêles frappés à tour de bras par ces bons Groënlandais. — Puissiez-vous, ami lecteur, avoir retiré quelque profit de ma leçon d'astronomie!

ANOUKE ou **ANOUKI**. Déesse égyptienne qui correspond à la Vesta romaine et à la Hestia des Grecs, et

qui par conséquent est le feu terrestre ou souterrain. Elle est toujours en rapport avec Amon-Knouphis et Saté. Elle est ordinairement représentée assise sur un trône, coiffée d'un diadème orné du serpent Uræus et surmonté de plumes ou de feuilles de différentes couleurs ou même de fleurs de lotus. Elle tient quelquefois à la main une fleur de lotus ou le sceptre à fleurs de lotus. Sur une des colonnes d'une petite chapelle en bois sculpté et peint, appartenant au Musée de Turin, on lit cette inscription : « A la déesse Anouke, dame de la contrée orientale, dame du ciel, créatrice de tous les dieux, œil du soleil, etc. » Sur un autre monument on la voit élevant sa main en signe de protection sur un pharaon qui lui présente une corbeille de fleurs, et avançant son autre main vers le signe de la vie et celui des panégyries comme pour lui promettre un long règne.

ANUBIS ou mieux **ANBO, ANÉBO**. Dieu égyptien, né du commerce involontaire d'Osiris, génie éminemment bon et bienfaisant, avec Nephté digne compagne du pernicieux Typhon. Anubis, exposé par sa mère, fut sauvé par Isis, qui l'éleva aussi tendrement que si elle-même lui eût donné le jour. Après le meurtre d'Osiris, il accompagna la déesse éplorée, embauma et ensevelit le cadavre de son époux, et l'aida ensuite à rassembler les membres d'Osiris, dispersés par Typhon. Anubis se présente donc à nous comme divinité funéraire, ou, ce qui revient au même, comme un dieu du sombre empire. Tel est en effet son rôle. La notion de l'enfer se confondait chez les anciens avec celle de l'hémisphère inférieur ; elle représentait la région ténébreuse opposée à celle que le soleil inonde de sa lumière, et par suite la terre aride et stérile, opposée à la terre grasse et fertile. Là est tout le mystère de la naissance d'Anubis. Osiris, son père, est, dans les cieux, le soleil, source de vie ; sur la terre, il est le Nil, fécondateur d'Isis ou l'Egypte. Mais le fleuve puissant a déversé sur les contrées arides qui avoisinent le pays privilégié quelques gouttes de ses eaux salutaires ; la terre aride, c'est Nephté. Osiris, sans le vouloir, a été infidèle à Isis, et de cette union fortuite naît Anubis, qui tient le milieu entre la famille de Typhon et celle d'Osiris, entre la mort et la vie, les ténèbres et la lumière. C'est donc à juste titre qu'on a confié à ce dieu le soin d'ensevelir les corps et de conduire les âmes aux portes de l'Amenthi, où elles sont reçues par Hermès, qui les accompagne au redoutable tribunal. C'est sous l'empire des mêmes idées qu'on a identifié Anubis avec le crépuscule, moment douteux que le jour semble disputer à la nuit, et avec l'horizon qui sépare les deux hémisphères. Sur les monuments égyptiens d'une date reculée, Anubis est toujours représenté avec une tête de chacal, comme on le voit sur une pierre gravée de Caylus, où le dieu étend ses bras au-dessus de la momie d'Osiris portée par un lion. Les Grecs prirent la tête de chacal pour celle d'un chien, et cette erreur donna lieu à une foule de gravures et de peintures, où Anubis paraît avec un cou et une tête de chien, couvert d'un long manteau, vêtu quelquefois d'une cuirasse et d'une cotte d'armes, chaussé d'un cothurne qui s'élève jusqu'à mi-jambes, tenant un sistre d'une main et de l'autre le caducée de Mercure. Il était principalement honoré à Hermopolis la grande ou Chemnis ; sa statue décorait l'entrée des temples d'Isis et d'Osiris, et elle figurait toujours dans les processions de ces deux grandes divinités.

APHACITIS, c'est-à-dire la *déesse d'Aphaca*, Vénus orientale, grande-mère adorée dans la ville d'Aphaca, entre Héliopolis et Byblos. Ses prêtres, riches et puissants, exerçaient l'autorité souveraine dans une partie de leurs vastes propriétés. Auprès du temple était un petit lac dont les eaux passaient pour rendre des oracles. Il suffisait, pour les interroger, d'y jeter des pièces d'or ou d'argent. Si elles s'enfonçaient, la réponse était défavorable ; dans le cas contraire, elles surnageaient. On voyait aussi, dans les environs, un lieu sacré d'où s'échappaient des flammes tantôt sous la forme d'un globe, tantôt sous celle d'un flambeau, prodige qui peut-être partait d'un souterrain ménagé à cet effet. Le sanctuaire d'Aphacitis était, comme ceux d'Anaïtis, de Mylitta, etc., deshonoré par des débauches infâmes. Il fut détruit par ordre de Constantin.

APIS. Taureau célèbre adoré en Egypte comme l'image, l'incarnation même d'Osiris. Sa vie était limitée à vingt-cinq ans, et, s'il atteignait cet âge fatal, les prêtres le noyaient, au milieu d'un concours immense de peuple qui poussait des cris et des gémissements. On s'occupait alors de lui trouver un successeur ; mais la tâche était difficile. Le taureau sacré devait, suivant Elien, porter vingt-neuf signes, dont la réunion pouvait être regardée comme véritablement miraculeuse. Mais il est permis de croire que les pieux artifices des prêtres aidaient la nature. Les plus remarquables de ces signes étaient la figure du croissant lunaire sur l'épaule gauche de l'animal, et un scarabée sous la gorge. Il fallait, en outre, qu'il fût né d'une génisse fécondée par un coup de tonnerre, c'est-à-dire par le feu céleste, ou, selon Plutarque, par la lumière générative versée sur la terre par la lune, principe humide et femelle de l'univers, qui reçoit elle-même du soleil les germes qu'elle répand sur la création. Lorsque le taureau divin était trouvé, on lui bâtissait, dans une île du Nil, une maison tournée du côté du soleil levant, où on le nourrissait de lait pendant quatre mois. Les prêtres se rendaient alors en grande pompe auprès de lui, le saluaient du nom d'Apis, le plaçaient sur un navire magnifiquement décoré, et le conduisaient, en chantant des hymnes de joie et en brûlant des parfums, dans la ville de Nicopolis, où il restait quarante jours. Pendant ce temps, les femmes égyptiennes seules étaient admises en sa présence (voy. BAAL-PEOR), usage dont nous donnerons bientôt l'explication. Le dieu, remontant ensuite dans le navire sacré, suivi d'une quantité innombrable de barques couvertes de tapis précieux et ornées de banderoles éclatantes, descendait le Nil jusqu'à Memphis. Là, il était définitivement installé. Son habitation, formant deux corps de bâtiments séparés, sans doute, l'un de l'autre, était située près du temple du dieu Fta (feu-lumière-chaleur), et environnée d'une prairie fertile. « Apis, dit Pline, a deux temples, appelés *lits*, qui servent d'augure au peuple. Quand on vient le consulter, s'il entre dans l'un, le présage est favorable ; il est funeste, s'il passe dans l'autre. Il donne des réponses aux particuliers en prenant dans la nourriture de leurs mains. Il en refusa de celles de Germanicus, qui mourut bientôt après. » Une fois par an, on faisait venir vers lui une génisse, qu'on mettait à mort dès qu'elle avait été quelques instants en sa présence. On célébrait chaque année, en son honneur, une fête nommée la *Naissance d'Apis*, qui durait sept jours, et qui était, pour toute la contrée, une époque de réjouissance ; ce que monseigneur Huet, l'illustre évêque d'Avranches, a dévotement cherché à faire tourner à l'honneur des Egyptiens, en soutenant, à grand renfort d'érudition, l'identité de ce bœuf sacré et du patriarche Joseph.

Quelques auteurs ont voulu voir dans Apis un symbole de la lune ; d'autres se sont obstinés à ne voir en lui qu'Osiris-soleil. Apis, en effet, était en rapport avec ces deux divinités. Le croissant qu'il portait sur l'épaule, les sept jours de sa fête formant un quart de lunaison, les vingt-neuf signes qu'il devait réunir correspondant aux vingt-neuf jours de l'année lunaire, témoignent en faveur des premiers. Mais le scarabée qu'il avait sous la gorge était le symbole de la puissance génératrice, supérieure à la lune, l'attribut propre du feu fécondateur, dont Osiris est une des personnifications. Il était adoré comme incarnation d'Osiris, dont l'âme était passée en lui lorsque ce dieu avait été mis à mort par Typhon. Il était élevé dans une île du Nil, et avait son palais dans une ville arrosée par le Nil ; et le Nil, c'était Osiris. (Voy. ce mot et ANUBIS.) Le taureau enfin était consacré au soleil, comme la vache à la lune. Mais les deux opinions sont faciles à concilier. Le soleil et la lune sont en rapport constant : l'un donne les germes, l'autre les reçoit et les disperse ; l'un est le Nil qui féconde, l'autre l'Egypte fécondée. Or, Apis était le symbole de l'inondation, comme l'attestent un grand nombre d'écrivains anciens, et comme le prouve l'époque même où tombait sa fête (17 ou 18 juin). « Quelles fêtes, quels sacrifices occasione en Egypte le commencement de l'inondation ! s'écrie Elien. C'est alors que tout un peuple célèbre la naissance d'Apis. » Apis, à ce point de vue, se confond donc avec Osiris-Nil fécondateur, et voilà pourquoi les femmes égyptiennes accouraient devant lui dans la ville de Nicopolis. Mais le grand phénomène de l'inondation concorde avec la pleine lune qui suivait le solstice d'été ; voilà donc Apis, génie de l'inondation, placé sous l'influence de la lune. Il nous reste à expliquer pourquoi la vie du dieu taureau était limitée à vingt-cinq ans. C'est à l'astronomie qu'il faut demander la solution de cette question. Les Egyptiens, comme tous les autres peuples, avaient essayé de concilier les mouvements du soleil avec ceux de la lune ; et il se trouve précisément que 25 de leurs années vagues de 365 jours correspondent, à 2 jours près, à 309 révolutions de la lune à l'égard du soleil, et que la lune, au bout de 25 ans, recommence son cours au même jour et presque à la même heure que l'année vague. Les vingt-cinq ans de la vie du bœuf Apis ne sont donc qu'un lustre de la lune, fait qu'on trouve d'ailleurs positivement énoncé par le poëte Lucain (liv. VIII, vers 475)

APSARAS. Les Apsaras sont les fées de la mythologie indoue. Que savons-nous de la nature au milieu de laquelle nous vivons? Qu'est-ce que l'intelligence humaine pour sonder tant de mystères? Que de choses nous sont inconnues! Que de choses encore dont notre imagination n'a jamais entrevu, nous ne disons pas la réalité, mais la possibilité même! Par un prodige de la science, nous avons découvert des milliers d'êtres animés sur la feuille qu'un souffle emporte, dans la goutte d'eau que le soleil pompe de ses rayons ardents! Qui nous dira que chacun de ces êtres n'est pas lui-même un monde sur lequel vivent des myriades d'autres créatures, et ainsi jusqu'à l'infini? Qui donc oserait fixer la limite du réel et de l'imaginaire? De quel droit affirmerions-nous que l'air et le feu ne sont pas habités comme la terre? La puissance de Dieu a-t-elle pour limites la portée de nos sens? A-t-il mis dans notre intelligence les bornes du possible? Parce qu'il a emprisonné notre âme dans un corps de boue, est-ce à dire que hors de la matière tout soit stérilité et néant? Qu'est-ce que la matière même? le savons-nous? Nous ne voyons pas l'air, l'air pourtant existe. La lumière est insaisissable, et pourtant la lumière est un corps. Eh bien! à côté de ces réalités à peine sensibles, au milieu des ondes lumineuses qui nous enveloppent, de ces tièdes zéphyrs qui caressent si doucement nos visages, Dieu a semé la vie à pleines mains. Les Apsaras, créatures délicieuses, ravissantes de grâce et de beauté, sont répandues par millions dans l'espace sans bornes. Ne vous est-il pas arrivé mille fois, dans les bois touffus, sur les bords des ruisseaux, au fond des vallées où vous cherchiez la fraicheur et le repos, d'entendre un bruit léger, un soupir à peine exprimé, quelque chose qui ressemblait à un frémissement d'amour, à un chant harmonieux expirant dans le lointain, au frôlement d'une robe de soie emportée dans le tourbillon de la danse? C'étaient, n'en doutez pas, les Apsaras qui chantaient, qui dansaient autour de vous; c'était un couple amoureux qui, assis sur le blanc calice d'un lis, sur la corolle bleue ou rose d'un nénuphar doucement balancé par les eaux, soupirait d'amour et de volupté. Souvent encore vous assisterez aux ébats innocents des Apsaras. Elles remplissent le monde entier; vous les rencontrez partout, à toutes les heures du jour et de la nuit; mais soyez sans crainte, vous n'avez rien à redouter de ces gracieuses créatures; une barrière infranchissable les sépare de vous; leur souffle n'agiterait pas les cheveux de votre tête, et si votre main était heurtée par leur corps éthéré, le choc serait plus léger que celui d'une aile de papillon sur la verdure qu'il effleure.

ARITCHANDREN. Radjah indien de la race des Souriavansi (fils du soleil). Vous avez lu le livre de *Job*, cette œuvre magnifique dont l'auteur et le héros sont également inconnus, et dont la patrie, la terre de Huts, a soulevé tant de discussions parmi les savants. Job était simple de cœur, sage parmi les sages, bienfaisant, riche et heureux. Vous savez comment, au moment où Dieu louait son fidèle serviteur, Satan, l'ange justicier, prenant la parole, soutint à Dieu que la vertu de Job tenait à son bonheur, et qu'il ne résisterait point à l'épreuve de la misère et de la souffrance. Va donc, répondit Dieu à Satan, dispose à ton gré de tout ce qui lui appartient, mais ne touche point à sa vie. Satan usa largement du privilége qui lui était accordé; Job devint pauvre, ses enfants lui furent enlevés, son corps fut soumis aux tortures les plus affreuses, et pourtant Job triompha. N'est-il pas curieux de retrouver ce grand drame dans la littérature indoue? Sur les bords du Gange, Job porte le nom d'Aritchandren.

Un jour, Vacister, son protecteur, faisait, dans l'assemblée des dieux, un pompeux éloge de ses vertus. « Il est facile, dit Viçouamitra, de persévérer dans la vertu tant que l'on est heureux; pour moi, je ne serai content que quand j'aurai mis Aritchandren à des épreuves qu'il ne supportera pas. » Les dieux prennent parti pour le radjah; un pari s'engage; Viçouamitra se rend près du saint

personnage, et, par des discours insidieux, tire de lui la promesse d'une somme énorme. Aritchandren s'aperçoit bientôt que tous les trésors de son royaume sont insuffisants pour s'acquitter de la dette qu'il a contractée. Mais sa parole est sacrée : il donne tout ce qu'il possède, vend ses enfants, vend sa femme chérie, se vend lui-même pour payer son persécuteur. Viçouamitra ne se tient pas pour battu. Logidachen, le fils bien-aimé du radjah, meurt de la morsure d'un serpent, et celui qui naguère était un monarque puissant et respecté se voit, ô comble d'humiliation! préposé à la garde des parias. A peine a-t-il quelques poignées de riz pour soutenir sa chétive existence, et pas un blasphème, pas un murmure ne vient souiller la bouche du descendant du soleil. Les dieux mêmes ne sauraient découvrir, dans les plus secrets replis de son cœur, une pensée de haine contre son ennemi. L'épreuve ne pouvait être poussée plus loin. Aritchandren recouvre son royaume et ses richesses, et tout ce qu'il avait perdu; Logidachen même est ressuscité. Mais le juste se croit récompensé au-dessus de ses mérites, et, par acte d'humilité et de reconnaissance, il veut, comme Abraham, sacrifier aux immortels le fils qu'ils ont rappelé à la vie. Mais ce dernier s'enfuit; il désigne une autre victime humaine, que les prêtres attendris laissent encore échapper.

ARBOUNA (*Myth. ind.*). Cocher du soleil (Souria), qu'on représente sans jambes, comme l'Erichtonius des Grecs est assis au centre du Raci-Tchakra ou zodiaque, au milieu d'un disque dentelé qui projette huit rayons principaux vers les huit régions du monde.

ASES. C'est le nom qu'on donne aux dieux de la mythologie scandinave. Ils forment, au nombre de trente-deux, la cour du grand Odin, auquel la plupart doivent l'existence; dix-huit déesses figurent parmi eux. Les dieux sont : Odin, Thor, Balder, Niorder, Freir, Tyr, Braga, Heimdall, Hodar, Vidar, Vile, Oullour, Forsète et Loke, le génie du mal. Les déesses se nomment : Frigga, Lara, Eira, Géfiona, Fulla, Fréia, Siofna, Lobna, Var, Vora, Sin, Alin ou Lina, Snotra, Gna, Sol, Bil, Iord et Rinder, auxquelles on peut joindre les trois Valkiries, qui leur versent l'hydromel dans le palais céleste. Leur résidence est Asgard ou la ville des Ases, cité resplendissante dont toutes les murailles sont bâties du plus pur argent et qui s'élève au centre du monde. Le mot *Ase* signifie *saint* ou *dieu*, et paraît avoir eu cours chez un grand nombre de peuples; c'est ce mot sans doute que nous retrouvons dans l'Asia, épouse de Prométhée, dans l'Isis égyptienne, l'Hésus gaulois, les Eses des Etrusques, la déesse Iça des Indous. Jupiter même portait le nom d'Asios, et c'est peut-être de ce mot révéré que la plus belle et la plus féconde des trois parties du monde ancien a tiré son nom. L'Asie, berceau de l'humanité; l'Asie, mère des peuples; l'Asie, d'où tout découle, les arts et les lettres, les philosophies et les religions, n'était-elle pas la terre sainte par excellence, et les tribus qui s'en échappaient en tous sens pour aller peupler les déserts de l'Europe ne devaient-elles pas, au milieu de leurs souvenirs et de leurs regrets, la nommer la sainte et la divine? Mais comment, nous objectera-t-on, rattacher à l'Asie les Ases de la mythologie scandinave? Les traditions viennent à l'appui de notre déduction, et nous représentent Odin, sous le nom de Sigge, partant à la tête d'une colonie nombreuse des bords de la Caspienne et des montagnes du Caucase, et s'établissant dans la Suède après avoir formé des établissements dans plusieurs des contrées qu'il avait traversées. Consultons maintenant les légendes indoues. Skanda, le dieu de la guerre, irrité d'avoir été vaincu par Ganésa, qui avait fait plutôt que lui le tour du globe, se retire dans le pays de Crauncha, la terre des grues, la Scythie d'Europe, et là, jette de désespoir son épée, qui reste enfoncée dans la terre. Or, selon Wilfort, Skanda est le père des Scandinaves. Mais, ces faits une fois admis, on pourrait croire, au premier abord, que les Ases doivent être réduits à un rôle purement humain, et que des hauteurs de l'Asgard on doit faire redescendre sur la terre ces dieux, qui n'ont été que des guerriers et des héros. Non; les Ases de la mythologie scandinave ne peuvent être pour nous, comme ils le sont pour l'Edda, que de hautes personnifications divines. Odin est le maître des cieux et de la terre; Balder est le soleil; Frigga est la nature; Loke est le génie du mal. Mais cette phalange brillante et redoutable a succédé, comme Jupiter et les dieux ses parèdres, à des dieux plus anciens. Les Ases, pour nous résumer, sont, comme nous l'apprend la tradition que nous citions en premier lieu, les divinités introduites par Sigge dans les régions glacées de la Scandinavie.

ASIMA. Divinité assyrienne adorée à Hamath et représentée sous la figure d'un bouc.

ASKE. Le premier homme, l'homme souche des Scandinaves. Il fut tué par les trois fils de Bore, en même temps qu'Embla, la première femme. Aske signifie *frêne*, et Embla *aulne*.

ASTAROTH. Voilà un mot qui certainement sonne mal à l'oreille. Quel poëte, en cadençant son vers harmonieusement agencé, ne reculerait d'effroi devant un nom pareil? Astaroth est pourtant la déesse de la grâce et de la beauté; Astaroth est la reine du ciel, la Vénus tyrienne. Les Grecs, amoureux de l'euphonie comme de la forme, donnèrent à la déesse le droit de cité; mais, en touchant la terre hellénique, Astaroth, humanisant à la fois son visage et son nom, devint Astarté, et remplaça, par une adorable tête de femme, la tête de vache dont elle se faisait gloire sur les bords de l'Oronte et de l'Adonis, dans les vallées du Liban et dans les plaines brûlantes de la Syrie. Astarté, qu'on nomme aussi Achtarta (grand astre), Achérah, Achtoret, Artémis, Artosi, n'est point une pure création de l'imagination humaine; c'est bien dans le ciel où on l'a placée que nous devons rechercher son origine. Elle y rayonne d'un plus doux éclat. Astarté est la lune, la Junon romaine, l'Isis des Egyptiens, la Mylitta, l'Alilat, l'Anaïtis, la Diane, etc., des autres peuples. Elle est fille d'Uranus (le ciel), sœur du Temps ancien et femme de Baal. Mais, comme Baal est en même temps le Soleil, le principe qui gouverne cet astre, et par suite le souverain de tous les corps célestes et le principe mâle de l'univers, de même la grande déesse Astarté est à la fois la lune, le génie qui préside à la lune et le principe femelle de l'univers. C'est Baal qui engendre; c'est Astarté qui produit. Les Sidoniens avaient élevé à Astaroth un temple magnifique, et la ville d'Ascalon lui était, dit-on, consacrée. La Syrie tout entière l'adorait, et les Hébreux abandonnèrent plus d'une fois Jehovah pour se prosterner devant ses autels. Son culte s'acclimata plus tard dans le nord de l'Afrique et même en Europe avec les colonies phéniciennes qui s'établirent à Utique, à Carthage, à Cadix, à Malte et dans l'île de Cypre, où elle avait reçu le nom d'Aphrodite. Les bois et les bocages étaient particulièrement consacrés à Astarté, qui, pour cette raison peut-être, recevait des Hébreux le nom d'Asera (de *asrim* bocages). Le sang coulait rarement sur ses autels, mais sa qualité de principe femelle, de génératrice universelle, donna naissance à ces incroyables désordres qui déshonoraient les antiques religions de l'Orient. Les bois épais plantés autour du temple de la déesse, et les grottes ménagées dans les rochers, favorisaient l'accomplissement de cet acte de singulière dévotion ; mais, quelque vastes que fussent les bocages, ils n'offraient point assez de retraites à la foule lors des fêtes solennelles, et des tentes s'élevaient de toutes parts, afin de recevoir le sacrifice d'amour et de pudeur.

Les plus anciennes représentations d'Astaroth, comme celles de la plupart des autres divinités, furent, sans doute, ces colonnes, ces blocs informes, ces pierres coniques ou pyramidales, qu'on voit figurées sur d'antiques monuments et qui représentaient l'énergie fécondatrice qui préside à la génération des êtres. (Voy. l'article PIERRES SACRÉES.) Plus tard, Astaroth fut représentée sous la forme d'une vache, comme Baal sous celle d'un taureau. Les idées s'épurant et s'élevant, on donna ensuite à la déesse un corps de femme surmonté d'une tête de génisse; et l'on finit par adopter la forme humaine pure, en conservant quelquefois cependant les cornes et les oreilles du taureau. Sur quelques pierres gravées, on voit Astarté, la tête entourée de créneaux, tenant la foudre dans sa main droite, le sceptre dans la gauche et montée sur le lion so-

laire. On consacrait à cette déesse la rose et la colombe, comme à Vénus, le lotus, le lion, le cheval, le bélier et le homard.

ATERGATIS. Déesse syrienne dont le nom véritable est Addirdaga ou Addirdag, *grand poisson, éminent poisson*. Elle était représentée sous la figure d'une femme terminée en queue de poisson, comme Dercéto, à laquelle on l'identifie à juste titre, ainsi qu'à Cybèle, à Astaroth et à toutes les grandes déesses, les déesses mères. Les légendes, il est vrai, varient souvent entre ces divinités; mais remontons au principe, et nous verrons que, sous une enveloppe mythique qui paraît différente au premier abord, c'est la même idée qui se retrouve toujours, celle de conception, de nutrition, de production. Atergatis, comme Astaroth, comme Dercéto, comme Cybèle, est le principe femelle de la nature, la force génératrice du monde, la productrice universelle. (Voy. GRANDE DÉESSE.) Il nous reste à faire connaître le sens de la figure pisciforme donnée à Atergatis. Cet emblème, selon nous, est purement philosophique. Le poisson, en effet, est le symbole naturel de l'élément humide ou principe femelle de la nature, qui, depuis l'Inde jusqu'à l'Egypte et à la Grèce, était regardé comme la cause efficiente de toute production et de toute génération animale, végétale et minérale. De plus, l'idée de production se rattachant au monde actuel comme au monde primitif, nous reporte nécessairement à la production primordiale, à la création de l'univers même. Or, le poisson, symbole par excellence de l'élément humide, naissant d'un œuf, la création dans l'ancienne philosophie était symbolisée par un œuf. (Voy. ŒUF.) Et voilà pourquoi, suivant une ancienne tradition, Vénus, qui pour nous n'est qu'Atergatis sous une autre forme et sous un autre nom, passait pour être née d'un œuf tombé du ciel dans la mer et couvé par des colombes, oiseau consacré à Vénus-Astaroth, comme image de la primordiale incubation qui fit éclore l'œuf du monde. On verra, au mot DAGON, une autre personnification d'Addirdagat.

ATHOR ou **ATHYR.** Divinité égyptienne plus souvent femelle, quelquefois androgyne, qui renferme en soi l'idée d'eau productrice, d'humidité fécondante ou plutôt fécondée, et qui par conséquent est une déesse

mère, qui se trouve dès lors en rapport nécessaire avec Fta (le feu) principe mâle et générateur, d'où il suit que le feu, se délégant en Fré (le soleil), Athor s'incarne en Pooh (la lune), qui, dans la philosophie ancienne, a pour mission la plus haute de répandre sur le globe les germes dont elle est imprégnée par Fré. Athor est en même temps la matière, et absorbe en elle les attributs principaux de Diane, de Cybèle, de la grande déesse syrienne, de Mylitta, d'Isis, de Junon, etc., etc. C'est donc avec raison qu'on dit d'elle qu'elle est la mère de tout ce qui existe, des plantes et des animaux, des hommes et des dieux. Mais si, dans les cosmogonies antiques, l'eau-limon, c'est-à-dire la matière unie à l'élément humide, a passé, avant de devenir féconde, par l'état chaotique, auquel se joint nécessairement l'idée de nuit et d'obscurité, ou, ce qui revient au même, de non-être, de non-lumière, de non-germe, Athor a dû revêtir la forme de Bouto, les ténèbres primitives, le chaos, et s'absorber en Neith, la sagesse suprême, qui elle-même est souvent identifiée à Bouto, sans que pourtant elle doive être confondue avec l'une et l'autre de ces divinités. Comme femme de Fré-soleil, Athor reçoit fréquemment le nom de mère d'Hor ou Horus, le soleil enfant, le soleil fils du soleil, qu'elle allaite souvent sur les monuments. On peut conjecturer encore qu'elle fut quelquefois prise pour Surot, la planète Vénus. Alors, elle présiderait à l'eau terrestre opposée aux eaux d'en haut, formant la voûte céleste sur laquelle voguent les dieux dans leurs nacelles éclatantes, et aurait, comme le pense Champollion, fourni beaucoup de traits à la Vénus grecque, Vénus Aphrodite (née de l'écume), Vénus Anadyomène (la flottante). Comme la divinité hellène, Athor, suivant l'illustre auteur du *Panthéon égyptien*, Athor était, sur les bords du Nil, la déesse de la beauté et de la parure.

Athor est ordinairement représentée avec la figure triangulaire, peinte de face, ce qui est un caractère des plus remarquables. Sur sa coiffure bleue s'élève un modius rouge, hiéroglyphe de l'abondance, et un édifice peint en jaune. Tantôt elle a des cornes et des oreilles de vache, tantôt des oreilles humaines, et quelquefois, autour de sa noire chevelure, s'enlacent l'urœus et le vautour, qui forment sa coiffure. Ce dernier animal, comme emblème de la maternité, lui était particulièrement consacré.

ATRE. Dieu des Anglo-Saxons, dont l'office était de nuire aux hommes. On ignore la signification de son nom, qui, selon certains auteurs, signifie *noir* (*niger*), et n'est que la traduction latine de Tchernoï-Bog, le dieu méchant des Slaves. Mais peut-être faut-il donner pour racine à son nom le mot *adr* ou *atr* des langues orientales.

ATRI. Un des dix Pradjapati et des sept Richis de la mythologie de l'Inde. Retiré sur le mont Trikoudam, il s'y livra aux plus grandes austérités. Les trois personnes de la trinité indoue, Brahma, Vichnou et Siva, vinrent le visiter, accompagnés de leurs femmes, et montés, le premier sur le cygne-aigle Hamsa, le second sur l'homme-épervier Gharouda, et le troisième sur le taureau Nandi. Ils se manifestèrent à lui dans toute leur gloire. « Apprends, lui dit une voix, apprends qu'il n'y a entre nous aucune différence ; l'être se manifeste dans la création, la conservation et la destruction, ses trois formes. Penser à une d'elles, c'est penser à toutes, c'est-à-dire à un seul Dieu, très-haut ! Atri, tu auras des enfants, qui sont des portions de notre être. » La promesse ne fut pas vaine. Anouçouéi, sa femme, devint enceinte par l'opération de Vichnou, et donna le jour à Tibatérien ; Siva la rendit ensuite mère de Dourouvacen, et, Brahma s'incarnant en elle, elle mit au monde Tchandra ou Soma, le dieu lune.

ATYS. Une des divinités les plus célèbres de la Phrygie, sur laquelle les anciens nous ont transmis une foule de légendes presque toutes en désaccord. La plus curieuse est celle qui nous a été conservée par Pausanias. Jupiter, agité par un songe impur, laisse tomber sur la terre une goutte de rosée : un monstre affreux, l'hermaphrodite Agdistis prend naissance ; les dieux, que son aspect épouvante, le privent d'un de ses membres qui se change tout à coup en amandier. Nana, fille du fleuve Sangare, arrive ; tentée par les fruits dont l'arbre est chargé, elle en cueille un qu'elle dépose dans son sein. L'amande disparaît ; Nana est enceinte et devient mère du bel Atys, qu'elle expose au fond des bois. Laissant ici cette tradition, nous en suivons une autre, et nous voyons Atys adolescent, aimé par Cybèle, la grande déesse, qu'il s'engage à servir sans partage. Mais Cybèle est vieille ; il s'éprend d'Agdistis, qui n'est plus sa monstrueuse aïeule, mais une jeune princesse d'une éclatante beauté, ou, si vous le pré-

férez, de cette adorable Sangaride, dont Pausanias a fait sa mère ; Cybèle accourt irritée ; Atys se cache en vain sous un pin. Il paye de sa virilité l'infraction de son serment. Ovide nous le dépeint désespéré de la perte de la nymphe Sangaride, mise à mort par Cybèle, se mutilant de ses propres mains à l'aide d'un caillou tranchant. — Nous voyons ailleurs Atys succombant aux suites de la cruelle opération, et enseveli dans le temple de Cybèle, qui institue des fêtes de deuil en son honneur et ordonne à ses prêtres de se mutiler comme lui pour perpétuer le souvenir de cette lugubre catastrophe. Une autre variante veut que Jupiter même, jaloux d'Atys, le fasse périr comme Adonis par la dent d'un sanglier. Mais cette mort n'est qu'apparente ; Jupiter a rendu ses membres incorruptibles ; selon d'autres, ils ont été dispersés ; on les retrouve au bout de trois jours, et on voit enfin Atys, après avoir vécu de la vie des ombres, parcourir l'univers revêtu d'habits de femme, célébrer les orgies et établir les fêtes de Cybèle.

Le fait saillant de ces récits, c'est l'amour de Cybèle. Or, Cybèle, une des formes d'Athor, lune-matière, terre-nourricière, de qui la supposerons-nous éprise, sinon du soleil, le maître des germes, le grand fécondateur ? Atys est donc le soleil, le soleil qui quitte notre hémisphère, qui abandonne Cybèle éplorée, et, qui faible, languissant, est représenté se mutilant lui-même ou mutilé par la déesse jalouse, image énergique de l'anéantissement de sa puissance génératrice. Ses rapports sont évidents avec Adonis et Osiris, qui meurent comme lui pour renaître. Nous avons prouvé, à l'article Adonis, que les fêtes du dieu de Byblos étaient célébrées en mars ; celles d'Atys avaient lieu le 21 du même mois, le jour même de l'équinoxe, concordance selon nous tout à fait concluante. Les fêtes des deux divinités offrent d'ailleurs le même caractère, puisqu'en Phrygie, comme à Byblos, elles commençaient par le deuil et finissaient dans la joie. Celles d'Atys duraient trois jours ; le premier (21 mars) était consacré à pleurer la perte du dieu ; on apportait en pompe, dans le vestibule du temple de Cybèle, un pin aux rameaux duquel était suspendue l'image d'Atys, représentée souvent par une personne vivante ; on faisait sur l'arbre sacré, au pied duquel était couché un bélier, symbole du bélier équinoxial, des incisions, pour figurer sans doute la prétendue mutilation d'Atys. Le deuxième jour offrait une sorte de transition entre la douleur et l'espérance. Avec le troisième, commençaient les *hilaries ;* Atys était ressuscité ; une musique joyeuse retentissait ; les dévots accourus de toutes parts se livraient, ainsi que les galles (voy. ce mot), à des danses effrénées ; on courait au hasard à la lueur des torches de pin ; les figurants et surtout les prêtres, armés de couteaux et de poignards, s'en frappaient mutuellement ; le sang coulait ; les galles se mutilaient comme Atys. Cette mutilation cependant n'était pas obligatoire le jour des hilaries ; elle pouvait avoir lieu tous les jours de l'année, et il est à croire que, si les simples prêtres se l'imposaient, elle n'était obligatoire que pour l'archigalle, représentant d'Atys sur la terre.

Le culte d'Atys se répandit de la Phrygie dans la Grèce et dans l'Italie même. On le représentait ordinairement sous la figure d'un jeune homme, avec des cheveux abondants et relevés autour du visage ; sa tête est surmontée d'un bonnet phrygien parsemé d'étoiles. Son corps, depuis la ceinture jusqu'au bas, est revêtu d'un pantalon collant, semé de nœuds, de crevés et de rouleaux, son ventre, enfin, découvert. Quelquefois il tient d'une main la corne d'abondance et de l'autre un chalumeau à sept tuyaux.

AUM. Mot mystérieux qui, dans la religion indoue, représente la Trimourti, c'est-à-dire la divinité sous ses trois attributs. A désigne Vichnou, U Siva, M Brahma. On trouve, dans le code antique de Manou, des prescriptions au sujet de ce mot sacré. « Que l'homme, dit le législateur, prononce la syllabe *aum,* en commençant et en finissant la lecture des védas, car, s'il l'oubliait, la faculté de comprendre ces livres pourrait lui être retirée tout à coup. » On doit aussi la prononcer avant les prières, et elle doit toujours précéder le nom des sept locas ou mondes, pour annoncer qu'ils ne sont que des manifestations de la Trimourti, « car, dit Ya'iynwalywia, l'univers entier est soutenu par la syllabe *aum*, comme la feuille du palava par un simple pédicule. »

AZAZEL, c'est-à-dire *puissant de Dieu*. Les peuples voisins de la Judée croyaient les déserts peuplés d'une foule de démons occupés sans cesse à nuire aux hommes. Azazel était le plus redoutable de ces génies malfaisants, nommés *schédim* (démons) et *séirim* (boucs, satyres). Moïse connaissait parfaitement le rôle d'Azazel dans les croyances arabes. Aussi l'oppose-t-il, en quelque sorte, à Jéhovah, dans les prescriptions relatives à la grande fête de l'Expiation. On lit, en effet (*Lévitique*, chap. xvi), à l'occasion des deux boucs offerts pour les péchés du peuple, qu'un sort doit être jeté pour Jéhovah et un sort pour Azazel, et qu'il faut envoyer dans le désert le bouc échu à Azazel. Ce démon était donc un Typhon ou un Ahrimane arabe.

BAAL, le même que Bel, dont les Romains et les Grecs ont fait Belus, Belis, Belathes, Bolos, Bolanus; les Gaulois, Belen et Belenos; les Crétois, Abélios ou Babélios; les Lacédémoniens, Bela; les Phéniciens, Hel ou Il (Ilus), et les Grecs même leur mot ἥλιος (le soleil). Baal, qui signifie seigneur, maître, roi, comme Adonaï et Melech ou Moloch, est le plus grand nom théogonique de l'Asie occidentale. Ce maître, ce roi, nous le devinons sans peine, c'est le soleil, le recteur des mondes, le dominateur des étoiles et des planètes, le grand fécondateur qui inonde la terre de lumière et de germes, et dont on fit plus tard le génie même du Soleil, et par suite le dieu créateur et incréé. Bel ou Baal, à ce dernier degré d'élévation, était le dieu adoré dans le fameux temple de Babylone, où l'on conservait, au dire de Berose (voy. OMORKA), les images et peut-être les ossements des animaux antédiluviens, et c'est avec raison qu'il était assimilé à Jupiter par les Grecs, à Jupiter le père de la vie, qui lui-même avait pour père, comme Bel, le Temps sans bornes, pour œil le Soleil et pour fille la Sagesse. Baal était un; tout s'absorbait en lui; tout découlait de sa divine essence : le soleil et la lune, les étoiles et les planètes; c'était Baal se répandant, par voie d'émanation, dans les champs illimités de l'espace, et voilà pourquoi la planète Saturne fut si souvent identifiée au soleil, dont elle porte même le nom chez les Arabes. Cela posé, on comprendra facilement toutes les applications qu'on a pu faire et qu'on a faites, en effet, du nom de Baal, à des corps lumineux représentant le grand démiurge amoindri, localisé, mais toujours identique à lui-même. Le temple qui lui avait été

élevé à Babylone passait pour un des plus beaux monuments du monde. Il consistait en huit tours superposées, qui s'élevaient en forme pyramidale et dont la plus basse formait un carré immense de six cents pieds sur chaque face; la hauteur totale de l'édifice dépassait de cent dix-neuf pieds celle de la plus grande pyramide d'Egypte. Des degrés extérieurs conduisaient aux différents étages, dont le plus élevé servait de sanctuaire. Ce monument magnifique, embelli par Nabuchodonosor, fut pillé et en partie détruit par Xerxès à son retour de son expédition contre la Grèce.

BAAL-BERITH. Comment classer cette divinité phénicienne que nous ne connaissons que par quelques passages de la Bible (*Juges*, viii et ix)? Devons-nous, avec Dom Calmet, la mettre en rapport avec Diane? La regarderons-nous, avec Samuel Bochart, comme identique à Beroé, fille de Vénus et d'Adonis et femme de Bacchus? Traduirons-nous son nom par *seigneur de l'alliance* en nous fondant sur ce que les Carthaginois avaient un dieu remplissant des fonctions analogues? Ne verrons-nous point plutôt dans Baal-Berith le *Seigneur de la ville de Beryte*, et, dans ce cas, n'assimilerons-nous pas cette divinité à Saturne ou Cronos, qui passe pour le fondateur de Beryte? Nous laissons à la sagacité du lecteur le soin de trancher la difficulté.

BAAL-GAD. Divinité adorée par les Israélites dans une ville du même nom, située au pied de l'Hermon. La plupart des rabbins traduisent Baal-Gad par *Mazal Tob*, c'est-à-dire *bonne fortune*, *astre favorable*, *bon génie*, et en font une personnification de l'Etoile de Jupiter appelée *Kochab-Tsedek*, *astre de justice*. Il est certain qu'une idée de bonheur et de prospérité était rattachée au culte de cette divinité, puisque Lia, femme de Jacob, dans sa joie d'avoir mis au monde un nouveau fils, par l'intermédiaire de Zilpha, sa servante, lui donne ce même nom de Gad, ce qui fait supposer au père Kircher que Lia, selon la coutume des idolâtres, avait tout simplement voulu consacrer le nouveau-né au dieu Gad. Quelques auteurs cependant ont cru reconnaître la lune ou l'étoile Vénus dans Baal-Gad, qui en effet offre grammaticalement assez de ressemblance avec Atergatis. Quant à nous, il nous semble que dans Baal-Gad, littéralement le *seigneur du bonheur*, on peut voir le soleil aussi bien que la lune, Vénus ou Jupiter. Kircher rapporte, au sujet de cette divinité, un fait curieux de la persistance des superstitions au milieu des peuples : il a vu, en Allemagne, le nom de Baal-Gad écrit sur les portes de plusieurs juifs pour mettre leurs maisons sous la protection du bon génie.

BAAL-PÉOR ou **BAAL-PHÉGOR**, **BHL-PHÉGOR**, etc. Dieu adoré par les Moabites, les Madianites et les Ammonites, et dont le culte honteux séduisit plus d'une fois les Israélites. Si, comme le latin,

> Le Français dans les mots bravait l'honnêteté.

nous pourrions donner au lecteur, d'après les rabbins et les pères de l'Eglise, de singuliers commentaires sur les cérémonies pratiquées en l'honneur de cette divinité. Mais nous aurions beau gazer, nous aurions beau appeler à notre aide tous les artifices du langage, il nous serait impossible de tout dire. Il faut dire pourtant quelque chose, car, si l'oreille française est chaste, l'esprit français est exigeant et curieux.

Si l'on s'en rapportait à saint Jérôme, Péor ou Phégor serait tout simplement le nom d'une montagne consacrée à Baal. Baal-Péor se traduirait donc par Baal, le seigneur, le soleil, ou, selon le même écrivain suivi par Théodoret, saint Basile, Suidas, etc., le Saturne de Péor. D'autres voient dans Péor le nom même du dieu appliqué à la localité et font de Baal-Péor le *seigneur de l'ouverture;* on devrait alors attribuer à Baal le rôle de fécondateur qui lui convient, et à Péor la signification de réceptacle; mais nous préférons, avec Dom Calmet, décomposer Péor en *pe* ou *pi*, l'article égyptien, et or ou *orus*, et expliquer Baal-Péor par le seigneur Orus, ce qui l'identifie à Adonis, Atys, Osiris, personnifications divines du soleil. Quel était en effet le grand, l'universel symbole du soleil? Le symbole terrestre et humain de la puissance créatrice. Or, Baal-Péor, presque tous les auteurs sont d'accord sur ce point, était adoré sous cette même forme.

Quant au culte qu'on lui rendait, l'Ecriture le qualifie de fornication, et ce mot, nous le croyons, doit être pris ici dans son sens littéral. C'est, d'ailleurs, ce qu'on peut facilement conclure des passages de l'Ecriture où il en est parlé. Ses prêtres, qui y sont appelés efféminés, ne devaient que peu différer des galles de la Syrie et de la Phrygie. Les femmes surtout étaient vouées au culte de Baal-Péor, qu'on adorait dans les bocages et les cavernes, et la mère du pieux Asa, Maacha, présidait à ces cérémonies, où figuraient d'abominables effigies. Les rabbins nous apprennent que, pour honorer ce dieu, les femmes s'avançaient, devant son idole, dans la position la plus inconvenante; et c'est précisément ce que Plutarque, Diodore et Suidas nous rapportent des femmes égyptiennes devant le bœuf Apis, autre symbole solaire. Cette coutume, qui nous paraît si étrange, s'explique d'elle-même : il suffit de se rappeler que la stérilité était une honte pour les femmes de l'ancien Orient, et que le soleil était honoré comme le divin dispensateur des germes et de la fécondité.

Certains auteurs ont conclu que Péor, ayant, en hébreu, la même signification que l'éruption gazeuse appelée *Crepitus* par les Latins, la divinité moabite était identique au dieu Crepitus des Romains, qui probablement n'a jamais existé que dans l'imagination de Minutius Felix, qui nous l'a fait connaître, et c'est encore en partant de cette donnée ridicule que certains savants ont cru pouvoir avancer que le nom véritable de Baal-Péor était Baal-Rem (seigneur du tonnerre), dont l'Hébreu, né malin, aurait fait un Baal venteux. — On lit, dans le psaume 105, que les Israélites, après s'être fait initier aux mystères de Baal-Péor, mangèrent les sacrifices des morts. Selden, partant de là, a pu regarder ce dieu comme une divinité funèbre. Baal-Péor, en effet, ressemblerait beaucoup, à ce point de vue, à Osiris, Atys, Adonis descendant, dans la tombe, et le sacrifice des morts aurait rapport aux fêtes lugubres, célébrées en l'honneur du soleil mourant.

BAAL SAMEN, BAAL TCHAMEN, ou **BEL-SAMEN,** c'est-à-dire *maître du ciel.* Divinité phénicienne et carthaginoise, que Sanchoniaton, dans Eusèbe, assimile au soleil, qui, en effet, était souvent appelé le roi des cieux par les peuples orientaux.

BAAL TSÉPHON. Divinité égyptienne que nous ne connaissons que par les rabbins, et qui, peut-être, est un dieu de leur invention. Baal Tséphon n'en a pas moins exercé la verve des antiquaires et des mythographes. Les thalmudistes nous le représentent comme une idole couverte d'étoiles, placée sur les bords du Nil, près du lieu où les Israélites traversèrent la mer Rouge, pour avertir les Egyptiens de l'arrivée des ennemis ou pour s'opposer à la sortie des esclaves. Suivant quelques-uns, Baal Tséphon avait une tête de chien, d'où il suit qu'il peut être assimilé à la fois au dieu Terme des Latins et à l'Anbo ou Anubis égyptien. Selon d'autres, Baal Tséphon était un génie préposé à la garde du septentrion, opinion à laquelle on a été amené sans doute par la signification de *tsephon,* qui, en hébreu, signifie nord ou caché. Basnage prend Baal Tséphon pour le soleil, parce que le même mot *tsephon* a aussi le sens de contemplateur.

BAAL ZÉBOUB, BEELZEBUB, *seigneur des mouches.* Dieu adoré dans la ville d'Accaron, et que l'on invoquait, dit-on, pour se préserver de l'incommodité des mouches et autres insectes. Si l'on met dans les attributions de cette divinité le soin de préserver le pays des invasions des sauterelles, fléau terrible qui amenait à sa suite la famine et la peste, on comprendra parfaitement les hommages adressés à une divinité si ridicule au premier aspect. Elle correspondrait alors au Myiode ou Myiagre des Grecs, et au Buclopus des Romains, qui étaient aussi des dieux *chasse-mouches.* (Voy. BELBOG.) Il est possible que les Phéniciens aient adoré sous ce nom Baal Soleil; les Grecs eux-mêmes donnaient la même épithète à Hercule et à Jupiter. Baal Zéboub était, en effet, un dieu

important dont on venait de loin consulter les oracles (II⁰ livre des *Rois,* ch. I). Si on lisait Baal Zeboul, d'où notre Béelzébut, comme dans les Septante, il faudrait alors traduire par dieu de l'ordure ou de l'habitation. Ce mot parait avoir été altéré à dessein par les Hébreux. Quelques savants croient que les Accaronites l'adoraient sous le nom de Baal Zebach, *seigneur du sacrifice,* ou sous celui de Baal Zébaoth, *le seigneur des armées.*

BAALTIDE ou **BAALTIS.** Divinité phénicienne babylonienne et persane, fille d'Uranus, selon Sanchoniaton, sœur et femme de Cronos ou Ilus, auquel elle donna plusieurs filles, et dont elle reçut la ville de Byblos. Elle portait aussi le nom de Dioné. Elle avait probablement des autels à Byblos, et son culte était répandu jusque dans la Perse. Mais c'est surtout à Babylone qu'elle était adorée. On y célébrait en son honneur des fêtes magnifiques et licencieuses, assez semblables à celles dont nous avons parlé aux mots Astaroth, Anaïtis, etc. Il est à croire qu'elle ne différait en rien de Mylitta, de l'Alilat des Arabes, etc. Les Septante traduisent ce nom par *la Baal,* c'est-à-dire l'épouse de Baal, ce qui suffirait, à défaut d'autres preuves, pour voir en elle la grande fécondatrice, la lune se rattachant à la terre en tant que principe femelle et humide de l'univers.

BAARDER-SNOEFELLS-AAS. Géant islandais, qui passait pour un dieu marin, et qui possédait tous les secrets de la sorcellerie. Il habitait la caverne de Baard, qui, témoin jadis des plus étonnants prodiges, en est aujourd'hui réduite à servir d'étable aux moutons. Baarder avait pour femme la célèbre géante Hit, sa rivale dans la magie, qui vivait dans Hitardal (la vallée de Hit). On montre encore, à l'extérieur de l'église de Hitardal, deux figures colossales qui passent pour représenter le couple géant.

BAAUT. Femme du vent Kolpia, dans la théogonie phénicienne, et mère d'Æon et de Protogonos. Ce couple divin, que Sanchoniaton place au sommet de sa cosmogonie, correspond au souffle de l'Esprit et à la nuit primitive. On voit, dès le premier abord, les rapports de ce système avec celui de Moïse, qui nous dit qu'au commencement les ténèbres étaient sur la face de l'abîme, et que l'Esprit ou le souffle de Dieu se mouvait (ou couvait) sur les eaux. (Voy. BOUTO, KOLPIA.)

BABIA. Déesse syrienne sous la protection de laquelle on plaçait les enfants, qui, pour cette raison, portaient souvent le nom de Babia, surtout lorsqu'ils étaient destinés à remplir des fonctions sacerdotales. On lui en offrait en sacrifice. Elle était représentée sous la figure d'un enfant.

BALDER. Le plus beau des Ases, était fils d'Odin et de Frigga. On le représentait avec une blonde chevelure environnée de rayons lumineux, et la bouche ouverte, parce qu'il était le dieu de l'éloquence et de la paix. L'*Edda* le dépeint comme le meilleur et le plus généreux des immortels. Sa puissance était si grande, que nul être au monde ne pouvait modifier un seul de ses décrets. Il habitait avec Nanna, sa divine compagne, le palais Breidablick, loin du bruit des combats et des festins bruyants du Walhalla. Rien ne troublait le bonheur sans mélange dont il jouissait, quand tout à coup un rêve sinistre vient lui annoncer sa fin prochaine. Frigga, pour détourner un pareil malheur, ordonne à Gna, la messagère céleste, de faire jurer à la création tout entière de ne porter aucune atteinte à la vie de Balder. L'eau, le feu, le fer, tous les métaux et tous les minéraux, les reptiles et les insectes, les oiseaux et les quadrupèdes, les poissons, les végétaux, les hommes, les maladies même s'engagèrent à respecter les jours de Balder. Il semblait avoir reconquis l'immortalité; les dieux, pour s'en assurer, faisaient pleuvoir sur sa tête des pluies de rochers, le frappaient de leurs épées redoutables, décochaient sur lui leurs flèches les mieux acérées; Balder était invulnérable. Mais Loke, le dieu du mal, ne pouvait pardonner au fils de Frigga les qualités qui le rendaient cher à tous les habitants du ciel et de la terre. Il apprit de Frigga même qu'on avait négligé de faire prêter serment à un petit arbuste si faible, si chétif, qu'on croyait n'en avoir rien à redouter. C'était le gui

Loke, joyeux de sa découverte, coupe une branche de la plante dédaignée, la taille en pointe, va trouver l'aveugle Hoder, le dieu du hasard, qui, à cause de sa cécité, se tenait hors de l'assemblée des Ases, l'engage à imiter les dieux qui décochaient leurs flèches contre Balder, pose sur son arc la fatale baguette, et dirige le coup. C'en est fait, Balder tombe; Balder est mort! Jamais, dit l'*Edda*, pareil malheur n'avait frappé les hommes et les dieux. Nanna expira en apprenant cette affreuse nouvelle; tous les Ases en perdirent l'usage de la parole. Les habitants du Gimle (le ciel) songèrent cependant à rendre à Balder les honneurs funèbres. Ils firent venir du pays des Géants la célèbre sorcière Hirrokinn, qui, à cheval sur un loup monstrueux qu'elle conduisait avec des serpents en guise de bride, poussa dans la pleine mer le grand navire Ringhorn, qui servait à Balder dans ses voyages, et que les efforts réunis des dieux n'avaient pu détacher du rivage. Bientôt un énorme bûcher s'éleva sur le vaisseau; on y plaça les divins cadavres; et lorsque la flamme commença à darder dans les airs ses mille langues dévorantes, Thor y précipita le cheval de Balder et son nain favori, et Odin, son anneau d'or nommé Drupner, qui, depuis lors, donne, chaque neuvième nuit, naissance à huit anneaux absolument semblables à lui. Telles furent les funérailles de Balder, auxquelles assistaient, sans compter les géants de toute espèce, Odin et ses corbeaux, Frigga, les Walkiries, Frey sur son chariot traîné par le sanglier Goullinboust, Heimdall sur son cheval Goultogger, Fréia sur son char attelé de chats. Frigga résolut alors de fléchir la souveraine du sombre empire, et promit les récompenses les plus flatteuses à celui des Ases qui obtiendrait d'Héla le retour de Balder dans le gimle. Hermode, le plus agile des dieux, partit, monté sur le cheval Sleipner, qu'Odin son père voulut bien lui prêter. L'espace se limite et s'efface sous les huit pieds ardents du coursier céleste et l'enfer consent à rendre sa proie, s'il ne se trouve pas, dans le monde entier, un objet animé ou inanimé qui ne consente à verser une larme sur la mort de Balder. Hermode remonte alors dans les cieux, emportant un anneau d'or que Balder envoyait à Odin, et un dé de même métal que Nanna l'avait chargé de remettre à Frigga. Les dieux, en apprenant cette réponse, se répandirent dans toutes les parties de l'univers, pour attendrir sur le sort de Balder tout ce qu'il renferme dans son vaste ensemble. Il n'y eut pas un être qui ne s'empressât de donner à Balder ce témoignage de sympathie et d'a-

mour. Les rochers mêmes pleurèrent! Malheureusement, on avait oublié de se rendre auprès d'une vieille sorcière nommée Thock, qui vivait retirée au fond d'une caverne. Lorsqu'on s'aperçut de l'oubli, on se hâta d'accourir pour fléchir sa colère. Cette sorcière, c'était Loke lui-même qui avait changé de forme! Mais, comme vous pouvez vous l'imaginer, Loke ne se sentait pas disposé à pleurer, et Balder resta dans le Niflheim, d'où il ne doit sortir qu'au crépuscule des dieux.

Le beau Balder, le blond Balder, avec sa couronne de rayons, n'est, comme le lecteur l'a déjà pressenti, que la personnification du soleil. C'est l'Osiris égyptien, l'Atys phrygien, l'Adonis de Byblos, le Iacchus de la Grèce, transporté sous le ciel rigoureux de la Scandinavie. Qu'on se représente la longueur et la tristesse des hivers dans les régions boréales, la navrante désolation de la terre pendant cette lugubre saison, et l'on sentira toutes les beautés de cette naïve et sublime allégorie de l'*Edda*, qui nous représente la création plongée tout entière dans le deuil et dans les larmes, lorsque le soleil va éclairer l'autre hémisphère. Ce que nous avons déjà dit, aux articles ATYS et ADONIS, nous dispense d'entrer ici dans de plus longs détails. Nous nous contenterons de faire remarquer l'analogie frappante du crépuscule des dieux, c'est-à-dire du retour du soleil, avec le triomphe d'Ormouzd sur Ahrimane, dans les livres sacrés des Perses. (Voy. ORMOUZD).

BARARA-KIED ou **RADIENKIEDDE**. Dieu laponais fils de Radien-Atcié, le dieu suprême, qui lui confia la grande œuvre de la création. La puissance de Barara-Kied est sans bornes, mais il la tient de son père, sans l'autorisation duquel il ne peut rien entreprendre. Ce que l'un veut, il est impossible que l'autre ne le veuille pas. — On représente ce dieu sous la figure d'une grande maison soutenue par des colonnes destinées à servir d'appui à ses bras. Cette maison est évidemment un symbole de l'univers, œuvre de Barara-Kied. N'est-il pas curieux de voir les Lapons jugeant, comme Zoroastre et Platon, l'organisation du monde indigne de la majesté du dieu suprême, la confier à un démiurge, émanation de lui-même? Le nom de Barara-Kied est remarquable, en outre, en ce qu'il renferme le premier mot de la *Genèse*, ce fameux Bara sur lequel les savants ont tant écrit et tant bataillé; et ce même mot, nous le retrouvons à l'autre extrémité du monde, dans le nom de Baralamaccapal, le dieu fabricateur des indigènes de l'archipel des Philippines.

Pagode de Kandjévéram dans l'Indoustan.

BAROVIT. Le dieu de la paix chez les anciens Teutons. On le représentait avec cinq visages et de longues moustaches. Il était opposé à Rougievit, le dieu du carnage et des batailles.

BASILÉE. Divinité orientale qui, selon Diodore, était fille aînée d'Uranus (le ciel) et de Titée (la terre). Elle éleva ses frères, et fut de là nommée *grande mère*. Cette généalogie et ce surnom suffisent pour nous prouver que Basilée, c'est-à-dire la reine, était identique à Cérès, à Cybèle, etc. Sa légende, quoique dénaturée par Diodore, est néanmoins fort importante. Uranus, en quittant le trône, lui confia le gouvernement, conjointement avec ses frères, en lui imposant une éternelle virginité. Basilée viola pourtant son serment, et de son frère Hypérion elle eut Hélios (le soleil) et Séléné (la lune). Ses autres frères, irrités, tuèrent Hypérion et noyèrent Hélios dans les eaux du fleuve Eridan. Séléné se tua en se laissant tomber d'effroi d'une hauteur, et Basilée, désespérée, se mit à la recherche de son fils. Les jours, les semaines, les mois s'écoulaient ; elle marchait toujours. Epuisée de fatigue, elle s'endormit enfin sur les bords de l'Eridan, et vit dans un songe Hélios, qui lui annonça qu'il était devenu le soleil, et Séléné la lune. Basilée, les cheveux en désordre, continua sa course, au bruit des tambours et des cymbales, au milieu des peuples étonnés. Mais, un jour, le tonnerre gronda avec fureur dans les cieux, un orage terrible s'abattit sur la terre, et Basilée disparut au milieu des foudres et des éclairs. Des autels lui furent alors consacrés de toutes parts, et les peuples célébrèrent en son honneur des fêtes où l'on imitait, par des danses échevelées, au son bruyant des instruments, les courses de la déesse. Cette tradition, qui offre tant de rapports avec celle de Cérès, nous prouve encore les emprunts que les Grecs avaient faits à l'Asie. Quant au nom de Basilée, il est purement hellène, mais c'était sans doute une traduction d'un mot oriental, Baaltis ou Baaloth peut-être, qui signifiait également reine.

BELATUCADR. Dieu adoré autrefois en Angleterre, et dont on a trouvé le nom sur plusieurs médailles découvertes dans le comté de Cumberland. Une de ces mé-

Fêtes en l'honneur de Basilée.

dailles porte : *Deo Marti Belatucadro*, ce qui a fait penser que le dieu breton correspondait au Mars des Latins. Selden, au contraire, l'identifiait au dieu-soleil Belenos, opinion qu'on peut parfaitement soutenir, même en admettant, avec Thomas Gale, que *cadr, combat*, soit une des racines du nom de cette divinité, qui signifierait alors Bel ou Belenos, guerrier.

BELBOG, BELOIBOG, BIELBOG ou **IOUTRIBOG**, c'est-à-dire le *dieu blanc*, le bon principe, chez les Slaves-Varèques. Il était représenté tout ensanglanté et couvert de mouches, ce qui l'a fait prendre par quelques savants pour un dieu chasse-mouches ; mais les Slaves disent qu'on le dépeignait ainsi pour indiquer qu'il nourrit tout dans l'univers, jusqu'aux êtres les plus infimes de la création. Par son nom comme par ses attributions, il se rapproche beaucoup de Biel (le blanc), dieu de la végétation et particulièrement des forêts, dans la mythologie scandinave. Il avait pour antagoniste Tchernoïbog ou Czernobog, le *dieu noir*, le mauvais génie, nommé aussi Tchart. On regardait, dans le principe, Bielbog comme le créateur du monde, dont on lui confiait l'entretien ; mais on finit par borner ses attributions et on le réduisit au rôle de recteur des cieux. *Bog*, chez les Slaves, signifie dieu, et l'on sait que ce peuple adorait sous ce nom l'Être suprême. Mais Bog était-il le même que Belbog, ou ce dernier existait-il au-dessous de Bog, comme l'Or-mouzd des Perses au-dessous du temps sans bornes ? C'est ce que nous ignorons encore. Les Slaves transportant sur la terre le nom de l'Etre suprême, l'avaient appliqué à un des affluents du Dniepr, le Boug, auquel ils rendaient les honneurs divins, ainsi qu'au Dniepr lui-même, leur Nil et leur Gange. L'eau a été partout divinisée.

BÉLÉNUS. Dieu gaulois adoré surtout dans la Pannonie, l'Illyrie et la Norique. M. Eloi Johanneau fait venir son nom de Bélos, *flèche*, et le dit opposé à Abélios, *sans flèche*. Abélos serait le soleil descendant dans les signes de l'hémisphère inférieur, le soleil désarmé, faible, sans chaleur, et Bélos ou Bélénos, l'astre plein de force et de vigueur, qui remonte sur notre hémisphère. Ce même auteur avait, auparavant, cru trouver l'origine de ce nom dans le celte *belen*, boule, globe. Bélénos serait donc le dieu-globe. Une médaille britannique nous représente, en effet, ce dieu avec la tête couverte de douze globes et cette inscription : Cuno Belino, *à Bélénos le bienfaisant*. D'autres retrouvent dans ce nom le Baal chaldéen, ou le Bela lacédémonien. On s'accorde, en général, à voir en Bélénos le soleil, et il était représenté, selon Vopiscus, avec les mêmes attributs que Mithra. On sait, par le poëte Ausone, que Bélénos avait des temples desservis par les druides. La ville d'Aquilée lui rendait un culte particulier. Elias Schedius, en additionnant la valeur numérique de chacune des lettres du nom de Bélénos, a trouvé 365, c'est-à-dire le nombre des jours d'une année solaire.

$$\begin{array}{ccccccc} B & \eta & \lambda & \epsilon & \nu & o & \varsigma \\ 2 & 8 & 30 & 5 & 50 & 70 & 200 \end{array}$$

Il est vrai que, pour arriver à ce résultat, il a changé le premier epsilon (ε) en êta (η), et d'ailleurs la terminaison *os* devait avoir été ajoutée par les Grecs au nom gaulois.

BELIAL. Divinité sidonienne, la même sans doute que Baal. Dans les livres de l'Ancien Testament, Belial est regardé comme le prince des méchants, qu'on appelle pour cette raison fils de Belial.

BÉLISAMA ou **BÉLISANA.** Déesse honorée dans les Gaules comme l'inventrice de tous les arts. On a trouvé à Cussy, le foyer principal de son culte, une statue qu'on suppose être l'image même de Bélisama, coiffée d'un casque surmonté d'une aigrette, vêtue d'une tunique sans manches et du péplum, les pieds croisés et la tête penchée dans l'attitude de la méditation, ce qui peut avec raison la faire prendre pour la Minerve gauloise. Le nom de Bélisama a une physionomie purement orientale, et signifie *reine des cieux*. Cette déesse résumerait donc en elle les attributions de Neith et de Pooh, qui, en effet, peuvent se réabsorber l'une dans l'autre. On lui immolait des victimes humaines.

BÉRUTH. Déesse phénicienne, mentionnée par Sanchoniaton, qui la dit femme d'Elioun ou Hypsistos, dont elle eut un fils, Epigéios ou l'Autochtone, appelé plus tard Uranus, et une fille, nommée Ghê. Cette généalogie, que quelques auteurs ont voulu à toute force expliquer historiquement, offre les caractères théogoniques les plus évidents et les plus élevés. Elioun, ou le très-haut, est une haute personnification divine; on retrouve, dans l'Écriture, le même nom attribué à Jehovah; les enfants qu'il a de Beruth sont le ciel et la terre. Il n'en faut pas davantage pour nous faire apprécier parfaitement le sens philosophique et religieux du couple divin. Elioun, comme l'Amoun égyptien, est le dieu créateur, l'esprit qui pénètre toutes choses, le principe mâle; Beruth est le principe femelle, la force passive de l'univers, l'eau primitive. En décomposant le nom de cette déesse, on peut encore y trouver le sens de source d'eau. Court de Gebelin, interprétant autrement ce passage, sans lui rien ôter de son élévation, voit dans Berouth, mot formé de *bara* (créer), la création même, ou plutôt l'acte par lequel s'opéra la création; et, pour lui, cette phrase, Elioun et Beruth produisirent Uranus et Ghê, est absolument identique au fameux *Elohim bara schamaïm vou artz* de la *Genèse*, qui signifie : Elohim créa le ciel et la terre. — Sanchoniaton ajoute que Beruth et Elion habitèrent près de Byblos; mais, selon le même auteur, on se tromperait étrangement en prenant Byblos pour la ville de Phénicie. Byblos, formé des mots *by* et *bel*, signifie ville du soleil ou de la lumière.

BHADRAKALI. Divinité hindoue, qui se confond avec Bhavani, comme substance divine, mais qui en diffère par la légende. Elle est particulièrement honorée par les Tchandalas ou Parias, et les classes les plus infimes de la société. Le géant Darida, ayant obtenu de Brahma, après une longue pénitence, un livre, des bracelets et le privilége d'augmenter immensément ses forces à l'aide de quelques prières, osa défier au combat le puissant Içouara ou Siva. Ce dieu envoya contre lui de saintes femmes, qui ne purent le vaincre, et il délibérait avec Vichnou sur les moyens à employer pour triompher de ce terrible antagoniste, quand tout à coup une force divine, s'échappant de Vichnou, passa dans le corps d'Içouara, et sortit de l'œil de ce dernier sous la forme d'une femme gigantesque; c'était Bhadrakali ou Petrakari Pagoda, nommée aussi Mariatale par les habitants du Coromandel, et Renoudji dans le Bhagavat-gita. Bhadrakali marcha aussitôt contre le géant. Après sept jours de combat, après avoir abattu sept fois la tête toujours renaissante de Darida, elle comprit qu'elle ne pourrait trancher sa tête véritable qu'en le privant des bracelets et du livre dont Brahma lui avait fait présent. Sorga, empruntant par son ordre les traits d'une pauvre femme, se rendit à la maison du géant, et

s'empara de ces objets précieux. Bhadrakali alors revint au combat, décapita enfin son adversaire, et courut au palais d'Içouara pour lui annoncer sa victoire. Elle parcourut ensuite le monde, tantôt dans un navire de bois de sandal, qui la rendait invisible, tantôt sous la forme d'un singe; épousa un jeune radjah, avec lequel elle vécut quatorze ans sans cesser d'être vierge; attaqua, à la tête d'une armée d'Açouras ou génies funestes, le roi de Pandi, qui avait fait empaler son époux comme coupable de vol, et en tira une éclatante vengeance. La légende du Coromandel fait de Bhadrakali la femme du pénitent Chamadigini ou Iemadakni et la mère de Paraçou Rama, sixième incarnation de Vichnou. D'après cette légende, elle pouvait autrefois puiser de l'eau sans le secours d'aucun vase, car l'eau s'arrondissait et se condensait sous sa main; mais un jour, ayant vu les Ghandarvas, troupe charmante de génies célestes, qui prenaient leurs ébats sur un lac, elle sentit naître dans son cœur des désirs de volupté, et perdit sur-le-champ ce divin privilége. Le saint pénitent, son époux, irrité à cette nouvelle, la chassa de sa maison et ordonna à ses fils de la tuer. Paraçou Rama fut le seul d'entre eux qui, par obéissance, consentit à accomplir le parricide; il poussa même le zèle jusqu'à trancher la tête à ses frères. Son père, pour le récompenser, lui permit de former un vœu, lui jurant de lui en accorder sur le champ l'accomplissement. Paraçou Rama demanda la résurrection de sa mère et de ses frères. Chamadigini lui confia un moment son bâton, symbole de la vie divine, et à peine en avait-il touché un des cadavres, que celui-ci se relevait tout à coup et se mettait à marcher. Malheureusement le fils pieux, au lieu de placer sur les épaules de sa mère, la tête que son glaive en avait détachée, y ajusta celle d'un vaurien, mis à mort en punition de ses crimes; c'est pourquoi Bhadrakali réunit depuis lors à toutes les vertus d'une déesse tous les vices d'un malfaiteur et d'un scélérat.

Bhadrakali est représentée avec huit visages, de grands yeux ronds, des dents énormes qui s'échappent de sa bouche, des éléphants en pendants d'oreilles, des vêtements formés de serpents entrelacés, une chevelure en plumes de paon, et seize mains noires comme les ténèbres dans lesquelles elle porte une épée, un trident, un vase, un sabre, un javelot, une pique, un singe avec la tchakra ou roue mystique. Elle est extrêmement redoutée des Hindous de condition moyenne, et possède une multitude de temples. On la voit souvent représentée sans tête, et on rencontre dans les lieux les plus retirés sa tête seule, en mémoire de l'événement que nous avons raconté plus haut. Les Hindous d'une condition élevée n'honorent que sa tête, et les brahmes professent pour son culte le plus souverain mépris. Sa pagode la plus célèbre est celle de Kranganor, où se rend tous les ans une foule immense de pèlerins. De toutes les cérémonies de cette grande fête, la plus curieuse est sans contredit celle de la pendaison, qui du reste n'est pas obligatoire. Le dévot qui a fait vœu de subir ce supplice, car c'en est un véritable et des plus cruels, se fait coudre solidement, dans la peau du dos, deux grands crochets de fer; ces crochets s'adaptent dans des anneaux placés à la partie supérieure d'un long levier, emboîté lui-même au haut d'une potence de vingt pieds de hauteur, autour de laquelle il tourne sans efforts. Lorsqu'il est convenablement attaché, on l'élève dans les airs en abaissant un des bouts du levier, et on le fait tourner circulairement autour de la potence, jusqu'à ce qu'il dise assez. Il doit, pendant ce singulier exercice, agiter sans cesse, comme un homme qui va au combat, le glaive et le bouclier qu'il tient dans ses mains, et avoir assez de force sur lui-même pour ne pas laisser échapper un cri, sous peine d'être chassé de sa caste. Il est vrai que les dévots, avant de se faire suspendre à la potence, ont soin de se prémunir contre la douleur en prenant des narcotiques à haute dose.

BHAVANI, *celle qui donne l'existence.* Grande déesse hindoue, nommée aussi Parvati, c'est-à-dire *la reine des monts*. Fille de Brahm, l'être des êtres, Bhavani, dans la théogonie hindoue, a donné naissance aux trois personnes de la Trimourti. Les légendes, d'accord sur ce fait capital, différent dans les détails. Ici nous voyons la déesse, heureuse de la vie que Brahm vient de lui accorder, ivre de joie, frémissante de bonheur; elle chante des hymnes à la louange de dieu, comme les oiseaux à l'aurore d'un beau jour de printemps; mais sa voix harmonieuse ne suffit pas à l'expansion de son cœur; elle danse, elle court, elle bondit; trois œufs s'échappent tout à coup de son sein, et ces trois œufs renferment Vichnou, Brahma et Siva. Ailleurs on nous présente le même tableau; seulement, nous voyons sortir la Trimourti de trois ampoules qui s'étaient formées dans les mains de la déesse, les frappant sans cesse l'une contre l'autre dans l'expression ardente de sa joie. Une autre tradition la dépeint produisant, bien avant la création du monde, par la seule force de sa volonté, Vichnou Naraïana, nageant à la surface des eaux qui enveloppent le monde à l'état chaotique. Du nombril de Naraïana s'échappe le lotus qui porte Brahma dans son calice. Deux titans, saisissant le nouveau dieu par les cheveux, font jaillir de sa tête une goutte de sang, et de ce sang naît Siva Roudra. Bhavani donne ensuite naissance à tous les autres dieux, qui, pour conserver le souvenir de leur origine, portent sur le front un signe divin figuré par deux lignes blanches parallèles, au milieu desquelles s'élève une ligne rouge verticale, indiquant l'emména divine, car de cette émanation de Bhavani sont nés tous les animaux qui peuplent la surface de la terre et les profondeurs des mers. Ainsi Bhavani nous apparaît comme antérieure au vichnouïsme, au brahmanisme et au sivaïsme même, fait important à consigner.

Ce rapide exposé nous a déjà permis d'entrevoir le rôle élevé de Bhavani dans la mythologie hindoue. Bhavani, divinité primordiale, première émanation de Brahm, Bhavani, mère des dieux, des animaux et des plantes, est une grande mère, une déesse eau-matière-passiveté primitive; Bhavani est la nuit, le chaos qui s'organise par une volonté supérieure; Bhavani est le réceptacle immense de tous les germes de la création qu'elle développe en vertu de la puissance de Brahm, le père universel, le grand fécondateur. Comme déesse féconde, comme grande mère, comme productrice, Bhavani est à la fois : 1° la lune, source d'humidité, réceptacle intermédiaire des germes répandus par le soleil; 2° la terre qui reçoit ces germes, et 3°, comme nous l'avons dit, l'eau qui, avec la lune et la terre, forme ce que les anciens entendaient par principe femelle de l'univers. Or, l'eau, dans l'Inde, c'est surtout, c'est avant tout le Gange. Bhavani est donc le Gange même, qui prend sa source dans les cieux, selon les idées mythiques, ou dans l'Himalaïa, ce qui a valu à cette déesse le titre de maîtresse de l'Himalaïa. Mais la déesse se présente à nous sous un autre aspect. Mère de Siva, elle est aussi sa femme. Nous venons de voir en elle la divine ouvrière, la grande donneuse de formes; mais, dans la philosophie hindoue, tout meurt pour renaître, et la mort n'est qu'une transition entre deux formes. La mort doit donc rentrer comme la vie dans les attributions de Bhavani, comme elle rentre dans celles de Siva. La déesse alors terrible, épouvantable, implacable, détruit, détruit encore, détruit sans cesse, sans pouvoir jamais assouvir sa soif de vengeance et de mort. — Résumant en elle toutes les divinités femelles de l'Occident, Bhavani est aussi la déesse de la guerre; on la voit alors armée comme Bellone, montée sur un lion, sur un taureau sauvage, etc. C'est elle encore qui, s'identifiant avec Proserpine, accompagne Siva dans son ténébreux empire, juge, fustige et précipite dans les flammes les âmes des pervers.

On représente Bhavani avec huit ou seize bras, quelquefois avec six, etc.; elle a souvent un collier formé de têtes humaines. Comme grande mère, elle est montée sur une vache, et tient dans ses mains une épée, un trident, deux plats à recevoir le sang, deux lances, un couteau, la roue de fer magique, etc. Ses surnoms les plus remarquables sont : Prakeli, *la parfaite;* Çacti, *l'énergie;* Paraçacti, *la grande énergie;* Devi, *la déesse;* Ganga, *le Gange;* Roudrani, *la mère des larmes;* Kartiaïani, *la faiseuse;* Chiva, *la bonne;* Sarvamgalam, *la félicité universelle.*

BOD. Déesse hindoue qui n'est qu'une Vénus Génitrix, une Diane, une Junon Ilithie. Cette divinité est invoquée par les femmes en couches ou par celles qui désirent connaître les joies de la maternité. Quand elle a exaucé les vœux d'une femme, si celle-ci met au monde une fille, elle est tenue de la consacrer, jusqu'à sa nubilité, à la déesse qui l'a rendue féconde; et la jeune fille, avant de quitter le sanctuaire où elle a passé son enfance, doit se tenir à la porte du temple, jusqu'à ce qu'un passant vienne la délivrer en lui faisant agréer l'expression de son amour.

BOGAHA. Arbre célèbre dans la mythologie hindoue. Il se trouve au milieu des ruines d'Annarodjpouram, dans l'île de Ceylan, où il se rendit du continent en traversant les airs pour prêter son ombrage à Bouddha. Quatre-vingt-dix-neuf princes adorateurs de Bouddha, enterrés jadis sous cet arbre divin, sont maintenant des anges qui veillent à la sûreté des pèlerins, et passent pour préserver les Hindous du joug des Européens, tâche, il faut l'avouer, qu'ils remplissent avec assez peu de succès. Une foule de pèlerins se rendent sous l'arbre Bogaha, autour duquel sont dressées de petites cabanes destinées à les recevoir. Les hommes préposés à la garde du végétal sacré y tiennent des cierges ou des lampes constamment allumés, et ornent ses rameaux d'images de piété. Les habitants de Ceylan possèdent d'autres arbres du même genre, qui attirent un certain nombre de visiteurs; mais aucun d'eux n'égale en sainteté le Bogaha d'Annarodjpouram.

BOIS SACRÉS, BOCAGES. Les anciens, toujours en admiration devant la nature et frappés de son intarissable fécondité, avaient, dans leurs primitives et énergiques conceptions, symbolisé, dans une seule idée formulée en deux mots, sa double action créatrice et productrice. Les montagnes, aux yeux des antiques théogonistes, étaient les emblèmes par excellence de l'énergie fécondatrice; aussi, les autels consacrés aux hautes divinités, considérées comme principe actif, mâle et générateur, s'élevaient-ils toujours sur les montagnes. Les déesses, forces passives, productrices, au contraire, étaient plus spécialement honorées dans les grottes, ou dans les bocages épais et humides, symbole de la vie dans le sein maternel. Mais les deux symboles, se groupant nécessairement dans l'esprit, se complétant l'un par l'autre, n'étant, en dernière analyse, que deux attributs de l'être unique et universel, étaient ordinairement réunis. C'est pourquoi nous voyons Bouddha androgyne et accompagné du symbole du sexe féminin, et Brahma portant entre ses quatre têtes une conque, emblème de l'eau, et une pyramide de flamme représentant le feu qui féconde l'élément humide. C'est pourquoi aussi nous retrouvons les bocages sur les montagnes. Les bois consacrés aux dieux sur les hauteurs sont souvent mentionnés par l'Écriture, qui les appelle hauts lieux, ou Bamoth, expression dont on ignore absolument la signification, et qui ne paraît pas appartenir à la langue hébraïque. On voit, dans la *Genèse,* Abraham planter des bocages. Lorsqu'il veut immoler son fils Isaac, il monte sur le sommet du Moria. L'usage des hauts lieux se perpétua même longtemps après Moïse. Salomon y sacrifiait; les rois les plus renommés par leur sainteté les laissèrent subsister jusqu'à Ézéchias et Josias, qui firent abattre les bocages et qui profanèrent les hauts lieux en y enterrant des ossements humains, pour faire affluer au sanctuaire unique, conformément à la loi, tous les partisans de Jéhovah. Les Perses, adorateurs du feu, devaient avoir en vénération les hauts lieux. Il en était de même des populations phéniciennes ou chananéennes. Baal surtout était adoré sur les hauteurs, et toutes les divinités de ces peuples avaient leurs bocages. Ce demi-jour mystérieux qui régnait sous les ombrages des bois sacrés avait d'ailleurs pour eux une utilité pratique. La religion ordonnait aux femmes de s'y rendre au moins une fois dans leur vie, en l'honneur de certaines divinités (voyez Anaïtis, Mylitta, Baal-Péor, Apis, etc.), et on comprend, à ce point de vue, la nécessité des bocages, d'où les jeunes filles sortaient avec le titre de *kadescha, sainte, consacrée.* — Les sanctuaires construits sur les hauts lieux consistaient souvent en de simples chapelles, quelquefois portatives, ou en tentes à l'ornement desquelles les femmes hébreues contribuèrent plus d'une fois en portant aux prêtres qui les desservaient des broderies et des étoffes précieuses (*Ezechiel*, xvi, 16).

BOR ou **BORE**. Fils de Boure, le premier homme dans la mythologie scandinave. Il épousa Belsta, fille du géant Bergthorer, qui le rendit père d'Odin, de Vile et de Vé (voyez Ymer). Les prêtres scandinaves, qui formaient une caste et se succédaient de père en fils, prétendaient descendre de Bor en ligne directe.

BORMONIE ou **BORVO**. Divinité gauloise honorée par les Séquanes et les Eduens. Elle présidait, ainsi que Damona, aux sources thermales, et on a pensé que c'est d'elle que tire son nom la ville de Bourbonneles-Bains.

BOUDDHA PREMIER ou **ADIBOUDDHA**. Le dieu suprême des bouddhistes, l'âme universelle, d'où tout procède par voie d'émanation, et en qui tout s'absorbe ou doit s'absorber un jour, pour en sortir encore après des périodes déterminées. Lorsque tout était vide, quand aucun être n'existait encore, Sambhou, ou Souayambhou (celui qui existe par lui-même), était déjà; c'est pourquoi il fut nommé Adibouddha, c'est-à-dire *le premier être*. Il conçut le désir de cesser d'être unique, et ce désir se nomme Prandjnya-Upaya. Au même moment furent produites cinq formes d'êtres qu'on appelle les cinq bouddhas, et dont les noms sont : Vairochana, Akschobya, Ratna-Sambhava, Amitabha et Amiogha-Siddha. Chacun d'eux enfanta, par sa spontanéité, ou dhyan, un fils appelé Boddhi-Satoa. Quatre de ces Boddhi-Satoas s'absorbèrent dans la contemplation d'Adibouddha; le troisième, nommé Padma-Gani ou Kamali, fut chargé de la création par Sambhou, et créa, par l'efficacité de la spontanéité de l'âme universelle, les trois personnes de la Trimourti : Brahma, Vichnou et Mahésa ou Siva, auxquels il délégua le pouvoir de produire, de conserver et de détruire. Brahma se mit alors à créer toutes choses. Suivant l'école philosophique des Aïchouarikas, Bouddha est le principe mâle, le symbole de la puissance génératrice et le premier membre de la trinité. Dharma, le type de la puissance productive et femelle, est le second; Sanga, le troisième, procédant de l'union des essences de Bouddha et de Dharma, représente la puissance créatrice en action. Dans la trinité des Souabhavikas, qui passe pour la plus ancienne secte bouddhiste, Dharma, appelé aussi Prajna, est le type de la puissance créatrice et la première personne de la Trimourti. Après lui viennent Bouddha ou Upaya, symbole du pouvoir régénérateur, et Sanga.

BOUDDHA. Le dieu suprême des Hindous hétérodoxes. Le dieu, avons-nous dit, et pourtant Bouddha n'est qu'un homme! mais un de ces hommes dont la parole remue, agite et transforme les peuples. Il passa sur la terre prêchant l'amour et la fraternité; Dieu était en lui; et, en lui, les nations crurent voir une incarnation de la divine sagesse. Klaproth, d'après les livres mongols, lui donne pour mère Mahamaïa, femme de Saodouaodani ou Soutadanni, chef d'une des principales familles brahmaniques, et roi du puissant empire de Magaddam, qui s'étendait sur toutes les provinces arrosées par le Gange. Mahamaïa, quoique épouse, demeura vierge sous le toit conjugal; elle devait pourtant être mère, et, le 15 du dernier mois de l'été, elle conçut, par une opération divine, un fils qui devait régénérer l'Asie orientale. Le 15 du deuxième mois de printemps, après avoir porté trois cents jours son divin fardeau, elle le mit au monde sans perdre sa virginité. Un roi l'enveloppa d'une étoffe précieuse, un autre roi, incarnation d'Indra, lui administra le baptême et lui donna le nom d'Arddhachiddhi. On le porta ensuite dans un lieu sacré, environné de rochers, pour le présenter, selon l'usage, à une image divine. La statue s'inclina devant le nouveau-né, et les assistants le saluèrent du titre de Dieu des Dieux. On confia à soixantedix vierges le soin de sa première éducation, et, lorsqu'il eut atteint sa dixième année, on lui choisit des maîtres de toutes sortes. En peu de temps il fit des progrès merveilleux, et l'élève posa au plus sage et au plus savant de ses professeurs, Bahourénou Bakchi, des problèmes tellement difficiles, que le vénérable pédagogue n'en put trouver la

solution. Arddhachiddhi la lui donna. Il apprit ensuite toutes les langues de l'univers, ou, pour mieux dire, il les savait avant de les étudier. Tout le monde était en admiration devant lui, et sa beauté même était telle, que la multitude se réunissait pour adorer ses trente-deux similitudes en beauté et ses quatre-vingts appas. Il avait vingt ans lorsque sa mère et son père putatif songèrent à le marier; le jeune homme refusa. Vaincu par l'insistance qu'on y mettait, il y consentit enfin, à la condition, toutefois, qu'on lui trouverait une femme, réunissant les trente-deux vertus et perfections les plus importantes. On parvint à découvrir ce trésor; Arddhachiddhi se maria; Arddhachiddhi devint père; mais son goût pour la contemplation des choses divines l'emportant en lui sur tout le reste, femme, enfants, famille, le trône même qui l'attendait, il résolut de tout abandonner pour se livrer à la vie pénitente et solitaire. Soutadanni fit mettre des gardes autour de son palais pour l'empêcher de prendre la fuite; c'était lutter contre le ciel même! Kourmousta Tingri, ce roi incarnation d'Indra qui l'avait baptisé, le fit évader, et bientôt il se trouvait dans le royaume d'Oudipa, sur les bords du Naraçara. Là, environné de quelques disciples, vivant de fruits et de miel, dormant sur un lit d'herbe de goucha, mortifiant sa chair pour dépouiller le vieil homme et arriver à la perfection, il se conféra lui-même le sacerdoce, et changea son nom en celui de Goutama. La sainteté de sa vie attirait autour de lui de pieux visiteurs, qui ambitionnaient l'honneur de le servir, Goutama, par esprit d'humilité, refusait tous ces soins, et il ne consentit qu'avec peine à laisser renouveler, par une princesse de sa caste et de sa famille, l'herbe qui lui servait de couche. Comme tous les saints d'un ordre élevé, comme tous les mounis, comme tous les prophètes, Goutama était puissant en miracles; c'est ainsi qu'en levant les cinq doigts de la main, il arrêta court un éléphant furieux, que son oncle et son adversaire Devadat avait enivré pour le lancer contre lui. L'éléphant même se coucha respectueusement à ses pieds. Sur les bords du Naraçara, il se trouvait encore trop près du monde, et, voulant porter plus loin les mérites de la pénitence, il se retira dans les lieux les plus tristes et les plus désolés qu'il lui fut possible de découvrir, accompagné de deux de ses diciples, Chari et Molon-Toïn. Mais les saints sont toujours tentés dans le désert, car la vertu n'est qu'un triomphe; Goutama eut plus d'une épreuve à subir, mais le dieu, né d'une vierge, ne pouvait succomber, ni fléchir. Viennent d'abord les incrédules; ils cherchent à l'embarrasser par des questions captieuses : « Goutama, quelle est ta doctrine? quel est ton instituteur? de qui as-tu reçu le sacerdoce? — Je suis saint par mon propre mérite, répondit Goutama; c'est moi qui me suis sacré mon propre ministre; qu'ai-je à faire avec d'autres instituteurs? la religion m'a pénétré. Si vous désirez des réponses plus détaillées, adressez-vous à mes deux disciples, ils vous instruiront. » La discussion est acceptée, et les incrédules, réduits au silence par l'éloquente argumentation des disciples de Goutama, se reconnaissent vaincus. Mais, dans la retraite du solitaire, voici venir quatre jeunes sœurs d'une admirable beauté. Elles se sont éprises de Goutama, et, le cœur plein de désirs coupables, elles ont juré d'obtenir de lui le prix de leur amour. Elles se présentent à peine vêtues devant lui et lui font connaître le motif de leur visite. D'une chiquenaude, disent les écrivains mongols, Goutama les rendit honteuses comme de vieilles femmes, et, tombant soudain à ses genoux, elles l'adorèrent. L'auguste pénitent sentit, après cette victoire, qu'il pouvait défier désormais toutes les faiblesses humaines, et parcourir le monde pour y préparer le triomphe de la vérité. Les populations qui avaient appris sa résolution l'attendaient avec impatience et lui décernaient les titres de Chakiamouni (pénitent de la race de Chakia), qu'il conserva depuis, et de Bourkan-Bakchi (l'instituteur divin). Ses cinq disciples attendaient avec impatience le moment où il commencerait son apostolat. « Le trésor précieux de ma sainteté et de la loi nouvelle, leur dit-il, ne peut faire une impression subite sur l'esprit des hommes. Modérez donc encore votre zèle de conversion; il faut, avant tout, que nous accomplissions des jeûnes spirituels. » Et il rentra aussitôt dans la solitude, où il resta quarante-neuf jours à jeûner et à prier. Il fallut ensuite l'intervention des trente-trois tingris pour le déterminer à aller répandre sur les hommes l'eau de la régénération et du salut. Une lumière éclatante environna, comme d'une auréole, son visage majestueux, et il prit la route de la ville sainte de Warnachi (Bénarès), où il s'installa, abîmé dans une sublime contemplation, sur le trône qu'avaient occupé avant lui les princes des trois époques religieuses antérieures. Il parcourut ensuite les provinces environnantes jusqu'à la mer, et revint à Bénarès, où il prêcha longtemps la loi de miséricorde et d'amour aux populations, qui, de toutes parts, accouraient pour l'entendre. Pendant qu'il parlait, ses disciples écrivaient, et ses divins préceptes, ainsi recueillis, forment le Gandjour, ou instruction verbale, code sacré qui ne renferme pas moins de cent huit gros volumes. La masse immense du peuple

était pour Chakiamouni, mais il avait des ennemis nombreux, à la tête desquels se trouvait Devadat son oncle. Les Ters, adorateurs du feu, qui, depuis des siècles, étaient hostiles à tout mouvement religieux, l'attaquaient surtout avec fureur. Devadat rassembla six de leurs principaux docteurs, pour combattre Chakiamouni. Une lutte solennelle s'engagea, les Ters mêmes appelèrent, dit-on, à leur secours les incantations et la magie. Pendant quinze jours, le fils de la vierge sans tache soutint le choc de leur éloquence, et, à leurs arguments, opposa des raisonnements si forts et si convaincants, que les Ters, poussés dans leurs derniers retranchements, s'avouèrent vaincus et se jetèrent à ses pieds. Une fête, qui a lieu pendant les quinze premiers jours du premier mois, a perpétué, jusqu'à notre époque, le souvenir de cette mémorable dispute. Chakiamouni continua ses prédications et fit pénétrer dans les masses la parole de vérité, qui devait délivrer les hommes de leur misère, et faire régner parmi eux l'esprit de charité et d'égalité. Aucun législateur avant lui, n'avait tant osé, tant accompli pour le bonheur du monde; et sa doctrine de régénération sociale ne tarda pas à se répandre dans l'Inde entière, et à franchir les hautes cimes de l'Himalaïa, pour appeler à la civilisation les peuplades à moitié barbares des hauts plateaux. Chakiamouni atteignit l'âge de quatre-vingts ans et quitta la terre ; mais, avant d'abandonner son corps mortel, il annonça à ses disciples que sa doctrine règnerait pendant cinq mille ans, jusqu'au jour où, s'incarnant à son tour, Maidari

viendrait compléter son œuvre, et inaugurer sur la terre le véritable règne de la lumière, de l'amour et de la justice. Lisant dans l'avenir, comme dans un livre ouvert, il prédit même les tribulations auxquelles seraient exposés ses partisans, et les représenta forcés d'abandonner les plaines fertiles de l'Inde et les rivages sacrés du Gange, pour se réfugier dans les steppes immenses du Thibet.

Nous exposerons, à l'article BOUDDHISME, la doctrine de ce divin réformateur, de ce philosophe sublime, de cet ami des peuples, qui brille sur l'Asie orientale comme l'Homme-Dieu des chrétiens sur l'Europe régénérée. Les traits de ressemblance sont nombreux entre le fils de David et le fils de Brahma. Nous les indiquerons sans en tirer aucune conclusion. Bouddha, comme Jésus-Christ, est fils d'une vierge-épouse; Bouddha, comme Jésus-Christ, sent couler dans ses veines le sang des rois; Bouddha, comme Jésus-Christ, reçoit dans ses langes les adorations des rois; comme lui, il révèle sa divinité lorsqu'il est présenté au lieu saint; comme lui, il instruit les plus savants docteurs lorsqu'à peine il a atteint sa dixième année. C'est à peu près au même âge qu'ils commencent leur mission; tous deux jeûnent, prient et se retirent dans la solitude; tous deux prêchent l'*amour et la fraternité*; tous deux sont tentés dans le désert; tous deux sont transfigurés; tous deux ont des disciples qui recueillent leurs paroles pour en former un corps de doctrine. Si Bouddha vient occuper, dans la ville sacrée de Bénarès, le trône idéal des saints des anciens jours, Jésus-Christ fait retentir la bonne nouvelle dans la ville des prophètes et des oints du Seigneur. Si Bouddha combat les Ters et les Brahmanistes, Jésus-Christ est en lutte perpétuelle avec les Sadducéens, qui sont les Brahmanistes de la Judée ; Jésus-Christ enfin annonce comme Bouddha des persécutions contre l'Eglise qu'il a fondée, et, comme le réformateur indien, il aurait pu prédire qu'un jour viendrait où ses adorateurs, chassés du berceau du christianisme, iraient fonder dans les contrées du nord la métropole de la vraie croyance. Si nous consultons les autres légendes, nous verrons Bouddha s'élever en corps et en âme dans les cieux du haut d'une montagne centrale de l'île de Ceylan, où l'on visite encore l'empreinte de son pied; et, à Siam, on nous le montrera élevé sur un trône d'or, au milieu des airs, ayant à ses côtés Saribout ou Vrihaspati, le recteur de la planète Jupiter, auquel est consacré le jeudi, et Mogada ou Mougala, qui préside à Mars et au mardi.

Deux questions maintenant nous restent à examiner dans cet article. Qu'est-ce que Bouddha, et quelle est sa réalité historique? — Quand a-t-il vécu?

Nous poserons d'abord en principe qu'une doctrine destinée, comme le bouddhisme, à régénérer une partie du monde, n'est pas l'œuvre d'un homme, mais l'œuvre des siècles. Jésus n'a fait que développer la loi de Moïse, déjà épurée et complétée par les orateurs sacrés, et à laquelle s'étaient mélangées les idées de l'Orient et les déductions de la philosophie grecque, fondues, au premier siècle avant Jésus-Christ, dans la doctrine mosaïque par les pharisiens, et surtout par les esséniens. Serait-il possible d'en douter, quand on voit une foule d'auteurs, éminents par la science, regarder les esséniens comme une secte chrétienne, quoiqu'ils soient incontestablement antérieurs à l'avénement du christianisme. Passons à Mahomet. Le Coran n'est qu'un reflet de Moïse, des prophètes et de l'Evangile. Arrivons à Luther. Il a pour prédécesseurs Wiclef, Jean Hus, Jérôme de Prague et tant d'autres. Ce que nous avons dit de Jésus-Christ, de Mahomet et de Luther, nous le dirons de Bouddha. Une grande idée, mûrie par la raison des peuples, trouve toujours, quand l'heure de son triomphe est arrivée, un homme pour s'incarner, un saint pour s'imposer à l'admiration du monde, et, s'il le faut, un martyr pour sceller de son sang la croyance nouvelle. Bouddha fut un de ces hommes; mais, dans la légende, telle que nous l'avons rapportée, tout appartient-il à un seul et même Bouddha? C'est ce que nous n'oserions penser. Les peuples se sont plu souvent à grouper sous le même nom les événements remarquables qui, dans une même série d'idées, appartiennent à plusieurs personnages. C'est ainsi, sans doute, qu'on a récapitulé en Minos, en Manou, toute l'histoire des progrès et de la législation de l'Inde et de la Crète anciennes; c'est ainsi que les Chinois ont réuni sous les noms de Tien-hoang, de Ti-hoang, de Gin-hoang, trois dynasties de rois, ou plutôt les trois époques primitives de la civilisation chinoise. Bouddha, d'ailleurs, n'était pas le vrai nom du réformateur de l'Inde. Bouddha est un nom sacré, qui signifie science, sagesse, intelligence, et si on le fait dériver de *bhou, bhov* (être), il est l'existence même; l'essence de l'être. Bou veut dire Dieu chez les Tartares, comme Boug ou Bog chez les Slaves, et peut-être retrouverait-on, avec Volney, le nom de Bouddha dans le mot *baidh* (œuf), et, par extension, l'œuf du monde. On comprendrait alors qu'on eût qualifié du titre de Bouddha le grand législateur qu'on regarda comme une incarnation divine. Toujours est-il que ce mot se retrouve, dans la plus haute antiquité, appliqué à des pays et à des villes. Bouddha est connu sous une foule de noms, tels que Fô, en Chine; Bouddh, Bod, Budzdo, Budda, Bud, etc., qui sont autant d'altérations du nom primitif; à Siam on l'appelle Somonokodom, et nous avons déjà cité ses noms d'Arddhachiddhi, de Chakiamouni, de Bourkhanbakchi, de Goutama, qui tous, comme le premier, ont été corrompus et défigurés de cent façons. Bouddha est ordinairement représenté nu sur une natte, représentant le réceptacle des germes, les jambes croisées, le cou tendu, la tête haute dans une attitude à la fois impérieuse et méditative. Sa chair est noire et ses cheveux frisés, ce qui a fait à tort penser à quelques savants qu'il était d'origine africaine. Il a une taille et un sein de femme; le reste du corps offre les caractères de l'autre sexe. Sa tête est tantôt surmontée d'un bonnet pyramidal, tantôt par une touffe de cheveux. Les symboles vulgaires et si fréquents dans l'Inde de la puissance créatrice et de la puissance productrice l'accompagnent très-souvent, ainsi que le lotos, le croissant et le carré magique, placé sur sa poitrine ou dans la paume de sa main. Une figure le représente avec sept têtes, sans doute en qualité de Sourya (le soleil). Quant à l'époque à laquelle se manifesta le civilisateur de l'Inde et du Thibet, les auteurs et les lamas eux-mêmes sont en désaccord. Le livre sanscrit, intitulé *Bhagavat amrita*, le fait apparaître en 2099 avant J. C.; Abou Gazel, dans son *Aiin Akbari*, en 1366; l'Encyclopédie japonaise, en 1029; les Chinois, en 1027; l'historien persan Aled-Assah Beidaoui, en 1022. Une chronique mongole, traduite par Jahrig, fixe cet événement à l'an 961, et les habitants de l'île de Ceylan, à l'année 619. En admettant même cette dernière donnée, on voit encore l'Inde devancer de six siècles le mouvement progressif de l'Asie occidentale, et n'est-il pas permis de croire que si, aux époques les plus reculées, ce pays privilégié a rempli l'Egypte et la Grèce de ses idées mythiques et philosophiques, il a dû, dans les siècles subséquents, lorsque les communications de peuple à peuple étaient devenues plus actives et plus fréquentes, exercer la même influence sur les populations cis-euphratiennes. La grande monarchie persane n'étendait-elle pas à la fois une main sur l'Egypte et l'autre sur la Perse? Les conquêtes macédoniennes ne rapprochèrent-elles pas les distances, et n'y avait-il aucun lien entre l'Inde et la Syrie? Les Juifs enfin, dispersés dans tout l'Orient, ne faisaient-ils pas chaque année le pèlerinage de Jérusalem?

BOUDDHISME. Le bouddhisme, comme nous l'avons vu, est antérieur à Bouddha, ou, en d'autres termes, ses idées fondamentales, avant d'arriver à être nettement et positivement formulées, étaient déjà répandues parmi les habitants de l'Inde, ce que les bouddhistes expriment du reste lorsqu'ils disent que trois Bouddhas avaient paru avant Chakiamouni. En effet, partout où il y a tyrannie, il y a protestation; partout où il y a privilége, on prépare la réforme; partout où il existe des esclaves, on caresse dans l'ombre la liberté. La population de l'Inde brahmanique était, avant Bouddha, répartie en plusieurs divisions ou castes, dont nul ne pouvait franchir les barrières; au sommet de l'édifice social se tenaient les brahmines, race noble par excellence, race sacerdotale et royale, issue de la souche même de Brahma, et absorbant en elle toutes les richesses de la nation; immédiatement au-dessous, se

trouvaient les kchatrias ou guerriers, chargés de maintenir par le glaive les priviléges des brahmines et les leurs; plus bas était parquée la caste nombreuse des vaicias, artisans, marchands, etc., et ces trois castes superposées pesaient d'un poids énorme sur la race des soudras, production abjecte du pied de Brahma, voués en conséquence, jusque dans leur postérité la plus reculée, à toutes les amertumes de l'ilotisme, de la servitude et du mépris. Autour d'eux se groupaient une foule de sous-castes plus dégradées encore. Mais ce n'était pas assez, et plus bas, mélange impur, population maudite, étaient relégués les parias ou tchandalas, marqués d'un signe infamant comme les lépreux et les Juifs du moyen âge, et auxquels on refusait jusqu'au droit d'avoir dans leurs misérables cabanes un vase de terre non cassé. Leur contact, leur souffle, leur aspect, souillait un brahmine; que dis-je? un soudra même. La société, qui les repoussait, ne se servait d'eux que pour balayer les boues de ses rues ou pour exécuter les criminels. Le séjour des villes et des villages leur était interdit. Les temples des dieux mêmes leur étaient fermés.

Si bas qu'il soit placé, l'homme sent encore sa dignité; depuis longtemps sans doute l'Inde attendait son libérateur; la parole qui devait sortir de sa bouche, chacun la portait dans son cœur. Bouddha parut; l'Inde s'ébranla; prêtres, guerriers, artisans, soudras, donnez-vous la main! Emanations de l'âme universelle, n'êtes-vous pas appelés tous à vous résorber un jour en elle? Même origine! Même tendance! Vous êtes tous frères! Plus de castes! Plus de priviléges! Telle est, en substance, la doctrine annoncée par Bouddha; la bonne nouvelle, « la parole de vie, l'eau du salut, qui doit, selon les livres mongols, délivrer de leur misère ceux qui sont nés pour souffrir. » L'humanité n'avait nulle part encore réalisé un pareil progrès. La loi de Brahma déclarait qu'il n'y avait pour les hommes de salut que sur la terre sacrée de l'Hindoustan; Moïse élevait autour de son peuple une muraille d'airain; Bouddha, au contraire, embrassait le monde entier dans son amour. Le code moral du bouddhisme n'est pas moins digne d'admiration. On peut le réduire à ces quatre grandes prescriptions : La miséricorde établie sur des bases inébranlables; — la prohibition de toute cruauté; — une compassion sans bornes envers toutes les créatures; — une constance inaltérable dans la foi. Les livres sacrés nous donnent ensuite le décalogue de la Bandia ou Eglise bouddhique. Le lecteur nous saura gré de le lui faire connaître.

DÉCALOGUE BOUDDHIQUE.

1. Tu ne tueras pas;
2. Tu ne voleras pas;
3. Tu seras chaste;
4. Tu ne porteras pas de faux témoignage;
5. Tu ne mentiras pas;
6. Tu ne jureras pas;
7. Tu éviteras toutes les paroles impures;
8. Tu seras désintéressé;
9. Tu ne te vengeras pas;
10. Tu ne seras pas superstitieux.

A part l'Evangile, la doctrine bouddhique est, sans contredit, la plus belle et la plus noble qui ait jamais brillé sur le monde. Elle paraissait destinée à régénérer les populations hindoues; l'Inde, en effet, la reçut avec amour et enthousiasme; mais les brahmes, menacés dans leurs priviléges, la combattirent sans relâche. La lutte se perpétua pendant des siècles, et le bouddhisme, après de terribles persécutions, fut banni de l'Inde il y a dix ou onze cents ans. Mais depuis longtemps il avait organisé une propagande active; des missionnaires dévoués avaient prêché dans toutes les contrées environnantes la parole de vie, le règne de l'amour et de la justice. L'île de Ceylan lui appartenait; la Chine, au deuxième siècle de notre ère, et le Japon, en 552, lui avaient ouvert les bras; et, franchissant les cimes neigeuses de l'Himalaïa, il s'était établi sur les hauts plateaux du Thibet; et c'est là surtout qu'il a jeté le plus d'éclat, c'est là qu'il a établi sa métropole et son sanctuaire. Coïncidence étrange, rapports dignes de fixer l'attention des philosophes! Nous voyons deux religions civilisatrices, égalitaires, ennemies des castes, des priviléges, de l'exploitation de l'homme par l'homme, prenant naissance toutes deux dans les chaudes régions de l'Asie, et toutes deux chassées de leur berceau, chercher un refuge vers le Nord, où elles finissent par régner en souveraines. L'une, le bouddhisme, initie à la civilisation les hordes sauvages du Thibet, de la Mongolie et de la Tartarie; l'autre, le christianisme, polit et régénère l'Italie déchue, la Gaule, l'Espagne et l'Allemagne, plongées dans les ténèbres de la barbarie, tandis que l'Inde reste stationnaire, avec ses Brahmes à l'esprit jaloux et despotique, ses Soudras et ses Parias, ses sacrifices humains et ses bûchers pour les veuves, et que la Judée dépeuplée, stérilisée, annihilée, ne conserve qu'à peine quelques misérables débris de son antique population pour pleurer sa prospérité évanouie. Il ne sera pas sans intérêt de dresser, pour compléter notre parallèle, le tableau des partisans des deux religions du monde qui comptent le plus de croyants, en y joignant celui du brahmanisme.

	Balbi.	Pinkerton, Walckenaer, Eyriès.	Hassel.
Bouddhisme,	170,000,000	180,000,000	315,977,000
Christianisme,	260,000,000	230,000,000	232,000,000
Brahmanisme,	60,000,000	60,000,000	111,333,000

Les bouddhistes croient, du reste, que leur religion est destinée à éclairer un jour tous les peuples du monde. Selon Klaproth, le bouddhisme forme une religion unique et indivise. Selon Abel de Rémusat, au contraire, il comprend trois grandes divisions : le *bouddhisme primitif*, ou *chamanisme*, pratiqué dans le Dekan et à Ceylan; le *bouddhisme réformé*, qui régne dans le Thibet, la Boukharie, la Chine, le Japon, la Corée, etc., et même dans certaines parties de l'île de Ceylan; le *lamaïsme*, professé par les Mongols, les Tongouses, et dont la métropole est Lahsa.

Le lamaïsme offre, dans sa hiérarchie, une ressemblance frappante avec la religion catholique. Le souverain pontife, appelé Dalaï-Lama, représente Dieu sur la terre. Au-dessous de lui sont des patriarches chargés du gouvernement spirituel des provinces; un conseil de lamas supérieurs qui, après la mort du pontife, se réunissent en conclave pour lui choisir un successeur; des couvents d'hommes et de femmes, etc. L'Eglise lamaïque prescrit : les prières pour les morts, la confession auriculaire, les prières aux saints qui intercèdent pour les hommes, le jeûne, le baisement des pieds, les litanies, les processions, l'usage de l'eau bénite, etc. Les savants s'accordent peu sur l'origine de ces cérémonies. Les chrétiens les ont-ils empruntées aux bouddhistes ou les bouddhistes aux chrétiens? Cette dernière opinion a prévalu aujourd'hui.

Nous terminerons en exposant les principes philosophiques sur lesquels repose le bouddhisme. L'univers, d'après ses livres sacrés, est animé par une âme universelle, un esprit unique, Adibouddha, individualisé sans fin dans la matière. Mais la matière n'existe qu'en figure, qu'en apparence, et si nous en jugeons autrement, c'est à Maïa, l'illusion, que nous devons nous en prendre. Au-dessous de cet esprit unique, qui renferme tout, d'où tout rayonne, en qui tout s'absorbe, se trouve la Trimourti (trinité), création, conservation, destruction, à laquelle se rattachent les trois éléments, les trois feux, les trois couleurs, les trois mondes et les trois temps. Le monde est habité par trois sortes d'êtres : 1° les *tchamas*, ou reproductions par naissance, comprenant les hommes et les *nat*, ou dieux locaux qui jugent les hommes, et ont pour serviteurs les bons génies; ils habitent la terre et les régions atmosphériques, qui renferment le mont Mienmo et les six cieux des Devas; 2° les *roupas*, dieux visibles occupant les seize cieux les plus élevés, jusqu'au vingt-deuxième du monde de Brahma (Brahma-loca); 3° les *aroupas*, êtres immatériels, dieux invisibles qui, après avoir suivi avec zèle la doctrine de Bouddha, occupent les quatre cieux les plus élevés, du vingt-troisième au vingt-sixième. — Au-dessus de tous ces êtres planent les Bouddhas, qui résident dans le Bon, ou empire qui couvre les vingt-six cieux. L'âme ne quitte un corps que pour venir en habiter un autre; elle ne peut échapper à cette loi universelle qu'en détruisant ses passions, en s'annihilant, en s'identifiant à Bouddha. Elle arrive alors au nirvana, non existence, bonheur suprême; elle cesse d'être; elle est Dieu même; et tel est le but que doit chercher à atteindre le véritable croyant. Mais l'âme, une fois parvenue à l'état de nirvana, n'y demeurera que jusqu'à la création d'un monde nouveau. Elle sera alors individualisée dans un autre corps, et ainsi à l'infini. Les Bouddhas, ou patriarches, sont seuls à l'abri de cette infortune. Ces êtres privilégiés séjournent dans la région indestructible située par-delà le ciel visible, dans l'éther lumineux. Ils descendent de temps en temps sur la terre, sous forme d'un rayon brillant, et choisissent le corps qui doit leur donner asile sur la terre, pour perpétuer la vraie doctrine. Les principaux n'apparaissent qu'une fois; d'autres, plus spécialement appelés Bouddhisatoas, s'incarnent à diverses reprises, jusqu'à ce que, par des épreuves successives, ils aient atteint le rang des premiers. Dans l'âge actuel de l'univers, quatre Bouddhas ont déjà paru. Le dernier est Chakiamouni. Avant la fin du monde il en paraîtra un cinquième, que les habitants de Ceylan nomment Maïdari ou Maitri. Son incarnation aura lieu cinq mille ans après la mort de son prédécesseur, c'est-à-dire l'an 4457 de notre ère.

BOUDHA. Dieu qui, dans la mythologie hindoue, passe pour le génie de la planète Mercure. Il a pour mère Tara, femme de Vrihaspati, et pour père Tchandra, le dieu de la lune, qui avait enlevé Tara. Le jeune Boudha, élevé par Soukra, pontife des Daïtias ou titans, fait de tels progrès dans toutes les sciences, que Sounda, roi des Daïtias, donne à Soukra l'ordre de l'abandonner. Mais ce dernier veut en faire son gendre et son successeur; un des Daïtias tranche la tête à Boudha. Soukra le rend à la vie par ses enchantements. Un autre génie le met en pièces, et disperse de tous les côtés ses membres en lambeaux. Soukra réunit ces débris divins, et Boudha est rappelé à l'existence. Les Daïtias irrités brûlent son corps, il renaît de ses cendres. Les titans ne perdent pas courage : le fils de Tara tombe de nouveau sous leurs coups; ils réduisent ses os en poussière et les font avaler à Soukra dans un breuvage; le pontife s'aperçoit de la trahison; il a recours aux plus puissants secrets de la magie; son élève ressuscite dans son corps. Des tortures affreuses viennent l'assaillir; il se fend la poitrine, après avoir appris à Boudha les formules par lesquelles on peut retirer un cadavre des ténèbres du néant, et meurt dans ce douloureux enfantement. Mais Boudha, qui possède son secret, le ressuscite sur-le-champ. Le fils de la lune monte alors dans les Souargas, auprès des dieux. Il découvre sa céleste origine. Tchandra est le dieu de la guerre, et Boudha, comme Kchatria ou guerrier, refuse d'épouser la fille de Soukra le pontife, qui appartient à la caste des Brahmes, fait qui démontre la haute antiquité de la légende. La jeune fille maudit l'ingrat qui l'abandonne, et, par suite de cette malédiction, Boudha, au lieu de recevoir l'adoration de tous les hommes, est réduit au rôle de conducteur de la planète Mercure, et préside au mercredi, qui est un jour fatal. Mais il maudit à son tour la fille de son précepteur, qui, dans la suite, épousa Iaïati, arrière-petit-fils de Pourou et aïeul des Tchandravansi (enfants de la lune), ou Kchatrias occidentaux. Boudha s'unit ensuite à la fille de Vaivaçouata, souche des Souriavansi, ou enfants du soleil, nommée Ila, qui avait été tour à tour fille et garçon, et qui avait recouvré son premier sexe en chassant dans la forêt de Gaouri.

Cette fable se retrouve, en partie, reproduite dans les mythologies des peuples de l'Asie occidentale, de l'Egypte et de la Grèce. Soukra n'est-il pas Prométhée, abandonnant la cause des titans pour s'allier aux enfants de Cronos? Boudha, destiné à imposer son joug aux titans indiens, n'a-t-il pas de grands rapports avec Jupiter enlevant aux titans l'empire du monde? Si Boudha est mis à mort par les titans et ressuscité par Soukra, Jupiter n'éprouve-t-il pas le même sort, et n'est-il pas rappelé à la vie par Mercure? Les membres dispersés d'Absyrte, de Pélias coupé en morceaux par ses filles, Jason, Eson, Osiris,

Adonis, Atys, ne nous rappellent-ils pas les tristes aventures de Boudha?

BOULJANUS. La belle histoire, en vérité, que celle de cette pauvre divinité nantaise! On découvre, dans la cité bretonne, une inscription latine avec ces mots : *Deo Bouljano* (au dieu Bouljanus). Les savants ont la puce à l'oreille; ils se mettent en campagne; ils interrogent, d'un œil avide et inquiet, leurs oracles in-folio; le dieu Bouljanus les empêche de dormir. *Boul*, dit l'un, le révérend père de Longueval, dans son *Histoire de l'Église gallicane*, *boul*, en langage celtique, signifie monde, univers; *janus* est évidemment Janus; Bouljanus est donc le Janus du monde! En voulez-vous une autre preuve, irrécusable, irréfragable, irréfutable? la voici (un savant n'est jamais embarrassé) : une ancienne figure représente Janus avec trois faces; or, les anciens ne connaissaient que trois parties du monde (le bonhomme oubliait la Trinité), donc les trois faces de Janus désignaient l'Europe, l'Asie et l'Afrique, ou, en d'autres termes, le globe; mais si *boul*, en breton, veut dire univers, il doit, par cela même, avoir le sens de globe. Bouljanus est donc bien le Janus du monde. Non pas, s'il vous plaît, dit un autre, qui vise à l'Académie des inscriptions et belles-lettres; *boul* n'est pas gaulois; *boul* est chaldéen; Boul est Baal; *janus*, c'est l'hébreu *jaïn* défiguré; or, *Baal* signifie seigneur, *jaïn* signifie vin; Bouljanus est donc le Seigneur du vin; Bouljanus est donc Noé, qui planta la vigne. Le père de Longueval ne se tenait pas pour battu; il compulsait, il compulsait toujours. Un cri de joie lui échappe; il a fait, pour le coup, une découverte que nul ne viendra lui contester. Il prouve, par un passage authentique d'un auteur latin bien sonnant, que le temple de Bouljanus a été abattu, vers l'an 319, sous le règne et par l'autorité du grand Constantin. Mais arrive le père Desmolets (*Mémoires de Littérature*). Il démontre que l'inscription a été mal lue, et qu'il s'agit tout bonnement d'un tribunal de commerce élevé dans la ville de Nantes, du consentement du dieu Janus, par des officiers romains qui rendaient naturellement leurs devoirs au dieu de la mère patrie. Pauvre dieu Bouljanus! pauvre père de Longueval! Heureux Desmolets!

BOUNSIO. Léda japonaise qui, au milieu de sa richesse, ne pouvant avoir d'enfants de Simmios-Daï-Mio-Sin, pria les Kamis, groupe brillant de héros divinisés, de suppléer à l'insuffisance de son mari. Bounsio sans doute était belle; les Kamis se rendirent à ses désirs, et l'épouse stérile, exaucée au delà de ses espérances, pondit cinq cents œufs. Un seul, ou deux même, l'auraient probablement mise au comble du bonheur; un si grand nombre l'épouvanta. Elle craignit, par un nouveau prodige, d'en voir sortir toute une armée de monstres et de bêtes farouches. Prenant alors un coffre, elle y renferma en toute hâte sa couvée, qu'elle abandonna au cours du fleuve Riou-Sa-Gava, après avoir toutefois écrit quelques mots sur le couvercle de l'arche fragile. Un vieux pêcheur recueillit le coffret et porta tout joyeux les œufs dans sa cabane. Sa femme, plus sensée, pensa que des œufs ainsi jetés dans le courant du fleuve ne pouvaient rien valoir, et, refusant de se donner la peine inutile de les préparer pour leur frugal repas, elle voulait à toute force que son mari les remportât où il les avait pris. Le bonhomme tint bon, et, tombant enfin d'accord avec sa moitié, les exposa à la chaleur d'un four. Et bientôt, figurez-vous son étonnement, de chacun des œufs sortit un enfant.... d'autres mêmes ont poussé jusqu'à six! Voilà donc notre pêcheur avec trois mille bambins sur les bras. Nous savons comment, à sa place, s'en fût débarrassé le père du Petit-Poucet. Notre homme pouvait mieux faire; usant du bénéfice de la loi qui permet à tout prolétaire japonais de conduire au marché sa progéniture, il lui était facile de réparer en cette occasion l'injustice de la fortune, car il était pauvre. Il se décida pourtant à garder ses trois mille enfants. Il les nourrit longtemps de feuilles d'armoise et de riz; mais l'appétit croît avec l'âge; les trois mille frères se firent voleurs pour manger. Un jour, dans une de leurs courses aventureuses, ils remontent le Riou-Sa-Gava et arrivent devant la maison d'un homme célèbre par sa richesse: ils assiégent la maison; la dame du logis,

apprenant qu'ils sont nés de cinq cents œufs renfermés dans un coffret, les reconnaît et fait préparer, pour fêter cet heureux événement, un banquet magnifique dans lequel elle but en l'honneur de chacun d'eux le sokana avec une fleur de pêcher. Beau dénoûment sans contredit! Nos vaudevillistes n'auraient pas trouvé mieux. La légende japonaise pourtant ne s'arrête pas en si beau chemin. Elle nous apprend que Bounsio, nommée depuis lors Bensaïten, fut mise avec ses trois mille fils au nombre des Kamis. Bensaïten préside à la richesse et peut-être à la population, source de prospérité publique qui méritait certainement de rentrer dans ses attributions. Les Japonais célèbrent en son honneur une des cinq grandes fêtes de l'année, la fête des Pêches (Sangouats-Sanits), solennisée surtout par les jeunes filles, qui donnent chacune dans la maison de leurs parents un festin où sont

convoqués tous les amis de la famille. Une salle splendidement ornée est remplie de jouets d'enfants et surtout de poupées, représentant la cour du Daïri. C'est le jour de l'an du Japon, où, comme chez nous, on se fait mutuellement des visites. Nous ne ferons qu'indiquer le rapport du coffre de Bounsio avec l'arche, dans laquelle on déposait en Egypte, en Syrie, en Grèce, des enfants, les membres d'Osiris, le symbole mystique de la génération, etc., et l'analogie possible des œufs divins qu'elle avait pondus avec les œufs des Dioscures, l'œuf orphique, ceux de Bhavani, etc. Bounsio d'ailleurs, comme déesse de la richesse et de la population, a les plus grands rapports avec les déesses mères de l'Inde, de la Chaldée, de la Grèce et de l'Egypte.

BOURKHANS. Dieux des Kalmouks et des Bourètes, qui se divisent en bons et en méchants, comme dans la mythologie persane. On dépeint les premiers avec un visage riant et gracieux; les seconds, au contraire, sont représentés avec des formes monstrueuses, des bouches horribles et grimaçantes, des yeux hagards et des traits sur lesquels se lisent la colère et la menace. C'est ainsi que chez tous les peuples la laideur physique et la laideur morale ou le mal, marchent de pair. A l'article DJINNS, nous ferons ressortir ce contraste, qu'on peut voir, du reste, sans s'égarer dans les plateaux de la Tartarie ou dans les montagnes de la Perse, sur les portails de nos églises gothiques. Les Bourkhans, et surtout ceux qui passent pour bienfaisants, sont ordinairement représentés assis sur des nattes, avec un sceptre dans une main et une cloche dans l'autre. Leurs statues, faites ordinairement de cuivre fondu et doré, sont creuses et atteignent quelquefois seize pieds de hauteur. Elles sont posées sur des piédestaux également creux, qui contiennent chacun un petit cylindre fait avec les cendres des saints dont les corps ont été animés par le dieu qui surmonte le piédestal. Les principaux des dieux Bourkhans sont : Tingri-Bourkhan, le dieu suprême auquel on attribue la création de l'univers ; Chakiamouni, le quatrième et le dernier des Bouddhas qui ont sanctifié la terre, et qui a paru cinq cent quarante-trois ans avant notre ère, Abida ou Abidaba, Erlik-Kan, Ourdara-Oltangatouçoua.

BOUTO. La matière primordiale, la nuit primitive, la masse des eaux ténébreuses, d'où le Démiurge devait faire jaillir un jour l'univers, le chaos en un mot. Telle est Bouto dans la mythologie égyptienne, Bouto, qu'on trouve nommée tour à tour Sable-et-Eau, Limon, la Forêt, c'est-à-dire la matière, mais la matière déjà fécondée renfermant dans son vaste sein les germes confondus de tous les êtres animés ou inanimés, les germes mêmes des dieux et des mondes. C'est donc avec raison qu'on l'a appelée la Nourrice des Etres, l'Eau mère de tout, la Grand-mère. A côté de Bouto, la Passivité femelle, c'est-à-dire au-dessus, se place nécessairement le principe générateur coexistant, le Feu, Knef ou Fta. Nous retrouvons donc dans

Bouto le grand axiome de la philosophie ancienne, l'union du feu et de l'eau, de l'actif et du passif, du chaud et de l'humide, qui forme le fond de toutes les cosmogonies, avec cette différence que tantôt c'est l'eau, tantôt le feu, qui paraît dominer, à moins qu'on ne place sur la même ligne ces deux grands agents de la nature révélée. Bouto, souvent nommée mère des dieux, passait en particulier pour la génératrice du soleil, car le soleil est sorti, comme le reste de l'univers, de la masse chaotique primitive, idée parfaitement exprimée par Plutarque lorsqu'il dit qu'Haroéri se forma au milieu des exhalaisons humides et des nuages (*Traité d'Isis et d'Osiris*). C'est Bouto qui, après la mort d'Osiris, recueille la jeune Haroéri qu'elle élève dans l'île flottante de Chemnis, qu'Hérodote dit avoir vue lui-même sur le grand lac aux abords duquel s'élevait la ville de Bouto. Elle réabsorbe souvent en elle Isis et Pooh et surtout Neith et Athor. Les Grecs, à juste titre, la confondaient avec Latone, qui est aussi la mère du soleil, qu'elle élève dans l'île flottante de Délos, et ils donnaient à la ville de Bouto le nom de Latopolis. Les rapports de Bouto avec Baaût et Môt de la théogonie phénicienne sont plus étroits encore, et la comparaison peut servir à développer le haut sens philosophique de Bouto, passant par des phases différentes sous l'influence d'un principe supérieur. Bouto, dans son mode d'être primitif, est la nuit-matière-humide, Baaût ; arrive la fécondation, elle devient Môt, le limon, la matière déjà criblée des germes par la force active de l'univers, Piromi délégué en Fta, ou, si l'on prend les termes de Sanchoniaton, Kolpia, le vent primitif, se révélant par le désir de l'amour, ce qui se rapporte au système hindou de la Mimosa. (Voy. BRAHMA.)

L'Egypte avait donné à trois de ses villes le nom de la grande déesse. L'une était placée sur le bord du lac Bouto (aujourd'hui Bourlos), à peu de distance de la mer ; la seconde, nommée par les Grecs Latopolis, s'élevait sur la rive gauche du Nil, dans la Thébaïde ; elle porte aujourd'hui le nom d'Esneh : la troisième, dont le bourg d'Errahoué occupe l'emplacement, était située à l'ouest du Delta. C'est dans la première qu'on lui avait dédié un temple monolithe, haut de quarante coudées, et qui devait peser primitivement sept millions et demi de kilogrammes. On nourrissait dans ses temples des musaraignes, animal qui passe pour aveugle comme la taupe et dont on fit l'emblème de la nuit primitive, et on lui consacrait l'Ichneumon, ami des eaux.

BRAHM. Forme neutre par laquelle on désigne l'être suprême, irrévélé, absolu des Hindous, appelé aussi PARABRAHMA (grand Brahma) ou BAGHAVAN, et souvent nommé TAD (*il*, *lui*). Brahm, qui ne diffère point d'Adibouddha, est tout, et tout est lui ; si quelque chose paraît à votre faible raison exister en dehors de cette substance éternelle, c'est Maïa, ou illusion toute pure. Mais l'absolu peut se révéler sous des formes diverses dans le monde de la matière comme dans celui de l'intelligence ; mille et mille formes, en effet, frappent nos yeux ou sont perçues par notre esprit, qui ne peut échapper à la fascination de Maïa. Le plus élevé de ces modes d'être de l'absolu c'est la Trimourti, composée de Brahma, le dieu créateur ; de Vichnou, le conservateur, et de Siva, le destructeur, ou plutôt le modificateur. A côté d'eux et en eux sont la substance et la force, qui modifie la substance ; la force, en tant qu'énergie, est appelée Sacti ; considérée comme mère, elle est Matri ; elle devient Souacha (*elle*), en tant qu'être femelle par excellence.

Les membres de la Triade, contenant nécessairement Sacti, Matri et Souacha, sont donc comme Parabrahma lui-même, mâle et femelle tout à la fois. Brahma se dédouble donc en Saraçouati, Vichnou en Lachmi, Siva en Bhavani, toutes trois sœurs-épouses et se réabsorbant dans la Trimourti dont Maïa seule les sépare comme la Trimourti elle-même se réabsorbe en Parabrahma. Mais ce n'est pas tout. La Trimourti, sous l'influence de Maïa, se délègue en une foule de triades inférieures : Mana-Ahankara-Mahanatma ; Hiruniagharba-Pradjapati-Prana ; Brahma Indra-Varouna-Iama ; le soleil-l'air-le feu ; le soleil-la lune-la terre ; la terre-l'eau-le feu ; l'or-l'argent-les diamants ; le noir-le bleu-le rouge, symboles des trois qualités ; les trois Kalas ou temps ; les trois grandes régions de la géographie mystique ; les trois notes modèles ; les trois angles du triangle qui forment l'ioni ; les trois écorces du symbole de la génération ou arbre de vie, etc. Et au fond de toutes ces distinctions divines ou terrestres, spirituelles ou matérielles, que trouvons-nous ? Toujours l'unité suprême, « dont les pouvoirs, les facultés, les opérations, bien que distinctes, se croisent, se combinent, se permutent entre eux de mille manières ! Ce sont les trois couleurs d'un même rayon, les trois rameaux d'une même tige, les trois formes d'un même principe. Toutes les divinités mâles rentrent les unes dans les autres ; de là leurs alliances mystiques ; de là les attributions qu'elles échangent mutuellement. Il en est de même des divinités femelles. Les premières semblent se concentrer toutes en Siva ; les secondes en Parvati-Bhavani. Siva et Bhavani se réunissent à leur tour dans l'hermaphrodite Arddhanari, qui lui-même a son type dans Brahm-Maïa. Ainsi, tout se ramène à l'unité où réside la dualité première, source et principe de toute créature. » Mais de ce que chacune des personnes de la Sainte Triade se fond en Brahm, il est résulté qu'on a pu, sans porter atteinte à l'orthodoxie, prendre tel ou tel membre de la Trimourti pour Parabrahma lui-même. C'est ce qui est arrivé en effet.

BRAHMA. Le premier membre de la Trimourti, émanation de Brahm, qui, pour descendre jusqu'à lui, avait passé par dix formes différentes. Dans l'espace sans bornes s'étendait la masse immense des eaux, environnées d'une ténébreuse atmosphère. Un silence profond régnait sur cet océan primordial dont aucun souffle ne venait agiter les vagues endormies. Tout à coup un lotus vient épanouir à la surface des flots ses feuilles humides, et son large calice, sur lequel Brahma se trouve assis. Étonné d'être, et ne sachant pas encore se rendre compte de son existence, il tourne de tous les côtés les huit yeux de sa quadruple tête, et, saisi d'effroi à la vue de cet océan sans horizon, couvert d'une nuit éternelle, il demeure immobile sur son fragile kamala, et s'absorbe dans une contemplation muette. Des siècles s'écoulent; un son a frappé son oreille; une voix lui conseille d'implorer Bhagavan (Brahm). Il obéit, et Bhagavan lui apparaît sous la forme d'un homme à mille têtes. Brahma s'incline avec respect: les ténèbres disparaissent, et aux regards surpris de Brahma apparaissent les quatorze mondes, à l'état de germe, dans

l'être infini de Bhagavan, qui lui donne le pouvoir de les faire jaillir de son sein lumineux. Ébloui de ce spectacle magnifique, de cette grandiose et sublime vision, Brahma reste cent années divines (36,000 ans) plongé dans une extatique contemplation; et, revenant enfin à lui-même, procède à la grande œuvre de la création. Il produit d'abord les sept Souargas ou cieux étoilés, éclairés par les corps resplendissants des Devatas, puis Mritloka (la terre) avec le soleil et la lune, et enfin les sept Patalas ou régions inférieures qui ont pour soleil et pour étoiles huit escarboucles, placées sur la tête des huit serpents. Il crée ensuite les purs esprits, Mouni et les sept Richis, dont cinq deviennent ses auxiliaires. Il consomme alors son hymen avec Saraçouati, sa sœur, qu'il avait longtemps poursuivie de son amour, et devient père de cent fils, dont l'aîné, Dakcha, donne naissance à cinquante filles. Treize de celles-ci s'unissent à Kaciapa, fils de Maritchi et petit-fils de Brahma. L'une d'elles, Aditi, enfante les Devatas, génies bienfaisants et lumineux qui habitent les cieux, et une autre, Diti, met au monde les Daïtias ou Açouras, génies des ténèbres et du mal. La terre était encore sans habitants; de la bouche, du bras droit, de la cuisse droite et du pied droit de Brahma sortirent les chefs des quatre grandes castes, Brahman, tige des Brahmes; Kchatria, père des guerriers; Vaïcia, père des artisans, et Soudra, d'où tire son origine la caste des ilotes, auxquels il donna quatre femmes, et, chose curieuse, celle qu'il accorda à Brahman était issue de la race impure des Açouras.

La cosmogonie du livre de Manou et celle du code de philosophie nommé Mimosa nous offrent sur la création un tableau qui diffère de celui des Vedas que nous venons d'exposer. D'après le code antique de Manou, Brahm, voulant faire sortir de son être divin le monde, des contingences et des formes, s'émane en eaux primordiales dans lesquelles il dépose un germe. Ce germe devient un œuf brillant comme de l'or. Les eaux étaient appelées Nârâs, parce qu'elles étaient la production du Nara (esprit divin), et c'est en elles qu'eut lieu le premier mouvement du Nara, qui en conséquence fut nommé Narayana (celui qui se meut sur les eaux). Cet œuf donne naissance à Brahma, nommé pour cette raison Hiraniagharba (l'Uterus d'or), qui n'est que Brahm déterminé, c'est-à-dire Brahm se révélant au monde par Maïa (l'illusion). Brahma nommé aussi Pouroucha (l'homme), développe Brahmanda (l'œuf qui renfermait tous les germes). Alors se révèlent trois hautes émanations du grand être, Mana, l'intelligence indéfinie ; Ahankara, l'intelligence déterminée, principe de l'individualité, et Mahanatma, qui répand la vie dans le monde et développe les qualités ou modes qui tombent sous les cinq sens ; triade divine, qui au fond ne diffère point de la Trimourti ordinaire. Ces cinq éléments sont déterminés par Ahankara et vivifiés par Mahanatma ; Brahma-Mana en forme tous les êtres animés. Voici comment s'opéra la création :

Brahma-Mana divisa en deux l'œuf qui lui avait donné naissance, et en forma le ciel et la terre. Au milieu il plaça l'atmosphère, les huit régions célestes et le réservoir permanent des eaux. Il tira les molécules des cinq éléments de la conscience de lui-même. Chaque élément acquiert la qualité de celui qui le précède, de sorte que le plus éloigné dans la série est toujours le plus parfait. Le souverain maître produisit ensuite une multitude de dieux ou Devas, la troupe invisible de génies ou Sadhyas, le sacrifice, institué dès le commencement, les Védas, le feu, l'air, le soleil ; il créa le temps et les divisions du temps ; les constellations, les planètes, les fleuves, les mers, les montagnes, les plaines. Pour établir une différence entre les actions, il distingua le juste et l'injuste, et tout être conserve jusque dans les générations les plus éloignées les qualités bonnes ou mauvaises qu'il a reçues primitivement. La terre était inhabitée encore ; il produisit de lui-même (de la manière que nous avons déjà fait connaître) les chefs des quatre castes, et, se livrant à une dévotion austère, le divin mâle se délégua en Manou, pour opérer la création subalterne. Manou produisit d'abord dix saints, seigneurs des créatures, qui créèrent sept autres Manous, les Devas, les Yakchas ou Gnomes, les Rakchasas ou géants, les Pisatchas ou vampires, les Ganaharbas ou musiciens célestes, les Apsaras (voy. ce mot), les Asouras ou titans, les Nagas ou dragons, les Sarpas ou serpents, les Souparnas ou oiseaux, et les Pitris ou tribus des ancêtres divins, puis les éclairs, les foudres, les nuages, les arcs colorés d'Indra, les comètes et les étoiles, les Kinnaras, les singes, les poissons, les oiseaux, les bestiaux, les bêtes sauvages, les hommes, les animaux carnassiers à deux rangées de dents, les vermisseaux, les vers, les sauterelles et les corps privés de mouvement.

La Mimosa, qu'on attribue à Douipaïana-Viaça, donne une troisième cosmogonie, moins orthodoxe, mais dans laquelle se reflète admirablement l'esprit de la philosophie hindoue. Brahm existe seul dans les solitudes immenses de l'espace. C'est Maïa, c'est l'illusion, qui fait sortir l'être absolu des profondeurs où il vit isolé ; c'est Maïa qui produit la mer de lait, Kama (l'amour) et les mondes. Quant au système bouddhiste, nous l'avons exposé à l'article Bouddha premier. En résumé, c'est Brahm qui domine tout, et Brahma qui produit tout. Brahma, enorgueilli de sa puissance et surtout de la création des Védas, livres sacrés de l'Inde, se croit supérieur aux deux autres personnes de la Trimourti, Vichnou et Siva ; il les raille et les insulte, et s'approprie une partie de l'espace, de sorte que les dieux après avoir placé au-dessus des sept cieux, le ciel Brahmaloka pour Brahma, Vraikounta pour Vichnou et Kailaça pour Siva, et placé la terre appelée Bhouloca ou Mriloka, il ne restait plus de place pour recevoir le Naraka ou enfer. Mais Brahm s'intitule le vengeur de l'orgueil, et il réduisit l'empire de Brahma d'une quantité égale à celle qu'il s'était appropriée de sa propre autorité. Brahma poursuivit ensuite de sa passion incestueuse Saraçouati, sa sœur ou sa fille, il la poursuivit dans le monde entier, il la poursuivit jusque dans les cieux, où elle avait cherché asile, et les dieux le précipitèrent dans le fond de l'abîme avec sa demeure Brahmaloka. Le grand coupable se soumet aux plus dures pénitences. « Si tu veux obtenir ta grâce, lui dit le Très-Haut, courbe-toi sous le poids de l'humiliation, et passe par quatre incarnations pendant le cours des quatre âges. » Le dieu obéit. Il apparut pendant le Satiaïouga sous la figure de Kakabhousonda, le corbeau poëte ; pendant le Tretaïouga, sous les traits du tchandala (paria) Valmiki, d'abord brigand, puis pénitent révéré, savant interprète des Védas et auteur du Ramaïana. Pendant le Douaparaïouga, il fut Viaça pénitent, poëte et auteur du fameux poëme intitulé le *Mahabharata*, du *Bhagavat* et de plusieurs Pouranas. Pendant le Kaliouga, enfin, il se montra sous la figure de Kalidâça, le grand poëte dramatique, l'auteur de la *Bague enchantée*, le restaurateur des ouvrages de Valmiki. Quelle explication donner de ces métamorphoses de Brahma ? Elles ressortent de sa nature même. « Brahma, dit Creuzer, c'est l'énergie créatrice de Brahm, c'est l'être descendant dans la forme, la substance se révélant dans le phénomène, l'esprit venant animer la matière, le moi universel, le roi de la nature, la loi du Très-Haut gouvernant le monde, qu'il a fait d'après les lois invariables que lui-même s'est prescrites. Brahma, c'est l'âme du monde ; c'est la matrice des êtres, le père, le générateur, le plus ancien des dieux, le maître de toutes les créatures, le régulateur des éléments, le frère aîné du soleil, le type du temps et de l'année, l'oracle du destin, la couronne de l'univers. Brahma, c'est l'intelligence incarnée dans le monde et dans l'homme (c'est pourquoi il est appelé Pouroucha, l'*homme* par excellence) au commencement du temps ; s'y incarnant de nouveau dans le cours de chaque âge, à chaque révolution de l'univers. Il est la parole par qui tout fut créé, tout est vivifié. Il est le chef invisible des brahmanes, le premier ministre de Brahm, le prêtre, le législateur par excellence, la sience, la doctrine, la loi, la forme des formes. »

Brahma, dieu moins populaire que Vichnou et Siva, est en revanche mis par la caste sacerdotale comme bien au-dessus des deux autres membres de la Trimourti. Les brahmanes l'invoquent matin et soir, en jetant trois fois sur la terre et vers le soleil de l'eau qu'ils prennent dans le creux de la main. A midi ils l'invoquent de nouveau, en lui offrant une simple fleur. Dans le sacrifice du feu, ils lui offrent du beurre clarifié. — On le représente ordinairement avec quatre têtes, désignant les quatre points cardinaux, les quatre régions du monde, les quatre âges ou Iougas, les quatre Védas, les quatre castes ; une barbe épaisse descend de ses quatre mentons, il tient dans ses quatre mains le feu du sacrifice, le poinçon à écrire, et la chaine mystique à laquelle sont suspendus les mondes et les Védas. Au-dessus de ces quatre têtes s'élèvent, sur une conque représentant l'élément humide, le symbole mystique du réceptacle des germes et une flamme pyramidale, symbole de la puissance fécondatrice de l'univers. On le voit aussi assis sur des feuilles de lotus ou couvant l'œuf du monde ; et souvent il est monté sur le cygne-aigle Hamsa. Il offre des rapports remarquables avec le Jupiter des Grecs. Jupiter est, comme Brahma, le chef d'une trimourti, dont les deux autres membres sont Neptune et Pluton ; comme Brahma, il a sa sœur pour épouse ; Homère lui donne une chaine d'or, comme celle du dieu hindou, et nous retrouvons le cygne-aigle de l'Inde dans l'aigle oiseau sacré de Jupiter et dans le cygne de Léda, incarnation du maître des dieux.

BRAHMADIKAS. Génies créés par Brahma, et qui, sous sa direction, travaillent à la création des mondes, et s'appliquent à y faire régner l'ordre et la symétrie. On leur donne aussi le nom de Pradjapatis et des Dix Brahmas ou Grands Brahmanes. Ils sont immédiatement inférieurs aux quatorze Manous, et commandent aux Pitris ou patriarches qui habitent le globe lunaire. Peut-être les Brahmadikas ne sont ils que des Mounis ou des Richis. Différentes légendes les font naitre du premier Manou, émanation de Brahma, qui exécute une partie de la création. Selon d'autres, neuf d'entre eux sont sortis, comme les chefs des quatre castes, du corps même de Brahma, qui est lui-même un Brahmadika, mais le premier de tous.

BRAHMAN. Le fils aîné de Brahma, le premier et le plus noble des pères de la race humaine, le chef de la caste sacerdotale. Brahma lui donna pour héritage les quatre Védas, c'est-à-dire le code religieux de l'Hindoustan. Mais Brahman, étant destiné à l'interprétation du livre sacré, à l'étude et à la prière, n'avait point reçu de femme, comme Kchatria, Vaiçia et Soudra, souches des guerriers, des artisans et des esclaves. Brahman s'en plaignit. Le dieu lui fit des observations; il insista, et Brahma, irrité, lui donna pour femme une fille de la race maudite des Rakchasas ou géants, d'où sortirent les brahmes.

BRINGHI. L'une des Apsaras ou des Gopis, qui préside aux jeux et aux plaisirs. Lorsque ces délicieuses créatures forment, sur le bord des rivières, leurs danses ravissantes, aux sons mélodieux d'une musique qui ne parvient pas aux oreilles trop grossières des hommes, c'est Bringhi qui, avec Vichnou-Krichna, occupe le centre du chœur divin, dont elle dirige les gracieuses évolutions.

BROCK. Nain de la mythologie scandinave. C'est lui qui fit présent à Freir de ce sanglier merveilleux dont les soies d'or sont si étincelantes, que le dieu auquel il sert de monture y voit aussi clair la nuit que le jour.

BROUIN. Le dieu suprême des Géogbis, secte des Banians. Brouin a créé le monde; il est tout lumière, et l'homme ne saurait supporter l'éclat de sa divinité. L'imagination même ne saurait entrevoir ses splendeurs, et il serait aussi absurde qu'impie de chercher à le représenter par des images. Il s'est fait représenter sur la terre par Mécis, son plus fidèle adorateur, qui, à vrai dire, est l'incarnation même de Brouin.

BUBASTIS ou plutôt **POUBASTI.** Fille d'Osiris et d'Isis. Les Grecs la prenaient avec raison pour Diane. Les traits de ressemblance sont frappants : Poubasti aida sa mère à élever le jeune Haroéri (Horus), son frère, comme Diane aida Latone à élever son frère Apollon, et Poubasti, comme Diane Ilithie, présidait aux accouchements. Si, d'ailleurs, on se rappelle qu'Haroéri n'était qu'une émanation d'Osiris et Osiris lui-même, on en conclura naturellement que Bubastis doit également se réabsorber en Isis, sa mère; or, Isis est la lune. Pour que la conclusion fût parfaite, il faudrait, puisque Haroéri est le soleil enfant, le soleil nouveau, que Poubasti fût la lune nouvelle, et c'est là précisément la signification de son nom, selon Jablonski. Savary remarque, à ce sujet, que le croissant, ou la nouvelle lune; paraît trois jours après la conjonction du soleil et de la lune, et que dans la ville d'Ilithia, près de Latopolis, le troisième jour du mois lunaire était particulièrement consacré à Poubasti, comme le rapporte Eusèbe (*Præparat.*, liv. III). Poubasti était surtout honorée dans une ville qui portait son nom, située sur une des branches du Nil, et une foule nombreuse accourait tous les ans à sa fête. Pendant les jours qui précédaient cette solennité, dit Hérodote, le Nil était couvert de barques richement ornées, et chargées de voyageurs et de musiciens qui descendaient le cours du fleuve pour assister à la fête. On n'entendait, jour et nuit, que chants et concerts. Cet historien évalue même à sept cent mille le nombre des pèlerins qui se donnaient rendez-vous à cette époque dans la ville de Bubaste.

Poubasti avait pour symbole un chat, et, si l'on en croit les Grecs, cet animal lui était consacré parce qu'elle s'était métamorphosée en chat lorsque Typhon avait déclaré la guerre aux dieux. Il n'était point de difficulté que les Grecs n'expliquassent, ou plutôt n'éludassent avec un pareil système. Il est plus probable que le chat était regardé comme le symbole de la lune à cause de l'extrême dilatation de sa prunelle, qui offre beaucoup de rapports avec les formes diverses affectées par la lune dans ses phases. Plutarque et Porphyre prétendent qu'on lui immolait des victimes humaines; mais Hérodote, d'un autre côté, affirme que les Egyptiens n'ont jamais fait couler le sang humain sur les autels de leurs dieux.

BUGI, BOUI ou **BOUN.** Le principe du mal chez les Tongouses. Tout ce qui peut nuire à l'homme dans la création, les animaux dangereux, les plantes vénéneuses, les gaz méphitiques, les maladies et les pestes, rentre dans les attributions de Bugi, qui ne le cède en puissance qu'au seul Boa. C'est le Typhon, le Surtur, le Loke, l'Ahriman des Tongouses. L'homme après lequel il s'acharne et celui qui redoute sa colère peuvent néan-moins le fléchir au moyen de prières et de sacrifices. Mais ce que Bugi préfère, du moins selon la doctrine enseignée par ses prêtres, ce sont les présents, et les plus beaux sont les plus efficaces.

BURE. L'Adam des Scandinaves, fils du rocher de glace du monde primitif, et père de Bor. (Voy. YMER.)

CANOPE, ou mieux **CANOB.** Dieu égyptien représenté par un vase, et dont les Grecs, qui voulaient tout rapporter à leur pays, avaient fait un pilote de Ménélas, mort pendant le séjour de ce monarque en Egypte, et divinisé ensuite sur les bords du Nil. Le ridicule d'une pareille prétention n'a pas besoin d'être démontré. Les Egyptiens n'accordaient pas même à leurs rois les honneurs de l'apothéose; comment donc ce peuple, dont on connaît la répulsion profonde pour les étrangers, aurait-il élevé des autels à un nautonier spartiate? Canope était véritablement un dieu égyptien, malgré les assertions contraires de plusieurs savants modernes. Son culte acquit surtout de l'importance sous la domination étrangère. Canope était un dieu-eau; Canope était le Nil même; aussi est-il souvent confondu avec Sérapis, qui, selon Creuzer, n'est que Canob embelli, développé, Canob, auquel on donna, sous la période grecque, les attributs des plus hautes divinités. A vrai dire, en effet, Canob n'est qu'une des formes de Knef, et ces deux noms, comme on le voit, sont fort rapprochés, puisque les consonnes élémentaires qui constituent la charpente des deux mots se suivent dans le même ordre; nous trouvons même une forme intermédiaire dans Knouph-Nil, ou Knef présidant au Nil, divinité qu'on dépeint avec un vase d'où s'échappent les eaux du fleuve nourricier. Ce vase, cette urne, symbole du dieu, détachée de ses mains, ne cesse point d'être encore Knouph-Nil, et prend alors le nom de Canob. On voit même, sur une médaille du temps d'Adrien, l'urne-Canope environnée du serpent Agathodémon, symbole de Knef. Kanob est donc Knef, et on peut, en conséquence, le regarder non point seulement comme le dieu de l'eau fluviatile en Egypte, mais aussi comme le génie des eaux dans leur vaste ensemble, comme le génie même des eaux primitives fécondées par le grand Knef.

Canope était ordinairement représenté sous la forme d'un vase à large ventre, surmonté d'un cou et d'une tête d'homme ou d'animal; quelquefois aussi le vase est remplacé par un corps humain, inerte, sans mouvement, qui, par l'énorme développement du ventre, nous ramène toujours au type primitif, le vase. Ce vase était à peu près semblable à ceux dont on se servait en Egypte pour renfermer les eaux du Nil, et que les Grecs nommaient bau-calion et qu'on appelle aujourd'hui bardak. Il était formé, comme ces derniers, d'une terre légère et poreuse qui, à l'époque du débordement, laisse filtrer l'eau chargée de limon et de détritus de toutes sortes. Une multitude de vases canopiques nous sont parvenus; souvent ils sont surchargés d'ornements hiéroglyphiques. Un des plus in-téressants est celui de la villa Albani, qui est en basalte verte. Il est surmonté d'une tête d'homme, et on voit sur le ventre sphérique du dieu plusieurs divinités et emblè-mes de l'Egypte : un autel surmonté de deux éperviers qui se regardent; au-dessous, deux jeunes enfants accroupis, et, autour de l'autel, Osiris, Anubis à tête de chacal, Hor ou Harpocrate le doigt sur la bouche, Hermès cynocé-phale. La partie inférieure du vase est occupée par un grand scarabée les ailes déployées, tenant à la bouche un globe de chaque côté duquel se dresse un serpent.— On a pensé, et non sans fondement, que c'est la figure du dieu Canope qu'on a transportée dans les cieux, où elle forme le signe du verseau. Une ville de la Basse-Egypte portait son nom, ainsi que la branche du Nil sur laquelle elle était située. Il y était particulièrement honoré, ainsi que Sérapis (voy. ce mot), dont le temple était une véritable académie. Ruffin, dans son *Histoire de l'Eglise*, liv. II, rapporte une curieuse histoire relative au dieu Canob. « Les Chaldéens, dit-il, transportant le feu, qui était leur dieu, dans toutes les provinces, offraient de le faire com-battre contre ceux des autres peuples, à condition que, s'il restait vainqueur, on l'adorerait. Un prêtre de la ville de Canobe accepta le défi et imagina cette ruse. On fabrique en Egypte des cruches d'une terre extrêmement poreuse, à travers laquelle l'eau filtre et se purifie. Il en prit une, boucha les pores avec de la cire, et l'ayant peinte de diverses couleurs, la remplit d'eau et en fit son

dieu. Il l'avait couverte de la tête d'une ancienne statue que l'on disait être celle du pilote de Ménélas. Les Chal-déens se présentent; le combat commence. Ils allument du feu autour du vase, la cire fond, l'eau coule à travers les pores et éteint le feu. La fraude du prêtre donna la vic-toire à Canobe sur la divinité des Chaldéens. Depuis ce moment, son simulacre a été représenté avec des pieds très-courts, un col étroit, le ventre et le dos arrondis en forme de cruche. C'est sous cette forme qu'on l'adorait comme le vainqueur de tous les dieux. » Ruffin, en ra-contant le pieux artifice du prêtre égyptien, nous permet d'apprécier en même temps la polémique tortueuse des pre-miers athlètes du christianisme. Tout ce qui passait par

leur plume en sortait plus ou moins dénaturé. Mais, tout en repoussant les détails parasites de son récit, nous ne répugnons pas à croire au fond historique de cette dispute religieuse, qui alors aurait eu lieu pendant la domination persane en Egypte.

CÉLESTE. Déesse carthaginoise. Philastrius dit que c'est la même divinité qu'on appelait ailleurs Reine du ciel. Céleste ne différerait donc point de la lune ou de Vénus-Uranie, qui devient, suivant les points de vue sous lesquels on la considère, le principe humide de la nature, le réceptacle des germes, une déesse mère. Capi-tolin dit que Céleste était représentée portée sur un lion, et qu'elle rendait des oracles. Constantin fit détruire, vers l'an 341, son temple, sur l'emplacement duquel les chré-tiens d'Afrique élevèrent une église en 399. (Voy. ELA-GABAL.)

CHABAR ou **KABAR.** Divinité arabe qui, selon le père Kircher, était identique au dieu Lunus des Mésopo-tamiens, et recevait aussi les noms de Baalsamen, roi du ciel, ou de Belisama, reine du ciel, par suite de l'andro-gynisme de la plupart des divinités orientales. Chabar, en hébreu, signifie *multiplier*, et on pourrait en conséquence prendre cette déesse pour une Vénus Génitrix ou une grande mère.

CHAKATEUCTLI ou **CHAKAKOLIOUH-QUI.** Dieu du commerce dans la mythologie mexi-caine. On célébrait tous les ans en son honneur deux fêtes qui attiraient une foule immense. On se livrait à la joie; on faisait de grands festins et on immolait au dieu des victimes humaines.

CHAMEPHIS ou **CAMEPHIS**, c'est-à-dire *Gar-dien de l'Egypte*, primitivement appelé Cham ou Ham. Isis, dans Stobée, dit à son fils Haroéri (le soleil enfant) que Chamephis est le père de toutes choses et le plus ancien des êtres. Mais Damascius (*Anecd. grecq.*) fait mention de trois Chamephis et ajoute que le premier est l'aïeul, le second le père du soleil, et que le troisième est le soleil lui-même. Chamephis est donc un nom personnel et gé-nérique appliqué à une personnalité divine une et triple. Chamephis, en d'autres termes, est un nom trinitaire qui peut-être, dans les auteurs que nous avons cités, aurait dû être lu Chnouphis. Quoi qu'il en soit, le passage de Da-mascius ne nous laisse aucun doute sur les personnes de cette triade. Knef, Fta, Fré en sont les trois membres, se réabsorbant en Knef, qui lui-même n'est qu'une émana-tion d'Icton ou Piromi. Mais toute haute personnification divine est nécessairement susceptible de dédoublement, d'où il suit que la triade se transforme en groupe senaire et devient une ogdoade (groupe de huit) en y joignant Piromi et Bouto, son dédoublement femelle. Nous venons de faire connaître la tétrade mâle de cette ogdoade si célèbre parmi les mythographes. Quant à la tétrade femelle, nous la composons de Bouto, Neith, Athor et Tpé. Nous devons ajouter toutefois que les dieux égyptiens passant sans cesse d'un rôle et d'un nom à un autre rôle et à un autre nom, sans cesser d'être identiques à eux-mêmes, on peut facilement, dès lors, changer plusieurs des termes de l'ogdoade ou même de la triade.

CHAUOS ou **CHEMOS**, dont le véritable nom est Cham ou Chem, la grande divinité des Ammonites et des Moabites. Il est à remarquer que Cham ou Chem devient, par une forte aspiration, le Ham ou Amon égyptien, et que son nom même se retrouve dans celui des Ammo-nites, ses adorateurs. Le mot Chamaïm ou Chamanim, en syriaque, désignait même les pyrées. Or, *cham* en hébreu veut dire soleil, et *chaman*, brûler. L'identité de cette divinité et du soleil devient donc évidente. Mais le soleil, dans les mythologies anciennes, est considéré sous un cer-tain nombre d'aspects; idéalisé, il devient le créateur, le démiurge, le génie solaire antérieur et supérieur à l'astre lui-même; il est représenté jeune, adolescent, vi-ril ou mourant. Dans ce dernier cas, il porte les noms d'Osiris, d'Adonis, d'Atys; il est en rapport avec Isis et Astarté, et on célèbre en son honneur des fêtes lugubres. Isaïe nous montre (xv, 2) le peuple de Moab montant sur ses hauts lieux pour pleurer, et nous voyons dans les *Rois* (III, XI — IV, XXXIII) que le culte de Chamos était uni à celui d'Astarté. On est donc autorisé à regarder Chamos comme le soleil à sa période de déclinaison, le soleil passant dans une autre hémisphère et mesurant à la nôtre les jours les plus courts et les plus tristes. Kircher, dans son *OEdipe égyptien*, prend Chamos pour le Priape moabite. On peut le comparer graphiquement à Sem, Djem, Chon, qui sont trois noms de l'Hercule égyptien, aux Samanéens, aux Chamans ou Kama hindou, à Bouddha Somonokodom, etc.

CHAOS. Le Chaos, matière primordiale, informe, ténébreuse, aqueuse, inerte, d'où le monde est sorti par la volonté active, par la force génératrice d'un être supérieur, préexistant ou coexistant, figure comme élément primitif dans les théogonies de tous les peuples. Par quel travail de l'esprit, par quelles déductions philosophiques, les nations dispersées sur toute la surface du monde sont-elles arrivées à formuler ce système cosmogonique proclamé par la science moderne elle-même? Est-il nécessaire de recourir à une révélation divine pour expliquer cet accord de tous les peuples si étonnant au premier abord? Nous ne le croyons pas. L'homme procède toujours du connu à l'inconnu, et c'est ainsi qu'il s'élève de conquêtes en conquêtes dans le domaine de la science. Tout être qui, par une existence éphémère, se manifeste à la surface de la terre, n'était, avant de recevoir l'enveloppe vitale qui l'individualise, qu'une masse inerte et chaotique, qu'un germe sans vie, qu'une matière informe qui, à la suite de phases nombreuses, de développements successifs dans la nuit humide et chaude à la fois du sein maternel, s'est enfin organisée, a passé du néant à la vie, des ténèbres à la lumière. Cette simple observation, naturellement appliquée au monde lui-même, donna naissance à toutes les cosmogonies. L'humidité et la chaleur se combinant dans les ténèbres qui précèdent l'enfantement, on fut amené à grouper ces trois idées, matière humide, matière ténébreuse et chaleur. La matière fut regardée comme l'élément femelle, le réceptacle des germes, la chaleur ou le feu comme le principe mâle et fécondateur, et ce dernier rôle dut être nécessairement attribué au soleil, source intarissable de lumière et de chaleur. Il serait inutile de pousser plus loin les déductions. Elles se présenteront en foule à l'esprit du lecteur. Nous ajouterons seulement que les phénomènes de l'incubation ovulaire contribuèrent singulièrement à l'agencement des systèmes cosmogoniques. Nous n'avons maintenant qu'à renvoyer aux mots OEuf, Bouto, Brahma, Vichnou, Ymer, Omorka, Fta, Cneph, etc., etc., où l'on trouvera de nombreux détails à ce sujet.

CHÉMIN ou KHÉMIN ou CHÉMÉIM. Grande divinité des Caraïbes, divinité essentiellement bienfaisante. C'est ainsi du moins qu'en parlent certains auteurs. D'autres prétendent que Chémin était un terme générique, par lequel les femmes désignaient les bons génies que les hommes appelaient Ichiri.

CHINA. Dieu des peuples et de l'île de Casamanza en Sénégambie. Les nègres célèbrent en son honneur une grande fête annuelle qui a lieu vers la fin du mois de novembre, c'est-à-dire à l'époque des semailles du riz, qui forme la base de la nourriture dans ces chaudes régions. La statue du dieu, représentant une tête de veau ou de bélier, est faite tantôt en bois et tantôt en pâte de farine de millet, pétrie avec du sang et mêlée de cheveux et de plumes. Au moment de la solennité, la foule se réunit, on prend l'idole sur son autel, et on la porte en grande pompe à l'endroit désigné pour le sacrifice. Le grand prêtre, tenant une longue perche, ornée d'une bannière de soie et à laquelle sont attachés des épis de riz et des os de jambes, ouvre la marche; le sacrifice consiste en miel qu'on fait brûler. Les dévots font ensuite leurs offrandes, et se mettent à fumer; des prières pour obtenir une récolte favorable terminent la cérémonie.

CHMOUN. Dieu égyptien, auquel on attribuait le pouvoir de chasser les maladies, de rajeunir ou de réparer l'organisme altéré, de ressusciter même. Chmoun est donc un dieu médecin, comme Esculape et l'Esmoun phénicien; mais, dans un sens plus élevé, il est souvent confondu avec Mendès ou Mandou, le fécondateur universel, car guérir, c'est donner la vie. Chmoun n'est alors qu'une forme inférieure du dieu générateur. Il a aussi beaucoup de rapports avec l'Agathodœmon, le dieu bon par excellence.

CHNA ou CHNAS. Personnification de la nation phénicienne, qui portait son nom, suivant Etienne de Byzance. Il est évident que Chna est absolument le même mot que Chanaan, qui sert dans la Bible à désigner les Phéniciens et le pays qu'ils habitaient. Chna, par suite d'une altération profonde, devint, en Grèce, Agénor, après avoir passé par les formes Achnas et Ochnas. Dans Sanchoniaton Chna est le même que Phénix, qui donna son nom à la Phénicie. Phénix en outre ne paraît point différer d'Erythras, et signifie *rouge*, comme ce dernier mot, ce qui nous reporte nécessairement sur les bords de la mer Rouge, où régnait Erythras, et d'où partirent les colonies qui vinrent peupler la Phénicie. (Voyez Oannès.) Plusieurs auteurs même appellent les Phéniciens Erythréens, et le Manethon d'Annius de Viterbe représente Phénix quittant les rivages du golfe arabique pour aller civiliser la Phénicie.

CHRYSOR ou mieux CHUSOR. Dieu phénicien que nous trouvons mentionné dans la cosmogonie phénicienne de Sanchoniaton. Il était fils d'Agréos ou d'Aliéos, descendants d'Hypsuranios (le très-haut). Il découvrit, avec son frère, le fer et l'art de le travailler, se distingua par le talent de la parole, des enchantements et de la divination; inventa l'hameçon, la ligne et la navigation. L'auteur ajoute qu'il est le même que Vulcain, et Vulcain lui-même est Fta, le feu dans toute son extension, et en particulier le feu créateur et générateur, le feu qui répand dans le sein de la matière inerte les germes de la vie.

CIEL. Ce que nous aurions à dire sur le ciel, au point de vue cosmogonique, le lecteur le trouvera aux articles Bouto, Brahma, Cneph, Omorka, OEuf, etc. Quant aux notions théologiques, constatons d'abord que, dans la pensée des anciens philosophes, le ciel n'était que l'hémisphère de la lumière opposé à celui des ténèbres. Mais, de même qu'un gland contient en germe une forêt, ainsi, au fond d'une idée, un monde entier frissonne et palpite. D'un fait purement physique, on en vint bientôt à des abstractions métaphysiques. La lumière fut assimilée au bien moral et matériel; les ténèbres au mal et au vice. On peupla l'hémisphère supérieur de génies bienfaisants, de créatures ravissantes et délicieuses, et l'hémisphère inférieur d'êtres hideux et funestes. Telle fut la marche suivie par l'esprit humain pour arriver au dualisme philosophique et religieux, dont les conclusions extrêmes sont le ciel et l'enfer, avec le système des récompenses et des peines futures, éternelles pour les peuples qui repoussent la métempsychose, temporaires pour ceux qui croient à la transmigration des âmes. L'édifice construit, il ne restait plus qu'à l'orner et à l'embellir, et l'imagination des peuples, transfigurant dans ses fantastiques conceptions quelques observations physiques et astronomiques, remplit d'éblouissantes merveilles les hauteurs incommensurables des cieux.

Elevons-nous au-dessus de l'Albordi, la montagne du monde, d'où le soleil, à la parole d'Ormouzd, s'élança jadis pour éclairer l'univers; laissons l'astre brillant du jour tourbillonner sous nos pieds, montons plus haut, plus haut encore, en suivant toujours le pont Tchinevad, avec les âmes des justes qui ont dépouillé leur terrestre enveloppe. Nous voilà dans le Gorotman, le royaume étincelant d'Ormouzd, séjour fortuné des fidèles adorateurs de Zervan-Akérène et du feu. Franchissons la première sphère; traversons sans nous y arrêter la seconde; pénétrons enfin dans le Behecht. C'est là qu'habite Ormouzd, le roi de la lumière. Autour de lui siègent les sept Amschaspands, les vingt-huit Izeds et les cohortes innombrables des Fervers, rayonnants prototypes de tous les êtres de la création, depuis Ormouzd lui-même jusqu'à l'homme, jusqu'au papillon qui voltige sur les fleurs embaumées, jusqu'au brin d'herbe balancé par la brise légère. — Quittons le Zend pour les Védas. Au-dessous de nous s'étendent les sept Patalas, ténébreuse habitation des

Daïtias ou Açouras. Mais disons adieu pour un moment au Mritloka (la terre). Glissons rapidement et sans bruit à travers les premiers cieux, habités par les Natts, génies aériens qui ne cherchent qu'à nuire aux hommes; arrivons dans le paradis d'Indra (Indraloka), le dieu du pur et brillant éther. Déjà devant nous s'élève la ville d'Amravati, avec ses dômes de saphir et ses coupoles de diamants. Quel édifice nous apparait au milieu de la cité resplendissante? Nos yeux mortels ne peuvent en supporter l'éclat. Les mille et mille colonnes dont il est orné sont autant de jets de pierreries fixés dans les airs. C'est le Vedjaganla; c'est le palais d'Indra. Tout autour s'étend le Nandana, jardin délicieux, planté d'arbres d'or, de rubis, qui, gonflés par une séve divine, étendent au loin dans les airs leurs rameaux couverts de larges feuilles aux reflets d'émeraude et de fleurs, sur lesquelles le puissant Indra a fondu toutes les nuances de son arc aux couleurs magiques. Là, sur des gazons moelleux dansent les chœurs charmants des Apsaras, mêlées aux génies célestes dirigés pas Ghandarva. Le paradis d'Indra nous a trop longtemps retenus. Au-dessus de nous s'étendent les sphéres étoilées, et se déroulent les cercles concentriques des sept Souargas, où les fidèles jouissent des délices du nirvana. Gardons-nous de les troubler et passons. Traversons ensuite le Kaïlaça ou ciel de Siva, et le Vaïkounta ou ciel de Vichnou, l'œuvre la plus merveilleuse de Viçouakarma, l'architecte des dieux. Nous avons atteint le Brahmaloka; quels accords ont frappé nos oreilles? C'est l'orchestre de Saracouati, sœur, fille et femme de Brahma, dont Haydn et Bcethoven, en leurs heures de ravissement et d'extase, n'ont qu'à peine entendu les échos les plus affaiblis. Le divin concert, exécuté par les seize mille Raghinis, est dirigé par Mahaçouaragrama (la grande échelle des sons). Les sept Souargas retentissent de cette suprême harmonie; les Apsaras, pour l'écouter, interrompent leurs danses dans le paradis d'Indra, et les Daïtias même en recueillent avec avidité les accords lointains au fond des Patalas éclairés par huit escarboucles.

Après ces tableaux magnifiques que nous offrent les livres sacrés du Brahmapoutre, du Sind et du Gange, irons-nous avec les tribus américaines chasser le buffle et le daim dans les forêts des cieux? Nous sentirions-nous même le courage d'assister avec les favoris d'Odin aux grands festins du Valhalla, égayés par l'hydromel petillant dans les coupes toujours pleines? Si vous m'en croyez, lecteur, nous mettrons ici pied à terre, pour recommencer à l'article GIMLE notre voyage aérien.

CHNEPH ou **KNEF**, **NEF**, **NEV**, **NOUF**, **NOUM**, nommé par les Grecs Cnouphis, Cnoubis, Cnoumis, etc. Divinité égyptienne, une des formes d'Amon. Kneph, dont le nom correspond au latin *flare*, souffler, est l'esprit incréé, le souffle vital, l'âme universelle, source de tous les biens moraux et physiques. Principe de toutes choses, il anime, pénètre et soutient le monde. Kneph est le créateur, le grand démiurge. Avant lui, le monde existait à l'état chaotique et ténébreux, et au-dessus de cette masse informe planait dans des profondeurs inaccessibles à la pensée humaine Piromi, le même sans doute qu'Icton, l'incréé, l'absolu. Piromi comme Brahm voulut sortir de la solitude qui l'environnait; il voulut voir rouler au-dessous de lui les soleils et les planètes; il voulut répandre dans l'espace sans bornes les êtres à profusion et la vie par torrents.

Mais laissons parler Hermès Trismégiste (dans le *Pimander*): « J'avais sous les yeux un grand spectacle! Tout était devenu lumière, lumière si douce et si suave, qu'elle me remplissait de délices, moi qui la regardais. (Cette lumière était Piromi voulant se manifester par la création.) Peu de temps après, une ombre épaisse et affreuse se répandit, et cette ombre devint une nature humide (Bouto-Athor) agitée par un exprimable tumulte. Une grande vapeur s'en échappa avec un bruit, et de ce bruit sortit une Voix (Neith) que je jugeai être la voix de la lumière (Piromi). De cette voix de la lumière le *Verbe créé* sortit (Cneph). Ce Verbe, se tenant sur la nature humide, la réchauffait, et des entrailles de cette masse aqueuse, que Kneph avait transformée en une seule masse, en une

sphére, en un œuf immense qu'il tenait à la bouche, un feu subtil (Fta) se dégageant bientôt (comparez avec le passage de Plutarque cité article BOUTO), monta dans les hauteurs du ciel. Un air léger, obéissant à l'esprit, se plaçait en même temps dans la région intermédiaire, entre le feu et l'eau. Mais la terre et l'eau étaient confondues à tel point, que la face de la terre couverte d'eau n'apparaissait nulle part. Le Verbe spirituel qui était porté sur elles les sépara. Le dieu Mens (âme, esprit, Piromi) avec son Verbe (Fta), produisit l'autre Mens (Fré, le troisième démiurge), l'Ouvrier. Ce dieu-feu, cette divinité-esprit, fabriqua ensuite sept recteurs, qui embrassent dans leurs cercles le monde sensible, dont la disposition est ce qu'on appelle le destin. Le dieu Ouvrier et le Verbe procédérent ensuite à la création. Des éléments inférieurs furent formés les animaux qui n'ont pas la raison. L'air produisit les oiseaux, et l'eau les poissons; la terre les animaux qu'elle avait au dedans d'elle: les quadrupèdes, les reptiles, les bêtes féroces et domestiques. Dieu le Père créa ensuite l'homme semblable à lui.

Cneph est donc la première personne de la grande trinité égyptienne. Il a pour mère Neith, volonté de Piromi, manifestée par la parole. Il est le logos, le verbe, l'esprit qui se remue à la surface de l'abime, un Brahma *naraiana* (flottant sur les eaux), cet esprit, ce souffle divin que la Genèse nous représente flottant sur la ténébreuse matière primordiale. Comme nous l'avons dit, Cneph n'est qu'une des formes d'Amon; on trouvera donc à ce dernier article des données qu'il serait inutile de reproduire ici. A un point de vue moins élevé, Cneph présidait sans doute à la santé sous les noms de Chnoum et d'Esmoun, et sous ceux de Noute-Fen ou fleuve qui fertilise l'Egypte. Cneph enfin est Canope (voy. ce mot), c'est-à-dire l'eau fécondante et le bon génie ou Agathodémon. Il était particulièrement adoré par les Thébains, qui le regardaient comme un pur esprit. Ses principaux attributs sont les cornes de bouc, symbole de la force génératrice, le grand serpent Uræus, emblème de la puissance de vie et de mort.

COBOLDS et **COLFI** ou **KOLFI**. Génies qui, d'après la mythologie germaine, habitent les entrailles de la terre. Espiègles et méchants, ils se plaisent à tourmenter les hommes. Les mineurs surtout sont en butte à leurs tracasseries, car les théories du communisme n'ont pas encore pénétré chez ces êtres primitifs qui ne nous cèdent qu'à regret leurs souterraines habitations. Le bruit de la pioche et du marteau, d'ailleurs, frappe désagréablement leurs oreilles, et les explosions des mines leur causent de mortelles frayeurs. Les mineurs ne l'ignorent point; aussi craignent-ils la vengeance des Cobolds. Ont-ils oublié dans leurs sombres galeries un outil ou un vêtement, leurs invisibles ennemis s'en emparent aussitôt et l'emportent au fond de leurs retraites les plus inaccessibles. Se dirigent-ils d'un pas tremblant et une lampe à la main dans les détours les moins connus des catacombes qu'ils ont creusées, un de ces malfaisants génies prend son vol et d'un coup d'aile éteint la vacillante lumière! Heureux d'avoir découvert un filon avantageux, redoublent-ils d'énergie pour arracher à la terre le trésor qu'elle recèle, les Kolfi font tout à coup jaillir sous la pioche du mineur un torrent d'eau qui lui laisse à peine le temps de mettre sa vie en sûreté. Une autre fois c'est un éboulement inattendu qui vient enterrer vivant le malheureux ouvrier, ou le feu grisou qui se déchaîne pour les dévorer. Moins vindicatifs au milieu de ces pauvres Irlandais dont ils prennent sans doute le sort en pitié, les Cobolds, sous le nom de Knokkers, viennent partager les travaux des mineurs. Armés comme eux de la pioche ou du marteau, ils abaissent et relèvent l'instrument en suivant tous leurs mouvements avec une précision merveilleuse et ne prennent de repos que lorsque l'ouvrier fatigué abandonne lui-même son travail.

COLINDA ou **KOLINDA**, nommé aussi Koléda. Dieu slave qui présidait à la paix. Il était particulièrement adoré par les habitants de Kiev, qui l'opposaient à Lédu ou Led, le dieu de la guerre. Peut-être faut-il voir dans ces divinités les génies de l'été et de l'hiver.

COMBADAXE. Il avait bien raison ce prêtre égyptien qui disait au législateur athénien : Oh ! Solon, Solon, vous autres Grecs, vous êtes tous des enfants ! Les voyez-vous, en effet, ces pauvres gens, ébahis et stupéfaits, parce qu'un de leurs compatriotes, après s'être endormi dans une grotte, ne s'était réveillé qu'au bout de cinquante ans ! Beau miracle en vérité ! Combadaxe fit mieux. Le Grec, il est vrai, n'était qu'un philosophe, et Combadaxe était un bonze. Dès l'âge de huit ans, il se sentait fatigué de la vie. Le spleen est moins précoce en Angleterre. Combadaxe donc annonça qu'il voulait dormir, non pas un siècle, non pas vingt siècles, mais dix millions d'années, et courut s'enfermer dans une grotte placée au fond d'un temple magnifique qu'il avait bâti. De peur des importuns, il fit murer bel et bien l'ouverture de la caverne, et Combadaxe dort encore ! Je vous laisse à penser en quel état il trouvera le Japon à son réveil ! Vous figurez-vous son étonnement si, en secouant tout à coup son sommeil, il entendait retentir à ses oreilles un

Veni, Creator ou un *Ave, Maria ?* C'est pourtant la surprise que lui ménagent nos missionnaires.

COSSI ou **KOSSI.** Dieu des Congues, qui préside aux pluies, au tonnerre, à la pêche et à la navigation. Il est représenté par un sac rempli de terre blanche et surmonté de cornes, et a pour temple une cabane couverte de feuillage.

CRODO, KRODO ou **CHRODOR.** Dieu de l'air, du temps et des saisons, dans la mythologie slavonne. Il était fils de la Terre, et on le représentait sous les traits d'un vieillard, avec une longue barbe et une longue chevelure, tenant dans sa main droite un panier rempli de fruits et de roses, et dans sa main gauche une roue. Sous ses pieds était un poisson (une perche) placé horizontalement sur une colonne. Une bande de toile lui servait de ceinture. Il avait à Hartz, près de Goslar, dans le Hanovre, un autel qui fut détruit par Charlemagne. Quelques auteurs ont pensé que son nom étant fort rapproché de Kronos, le Saturne grec, son culte venait sans

Temple de Combadaxe.

doute de la Grèce. — La roue qu'il tient à la main est vraisemblablement le symbole du temps ; son panier plein de roses et de fruits représente les saisons ; la perche, les eaux fluviatiles, qui s'écoulent comme le temps, et la colonne, l'immutabilité dans la mobilité, le temps considéré comme éternel.

> . . . . Insensés ! nous disons
> Ah ! comme le temps passe !... et c'est nous qui passons !

CUPALUS ou **KOUPALO.** Dieu des anciens Slaves ; présidait aux fruits des arbres et à ceux qui sortent du sein de la terre, c'est-à-dire aux céréales. On célébrait en son honneur une fête qui avait lieu au solstice d'été, le 24 juin. Le peuple faisait alors des tas de paille et de foin auxquels on mettait le feu. Hommes et femmes, enfants et vieillards, dansaient autour, et la plupart des assistants sautaient par-dessus ces feux de réjouissance. Les mêmes cérémonies s'observaient à Rome (24 avril), à

la fête de Palés, protectrice des troupeaux, dont elle favorisait la multiplication. Mais ce qui est plus curieux encore, c'est qu'en France les habitants des campagnes et ceux même des villes dansent encore tous les ans autour de ces feux légers, et précisément le 24 juin, comme les adorateurs du dieu Koupalo. Il est vrai que le peuple, chez nous, croit alors fêter saint Jean. Cupalus, suivant quelques mythologues, était le premier des dieux slaves après Péroun (celui qui frappe), le dieu de la foudre, dont le culte subsistait encore au sixième siècle. Les anciens adorateurs de Cupalus ont donné son nom à sainte Agrippine (Coupalnitsa), dont la fête tombe également vers le solstice d'été.

CUPAY ou **KOUPAI.** Divinité américaine qui, chez les Péruviens, jouait un rôle ahrimanien et satanique. On crachait sur terre chaque fois qu'on voulait prononcer son nom. Les habitants de la Floride le regardaient comme le dieu du sombre empire et du monde inférieur, ce qui achève de le classer parmi les dieux typhoniens.

DABAIBA. La grande déesse des habitants de l'isthme de Panama, qui la regardaient comme la mère des dieux et croyaient néanmoins qu'elle avait mené sur la terre une existence mortelle. C'était elle qui déchaînait les éclairs et dardait sur la terre la foudre vengeresse. Les fêtes qu'on célébrait en son honneur étaient précédées de trois jours de jeûnes et accompagnées de sacrifices humains.

DAGODA. Les dieux des vents principaux chez les Slaves sont Posvide et Dagoda. Posvide soulevait les vents impétueux, excitait les tempêtes, et faisait gronder le tonnerre ; rien ne lui résistait : c'était Borée. Dagoda, au contraire, rafraîchissait la terre, répandait le calme dans les airs et faisait naître les beaux jours.

DAGON. Dieu syro-phénicien qu'on représentait, comme Atergatis et Dercéto, sous une figure pisciforme. Il avait des temples magnifiques à Gaza, à Azot et à Ascalon. Lorsque le sort de la guerre eut fait tomber entre les mains des Philistins l'arche sainte de Jehovah, ils la placèrent dans le temple de Dagon. Mais le lendemain ils trouvèrent l'idole tombée de son piédestal et comme prosternée devant l'arche ; les prêtres la relevèrent, et le lendemain ils la trouvèrent renversée de nouveau avec les bras et la tête séparés du tronc (1er, *Rois*, v, 5). Tel est du moins le récit de la Bible. Dagon était regardé comme un dieu civilisateur, et passait pour avoir enseigné l'usage de la charrue, ce qui le faisait appeler Zeus laboureur par les Grecs syriens. Le nom de Dagon est évidemment le même que celui d'Atergatis, *dag*, moins la première syllabe *addir*, qui signifie grand. Dagon est donc synonyme de poisson, étymologie prouvée d'ailleurs par la forme sous laquelle on le représentait, et par son identité avec ce fils d'Atergatis, appelé Ichthys (poisson) par les Grecs, qui, suivant leur habitude, traduisaient ceux des noms étrangers dont le sens leur était bien connu. Dagon, fils d'Atergatis, mais fils non *addir*, non *grand*, peut donc être identifié avec sa mère, comme Selden l'a pensé. Atergatis étant, dans le sens le plus étendu, la production universelle, et dans un sens plus restreint, Cybèle, la terre aux mamelles fécondes, on comprend parfaitement qu'on lui ait donné pour fils, ou, en d'autres termes, comme attribut, la production agricole personnifiée.

DAGOUN. Le dieu créateur dans la mythologie du Pegu. C'est lui qui, après la destruction du monde par Kiakiak, en fera paraître un nouveau plus parfait que le précédent. Le temple de ce dieu s'élève au sommet d'une haute montagne. Les bonzes seuls y peuvent pénétrer.

DAGOUR. C'est le jour dans la mythologie scandinave. Les ténèbres ayant précédé le débrouillement du chaos, on a donné pour mère à Dagour, Nott, la nuit, et pour père, Dellingour, le crépuscule du matin. Ce dieu parcourt l'espace, emporté par Skinfaxe (crinière de lumière), coursier rapide, qu'il a reçu du grand Odin, le père de la création, et qui, secouant sur le monde son étincelante crinière, le remplit de rayons lumineux.

DAHMAN. Un des vingt-huit izeds. C'est lui qui reçoit les âmes des justes des mains de Séroch, l'ized chargé de garder la terre et de protéger les hommes contre les mauvais génies qui cherchent à les faire pécher. Quand on a perdu un parent, on adresse des prières à Dahman pour obtenir la rémission des péchés mortels du défunt. Trente prières doivent être prononcées pour l'âme d'un fils ou d'une fille, d'un père ou d'une mère, d'un frère ou d'une sœur. Si la parenté du mort est plus éloignée, le sectateur de Zoroastre en prononce de cinq à vingt-cinq, suivant le degré de consanguinité.

DAIBOG. C'est le Plutus de la mythologie slave.

DAIBOTH. Grande divinité des Japonais dont le nom paraît être composé de *dai* (divin) et *Both* ou *Boudd* (Bouddha), et qui par conséquent ne différerait point du dieu réformateur de l'Inde. Comme Bouddha, en effet, Daiboth est représenté avec un sein de femme et avec des cheveux crépus, laineux et bouclés. Sa tête est entourée de rayons d'or chargés d'images de divinités inférieures, ses oreilles sont très-larges, et une flamme s'élève sur son front. Sa pagode, très-vaste, est peinte en rouge et soutenue par des piliers de bois brut.

DAI-MO-NO-HINI. Dieu japonais, dont la fête, qui tombe en juillet, est signalée par une procession magnifique. On y voit défiler l'armée, cavaliers et fantassins, les nobles montés sur des chevaux richement caparaçonnés, les prêtres rangés deux à deux, et des femmes qui, par leurs allures, rappellent les bacchantes de la Grèce. Un cheval magnifique porte la statue du dieu, suivie de deux jeunes garçons portant, l'un son arc, ses flèches et son carquois, et l'autre son faucon. L'idole est ensuite placée sur une litière et portée par vingt hommes.

DAITIAS. Génies malfaisants de la mythologie hindoue. Nous avons présenté aux mots CIEL et ORMOUZD

quelques observations sur l'origine des bons et des mauvais génies que nous avons expliquée par les alternatives de bien et de mal qui se succèdent et se combattent dans le monde comme les ténèbres et la lumière. L'examen attentif du Zend-Avesta, de l'Edda et des livres sacrés des autres nations, nous confirme pleinement dans cette opinion. Le principe une fois posé, tout événement funeste rentre, par sa nature même, dans les attributions d'un ou de plusieurs génies. C'est ainsi qu'en Grèce les cataclysmes primitifs, les grandes eaux dévastatrices, sont personnifiées dans les titans. En veut-on un exemple ? Le titan Briarée, autrement appelé Egéon, a pour père Neptune, pour mère Alitra (la mer qui court de côté et d'autre). Il se déchaîne avec fureur, porte au loin la dévastation sur la terre, qu'il parcourt avec ses mille jambes serpentiformes, ingénieuse image des vagues débordées, et rentre enfin, par les ordres de Neptune, dans la mer d'où il était sorti. Le sens mystique va devenir plus évident encore. Briarée est le même qu'Ogygès, personnage fictif si célèbre dans l'histoire des déluges, et ce dernier nom a pour élément caractéristique og, qui, dans la Grèce comme dans l'ancienne langue des Celtes et des habitants de l'Asie Mineure, signifiait à la fois Océan, crainte et terreur. Les géants, fils du Tartare, président d'un autre côté aux éruptions du feu souterrain qui si longtemps ébranla le globe épouvanté. Prenons les deux plus fameux, Typhon et Encelade. Le nom du premier veut dire fumée; celui du second, fracas intérieur. Tous deux ils vomissent des torrents de flammes, tous deux ils lancent vers les cieux des quartiers de roches, tous deux enfin sont ensevelis sous les montagnes ignivomes, et Jupiter doit la victoire à Minerve, la sagesse, issue de son divin cerveau ! Les cataclysmes ont précédé les éruptions ; les titans précèdent aussi les géants. Ceux-ci combattent contre Jupiter ; les autres veulent détrôner Saturne même, le père de Jupiter. Mais la mythologie grecque a sa source dans les mythes de l'Orient et de l'Inde en particulier. Nous devrions donc rencontrer géants et titans au pied du Mérou comme au pied de l'Olympe. Nous les y trouvons en effet. Les Açouras attaquent les dieux, les battent, les forcent à se retirer dans le pays des Saces, comme les divinités grecques s'étaient retirées dans l'Egypte (pays qui passait pour n'avoir jamais subi les eaux des déluges) ; ils veulent même escalader le ciel d'Indra ; mais Mahamaïa-Bhavani les repousse, les terrasse, les écrase. (Voy. Manécha, Dounga, etc.) C'est la gigantomachie telle que l'ont décrite les anciens poètes grecs et romains, et la copie grecque deviendra plus évidente encore si l'on pense qu'Indra est Jupiter même, et que Bhavani, la sagesse et l'énergie divine, jaillit tout armée comme la Minerve grecque du front d'un immortel, et qu'elle prend le nom du géant Dourga qu'elle a vaincu, comme Minerve celui du géant Pallas. Mais, dans la mythologie indienne, les rôles correspondant à ceux des géants et des titans sont plus difficiles à déterminer que dans la Grèce. Nous y trouvons tous les mauvais génies représentés, comme ceux des Grecs, avec des jambes en forme de serpent, des têtes et des mains innombrables et groupés sous les noms collectifs d'Açouras, c'est-à-dire privés de Soura ou Amrita (voy. ce dernier mot), et de Daïtias ou fils de la Nuit, et comprenant plusieurs divisions, dont les plus remarquables sont celles des Rakachas et des Danavas. Les premiers seraient-ils les titans ? Ils paraissent, ils sont même antérieurs aux seconds, puisqu'ils sont d'abord les auxiliaires de Siva (voy. Hanouman, Rama, Ravana), dont le culte paraît avoir précédé ceux de Vichnou et de Brahma, comme le règne de Kronos a précédé celui de Jupiter. Mais on les voit opposés à Bhavani, la déesse-humidité; ils abandonnent ensuite Siva pour Brahma, qu'ils finissent par combattre lui-même. Il serait donc bien difficile de séparer les attributions des différentes classes de Daïtias. Toujours est-il que les génies malfaisants de l'Inde nous apparaissent souvent comme les forces brutales du monde encore à son enfance. Mais ils s'identifient en même temps avec les races humaines et barbares des âges primitifs, et à ce point de vue offrent certaines ressemblances avec les Djinns de la Perse. (Voy. ce mot.) Ces enfants des ténèbres ont pour séjour les sept Patalas, monde souterrain placé dans l'espace au-dessous de la terre et éclairé par huit escarboucles placées sur la tête de huit serpents géants.

DAKCHA. Fils aîné de Brahma, qui le fit naître de son gros orteil, et l'un des Pradjapatis qui alors se trouvent au nombre de dix. Il apparaît surtout comme le grand pontife de Brahma, et c'est lui qui institue le grand sacrifice qu'on a personnifié sous le nom d'Iadjnia et que les védas représentent comme l'emblème de la création. Dakcha soutint, en faveur de Brahma, une lutte terrible contre Siva, auquel il donna ensuite en mariage sa fille Sati. Il avait lui-même pour femme Devi ou Birini, qui le rendit père de quarante-neuf autres filles, parmi lesquelles on cite Savitri (le soleil), qu'il maria avec Soma (la lune), et Aditi (le jour), qu'il fit épouser à Kaciapa (l'espace). Offrant un jour le grand sacrifice, il oublia d'y inviter Sati, qui, pour se venger, se précipita dans les flammes allumées pour le sacrifice. Siva irrité, arracha de son front deux cheveux, d'où sortirent deux géants qui renversèrent le sacrifice de Dakcha et exterminèrent toute sa race. On regarde aussi Dakcha comme le créateur du plus ancien système astronomique des Indiens. C'est lui, dit-on, qui régla l'année lunaire et fit connaître le système planétaire.

DÉBIS. Dieu du Japon, et qui reçoit des jeunes filles un tribut d'amour et de dévotion. Chaque année, une vierge d'une remarquable beauté pénètre dans son sanctuaire, et demande à la statue colossale du dieu des maris pour ses compagnes, sans s'oublier elle-même. Débis lui répond complaisamment. Il fait plus ; il prouve l'intérêt qu'il porte à cette jeunesse brillante et crédule en s'incarnant par une divine opération dans le sein de la belle suppliante. Ainsi se propage sur la terre la race des dieux.

DÉCANS. Dieux inférieurs de la mythologie égyptienne qui, au nombre de trente-six, présidaient chacun au tiers d'un signe du zodiaque. On les voit, sur les zodiaques anciens, flottant dans des barques au-dessous des douze grands dieux qui règnent chacun dans un signe entier. Les Décans avaient sous leurs ordres deux génies inférieurs, qui eux-mêmes présidaient à cinq autres. On croit que le nom de Décans fut donné à ces divinités parce que chaque tiers de signe occupe dix degrés de l'écliptique. Les Décans présidaient à l'horoscope, et toute personne qui venait au monde avait pour génie protecteur celui d'entre eux qui trônait dans le dixième de signe qui montait sur l'horizon à l'instant de sa naissance. La vie entière de l'homme était soumise, pour ainsi dire, à leur influence. Peut-être doit-on rapporter aux Décans la division de l'Egypte en trente-six nomes et celle du corps humain en trente-six parties. Dupuis, Gorres, etc., ont mis en parallèle les noms des Décans et les trente-sept rois mythiques de la liste d'Eratosthènes, mais il n'en est résulté rien de bien concluant.

DÉCARADEN ou **DACARATHA**. Ancien roi d'Aïodhia (Aoude), ville de l'Hindoustan, et père de Bharata, de Lakchman, Satroughna et de Rama ou Sri-Rama, huitième incarnation de Vichnou. Il avait d'abord choisi ce dernier pour lui succéder, mais la reine Kéikéii, mère de Bharata, à laquelle il avait promis autrefois d'accorder deux grâces, quelles qu'elles fussent, et à quelque époque qu'elle les réclamât, lui demanda l'exil de Rama pendant quatorze ans et le titre de prince héréditaire pour son fils. Décaraden, esclave de sa parole, obéit, mais peu de temps après il mourut de désespoir. Les derniers moments de ce prince forment l'un des plus touchants épisodes du Ramaïana.

DÉ-MI-NO-MIKOTO. Quatrième roi de la seconde race des monarques japonais, qualifiée avec raison de race à longues années. Il régna 657,892 années.

DERCÈTE, DERCÉTIS ou **DERCÉTO**. Divinité syro-phénicienne qu'on représentait sous la figure d'une belle femme, dont le corps se terminait en queue de poisson. Diodore de Sicile et Lucien rapportent que Vénus, pour se venger d'une injure qu'elle lui avait faite, lui inspira une passion violente pour un jeune sacrificateur. D'autres disent que Vénus elle-même, charmée de sa beauté, se métamorphosa en homme pour la séduire. Dercéto devint mère ; et, honteuse de sa faiblesse, elle tua son amant, se précipita dans un lac où elle fut changée en poisson, après avoir exposé dans le désert une fille qu'elle venait de mettre au monde et à laquelle, suivant Diodore, on donna le nom de Sémiramis, c'est-à-dire colombe, parce qu'elle fut nourrie par des oiseaux de cette espèce. C'est cette même Sémiramis qui, devenue maîtresse de l'Orient, lui éleva un temple magnifique dans la ville d'Ascalon. Les Syriens et les Phéniciens, en mémoire de sa métamorphose, s'abstenaient de manger des poissons, lui en consacraient d'or et d'argent, et lui en offraient de véritables en sacrifice. Cette déesse paraît identique à Atergatis (voy. ce mot), qu'on représentait sous la même forme.

DÉVAGI ou **DÉVAKE**. Fille du radjah indien Devagen, épousa Vaçoudeva et le rendit père de huit enfants, dont le dernier, conçu sous l'influence et par la vertu du rayonnement divin de Vichnou, fut Krichna (voy. ce mot), le huitième avatar ou incarnation de ce dieu.

DEVANI. Fille d'Indra et une des femmes de Skanda, le dieu de la guerre chez les Indiens. Elle a pour attributions spéciales, ainsi que Viliama, sa rivale, d'éloigner les maladies, les chagrins et les Daitias, ou mauvais génies. Elle est aussi invoquée par les personnes qui désirent avoir des enfants. On la représente avec le corps jaune. Tout son corps est couvert d'ornements ; elle a des anneaux au nez, au cou, aux pieds, etc. Elle tient à la main la fleur tchankarinirpou.

DEVATAS ou **DEWRKERTS**. C'est le nom générique de tous les dieux et des génies bienfaisants de la mythologie hindoue. On les divise en un grand nombre de catégories assez arbitraires. Nous croyons utile d'en présenter ici le tableau. 1. Brahm, Maïa et Brahma, Vichnou et Siva, avec leurs femmes ; 2. les huit Vaçous, chefs des huit régions du monde, et les enfants issus des trois personnes de la trinité ; 3. les quatorze Menous, les Mounis, les dix Radjapatis ou Brahmadikas, les Richis, Devarchis, Radjarchis et Maharchis ; 4. les Kinnaras, génies qui chantent éternellement les louanges de Paoulastia ou Kouvera, un des huit Vaçous ; les Iacchas, qui distribuent ses richesses, et les Gimbourouders ; 5. les Chidlers ; 6. les Vitiaders ou Vitiadharas ; 7 les Garoudhas ; 8. les Ghandarvas, ou musiciens du soleil, et les Apsaras, ou fées hindoues ; 9. les Pidourdéradégats, ou gardiens des morts ; 10. les Roudras et les Tchoubdaras, ou ouvriers célestes de Vicouamitra ; 11. les Pitris, ou patriarches qui habitent dans la lune, et qui sont soumis aux Radjapatis ; 12. les génies ou planètes.

DEVS ou **DIVS**. Génies malfaisants de la religion de Zoroastre. On trouvera, à l'article Ormouzd, le rôle qu'ils jouent dans le monde. Ils sont innombrables, et ont pour souverain Ahriman, opposé à Ormouzd. Sept d'entre eux sont spécialement destinés à combattre les sept Amschaspands, et vingt-huit autres sont les antagonistes des vingt-huit Izeds, et les autres ont à combattre les Fervers et les Hamkars, génies inférieurs de la création opérée par Ormouzd. — Les Devs sont quelquefois appelés *Achmoghs*, du nom d'Achmogh, un de leurs princes, qu'on représentait sous la figure d'un serpent à deux pieds.

DHATA et **VIDHATA**. Jeunes filles qui, dans la mythologie hindoue, sont représentées dans la demeure des serpents, assises près d'un métier sur lequel elles tissent des vêtements avec des fils blancs et noirs, qui sont le jour et la nuit. Près d'elles se trouvent une roue à douze crans (l'année), que font tourner six jeunes filles (les six saisons de l'Inde), et un cheval énorme, symbole d'Agni, le dieu du feu, sur lequel est monté un homme, qui n'est autre que Pardjania, le dieu de la pluie.

DIA. Divinité sibérienne représentée, sur diverses médailles, avec trois têtes et six bras, ce qui l'a fait regarder comme une trimourti. Elle est assise, les jambes croisées, sur un siége élevé. Dans ses deux bras du milieu elle tient un sceptre placé horizontalement et un cœur enflammé, et, dans ses deux bras inférieurs, un miroir, des feuilles et des fleurs, qu'on a prises pour celles du lotus, ce qui a donné lieu de la comparer à la trinité hindoue.

DICEN. Déesse islandaise qui tenait dans ses mains le sort de tous les hommes. On lui offrait des sacrifices désignés sous le nom de diçablot, c'est-à-dire sang de Dicen. Cette divinité est sans doute une parque, ou le destin même. Pour son nom, comme pour ses attributions, on peut la comparer à la déesse grecque Dicé.

DIDILIA. La Lucine des Slaves ; elle présidait aux accouchements, et les femmes stériles l'invoquaient pour lui demander la fécondité.

DIVONGARRA. Dieu mongol adoré par les Tangutains, sous le nom de Djitsin-Djomban-line. Il est une des trois personnes de la trinité, dont Chakiamouni, ou Bouddha, et Maidari sont les deux autres membres. On le représente, comme Chakiamouni, avec la chair jaune et la main droite élevée en l'air.

DJAGANNATA. Nom sous lequel on adore Krischna dans le grand temple de Djagrenath, bâti par Indradhiounma. Nous ferons connaître à ce dernier mot ce sanctuaire, l'un des plus célèbres du monde.

DJARAÇANDHA. Prince de la dynastie des tchandravansi (enfants de la lune). Il régnait dans le royaume de Sikata, qui reçut plus tard le nom de Magadha, et qui occupe aujourd'hui le sud du Bahar. Djaraçandha n'est qu'une personnification de Siva, ou plutôt du sivaïsme, à l'époque où ce culte antique était attaqué de tous côtés par le vichnouïsme. Il avait pour gendre Kansa, autre défenseur du sivaïsme. Ce dernier ayant été tué par les Iadous, dans une guerre contre Krichna, huitième incarnation de Vichnou, Djaraçandha jura de le venger. Une lutte terrible s'engage ; des flots de sang coulent dans vingt batailles ; Djaraçandha fait des prodiges, ainsi que Kala-Javana, son auxiliaire ; il est enfin tué par Bhima, après un duel acharné de vingt-sept jours. Nous verrons se continuer, sous Sichoupala, la guerre des deux cultes rivaux. Disons seulement ici que la cause de l'humanité triompha, et que le peuple fut, avec Vichnou, vainqueur de Siva et de la caste alors dominante des Kchatrias, ou guerriers.

DJAULAMOUKI. Volcan divinisé de l'Inde, dans le Paudjab, à cent kilomètres à l'orient d'Atlok. Il s'en échappe continuellement des flammes, et Raphaël Dani-Bei, noble Géorgien, rapporte, dans son voyage aux Indes, que le grand Mogol Akbar dirigea sur le volcan un canal alimenté par les eaux des environs, dans l'espoir d'en éteindre les flammes. Mais ce fut, comme on le pense, peine perdue. Les Hindous, qui ont toujours eu pour le feu le plus grand respect, se rendent en foule à Djaulamouki. Ils s'y trouvent quelquefois réunis au nombre de trois cent mille.

DJEMSCHID. L'Achéménès des Grecs, quatrième roi de la dynastie persane des Pischdadiens (distributeurs de la justice). Djemschid (miroir ardent) succéda à son oncle Tahmourats, surnommé Divebend (lieur de dives ; voy. Divs), et le premier, dit le Vendidad-Sadé, consulta Ormouzd, qui lui ordonna de propager sa loi. Djemschid hésita d'abord, se trouvant indigne de remplir une mission si importante. Ormouzd insista, et le neveu de Tahmourats accepta, mais à condition que, pendant tout son règne, les hommes n'auraient à souffrir ni vents froids, ni vents brûlants, ni infirmités, ni vieillesse, ni mort, ni passions. Il procéda sans tarder à son rôle de civilisateur et de bienfaiteur de l'humanité, et avec un poignard à lame et à garde d'or, qu'il reçut de son divin protecteur, il fixa les frontières des divers pays, désigna un Ized pour veiller sur chacun d'eux, et, se mettant en marche vers le sud, découvrit neuf cents contrées. Il en défricha d'abord trois cents (la province de Sistan, suivant Anquetil), et y plaça des animaux domestiques, des hommes, des chiens, des volatiles, des feux rouges et brillants (des pyrées, sans doute) ; peupla et cultiva de même le second tiers et enfin le troisième, prononçant partout la parole sacrée qui fait fuir les Devs. Malheureusement, Djemschid se corrompit, et c'est probablement à quoi l'on a voulu faire allusion en parlant d'un ulcère qui lui vint sur la main, par l'influence des mauvais génies, et qu'il guérit avec l'urine du taureau Aboudad. Bientôt après, il épousa la fille d'un Dev, et donna sa sœur à un autre, qui la rendit mère des hommes des montagnes, qui ont une queue comme les quadrupèdes. Ahriman, voyant Djemschid dans une mauvaise voie, entra tout à coup dans son palais par une fenêtre, lui persuada qu'il était, non un homme, mais un dieu, et l'engagea à exiger les adorations des hommes. Djemschid envoya aussitôt des armées dans toutes les parties du monde, pour forcer ses sujets à se prosterner devant ses images, et se fit élever par les Djinns un trône resplendissant de pierreries, qui montait jusqu'au ciel. Ses peuples, indignés, se soulevèrent, et Dhohac, un de ses parents qui régnait dans l'Arabie, profitant de ce mécontentement, envahit la Perse; Djemschid se sauva dans le Khaboulistan, épousa en secret la fille du roi de ce pays, et se retira avec elle dans une île des Indes. Mais ayant été découvert, et amené à Istakkar, il fut scié en deux depuis la tête jusqu'aux pieds, par ordre de Dhohac, après un règne d'environ 700 ans.

Djemschid, suivant les traditions, avait divisé ses sujets en quatre castes : les prêtres, les soldats, les cultivateurs et les artisans. Il inventa, dit-on, les armes, les tentes, les instruments de musique; força les Devs à plonger dans la mer Verte ou golfe Persique pour faire la pêche des perles, établit des bains publics, découvrit l'usage de la chaux, enseigna les principes de la chimie, les vertus des plantes, l'art d'extraire de la terre les métaux et les pierres précieuses, fit faire de grands progrès à la navigation, institua le calendrier et l'année solaire, dont il fixa le commencement à l'époque de l'entrée du soleil dans le signe du Bélier, bâtit plusieurs villes, et entre autres Ecbatane, et agrandit Istakkar, la Persépolis des Grecs, qu'on appelle encore quelquefois aujourd'hui Takhti-Djemschid (le palais de Djemschid). Voilà certainement un règne bien rempli. Beaucoup de rois qui sont loin d'en avoir fait autant ont mérité le titre de grands; il est vrai qu'on en a peu vu porter la couronne pendant sept siècles. Djemschid, si l'on nous permet d'exprimer notre opinion, n'a jamais existé, n'en déplaise à MM. Volney et Langlès, qui placent hardiment son règne vers l'an 800 avant Jésus-Christ, sans se préoccuper de l'opinion de ceux qui en font un contemporain de Moïse, et même du patriarche Noé.

DJINNS. Génies des Persans, des Arabes, des Turcs, etc. Les Persans leur assignent pour demeures le Djinnistan, contrée merveilleuse, appelée par les poëtes le désert des fées et des démons, et située par delà les plaines sablonneuses de l'Afrique, sur les bords du grand Océan où les Grecs plaçaient les délicieux jardins des Hespérides, les champs Élysées, le pays de Méduse et des Gorgones, et où se trouvaient sans doute les débris d'un

monde anéanti, les ruines de la grande île Atlantide, dont Platon nous a révélé l'existence, d'après les traditions hiératiques de l'Egypte. Le Djinnistan, selon d'autres, s'élevait au milieu de la mer des Indes, dans l'île des Serpents, dont la capitale était la cité splendide d'Anbar-Abad ou d'ambre gris, qui nous rappelle nécessairement la mythique histoire de Phaéton, l'Éridan et les îles Electrides. Mais une opinion plus répandue est celle qui fixe l'habitation des Djinns dans ces mystérieuses montagnes de Kaf, qui, semblables à de hautes murailles de diamant, bornent, dit-on, de tous côtés le globe que nous habitons.

Après cette topographie du Djinnistan, vous vous attendez peut-être à voir dérouler devant vos yeux une légende gracieuse, parsemée de fleurs et d'amours, entremêlée de danses féeriques et de chœurs harmonieux. Vous ne connaissez donc pas les Djinns, nation turbulente et jalouse, adonnée au mal, habile à le produire, et toujours en guerre avec les bons génies qui nous protégent. Les Djinns sont des géants dont la force égale la stature; leur laideur est repoussante, et auprès d'eux on pourrait prendre Quasimodo pour le beau Pâris. Leur peau est noire et calleuse, leurs yeux hagards, leurs cheveux hérissés sont surmontés de longues cornes, et une queue épaisse descend de leur croupe sèche et osseuse. Si vous avez ouvert le Zend-Avesta d'Anquetil du Perron, vous avez vu combien sont redoutables ces autres génies, appelés Divs ou Devs, contre lesquels le croyant ne saurait assez implorer la miséricorde divine; eh bien! les Djinns occupent après eux le rang le plus élevé dans la hiérarchie du mal; comme les Devs, ils font partie du monde de ténèbres créé par Ahrimane; leur naissance a, dit-on, précédé de plusieurs siècles celle du premier homme. Ils tiennent le milieu entre les créatures mortelles et les purs esprits, et leur existence comme celle des Nymphes, des Pans, des Satyres et des Faunes d'une autre mythologie, se prolonge pendant des milliers d'années. Nous devons ajouter, toutefois, que les blessures peuvent abréger cette vie presque éternelle.

A côté des Djinns, nous devons parler des Péris. Les Péris, qui habitent le pays de Schadukian (pays de désir ou de plaisir) au sud des monts Kaf, sont des créatures d'une beauté ravissante; imaginez, si vous le pouvez, un type d'idéale perfection, réunissant dans un même corps ce qu'il y avait de plus suave, de plus gracieux, de plus doux, de plus angélique, de plus divin dans Hélène et dans Cléopâtre, dans Aspasie et dans Bérénice, dans Laure, dans Béatrice et dans Elvire, vous n'aurez encore qu'une imparfaite notion de cette perle de l'imagination orientale, qu'on appelle une Péri. Il serait difficile, pour ne pas dire impossible, de concilier avec l'idée du mal celle de la beauté sans mélange; aussi, partout où il y a du bien à faire et des larmes à sécher, soyez bien certain de voir accourir les Péris, avec leurs ailes d'une blancheur éblouissante.

Qui le croirait! on a pourtant osé, chez nous, faire de ces délicieuses créatures, qui se nourrissent du parfum des fleurs et des aromates les plus précieux, les épouses des Djinns et des Divs. Mais les traditions orientales nous apprennent qu'ils forment deux nations à part, toujours séparées, toujours ennemies, toujours en guerre, et que, dans les combats acharnés qu'ils se livrent, l'avantage reste souvent aux Péris, qui unissent, comme le cygne, la grâce à la force, et le courage à la beauté.

Nous avons vu que les Djinns habitaient le Kaf, et les Péris les plaines fertiles situées au versant méridional de ces montagnes. Or, par les monts Kaf, il faut entendre ces longues et hautes chaînes, qui de l'est à l'ouest sillonnent l'Asie centrale dans presque toute son étendue. Les traditions nous disent que les Djinns régnèrent d'abord pendant 7,000 ans, au sud du mont Kaf, et qu'ensuite les Péris, sous la conduite de Djihan ben Djihan (Djihan fils de Djihan), leur roi, les repoussèrent dans les montagnes, et occupèrent à leur tour le pays pendant 2,000 ans. Djihan ben Djihan fut cependant vaincu par Harets (le gardien), chef des Djinns; mais il sut réparer plus tard cet échec, et refoula dans les montagnes le roi ennemi, qui fut surnommé Eblis (le désespéré). Ces luttes se continuèrent longtemps; des siècles s'écoulèrent, et l'inimitié des deux races croissait sans cesse. La première pensée qui nous vient au sujet de ces guerres mystérieuses est sans doute qu'on doit les rejeter dans le domaine de la fable et de la poésie. Mais n'oublions pas que les traditions du passé, quelque obscures qu'elles nous paraissent, cachent souvent des faits historiques du plus haut intérêt. Les hiéroglyphes ne sont pas des fables. Jetons un rapide coup d'œil sur les populations de l'Asie aux âges primitifs. Nous verrons ce vaste continent géographiquement et ethnographiquement divisé par les montagnes en deux zones bien distinctes. Au nord, sur les hauts plateaux, pépinières de nations, s'agitent les tribus sauvages, qui, pressées par le besoin, excitées et tentées par le riant climat, les richesses et la fécondité des régions méridionales, tombent à chaque instant comme des avalanches sur les populations agricoles. Les documents historiques les plus anciens nous parlent sans cesse des barrières que cherchaient à leur opposer les habitants de la plaine. La Bible fait mention des peuples de Gog et de Magog, dont les remparts étaient si célèbres dans l'antiquité, ainsi que les portes caspiennes et le passage de Derbend; la grande muraille de la Chine, construite dans le même but, existe encore en partie, et nous savons qu'une ligne immense de boulevards courait parallèlement aux montagnes sur toute l'étendue du continent asiatique, depuis la Corée jusqu'à la mer Noire. N'est-on pas dès lors autorisé à regarder les Péris comme les habitants de la plaine, et les Djinns, qu'on nous dépeint si hideux et si féroces, comme les nomades des hauts plateaux; la tradition ne nous dit-elle pas, en effet, que ces derniers vivaient dans les montagnes, et les Péris dans la plaine? Les annales les plus reculées de la Perse ne nous montrent-elles pas en outre les premiers monarques de ce pays toujours en guerre contre les Divs ou Djinns, qui habitaient le Kaf, et ne nous apprennent-elles pas que le troisième de ces souverains, Tahmourats, petit-fils de Houschenc ou Pischdad, fut surnommé *Divebend*, le *lieur de dives*, à la suite de victoires éclatantes qu'il avait remportées sur ses sauvages agresseurs? Nous pouvons à notre assertion ajouter d'autres probabilités. Ainsi, Magog est généralement regardé comme le nom primitif des Scythes et des Tartares, et d'Herbelot nous dit que ce mot est identique à Matchin ou Magin, et qu'il signifie habitants *d'en deçà* (sens exprimé par la particule *ma*), par opposition avec Gog, Gin, Djinn ou Tchin, d'où la Chine, qui veut dire *habitants d'au delà*. Le même mot sert donc à désigner les deux peuples, avec une particule modificative, ce qui s'explique parfaitement, puisque la population de l'Asie méridionale était elle-même originaire des hauts plateaux. Le nom de Péris offre une grande analogie avec celui de la Perse. Nous avons donc pu, sans trop nous hasarder, ramener à une origine historique les guerres des Djinns et des Péris.

DJOM, **DJEM**, nommé aussi **CHOM**, **CHON**, **SOM**, **SEM**. Dieu égyptien, qu'on s'accorde à regarder comme Hercule, non point Hercule tel qu'on se le figure ordinairement, crocheteur du monde ancien, héros sauvage et Don Quichotte de la tératologie, mais Hercule soleil, Hercule bienfaiteur, cet Hercule enfin que Macrobe appelle si bien la *vertu des dieux*, et Pythagore, dans Jamblique, la *puissance de la nature*. Hérodote nous apprend que lorsqu'on avait couvert de la peau du bélier la statue du grand Amoun, on approchait de ce dieu le simulacre de Djom. Or, Amoun, sous une de ses formes, représentait le soleil, et sans doute le soleil entrant dans le signe du Bélier. On serait déjà, par ce seul fait, autorisé à identifier Djom au soleil, mais les passages positifs des auteurs anciens, qui l'assimilent à Hercule, ne laissent aucun doute à cet égard. Il faut d'ailleurs remarquer que l'Hercule grec se rattache à l'Egypte par les faits les plus saillants de la légende, sa lutte avec Antée, une des formes de Typhon; le meurtre de Busiris, autre personnification ahrimanienne. Lorsqu'Osiris part pour sa grande expédition, c'est Hercule qu'il laisse en Egypte, pour protéger sa femme Isis. Typhon se soulève, Hercule le force à la retraite. C'est donc une justice qu'Hérodote rend à l'Egypte lorsqu'il déclare que les Grecs leur ont emprunté leur Hercule, qu'il place au nombre des douze grands dieux adorés sur les bords du Nil. Cependant les monuments n'ont pas encore fourni d'indications qui permettent de reconnaître positivement le rang de Djom dans la hiérarchie divine de l'Egypte.

DJOSIE. Idole chinoise honorée surtout par les habitants du Céleste-Empire, établis à Batavia, dans l'île de Java. On entretient devant elle un feu perpétuel et on brûle tous les soirs, en son honneur, un morceau de papier argenté. Chaque année, on la renvoie en Chine d'où l'on en fait venir une autre. Sa statue est d'or et a quatre

pouces de hauteur. A ces caractères, on ne peut méconnaître une divinité présidant au commerce et aux richesses qui en proviennent, source inépuisable de prospérités pour la mère patrie. L'image de Djosie se trouve aussi sur les navires de commerce.

DOMACHNIÉ, **DOUGHI** ou **DOMOVIÉ**. Génies tutélaires des maisons chez les Slaves, correspondant aux lares et au pénates des Latins. Le repos de la famille, l'heureuse réussite de toutes les choses relatives au ménage leur étaient attribués. C'étaient eux qui faisaient pétiller la flamme dans le foyer, qui dansaient dans les rayons du soleil qui venaient égayer l'intérieur de l'habitation, qui en éloignaient les animaux nuisibles, etc. Les basses classes en Russie croient encore à l'existence de ces follets. Mais de bons génies qu'ils étaient, ils sont devenus, dans les croyances populaires, des lutins méchants et dangereux.

DOUERGARS. Génies de la mythologie scandinave, qui habitent les cavernes des rochers, les précipices, etc. Après la mort du géant Ymer, les dieux les firent sortir des entrailles de la terre où ils vivaient depuis des siècles, et leur confièrent le dépôt de toutes les sciences et de tous les arts qu'ils sont chargés de révéler aux hommes. Ils ont pour chefs Modsigner et Dourenn. Les Douergars ont survécu à l'antique religion scandinave et même au culte d'Odin, qui vint la détrôner. Il n'est pas un de nous qui mille et mille fois n'ait entendu leur voix retentir dans les anfractuosités des montagnes, tantôt riante et moqueuse, tantôt grave et sévère. Mais, oublieux des croyances du passé, nous écoutons cette voix sans penser au génie qui la produit, et l'écho chez nous ne réveille plus l'idée des Douergars.

DOURGA. Déesse hindoue qui ne diffère de Bhavani que comme Pallas diffère de Minerve. Dourga est Bhavani armée, Bhavani guerrière, l'énergie divine personnifiée. Lorsque les Açouras, déclarant la guerre aux dieux, eurent escaladé le ciel d'Indra et se furent emparés de son trône resplendissant, après un combat de cent jours, ce fut Bhavani qui triompha du terrible Mahechaçoura. Elle fit ensuite mordre la poussière au géant Dourga, dont elle prit le nom pour immortaliser sa victoire. (Voy. Damas.)

DRUIDES. Voilà un mot qui remue le cœur du peuple autant peut-être qu'il intéresse les savants. Le patricien se gonfle des fumées d'une vanité ridicule devant un vieux parchemin à moitié rongé par les vers, qui ne lui rappelle le plus souvent que les lâches complaisances de ses aïeux ; nous, peuple, nous trouvons notre diplôme de noblesse écrit en caractères ineffaçables sur le sol même qui nous porte, et, tout chrétiens que nous soyons, nous pensons avec amour à nos pères idolâtres. Occupons-nous donc de ce grand sacerdoce druidique, dont la renommée remplissait le monde entier. Et d'abord, que signifie le mot Druide ? Dans les anciens auteurs gallois et dans les poëmes des bardes des six premiers siècles de notre ère, nous trouvons le mot *Derwyddin* ou *Derwidden* qu'on décompose en *der*, *deru*, chêne (en grec et en sanscrit, *drus* et *daru*), *wyd*, gui, et *dyn* ou *den*, homme. Druide (Derwyddin) signifierait donc *homme du gui de chêne*. Selon d'autres, on doit en chercher l'étymologie dans le celtique, *dé*, ou *di*, Dieu, et *rhouydd*, s'entretenir, *celui qui s'entretient de Dieu*. Les Grecs et les Latins donnaient aussi aux Druides les noms de *Saronides*, *Semnones*, *Semnothées*, *Senani*, c'est-à-dire contemplateurs, voyants, vénérables. Strabon nous apprend qu'ils se divisaient en trois classes : 1° les *Bardes* ; 2° les *Vates*, *Ovates* ou *Vacies*, nommés *Eubages* par Ammien-Marcellin; 3° les Druides. — Les *Bardes*, ordre inférieur, plutôt laïque que sacerdotal, étaient chargés de conserver les traditions dans les poésies qu'ils composaient et qu'ils devaient soumettre aux Druides ; ils marchaient à la tête des armées, en chantant des hymnes guerriers au son des instruments, étaient envoyés vers les ennemis pour traiter des conditions de la paix, et remplissaient dans les bourgs et les villages les fonctions d'instituteurs. Les *Eubages* servaient aux Druides d'interprètes auprès du peuple, s'occupaient de toutes les pratiques extérieures du culte, prédisaient l'avenir en consultant les entrailles des victimes et le vol des oiseaux, étudiaient et enseignaient les sciences naturelles, exerçaient exclusivement la médecine et la chirurgie, et suivaient les armées pour panser les blessés et célébrer les cérémonies religieuses. Les *Druides*, formant le corps pontifical proprement dit, étaient dépositaires des dogmes traditionnels, qu'ils transmettaient oralement, faisaient les prières rituelles et les sacrifices, et dirigeaient les colléges où la jeunesse se rendait en foule, et dont l'enseignement comprenait : la théologie, la morale, l'astronomie, la géométrie, l'arpentage, la médecine ou physiologie, la physique, la botanique, la législation nationale et étrangère, la politique, la cosmographie, la géographie, l'histoire, la rhétorique, la musique et le chant. On ignore si cet enseignement était purement oral, et si les élèves devaient tout apprendre à l'aide des vers techniques, composés par les Bardes et commentés par les Druides et les Eubages, ou si on avait réduit en livres le vaste ensemble de ces connaissances. Un passage de César confirme la première supposition. Les Druides se vantaient de connaître parfaitement la géographie, la dimension du globe terrestre, les mouvements des planètes, etc. Hécatée, dans Diodore de Sicile (liv. III, chap. xii), parait même en dire beaucoup plus. Cet auteur nous apprend que, dans une île, grande comme la Sicile, située vis-à-vis de la Gaule celtique, les hommes, par le secours d'Apollon, voyaient la lune de plus près, et y découvraient des montagnes.

Les Druides jouissaient de la plus grande autorité. Ils concouraient puissamment à l'élection des chefs civils ou *Vergobrets*, à celle des rois dans les Etats où la forme monarchique avait prévalu, et à celle des *Brenn* ou chefs militaires. Dans les assemblées publiques, leur opinion était à peu près décisive. Ils étaient en outre les juges suprêmes de la Gaule, et leurs arrêts étaient sans appel. Les traités n'étaient conclus que conformément à leur avis, et si un citoyen avait osé mal parler contre la religion, ils l'anathématisaient, et cet anathème emportait la mort civile. — Les Druides formaient une hiérarchie parfaitement organisée. A leur tête se trouvait un souverain pontife, élu à la pluralité des voix par les trois ordres réunis en assemblée générale ; il résidait l'été chez les Eduens près d'Autun, et l'hiver chez les Carnutes, dans les environs de Chartres ; présidait les diètes générales de la nation, et officiait solennellement une fois dans l'année. Au-dessous de lui venaient les grands pontifes. Chacun des principaux Etats de la Gaule avait le sien, qui présidait les diètes de la confédération, et officiait une fois par mois, au chef-lieu de sa résidence, le jour du renouvellement de la lune. D'autres pontifes, moins élevés et relevant de ces derniers, étendaient leur autorité sur les districts moins importants. Les ordres de l'Archidruide, partout respectés, étaient transmis d'abord aux grands pontifes, puis aux simples Druides et aux Eubages et enfin aux Bardes, qui les faisaient connaître au peuple. Le fait saillant de l'organisation sacerdotale était le recrutement de l'ordre dans toutes les classes du peuple, ce qui, disons-le en passant, avait été la première pensée du grand législateur hébreu. Ainsi, chez nos ancêtres, toute famille, si humble qu'elle fût, pouvait prétendre à l'honneur de donner au pays un souverain pontife, c'est-à-dire un des chefs de la nation, un juge, un législateur ; et c'est, nous le croyons, ce qui fonda et maintint si longtemps la puissance des Druides. Ils s'appuyaient sur le peuple, et chacun d'eux, tirant du peuple son origine, avait tout intérêt au bien-être général de la nation, parmi laquelle il voyait son père, ses frères, tous ceux auxquels il était attaché par les liens du sang, et les amis de son enfance. Mais, pour être reçu dans la caste sacerdotale, il fallait avoir fait preuve d'une intelligence élevée, et s'être particulièrement distingué dans les sciences. On soumettait en outre le néophyte à de longues et terribles épreuves au milieu des forêts et au fond des cavernes. Le noviciat durait quelquefois vingt années, et les familles les plus puissantes du pays ne pouvaient s'affranchir de ces réglements, lorsqu'elles désiraient voir un de leurs membres agrégé au sacré collége. Les Druides, qui, par cela même qu'ils embrassaient les intérêts du peuple, étaient souvent opposés aux intérêts des grands, devaient même se montrer souvent plus sévères pour les néophytes des classes élevées de la société que pour les autres.

On n'a fait que des conjectures sur l'origine des Druides. Ce qu'on peut dire sans crainte, c'est qu'avant eux la religion gauloise était un culte barbare et grossier, qu'ils détruisirent en partie pour y substituer des doctrines plus élevées, plus douces et plus civilisatrices. Ils arrivèrent probablement dans les Gaules à la suite d'une invasion kimrique, la première de toutes, selon M. Amédée Thierry. La religion druidique a un caractère tout pacifique, qu'on est étonné de retrouver dans la Celtique à ces époques reculées, et ses dogmes sont empreints d'un remarquable spiritualisme. C'est pourquoi les écrivains, ceux mêmes de l'Antiquité, en recherchaient la source dans les antiques religions de l'Orient. Aristote met les Druides sur la même ligne que les Brahmes. Les Druides, dit Pline, sont les Mages des Gaulois, qui pourraient passer pour les maîtres de ceux de l'Orient, et les auteurs modernes ont été souvent amenés à comparer leurs doctrines avec celles des peuples de l'Asie. Comme les philosophes de l'Orient, ils disaient que le monde doit finir par le feu, et posaient en principe que *tout se change en tout*, formule évidemment panthéiste, à laquelle on a en vain cherché à donner un autre sens. Quant à leur morale, elle était noble et pure. Diogène Laërce la réduit à ces trois articles capitaux : 1° honorer les dieux ; 2° ne rien faire de mal ; 3° être brave et généreux. Que l'on joigne à cela le respect pour les femmes, auxquelles les Druides accordaient même des fonctions judiciaires, l'hospitalité érigée en vertu, l'oisiveté prohibée, la fondation des hôpitaux recommandée, et on pourra juger de l'influence salutaire qu'exerça sur les Gaules la religion druidique. Les Druides eurent longtemps à lutter contre les superstitions enracinées avant eux sur le sol de la Gaule. Ils ne parvinrent pas même à les extirper entièrement, et tout nous porte à croire que les sacrifices humains furent un des abus qu'ils se virent forcés de tolérer. Mais ils restreignirent considérablement cette barbare coutume, et choisirent les victimes parmi les criminels. Il est même à remarquer que la plus grande de toutes leurs fêtes, celle du gui (voy. ce mot), était pure de ces abominations. Il ne faut pas oublier d'ailleurs que Rome même vit de pareils sacrifices sous le règne des empereurs.

Les Druides adoraient-ils un dieu unique ou étaient-ils polythéistes ? C'est une question qui a été souvent débattue. Nous croyons, quant à nous, que l'existence d'un Dieu créateur et incréé était reconnue par les philosophes gaulois, qui n'en étaient pas moins polythéistes. Qu'était-ce en effet que le polythéisme ? L'individualisation des forces de la nature, hiérarchie immense, au sommet de laquelle trônait un Dieu suprême, dont les autres n'étaient que les humbles ministres. Tel était Jupiter en Grèce, Brahm ou Adibouddha dans l'Inde, Zervan-Akérène chez les Perses, Odin dans la Scandinavie. Ce Dieu, chez les Gaulois, était Dis, *le lumineux*, aussi nommé Teutatès, *le père des hommes*, Dieu à la fois triple et unique, comme le prouve cette inscription qu'on suspendait à la fête du gui, dans un cercle formé des deux branches du chêne sur lequel on recueillait la plante sacrée.

T

Hès, Taranis, Belen.

T

Selon notre manière de voir, Hès (esus) est le feu primordial, le Démiurge ; Taranis est le tonnerre, c'est-à-dire l'explosion du feu primordial dans la matière chaotique qu'il appelle à la vie, explication qui acquerra un haut degré de probabilité, si l'on se souvient, dans le débrouillement du chaos, de Sanchoniaton, c'est aussi un coup de tonnerre qui appelle à la vie les animaux encore sous forme ovulaire. Belen enfin est le soleil, c'est-à-dire ce même feu principe qui, après avoir tout produit, éclaire, réchauffe, développe et féconde les germes de la création. Or, Hès, Taranis et Belen, sont Teutatès émané et manifesté dans le monde ; Teutatès, dont le nom est exprimé par les deux lettres initiales T, qui, par leur position, offrent un sens absolument identique à ces fameuses paroles de l'Écriture : « Je suis l'alpha et l'oméga, le commencement et la fin ! » Notre opinion sur les idées trinitaires des Gaulois repose sur d'autres faits encore. On sait que tout était symbolique dans les cultes anciens, et l'inscription circulaire que nous avons rapportée, placée elle-même dans un cercle, correspond parfaitement aux trois cercles concentriques de leurs cromlechs, renfermés comme l'inscription trinitaire dans un cercle plus grand. Ces enceintes en outre étaient formées de pierres fichées en terre par groupes de trois. C'est ainsi encore que leurs dolmen étaient composés d'une énorme table de pierre, invariablement portée sur trois autres pierres verticales.

Nous ne nous occuperons pas ici des autres divinités gauloises, dont chacune aura un article spécial dans ce traité. Nous nous contenterons d'ajouter que les Druides, comme les Perses, croyaient à une quantité innombrable de génies qui présidaient à toutes les parties de la création, aux étangs, aux rivières, aux marais, aux fontaines, aux arbres, etc., etc., ce qui suffirait pour démontrer le caractère polythéi-panthéiste de leur philosophie religieuse. — Une inscription découverte à Chartres, il y a deux ou trois siècles, et à Châlons, en 1833, doit fixer un moment notre attention. Elle consistait en ces trois mots : *Virgini parituræ Druides* (les Druides à la vierge qui doit enfanter), placés au-dessous d'une image de jeune fille. On en conclut que les Druides croyaient à la naissance miraculeuse de Jésus-Christ, dont ils attendaient la venue. Les Carmes surtout soutinrent cette opinion ; on sait les prétentions de ces pères. Tout déchaussés qu'ils se disent, ils font du prophète Élie le fondateur de leur institut. Élie, à les en croire, éleva sur le mont Carmel une chapelle à la vierge qui devait enfanter, et ils citent leurs autorités, les bons pères ! Mais ce n'est pas tout : les Druides, éclairés par Élie ou par ses disciples, firent bâtir, à Chartres, une chapelle absolument semblable à celle du Carmel, où ils placèrent la même inscription ; d'où il suit que les Carmes descendent à la fois d'Élie et des Druides.

Malheureusement, avant Jésus-Christ, et même longtemps après, on ne parlait latin ni à Chartres ni même à Châlons. L'ordre des Carmes se trouve donc, par ce fait même, avoir perdu les Druides. Mais Élie leur reste, et c'est sans contredit une belle fiche de consolation. Les grands sanctuaires du culte druidique consistant en enceintes découvertes, circulaires et quelquefois carrées (dans ce dernier cas elles portent le nom de *Peulvans*), sont appelés *Cromlechs*, *Malls* ou *Cercles druidiques*. On compte, parmi les plus importants, ceux de Carnac, d'Autun, de Rouvres (entre Dreux et Chartres) et de l'île de Mona (aujourd'hui Anglesey). Celui de Rouvres, qui passait pour être le point central de la Gaule, était le plus célèbre. C'était là que se tenait, tous les ans, l'assemblée générale des Druides. A côté de chaque cromlech s'élevaient les collèges où l'on instruisait la jeunesse. Une foule d'autres enceintes plus petites, presque toujours de forme octogone, et connues sous le nom de *Témènes*, couvrait le sol de la Gaule. On cite aussi quelques temples couverts, et particulièrement dans l'île de Sana, sur la Loire, au-dessous de Nantes, et à Toulouse. Mais nous sommes convaincus que les auteurs primitifs qui ont parlé de ces sanctuaires, ou se sont trompés eux-mêmes, ou n'ont voulu désigner que des lieux consacrés : l'histoire, en effet, nous apprend d'une manière positive que les Gaulois croyaient les temples indignes de la majesté divine. Comme les Perses, ils se faisaient un devoir de les détruire dans les pays où ils portaient leurs armes victorieuses. Nous en dirons autant des statues de dieux qu'on leur a attribuées. Il est douteux qu'il nous soit parvenu quelques-unes des idoles grossières que les Gaulois avaient sans doute avant la période druidique, et les autres datent certainement de l'époque gallo-romaine. Terminons par un rapide aperçu de l'histoire ou plutôt de la décadence du druidisme, car de cette antique histoire nous ne connaissons guère que la fin.

D'abord maîtres absolus de la nation, les Druides se virent peu à peu refoulés par les chefs civils ou militaires. Ils conservaient encore une grande autorité, mais le pouvoir politique n'était plus tout entier dans leurs mains. Ils étaient pourtant les chefs du véritable parti populaire. L'un d'entre eux, Divitiac, dans sa haine contre l'aristocratie et les chefs héréditaires, appela les Romains dans les Gaules. Il croyait agir en faveur de la liberté ; il se trompa comme tant d'autres avant lui s'étaient trompés. Rome n'avait qu'une passion : celle de dominer ; César asservit la Gaule. Le peuple alors se groupa naturellement autour des Druides, et l'insurrection de Vercingétorix partit de la terre druidique des Carnutes de Génabrum. Rome triompha ; mais la caste sacerdotale se roidit contre l'influence italienne et prépara les vaincus à une lutte nouvelle. Sacrovir (l'homme sacré) qui, sous Tibère, souleva de nouveau la Gaule, n'était probablement qu'un Druide. Ce qu'il y a de certain, c'est qu'après la victoire l'empereur fit crucifier tous les Druides qui tombèrent entre ses mains. Un grand nombre se réfugièrent dans l'île de Mona (Anglesey), un de leurs plus antiques sanctuaires. De là, ils croyaient pouvoir encore dominer la Gaule, et ils avaient devant eux l'Angleterre, un des foyers de leur culte. Mais Suétone Paulin alla les chercher jusqu'au fond de leur retraite. Quand les Romains débarquèrent, ils virent toutes les côtes hérissées de soldats. Les Druides prononçaient des imprécations terribles ; les prêtresses, les cheveux épars, couraient de tous côtés pour animer les défenseurs de la patrie. Les Romains reculèrent d'abord épouvantés. Mais, revenant bientôt à la charge, ils culbutèrent les Gaulois (61 ans après J. C.). Soldats, druides et prêtresses, tout fut impitoyablement égorgé. Le druidisme pourtant n'était pas mort ! Une foule de prêtres s'étaient réfugiés dans les forêts inaccessibles, dans les montagnes et surtout vers le Nord, et quand Civilis prit à son tour les armes contre les Romains, les Druides étaient encore derrière lui ! Rome ne put les dompter ; ils régnèrent en maîtres dans la partie septentrionale de la Gaule. Le christianisme arriva enfin. Le christianisme les vainquit. Il admettait, comme le druidisme, l'immortalité de l'âme, la vie à venir, un Dieu un et triple, la fin du monde par le feu. Beaucoup d'autres croyances étaient communes sans doute à ces deux cultes; Saint Augustin le fait parfaitement sentir (*Cité de Dieu*, VIII, 2). Les Druides cependant résistèrent. Il paraît certain qu'ils n'avaient pas disparu encore à la fin du septième siècle. Il en fut d'ailleurs de l'influence chrétienne comme de celle de Rome. Elle laissa substituer une foule de superstitions qui se perpétuérent pendant des siècles. Au quinzième siècle, on voit encore les conciles fulminer contre les pratiques druidiques qui avaient survécu à la caste sacerdotale, et, à notre époque même, on la retrouve encore dans plusieurs parties de la France.

DRUIDESSES. Prêtresses gauloises que l'on trouve aussi appelées *Druiades*, *Dryades*, mais qui, dans la langue gauloise, avaient des noms correspondant à ceux

Sacrifice humain chez les Druides.

de *Senæ* et *Kenæ*, que leur donnaient aussi les Romains, et qui signifiaient *saintes*, *vénérables*. — Elles formaient des colléges indépendants les uns des autres. Les unes, qui paraissent avoir occupé le premier rang, vivaient dans une virginité perpétuelle; celles de quelques colléges étaient mariées, mais n'avaient avec leurs maris que de rares communications. Les plus célèbres de leurs sanctuaires étaient ceux de l'île de Sein ou de Sains, sur les côtes du Finistère; de l'île de Sana, sur la Loire, et du Mont-Jou (Mont-Saint-Michel), sur les côtes de la Manche. Celles de l'île de Sein, nommées *Barrigènes* par les Gaulois, selon P. Mela, et du Mont-Jou, étaient au nombre de neuf. Leur costume ordinaire consistait en une longue robe noire à larges manches, serrée par une ceinture de cuir noir, et en un bonnet blanc en forme de cône tronqué, attaché sous le menton et recouvert d'un grand voile violet. Les Gaulois croyaient qu'elles pouvaient, par leurs enchantements, exciter des tempêtes, se métamorphoser en toutes sortes d'animaux, guérir les maladies les plus invétérées, et prédire l'avenir, surtout aux navigateurs. Elles expliquaient les songes, rendaient invulnérables ceux auxquels il leur plaisait d'accorder ce privilége, évoquaient les morts, les ressuscitaient même, et détournaient la grêle et les inondations au moyen d'opérations magiques qui ne pouvaient être faites que la nuit, à la lumière des torches ou au clair de la lune. On les voyait, dit Tacite, accomplissant des sacrifices nocturnes, toutes nues, le corps teint en noir, les cheveux en désordre, des torches à la main et s'agitant comme des furies. Leur réputation de prophétesses était aussi grande et plus grande peut-être

dans l'Italie que dans la Gaule. L'histoire romaine nous en fournit plusieurs exemples. C'est l'une d'entre elles qui annonça à Dioclétien, alors simple particulier, qu'il parviendrait à l'empire après avoir tué un sanglier, prédiction qui se réalisa par la mort du général Aper, dont le nom en latin signifie *sanglier*. Les empereurs les consultaient souvent, et une des Druidesses répondit à Dioclétien, qui lui demandait combien de temps l'empire durerait dans sa famille, que celle de Claude deviendrait un jour la plus illustre (*Tacite*, liv. IV, ch. 54.) Les auteurs chrétiens des six premiers siècles parlent souvent des Druidesses; ils les qualifient de sorcières, en font les portraits les plus odieux et leur donnent même le nom de *Lamies*, de *Stries*, etc., qui annoncent des mœurs barbares et féroces; mais nous croyons que de la part de ces dévots écrivains il y avait parti pris et haine religieuse. Nous ne saurions, en effet, attribuer aux Druidesses, comme l'ont fait inconsidérément certains auteurs, ce que Strabon rapporte (liv. VI) des prêtresses des Cimbres. Lorsque l'armée avait fait des prisonniers, dit cet auteur, les Druidesses accouraient vêtues de blanc et l'épée à la main, jetaient les prisonniers par terre, les traînaient jusqu'au bord d'une grande citerne; là, une autre Druidesse attendait les victimes, et, à mesure qu'elles arrivaient, elle leur plongeait un couteau dans le sein et tirait des prédictions de la manière dont le sang coulait; les autres Druidesses ouvraient ensuite les cadavres et en examinaient les entrailles pour en tirer des prédictions que l'armée attendait avec impatience. Sous les rois de la seconde race, où elles portaient les noms de *Fadæ, Fanæ, Gallicæ*, on nous les montre habitant les cavernes, les puits desséchés, les lieux déserts, où de nombreux visiteurs venaient les interroger, et leur apportaient des présents en échange de leurs consultations.

DURSOUTOU. Esprits bienfaisants dans la mythologie lamaïque, ainsi nommés parce qu'ils habitent le monde des esprits (Dursoutou). Ils naissent tout couverts de bijoux et de parures, se livrent à mille joyeux ébats, protégent les hommes et vivent des milliers d'années. Il y en a de mâles et de femelles, mais leurs amours ne dépassent point les bornes d'une passion purement sentimentale.

EASTER. Déesse saxonne dont la fête avait lieu au commencement du printemps. Son nom signifie la *résurrection*, et ce mot la définit assez. C'était une déesse mère, en rapport avec le soleil printanier qui ranime la nature engourdie, et qui fait succéder à la mort apparente occasionnée par l'hiver la vie dans toute sa fécondité, couronnée de verdure et de fleurs.

EAU. De tous les agents de la nature, l'eau et le feu sont ceux qui tiennent la plus large place dans les conceptions théogoniques et cosmogoniques des anciens. Ils servent de base à tout leur édifice philosophique et religieux. L'eau, en tant qu'humide, est l'élément passif primordial, la nuit, la matière inerte et confuse, le chaos, le principe femelle, le réceptacle des germes. Au feu le rôle de créateur, d'organisateur, de fécondateur; à l'humide celui de gestation et de production. Mais le feu, en dernière analyse, est le point de départ de toutes choses, la source d'où tout a découlé. Le feu donc est androgyne; mais c'est le principe mâle qui domine dans sa nature, et voilà pourquoi toute haute divinité se dédouble en une divinité femelle qui conserve, la plupart du temps, dans les mythologies, les titres de fille, ou de sœur-épouse. De ce grand androgynisme tout découle, tout procède par voie d'émanation. La lune est l'élément femelle du feu, représenté par le soleil, mais individualisé dans une sphère moins élevée; la terre, c'est encore la lune localisée plus bas dans l'espace. (Voy. Lune, Soleil.) L'atmosphère terrestre, les eaux marines et fluviatiles, sont autant de formes du principe femelle et générateur, tandis que l'éther, couche supérieure de l'atmosphère, est mâle comme le soleil, qu'il enveloppe de ses ondes limpides et lumineuses. Telle est la grande échelle de la création. Du soleil s'échappent tous les germes, qui, traversant le pur éther, viennent se diviser, se classer dans la lune. La lune elle-même les envoie sur la terre, qui les réchauffe dans son sein maternel, et les produit enfin dans le monde sensible, sous toutes les formes d'êtres organiques ou inorganiques. Nous ne pouvons nous étendre longuement sur ce sujet; mais nous en avons dit assez pour initier le lecteur aux secrets de la philosophie des anciens temps et à ceux mêmes du sanctuaire. On trouvera d'ailleurs, aux articles Athor, Bouto, Bhavani, Chaos, Brahma, etc., etc., d'autres développements de ce principe. Faisons remarquer toutefois que de nombreuses divergences eurent lieu sur ces questions parmi les philosophes et surtout dans la

Dolmen druidique près d'Auray (Morbihan).

Grèce. Primitivement, on admettait, avec l'androgynisme des deux principes, la coexistence, la coéternité; plus tard, on fit dominer, non-seulement au point de vue de la puissance intrinsèque, mais encore à celui de l'antériorité, l'un ou l'autre des deux éléments. Ainsi s'explique l'antagonisme des divers systèmes de philosophie. L'eau, comme le feu, reçut d'ailleurs, sur toutes les parties du globe, les hommages des hommes. L'Inde révère encore les eaux fécondatrices du Gange (voy. ce mot); l'Egypte divinisa le Nil; les Grecs rendaient les honneurs divins aux ruisseaux et aux fontaines, aux fleuves et aux mers. Les Slaves, les Germains et les Celtes adoraient la Vistule, le Dniéper, le Bug, le Rhin, etc. (voy. Elfines); et ces antiques croyances ont encore laissé de nos jours des traces faciles à reconnaître. Les Grecs, on le sait, plongeaient dans l'eau des sources les pieds des jeunes mariées, pour leur assurer une postérité nombreuse, et, en plein dix-neuvième siècle, on voit, dans le Poitou, les habitants de l'antique village celtique d'Exoudun conduire, dans le même but, les nouvelles épouses à la fontaine d'Izarnay, dont elles franchissent en riant l'étroit canal.

EDD, AED, EDDON. Dieu suprême des Celtes Iloegriens, qui habitaient à l'embouchure de la Loire. On ne sait rien du culte qui lui était rendu, et qui fut introduit dans la Grande-Bretagne par des colonies druidiques. C'est aussi une colonie d'adorateurs d'Aed qui pénétra dans le centre de la Gaule, où elle fonda la puissante nation des Eduéens, dont le nom même ne diffère point de celui de cette divinité, quoique certains auteurs en aient cherché l'étymologie dans le mot celtique *aëd* (mouton), parce que les Eduéens étaient riches en troupeaux.

ÉLAGABAL. Divinité syrienne adorée dans la ville d'Emèse, sous la forme d'une grande pierre noire et conique (un aérolithe, sans doute), et dont on trouve aussi le nom écrit *Héliogabal*, *Héliagabal*, *Lagabal*, etc. Les racines de ce mot sont *El*, le dieu, le fort, le soleil, et *Gabel* ou *Djebel*, montagne. Elagabal est donc le *soleil de la montagne*. La traduction grecque de son nom (héliogabal) ne laisse aucun doute sur cette étymologie, confirmée encore par les inscriptions sur lesquelles on lit : *Au dieu-soleil Elagabal*. C'est donc à tort qu'il a été regardé par certains auteurs comme un dieu-lune. A certaine époque de l'année, Elagabal, suivant Hérodien, était montré au peuple étincelant d'or et de pierreries, sur un char traîné par six chevaux blancs d'une grandeur prodigieuse. Ses prêtres jouissaient d'une grande autorité, et l'un d'eux,

Avidus Bassianus, fut proclamé empereur l'an **217** après J.-C. Le nouveau césar fit alors conduire à Rome l'image du dieu qu'il avait servi, et dont il prit le nom, sous lequel il est connu dans l'histoire (Héliogabale). Un temple magnifique s'éleva bientôt au sommet du mont Palatin, sur l'emplacement de l'ancien cirque, à l'endroit même où, selon Cancellieri, on voit aujourd'hui l'église de Saint-Sébastien. L'empereur y réunit tout ce qu'il y avait de plus sacré dans la ville : le feu de Vesta, le bouclier de Mars, la statue de Cybèle, qui n'était peut-être qu'un Bethyle comme celle d'Elagabal, et le Palladium, qui paraît avoir eu la même forme. Héliogabale voulut même que son dieu fût adoré dans toute l'étendue de l'empire. Il fit plus, il voulut le marier. Elagabal était le soleil au point de vue le plus élevé, le soleil considéré comme créateur, comme fécondateur; on pensa d'abord à lui faire épouser Pallas, l'énergie divine; mais on changea d'avis, et on fit venir de Carthage la déesse Céleste, Astaroth, la lune, comme principe femelle de la nature, génératrice universelle. L'union était parfaitement assortie. Des fêtes splendides eurent lieu dans toutes les provinces. La joie et l'allégresse furent mises à l'ordre du jour, et tout bon citoyen fut tenu d'apporter son présent de noces. Le culte d'Elagabal, si pompeusement inauguré, fut pourtant de courte durée sur les bords du Tibre, et, parmi les villes de l'empire, Ephèse et Antioche seules l'adoptèrent. A la mort de son protecteur, le dieu émésien fut assez maltraité, et l'empereur Alexandre le renvoya dans la Syrie.

ELFES ou **ALFES**. Génies de la mythologie scandinave. Dans la langue primitive des Scaldes, ce mot s'écrit *alfr*, et vient, selon les uns, de *halfr*, demi-dieu, et, suivant d'autres, d'*Eilifr*, éternel, dérivé lui-même de *lifr*, *leifr*, vivant. Les Elfes sont intelligents et savants. Dans l'*Edda*, ils forment deux classes bien distinctes, celle des Lios-Alfar, ou génies du feu habitant la ville ou le pays d'Alfheim, où règne Frey, le maître du soleil, et celle des Swurt-Alfar, ou Dock-Alfar, Myrkalfar, génies noirs, ennemis de la lumière, dont le séjour est le centre même de la terre. Les premiers sont bons, généreux, et d'une éclatante beauté; les seconds, méchants, laids et difformes. Les Lios-Alfar eux-mêmes forment deux classes, dont l'une a pour séjour le globe terrestre. Les Elfes ont joué un grand rôle dans la mythologie du moyen âge. Souvent, dit-on, ils transportaient dans l'Elfland (terre des Elfes) des enfants qu'ils dérobaient à leur famille, et les hommes dont la société pouvait leur être agréable. Tel fut le sort de Thomas Elcidoun, surnommé le rimeur, enlevé par la reine des Elfes, qui, éprise des charmes de sa personne et surtout de son esprit aimable et galant, le retint pendant sept ans dans son palais. De nos jours encore, la croyance en ces génies est populaire dans l'Europe septentrionale. Hauts de deux pouces tout au plus, gracieux, charmants à voir, vêtus de robes qu'ils tissent avec les rayons de la lune, coiffés d'un bonnet surmonté d'une clochette et chaussés de légers souliers de vair, ils dansent en rond dans les prairies pendant les belles nuits d'été, conduisent le long des rivières leurs troupeaux bleus, et s'endorment le jour dans les corolles des fleurs. Heureux, mille fois heureux, le mortel qui, le matin, trouve sur le gazon un de leurs mignons souliers ou la clochette dont ils ornent leur coiffure! C'est un talisman précieux, c'est un trésor qu'il possède. Les Elfes n'ont plus rien à lui refuser. Et qu'on ne s'y trompe pas : malgré leur petite taille, ils sont doués d'une force herculéenne, et, du bout de leurs doigts délicats, ils peuvent transporter au loin les rochers qui arrêtent le soc de la charrue, et devant lesquels ont échoué tous les efforts du laboureur, ils peuvent préserver de la grêle les moissons dorées, faire jaillir une source abondante sur un sol desséché, et renouveler pendant la nuit l'herbe des prairies que les troupeaux ont épuisée la veille. L'hiver, ils se retirent dans les montagnes, où ils lisent l'avenir dans des livres mystérieux, se préparent pour la belle saison des parures de perles, de rubis et d'émeraudes, et forgent, avec une habileté merveilleuse, l'or et l'argent qui, sous leurs mains, se transforment en broderies charmantes.— Dans quelques contrées, on établit entre leur existence et celle des arbres une étroite alliance; souvent même l'identité est complète : l'arbre et le génie ne font qu'un.

Voilà la légende. Cache-t-elle une réalité historique? Vouloir tout approfondir, c'est souvent tout gâter. Mais qu'importe au vautour le chant du rossignol? Qu'importe aux savants la poésie? Au dix-septième siècle, on discutait encore pour savoir si les Elfes descendent d'Eve et d'Adam, ou si plutôt ils n'appartiennent point à une race préadamite. Par quel malheur ce pauvre Isaac La Peyrère ignorait-il un si bon argument? D'autres, se fondant sur un passage assez obscur de l'*Edda* (Grimnis mal), où on lit que les Elfes habitaient le pays de Trudheim, dans le voisinage des Ases, ne voient dans ces fables qu'une antique tradition historique défigurée par le temps. Quelques-uns, s'autorisant de la petite taille de ces génies, les prennent pour des Lapons ou des Finnois. On a même cherché leur origine dans la province islandaise de Bahn, qui portait autrefois le nom d'Alfi. Il en est enfin, et c'est le plus grand nombre, qui ne trouvent dans les Elfes, comme dans les Izeds de la Perse et les Lahes du Thibet, que des personnifications des forces de la nature. Comme les génies de la Perse et de l'Inde, les Alfes, en effet, sont partagés en génies lumineux et en génies des ténèbres. Selon Finn Magnus, l'Alfeim était placé dans le signe même du Capricorne, berceau d'où chaque année s'élance le soleil. On en comptait soixante-treize, dont chacun présidait à cinq jours; ce qui, pour les soixante-treize, donne les 365 jours de l'année. On offrait à ces génies des sacrifices appelés *alfablot*.

ELFINES, DISES ou **DISIR.** Elfes femelles, nymphes des eaux des peuples du nord de l'Europe, les *Nixen* des Allemands, les *Mermaids* de la Grande-Bretagne. Si l'on en croit les habitants des rivages de la Baltique, les Elfines apparaissent souvent aux hommes sous la figure d'un cheval. Mais, en remontant le cours de l'Elbe pour pénétrer dans la poétique Allemagne, les Elfines revêtent une forme plus gracieuse, et si elles se hasardent la nuit à sortir du fond des eaux pour aller réchauffer leurs membres glacés aux feux abandonnés par les bergers, elles se montrent toujours sous les traits d'une femme jeune et belle enveloppée, comme d'un voile, d'une longue et blonde chevelure. C'est leur voix mélodieuse qui prête aux eaux leur murmure enchanteur; c'est leur voix encore qui frémit au milieu des roseaux balancés par le vent. Comme les nymphes de la Grèce, les Elfines sont sensibles aux douceurs de l'amour. Un bel adolescent fait souvent palpiter leur cœur, et, s'il lui arrive de se pencher sur les eaux transparentes et d'y plonger la main pour se désaltérer, il sent un frisson léger glisser par tout son corps; c'est une Elfine qui lui a communiqué la passion dont elle brûle. Le jeune homme, alors, attiré par un charme insurmontable, revient tous les soirs à la fontaine, et les rameaux pendants des saules et des aulnes protégent de chastes amours. Sa mystérieuse amante s'attache à lui avec toute l'abnégation de la tendresse. Elle épuise en sa faveur tous les trésors de sa puissance, et le suit même sur les champs de bataille, si la patrie en danger a fait appel à son patriotisme. Mais vient-il à oublier la foi jurée, s'abandonne-t-il à l'enivrement d'une passion nouvelle, malheur à lui! la nymphe outragée ne lui pardonnera point son crime. Elle saura l'attirer une fois encore au bord des eaux, et, le lendemain, le pâtre, en conduisant ses troupeaux dans la prairie voisine, s'arrêtera, glacé d'épouvante, en voyant un cadavre flotter sur le bassin transparent.

Les Elfines, sous un nom que nous ne connaissons pas, étaient, sans doute, honorées jusque dans la Gaule. Une multitude de lacs et de fontaines leur étaient consacrés, et, pour se rendre ces divinités propices, on jetait dans les flots des fleurs, des fruits, de l'or, des perles, etc. C'est ainsi qu'on a trouvé, dans un lac près de Toulouse, un grand nombre d'objets précieux provenant d'offrandes faites par nos ancêtres à ces génies des eaux. Dans le nord de l'Europe, on leur offrait aussi des sacrifices appelés *disablot*.

ELIOUN. Dieu phénicien qui figure dans les fragments cosmogoniques de Sanchoniaton, et dont le nom corrompu est, selon toute probabilité, le *El* oriental, qui signifie *Dieu, le Fort.* (Voy. Béruth.) Ce mot, identique à *Elohim, Allah*, etc., indique assez la haute signification du symbolisme phénicien, n'en déplaise à Cumberland et à Fourmont, qui, dans Elioun, voient Lameth, père de Noé, ou Sem, fils du patriarche auquel nous devons, dit-on, les raisins.

ENACHSIS. Divinité des Iakoutes, dont le nom signifie *gardeuse de vaches*, on ne sait trop pourquoi, car elle cherche sans cesse à nuire à ces animaux, qui font la richesse du pays, leur envoie des maladies et fait périr les veaux. Les Iakoutes lui font souvent des sacrifices pour fléchir sa colère.

ENFER. On comprend que nous ne saurions parler ici de l'enfer chrétien. Nous ne dirons rien même qui s'y rapporte. Nous n'avons à nous occuper que de celui des peuples étrangers à la religion du Christ. — Dès que l'homme se fut assez perfectionné pour réfléchir sur sa propre nature, il ne put envisager de sang-froid le grand phénomène de la mort. Il se réfugia dans la croyance, d'abord timide et mal définie, d'une vie à venir que ne colorait point encore le dogme salutaire de l'immortalité de l'âme. Cette seconde existence, pâle image, reflet obscur, triste continuation de la vie précédente, suivait, dans le sein même de la terre, le cadavre qu'on y descendait. Là, dans l'*assemblée des pères*, comme on appelait cette morne et froide réunion, les hommes se livraient autour de leurs sépulcres, car on n'osait encore les en séparer, aux mêmes occupations que sur la terre. Il n'y avait, par conséquent, ni peines ni récompenses, ni plaisirs ni douleurs. Ce n'était point la vie, ce n'était point la mort; c'était quelque chose de plus triste que la mort. Les tribus sémitiques, surtout, conservèrent longtemps ces croyances. On finit cependant par y ajouter quelques embellissements. On donna à ces ombres froides, glacées, sans force et sans vigueur, un roi qu'on nomma Bélial, et, à ce roi, un palais, une ombre de palais, voulons-nous dire, dont, pourtant, toutes les puissances de la terre ne pourraient briser les verrous. Les Hébreux, auxquels Moïse, en garde contre les superstitions du dualisme, n'avait point enseigné l'immortalité de l'âme, avaient probablement adopté cette antique conception. Leurs livres donnent au souterrain empire le nom de *Schéol*, qu'on traduit ordinairement par abîme, et qui, si l'on en croit Herder, exprime l'idée du fond d'un monde écroulé. Le séjour des morts, dit Ezéchiel (xxvi, 20), est placé aux lieux les plus bas de la terre, lieux désolés de tout temps, où habitent *ceux qui vivaient autrefois.* Isaïe, dans sa sainte colère, y fait descendre Babylone, et nous montre les rois et les princes se levant de leur trône à l'arrivée de la grande ville (lvii, 9). Ezéchiel va plus loin (xxxii, 18), il y précipite l'Egypte tout entière. Mais, à cette époque, un grand changement s'était déjà opéré dans l'organisation du schéol. Ezéchiel, en bon Israélite, y indique un lieu à part pour les enfants d'Abraham, et, conformément aux idées reçues, assigne une place d'honneur aux guerriers qui sont arrivés dans le cercueil avec leur épée sous leur tête. — L'enfer des Grecs conserva toujours les traits caractéristiques de la physionomie du schéol. Ce ne sont pas des âmes que Caron passe dans sa barque, mais des ombres, vaporeuse continuation de l'individualité humaine au delà du tombeau; et, de plus, la place d'honneur réservée aux hommes qui se sont distingués par leurs talents, leur courage et leurs vertus, forme, sous le nom de Champs-Elysées, un des cercles du schéol lui-même, ce que nous retrouvons également dans la mythologie égyptienne. Plus tard, le dualisme, dont nous avons ailleurs exposé l'origine (voy. Ciel, Ormouzd), s'empara du schéol. Les méchants devinrent la proie des anges des ténèbres. L'idée du bien et du mal donna naissance au système de rémunération, combiné avec le dogme de la persistance de la vie après la mort; dès lors on eut l'enfer dans l'acception vulgaire de ce mot.

Vous plairait-il maintenant de faire avec nous une excursion rapide dans les enfers des différents peuples? Venez, suivez-moi sans crainte; le feu que nous aurons à traverser n'est point un feu orthodoxe, il glissera sur nous sans nous blesser. Traversons à vol d'oiseau la Méditerranée, la Syrie, la Babylonie, la Perse; nous voici sur le Gange. Encore un coup d'aile; descendons plus loin, sur les bords du grand Océan; enfonçons-nous sous terre, franchissons les sept Patalas, demeures des Daitias et des Açouras, éclairées par huit escarboucles placées sur la tête de huit serpents monstrueux. Pénétrons plus avant encore dans les entrailles du globe. Nous voici dans le Iamaloka; c'est là qu'habite Iama, le roi du sombre empire. Le voyez-vous monté sur son buffle? Son visage respire la colère et la menace; un collier de têtes de morts pend sur sa poitrine; il agite avec fureur ses huit bras armés d'un glaive, d'un bâton, d'une hache. D'une main il tient la balance inflexible dans laquelle il pèse les bonnes et les mauvaises actions des habitants de l'Inde. Chaque fois qu'un homme est près d'expirer, deux de ses serviteurs, ou Iamagengilierds, se rendent auprès du moribond, attendent son âme au passage, livrent bataille aux serviteurs de Vichnou, qui voudraient la sauver, et l'apportent à leur intègre monarque. Pour procéder à la délicate opération du jugement, Iama épluche avec soin l'âme sur le sort de laquelle il va prononcer. Toute âme renferme en soi trois *goun* ou qualités : le *satoua*, source de toutes les actions nobles et élevées; le *raga*, ou penchant aux voluptés et aux passions, et le *tama*, propension à toutes les folies d'une raison égarée. Ces trois qualités se combinent en mille et mille proportions; mais Iama, d'un coup d'œil, voit l'usage que l'homme a fait de sa liberté pour faire dominer telle ou telle qualité; il prononce son arrêt; Sittira, son secrétaire, en prend note. L'âme est-elle pure, elle s'envole aux souargas (cieux). Est-elle coupable, les Iamatanmaraça, ses exécuteurs infernaux, la saisissent et la précipitent dans l'un des vingt et un enfers, connus sous le nom collectif de Gehennam, ou sous celui de Naraka (demeure des serpents), qui est aussi le nom particulier d'un d'entre eux. Mais les âmes criminelles ne sont pas jetées indistinctement dans l'un ou l'autre de ces vingt et un enfers. Ils renferment autant de cercles qu'il y a de péchés dans le monde, et les supplices y sont variés comme les crimes des hommes. Les voluptueux sont jetés dans les bras de statues de femmes en fer incandescent; les gourmands avalent des balles hérissées de pointes; les avares boivent de l'or ou de l'argent fondu; les paresseux sont couchés sur des lits de vipères qui font pénétrer dans leur chair un poison sans cesse renaissant. Les malheureux voudraient avoir un moment de répit : vain espoir! les valets d'enfer sont là qui les surveillent avec leurs glaives de feu et leurs cuillers pleines de poix bouillante. Ils grincent, s'agitent, se roulent, se tordent; gémissements, sanglots, cris, hurlements, forment une éternelle tempête qui, roulant avec un fracas terrible sous les voûtes colossales, absorbe tous ces cris et empêche d'en entendre aucun. Mais ces souffrances ne dureront pas toujours; le globe que nous habitons tombera un jour en poussière, sous le pied du cheval blanc de Vichnou; un monde nouveau lui succédera, et toutes ces âmes, suivant leur mérite, iront animer de nouveaux corps plus ou moins élevés dans l'échelle des êtres.

Retournons sur nos pas; arrêtons-nous en Perse. L'enfer du Zend Avesta, appelé *demeure des Dervands, germe des ténèbres les plus noires*, est d'une étendue sans bornes. Ahriman y règne avec les Devs, qui font tous les efforts imaginables pour enlever à Ormouzd les âmes des hommes au moment où elles se séparent des corps pour passer le pont Tchinevad. Les méchants y sont soumis à des châtiments terribles; mais Ormouzd n'a pas créé les hommes pour les perdre. Les coupables peuvent se sauver par le repentir, et, chaque année, il ouvre pendant cinq jours les portes de l'enfer, pour en laisser sortir les âmes qui ont mérité cette faveur. Un jour viendra même où les portes d'airain seront brisées à jamais. C'est le jour où Ahriman sera définitivement vaincu par Ormouzd. Alors l'astre ou la comète Gourzcher, trompant la surveillance de la lune, viendra heurter la terre, qui, bientôt, sera réduite en cendres. Les montagnes se fondront; les âmes, sur lesquelles passeront des torrents de feu, seront purifiées par la douleur; les âmes les plus obstinées et les

Devs eux-mêmes deviendront purs, sous l'influence de la flamme dévorante. Un nouveau ciel et une nouvelle terre surgiront; il n'y aura plus d'ombre; le mal aura disparu comme les ténèbres, et Ahriman, s'absorbant avec Ormouzd dans Zervane Akérène, célébrera lui-même les louanges de la lumière et du Zend.

Arrivons à l'Egypte. Nous pourrions nous arrêter sur les bords du lac Quéron, et y assister au jugement des morts; mais passons; suivons les âmes dans la région occidentale, ou *Amenthi*, qui correspond aux douze heures de la nuit, et comprend à la fois le séjour des heureux et celui des coupables. Thméi, fille du soleil et emblème de la vérité, qui préside les quarante-deux juges infernaux, reçoit dans son palais l'âme suppliante. Celle-ci va ensuite visiter différentes divinités. Elle se présente enfin devant le trône d'Osiris, monarque de l'Amenthi, à côté duquel siége la déesse Isis. Devant lui sont placés la balance, la plume d'autruche, emblème de la justice, et le cerbère

Emardanaraja, roi des morts, conduisant une âme.

égyptien, monstre hideux réunissant les formes du lion, du crocodile et de l'hippopotame. On procède à l'examen de l'âme. Horus, à tête d'épervier, et Anubis, à tête de chacal, pèsent ses actions; et Thoth, à tête d'ibis, écrit le résultat, sous la présidence d'Api, qui garde la balance sous la forme d'un singe. Thoth présente ensuite ce résultat à Osiris, qui punit ou récompense. Dans le premier cas, l'âme est précipitée dans une des soixante-quinze zones auxquelles président autant de génies armés de glaives. Chacun de ces cercles, comme ceux de l'enfer brahmanique, est destiné à un genre de supplice particulier. On y voit les âmes sous la forme humaine, sous la figure d'un épervier, sous celle d'une grue à tête humaine et de couleur noire, suspendues à des poteaux, et tremblantes sous le glaive des gardiens de l'Amenthi toujours levé sur elles. D'autres marchent en traînant leur cœur sorti de leur poitrine; d'autres se promènent la tête coupée; il en est même qui sont condamnées à rôtir pendant des siècles dans des chaudières de fer incandescent. Les Egyptiens croyaient pourtant à la métempsychose. Leur enfer, comme celui des Hindous, n'était donc qu'un grand réceptacle d'où les âmes sortaient après un certain temps, pour aller animer d'autres corps. C'est ce qu'exprime le nom même d'Amenthi, qui, selon Plutarque, signifie *qui donne et qui reçoit*. Suivant le même auteur, c'était aussi un séjour d'oubli, et les âmes, en le quittant, passaient successivement, pendant trois mille ans, dans des corps de reptiles, de poissons, d'oiseaux et de quadrupèdes, pour venir enfin animer de nouveau un corps humain.

Je ne me flatte pas, lecteur, de vous avoir tout fait voir dans les mythologies des pays que nous avons parcourus. J'aurais pu vous faire plonger dans l'enfer des rabbins, et vous montrer, dans la géhenne inférieure, Samaël et ses démons tournant et retournant les coupables au milieu de flammes dévorantes qui ne s'éteindront jamais; j'aurais pu vous introduire dans la géhenne mahométane par l'une ou l'autre de ses sept portes. L'ange Trahek, qui y préside, vous aurait laissé passer sous ma conduite, et vous auriez vu Monkir, armé d'une massue de fer rouge, frapper sur la tête les infidèles, qu'il enfonce à trente pieds sous terre pour ménager à son compagnon Nékir le plaisir de les ramener à la surface du sol avec son long croc de cuivre incandescent. Mais il est temps de sortir de l'Orient. La Scandinavie nous appelle. Son enfer est divisé en neuf cercles, dont le plus obscur et le plus profond, le Niflheim, donne son nom au sombre royaume qui reçoit la foule immense des humains qui ne sont pas morts sur le champ de bataille. Devant son entrée béante coule, avec un bruit terrible, le Giaull, qu'on passe sur un pont d'or gardé par une guerrière armée de toutes pièces. Traversons le fleuve redoutable, franchissons la grille de fer (Helgrind) qui s'élève du côté opposé. Voyez-vous cette racine énorme qui, de ses mille fibres gigantesques, enveloppe le monde souterrain? C'est une des trois racines du frêne Iggdracil, dont les rameaux couvrent l'univers entier. Nous sommes dans le Niflheim. Quel est ce massif édifice grillé comme une prison d'Etat? C'est Elioud (la misère), le palais d'Héla, la souveraine de l'empire de la mort. Le Bruyant l'environne de ses eaux rapides. Allons présenter nos hommages à la déesse. Le vestibule Blikand (la malédiction) nous est ouvert, ainsi que la porte Falland-Forad (l'entrée du trépas). Héla est sur son trône; son visage est terrible, et son regard annonce la colère et la vengeance. A côté d'elle se dresse, sur ses jambes nerveuses, son coq noirâtre qui remplit le palais de ses cris rauques et aigus, et derrière elle se tiennent son domestique Ganglat (la négligence) et sa servante Ganglot (la lenteur). Sa table s'appelle Hungr (la faim), son couteau, Sultz (la famine), et son lit, Kor (la maladie quotidienne). Sortons de cette lugubre demeure; parcourons les cercles du Niflheim. Quels brouillards! quelle humidité pénétrante! quelle tristesse! Autour de nous glissent des ombres de femmes, d'enfants, d'hommes, à l'aspect triste et languissant, et il n'arrive à notre oreille d'autre bruit que celui des torrents lugubres qu'on appelle l'Angoisse, la Perdition, le Gouffre, la Tempête, le Tourbillon, le Rugissement, le Hurlement, etc., et qui, tous, prennent naissance à la fontaine Hvergelmer, découlant elle-même de la racine du frêne Iggdracil. Mais quel est ce monument qui, là-bas, se dessine vaguement dans la ténébreuse atmosphère? Que de diamants étincellent sur ses vastes murailles! Approchons. Spectacle affreux! Des millions de serpents entrelacés forment le portique de ce palais terrible, et nous prenions pour des diamants leurs yeux flamboyants comme des torches agitées par le vent. C'est le Nastrond, enfer vide encore, gardé par un loup monstrueux, qui attend, pour les dévorer, tous les hommes pervers qui y seront précipités dès les premières lueurs du Crépuscule des dieux. (Voyez FENRIS.)

Retournons enfin à notre point de départ; arrivons dans la Gaule. Nos ancêtres aussi avaient un enfer, placé dans les profondeurs de la terre. Malheureusement, les Druides n'écrivaient pas, et nous ne savons que peu de chose sur le sort de nos aïeux après leur mort. Quelques auteurs nous disent pourtant que les parjures, les assassins, les adultères, etc., étaient jetés dans un fleuve aux eaux empoisonnées, où ils étaient exposés aux morsures continuelles d'un énorme serpent. Nous ne prétendons point nier l'existence de cet enfer; mais ne le trouvez-vous pas bien pauvre et bien mesquin pour un peuple qui passe pour avoir l'imagination si vive?

EON et **PROTOGONE**. Après avoir décrit le débrouillement de la matière chaotique, Sanchoniaton dans sa cosmogonie, dit que du vent primitif, Kolpia, et de Baaut (voy. ce mot), la nuit primordiale, naquirent Eon (la durée, l'éternité) et Protogonos, le premier-né, mot grec dont nous ne connaissons pas l'original phénicien. De ces deux êtres sont issus Génos et Généa, qui, accablés par de violentes chaleurs, levèrent les mains vers le ciel, et adorèrent le soleil, qu'ils appelèrent Baalsamen (maître du ciel). — Eon et Protogone paraissent être une dyade démiurge, comme Kolpia et Baaut. Eon désigne peut-être le temps qui se révèle par la création sans laquelle il ne serait qu'une abstraction sans réalité, et Protogonos, le soleil, le fécondateur des germes endormis dans le sein immense de la terre. Génos et Généa, que nous ne prendrons pas avec M. Hamaker pour l'Engendrant et la Concevante, du moins dans un haut sens théogonique, représenteraient alors les créatures, grossière ébauche auparavant, définitivement classées en genres et en espèces.

EORO-MEZDAO. C'est le nom d'Ormouzd en zend. (*Voy.* ORMOUZD.)

ERKIGLITT. Génies groënlandais qui président à la guerre. On les représente avec des têtes de chien, et on croit qu'ils habitent la côte orientale du Groënland.

ERLEURSORTOK. Mauvais génie de la mythologie groënlandaise. Il habite les airs, et se tient toujours en embuscade, prêt à happer les âmes au moment où elles s'échappent des corps qu'elles ont animés.

ERLIK-KHAN ou **NOMIEN-KHAN.** Dieu de l'enfer dans la religion du Lamas. Il passe pour un dieu du premier ordre, et cherche à rendre les hommes heureux sur la terre, ce qui n'empêche pas les génies soumis à ses ordres, les *Erligs*, de leur faire tout le mal possible. Il a pour femme Samoundo. Avant d'être roi des enfers, Erlik-Khan régna sur la terre, où il montra de grandes vertus et de grands vices, parmi lesquels on cite surtout son amour effréné pour les voluptés charnelles. Il fut chassé du trône par Iamandaga, et se soumit à des pénitences si rudes, que Chakiamouni lui confia la direction du souterrain empire. On le représente ordinairement au milieu d'un cercle de flammes avec un visage de lion, terminé par un museau de buffle ou de chèvre. Ses traits sont contractés par la colère; il tient dans sa main gauche une épée et dans la droite un sceptre surmonté d'une tête de mort. Sur son front couronné de têtes de morts s'élèvent des cornes et des flammes. Un long collier de têtes humaines descend jusqu'à ses genoux. Ses chairs sont bleues comme les corps en putréfaction, et souvent des cadavres sont étendus sous ses pieds. Plus souvent encore on le voit monté sur un buffle furieux qui se tient agenouillé sur un cadavre. Sa femme, dont l'aspect n'est pas moins repoussant, est placée auprès de lui. On connaît une de ses statues qui a deux têtes, l'une bleue, l'autre rouge, et quatre bras. Le premier de ses noms signifie prince des Erligs, et le second, prince des valets infernaux ou prince de la loi. En tangutain on l'appelle Tcheutchi-Tchalba, Cheudji-Tchedzall, ou Tcheutchi-Chalchi.

ERTOSI. Dieu-planète des Egyptiens, nommé aussi ARTÈS, et souvent appelé Astre-herculéen. Hérodote, Macrobe, Servius, Tatius, s'accordent à dire que Mars était consacré à Hercule, ce qui fait naturellement appliquer à cette planète la qualification d'astre herculéen. Artès en outre se rapproche beaucoup de Arès (Mars en grec), et en arménien *adr* et *azour* signifiaient à la fois Mars et feu.

ERUNYAKCHA et **ERUNYA-KACIAPA** étaient deux Daitias, fils de Kaciapa (l'espace) et de Diti (la nuit). Le premier s'empara du globe entier les armes à la main, et le précipita dans l'Océan. Brahma ayant ensuite créé Souaïambhou et Satadroupi, le premier homme et la première femme, il leur commanda de multiplier. Le père futur de la race humaine lui représenta que la terre immergée à tel point, qu'il ne pouvait trouver où poser ses pieds à sec. Vichnou alors, par ordre de Brahma, se métamorphosa en sanglier, tua Erunyakcha, et, plongeant au fond des mers, ramena sur ses défenses le globe à la surface des eaux. — Erunyakcha avait un frère, Erunya-Kaciapa. Celui-ci vivait depuis longtemps dans d'austères pénitences, et il avait obtenu de Brahma le privilége de n'être tué ni par les dieux ni par les géants, ni par les hommes, ni par les animaux, ni la nuit ni le jour, ni dans une maison ni hors d'une maison. La mort de son frère changea tout à coup ses dispositions. Le pénitent de la veille devint le plus terrible ennemi de Vichnou. Il proférait contre lui les plus horribles blasphèmes. Son fils Pragalata, qui n'avait point abandonné les voies de la piété, lui objecta un jour, une nuit voulons-nous dire, que Vichnou était partout. « Est-il dans cette colonne? » s'écria Erunya-Kaciapa, en frappant avec colère la colonne qu'il désignait. Vichnou y était en effet, et, en sortant tout à coup, moitié homme, moitié lion, il poussa le Daitia jusqu'au seuil du palais. Le crépuscule paraissait déjà; il n'était ni nuit, ni jour, Erunya n'était ni dans une maison, ni hors d'une maison, et Vichnou le tua sans violer la promesse de Brahma.

ESMOUN, c'est-à-dire le *huitième*, parce qu'il était le huitième fils de Sidik dans la théogonie phénicienne de Sanchoniaton. Ses sept frères aînés sont les Cabires, et Philon de Byblos le donne comme identique à Esculape. Esmoun en effet était un dieu-médecin, et il était l'objet d'un culte célèbre à Tyr et dans tout le nord de l'Afrique. Il avait à Carthage un temple magnifique où les prêtres opéraient sous son influence les cures les plus merveilleuses. C'était une véritable école de médecine, où se réunissaient les praticiens les plus habiles et les plus savants, qui y faisaient des cours publics. A Tyr, la légende le représente se mutilant de ses propres mains, pour échapper à la passion de la déesse Astronoé, qui lui accorde l'immortalité après avoir rallumé en lui le feu générateur. C'est alors, dit-on, qu'il reçut le nom d'Esmoun, qui en phénicien exprime cette idée. Esmoun, fils de Sidik, qui est un dieu-feu, désigne probablement le soleil, comme père de la vie. Ses rapports sont frappants avec Atys, et en Phénicie on lui donnait aussi le nom de Pœon, qui appartient au soleil, chez les Grecs.

ETOUAS, ETOUA-RAHAI. Sous le premier de ces noms, on désigne à Otaïti les dieux ou génies inférieurs qui gouvernent les différentes parties du monde. Etoua-Rahai est le dieu suprême, appelé aussi Ta-Roa-Téai-Etaumou, c'est-à-dire *la grande tige engendrante*, ou, selon d'autres, *l'oiseau, l'esprit*. Il a pour femme O-Te-Papad, c'est-à-dire la roche, la matière qui reçoit les germes de la création. Ohina, leur fille, donna naissance à une triade (la trinité se trouve chez tous les habitants de l'Océanie), composée de Te-Ouetlou-Ma-Tarai, le créateur et le recteur des étoiles; d'Oumar-Ceo, qui produisit la mer sur laquelle il règne, en enfin, d'Orre-Orre ou Oro-Oro, qui préside aux vents et à l'atmosphère. Comme Vichnou, Brahma et Siva se réabsorbent en Brahm, de même les trois personnes de la trinité otaïtienne se réabsorbent en Etoua-Rahai, dont elles ne sont que des émanations démiurgiques. Etoua-Rahai, le maître du monde, le roi des dieux, le créateur virtuel, dans un sens moins élevé, s'individualise dans le soleil comme l'Amon-Knef de l'Egypte, le Baal chaldéen et toutes les autres divinités qui, chez les différents peuples, occupent le sommet de la hiérarchie divine. C'est lui encore qui modère ou excite l'énergie du feu souterrain et qui produit les tremblements de terre. Revenons à la création. Après la naissance d'Ohina, Etoua-Rahai créa les dieux inférieurs, puis les diverses parties de l'univers, s'émana lui-même dans le soleil, fit la lune, les astres, les poissons, les oiseaux, etc., et, saisissant O-Te-Papad, sa femme, la précipita dans l'Océan avec une force telle, qu'elle se brisa contre le fond, et se divisa en une multitude de morceaux de toutes les formes et de toutes les grandeurs, qui, remontant à la surface, formèrent les récifs, les écueils, les îles et les continents, dont chacun fut mis sous la garde d'un Etoua particulier. Suivant d'autres voyageurs, Etoua-Rahai ou Tarao était primitivement dans un œuf. Il en brisa la coquille, et en fit la grande terre, c'est-à-dire l'île d'Otaïti. Les parcelles qui se détachérent de cette coquille donnèrent naissance à toutes les îles environnantes. C'est à tort qu'on a fait une triade d'Etoua-Rahai, de Tane et d'Oro. A Tane (voy. ce mot) se rapporte un système cosmogonique différent.

FAMITSAI. Dans la croyance des Indo-Chinois, Famitsai est le mauvais génie qui doit remplacer Chakiamouni (Bouddha), quand les cinq mille ans de règne de ce dernier seront terminés. Tous les esprits des ténèbres viendront combattre sous ses ordres, et les hommes pervers se joindront à eux pour persécuter les justes, détruire les temples de Bouddha et les livres sacrés qu'il a dictés à ses disciples. C'est l'Antechrist de l'Indo-Chine. Mais le règne du mal ne sera point affermi. Bouddha s'incarnera de nouveau et rétablira sur la terre l'empire de la lumière et de la vérité.

FANNA. Un des saints les plus célèbres du Japon, qui lui a consacré un grand nombre de temples. On le représente debout sur une fleur de tarata, et sur sa tête, environnée d'un grand cercle doré, on voit une coquille à moitié pleine de grains de riz. Il tient un sceptre dans la main gauche.

FARFADETS et **FOLLETS.** Divisions de cette grande famille d'esprits fantastiques qui comprend les Gnomes, les Fairfolks de l'Ecosse, les Cobolds ou Colfi de la Germanie, les Knokkers de l'Irlande (voy. Cobolds), etc. Parmi les Farfadets et les Follets, les uns aiment les hommes et leur rendent mille petits services, sans qu'on pense même à leur en attribuer le mérite. Les autres, au contraire, sont espiègles et malicieux, et poussent quelquefois l'esprit de taquinerie jusqu'à la méchanceté. Ordinairement invisibles, ils apparaissent de temps en temps sous la figure d'animaux. Quelques instants après la disparition du soleil sous l'horizon, ils s'échappent de leurs retraites mystérieuses et viennent prendre leurs ébats sur la terre, ce qui nous fait dire dans une pièce légère où nous nous adressons à un rossignol :

> Les Follets sortis dès la brune
> Dansant à l'ombre des buissons
> Ont pour candélabre la lune
> Et pour orchestre tes chansons.

Malgré leurs bonnes ou leurs mauvaises qualités, Follets et Farfadets ne vous préoccupent que médiocrement, ami lecteur. J'en suis convaincu. Mais il s'en faut bien que tout le monde partage votre indifférence. Connaissez-vous M. Bertiguier de Terre-Neuve de Tym ? Vous n'avez pas cet avantage. Eh bien ! M. Bertiguier de Terre-Neuve de Tym pense jour et nuit aux Farfadets ; ils l'empêchent de dormir ; ils l'empêchent de boire et de manger ; du matin au soir et du soir au matin ils le lardent de coups d'épingles ; c'est à n'y pas tenir, et M. Bertiguier, pour se venger, a publié contre eux, en 1821, un pamphlet en trois volumes in-octavo, adressé *à tous les souverains des quatre parties du monde.* M. Bertiguier de Terre-Neuve de Tym est, comme vous le voyez, constant dans sa haine. Mais il ne s'en tient pas là. Il a juré de détruire les Farfadets jusqu'au dernier. Il n'aura de repos que quand il en aura purgé l'air et la terre, et il passe sa vie à les empoisonner dans des bouteilles et à les noyer dans des baquets. C'est leur faire payer cher des coups d'épingles !

FÉES. Je le vois sur vos traits, je le lis dans vos yeux, la pose même de votre tête me le fait assez comprendre ; vous vous attendez, lecteur, à faire un voyage avec moi dans ce charmant pays de Féerie, que votre enfance riante aimait tant à parcourir. Croyez-vous donc qu'en abordant un pareil sujet je laisse échapper l'occasion de faire preuve de mon érudition ? Non pas, s'il vous plaît. J'ai mission, d'ailleurs, de vous instruire en vous amusant. Sachez donc que nos Fées sont une colonie de ces adorables *Péris* dont je vous ai déjà parlé à l'article Djinns, et qu'elles ont suivi dans la Gaule d'antiques migrations asiatiques. Voilà du moins ce que beaucoup d'auteurs nous affirment. Il faut toutefois que vous sachiez que les Romains adoraient un dieu *Fatuus*, autrement dit Faunus, lequel avait pour femme la déesse *Fatua*, qui présidait à la prophétie, et dont le nom, tiré directement du verbe latin *favere* (favoriser), conviendrait parfaitement à nos fées, qu'on trouve souvent appelées *Fatuæ* ou *Fadæ*. Fatua était de plus une grande mère, une mère nourricière, c'est-à-dire qu'elle passait pour faire produire à la terre les fleurs et les fruits, les animaux et les plantes. Or, tout cela rentrait jadis dans les attributions des fées qu'on voit souvent qualifier du titre de *Matres* (mères). Mais les Fées, vous le savez, exerçaient la plus grande influence sur les destinées des hommes. Ne seraient-elles point des dédoublements femelles de cette grande divinité qu'on nommait *Fatum*, le destin, et en italien le mot Fée ne se dit-il pas *Fata?* C'est une opinion qui ne manque pas de partisans. Si pourtant on se rappelle que chaque pays a ses Fées, la Perse ses Péris, l'Inde ses Apsaras, la Grèce ses Nymphes, la Scandinavie ses Elfines, l'Allemagne ses Nixes, etc., ne serons-nous pas portés à croire que la Gaule aussi a pu avoir les siennes sans avoir besoin de les emprunter à Rome ou à l'Asie? Le mot *Fay* se trouve encore dans la langue celtique de l'Ecosse. Nous savons en outre que les Gaulois, comme les autres peuples du Nord, croyaient à l'existence d'une multitude de génies qui présidaient spécialement aux eaux fluviatiles et à la terre. (Voy. Elfines.) Ces génies étaient toujours des génies femelles, car ils avaient compris, nos barbares ancêtres, tout ce qu'il y a dans la femme de mystérieux et de divin. Pourquoi donc aller chercher ailleurs l'origine de nos Fées ? Que si on refusait à toute force de les reconnaître dans ces Nymphes de la mythologie gauloise, au moins pourrait-on encore les retrouver dans ces Druidesses, débris proscrit de l'ancien culte national, qui, sous le nom de *Fadæ*, prédisaient l'avenir dans les forêts et dans les grottes, et passaient encore, plusieurs siècles après l'établissement du christianisme dans les Gaules, pour commander à leur gré aux vents et aux tempêtes. (Voy. Druidesses.) Les Fées gauloises ont pourtant des rapports nombreux avec celles de l'Asie. Nous croyons même qu'elles doivent à leurs sœurs de l'Orient leurs ornements les plus gracieux, les perles les plus brillantes de leur couronne. De bonne heure les Arabes envahirent l'Espagne et la civilisèrent ; ils avaient des poëtes qui chantaient en vers élégants les merveilles de la mère patrie, et les troubadours du Midi, se formant à leur école, colportèrent de châteaux en châteaux leurs conceptions les plus séduisantes. Et comment nos Fées auraient-elles résisté à l'influence des Péris, coquettes et païennes qu'elles sont, à une époque où les dames chrétiennes de la Gaule empruntaient aux élégantes Sarrasines leurs plus charmants colifichets et leurs robes de soie à manches pendantes, semées de fleurs d'or et brodées de versets tirés du Coran ?

Je voudrais maintenant vous dire ce qu'étaient les Fées;

je voudrais vous en tracer le portrait. Mais autant vaudrait chercher à faire sortir de ma plume une description de l'arc-en-ciel ou de l'oiseau de paradis. Lisez les *Mille et une nuits*, et vos yeux seront éblouis du double éclat de leur beauté et des diamants qui ruissellent dans leur chevelure et sur leurs robes tissues d'or et d'argent. Lisez Shakspeare : il vous dira comment elles reposent dans le calice des fleurs, s'abreuvent de la rosée matinale et président aux douces fantaisies des amants ! Lisez les contes charmants de Perrault, l'ami de notre enfance : il vous apprendra comment, sous leur baguette magique, tout change, se transforme et s'embellit ! Lisez l'Arioste : il vous fera pénétrer dans leurs palais d'or, d'émeraude et de jaspe, étincelants de pierreries ! Les Fées sont les reines du monde invisible ; elles parcourent les airs sur des chars de feu, traînés par des dragons, et même, sans autre secours que leur baguette divine, peuvent en un moment se transporter d'un bout du monde à l'autre. Les Fées assistent à la naissance des enfants, et, si vous êtes beau, bien fait, brave, spirituel, aimable, c'est à leur bienveillance que vous êtes redevables de ces avantages. Mais qu'y a-t-il de parfait dans le monde ? A côté de la vertu le vice est toujours aux aguets ; il n'est point de beauté que ne vienne déparer quelque défaut apparent ou caché. En voulez-vous connaître la raison? C'est que ces Fées bonnes, belles et éternellement jeunes, dont nous venons de parler, sont contrariées sans cesse par d'autres Fées laides, vieilles et méchantes, qui passent leur vie à corrompre ou à détruire tout le bien produit par les autres. Elles sont moins puissantes sans doute que les premières; c'est pourquoi, malgré le dire des pessimistes, le mal parmi nous est encore dominé par le bien ; mais elles tiennent aussi à la main la baguette enchantée qui commande à la nature entière...Mais, bonnes ou méchantes, gardez-vous d'irriter les Fées. Elles sont implacables dans leur colère. Malheur à l'homme qui les méprise ! Malheur au chevalier qui dédaigne leur passion ! Viviane est toute dévouée à Lancelot du Lac; elle remuerait ciel et terre pour satisfaire à ses moindres désirs ; mais elle exige, en échange, une tendresse qui jamais ne se dément. Ogier le Danois est enivré d'harmonie, de parfums et d'amour par la Fée Mourgue, dans sa magique demeure de l'île d'Avalon ; mais Ogier ne peut plus sortir de cette retraite enchantée ; Ogier y est encore à l'heure où je vous parle, et pour lui les années s'écoulent comme des jours.

Vous nous parlez, direz-vous, des Fées comme si elles existaient encore. Lecteur, sachez-le ; les Fées sont immortelles, ou, comme nous l'apprend Boiardo dans son *Roland amoureux*, elles ne mourront qu'au jour du jugement dernier. Dans le cas où vous ne trouveriez pas cette preuve convaincante, au moins seriez-vous forcé de croire qu'elles vivent des milliers et des centaines de milliers d'années, comme ces sirènes si célèbres au moyen âge, dont la vie, selon M. Amédée Pichot, peut embrasser une durée d'environ trois cent mille ans ! Si vous ne les sentez plus autour de vous, si vous n'entendez plus parler d'elles que dans les *Contes* de Perrault, dans le *Cabinet des Fées*, dans les *Contes des Contes* de Basile, dans les lettres de M. Walckenaër sur l'*Origine de la féerie*, dans le *Fairy mythology* de Keightley, ou dans les *Fées du moyen âge* de M. Maury, c'est qu'elles ont pris en haine notre civilisation ; le bruit des voitures qui roulent dans nos cités, comme une tempête éternelle, les fatigue et les effraye, et peu à peu elles ont plié bagage pour se retirer dans les solitudes de la Bretagne, de l'Aunis, de la Saintonge et du Poitou. Au quinzième siècle, elles avaient quitté Paris depuis longtemps, mais elles se tenaient encore dans les environs, et, au dix-septième, on célébrait encore des messes à Poissy pour préserver le pays de leur colère, car la proscription, sans doute, avait rendu leur humeur acariâtre. Dans la Bretagne, elles sont connues sous le nom de *Korrigans*, et tous les ans, au retour du printemps, elles se réunissent au clair de la lune, font un mystérieux festin sur les pierres sacrées encore debout sur le sol de la vieille Armorique, et disparaissent aux premières clartés de l'aurore. Vêtues de blanc comme les Druides, elles passent dans la Bretagne pour des princesses gauloises frappées de la malédiction de Dieu pour avoir refusé d'embrasser le christianisme. Elles conservent d'ailleurs toute la puissance des Fées du moyen âge, peuvent apparaître sous toutes sortes de formes, se transportent en un clin d'œil à des distances immenses, disposent de toutes les forces de la nature, et lisent dans l'avenir comme nous lisons dans un livre.

Franchissons le Rhin ; l'Allemagne a aussi ses Fées ou Nixes. Mais la Fée la plus célèbre est la Dame Blanche, qui jadis apparaissait à la naissance des enfants de certaines maisons princières, se montrait dans le palais du souverain le jour où il devait mourir, et étendait sa protection sur ces familles privilégiées. Mais, depuis la fin de l'autre siècle, la Dame Blanche a cessé de se montrer. Elle a entendu retentir à ses oreilles la grande voix qui disait : « Les rois s'en vont ! » et, retirée au fond de quelque manoir, elle pleure un passé qui ne reviendra plus. L'Angleterre a ses *Bronconies* et ses *Shithes*, fées charmantes mais dangereuses, qui viennent la nuit danser sur les gazons verts des prairies, qui enlèvent les enfants comme les *Trolls*, *Nisses* ou *Neeks* de la Scandinavie, et les emportent dans les grottes profondes où elles établissent leurs demeures. Les *Snee-Farra* occupent une place plus large encore dans les croyances des Irlandais. Doués d'une taille lilliputienne, ils se laissent emporter par les rafales de vent lorsqu'ils veulent se transporter d'un lieu dans un autre, et, lorsqu'un ouragan fait retentir les airs de sifflements aigus, on voit les paysans se jeter la face contre le sol et lancer vers le ciel des mottes de terre en disant aux *Snee-Farra* : « Voilà pour vous. » Car les Irlandais redoutent ces génies aussi méchants qu'ils sont petits et ravisseurs d'enfants comme les Bronconies. Citons enfin, pour terminer, la Fée *Eiernon-Oghe*, qui habite nous ne savons dans quelle contrée de l'Irlande ou du monde un pays délicieux, où la vieillesse et les maladies sont choses absolument inconnues. Il ne nous reste plus qu'à renvoyer le lecteur aux plus importants des noms que nous avons cités dans cet article, ainsi qu'aux mots ONDINES, MELLUSINE, etc.

FENRIS ou **FENRIR**. Loup célèbre de la mythologie scandinave, qu'on appelle souvent Wolf-Fenris, parce que *Wolf* signifie loup dans les langues du Nord. Fils de Loke, l'Ahriman du Nord, et de la géante Angerbode (messagère de malheur), il a pour sœur et pour frères jumeaux Héla (la mort) et le grand serpent Iormoungandour, qui, tout en tenant sa queue entre ses dents, entoure le monde de son corps immense. L'horrible famille fut élevée dans les pays des géants (Iotounheimoum). Les dieux, prévoyant les maux que devait leur causer la race de Loke, précipitèrent le serpent au fond des mers, reléguèrent Héla dans le Niflheim (voy. ENFER), et transportèrent Fenris dans le Gimle, où ils le renfermèrent dans le palais même de Valhalla pour le surveiller de plus près. Le monstrueux animal devenait de jour en jour plus effrayant et plus terrible, et Thor seul, le dieu de la guerre, osait lui apporter sa nourriture. Les Ases vivaient dans des perplexités continuelles. D'un jour à l'autre Fenris pouvait s'échapper de sa prison. Réunissant tous leurs efforts, ils forgèrent une chaîne d'une solidité extrême et proposèrent à Fenris de se laisser garrotter. En loup bien élevé, il ne jugea pas à propos de leur refuser ce plaisir. Il faut dire toutefois que d'un coup d'œil il avait mesuré la force du lien. Il feignit d'abord d'être accablé sous le poids de ses fers. Les dieux s'applaudissaient de leur supercherie ; mais, roidissant tout à coup ses membres musculeux, Fenris fait tomber la chaîne en morceaux. Les dieux tentèrent un nouvel essai. Fenris les joua de la même manière. La consternation était à son comble dans le Gimle. Les Ases eurent alors recours aux noirs génies qui habitent les entrailles de la terre, et bientôt ils se virent en possession d'une chaîne merveilleuse que le soleil même n'aurait pas brisée si elle eût été passée autour de son orbe lumineux, lorsqu'il s'élance dans les hauteurs du firmament. Elle était composée de six choses qui, à notre connaissance, n'ont jamais depuis lors été réunies : un pas de chat, de la barbe de femme, une racine de rocher, de la fiente d'oiseau, une âme de poisson et un soupir d'ours. Fenris, sur l'invitation des Ases, se rendit avec eux dans l'île charmante d'Amsvartner, située au milieu du grand lac de Linge. On lui proposa de se laisser lier pour la troisième fois, toujours par forme de passe-temps. Mais le loup, voyant la faiblesse apparente de la corde (elle était grosse à peine comme un cordon de soie), soupçonna quelque diablerie. Les protestations des dieux ne le touchaient que médiocrement. Vaincu par leurs importunités, il consentit pourtant à se laisser attacher, mais à condition qu'un des immortels mettrait, comme gage de leur bonne foi, sa main dans sa gueule redoutable. Il s'imaginait sans doute qu'aucun d'eux ne l'oserait. Les dieux, en effet, se regardèrent avec stupeur. Mais Thor se dévoua. Voilà donc Fenris enchaîné; le voilà se gonflant, se tordant, se débattant. Peine inutile ! Dans sa fureur il coupa d'un coup de dent le poignet du dieu Thor; il n'en resta pas moins lié. Les Ases enfoncèrent

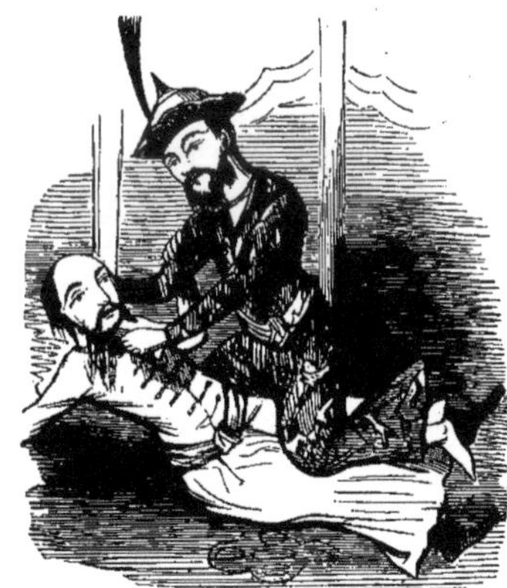

dans son gosier une épée dont le pommeau plongeait dans ses entrailles tandis que la pointe ressortait par sa gueule et le renfermèrent dans une caverne obscure après avoir assujetti sa chaîne au rocher Gelgia. Fenris restera attaché jusqu'au crépuscule des dieux, c'est-à-dire jusqu'à la fin du monde. Les hommes alors ne connaîtront aucune borne dans leurs perversités; des guerres affreuses ensanglanteront la terre; un hiver terrible désolera le monde; les vents déchaînés déracineront les forêts. Le rocher Gelgia sera arraché du sein de la terre; Fenris brisera ses chaînes, et, s'élançant avec fureur du fond de sa caverne, dévorera le soleil, et de sa gueule béante touchera en même temps le ciel et la terre. Un autre monstre emportera la lune; le grand serpent, rejeté par la mer débordée, vomira des torrents de venin qui empoisonneront les eaux et les airs; Surtur le noir sortira des enfers, armé d'une épée menaçante, montera avec la légion immonde des génies des ténèbres sur le vaisseau *Naglefan*, construit tout entier d'ongles de morts, et s'élancera, suivi des géants de la Gelée, vers le pont du ciel (*Bifrost*, l'arc-en-ciel), placé à l'entrée de l'Himinbiorg (la ville du ciel). Heimdal, chargé de veiller à la garde du pont, sonnera de la trompette. Le Bifrost s'écroulera sous les pas de l'armée envahissante, le coq noir d'Héla redoublera ses cris, le ciel se fendra, les dieux et les héros se précipiteront à la rencontre des géants. D'épouvantables batailles seront livrées dans une plaine immense; tous les dieux périront. Odin lui-même sera dévoré par Fenris. Mais, aussitôt après cette victoire, Fenris lui-même sera étouffé par Sigfodour ou par Vidar. Loke, le grand serpent et Héla

seront mis à mort; Balder sortira des enfers, environné d'une couronne de lumière pour éclairer un monde nouveau habité par des hommes bons et vertueux, et les méchants seront précipités dans le Nastrond. (Voy. BALDER et ENFER.)

Le sens de ce mythe si poétique et si bizarre est facile à déterminer. Nous avons déjà vu que Balder est le soleil. Loke représente les ténèbres et l'hémisphère inférieur; Fenris est donc l'hiver parfaitement représenté sous la forme d'un loup. Retenu dans une caverne obscure pendant une partie de l'année, il s'en échappe enfin quand arrive la saison rigoureuse, et son premier exploit est de dévorer le soleil, qui, dans le Nord, est pendant des mois entiers sous l'horizon. Il serait inutile de pousser plus loin l'explication. Il nous suffit d'avoir mis le lecteur sur la voie. On peut d'ailleurs comparer cet article avec celui que nous consacrons à Ormouzd. Si les deux mythes diffèrent par les détails, ils sont au fond absolument identiques.

FÉRIDOUN, roi fabuleux de l'Iran, surnommé Tréténo *le Triple*, était fils d'Athvian et petit-fils de Djemschid. Il obtint à peu près de Schariver (voyez AMSCHASPANDS), le génie qui présidait aux métaux et aux richesses, ce que Djemschid avait obtenu d'Ormouzd, l'absence de tout ce qui pouvait nuire aux hommes, au moral comme au physique. Ni vices, ni fléaux sous son règne. Ce fut donc un âge d'or. Il va sans dire qu'Ahriman et les Devs durent battre en retraite. Féridoun avait demandé à Schariver d'éloigner de lui l'esprit de conquête; mais, s'il ne pensa pas à agrandir ses États, il dut les délivrer de l'invasion ennemie. Nous avons vu un roi arabe, Zokah, chasser Djemschid de l'Iran. Féridoun vengea son aïeul et repoussa les nomades arabes. Il régna cinq cents ans, selon

le *Zend-Avesta* et Ferdouci et laissa trois fils : Salm ou Salem, qui régna dans le Magreb; Tour, qui gouverna le Touran, et Iradji, qui fut roi de l'Iran. Le savant Gorres regarde Féridoun comme le troisième roi de l'Iran, et Zokah comme un conquérant chaldéen. Rhode croit Féridoun antérieur à Ninus, et voit dans Zokah le chef d'une invasion hindoue. Herder, avec plus de probabilité, regarde Féridoun et ses prédécesseurs comme des personnages purement mythiques au nom desquels on a rattaché dans la suite quelques faits historiques.

FERVERS ou **FÉROUERS**. Il est de croyance parmi nous que tout homme a son génie gardien. Il en était de même chez les Etrusques, qui, pour se rendre génie plus propice, lui offraient, sur le bord des ruisseaux, des libations, de l'encens ou des fleurs. On arriva même à donner à chaque homme deux de ces invisibles protecteurs. L'un, sans doute, veillait pendant que l'autre dormait. Les sauvages ont encore leurs Manitous, qu'ils remplacent au besoin par des sacs pleins d'herbe, de terre, etc. En Perse, les anges gardiens portaient le nom de Fervers. Mais ici l'idée s'élargit. Si l'homme est le plus noble des enfants d'Ormouzd, le dieu bon n'en est pas moins le père de tous les êtres de la création. Chacun d'eux a droit à ses bienfaits. Portez votre doigt sur la fleur de la sensitive, le génie chargé de veiller à sa conservation ferme tout à coup son calice délicat. Blessez l'animal fidèle qui, le jour, garde vos troupeaux et, la nuit, votre maison, son Ferver lui fera trouver sur-le-champ la plante qui peut soulager sa douleur. Le zoophyte, le métal, la pierre même a son Ferver, qui existait dans la pensée profonde de Zervan-Akérène (le Temps-sans-Bornes), avant que le divin Ormouzd eût manifesté sa volonté par la création. Les Fervers, en effet, se présentent à nous sous un double aspect, c'est-à-dire comme prototypes et comme gardiens de tous les êtres qui composent le vaste ensemble de l'univers. Ils forment une échelle immense qui monte de la terre aux cieux; car Ormouzd même a son Ferver, comme l'insecte à peine visible qui vit dans les entrailles de la terre, comme le caillou qui roule sous nos pieds.

Les Perses honoraient les Fervers; on leur adressait souvent des prières. On les invoquait particulièrement dans les cérémonies funèbres, et surtout le quatrième, le dixième et le trentième jour après la mort et à l'anniversaire du défunt. On croyait que ces prières étaient avantageuses pour la purification des âmes, et on les adressait à tous les Fervers passés, présents et à venir, à ceux des nouveau-nés, des enfants encore dans le sein maternel, des vierges de toutes les localités, des parents du défunt à tous les degrés, etc. Le *Iecht-Farvadin* nous fournit une invocation curieuse à ces génies. « Gloire, dit-il, aux purs, aux forts, aux excellents Fervers des saints, aux Fervers des étoiles, au Ferver du Verbe céleste (Honover), aux Fervers du feu, de l'eau, de la terre, des arbres, des troupeaux, au Ferver de Kaïomortz, au Ferver de Zerdoucht (Zoroastre)! Louanges aux saints Fervers des grands du monde, des bienfaiteurs, des princes, des héros! Louange aux Fervers des hommes et des femmes de toutes les provinces de l'Iran! »

Fétichisme au Kamtchatka.

FÉTICHISME. Le fétichisme est la forme la plus grossière du polythéisme; nous pouvons dire en même temps la plus ancienne, car l'homme n'arrive à la lumière qu'après avoir marché longtemps dans les ténèbres. Qu'on se représente ces tribus sauvages de la Papouasie, qui tiennent du singe autant que de l'homme, qui glapissent plutôt qu'elles ne parlent, et qui à peine savent combiner deux idées. La pensée religieuse vient enfin jeter au milieu de ces populations abruties la première étincelle de la civilisation, le premier germe de la vie intellectuelle et morale. L'homme ne se demande encore ni d'où il vient, ni où il va; mais il sent autour de lui, il sent au-dessus de lui une puissance mystérieuse qui l'enveloppe de toutes parts comme l'atmosphère dans laquelle il vit. Il lève les yeux vers le ciel; il voit le soleil qui monte radieux dans les hauteurs du firmament. Le sentiment religieux s'empare de son âme, il fait explosion, et le sauvage, selon la naïve expression de Job, envoie un baiser à l'astre éclatant. La sombre horreur des forêts frappe son esprit d'une terreur mêlée de respect, il se prosterne devant les arbres touffus. La plante qui le nourrit et celle dont le suc lui a été fatal, l'oiseau qui fend l'air de son aile rapide, le serpent qui, au bruit de ses pas, dresse sa tête menaçante avec des sifflements aigus, l'animal dont il a fait le compagnon de ses misères et de ses souffrances, il embrasse, il confond tout dans son adoration. Tel est le fétichisme, la première phase du progrès dans l'humanité, que n'ont point franchie encore, à notre époque, les peuplades sans nombre répandues sur le continent américain, dans les îles de l'Océanie et dans l'Afrique presque tout entière. Le fétichisme est partout compliqué de chamanisme et de sorcellerie, et, parmi les tribus qui ont fait un mouvement en avant, il est dominé par le culte des esprits Mokissos ou Manitous, polythéisme qui, à la tête de sa hiérarchie divine, place, comme Manitou suprême, le soleil, au-dessous duquel se rangent d'autres Manitous, génies bienfaisants ou funestes, qui sont des racines, des plantes, des pierres, des oiseaux et surtout des serpents. Souvent ces grossières divinités ont leurs idoles, auxquelles on offre des sacrifices, et sont représentées sous forme de petites statuettes qu'on porte au cou comme talismans. Quelquefois même, le Manitou est un sac dit *de médecine*, ou collection d'herbes que chaque individu compose avec soin, et conserve religieusement comme sanctuaire des divinités de son choix. Nous avons dit dans cet article comment l'homme est arrivé au fétichisme ; on verra, à l'article Soleil, comment il en est sorti. (Voy. aussi Jos.)

FEU. L'élément mâle et fécondateur, le grand Démiurge dans la plupart des cosmogonies anciennes. On trouvera tout ce que nous avions à dire à ce sujet aux mots Bouto, Brahm, Cneph, Druides, Eau, Fta, Omorka, Soleil, etc.

FIALARR. Douergar ou nain de la mythologie scandinave qui, avec son frère Galar, assassina le sage Kouacer. Ces deux génies, recueillant le sang de leur victime, en composèrent, en le mêlant avec du miel, une liqueur merveilleuse, qui a le privilége de donner à tous ceux qui en ont goûté l'inspiration poétique, le don de lire dans l'avenir et la sagesse. Suttoung, fils de Kouacer, jeta les deux nains à la mer. Il les fit cependant échapper à la mort, après avoir reçu d'eux la liqueur qui lui appartenait à si juste titre.

FLAGA. Quel cavalier nous apparaît dans le brumeux horizon, là-bas, du côté du nord ? Il s'élève dans les airs sur un coursier ailé. C'est Persée peut-être ou Bellérophon, revenant monté sur le cheval Pégase d'une expédition lointaine entreprise pour délivrer quelque belle princesse du monstre qui allait la dévorer. Mais le cavalier mystérieux s'avance avec rapidité ; les formes du coursier commencent à se dessiner à nos yeux ; n'est-ce point le dragon ailé de Cérès ou de Médée ? Non, c'est la géante Flaga montée sur son aigle. Elle quitte le Iotounheimoum, le pays des géants, pour remplir le monde de ses enchantements et de ses maléfices. Malheur à la contrée sur laquelle elle va descendre à la nuit tombante ! L'eau des fontaines sera empoisonnée ; une rosée pernicieuse tombera sur l'herbe des prairies. Les hommes et les animaux seront décimés. Mais les habitants des bourgs et des villages ont vu se projeter sur la terre l'ombre de la terrible cavalière. Ils frappent à coups redoublés sur leurs chaudrons et leurs poêlons ; ils se démènent, crient, hurlent, élèvent vers la géante leurs bras armés de fourches et de bâtons, et décochent contre elle une nuée de flèches à obscurcir les airs. Flaga hésite un moment ; elle a peur ; elle tourne bride et retourne cacher dans l'Iotounheimoum sa honte et sa colère.

FLINS, c'est-à-dire *pierre*, dieu vandale, adoré jadis dans la Lusace sous la forme d'une grande pierre représentant d'une façon grossière la Mort couverte d'un long drap, un bâton à la main et une peau de lion sur les épaules, comme l'Hercule des Grecs. On croyait que Flins avait le pouvoir de rendre la vie aux morts. C'est sous l'empire de ces idées que les guerriers se précipitaient au combat.

FORNIOT ou **FORNIORDR.** Nom formé de *forn*, ancien, et de *iordr*, la terre. C'est la terre primordiale dans la mythologie scandinave. Forniot pourtant est un dieu, non une déesse. Il est père d'Ymer (l'eau), de Korze (l'air) et de Loge (le feu).

FORSÈTE. Le dieu de la paix chez les Scandinaves, et l'un des Ases. Il est fils de Balder et habite dans le Gimle le palais de Gletner, dont les murailles sont d'or et le toit d'argent.

FOST. Dieu des anciens Frisons, adoré particulièrement dans le pays qui de son nom fut appelé Fosteland. On lui avait consacré un temple placé dans une enceinte où l'on élevait des animaux sacrés et où se trouvait une fontaine dont l'eau ne pouvait être employée que pour les usages du culte. En boire même eût été une action sacrilège.

FOTOQUES ou mieux **FOTOAM.** Divinités adorées dans les îles du Japon, et dont le nom prouve l'origine. Fô, en effet, est un des noms de Bouddha, et les Fotoques sont des dieux bouddhiques. Les légendes nous apprennent que la statue d'or d'un des Fotoques fut enlevée de Foung-O par des voleurs. Les prêtres firent pour la découvrir d'inutiles recherches. Le dieu, irrité, brisa dans sa colère la langue de terre qui joignait au continent Foung-O, qui dès lors fut une île, et transporta sa statue sur la mer, dont les flots la portèrent à l'île de Mitikama. Il serait assez difficile de faire rentrer dans le domaine de la géographie positive Foung-O et Mitikama.

FOUDO. Saint révéré au Japon dans la secte des Jammabos. Foudo avait été de son vivant un pénitent intrépide. Il n'est point de mortifications qu'il ne se fût imposées. Les autres peuples ont des saints auxquels on a fait subir les flammes ardentes des bûchers ; mais ils y sont restés sous forme de cendres. Foudo au contraire vivait dans le feu absolument comme une salamandre. Il s'y baignait comme les dévots hindous se baignent dans les eaux sacrées du Gange ; il y passait des journées, que dis-je, des années entières ! Cela se comprendrait à merveille de la part d'un saint de la Norwége ou de la Sibérie, mais, au Japon, c'était double merveille. Aussi, depuis des siècles tient-on constamment allumée devant les images de Foudo une lampe alimentée avec de l'huile de lézard. La reconnaissance a été plus loin. On a fait de ce grand pénitent le protecteur ou plutôt le vérificateur des serments et des crimes les plus cachés. Un homme est-il accusé, les prêtres de Foudo font une conjuration pour savoir à quoi s'en tenir sur sa culpabilité. Le saint ne se sent-il pas d'humeur à répondre, on fait passer par trois fois l'accusé sur des charbons ardents. C'est prendre Foudo par son faible. La vérité ne manque jamais de se manifester après cette épreuve. Pour reconnaître l'innocence ou la culpabilité du patient, on n'a plus qu'à examiner les plaies de ses pieds.

FRANCUS. Les Romains se vantaient de descendre d'Enée. Les Gaulois pouvaient bien descendre d'Hector. Telle est en effet notre origine. Si vous en doutez, M. le marquis de Fortia d'Urban vous le prouvera. Accuserez-vous d'imposture Bérose et Manethon ? Suspecterez-vous la bonne foi d'Annius de Viterbe, un des grands fonctionnaires de la cour pontificale ? Nous sommes donc, ne vous en déplaise, les descendants de Francus, fils d'Hector, fils de Priam, fils de Laomédon, qui lui-même était fils d'Ilus, qui fit bâtir la citadelle d'Ilion : petit-fils de Tros, qui fonda Troie, et arrière-petit-fils d'Erichtonius, lequel avait pour père Dardanus, fils de Jupiter. Or, Francus, selon M. de Fortia, commença à régner sur les Celtes en 1201 avant J. C. Si vous vous donnez la satisfaction de lire les *Illustrations des Gaules*, écrites au commencement du seizième siècle par Johannes Marius, autrement Jean le Maire, vous saurez que Francus, après la mort de son père, se décida à venir dans la Celtique, où il épousa la fille du roi Rhemus, auquel il succéda, devenant ainsi le vingt-quatrième roi des Celtes. C'est pendant son règne que Bavo, cousin germain du roi Priam, s'établit dans la Gaule Belgique, et que Brutus, fils de Sylvius, troisième roi des Latins, remonta la Loire pour fonder la ville de Tours, et, se remettant en mer, alla bâtir Londres dans l'île brumeuse d'Albion. Fréculphe, évêque de Lisieux au neuvième siècle, et bien antérieur par conséquent à Annius de Viterbe, parle aussi de l'origine troyenne des Gaulois ; mais il la combat. Il est à croire que cette curieuse généalogie, qu'on retrouve encore dans Hunibalde, écrivain du sixième siècle, datait de l'invasion des Romains dans les Gaules. Lucain même, dans la *Pharsale*, reproche aux Arvernes leur hardiesse de se dire frères des Romains et descendants des Troyens.

FRÉ, PHRÉ où **PI-RÉ, RÉ, RI, RA.** La troisième personne de la trinité égyptienne. Fré émane de Fta, et représente la lumière individualisée et localisée dans le soleil. Dans la grande œuvre de la création, il remplit le rôle de fécondateur. Roi du feu visible, Fré se délègue en une foule d'autres divinités, planètes, demi-dieux ou héros, et il affecte, comme dieu-soleil, des formes diverses. C'est ainsi qu'il est, avec Tmou et Osiris, le soleil mourant ; avec Har-Pokrat, le soleil renaissant, mais encore faible et languissant ; avec Haroéri, le soleil enfant, mais croissant chaque jour en force et en éclat ; avec Djom

(Hercule), le soleil solsticial, le soleil dans toute sa vigueur. Fré, émanation de Fta, procède par conséquent de Cneph; or, Cneph est Amoun, aussi Fré est-il souvent confondu avec cette dernière divinité. Aussi le voyons-nous honoré à Thèbes (No-Amon, ville d'Amon, Héliopolis, ville du soleil) d'un culte particulier; il recevait même le titre de Phaménophis (gardien de la ville d'Amon). Quoiqu'il n'occupât que le quatrième rang, Fré fut regardé par le peuple comme le souverain des dieux. Nous exposerons à l'article SOLEIL nos idées sur l'influence solaire dans les théogonies anciennes. Fré est souvent représenté sous la figure d'un enfant ou d'un adolescent sortant du calice d'une fleur de lotus. Il a sur la tête un disque rouge, orné parfois du serpent Uræus, et porte, comme les autres dieux bienfaisants, le sceptre et la croix ansée. On le voit aussi avec une tête d'épervier ou même sous la forme pure d'un épervier, quelquefois aussi sous celle d'un sphinx mâle à tête humaine orné d'une barbe, d'une riche coiffure et d'une housse magnifique.

FREI ou **FREIR**. Un des Vanes ou dieux du second ordre de la mythologie scandinave. Il habite l'Alfheimr avec les Elfes lumineux auxquels il commande, et préside aux pluies, aux beaux temps, aux fruits de la terre, et par suite à l'abondance et aux richesses. Il avait autrefois pour monture un cheval nuageux d'une rapidité merveilleuse,

qui, sans en ressentir l'atteinte, traversait le feu brûlant des éclairs, et il possédait une épée au fil tranchant que nulle puissance humaine ou divine ne pouvait ébrécher, et qui avait le don de combattre les géants sans avoir besoin d'une main pour la diriger. C'étaient deux talismans précieux. Malheureusement Freir les perdit, et voici comment. Il était un jour monté sur le trône resplendissant d'Odin, d'où la vue s'étend sur le monde entier. Jetant les yeux sur le Iotounheimoum (pays des géants), il aperçut la belle Gerda, fille d'Ymer, et frappé, ébloui de l'éclat de sa main plus blanche que la neige, il tomba du haut du trône céleste, et rentra dans son palais plus amoureux qu'un paladin du moyen âge. Le pauvre dieu ne voulait plus ni boire ni manger. Skirner, son domestique, parvint à lui arracher son secret, et lui promit de lui faire épouser la gracieuse Gerda, s'il consentait à lui prêter son cheval et son épée. Freir avait la tête trop brûlante et le cœur trop malade pour refuser. Voilà donc Skirner fendant les airs sur le coursier divin. Bientôt il arrive dans le pays des géants. Mais Freir ne revit plus ni cheval ni épée. Depuis lors il parcourt les airs sur Goullinboursti, sanglier aux soies d'or, sellé et bridé par les nains Dainn et Nabbi.

Beiggver et sa femme Beila sont ses domestiques. A la fin du monde, quand les géants viendront attaquer les Ases, Freir aura pour adversaire le géant Surtur, et il succombera dans la lutte. Ses surnoms les plus ordinaires sont Aara-Goud (le dieu des années), Fiégiaf (qui donne le bonheur et les richesses), Skidbladnis Eigander (le maître du Skidbladner ou navire), Goullinboursta Eigander (le possesseur du sanglier). Dans quelques auteurs, Freir est appelé Fro. Le grammairien Saxon (*Hist. Danicæ*, lib. III) lui donne le titre de satrape des dieux, et rapporte qu'il avait près d'Upsal un temple où l'on célébrait en son honneur un sacrifice appelé *frobloth*, qui fut remplacé plus tard par un sacrifice humain.

FREYA, fille de Niordr et de Skade, sœur de Freir et femme d'Odour, dont elle eut deux filles, Hnossa, la déesse de la perfection, et Gersemi, déesse des amours. Freya est la Vénus scandinave, mais une Vénus douce et sévère à la fois, chaste et pudique, qui n'effeuille point comme la Vénus grecque les fleurs de la couronne nuptiale. Freya pourtant est la plus belle des déesses, et un seul de ses regards, si elle le voulait, mettrait en feu tous les dieux du Gimle et de l'Alfheimr. Epouse d'Odour (irrité), elle n'aimait que lui; mais elle l'aimait avec passion. Odour un jour l'abandonna. La déesse, accablée sous le poids de ses douleurs, parcourut l'univers entier pour découvrir sa retraite. Un nouveau malheur l'attendait. Le géant Thrim voulut l'avoir pour femme, et, sachant qu'il ne l'obtiendrait qu'en employant la force ou la ruse, il vola le marteau du dieu Thor et déclara qu'il ne le rendrait qu'après son mariage avec la belle Freya. La déesse, à cette nouvelle, jeta un cri d'effroi et laissa tomber son beau joyau Brisingr ou Men-Brisinga, qui se brisa dans la chute. Thor tua dans la suite l'audacieux géant; mais Freya ne retrouva point Odour; elle pleure encore sa perte cruelle, et de ses yeux coulent sans cesse des larmes qui sont de l'or pur. Elle accorde aux hommes qui lui adressent leurs prières la faculté de se métamorphoser quand bon leur plaît, et leur donne dans ce but des masques d'oiseaux dont elle est toujours munie. On la représente portée sur un char, traîné par deux chats. Ses surnoms les plus connus sont : Forn (l'ancienne), Geffn (la dispensatrice), Astagod (la déesse de l'amour). Le cinquième jour de la semaine (vendredi) lui était consacré comme il l'était à Vénus dans la Grèce et à Rome, c'est pourquoi il porte encore le nom de *Freitag*. La ressemblance du nom de cette déesse avec le mot *Frau* (femme), est aussi à remarquer.

FRIGGA. Femme d'Odin, fille de Fieurgin et mère de Balder, Braga, Hermode et Thor. Frigga a pour suivante Foulla, qui, le front orné d'un bandelette d'or et les cheveux flottants, mais artistement arrangés, prend soin des boîtes à parfums et de la riche chevelure de la déesse. Gna, sa messagère, montée sur le cheval Hofvarpner, qui traverse le feu sans danger, porte ses ordres dans toutes les parties de l'univers. Frigga, considérée à son point de vue le plus élevé, se confond avec Iord, la terre. Elle connaît tous les secrets du plus lointain avenir, mais elle ne les communique à personne. Assise à côté d'Odin sur le trône Hlidskialf, elle tient l'assemblée des dieux dans le palais Vingolf, où les âmes des justes viendront un jour habiter avec Odin. C'est comme déesse-terre que Frigga reçoit la moitié des guerriers tombés sur le champ de bataille, et c'est à elle et non à Freya qu'appartient le titre d'Eigande Valfals og Selroumnis (propriétaire des hommes tombés à la guerre et du vaisseau Selroumnr).

FTA ou **PHTHAS**. Seconde personne de la trinité chez les Egyptiens, dont le nom, si l'on en croit Jablonski, signifie ordonnateur des choses. « Fta, dit Jamblique, est l'esprit artisan qui fait tout avec vérité et sagesse. Les Grecs l'ont nommé Vulcain (représenté comme lui laid et cagneux), ne le considérant qu'au point de vue de l'art avec lequel il produit. » Fta sortit sous la forme d'un feu subtil de l'œuf du monde, que Cneph, le verbe du dieu, tenait à la bouche, et procéda à la création. Feu-démiurge, voilà donc le rôle de Fta déterminé. Cneph, première émanation de Piromi, a fait sortir le monde de son sein; Fta couve cette création gigantesque, il la réchauffe, il én classe tous les éléments confondus, leur donne les formes et la vie même. Mais comme Piromi était sorti de son androgynisme en s'émanant en Bouto, sa partie féminine, comme Cneph, s'était dédoublée en Neith, de même aussi Fta se délègue en une grande déesse, émanation inférieure de Bouto, passant par Neith, et probablement une des formes d'Athor, pour donner naissance à Fré, le feu localisé dans le soleil. Cette épouse de Fta passait vulgairement pour Isis. Cette dernière, en effet, se confond souvent avec Athor, d'où il suit qu'Osiris, en un sens, doit être pris pour Fta lui-même, ce qui ne peut être l'objet d'un doute, quand on voit Osiris et Isis donner naissance à Haroéri ou Fré-soleil-enfant. Fta, qu'on trouve souvent qualifié du titre de père des dieux, passe aussi pour le père des Cabires, ainsi que le Sidik phénicien, avec lequel il s'identifie, comme les Grecs l'avaient reconnu en donnant à ce dernier, comme à Fta, le nom d'Héphaïstos (Vulcain). Manethon (dans le Syncelle) le place en tête de sa première dynastie. Au-dessous de lui vient Fré, son fils, et l'on ne saurait, dit l'historiographe égyptien, assigner à Fta d'époque déterminée, parce qu'il brille toujours au sein des ténèbres comme pendant le jour. Fta avait à Memphis un temple célèbre, dont Hérodote et Diodore de Sicile nous offrent la description. Il joint souvent à son nom celui de Sokari. Fta est représenté sous un grand nombre de formes. Tantôt son corps en gaine est appuyé contre une colonne à plusieurs chapiteaux; son visage est vert; un bonnet serre fortement sa tête, et il tient à la main le nilomètre; tantôt il paraît sous la figure d'un enfant trapu, difforme, peint en vert ou en jaune, se soutenant avec peine sur ses jambes cagneuses, ou debout sur un crocodile (Fta Sokari enfant); on le voit aussi tenant le fléau à la main et la tête ornée de deux plumes recourbées et de deux longues cornes (Fta Sokari). Souvent il porte une tête d'épervier avec la mitre de son pschent ornée de deux appendices rayés, ou la partie inférieure du pschent sur la main (Fta Sokari). On le trouve aussi ayant, au lieu de tête, un nilomètre surmonté de deux longues cornes, du disque et de deux longues plumes, et tenant dans ses mains le fouet et le crochet (Fta Stabiliteur). La tête du scarabée, emblème du monde et du sexe mâle, lui est aussi fréquemment attribuée. On trouvera d'autres détails sur cette divinité aux articles CAMEPHIS, CNEF, etc.

GAHS. Voyez IZEDS.

GAMOULI. Nous vous avons donné, à l'article AMERICA, une théorie du soleil et de la lune dont on ne sau-

rait nier l'originalité. Les Gamouli, esprits aériens du Kamtchatka, qui président aux phénomènes atmosphériques, vous feront comprendre d'une manière tout aussi lumineuse les causes de la production des éclairs. Vous croyez peut-être, sur la foi des professeurs de physique de nos lycées et de nos facultés, que les éclairs sont le résultat d'un dégagement électrique occasionné par le choc de deux nuages? erreur toute pure! Sachez que les Gamouli ont dans les airs des cabanes où ils allument de grands feux pour ranimer leurs membres engourdis. Mais les Gamouli sont un peuple fantasque et souvent irascible. Souvent ils se prennent de querelle, et, saisissant les tisons qui petillent dans leur foyer, on les voit se les lancer à la tête pendant des heures entières. Voilà, ne vous en déplaise, l'origine des éclairs.

GANDHARVA. L'Apollon musicien des Indes, qui dirige, dans les Souargas, les chœurs des musiciens célestes appelés, de son nom, Gandharvas. (Voy. CIEL.) Lorsqu'un Indien se marie, la fiancée, présentée d'abord au dieu Souaïambhouva, est remise par celui-ci à Gandharva, qui la confie à Agni, le dieu du feu, qui la sanctifie avant de la donner à l'époux.

GANÉÇA, vulgairement **GANÉSA**. Fils de Parvati (Bhavani) et de Siva, ou de Parvati seule. Les variantes abondent sur sa naissance. Parvati était au bain, d'après une des légendes : elle conçut un violent désir d'avoir un fils. Son corps se couvre aussitôt de gouttelettes brillantes, et tout à coup elle aperçoit dans le creux de sa main un petit enfant, fruit de sa transpiration divine. Siva arriva sur ces entrefaites. *Pillai ar?* (quel est cet enfant?) demanda-t-il; et de cette interrogation vient le nom de Pillaiyar, qui fut donné à Ganéça. Ce dieu était représenté avec une tête d'éléphant ornée de deux défenses brillantes. Cette figure a donné lieu à une foule de récits. Siva et Parvati, disent les uns, se promenaient dans une forêt. Deux éléphants s'offrent à leurs regards. Agréablement impressionnés par les jeux auxquels se livrait le couple gigantesque, ils se métamorphosent eux-mêmes en éléphants et donnent naissance à Ganéça. Suivant d'autres, le dieu se trouvait déjà dans le sein de Parvati lorsqu'elle aperçut les deux éléphants, et l'émotion qu'elle éprouva réagit sur l'enfant, qui vint au monde avec une tête de pachyderme. Quelques-uns rapportent que Ganéça naquit avec une tête humaine; mais cette tête fut réduite en cendres par un regard ardent de Sani, le dieu de la planète Saturne, qui, pour le dédommager, lui posa sur les épaules une tête d'éléphant. Le *Siva-Pourana* laisse grandir Ganéça avec son visage humain, et rapporte qu'un jour, dans un combat terrible entre lui et Vichnou, ce dernier lui coupa la tête, et s'assura ainsi un triomphe qui paraissait réservé à son adversaire. Parvati, pour venger son fils, produit une multitude d'êtres dangereux et terribles. Les dieux sont effrayés; Parvati consent à vivre en paix, à condition que la vie sera rendue à Ganéça. Ce dernier ressuscite; malheureusement, il ressuscite sans tête, et on lui donne, d'après une révélation faite par Siva, celle du premier animal qu'on rencontre le lendemain, s'avançant du nord au midi. Cet animal était un éléphant.

Laissons là les légendes, et faisons connaître Ganéça. Il est le dieu de l'intelligence, de la sagesse, des sciences, du destin, des mathématiques, du mariage, de l'astronomie, de l'année, de toutes les transactions importantes. Il préside aux assemblées; il est le gardien des routes; c'est à lui enfin que les hommes doivent le succès de leurs entreprises. À l'intelligence Ganéça joint la finesse et la ruse. Lorsqu'il dispute la royauté à Skanda, son frère, le dieu de la guerre, Siva déclare qu'elle appartiendra à celui des deux qui, le premier, aura fait le tour de la terre et des cieux. Skanda se met en route monté sur son paon, dont il hâte la marche; Ganéça grimpe lentement sur son rat, s'avance à pas comptés, va droit à la Trimourti, tourne autour du dieu un et triple, et dit : J'ai tourné autour du créateur, du conservateur et du destructeur, j'ai donc fait le tour du monde. Skanda, en effet, avait beau dévorer l'espace; il trouvait partout les traces de Ganéça. Force lui fut de s'avouer vaincu. Il en fut de même deux autres fois. L'habileté de Ganéça, toutefois, ne le préserva pas de la colère du dieu de la guerre. Skanda, pour se venger, lui cassa une dent.—Ganéça, fils de Bhavani, la passiveté, la force femelle et productrice, est souvent opposé à Siva, l'énergie masculine, qui apparaît comme destructrice, mais qui, en réalité, est créatrice et organisatrice. On le voit aussi pourtant, à la tête des Ganas, sectateurs de Siva, et son nom même de Ganéça est composé du mot Gana et de *iça*, seigneur (seigneur des Ganas). C'est qu'en dernière analyse, Siva et Bhavani ne font qu'un. Ganéça est la sagesse de Siva-Bhavani personnifiée; Skanda est la force de Siva, la force qui fait explosion, qui brille, qui se manifeste; aussi Ganéça est-il représenté assis à la droite du dieu de la rénovation par la destruction, tandis que Skanda est placé à la gauche. Rhode pense, en outre, que Skanda, avec son paon, désigne le soleil, et que Ganéça, avec son rat, représente la lune.

Après Brahma, Vichnou et Siva, et leurs trois dédoublements femelles, Ganéça dispute à Indra le premier rang. Toutes les cérémonies religieuses commencent par une invocation à ce dieu. On le représente, comme nous l'avons dit, avec une tête d'éléphant, un ventre énorme, un corps trapu, des jambes cagneuses. Une figure nous le montre posé les jambes croisées sur son rat; il a quatre bras; au-dessus de sa main droite supérieure, on voit le croissant lunaire, et le soleil rayonnant apparaît entre ses deux bras gauches. On l'a souvent comparé à Janus. Il offre, en effet, avec le dieu romain, les rapports les plus frappants : tous deux ils président aux routes, à l'année, à la sagesse, à la paix, aux portes; si Janus, comme dieu de la paix, est opposé à Quirinus, Ganéça a Skanda pour adversaire, et si Janus est doué de deux visages, Ganéça nous apparaît d'abord avec une tête d'homme et ensuite avec une tête d'éléphant.

GANGA. Le Gange divinisé, le Gange femelle, comme il devait l'être, d'après les idées cosmogoniques des Hindous, puisque l'eau, ou, en d'autres termes, l'élément humide, la matière réceptacle des germes, force passive et productrice de l'univers, est personnifiée en une haute déesse, Bhavani. Cette déesse, faisant jaillir de son sein fécond les fleuves qui s'échappent des chaînes de l'Himalaya, prend le nom de Ganga, du plus noble et du plus important de ces grands courants, ce qui a donné lieu aux Indiens de regarder six autres fleuves comme autant de bras du Gange, prenant tous, à un point de vue purement

Brahme faisant ses ablutions dans le Gange.

mystique, leur source dans le lac, à la fois réel et imaginaire, de Vindhou Le Vindhou, c'est Bhavani elle-même,

l'épouse de Siva, dieu fécondateur, personnifié dans l'Himalaya (Kailaça), qui élève au-dessus du lac Vindhou ses majestueux sommets.

Le Gange est pour les Indiens le fleuve sacré par excellence; c'est lui qui féconde ces riches et délicieuses contrées; c'est lui qui permet aux habitants d'exporter au loin les produits de leur sol et de leur industrie. Le voyez-vous, ce fleuve immense qui reçoit une multitude de rivières, dont onze sont plus fortes que la Tamise, le voyez-vous, après avoir traversé, pendant deux cent cinquante lieues, les régions montagneuses du Thibet, s'élancer enfin dans les plaines délicieuses de l'Inde, pour aller porter à l'Océan deux cent cinquante mille pieds cubes d'eau par seconde? Ne comprenez-vous pas la vénération des Indiens pour ses eaux bienfaisantes? Le Gange, d'ailleurs, est le fleuve des dieux; il prend son origine dans le ciel même. Nous vous dirons tout à l'heure combien de prières, de pénitences, d'austérités de toutes sortes, ont dû s'imposer les Mounis, pour le faire descendre sur la terre. Deux fois par jour, sur son divin rivage, accourent, pour faire leurs ablutions, les fidèles de toutes les classes : les brahmes, à la démarche lente et au visage sévère; les radjahs, les uns dans des voitures de bambous traînées par des bœufs blancs chargés de rubans aux couleurs éclatantes, d'autres portés sur des palanquins richement ornés, ou sur des éléphants chamarrés de draperies précieuses; les jeunes filles, avec leurs pendants de nez et d'oreilles, leurs bracelets aux jambes et aux bras, des fleurs d'arecquier dans les cheveux, et vêtues d'un voile de mousseline transparente qui, jeté sur l'épaule gauche, descend autour des hanches, où il se développe en une robe légère et gracieuse. Hommes, femmes, enfants, vieillards, se plongent avec empressement dans les ondes sacrées, y laissent toutes les souillures que leur corps a pu contracter, et y boivent à longs traits le pardon de leurs fautes; tandis qu'on voit plus loin, au milieu des roseaux, des pénitents enfoncés dans la vase sacrée du fleuve, levant vers le ciel, les uns un bras, les autres les deux bras ou une jambe, qu'ils tiennent dans cette position depuis des semaines, depuis des mois, quelques-uns depuis des années entières. La mousse pousse sur leur corps, les moustiques les dévorent, des milliers d'insectes viennent se repaître de leur sang; le soleil les brûle de ses rayons ardents; ils ne voient rien, ils ne sentent rien; leur âme est déjà plongée dans les béatitudes du nirvana, et ils s'estimeront heureux si une crue subite du fleuve les emporte à la mer, ou si un crocodile détache en passant quelque membre ou quelque lambeau de ce corps de boue, enveloppe indigne dont ils ont hâte d'être débarrassés. Heureux les riverains du fleuve! leur cadavre aura pour sépulture le Gange lui-même, et les vrais adorateurs de Brahma n'attendront point, pour se faire précipiter dans ses flots régénérateurs, que le froid de la mort ait glacé leurs membres; ils voudront jouir de leur bonheur, et, lorsqu'ils verront arriver leur dernière heure, ils se feront transporter sur le rivage; on bouchera, avec le limon sacré, les ouvertures de leur corps pour qu'ils ne puissent souiller les eaux du fleuve, et on les abandonnera au courant rapide!

Tous les bords du Gange sont sacrés; mais les îles du Delta et quelques-uns des points de son cours où il reçoit d'autres fleuves attirent surtout les pèlerins. Parmi ces confluents, ou *praïagas*, on cite surtout l'embouchure de la Djemnah, appelée Mahapraïaga (le grand confluent). Les confluents de six autres fleuves dans l'Alakananda, affluent du Gange, sont aussi des lieux célèbres par la foule qu'ils attirent. Les dévots s'y rendent par milliers, on dit même par millions, du fond du Thibet, du Lahore, du Boutan, etc. Des bassins immenses, appelés *koundas*, facilitent aux pèlerins les moyens de se baigner sans danger dans les ondes sacrées, et chacun d'eux, les mendiants exceptés, est tenu de payer une légère rétribution aux brahmes chargés de l'entretien et de la garde des bassins. Les hommes et les femmes descendent pêle-mêle dans les koundas, et la vertu, dit-on, n'en éprouve aucune atteinte. Ces réunions prodigieuses favorisent puissamment le commerce; car tout pèlerinage est une foire. Elles raniment, en outre, l'esprit national, et, suivant nous, tant qu'elles dureront, la puissance anglaise ne sera point fermement assise dans l'Hindoustan, et d'un des praïagas partira sans doute, tôt ou tard, un élan de liberté religieuse et politique, qui soustraira l'Inde à l'influence européenne.

Les partisans de Vichnou attribuent à leur dieu l'honneur d'avoir donné le Gange à la terre, en le faisant sortir de son pied. Les sivaïtes, de leur côté, réclament en faveur de leur dieu. Nous n'entrerons point dans le détail des différentes légendes; mais il en est une célèbre entre toutes que nous devons exposer. — Ganga (Bhavani) habitait encore les Souargas. Sagara, roi d'Aoude, eut, de sa seconde épouse Soumati, une citrouille dont les soixante mille pepins donnèrent naissance à autant d'enfants mâles. Ils étaient grands déjà, lorsqu'un jour Sagara voulut offrir aux dieux le grand sacrifice du cheval (Açouamedham); la victime était déjà prête, lorsqu'un serpent monstrueux, s'élançant des entrailles de la terre, vient tout à coup l'enlever. Le roi ordonne à ses soixante mille fils de creuser la terre jusqu'à ce qu'ils aient trouvé le noble coursier. Ils obéissent; un abîme immense s'ouvre sous leurs bras vigoureux; ils dépassent les sept Patalas, demeures des Daïtias (voyez ce mot), pénètrent jusqu'aux quatre éléphants qui soutiennent le monde, arrivent enfin à la demeure de Kapila. Là, dans une prairie verdoyante, ils aperçoivent le cheval. Dans leur colère, ils injurient le dieu, ils le frappent! Kapila, d'un regard, les consume et les réduit en cendres. Cependant le temps passe. Le roi d'Aoude, ne voyant pas revenir ses enfants, envoie, à leur recherche et à celle du cheval, Ansouman, son petit-fils. Ansouman s'enfonce à son tour jusqu'au centre de la terre. Le cheval se présente à ses regards, mais, avant de le reprendre, il doit rendre à ses soixante mille oncles le sacrifice de l'aspersion. Hélas! dans ces profondeurs immenses, il ne rencontre pas un filet d'eau. Il se désespérait, lorsque Garoudha, l'aigle à tête humaine, monture de Vichnou, lui annonce que la mort des enfants de Sagara était nécessaire au salut du monde, et que Ganga seule, la fille aînée d'Himavan, pouvait purifier leurs dépouilles mortelles. « Va donc, lui dit-il, chercher Ganga la sainte; amène-la des cieux à la terre; qu'elle touche ces ossements, et ils revivront. Achève, si tu le peux, cette glorieuse entreprise. » Ansouman retourna sur la terre, et succéda à Sagara, qui mourut après un règne de dix mille siècles. Voulant obtenir la descente de Ganga, il fit, pendant trente-deux mille siècles, pénitence dans un désert. Dvilipa, qui régna après lui, ne fut pas plus heureux, malgré ses trente mille années d'austérités, et laissa le trône à son fils Bhagiratha. Le nouveau monarque suivit l'exemple de ses prédécesseurs; il les surpassa même par ses pénitences et ses austérités. Brahma fut enfin touché. Il lui apprit que Ganga ne pouvait descendre sur la terre que si le dieu Siva consentait à supporter le choc terrible de la masse liquide s'élançant du haut des Souargas. Bhagiratha recommence une nouvelle pénitence en l'honneur de Siva; pendant un an, il ne prend aucun aliment, tient les bras étendus comme les rameaux d'un arbre, et reste dans une immobilité si complète, que son grand orteil prend racine dans la terre. Mais ce qu'Ansouman et Dvilipa n'avaient pu faire, Bhagiratha l'obtient. Siva ordonne à Ganga de tomber. Elle se précipite sur la tête du dieu, et reste suspendue aux boucles de son épaisse chevelure. Des siècles s'écoulent; Bhagiratha se dévoue encore, et Ganga parvient enfin à s'échapper de la chevelure de son époux. Elle forma d'abord le lac Vindhou, s'écoula ensuite par les six fleuves dont nous avons déjà parlé, et, suivant Bhagiratha, qui, monté sur un char magnifique, s'élançait du côté du Midi, elle forma le Gange, spectacle inouï auquel assistèrent tous les dieux et tous les génies. Bhagiratha courait toujours, comme le prophète Élie devant Achab; Ganga roulait derrière lui ses flots salutaires. Les dieux, portés dans les airs sur des palanquins étincelants, accompagnaient sa marche triomphale. Tout à coup, nouvelle catastrophe! Ganga emporte dans ses eaux les objets que le sage Djanou venait d'apprêter pour un sacrifice. Djanou, irrité, avale le fleuve céleste; mais enfin, cédant aux prières des dieux, il le laisse échapper par son oreille. Ganga traverse alors le reste de l'Inde, et va se jeter dans l'Océan, par

où elle pénètre dans les enfers et jusque dans la demeure de Kapila. Là ses ondes purificatrices humectent les cendres des soixante mille fils de Sagara et les rappellent à la vie.

GAOURI. Déesse de l'abondance et des céréales sur les bords du Gange. On peut la considérer, ainsi que Gondopi, la déesse des fleurs, Loki, autre déesse de l'abondance et des grains, comme une des formes de la grande Bhavani-Prithivi, qui réabsorbe également en elle Lakchmi, autre divinité nourricière et productrice. On la représente vêtue de riches tissus, coiffée d'épis entremêlés de pierres précieuses, et tenant à la main le lotus, symbole de l'abondance. On célèbre en son honneur, à Odeypor, dans la province d'Adjmyre, sur le lac Raïcaja, une fête magnifique, accompagnée de mystères auxquels les femmes surtout sont admises. Les initiés doivent cultiver, dans un lieu écarté, un petit champ d'orge que l'on fait mûrir très-promptement par des procédés artificiels, ce qui nous rappelle une des cérémonies des Adonies. La partie la plus remarquable de la fête est la procession. On place la statue de Gaouri sur un char splendidement orné; deux jeunes filles agitent devant elle l'éventail sacré (Tchamra); d'autres portent des corbeilles pleines de fleurs et de grains; une cavalcade, composée des principaux habitants, précède la marche, et l'on se rend sur les bords du lac où Gaouri est censée faire ses ablutions.

Cette déesse offre de grands rapports avec la Cérès grecque. Le nom même de Cérès (Corê ou Cori) ne diffère qu'à peine de Gaouri. Cérès est souvent identifiée à Cybèle, à Rhée, à Ghé, toutes personnifications de la terre, et Gaouri est identique à Bhavani-Privithi (Bhavani-Terre). Les mystères, la coiffure, les corbeilles, la procession, tout rappelle le culte de Cérès, et, de plus, il est obligatoire, à l'époque de la fête de Gaouri, de faire l'acquisition d'une statue de la déesse, ce qui avait lieu également aux fêtes de la déesse grecque.

GAURICS. Génies géants de la Bretagne et de l'Angleterre qui viennent danser la nuit autour des pierres druidiques.

GAYATRI. Fameuse prière des Hindous qui a été divinisée et que l'on confond souvent avec la prière Savitri. Elle fut prononcée par Brahma lui-même, en même temps que le mystérieux monosyllabe *aum*, et commence par le mot sacré *Tad* (lui), un des noms de Brahma. Elle reçoit les titres de bouche, de mère et de pure essence des Védas. Les trois castes supérieures doivent dire le Gayatri sous peine de descendre dans la caste maudite des Tchandalas. La personne qui la dit le soir, en se tenant assise, est purifiée de toutes les souillures qu'elle a pu recevoir pendant toute la journée.

GÉFIONA, c'est-à-dire la *Fortunée*, déesse de la virginité dans la mythologie scandinave. Elle reçoit après leur mort les femmes qui ont vécu dans la chasteté, et connaît tous les mystères de l'avenir. Il est à remarquer que chez beaucoup de peuples, et en particulier chez ceux du Nord, virginité et prophétie étaient deux choses intimement liées.

GÉNIES. Êtres surnaturels, anges, démons, esprits, divinités subalternes des différentes mythologies. Ils se groupent en génies propices et funestes et président chez beaucoup de peuples à toutes les forces de la nature, à tous les êtres de la création. On trouvera dans ce Traité une foule de détails à ce sujet aux mots AMSCHASPANDS, DEVS, DJINNS, FÉES, FERVERS, DAÏTIAS, CIEL, ORMOUZD, ELFES, ELFINES, APSARAS, COBOLDS, IZEDS, GAMOULI, MANITOUS, FARFADETS, etc., etc.

GHAMBARS. C'est le nom de six dieux ou plutôt de six génies persans qui, dans la réalité, ne sont que la personnification des six époques de la création opérée par Ormouzd. On célèbre en leur honneur, de soixante en soixante jours, six grandes fêtes qui durent cinq jours chacune. On rapporte qu'Ormouzd, après chacune des six phases de la création, se félicitait de la beauté de son ouvrage, et se reposait. C'est pourquoi ces fêtes sont obligatoires, et l'homme qui y manquerait serait coupable du crime de Tanafour ou Marguerzan.

GHONGOR. Un des huit Bourkhans infernaux et une

des principales divinités du lamaïsme, dont les attributions consistent à protéger les hommes et la religion. Il est souvent représenté couvert d'une peau d'homme ou d'éléphant, avec trois yeux ardents, tantôt debout, tantôt monté sur un éléphant; on lui donne quelquefois dix mains armées d'ongles crochus, et un collier de têtes humaines. Il est environné de flammes, et des génies hideux sont répandus autour de lui.

GIAM-IANG ou **GIAM-CIANG**. Dieu de la sagesse dans la religion des Lamas. Il est représenté en costume de prêtre, mais paré de huit ornements féminins et assis sur la lune, soutenue elle-même par une fleur de penia (lotos ou padma) qui l'enveloppe en grande partie. N'est-il pas curieux que c'est le dieu de la sagesse qui apprit aux autres dieux que, pour procréer l'homme, il fallait qu'un d'entre eux et une déesse se métamorphosassent en singes? Comme il était de principe d'aller toujours du moins parfait au plus parfait, de telle sorte que le dernier venu dans la série possédât toutes les qualités des êtres précédents (Livre de Manou), aurait-on pensé que le singe, animal dont la forme se rapproche le plus de la nôtre, aurait existé avant nous et aurait donné naissance à l'homme à la suite d'un perfectionnement progressif? Plus d'un philosophe y trouverait son compte.

GIGR ou **GIGOUR**. Le même mot que *gigas*, en grec, une des plus célèbres géantes de la mythologie scandinave. La forêt de Iarnvidour est sa demeure. Elle est mère d'une foule de géants aux formes monstrueuses et souvent animales. De Wolf Fenrir elle eut les deux loups Skoll et Hate.

GIMLE. Le ciel des Scandinaves. Avant la formation de la terre, il n'existait que deux choses, le Gimle dans les régions les plus élevées de l'espace et l'enfer au fond de cette étendue immense. Mais alors le ciel même, séjour d'All-Father, le père universel, n'était qu'une vague, vaporeuse et invisible demeure. Il ne prit de consistance qu'après la mort d'Ymer. Le crâne du géant forma la voûte céleste que nous appelons firmament. Les protubérances et les cheveux arborescents dont il était hérissé devinrent sans doute les montagnes et les forêts du Gimle où les élus d'Odin prennent le plaisir de la chasse. Les sourcils d'Ymer servirent de matériaux pour la construction de Midgard (ville du milieu), destinée à arrêter l'invasion des géants. Un pont merveilleux, nommé Bifrost, joint le ciel à la terre, mais, de peur de surprise, les dieux en ont confié la garde à Hiemdal, dont l'oreille est si fine, qu'il entend le bruit de l'herbe qui pousse sur la terre et dont le regard perce les ténèbres mêmes de la nuit. Les Ases construisirent ensuite plusieurs autres villes et le Valhalla, salle éblouissante d'or et de pierreries où s'élève le Hlidskialf, trône merveilleux d'Odin, environné des sièges des autres dieux. C'est là que se tiennent les immortels pour juger les nains. Comme saint Louis, ils préfèrent pourtant rendre quelquefois la justice en plein air; ils se réunissent alors sous le grand frêne Ygdracil, dont les vastes rameaux ombragent l'univers entier, dont les trois racines enveloppent le ciel, la terre et les enfers, et dont les plus petites branches sont si grosses, que quatre cerfs y peuvent courir de front. Le jour où cet arbre divin périra, le ciel, la terre et les enfers, se détachant soudain de ses énormes racines, se heurteront et se briseront dans l'espace. Le grand serpent Iormoungandour, pour amener cet épouvantable désastre, ronge sans cesse celle de ses racines qui plonge dans les enfers, mais les Nornes, pour paralyser ses efforts, arrosent continuellement l'arbre géant, et un écureuil monte et descend le long de son tronc noueux pour avertir un aigle, perché au sommet, de tout ce que fait le serpent infernal.

Les guerriers morts sur le champ de bataille sont reçus par Odin dans le Valhalla, où ils prennent le nom d'Einhériend (qui soutient des combats singuliers), et là ils se livrent aux mêmes occupations que sur la terre. Chaque matin, un coq éternel les réveille par ses cris éclatants; les cinq cent quarante portes du Valhalla s'ouvrent alors avec fracas; les héros s'élancent dans la plaine; des batailles terribles ensanglantent jusqu'au soir les célestes

parvis; mais arrive l'heure du repas; les morts ressuscitent; les bras et les jambes abattus se rajustent au corps dont ils ont été détachés, et les Einhériend se précipitent en foule dans le Valhalla, où les attend un festin magnifique, composé de la chair de l'excellent sanglier Serimner, qui renaît complaisamment chaque jour, et qui chaque jour est égorgé et accommodé par le cuisinier Audhrimner. Les Walkiries leur versent à pleines coupes le lait écumant de la chèvre Heidroun, et le festin se prolonge bien avant dans la nuit.

GINGRIS ou **GINGRAS**, un des noms d'Adonis (voy. ce mot). Il est probable que ce mot, corrompu et adouci, est devenu le Cynire des Grecs, souvent confondu avec Adonis.

GOPIS. Voy. KRICHNA.

GOUCHASP. Un des sept feux divinisés de la religion persane, qui passe pour le feu même des étoiles, ce qui l'a fait considérer comme identique au Kaciapa de l'Hindoustan. Il fut de bonne heure confondu avec la planète Vénus et avec la lune. Il servit de coursier à Khaï-Kosrou, auquel il aida à chasser le Dev Azdvedjar. Khaï-Kosrou, reconnaissant, lui éleva un temple sur le mont Asnefand, dans l'Aderbaïdjan.

GOUENOUPILLAN, c'est-à-dire *âme du ciel*, le dieu suprême des Araucaniens. Les principales divinités des habitants du Chili sont, après lui, le génie du bien appelé Méoulen, le génie du mal nommé Houe-Koub, le soleil, la femme du soleil, qui porte le nom d'Antoumalgouen, et le dieu de la guerre Epounamoun. Ces divinités n'ont ni temples ni statues. On les honore à ciel découvert par des libations et des sacrifices. Leurs prêtres, comme ceux de toutes les peuplades sauvages de l'Amérique du Nord, cumulent les fonctions de jongleurs, de devins et de médecins.

GOUERCHASP. Roi des enfers dans la religion de Zoroastre. Gouerchasp était un géant, fils d'Afret, et régnait sur le Kaboulistan et le Zaboulistan du temps de Pécheng. Avec le secours du Gah Rapitan, il délivra la terre de l'énorme serpent qui dévorait les hommes et vomissait des torrents de venin. Pour arriver à ce résultat, il fit fondre sur la tête du reptile un vase immense plein de métal en fusion. Le feu fut souillé par cette opération, c'est pourquoi Gouerchasp a été relégué dans les enfers, mais Zoroastre l'en fera sortir lorsqu'il visitera le sombre empire.

GOULÉHO. Vous savez qu'à Rome, pendant les saturnales, les esclaves étaient servis par leurs maîtres. Vous trouvez cela sans doute fort édifiant. Que diriez-vous donc si je vous parlais de saturnales éternelles, où les dieux rendent aux hommes les mêmes devoirs que les patriciens romains rendaient une fois, chaque année, à leurs esclaves? Vous feriez la sourde oreille comme saint Thomas. C'est pourtant ce qui se passe dans le Boulouttou, le paradis de l'archipel des Amis. Le dieu Goulého l'a voulu. Faites-vous Polynésien si vous en doutez.

GOUNLEUDA. Fille du géant Souttoung, qui l'avait chargée de la garde de l'Amrita scandinave, dans la grotte de Houitbiorg (le mont Blanc). Odin résolut de s'emparer de la divine liqueur pour la distribuer aux Ases. Il descend dans le Iotounheimoum (pays des géants) sous le nom de Beulwerk, tue les neuf faucheurs de Baouge, oncle de Gounleuda, et s'offre à les remplacer à condition qu'on lui laissera boire une gorgée du précieux hydromel. Voilà donc Odin fanant et fauchant pendant toute la saison. Sa tâche accomplie, il demande la récompense promise. Souttoung refuse, malgré les instances de Baouge. Celui-ci, prenant un énorme vilebrequin que lui offre le dieu qu'il ne connaît pas, perce d'outre en outre la montagne qui cache le divin trésor. Odin alors s'introduit auprès de Gounleuda, la séduit, boit en trois gorgées le baril d'hydromel tout entier, se métamorphose en aigle et remonte dans le Gimle. Souttoung irrité se change également en oiseau, poursuit Odin jusque dans le Gimle. Il est déjà près de l'atteindre, mais les Ases ont déposé sur le parvis céleste une multitude de vases; Odin y dégorge la liqueur sacrée; Souttoung le poursuit toujours; le dieu laisse tomber sur la terre quelques gouttes de l'ambroisie. C'est ainsi que le père des dieux a fait participer au trésor divin, gardé par les géants, les Ases et les hommes, qui lui doivent, les premiers, leur beauté, et les seconds, leurs inspirations poétiques.

GOURBAN-ZAGAN-BOURKHAN, c'est-à-dire *les trois dieux blancs*, en langue mongole. C'est le nom qu'on donne aux trois personnes de la trinité, Chakia-mouni ou Bouddha, Maidari et Divongarra. Chakiamouni préside à l'âge actuel du globe, Maidari gouvernera l'âge à venir, Divongarra a régi l'époque passée.

GOUROU, c'est-à-dire *Instituteur, maître;* c'est un titre souvent donné à Ganéça et à Bouddha. Dans l'Inde on honore du nom de Gourou les docteurs sivaïtes qui ne sont pas Atcharias.

GOVINDA, c'est-à-dire *Pasteur de vaches*, un des noms les plus célèbres de Vichnou-Krichna dans sa neuvième incarnation, qu'on a si souvent comparée à l'incarnation de Jésus-Christ.

GRANN. Dieu adoré autrefois dans l'Alsace, la Prusse, la Bavière rhénane et jusque dans l'Ecosse. On l'a pris pour un Apollon Acersécomès. *Granni*, en effet, selon Isidore de Séville, signifiait *cheveux longs* chez les Goths.

GUI (Fête du); la plus grande solennité du culte druidique. Elle avait lieu le jour de la lune du mois de zerza, qui coïncidait avec le 1er janvier, point initial de l'année. Une ordonnance envoyée par l'Archidruide au grand pontife de chacune des grandes confédérations politiques de la Gaule désignait d'avance le jour de la cérémonie que les Eubages et les Bardes annonçaient au peuple au cri célèbre : *Au Gui l'an neuf!* dont nous ignorons la forme celtique. La solennité avait lieu dans une forêt située auprès de Chartres, foyer central du druidisme. Une foule immense s'y rendait de toutes les parties de la Gaule. Le cortége partait à la nuit tombante, éclairé par une multitude de torches, et précédé par deux Eubages conduisant chacun un taureau blanc aux cornes dorées, destinés au sacrifice. Venait ensuite le chœur des Bardes, chantant des hymnes en l'honneur de Teutatès, suivis par les novices et les disciples du haut collége, rangés sur deux lignes. Après eux marchait un héraut vêtu de blanc, la tête couverte d'un chapeau surmonté de deux ailes et tenant dans ses mains une branche de verveine entourée de serpents. Trois Druides de la première classe s'avançaient ensuite à pas lents, l'un avec un pain, l'autre avec un vase plein d'eau lustrale, et le troisième avec le sceptre d'ivoire de l'Archidruide qui fermait le cortége, accompagné de tous les grands pontifes et d'une foule de Druides vêtus de blanc et tenant à la main la baguette blanche terminée par une touffe de verveine ou de selago. La masse du peuple arrivait derrière, répondant à chaque strophe du cœur des Bardes par le cri: *Au gui l'an neuf.* A l'entrée de la forêt, le cortége formait deux haies pour laisser passer l'Archidruide, qui s'avançait avec ses assistants jusqu'au pied du chêne, autour duquel on avait dressé un autel triangulaire de gazon. L'Archidruide prononçait alors quelques paroles destinées à la consécration de l'arbre, emblème de la force divine, dont les deux branches les plus basses étaient courbées de manière à former un cercle au milieu duquel on avait suspendu une plaque circulaire en métal contenant une inscription dont nous avons donné l'explication au mot Druides. Un Druide faisait alors brûler sur le feu allumé à chacun des angles de l'autel une tranche de pain et faisait sur la flamme une libation de vin. Pendant ce temps on immolait, non loin de l'autel, les deux taureaux blancs. L'Archidruide montait ensuite sur le chêne, au moyen d'une échelle, et coupait avec une faucille d'or, fixée à sa ceinture par une chaîne du même métal, le Gui, qu'il ne devait point toucher et qui était reçu au pied de l'arbre dans une saie blanche dont quatre Druides tenaient les coins. L'Archidruide descendait, faisait des aspersions sur la plante sacrée à laquelle on attribuait les plus grandes vertus, la montrait au peuple et la coupait par petits fragments qu'il distribuait, mais sans doute aux Druides seulement. La cérémonie se terminait dans l'enceinte du haut collége par un festin nocturne où l'on mangeait la chair des victimes immolées.

L'ordre et les détails de cette grande solennité avaient certainement une haute signification. Malheureusement il ne nous est rien parvenu qui puisse nous aider à en dévoiler le mystère. Il nous semble cependant qu'on peut rapprocher de la trinité renfermée entre deux T, dont nous avons parlé à l'article Druides, les trois Druides supérieurs qui figuraient dans le cortége, précédés par un héraut et suivis par l'Archidruide lui-même. L'autel triangulaire n'est-il pas aussi un symbole trinitaire? Les feux allumés à ses trois angles ne se rapportent-ils pas de tout point aux idées que nous avons formulées à l'article précité? Le chêne alors, le chêne qui s'élève au-dessus de l'autel et porte sa tête dans les cieux tandis que ses racines plongent dans les entrailles de la terre, serait l'image même de Teutatès. Voilà certainement une haute doctrine. Elle nous reporte naturellement aux mythologies orientales par tant d'analogies qui n'avaient point échappé aux écrivains romains et grecs. Quant au chêne lui-même, et au Gui sacré, on arrivera à de grands éclaircissements en comparant ce que nous avons dit avec les détails consignés dans l'article Hom, l'arbre sacré de la religion de Zoroastre. Quinze ou seize siècles qui se sont écoulés depuis l'anéantissement du druidisme n'ont point fait encore disparaître du sol de la Gaule les vestiges de la grande fête du Gui. Les paysans de la Bretagne et du Poitou entendent encore, chaque année, à l'époque de la Noël, retentir à leurs portes le cri d'Hoguilaunec, Aguilanné, Auguillonet, comme refrain d'une sorte de complainte que viennent chanter, devant les maisons, les pauvres de chaque localité pour obtenir quelques aumônes.

HANOUMAN. Dieu singe qui joue un grand rôle dans la mythologie hindoue. Un dieu singe! direz-vous. Que trouvez-vous là d'étonnant? Les autres peuples n'avaient-ils pas des dieux bœuf, des dieux serpent, des dieux bélier, des dieux bouc? Revenons donc à Hanouman. Il devait le jour à Pavana, le dieu de l'air, et il était ministre de Sougriva, roi des singes, lorsque Rama se préparait à marcher contre le Daïtia Ravana, roi de Ceylan (Lanka). L'armée de Rama était déjà formidable; Djambavanta lui avait amené des légions d'ours aguerris à côté desquels marchaient fièrement des êtres à formes de tigres et de lions; Hanouman vint le rejoindre avec ses bataillons innombrables de quadrumanes. Rama arriva ainsi au bord de la mer. Comment franchir le détroit pour pénétrer dans la retraite de Ravana? Hanouman fait un signe à ses singes, et un pont de rochers joint Lanka au continent;

l'armée passe ; Hanouman se signale par mille exploits, adore Rama, attache à sa queue des matières inflammables, et incendie la capitale de Ravana. Il aurait consumé l'île entière ; mais, craignant de causer trop de ravages, il se précipite vers l'Océan pour éteindre dans ses flots le feu terrible qu'il traîne à son appendice dorsal ; le dieu des eaux s'y oppose, craignant de voir bientôt son humide empire en ébullition. Hanouman grimpe alors sur une montagne et plonge sa queue divine dans un lac qu'elle portait à son sommet. Samson avec ses renards n'était qu'un enfant près d'Hanouman. Mais le dieu singe possédait une foule de qualités que nous ne pouvons énumérer ici. Il était par exemple aussi bon musicien qu'ingénieur expérimenté et tacticien habile, et c'est à lui que les Indiens doivent le troisième des quatre systèmes fondamentaux de leur musique. Les destinées glorieuses d'Hanouman ne sont pas remplies encore. A la fin de l'âge actuel du monde, il s'élèvera dans les Souargas et s'as-

siéra sur le trône de Brahma, qui de son côté se métamorphosera en Hanouman. — Hanouman, représenté tantôt sous la forme d'un singe, tantôt moitié homme, moitié singe, a des chapelles dans tous les temples de Vichnou, et une pagode magnifique à Calicut. Si l'on recherche la signification du mythe, on arrivera tout d'abord à identifier Hanouman à Pavana, son père, c'est pourquoi il est représenté comme un dieu musicien, comme un dieu incendiaire, parce que l'air est un océan plein de rayons ignés, de foudres et d'éclairs. Son histoire offre une ressemblance frappante avec celle de Bacchus, marchant à la conquête des Indes avec une armée de singes et de satyres. Hanouman-Pavana paraît en outre identique à Pan et Faune (Fan), dont le nom n'est qu'une contraction de Pavana.

HAROÉRI ou **HORUS**, fils d'Osiris et d'Isis. Les traditions le représentent suivant son père dans ses expéditions et accompagné de neuf musiciennes habiles. Après la mort d'Osiris il fut élevé par Bouto. (Voyez

Haroéri dans une barque céleste.

ce mot.) Osiris venait du fond des enfers lui apprendre l'art de gouverner et de triompher de ses ennemis. Typhon était toujours maître de l'Egypte, Haroéri le vainquit et le fit prisonnier, mais bientôt, à la prière d'Isis, il relâche le meurtrier de son père, qui cherche à le renverser de son trône. Haroéri déjoue ses intrigues et périt, selon Diodore de Sicile, sous les coups des Titans. Isis lui rendit la vie et lui procura l'immortalité. Le soleil n'est-il pas immortel ? Horus est une des personnifications de cet astre ; il est le soleil enfant, succédant à Osiris, le soleil à son déclin. Les neuf musiciennes dont il est accompagné rappellent nécessairement le chœur des Muses, présidé par l'Apollon grec. On trouvera d'autres rapprochements à l'article Bouto. Le nom d'Haroéri ou d'Horus vient, selon Jablonski, de l'hébreu *or*, lumière, et, selon M. Jomard, de l'arabe *harr*, forte chaleur. Plutarque l'a pris à tort pour l'atmosphère dont le globe est environné.

HARPOCRATE. Dieu égyptien dont le nom paraît composé de *har* ou *or* (lumière, soleil) et de *pokrat* (aux pieds mous), et signifie, selon Jablonski, *celui qui est faible des pieds* ou *qui boite d'un pied*. Harpocrate, d'après cette étymologie, serait donc le soleil enfant, chancelant et débile ; il précéderait, par conséquent, dans

les formes diverses attribuées à l'astre fécondateur, Haroéri lui-même, qui est son frère, puisque l'un et l'autre sont fils d'Osiris et d'Isis, avec cette différence qu'Harpocrate était né avant terme. Ce dernier étant le soleil enfant et presque adolescent, on aurait dans Harpocrate le soleil naissant et encore sans force, sans énergie, le soleil dans les langes. Plutarque, en effet, l'appelle toujours *faible enfant, très-enfant*. Le culte d'Harpocrate, renfermé d'abord dans la haute Egypte, ne commença à avoir du retentissement que sous les Ptolémées ; et les Grecs de l'Egypte, se fondant sur ce que le dieu est représenté quelquefois un doigt sur sa bouche, le regardèrent comme présidant au silence et par suite au secret et au mystère, ce qui d'ailleurs se concilie en un sens avec sa qualité d'enfant (*infans*, qui ne parle pas). C'est sous l'empire de ces idées, qu'on plaçait sa statue à l'entrée des temples ou dans les sanctuaires, et qu'on gravait son effigie sur les cachets, comme symbole de l'inviolabilité des lettres. Le caractère primitif d'Harpocrate n'avait point été néanmoins totalement oublié, car on le dépeignait quelquefois, comme sur la table isiaque, enveloppé de langes, ou sous la figure d'un enfant, assis sur une fleur de lotus, plante qui éclôt sur les eaux, pour indiquer que le soleil est né de l'élément humide. (Voy. Bouto, Haroéri, etc.) Mais le plus souvent on le voit sous les traits d'un adolescent. Saint Epiphane dit qu'il était honoré à Bouto, conjointement avec la déesse de ce nom. On se contentait d'abord de lui faire une offrande de lait, ce qui convient parfaitement à son vrai caractère. Plus tard on institua en son honneur une procession magnifique. Il recevait les prémices des lentilles et de tous les fruits de la même espèce. Le pêcher lui était particulièrement consacré. Son culte passa à Rome, où il se maintint en dépit des arrêts du sénat.

HEIMDAL. Fils d'Odin et des neuf filles du géant Geirreudour. Armé d'une épée flamboyante, nommé Goldtoppour, et monté sur son cheval Hoffoud, il garde le pont céleste (l'arc-en-ciel), et tient à la main une trompette, dont les sons retentissent jusqu'aux extrémités du monde, afin de donner l'éveil aux dieux, lorsque les géants viendront attaquer le Gimle. (Voy. Gimle.) A l'époque du crépuscule des dieux, il aura Locke pour adversaire. Heimdal a trois fils, Har, Iafnhar et Zhridi, dont chacun a donné le jour à douze fils et à autant de filles. On le qualifie souvent de guerrier des dieux (Veurdour Gouda), et de Goullintani (le dieu aux dents d'or).

HÉLA. La déesse de la mort chez les Scandinaves. Nous avons fait connaître sa généalogie à l'article Fenris, et son palais au mot Enfer. Il ne nous reste rien à ajouter ici, sinon qu'elle était représentée moitié couleur de chair et moitié bleue, à cause, sans doute, de la teinte bleuâtre des corps qui commencent à tomber en putréfaction.

HERMODE. Le messager des dieux, ou des Ases de la mythologie scandinave. Il est représenté cuirassé et le casque en tête. (Voy. Balder.)

HÉS ou **HÉSUS.** Nous avons expliqué, à l'article Druides, les hautes conceptions théogoniques et cosmogoniques du sacerdoce gaulois, et nous avons vu se dessiner, au-dessous de Teutatès, une triade divine dont Hésus, dieu feu-lumière, est la première personne. Hésus, si l'on veut des points de comparaison, correspond au Fta des Egyptiens et au Vulcain de la mythologie gréco-romaine. Dans l'antique Lutèce, en effet, les Romains associaient son culte à celui de Vulcain. Ce fait est déjà important; mais nous trouvons entre ces deux divinités des rapports qui ne le sont pas moins. Hésus, première émanation de Teutatès, est par conséquent son fils aîné; Vulcain est le seul enfant mâle de Jupiter et de Junon. Taran, le second membre de la trinité gauloise, doit être, par cela même, considéré comme émanation d'Hésus; on le comprend d'autant plus facilement, que Taran est le dieu-feu se manifestant par la foudre; Hésus est donc le père, le fabricateur de la foudre; il en est ainsi de Vulcain chez les Grecs. Un passage de Bochart nous apprend qu'Hésus figurait, en qualité de précurseur du soleil, dans la nomenclature des dieux adorés à Emesse, en Syrie. Or, quel est le précurseur du soleil? Au point de vue cosmogonique, c'est le feu-principe, c'est Hésus se localisant et se manifestant dans le globe solaire; au point de vue physique, ce sont les rayons ignés qui annoncent l'apparition de l'astre bienfaisant lorsqu'il s'apprête à monter sur l'horizon; c'est encore Hésus qui remplit l'espace sans bornes de ses lumineuses vibrations. Le nom même de ce dieu atteste le rang éminent qu'il occupait dans la hiérarchie divine. C'est l'*Aisa* des Grecs, qu'on prend vulgairement pour le destin, mais qui, suivant Aristote et le Grand Etymologiste, veut dire *celui qui donne la vie;* c'est l'*Æsar* étrusque, identique à l'ancien mot latin *esum* (je suis) ce qui nous amène à comparer Hésus avec tous les noms divins qui renferment l'idée de vie, et qui ont tous pour radical Di, De, Dj, ou, par le changement fréquent de D en Z, Ze, Zi, ou, par le retranchement non moins fréquent du D ou du Z, I ou J, combiné avec une voyelle quelconque, Zeus, Zev, Div, Dis, Deva, Jov, Juv, Iuv, Iao, Iéhoa, etc., etc., d'où sont venus les mots *theos* (θεος), *deus, teut, dieu, dies,* jour, lumière, et probablement *dives,* riche. Il est même à croire que le nom de Dis appartient à Hésus comme à Teutatès.

Hésus a été regardé comme le dieu de la guerre. Cela devait être. Le Mars grec fut primitivement identique à Vulcain. Fta n'est pas toujours bienfaisant; il apparaît quelquefois sous un aspect terrible; le feu, d'ailleurs, considéré comme énergie créatrice, a éveillé chez tous les peuples l'idée de virilité, de courage, d'obstacles surmontés, d'ennemis terrassés. Neith-Minerve sort tout armée du cerveau de Jupiter sous le marteau de Vulcain, et Bhavani est une déesse guerrière. — On a prétendu que la ville de Paris tirait son nom d'un temple qui y avait été consacré à la déesse Isis, ou, selon d'autres, de Pâris, fils de Priam. Nous souscrirons volontiers à l'une ou l'autre assertion quand on nous aura démontré la réalité de l'expédition de Sésostris dans les Gaules ou l'origine troyenne des Francs. Mais en attendant, si l'on pouvait raisonnablement hasarder une opinion sur cette question, nous trouverions plus plausible de chercher l'étymologie de Paris dans le nom même d'Hésus. Ce que nous avons dit prouve qu'il y était adoré avant l'arrivée des Romains; nous savons, en outre, qu'on a trouvé, dans des fouilles faites sous l'autel de l'église Notre-Dame, une statue de ce dieu; l'île dans laquelle était primitivement renfermée la ville a la forme d'un navire, et un navire figure encore dans les armes de Paris. Qu'y aurait-il donc de ridicule à donner pour étymologie à notre grande cité le mot *Bar-Hès* ou *Bar-Es,* qui signifierait *le vaisseau, le vaisseau sacré d'Hésus?*

HOM ou **HÉOMO.** Arbre divin, arbre-homme de la mythologie des Perses, une des premières productions du taureau Aboudad, qui renfermait les germes de tous les êtres. A la fois arbre et homme, il est en même temps le prototype, ou du moins le précepteur de Zoroastre et le révélateur de la loi, la source de tout bien. Un passage du Zend-Avesta achèvera de faire connaître ce merveilleux végétal. « Hom, y est-il dit, préside à l'arbre de son nom, et il donne l'immortalité. Hom habite sur l'Albordi; Hom est saint. Il a un œil d'or et la vue perçante; il est le roi des astres; son palais à cent colonnes; il est situé dans le pays de la Victoire. Hom bénit les troupeaux; il dispense les eaux et la pluie, et distribue l'éclat, la lumière et les beaux jours. Il a écrasé le serpent à deux pieds; il chante sans cesse les louanges d'Ormouzd. » On doit faire en son honneur le sacrifice Daroun, et, chaque année, deux prêtres parsis vont solennellement, à certaines époques, chercher dans le Kerman, la terre de prédilection de l'arbre Hom, deux de ses rameaux, qui doivent être plongés dans de l'eau purifiée (eau Pédiav), et conservés pendant un an. On s'en sert pour tous les sacrifices, et pour préparer toutes les eaux lustrales. Le suc de ces branches donne à l'eau toutes sortes de vertus. Quel arbre avait donné lieu à ce mythe? Le Zend-Avesta parle d'un Hom blanc et d'un Hom jaune; sa tige ressemble, dit-on, à celle de la vigne, et ses feuilles à celles du jasmin, et l'on a pensé que le Hom était l'Hamahmah des Orientaux, ou amome. — Ainsi tous les peuples ont eu leurs arbres sacrés: les Scandinaves, le frêne ou chêne Ygdracil; les Gaulois, le chêne et le gui; les Hébreux, l'arbre de vie et l'arbre de science; les Hindous, l'arbre Bogaha et l'Açouata; l'Egypte, le Perséa. Les Scandinaves même font naître le premier couple humain de deux morceaux de bois. (Voyez Aske.)

HOPAMÉ, c'est-à-dire *splendeur infinie.* La plus haute divinité du lamaïsme. Elle siége en souveraine dans la région occidentale du monde.

HYPSARANIUS, c'est-à-dire le *ciel élevé,* est un personnage mythique de la cosmogonie de Sanchoniaton. De Génos, dit cet auteur, naquirent la *lumière,* le *feu* et la *flamme,* qui engendrèrent Cassius, Liban, Antiliban et Brathy. Ceux-ci eurent pour fils Memramus, Hypsaranius et Usoüs. Hypsaranius habita Tyr et inventa l'art de construire des cabanes. Usoüs osa le premier s'aventurer sur la mer à l'aide d'un tronc d'arbre, et adora le feu et le vent, auxquels il éleva deux colonnes.

HYSIS. Géant de la mythologie slave. Il passait pour le destructeur des loups et des ours blancs, et était particulièrement honoré par ceux qui donnaient la chasse à ces animaux. Tapio et Tapiolan-Emenda présidaient aux chasses moins dangereuses.

IABMÉ-AKKO, c'est-à-dire *déesse des morts*, divinité qui gouverne l'enfer des Lapons, appelé Iabmé-Aimo. On croit qu'elle cherche sans cesse, ainsi que tous les génies infernaux, à attirer les hommes dans son empire ténébreux. Iabmek est le plus redoutable de ces génies, et il donne son nom à une foule d'esprits inférieurs.

IAMA. Le Pluton des Indiens, le roi des génies ténébreux. On lui donne le surnom de Harmaradjah (roi de justice), de Samavarti (qui différencie le bien du mal), de Chradeva (le dieu des larmes), de Chamouna, du nom d'un des fleuves infernaux, etc. (Voyez ENFER.)

IAO. Nom appliqué, chez un grand nombre de peuples, à de hautes divinités qui, toutes, peuvent être facilement ramenées au soleil, considéré comme principe du mouvement vital qui se manifeste dans la création. Il est même à remarquer que, dans l'ancienne langue latine, *iao* était la forme indicative du verbe *ire*, aller. Iao était le nom le plus élevé de l'Apollon de Claros et de Bacchus, deux grandes divinités solaires. Nous le retrouvons également dans la Phénicie, dans l'Arabie, chez les gnostiques et même en Italie, dans celui de Janus ou Ian, dérivé, selon plusieurs savants, du verbe *ire* (indicatif *iao*). On lit, dans le livre chinois *Tao-te-King*, que l'*Un* primordial s'appelle Ieou (l'être), et que, se réunissant au Oou, non-être, il reçoit le nom de Hiouan (le bleu foncé du ciel). Or, M. Abel de Rémusat voit dans ce dernier mot la transcription de Iao. N'étant composé que de voyelles, le mot Iao a dû, en passant d'une langue dans une autre, changer souvent de physionomie. On le rencontre, en effet, sous les formes Ieou, Iou, Iouv, Iov, Jov, Div, Dis, mots qui, tous, signifient lumière et vie. La série féminine correspondante est Io, Ia, et même Iça, Dia, Dévi. On avait donc ainsi le principe actif et le principe passif, fécondation et production. Ces deux puissances, se réunissant nécessairement dans l'être suprême et primordial, on comprend qu'on ait dû rapprocher les deux mots pour en former le nom même de la divinité. C'est ce que M. Lanci a cru découvrir, en effet, dans le nom sacré Iaouah, dont Iao n'est qu'une abréviation. C'est ainsi encore, d'après ce savant, qu'en égyptien et en cophte, Re étant le soleil, le mâle, et Po, la lune, la femelle, on a eu le dieu Re-Po (le Renfo des Septante), qui réunit les deux attributions. — Au sujet de ce mot, un fait curieux nous vient en mémoire. Les étrangers prétendaient que les Juifs adoraient un âne ou une tête d'âne, soigneusement cachée dans leur sanctuaire. (Joséphe contre Appion, liv. II, chap. 3; Diodore, liv. XXXIV; Tacite, liv. V.) Au troisième siècle après J. C., on donnait même au Dieu des chrétiens le nom d'Ononychite (au sabot d'âne), et on le représentait, selon Tertullien, porté sur un pied d'âne, avec des oreilles assorties, couvert d'une robe de docteur et tenant un livre à la main. D'où venaient ces ridicules croyances? En deux mots, nous croyons pouvoir l'expliquer. Iao était un des noms de Jéhovah, et, dans le copte, l'ancienne langue égytienne, on appelait l'âne *io* ou *iao*.

ICTON. Dieu égyptien nommé par Jamblique (*Myth. égypt.*, VIII, 3), qui l'appelle *premier être*, et le rapproche de Knef. Etait-ce un nom sacré et mystérieux qui ne devait pas être prononcé, comme le nom ineffable du Dieu des Hébreux? ou plutôt le mot a-t-il été dénaturé, soit par Jamblique, soit par les copistes? Il serait difficile de rien dire de satisfaisant à ce sujet.

IDOUN. Dieu scandinave, toujours beau et toujours jeune, qui se trouve en rapport constant avec Braga, le dispensateur de l'inspiration poétique. Idoun est le gardien des pommes d'or qui donnent aux dieux une jeunesse éternelle. Il les conserve dans un coffret, et lorsqu'un des immortels sent les rides de la vieillesse se dessiner sur son visage, il place une des pommes sous sa dent divine, et recouvre toute sa grâce et toute sa fraîcheur. Les Ases, comme nous l'avons dit à leur article, étaient originaires de l'Asie, et nous croirions volontiers qu'ils avaient soustrait ces fruits merveilleux dans le jardin d'Eden. Quoi qu'il en soit, le diable, c'est-à-dire Loke, enviait aux dieux cet inestimable trésor. Figurez-vous sa joie s'il eût pu voir un jour le grand Odin, et le beau Balder, et Thor, le dieu de la guerre, et Freya, la déesse de l'amour et de la beauté, pliant sous le poids des ans et réduits à porter béquille. Loke donc fit si bien, qu'il enleva tout à la fois Idoun et son coffret. Grand émoi dans le Valhalla. Le coffret était introuvable; les années et les siècles s'écoulaient; les dieux déjà commençaient à grisonner. Par bonheur, ils se doutèrent que Loke était l'auteur du vol, et parvinrent, à force de menaces, à se faire restituer Idoun et les pommes. Freya, j'en suis sûr, en mangea une tout entière. Ce n'est pas un reproche que je lui adresse : Vénus en aurait mangé deux.

IEBICON. Dieu de la mer et des eaux chez les Japonais. Il protège les matelots et les poissons, et est représenté assis sur un rocher, une ligne à la main droite et un poisson dans la main gauche.

IERICH. Dieu des Tartares Tchouvaches, qui habitent entre la Soura et le Volga. Prenez cinquante baguettes de rosier, d'une grosseur égale et de 4 pieds de long, liez-les par le milieu avec des écorces d'arbre et à ce lien suspendez un petit morceau d'étain, vous aurez le dieu Ierich. La recette est facile, comme vous voyez. Aussi chaque Tchouvache a-t-il son dieu chez lui. Il n'entreprend rien sans le consulter, et croirait commettre un sacrilége en le touchant, si ce n'est une fois chaque automne. Mais alors il prend son Ierich, le jette dans le fleuve qui l'emporte, et s'en fait un autre tout neuf et tout vert.

ILA. Fille de Vaivacouata, qui lui-même était fils de Souria (le soleil). Ayant été changée en garçon à la prière de son père, elle reçut le nom de Soudoummina. Chassant un jour dans un bois, Soudoummina passa dans un lieu maudit par les Maharchis, irrités contre Siva et Bhavani. Voilà Soudoummina redevenu Ila. Ila s'éprit ensuite de Bouddha, l'épousa et donna le jour à Pourou. Mais elle se lassa bientôt d'être femme. Tout ce qu'elle put obtenir fut de changer de sexe tous les mois. C'est dans un des mois où elle se trouvait être Ila qu'elle mit au monde Oukala et Véniola. Si vous voulez savoir ce que signifie cette belle histoire. rappelez-vous que la lune, avec ses phases, était regardée tour à tour comme mâle et comme femelle.

ILAMATEUCHTLI. Déesse de la vieillesse chez les Mexicains. On célébrait en son honneur, le 3 du septième mois, une fête pendant laquelle on sacrifiait une femme, qui avant sa mort devait exécuter une danse lugubre. On se disputait ensuite le prix de la course, et, le soir, les prêtres couraient dans les rues en frappant les jeunes filles et les femmes avec un petit paquet de foin.

ILMARÉNEN. Fils de Vara, le dieu suprême des anciens Slaves, et frère puiné de Vainamoinen, le dieu du feu. Il présidait à l'air et au vent, et passait pour l'inventeur de la forge. Il aida son frère dans sa lutte contre les mauvais génies.

IMOUTH. Dieu secondaire des Egyptiens que l'on met en rapport avec Esculape, et qui paraît être un dieu-ciel.

INDRA. Le dieu de l'éther et du firmament, du jour céleste, des nuages, des pluies et des phénomènes atmosphériques. Il est fils de Kaciapa (l'espace) et d'Aditi, et habite, selon les différents livres sacrés, dans l'air, sur le Mérou ou dans l'Indraloka, dont on trouvera à l'article Ciel une description détaillée. Indra a pour arme Vadjera (la foudre), pour char Vimanam ou Viomadjanam (le char de la région des nuages). Son éléphant s'appelle Iravat et son cocher Matali. Il a eu de sa femme Indrani ou Sarati une fille nommée Devani. Ses principaux surnoms sont : Marouta (l'air), Meyhavahana (le moteur des nuages), Pagachakna (le dispensateur de la température), Chounacira (le dieu au long nez), Divespiter (le dieu du jour). Indra est le premier des huit Vaçous et la plus haute divinité de la mythologie hindoue après les trois couples trinitaires. Une foule de passages des livres sacrés le font même figurer dans la Trimourti avec Siva et Vichnou, et il se confond par conséquent avec Brahma. Il est à remarquer que le nom de Divespiter est une des épithètes de Jupiter, avec lequel Indra s'identifie d'ailleurs par ses attributions. Il est aussi pris quelquefois pour le soleil, et passe pour le gardien de la région du nord. Les bons génies lui sont soumis. Indra est souvent représenté monté sur son éléphant et tenant dans une de ses quatre mains une fleur de lotos épanouie.

INTERRAPA ou **ILLAPA.** Troisième personne de la trinité péruvienne. On le représentait tenant d'une main une fronde ou une massue, et, de l'autre, la pluie, la grêle, la foudre, etc. Dans la province de Cuzco, on lui sacrifiait de jeunes enfants.

IOH ou **POOH.** Le dieu-lune des Egyptiens, qui était quelquefois cependant regardé comme une déesse. On comprend parfaitement cet androgynisme. La lune reçoit les germes envoyés par le soleil; alors elle est femelle; mais elle distribue ces germes sur la terre, et par cela même cède son rôle passif à la masse terrestre, considérée comme déesse mère. Quant à ses deux noms Ioh ou Ooh et Pooh, ils ne diffèrent absolument que par l'article pi. Sur les monuments, Pooh est représenté avec une chevelure noire, un riche collier à trois ou quatre branches; souvent il a au menton un appendice barbu. Quelquefois, il tient à la main le fouet mystique pour stimuler la terre, le sceptre à crochet et la colonne à quatre plateaux, symbole de la stabilité. Il a parfois sur la tête un disque jaune, ordinairement posé sur un croissant dont les deux extrémités sont tournées vers le ciel. On le voit aussi avec une tête d'épervier. (Voy. Lune et Po.)

IORD. Fille de Nott (la nuit) et d'Annar, femme d'Odin et mère de Thor. Iord, dans la mythologie scandinave, représente la terre, la terre féconde, la terre nourricière. Elle ne diffère point de Hertha, la Cybèle germaine; les deux noms même n'en font qu'un, à une légère variation près (Erde, Iord, Hertha). Hertha avait, dans l'île de Rugen, un bois sacré, avec un char toujours couvert d'un voile que les prêtres seuls pouvaient toucher et où la déesse descendait une fois chaque année. Les guerres alors étaient suspendues; le peuple se livrait à la joie; deux génisses blanches conduisaient le chariot sur les bords d'un lac peuplé de poissons noirs, dans lequel on le faisait rouler pour lui donner des ablutions. Les esclaves qui avaient été employés à la cérémonie étaient ensuite noyés dans ces eaux saintes.

IORMOUNGANDOUR. Voy. Fenris, Enfer, Gimle.

IOUALTEUCHTLI. Le dieu de la nuit chez les Aztèques. On mettait les enfants sous sa protection, et on le priait de protéger leur sommeil. On l'assimilait tantôt au soleil (Tonatiouh), tantôt à la lune (Metzli). — Ioualticitl était, chez le même peuple, la déesse de l'enfance. Elle veillait sur les berceaux. Son nom signifie le *médecin nocturne*.

IOUMALA. L'être suprême chez les Finnois, dont le culte était répandu jusque dans la Samogétie, la Lithuanie et la Courlande. Les Permiakes lui avaient élevé un temple célèbre, plein de richesses entretenues par la piété des fidèles. Les corsaires du Nord le pillèrent souvent.

IRMINSUL. Dieu suprême des anciens Saxons, dont le temple s'élevait dans la ville d'Eresburg. Ses prêtres, comme les Druides, occupaient un rang éminent dans la nation. L'administration de la justice formait, selon Meibom, une de leurs attributions. Il paraît, en effet, qu'ils nommaient les juges des cantons et ceux des campagnes. En temps de guerre, ils portaient à l'armée la statue de leur dieu, auquel ils immolaient souvent les prisonniers. On parle aussi de prêtresses qui probablement exerçaient les fonctions de prophétesses. Les fêtes d'Irminsul attiraient une foule immense à Eresburg, et l'on voyait les principaux du pays, armés comme pour la bataille, exécuter des cavalcades autour de la statue. Mettant ensuite pied à terre, ils se prosternaient devant l'idole et faisaient aux prêtres de riches offrandes. On ignore l'époque à laquelle le culte d'Irminsul s'introduisit dans la Germanie. Il subsista jusqu'à la fin du huitième siècle. Charlemagne, portant la foi à la pointe de son épée, s'empara d'Eresburg en 772, pilla le temple, le rasa, enveloppa dans un commun massacre les prêtres et les habitants de la ville, et ordonna d'élever sur les ruines du sanctuaire une chapelle qui fut consacrée dans la suite par le pape Paul III. Il avait, dit-on, laissé debout la colonne de marbre, haute de 4 mètres environ, qui servait de piédestal à la statue d'Irminsul. Lorsqu'il fut parti, les Saxons, mal convertis, vinrent offrir leurs hommages à la colonne. L'empereur la fit précipiter dans le Wéser, et les bords du fleuve devinrent un but de pèlerinage. Louis le Débonnaire, pour en finir, donna ordre d'enlever la colonne, qui, après avoir été purifiée, fut déposée dans l'église d'Ildesheim où on la voit encore aujourd'hui surmontée d'une statue de la Vierge.

La statue d'Irminsul, selon l'abbé d'Erpery, qui vivait au treizième siècle, n'était qu'un simple tronc d'arbre, opinion confirmée par Adam de Brême et Beatus Rhénanus. Ces deux derniers ajoutent même qu'elle était en plein air. Le temple d'Irminsul n'aurait donc été qu'une enceinte sacrée. D'autres croient que le dieu saxon était représenté sous la figure d'un guerrier. Les savants ne s'accordent pas plus sur Irminsul lui-même. Quelques-uns le prennent pour le fameux Arminius ou Herman, divinisé après sa mort. D'autres ont vu en lui Mars, Hermès ou la déesse Junon. Les plus raisonnables, selon nous, sont ceux qui le regardent comme un dieu national, analogue à Alemanus. (Voy. ce mot.) La partie fondamentale de son nom, de quelque manière qu'on le décompose, est en effet *irm*, *irmn*, qui ne diffère ni d'Herman ni de Germanie. La seconde moitié, *sœule*, signifie *colonne* dans les langues teutoniques, et on pourrait peut-être traduire Irminsul par *colonne* ou *soutien des Germains*.

ISIS. Déesse égyptienne dont certaines légendes font à la fois la mère, la sœur et la femme d'Osiris, qui l'épousa dans le sein même de sa mère, de sorte qu'en naissant elle se trouvait enceinte d'Haroéri (le soleil). Voilà, sans contredit, de choquantes monstruosités. C'est ainsi du moins qu'on en juge au premier abord. Mais toutes ces contradictions s'expliquent d'elles-mêmes par le rôle immense attribué à Isis dans la mythologie égyptienne.

Esquissons d'abord à grands traits les circonstances de sa vie allégoriquement rattachée à la terre. Isis est une reine civilisatrice. Elle gouverne l'Egypte avec Osiris, et apprend l'agriculture aux hommes tandis que son époux leur donne des lois, leur enseigne les arts utiles et institue le culte. Quand Osiris part pour de lointaines expéditions, Isis gouverne le royaume en son absence avec le secours de Thot et d'Hercule, qui comprime la révolte de Typhon. Osiris rentre en Egypte; il est tué par Typhon et ses soixante-douze complices; Isis désolée se met à la recherche de son cadavre, accompagnée d'Anubis, le trouve enfermé dans une colonne de tamarin qui soutenait le palais du roi de Byblos, le rapporte en Egypte et le dépose dans l'île de Bouto, où Osiris, pâle et languissant, quitte les enfers pour la visiter et la rend mère du débile

Harpocrate. (Voy. ce mot.) Mais le hasard conduit Typhon dans cette retraite inconnue : il voit le coffre dans lequel il avait naguère enfermé Osiris, l'ouvre et dépèce le corps de sa victime en quatorze morceaux, qu'il disperse dans toutes les parties de l'île. Isis parcourt, échevelée, sur une barque de papyrus les sept bras par lesquels le Nil va se décharger dans la mer; elle ne retrouve que treize des morceaux du cadavre divin; le quatorzième avait été dévoré par les poissons du fleuve. Elle remplace l'organe perdu par un membre de cire, recompose le corps de son époux et lui donne la sépulture, ou, suivant une autre tradition, fait exécuter en cire quatorze figures d'Osiris contenant chacune un des lambeaux retrouvés et les confie à quatorze villes dans lesquelles elle consacre un sarcophage de la forme d'un bœuf et un temple pour honorer la mémoire de l'époux qu'elle ne cesse de pleurer. Ce

n'est pas assez; la mort d'Osiris crie vengeance; Haroéri (voy. ce mot) fait expier à Typhon son usurpation et son crime.

Faisons connaître à présent les attributions d'Isis. Nous accorderions bien au patriarche Joseph ou même à Moïse l'honneur de l'avoir eue pour femme. Mais alors nous serions obligé d'identifier ces deux grands saints avec Osiris et de leur donner la forme d'un bœuf; laissons ce privilège à Nabuchodonosor. Osiris étant le soleil, Isis est nécessairement la lune, qui répand sur le globe les germes qu'elle a reçus du soleil; Osiris descend sur la terre, Osiris est le Nil, Isis devient l'Egypte fertilisée par les eaux du fleuve-époux. A un autre point de vue, Osiris s'élevant dans la hiérarchie divine est le principe actif du monde, le générateur universel. Isis alors est le principe passif de l'univers, la génératrice universelle, la Nature, comme elle était appelée par les Grecs. Mais qu'est-ce que la Nature? L'ensemble des choses créées et des lois qui les régissent, c'est-à-dire la matière et l'intelligence, la terre et le ciel, les êtres mortels et les dieux, et voilà pourquoi Isis aux mille noms (myrionime), comme on disait, est confondue en même temps avec Bouto la nuit-matière primordiale, avec Athor, la nourricière divine, avec Neith même, l'énergie créatrice, la sagesse suprême, la donneuse de lois, etc., etc. Cela posé, qu'y a-t-il de plus facile à comprendre que la généalogie de la déesse telle que nous l'avons donnée au commencement de cet article? Ecoutons Isis se définissant elle-même dans Apulée : « Je suis la nature mère de toutes choses; maîtresse des éléments, le commencement des siècles, la souveraine des dieux, la reine des mânes, la première des natures célestes, la face uniforme des dieux et des déesses; c'est

moi qui gouverne la sublimité lumineuse des cieux, les vents salutaires des mers, le silence lugubre des enfers. Ma divinité unique, mais à plusieurs formes, est honorée sous différents noms. Les Phéniciens m'appellent la Pessinuntienne, mère des dieux; les Crétois, Diane, Dyctinne; les Siciliens, Proserpine, Hygienne; les Eleusiniens, l'antique Cérès; d'autres, Junon, Bellone, Hécate, Rhamnusia. »

Les Pharaons avaient élevé à Isis des temples superbes. On cite surtout ceux de Saïs, de Bubastis, de Busiris, de Coptos, d'Abidos, etc. On célébrait en son honneur douze grandes fêtes, représentant toutes les phases de sa vie, depuis la disparition ou *aphanisme* d'Osiris (17 athyr) jusqu'à la naissance d'Haroéri (30 épiphi; 24 *juillet*). Deux autres solennités, les *Paamylies*, dans lesquelles on promenait processionnellement le van sacré, celui des membres qui après avoir été dévoré par les poissons avait été miraculeusement retrouvé, et la *déroute de Typhon*, complétaient la série des fêtes Isiaques. Ces cérémonies offraient le spectacle le plus curieux et le plus pittoresque. On y voyait les prêtres, les personnages les plus illustres, les dames égyptiennes, portant tous les objets sacrés qui figurent dans la légende, la barque ou Bari, le cercueil d'Osiris, des semences de toutes sortes, des torches innombrables, etc., etc. Des femmes en pleurs faisaient retentir l'air de leurs gémissements; les animaux symboliques marchaient au milieu du cortége. Le culte d'Isis devint, sous les Ptolémées, plus magnifique encore qu'il ne l'avait été du temps des Pharaons, et fit invasion dans la Grèce; Rome même le reçut après la conquête de l'Egypte. Mais jamais la statue d'Isis n'apparaissait aux regards de ses adorateurs. Un voile, symbole de l'incompréhensibilité de la nature, l'enveloppait toujours.—Cette déesse est représentée sous les traits d'une belle femme; elle a pour coiffure un vautour, emblème de la maternité, au-dessus duquel s'élève le globe lunaire ou des cornes de vache; souvent même on la voit avec une tête de génisse, car Isis a pour symbole identique la vache, comme Osiris le taureau.

ISPARETTA. Dieu suprême des Malabares, qui tira de sa propre substance l'œuf primordial d'où sortirent les sept cieux et les sept terres. C'est la cosmogonie hindoue dans toute sa pureté. Isparetta est Siva lui-même, souvent nommé Içouara, d'où on a pu faire sans altération sensible Isvara, Isfara, Ispara.

ISWARA ou mieux **IÇOUARA** est un des noms les plus célèbres de Siva. Le radical de ce mot est *iça* qui signifie maître. Et à qui appliquerait-on ce titre, si ce n'est au dieu qui tient entre ses mains la vie et la mort, au dieu permutateur des formes, qui représente le feu dans toutes ses combinaisons, et qui se confond avec le Mérou, la montagne des mondes? Au lieu d'Içouara on dit souvent Mahiçouara, le *grand maître*.

IXTILON. Dieu de la médecine chez les Aztèques. On conduisait dans son temple les malades et surtout les enfants, les pères faisaient des prières pour le fléchir et formaient des danses sacrées devant sa statue. Les prêtres leur faisaient boire, ainsi qu'au malade, de l'eau bénite qui sans doute était mêlée de quelques drogues.

IZEDS. Génies secondaires de la mythologie des anciens Perses. Création radieuse d'Ormouzd, ils viennent immédiatement après les sept Amschaspands et président à tous les grands phénomènes du monde, aux mois, aux jours, etc. Ils obéissent aux Amschaspands, exécutent leurs volontés et celle d'Ormouzd, et ont eux-mêmes sous leurs ordres les légions innombrables des Fervers et les Hamkars. Ils sont au nombre de vingt-huit et sont opposés à autant de princes des Dews. Les sectateurs de Zoroastre doivent leur adresser de fréquentes prières. Les Izeds sont divisés en mâles et femelles; mais ces derniers sont les moins nombreux. Ils protégent les hommes, et, lorsque la mort vient de frapper un fidèle adorateur d'Ormouzd, ils vont au-devant de son âme, l'enlèvent aux Dews qui voudraient s'en emparer et lui font franchir le pont Tchinevad, qui les conduit dans le séjour de l'éternelle béatitude. Voy. Ormouzd, Amschaspands, Dews, Albordi, Fervers, Dahman, Mithra, etc.

JACHAR. Le dieu bon des habitants de Madagascar; il est opposé à Angat, le mauvais génie. On lui offre des sacrifices pour l'honorer, mais jamais pour le fléchir et l'implorer. Jachar, disent les Madécasses, sait mieux que les hommes ce qui leur convient ou ce qui peut leur être nuisible; ses volontés d'ailleurs ne sauraient fléchir devant nos désirs souvent déraisonnables. On regarde en conséquence comme ridicule de lui adresser des prières. On ne lui consacre ni statues ni temples.

JAGA BABA. Divinité slavonne qui présidait à la guerre. On la représentait sous la figure d'une vieille femme d'une taille colossale et d'une effrayante maigreur. Un squelette couvert d'une peau ridée, telle était Jaga Baba. Elle tenait à la main une barre de fer avec laquelle elle semblait vouloir repousser le socle qui portait sa statue. La hutte dans laquelle on l'adorait n'avait point de porte, et l'on n'y entrait qu'après avoir prononcé quelques paroles mystérieuses. Jaga Baba était tour à tour bienfaisante et cruelle.

JAGRENATHA ou mieux **DJAGANNATHA** (seigneur de l'univers). Nom de Krichna, adoré dans le temple de Djagrenath ou Djagannath. Krichna ordonna un jour à Indradhioumna, roi d'Oricah ou d'Oudjadjdjani, de lui bâtir un temple où il pût être éternellement adoré. Le Brahme Vidiapati fut chargé de chercher le lieu qui pouvait être le plus agréable à Krichna; il y réussit avec l'aide d'un paria nommé Vichouavaçou. L'endroit désigné s'appelait Djagannath-Kchatra. Indradhioumna, sur l'avis du Pradjapati Nareda, fit faire alors par Viçouakarma, l'architecte des dieux, avec le bois de l'arbre Vata, le premier arbre de la sagesse, trois statues pour consacrer l'emplacement. L'une représentait Djagannatha, l'autre Balabhadra, et la troisième Soubhadra. Si nous citons ces noms, c'est qu'ils sont d'une haute importance. Le temple nouveau devait inaugurer une ère nouvelle dans la religion des Hindous, une fusion entre les sectes rivales. Balabhadra et Soubadhra sont en effet des partisans de Siva, mais le premier est censé frère et la seconde sœur de Krichna, pour mieux indiquer l'alliance des deux cultes. Le fanatisme pourtant n'était pas détruit encore; Viçouakarma n'avait pas achevé la statue de Soubhadra, que déjà Gadarnath venait, par une brusque invasion, interrompre le travail de l'ouvrier céleste. Le tumulte enfin s'apaisa; le temple fut construit; on y plaça les trois divines images, et tous les dieux furent invités à la cérémonie de l'inauguration. Le sanctuaire de Djagannath nous apparaît donc comme le palais commun de toutes les divinités indiennes, comme un véritable Panthéon. Il y a plus: si les dieux se réconcilient, les hommes doivent se donner la main, et Krichna, selon la légende, ordonne à tous ceux qui viendront se sanctifier dans son temple de manger à la même table, sans distinction de sectes, de tribus et de castes. C'est ce qui a lieu encore. Les parias seuls sont repoussés de cette fraternelle communion. Malheureusement la fusion ne s'opéra que dans d'étroites limites, et le Deckhan tout entier regarde avec indignation les pratiques du culte inauguré à Djagrenath. Une ville nommée Pouri ou Poursottom s'éleva bientôt autour du temple.

La pagode de Djagrenath est d'une solidité extrême, mais d'une construction peu élégante. La grande tour, haute de 205 pieds anglais, sert de phare aux vaisseaux qui naviguent sur la côte dangereuse d'Oriçah. Un vaste emplacement, clos par une muraille de 24 pieds de hauteur, environne ce temple, et renferme une cinquantaine d'autres petites pagodes, consacrées à différentes divinités. La statue de Djagannatha est peinte en noir, celle de Balabhadra ou Balarama en blanc, et celle de Soubhadra en jaune. La grande fête a lieu au mois de mars, à l'époque où le soleil entre dans le signe du bélier. On fait alors sortir les trois idoles sur trois chars richement ornés. Celui de Djagannatha a seize roues de 6 pieds environ de diamètre, et le plancher qu'il supporte et sur lequel est placée la statue au-dessous d'un dôme pyramidal qui s'élève dans les airs, se trouve à 25 pieds au-dessus du sol. Sur le devant du char on place une grande statue, destinée à remplir les fonctions de cocher; des chevaux de bois sont attelés à l'énorme machine, traînée par des hommes, attelés à six câbles. Une foule immense, accourue des contrées les plus lointaines, suit le char en criant : Victoire à Djagannatha! et c'est en effet une grande victoire que celle de la tolérance religieuse sur le fanatisme, de la fraternité humaine sur le système dégradant des castes! Rien de plus animé que l'aspect de cette grande solennité. La ville regorge de pèlerins, la campagne en est couverte; les fakirs, pour recevoir les aumônes des fidèles, exécutent des tours de force qui laissent à cent lieues en arrière nos bateleurs européens. Les uns passent un jour entier les pieds en l'air; d'autres se tiennent debout avec une jambe attachée sur le cou; quelques-uns tiennent sur leur ventre un vase plein de feu; d'autres s'enterrent jusqu'au cou, etc., etc. On en voit même des dévots, le nombre il est vrai a considérablement diminué, qui se jettent sous les roues du char de Djagrenath et se font écraser de gaieté de cœur, certains d'obtenir ainsi tout d'un coup les joies du paradis.

JAKOUSI. L'Esculape des Japonais. Il passe pour une divinité malfaisante, quoiqu'il guérisse les hommes de leurs maladies, ce qui vient sans doute des anciennes pratiques médicales, qui, avant les progrès de l'art, se confondaient avec les sortilèges des magiciens. Jakousi est représenté debout sur une feuille de nymphea et la tête entourée d'une auréole. Une foule de génies malfaisants comme lui portent son nom.

JAMBAVAN ou **DJAMBOUVAN.** Roi des ours et ours lui-même. Lorsque Rama (Vichnou) entreprit sa grande expédition contre le géant Ravana, tyran de Lanka (Ceylan), qui avait enlevé la belle Sita, sa femme, Jambavan fut l'un de ses plus courageux et de ses plus fidèles auxiliaires. Il devait le jour à l'union d'un dieu et d'une ourse, car Brahma, craignant de voir succomber Rama dans cette lutte acharnée, avait ordonné aux Dévas de s'unir à tous les êtres de la création pour enfanter la plus formidable armée qui jamais eût fait trembler la terre sous ses pas. « Voyez, » disait Brahma aux dieux réunis, en faisant allusion sans doute à la tâche qu'il leur imposait, « voyez, ma bouche s'ouvre comme un gouffre, et déjà en sort l'ours puissant Djambouvan, dont un grondement sourd annonce la venue. » Djambouvan était en effet un guerrier terrible; il conduit, par le pont de rochers qu'on devait au génie inventif d'Hanouman (voy. ce mot), ses légions velues dans l'île de Lanka, enlace de ses pattes énormes les plus redoutables défenseurs de Ravana, les déchire, les met en lambeaux. Cette grande guerre de Lanka n'est vraisemblablement que la lutte du sivaïsme contre le vichnouïsme et le brahmanisme. Le sivaïsme faiblit déjà : il a perdu l'Inde; il a concentré toutes ses forces dans l'île de Ceylan. Mais il sera forcé dans ce dernier retranchement ; le vichnouïsme a jeté des racines profondes parmi les populations montagnardes qui s'étendent aux extrémités de l'Hindoustan ; les peuplades lointaines sont les légions velues de Jambavan ; nous voyons plus tard, en effet, un descendant de ce puissant champion de Vichnou, Soumba, que la légende dit fils de Krichna-Vichnou et de Jambavani, fille de Jambavan, amener à sa suite, dans les Indes, les familles sacerdotales des Magas, originaires du pays des Saces. (Voy. Magas, Rama, Ravana.)

JÉDOD. Dieu germain qui présidait au commerce et à la fraude. Ainsi commerce et vol étaient synonymes dans l'antique et sauvage Germanie comme dans la Grèce civilisée et corrompue. Bien des siècles se sont écoulés depuis Jédod et Mercure, faut-il en conclure que le commerce se soit moralisé ?

JÉMAO. Dieu de l'enfer au Japon. On lui a élevé auprès de Miyaco un temple dans lequel on le voit assisté de deux génies infernaux qui enregistrent ses arrêts. Juge inflexible, Amida (voy. ce mot) peut seul le fléchir en faveur des âmes auxquelles il s'intéresse. Le nom de Jémao ou Iémao prouve son identité avec Iama, le dieu du Naraka hindou.

JÈNE. Dieu à quatre visages et à quatre bras qui tient sous son empire les âmes des vieillards et des femmes mariées. Nous ne voyons pas trop les rapports qui existent entre ces deux classes d'âmes ; mais Jène les connaît ; c'est son affaire et non la nôtre. Ce dieu tient dans une de ses mains un sceptre terminé par un soleil rayonnant, dans une autre une couronne de fleurs, dans la troisième une verge, dans la quatrième une cassolette remplie de parfums.

JOS. Les Lares et les Pénates chinois, dont chaque chef de famille peut à son gré augmenter ou diminuer le nombre. Au fond de toute mythologie on retrouve le fétichisme primitif. Lares et Jos ne différaient point, dans l'origine, des Grisgris de l'Afrique centrale, des Manitous et des Ockis de l'Amérique du Nord, des Bourkhans de la Sibérie, etc. A l'époque de Jacob, nous retrouvons les fétiches sous le nom de Téraphim jusque sous la tente du patriarche. La civilisation n'abolit pas les fétiches : elle les transforma ; c'est ainsi que les Romains, après avoir progressivement élevé leurs Pénates dans la hiérarchie divine, finirent par les choisir souvent parmi leurs plus hautes divinités. Aujourd'hui nous n'avons plus ni Lares ni Pénates en Europe ; mais la superstition est inhérente à la nature humaine, et nous portons sur nous des amulettes qui devraient nous rendre plus indulgents pour les Ockis et les sacs de médecine des tribus sauvages de l'Amérique. (Voy. Fétichisme, Pierres sacrées, Soleil.)

KACHER. Le Kachemire était encore couvert des eaux diluviennes, retenues dans ses vallées fertiles par les grandes arêtes des montagnes. Un vieillard arrive, c'est Kacher ; il coupe en deux le mont Baramonté ; les eaux s'échappent en bouillonnant par l'ouverture béante, et bientôt la terre de Kachemire est prête à recevoir de nouveaux habitants. Elle ne tarde pas, en effet, à être repeuplée, et Kacher civilise les hommes auxquels il vient de donner une nouvelle patrie. Les annales des peuples sont fécondes en récits de ce genre, auxquels il serait difficile d'assigner une valeur historique. (Voy. Tamandouare, Tezpi.)

KADROMA. Femme de Cenrési, qui, suivant la mythologie lamaïque, se métamorphosa en un singe femelle pour donner naissance à la race humaine. (Voy. Aghogok, Hanouman.)

KAÏOMORTS. L'homme primordial, dans la religion des anciens Perses. Dans l'ordre de la création, le taureau Aboudad vient immédiatement après les sept Amschaspands. Il renferme dans ses vastes flancs les germes de tous les animaux et de toutes les plantes. Ahriman, voulant anéantir dans sa source toute la population animale et végétale qui doit un jour se développer sur la terre, tue le taureau divin. Mais de l'épaule droite d'Aboudad sort Kaïomorts, l'homme primitif et androgyne ; de son épaule gauche s'échappe Gochoroun, l'Ized femelle, qui préside à la production et à la conservation de toutes les races d'animaux. De la substance fécondatrice d'Aboudad, Ormouzd forme ensuite deux autres taureaux, souches des animaux purs, et son corps donne naissance à tout le règne végétal. Une autre tradition, offrant un système de création plus nettement déterminé, donne pour ancêtre au règne végétal l'arbre-homme Hom (voyez ce mot), et au règne animal le taureau Aboudad. Ahriman ne portait pas à Kaïomorts moins de haine qu'au taureau. Ne pouvant parvenir à lui nuire, malgré les efforts combinés de ses ténébreux génies, il le tua comme il avait tué Aboudad. Kaïomorts était alors âgé de trente ans. L'Amschaspand Sapandomad, qui a pour mission de féconder la terre, recueillit un tiers de la plus pure substance de Kaïomorts ; l'Ized Nériocengh, génie du feu qui anime les rois, conserva le reste, et, au bout de quarante ans, par la volonté d'Ormouzd, le sol, imprégné des sucs féconds de la victime d'Ahriman, produisit un bel arbre qui mit dix ans à croître, et qui offrait l'image d'un homme et d'une femme unis l'un à l'autre. Cet arbre, au lieu de fruits, portait dix couples humains, dont le principal était Méchia et Méchiane, ancêtres de la race humaine.

KALAÇA (*Kessel* en allemand). La chaudière sacrée, la marmite magique, symbole du réceptacle immense dans lequel la nature compose de mille éléments divers tous les êtres de la création, depuis la plante jusqu'à l'homme, depuis le ver qui rampe dans la poussière jusqu'aux génies qui président à toutes les parties de l'univers. La mer de lait, dans laquelle les dieux et les géants font descendre le mont Mérou, qu'ils réduisent en fusion pour en extraire le breuvage de l'immortalité (voy. Amrita), est, selon Ottfried Müller, une sublime allégorie du vieil univers régénéré dans la Kalaça. On voit, en effet, à la suite de cette opération gigantesque, sortir de la mer de lait la lune éclatante de lumière, Sri, la déesse du bonheur, les cinq arbres d'abondance, la vache Kamadenou, dépositaire des germes de tout ce qui soutient la vie, Lakmi, la déesse des richesses, Saracouati, qui préside aux sciences et à l'harmonie. Cette mystérieuse chaudière où s'élabore la vie reparait chez tous les peuples, avec des formes, il est vrai, moins grandioses. Lorsque Jason ramène, de sa lointaine expédition, la magicienne Médée, il trouve son père vieux et infirme ; Médée remplit d'herbes magiques la chaudière régénératrice, introduit dans les veines du vieillard les sucs que la flamme en a tirés ; Eson est rajeuni, symbole profond des transformations opérées par la nature, pour qui la mort n'est qu'un nouvel élément de production ! Médée disparaît, mais la Kalaça reste ; nous la retrouvons chez les sorcières romaines Canidie et autres. Entre les mains de la grande magicienne bretonne Keridouen, elle opère de nouveaux prodiges ; et les croyances religieuses de tous les pays nous apprennent que la terre même sera un jour, avec les myriades de créatures qu'elle nourrit, précipitée dans la grande Kalaça, d'où elle sortira toute rayonnante de jeunesse et de pureté.

KALÉDA. Le dieu de la paix chez les anciens Slaves. On célébrait en son honneur une fête dans laquelle on se livrait à la joie et aux festins, et qui tombait le 24 décembre, comme celle de Janus, ce qui a donné lieu de comparer ces deux divinités.

KALI (la Noire) ou **MAHAKALI** (la grande Noire). Nom de Bhavani comme déesse des enfers, où elle est représentée assise à côté de Roudra (Siva) et précipitant, de concert avec lui, les âmes coupables dans le feu du Naraka. Longtemps on lui immola des victimes humaines, qui, aujourd'hui, sont presque toujours remplacées par des animaux. On la représente avec un collier de têtes de morts, tenant à la main des têtes fraîchement coupées et entourée de cadavres.

KALKI. La dixième incarnation de Vichnou. Elle aura lieu à la fin du monde. Vichnou-Kalki apparaîtra sous la forme d'un cheval lancé au galop. Il tiendra un de ses pieds levé, et à peine en aura-t-il frappé le globe, que les méchants tomberont dans l'enfer. La terre, vacillant sur ses fondements, ne sera plus qu'un monceau de cendres ; la Tortue, qui soutient le monde à la surface des eaux, s'enfoncera dans la mer, où elle entraînera la terre ; le grand serpent Adicécha distendra les anneaux immenses avec lesquels il enveloppe et soutient la terre et les cieux, et alors terre et cieux rouleront, avec un fracas horrible, dans le vide infini. Le puissant reptile vomira en même temps des torrents de flamme qui consumeront les derniers débris de la création. La destruction sera complète. Les germes des choses pourtant ne périront point ; Bhavani les recueillera dans le calice du Padma (lotos), qu'elle porte sur son sein, pour les répandre à profusion sur le monde nouveau que Maïa développera dans l'espace. (Voy. Ciel, Enfer, Fenris, Gimle, Kalaça.)

KAMA. Le dieu de l'amour dans le pays sacré de Bharata (l'Inde), fils de Kaciapa (l'espace) et de Maïa (l'illusion). La première fois qu'il exerce sa puissance, c'est Brahma qu'il embrase d'une passion incestueuse pour Sandhia ; Siva, blessé au cœur par un de ses traits, s'éprend ensuite de Bhavani, qui deviendra sa femme. Mais Siva, le dieu terrible, l'impitoyable destructeur ; Siva, indigné du rôle amoureux qu'il va jouer, tue Kama d'un regard. Les dieux se réunissent pour fléchir son courroux. L'Amour, sous le nom d'Adhoïoni, renaît comme fils de

Krichna et de Roukmini. — Kama est opposé à Tama (le ténèbres) ; Kama est donc le jour, une manifestation du

feu qui donne la vie ; il est le calorique même se répandant sur toute la création. On le représente avec un arc de canne à sucre, qui lui sert à décocher des fleurs au lieu de flèches. Quoique enfant, il a pour femme Rati (*jeune fille qui folâtre*). Sa monture ordinaire est un perroquet, auquel se substitue quelquefois un éléphant. On a trouvé, dans une pagode, un tableau représentant l'éléphant de Kama formé d'un groupe charmant de sept femmes si habilement entrelacées, qu'au premier coup d'œil, on ne voyait que l'éléphant. Quant à la signification du mot Kama, elle se retrouve exactement dans deux des noms de l'Amour en Grèce et à Rome : Himéros et Cupido (désir).

KAMIS. Divinités de l'ancien Japon, encore honorées à côté des dieux bouddhoïques. On les prend, en général, pour des héros divinisés.

KANG. Dieu chinois dont la statue, de trente pieds de haut, entièrement dorée et revêtue d'habits magnifiques, est ornée d'une couronne d'or et de pierreries. Les légendes font de Kang un ancien empereur.

KANO. Fils d'Amida et dieu des eaux, dans la mythologie japonaise. Il passe pour le créateur du soleil et de la lune. (Voyez Bouto, Crepu.) Dans son temple d'Osaka, on voit sa statue sortant, les quatre bras étendus, de la gueule ouverte d'un grand poisson de mer. Devant lui est, horizontalement placée, une grosse corne de mer d'où sort le buste d'un homme nu et barbu. Les fidèles de l'ancien culte japonais (le sintoïsme) ont aussi leur dieu de la mer. (Voy. Iébicon.)

KAPILA. Voy. Ganga.

KCHATRIIA. Fils de Brahma, souche de la caste guerrière aux Indes. (Voy. Brahma.)

KÉRÉMET. L'Être suprême chez les Tchouvaches. On lui offre des sacrifices dans une grande enceinte carrée qui porte le même nom que le Dieu. Cette enceinte, fermée par une palissade d'environ quatre pieds de haut, a quatre portes regardant les quatre points cardinaux. Celle du nord est destinée à amener l'eau nécessaire pour les sacrifices ; celle de l'est est affectée à l'entrée des victimes ; les hommes entrent par celle de l'ouest, et celle du sud sert à l'écoulement des eaux. On fait cuire la chair des animaux immolés sous un hangar placé près de la porte de l'ouest, et devant ce hangar s'étend une grande table chargée de gâteaux sacrés. Près de la porte du nord se trouve une autre table destinée à écorcher et à purifier les victimes. Dans l'angle nord-ouest, on voit des perches sur lesquelles on fait sécher les peaux.

KERNUNOS. Sur un bas-relief découvert dans les fouilles de l'église Notre-Dame de Paris, en 1701, on voit le dieu Kernunos représenté avec des cornes et des oreilles de bête féroce. Un grand anneau orne chacune de ses cornes. On l'a pris pour un dieu de la chasse, ou pour un Bacchus gaulois.

KHIAPPEN. Dieu de la guerre adoré par les anciens habitants de l'isthme de Darien et des environs de Panama. Les prisonniers de guerre lui étaient sacrifiés, et on teignait avec leur sang la statue du dieu. On n'entreprenait aucune expédition sans le consulter. Les prêtres chargés de l'interroger devaient, pendant deux mois, s'abstenir de sel et vivre dans la chasteté la plus rigoureuse.

KHODA. L'Être suprême chez certaines peuplades de l'ancienne Germanie. Son nom est sans doute celui que les Allemands donnent encore à Dieu, *Gott;* les Perses appellent encore la divinité Khoda. Ce nom enfin se retrouve dans celui du grand dieu des Siamois, Sommono-*Khodom.*

KIAK-KIAK. Nous vous avons déjà montré, cher lecteur, un dormeur intrépide qui accomplit, avec une merveilleuse persévérance, le vœu qu'il a fait de dormir six millions d'années. Originaire du Japon, il a nom Combadaxe. Mais Combadaxe a fait des jaloux. Ses lauriers, je veux dire ses pavots, ont tenté le vénérable Mouni Kiak-Kiak, dévot enfant du Pégu. Un jour donc Kiak-Kiak entre dans une pagode. Il y a de cela six mille et tant d'années, ce qui le fait de quelques siècles antérieur à notre père Adam ; ainsi le veulent les Hébreux. Kiak-Kiak vient prier, croyez-vous ;

Que faire en une église, à moins que l'on n'y prie?

Erreur toute pure. Kiak-Kiak sent le besoin de faire un somme; il se couche, il s'endort, il dort encore. Si vous en doutez, montez en wagon; en quelques heures, vous serez au Havre; embarquez-vous pour le Pégu; tout le monde là-bas vous indiquera la pagode de Kiak-Kiak; vous y entrerez, car elle est ouverte à tout venant, et vous verrez le Mouni endormi; en le voyant même, vous comprendrez peut-être la durée de son sommeil. Kiak-Kiak, en effet, a soixante-douze pieds de long, et, de plus, il est devenu pierre en dormant.

KINNARAS. Voy. Paoulastia.

KOLNA. Nous vous avons dit, dans nos deux colonnes d'*introduction*, que vous trouveriez dans ce traité des notions sur tout ce qui peut intéresser l'esprit avide et curieux de l'homme. Nous ne vous avons point trompé. Les plus belles et les plus intéressantes découvertes de la science reposent dans la mythologie, comme une mouche aux éclatants reflets dans le calice d'un lis ou sous les pétales d'une rose. Mille fois, en voyant ces fleurs gracieuses se balancer sur leur tige verdoyante, vous avez pensé à ces chastes amours dont les haleines de la brise sont les discrètes messagères. Vous avez béni la science dont les pénibles recherches nous révèlent dans la nature tant de trésors de grâce et de poésie. Nos pères savaient tout. S'ils n'avaient pas découvert le mystérieux hymen des fleurs, ils l'avaient deviné. Et nous ne vous parlons point ici de ces peuples de l'Inde, à l'imagination ardente, qui voyaient tout à travers un prisme radieux; nous sommes en pleine Scandinavie. Les Scandinaves connaissaient, il y a deux mille ans, le mariage des fleurs. Ils avaient même fait descendre d'Asgar, la ville céleste étincelante d'or et de pierreries, un génie pour protéger les amours des plantes; ce génie était Kolna.

KOLPIA. Le vent primitif dans la cosmogonie phénicienne, ou plutôt l'esprit incréé, irrévélé, auquel Sanchoniaton donne pour épouse Baaut, la nuit primordiale. L'Etre suprême, dont, à vrai dire, Kolpia n'est que le souffle, ou, comme le dit Bochart, la voix, le verbe, veut se révéler, comme Brahma, comme Piromi. La première émanation de sa substance ou de sa volonté divine est une masse confuse, incohérente, si ancienne qu'elle est presque éternelle. Dans ce chaos sont répandus pêle-mêle les éléments de toutes choses, toutes les forces vitales rudimentaires. L'esprit devient amoureux de ces principes, il se joint à eux par un acte de sa volonté toute-puissante. Mais cet acte est encore imparfait; ce n'est qu'un désir (Himéros, Cupido) de l'ordre admirable qu'il développera plus tard. De ce désir, toutefois, naît le Môt, première transformation de la matière chaotique, l'Ilus, le Sable-et-Eau, la Forêt, le Limon, l'Argha immense dans lequel s'élabore la création. Les germes déjà commencent à se dégager de la matière; ils prennent une forme indéterminée, que la pensée ne saurait discerner encore au milieu de l'universelle confusion. Nouvelle transformation. Les germes, s'assimilant de plus en plus les éléments qui leur sont propres, apparaissent sous forme ovulaire; ils renferment des êtres dans lesquels la vie, à l'état latent, dort ou plutôt sommeille, et qui, par anticipation, sont déjà appelés *Sophasémis*, c'est-à-dire *contemplateurs du ciel*. Mais le Môt s'échauffe et fermente; les gaz s'échappent, se rapprochent et se combinent; le Môt rayonne; le soleil, la lune, les astres et les grandes planètes étincellent dans l'espace. Sous l'influence du soleil, la création va acquérir son plus magnifique développement. Le travail opéré dans le Môt a produit, à la suite de combinaisons, de séparations, d'agrégations sans nombre, les airs, la terre et la mer. Une chaleur immense enveloppe le globe; le soleil pompe l'humidité terrestre; des vapeurs épaisses montent vers le ciel, et produisent les vents et de grands épanchements des eaux célestes. Les nuages remplissent l'air tout entier, et, poussés par les vents, se croisent, se choquent, se heurtent, et, par un dégagement d'électricité, donnent naissance aux tonnerres et aux éclairs. Au bruit grondant de la foudre, les animaux ovulaires dont nous

avons parlé se réveillent effrayés (voy. Druides, Teutatès) et mâles et femelles commencent à se mouvoir sur la terre et dans les eaux.

Telle est la cosmogonie de Sanchoniaton, fils de Thabion, écrivain sans doute antérieur à Moïse. Sanchoniaton, ainsi qu'il le dit lui-même, avait tiré ce système des livres de Thoth, qui l'avait formulé d'après les données de la science et ses propres conjectures. Cette cosmogonie offre, avec celles des Indiens et des Egyptiens, des rapports nombreux et frappants. On pourra s'en convaincre en lisant les articles Brahm, Brahma, Bouto, Bouddhisme, Cneph, etc. Le système phénicien, tel que nous l'avons exposé, est dominé par quatre grandes personnifications se réabsorbant en Dieu : Baaut (la nuit primitive), Kolpia (le verbe de Dieu), Môt (la matière), et enfin le Soleil. On trouvera d'autres détails sur le système de Sanchoniaton aux mots Baaut, Beruth, Bouto, Chrysor, Elioun, Eon, Génos, etc.

KOUTKA. Messager du dieu suprême Nioustitchitch, qui, par son intermédiaire, transmet ses ordres aux bons et aux mauvais génies. Il parcourt les airs dans un char traîné par de petites souris, et traverse les fleuves en bateau et avec une telle rapidité, que le sillage de son léger canot s'entend à des distances énormes. Ce bruit, c'est le tonnerre même, selon les habitants du Kamtchatka, ses adorateurs. Koutka joue aussi le rôle de second Démiurge.

KRICHNA. Huitième incarnation de Vichnou. Il se fit chair dans le sein de la belle Dévagi, femme de Vaçoudéva, vierge avant et après la naissance de Krichna, suivant une légende, et déjà mère de sept enfants, suivant une autre. Dévagi avait un frère, l'ambitieux Kansa, qui, au royaume qu'il occupait déjà, voulait joindre celui de Vaçoudéva. Il avait appris en outre qu'un de ses neveux lui ravirait sa propre couronne. Dans ses appréhensions, il avait juré de faire périr tous les enfants de Dévagi. Six furent massacrés. Krichna naquit; Kansa, au moment de sa naissance (elle eut lieu à minuit), avait aposté des gardes pour l'égorger; mais Brahma et tous les dieux étaient

Krichna tuant Kausa.

descendus des Souargas pour rendre hommage au nouveau-né. Les Ghandarvas et les Kinnaras, musiciens célestes, faisaient retentir les airs d'harmonieux accords; les gardes, distraits par les chœurs divins, oublient leur mission terrible, et Krichna, transporté hors du palais, échappe au courroux de son oncle. Kansa, outré de colère, enveloppe dans un commun massacre les enfants qui venaient de naître dans toute l'étendue du pays. Mais Krichna avait été confié au roi pasteur Nanda, qui, pour préserver l'enfant divin, s'enfuit de Mathoura, et se retire avec sa femme Iachoda dans le pays de Gocoulam ou de Vrindavant. Krichna grandit ; Krichna étonne les hommes par ses miracles ; il invente la flûte, et se plait à diriger les danses légères des bergères de Gocoulam. Huit d'entre elles surtout ont su gagner son affection ; cette affection se change en amour ; il donne à cette gracieuse ogduade le doux nom de Gopis (laitières), et place à leur tête l'une d'entre elles, Radha, sa préférée. Mais Kansa n'a point abandonné ses projets de vengeance. Il invite le beau Krichna à venir célébrer une réconciliation solennelle à Mathoura. Le dieu s'y rend ; le peuple se porte en foule au-devant de lui et fait retentir la ville de ses acclamations ; mais à peine a-t-il pénétré dans le palais de son oncle, que Kansa cherche à le faire périr. Krichna d'un regard anéantit tous ceux qui osent le toucher ; on envoie contre lui des éléphants ; d'un souffle il les terrasse. Les prédictions vont s'accomplir : Kansa va laisser l'empire au divin fils de Dévagi. Le barbare, assis sur son trône, pâlit à la vue du dieu qui vient s'y asseoir à sa place : il est pétrifié ; Krichna l'arrache du siége royal, et bientôt l'âme impure du tyran s'échappe de son corps inanimé. Le peuple est dans la joie. — Bientôt une passion nouvelle vient remplir le cœur de Krichna. Il s'éprend, sans l'avoir jamais vue, de la belle Roukmini, sœur de Bhichmaka, roi de Vidharba, qui de son côté a juré de n'appartenir jamais qu'à Krichna. Mais son frère l'a promise à Sichoupala, roi de Tchidi, géant à cinq têtes et d'une force prodigieuse. Une guerre terrible s'engage. Après une lutte longue et sanglante, Krichna triomphe. Il tire Roukmini de la prison où elle avait été renfermée avec seize mille autres vierges d'une éclatante beauté, qui toutes le reconnaissent pour leur époux, époux mystique, on le comprend, quoiqu'en dise la légende. L'Inde bientôt est troublée par de nouvelles dissensions. La famille royale des Iadous, à laquelle appartenait Krichna, était divisée en deux branches. Les Kourous (branche ainée), enlèvent aux Pandous (branche cadette) toutes leurs possessions, les persécutent, les dispersent, les réduisent à la misère. Krichna vient au secours des Pandous, dont l'un, Ardjouna, devient son plus fidèle disciple, et marche contre les Kourous, guerre célèbre dans les annales de l'Inde, et qui forme le sujet du grand poëme intitulé *Maha Bharata* (la grande Inde). Les Pandous sont vainqueurs, grâce à Krichna. Le fils de Dévagi a enfin rempli la mission qu'il s'était imposée ; il laisse à son disciple bien-aimé Ardjouna les instructions sublimes qui font l'admiration de tous les âges, et une flèche perfide vient le clouer à un bois fatal du haut duquel il prédit les désastres qui vont ensanglanter le monde, et en effet, l'âge noir, le Kali-Iouga commence trente-six ans après sa mort.

La vie de Krichna offre avec celle de Jésus-Christ des rapports qu'il est impossible de méconnaitre. Les Iadous, a-t-on dit, ressemblent beaucoup à Iouda, la famille royale de Judée ; la naissance à minuit, les accords célestes, le roi pasteur, le massacre des innocents, la fuite de Krichna, l'amour mystique qu'il inspire à des légions de femmes, sa royauté contestée, son entrée solennelle à Mathoura, son disciple bien-aimé, les instructions qu'il lui lègue, sa mort sur le bois, sont autant de points communs ; Krichna prédit l'arrivée du Kali-Iouga qui commence trente-six ans après sa mort ; Jésus a annoncé la ruine de Jérusalem, qui a lieu trente-huit ans après son crucifiement. Quels sont les ennemis les plus acharnés de Jésus-Christ ? Les grands du peuple, les Sadducéens, les Juifs de la vieille roche qui repoussaient la loi nouvelle, et qu'en ce sens on peut appeler la branche ainée de la nation juive. Quels sont les ennemis de Krichna ? Les Kourous, branche ainée des Iadous, les Kourous, les Sadducéens de l'Inde, partisans du vieux culte de Siva, adversaires obstinés de la loi de conciliation que vient prêcher Vichnou-Krichna. Voilà ce que peuvent alléguer ceux qui tiennent à établir le parallèle. Mais on a des objections toutes prêtes. Le christianisme n'a-t-il pas été prêché jusque dans l'Inde ? Qui nous dira si les Hindous à leur légende de Krichna, antérieure quant au fond à la naissance de Jésus-Christ, n'ont pas ajouté quelques-uns des faits consignés dans les évangiles ?

LADO ou **LADA**. Le dieu de la concorde, de l'hymen, de toutes les prospérités chez les Slaves. C'est à Kiev surtout qu'il était adoré. Il avait pour enfants Léla (l'amour) et Poléla (l'amour mutuel).

LAO-KIOUM. Dieu chinois qu'on appelle le haut et saint ancêtre, le haut et très-sublime Tao, l'être noir et primordial du temple d'or, le monarque du ciel, etc. Tous les sages illustres de la Chine sont regardés comme ses incarnations.

LAO-TSEU. Illustre philosophe chinois, auteur du livre intitulé *Tao-te-king* (le livre de la raison ou de la vertu, ou le livre de la puissance du Tao). Il ne rentre pas dans le plan de ce traité de discuter, ni même d'exposer la vie réelle de Lao-Tseu, qui fonda en Chine une religion qui ne compte pas moins de cent millions de sectateurs. Mais les légendes auxquelles il a donné naissance doivent trouver leur place ici. Nous allons en donner un extrait d'après M. Pauthier.

« Lao-Tseu a dit : J'étais né avant la manifestation d'aucune forme corporelle. J'apparus avant le suprême commencement. J'agis à l'origine de la matière simple et inorganisée. J'étais présent au développement de la grande masse première, et je suis sorti par les portes de l'immensité mystérieuse de l'espace. C'est pourquoi Ko-Hiouan, dans la préface du *Tao-te-King*, dit : Lao-Tseu était existant par lui-même, et il était déjà prod it avant le grand Rien (la grande Non-Entité)... Il ne peut être ni exprimé, ni contenu. Il dit encore : les générations racontent que Lao-Tseu apparut au temps de Yn. Le surnom de Lao-Tseu a commencé dans l'accomplissement d'innomblables Kie ou Kalpas (âges du monde) au sein du chaos mystérieux, dans des temps extrêmement éloignés, avant le développement et l'organisation des choses. Il descendit de nouveau pour être l'instituteur des empereurs, pendant des générations successives sans discontinuer ses enseignements. L'homme ne peut le connaître. » — On voit dans une autre légende : « Je remarque encore que les Mémoires sur Lao-Tseu disent : Depuis le développement du ciel et de la terre, avant et jusqu'au temps du roi Tang, de la dynastie Yn, il fut l'instituteur de tous les rois, après avoir transformé sa personne et être descendu dans le siècle. Pendant la dix-septième année du roi Tang de la dynastie Yn, du cycle Kia-Tseu, de l'année Keng-chin, il commença à révéler les mystères de sa naissance. Du lieu de la grande pureté et de la constante raison, il reçut du grande mâle l'essence du soleil transformée dans les cinq couleurs primitives, et en forma un globe de la grandeur d'une bulle. En ce temps là, In-Nin (la vierge précieuse comme la perle) dormait à l'heure de midi ; elle reçut la bulle de l'essence du soleil dans la bouche et l'avala. Alors elle conçut et fut enceinte pendant quatre-vingt-un ans, jusqu'à la neuvième année du règne de Wonting, du cycle Keng-chin, où la vierge, belle comme le jaspe, mit au monde, par le côté gauche, un enfant à la tête blanche, surnommé Lao-Tseu, vieillard enfant. Il naquit sous un arbre nommé Li, et, en montrant cet arbre de la main, il dit : Voilà nom nom de famille. Son petit nom fut Eul, et son titre Peyang. Depuis la neuvième année du règne de Wonting, de la dynastie Yn, jusqu'à la neu-vième année du règne de Tchaowang, du royaume de Tsin, il demeura dans le monde ; ensuite il se retira à l'occident, sur le mont Kowen-Lun (Kuen-Lun) où il passa neuf cent quatre-vingt-seize ans.

Ce qui précède prouve que la vie de Lao-Tseu a été complétement transfigurée. Quelques auteurs ont cru même qu'il n'avait point existé. Le *Tao-te-King*, dont les sinologues s'accordent à reconnaitre l'authenticité, n'en est pas moins un livre d'une haute importance. Il est à peu près incontestable que les doctrines qu'il développe ont leur source dans l'Inde. Ces doctrines sont purement philosophiques. Le principe encore mal défini qui a donné son nom au livre, le Tao, y joue un rôle éminent. Le Tao, selon Morisson et Abel de Rémusat, ressemble au Logos des Grecs. Le Tao, suivant Hoai-Han-Tseu, philosophe de l'école de Lao-Tseu, conserve le ciel, soutient la terre ; il est si élevé qu'on ne peut l'atteindre, si profond qu'on ne peut le sonder ; si immense qu'il contient l'univers ; il est cependant tout entier dans les plus petites choses. Si nous écoutons les sectateurs de Kong-Fou-Tseu, se con-former au Tao, c'est suivre la nature. Le Tao est toujours près des hommes. Si un homme méprise ce qui est com-mun et facile à pratiquer, ce n'est point le Tao qu'il pour-suit. Le Tao du sage peut être comparé à la marche de celui qui gravit un lieu élevé, en commençant par la partie inférieure. Cela ne revient-il pas à dire, selon l'expression de M. Parisot, que le Tao, dans la philosophie de Kong-Fou-Tseu, est le chemin de la perfection? Le Tao, dans la cosmogonie, a produit Un (1 Khi, femelle primordiale et premier archétype) ; Un a produit Deux (In et Iang, prin-cipe femelle et principe mâle) ; Deux ont produit Trois (Ilo, l'harmonie) ; Trois ont produit toutes choses. Et ces trois nombres sont appelés les trois Tsaï (les trois éner-gies), ce qui se réduit en une trinité numérale et philo-sophique. Le Un s'appelle aussi Iéou (l'être), et est opposé au Oou (non être), dont la réunion forme Hiouan (le bleu du ciel, le bleu profond, le noir), mot dans lequel A. de Rémusat voit la transcription du mot hébreu Jehovah.

Sous les premiers empereurs de la dynastie des Tang, une multitude de temples furent élevés en l'honneur de Lao-Tseu, et le livre qui porte son nom fut commenté dans tous les collèges. Ses prêtres, très-superstitieux et adonnés à une foule de pratiques grossières, sont divisés en deux classes ; les plus élevés sont les Lao-Sse ou Tao-Tchang, et les seconds les Tao-Sse ou docteurs de la rai-son. La religion de Kong-Fou-Tseu, religion d'amour et d'ordre, de morale et de justice, sur laquelle planait d'a-bord un Dieu rémunérateur, et qui depuis le treizième siècle est devenue un vrai spinosisme, a fini par l'empor-ter sur celle de Lao-Tseu, du moins auprès de la portion éclairée de la société, car le peuple ignorant prête encore l'oreille à toutes les jongleries des docteurs de la raison.

LAKCHMI. La plus belle des déesses de la mytho-logie indienne. Lors de la formation de l'Amrita (voyez ce mot), elle naquit de la mer de lait (voy. KALAÇA), et fut adjugée pour épouse à Vichnou, le plus beau des dieux. Chaque fois que Vichnou s'incarne, Lakchmi revêt elle-même une enveloppe terrestre. Quand nous vous avons raconté les amours de Vichnou avec Radha, avec Rouk-mini, etc., vous accusiez peut-être le dieu de trahison en-vers Lakchmi. Présomption toute pure ; Radha c'est Lakchmi transformée en Gopi ; Roukmini c'est encore Lakchmi, et Vichnou ne craint pas d'affronter dans vingt batailles les géants polycéphales pour la délivrer de la prison où elle gémit. Lakchmi est la mère du monde, la productrice de toutes les richesses de la terre, elle est la terre même.

Elle habite dans la gueule des vaches, et exige de ses adorateurs des offrandes de lait et de riz. En sa qualité d'anadyomène (portée sur les eaux), elle affectionne le

lotos (padma ou kamala), et souvent elle est représentée sortant du large calice de cette fleur amie des eaux. Son image orne les monnaies, et on la voit souvent tenant dans ses bras un enfant qui puise la vie dans ses mamelles fécondes.

LASES ou **LAHES.** Les Fervers du Thibet ; génies du bien, toujours opposés aux démons malfaisants. Ils sont divisés en neuf classes.

LÉCHIES. Génies de l'ancienne mythologie slave, à l'existence desquels le bas peuple n'a point cessé de croire. Ils passent pour avoir un buste humain sur des jambes de bouc, des oreilles aiguës, des cornes et une barbe absolument comme les faunes et les satyres de la mythologie gréco-romaine. Elevant ou abaissant leur taille selon leur bon plaisir, ils peuvent glisser à travers les herbes sans en dépasser la hauteur ou s'allonger de ma-nière à confondre leurs têtes cornues avec les cimes des arbres les plus élancés. Habitants des forêts, ils forment souvent avec les Roussalkis ou Roussalkines, nymphes des bois et des eaux, à la chevelure verdâtre ou blonde, des danses fantastiques qui se prolongent jusqu'à l'aube ma-tinale. Heureux seraient les Slaves si les Léchies se con-tentaient de ces innocents passe-temps. Mais ces génies se plaisent à faire du mal aux hommes. Le pas lointain d'un voyageur vient-il frapper leurs oreilles dans le si-lence de la nuit, ils laissent les Roussalkis continuer seules leurs danses au clair de la lune, attirent dans la forêt le voyageur attardé et le chatouillent jusqu'à ce que mort s'en suive.

LIF et LIFTHRASOUR. Quand arrivera l'heure du crépuscule des dieux, la terre, livrée à un incendie terrible, sera consumée; rien n'échappera au feu dévorant. Mais une nouvelle création succédera à la première. Lif et Lifthrasour sortiront de la colline où ils étaient cachés; ils se nourriront des roses qui s'épanouiront soudain devant eux; la terre, sous leurs pas, se couvrira de moissons jaunissantes, d'arbres, de verdure, d'hommes, de femmes et d'animaux de toutes sortes. Ainsi le veut la mythologie scandinave.

LOKE. Le génie du mal dans la mythologie scandinave, qui le représente comme doué de toutes les grâces de l'esprit et du corps. Fils du géant Tarbauta et de Lauféra, il a pour femme la géante Angerbode, et pour enfants le loup Fenris, Héla et le grand serpent Iormoungondour. Loke se plaisait à tourmenter les dieux et les hommes. Les dieux se liguèrent tous un jour pour s'en débarrasser. Voyant qu'on allait lui faire un mauvais parti, Loke se jeta dans l'eau sous la forme d'un saumon. Malheureusement un filet l'arrête dans sa fuite; il saute au-dessus, mais Thor le saisit par la queue et serre si fort, car Thor est le dieu de la guerre, et il a le poignet bon, que depuis lors il n'y a point de poisson dont la queue soit aussi mince que celle du saumon. Loke, malgré sa finesse, était pris. Les dieux le lièrent à trois rochers aigus; l'un lui presse les épaules, le second les côtés, le troisième les jarrets. Ce n'était là qu'une mesure de précaution; les dieux, sûrs de leur ennemi, songèrent à la vengeance; ils suspendirent sur sa tête un serpent qui répandait sans cesse sur son visage un venin corrosif. Le pauvre Loke pousse des hurlements affreux, car le poison ronge ses chairs jusqu'aux os. Malgré les pointes inflexibles des rocs entre lesquels il se trouve enchâssé, il fait quelquefois des mouvements terribles; la terre alors chancelle sur son axe; telle est la cause des tremblements de terre. Loke pourtant a une consolation au milieu de ses horribles souffrances. La déesse Signir, une de ses femmes, modèle du dévouement conjugal, s'associe à son destin, et reçoit dans un bassin les gouttes de venin qui tombent de son visage. Loke verra pourtant un jour tomber ses liens. Avec Fenris son fils, il livrera aux dieux un combat terrible; les Ases seront vaincus; mais Loke ne survivra point à son triomphe.

LOKI. Déesse indienne nommée aussi *Lokamata* (mère mère) et *Lokadjanitri* (mère engendrante). Elle préside aux grains et à l'abondance, et ne diffère point en réalité de Lakchmi. On la représente entourée ou couronnée d'épis. On célèbre en son honneur deux grandes fêtes annuelles.

LUNE. Deux principes dominent dans les mythologies des peuples civilisés, l'actif et le passif, le chaud et l'humide, le feu et l'eau, le ciel et la terre, ou, en d'autres termes, le mâle et la femelle. Toutes les hautes divinités peuvent être ramenées à l'un ou à l'autre de ces deux principes. Le premier a pour symbole le soleil et le second la lune, affectant mille formes diverses, mille et mille attributs suivant les points de vue sous lesquels on les envisage, et se réabsorbant tous deux dans le feu, le véritable Démiurge, être androgyne qui se localise comme mâle dans le soleil, comme femelle dans la lune. Cette dernière, répandant sur la terre les germes qu'elle reçoit du soleil, est, par rapport à cet astre, purement passive; il n'en est pas de même vis-à-vis de la terre. Aussi a-t-elle été souvent regardée comme divinité mâle. Elle est un dieu en Egypte (Pooh); en Mésopotamie (Lunus); sur les bords du Gange (Tchandra). Mais dans ces mêmes pays elle ne se confond pas moins avec Bhavani, Isis, Bouto, Io ou Ooh, et notre raisonnement deviendra tout à fait sensible lorsqu'on saura qu'en Egypte il suffisait, pour assigner à la lune l'un ou l'autre de ces rôles, d'ajouter à son nom (Ooh) ou d'en retrancher l'article masculin p (P ooh). Nous avons dû ici donner un ensemble de cette théorie, déjà émise dans l'antiquité par Macrobe. On en trouvera les développements dans une foule d'articles de ce traité, tels que Bouto, Athor, Bhavani, Chaos, Bois sacrés, Feu, Isis, etc., etc.

LUPANTO. Serpent ahrimanien qui dans la religion du Pégu séduit la première femme.

MA, c'est-à-dire *mère*, nom que l'on a donné à plusieurs hautes déesses, personnifications de la fécondité universelle, de la terre nourricière. La Cybèle phrygienne est appelée Dâ-Mâ (mère divine), d'où est venu le nom de Damater donné à Cérès, et le mot *mater* lui-même. Mâ était également la déesse-terre en Lydie.

MAANAGARMOUR, (dévorateur de la lune). Loup monstrueux, fils de Fenris et de la géante Gigour. Il doit avaler la lune à la fin du monde. On l'appelle aussi Haté (qui hait).

MABOIA. Le Loke et l'Ahriman des Caraïbes. Entendez-vous le tonnerre rouler dans les airs sur son char de feu; voyez-vous les arbres ployer sous l'effort de la tempête? Ne vous y méprenez pas! C'est Maboïa qui s'amuse à porter le trouble dans la nature. C'est lui encore qui, étendant sa griffe énorme sur l'orbe radieux du soleil, produit les éclipses de l'astre bienfaisant; c'est lui qui répand sur la terre les maladies, les pestes, les famines meurtrières. Revêtant souvent les formes les plus monstrueuses, il descend sur la terre, rôde autour des villages et bâtonne à outrance les malheureux qu'il rencontre. On ne saurait trop faire pour le fléchir; les images qu'on porte au cou en son honneur ne suffisent pas toujours pour détourner sa colère; c'est à peine même s'il daigne épargner les pénitents qui se lacèrent à coups de couteau pour lui prouver leur respect et leur soumission. — Moralité:

De Paris au Japon, du Pérou jusqu'à Rome
Le plus sot animal, à mon avis, c'est l'homme !

MACÉDO. Dieu égyptien à tête de loup, dont les auteurs grecs ont beaucoup parlé. Fils d'Osiris et frère d'Anubis, il suivit son père dans ses expéditions et commandait l'avant-garde de l'armée. Pindare en fait un général qui, dit-il, était revêtu d'une peau de loup. Si Macédo était véritablement une divinité égyptienne, il ne peut être qu'Anubis, dont la tête de chacal aura été prise pour une tête de loup.

MAGA. Nous avons parlé à l'article JAMBAVAN de l'introduction dans l'Inde d'une nouvelle caste sacerdotale, favorable au vichnouïsme. Maga était le chef de cette famille de prêtres. Une légende le dit fils du Soleil. Une autre lui donne pour père Agni, le dieu du feu, et pour mère Nikchoumba (l'immobile). Samba, fils de Krichna et petit-fils de Jambavan, alla chercher Maga dans une contrée mystérieuse (le pays des Saces ou Sacadvipa), l'enleva sur l'aigle blanc de Vichnou, avec dix-huit familles sacerdotales, et l'amena sur les bords du Chinab, où il avait consacré une statue d'or au soleil. Ainsi donc, c'est du pays des Saces que partent les auxiliaires du vichnouïsme; c'est aussi des mêmes contrées qu'arrivent les légions ursiformes qui détruisent le Sivaïsme, dans l'île de Ceylan (Lanka). (Voy. JAMBAVAN.) Et, chose bien remarquable, la province même où s'établirent les Magas paraît avoir été le berceau du Bouddhisme, ce christianisme de l'Asie orientale. Les Magas, nous n'en doutons pas, ont une commune origine avec les Mages de la Perse, et le pays des Saces (auj. Sakita), situé au nord-ouest de la Sogdiane, était voisin de la grande ville de Balk, où Zoroastre établit le sanctuaire de sa religion. Les Mages, ces adorateurs du feu, ou fils d'Agni, comme le dit la mythologie hindoue, firent rayonner leur nom et sans aucun doute leurs idées dans l'Europe entière et jusqu'à l'occident de l'Afrique, chez les Guanches, anciens habitants des îles Canaries et peut-être de la grande Atlantide de Platon. Finissons par une dernière réflexion sur le pays des Saces. Cette terre fut toujours considérée comme sacrée. C'est là que les dieux de l'Inde, vaincus par les géants, viennent chercher un refuge; c'est là qu'une tradition, rapportée par Porcius Caton, fait recommencer le genre humain après le déluge; c'est là que paraît s'être trouvé ce jardin d'Éden, cet Eeriéné-Vedjo d'où s'élance, pour civiliser la Perse, Djemschid, qui en effet fait sa première grande étape dans la Sogdiane au sortir même du Sacadvipa. (Voy. Rotu.)

MAGADA. Divinité adorée par les anciens habitants de la basse Saxe. Ils lui avaient élevé un temple célèbre qui, respecté par les Vandales fut, dit-on, détruit par Charlemagne. Magada a été assimilée à Vénus.

MAHABALI ou **BALI**. Géant qui régnait sur les trois mondes, c'est-à-dire sur le ciel, sur la terre et sur l'enfer. La part des dieux était mesquine. Vichnou voulut mettre fin à cette usurpation. Il se métamorphose en Brahme; il se fait nain qui plus est, prend nom Vamana, et se présente devant l'énorme Bali, qui, je n'en doute pas, fut obligé de se plier en deux pour le voir ramper à ses pieds. Le nain n'est pas ambitieux. Il prie le géant de lui accorder, en toute souveraineté, l'espace que lui, Vamana, peut mesurer en trois pas. Bali était, ce jour-là, de belle humeur. Il rit aux éclats et promet avec serment d'accorder au petit Brahme l'objet de sa demande. Mais le nain devient tout à coup lui-même un géant colossal; d'une enjambée, il mesure la terre, d'une autre le ciel, de la troisième les enfers. Voilà Bali dépossédé. Mais Vichnou, bon prince à son tour, lui cède le ténébreux empire. Si l'on se rappelle que Siva est le véritable roi des enfers, on en conclura nécessairement que Mahabali est la personnification même de ce dieu, à l'époque où le Sivaïsme, religion jadis dominante dans l'Hindoustan, se vit détrôné par le vichnouïsme.

MAHAMAIA, c'est-à-dire *la grande Maïa*. Nom donné à Maïa comme épouse du dieu suprême Brahm, à Bhavani, à la mère de Bouddha.

MAHAMOHANI ou **MOHINI-MAIA**. L'illusion menteuse, la fausse beauté, chez les peuples de l'Inde. Elle trompe les hommes, et pourtant les hommes l'appellent sans cesse et sans cesse la poursuivent. C'est qu'au milieu de nos tribulations et de nos misères, nous sentons le besoin d'oublier le monde qui nous environne. et qui nous délivrera de ces réalités amères, si ce n'est l'illusion? Le poëte la cherche et l'attire en faisant résonner les cordes de sa lyre; l'amour se couvre les yeux d'un bandeau, et se fait aveugle pour se laisser guider par cette fée à la baguette magique; l'Indien et le Chinois aspirent à longs traits la fumée de l'opium pour la trouver brillante de fleurs et éblouissante de pierreries, au milieu de leur ivresse longtemps prolongée. Tous nos plaisirs, fêtes et bals, concerts et spectacles, n'ont qu'un but : d'offrir à la cité corrompue et blasée une illusion d'une heure, qui souvent lui échappe. L'Inde a fait plus : elle a divinisé l'il-

lusion. Mohini-Maïa sort de la mer de lait, après le gigantesque effort des dieux et des génies pour extraire l'ambroisie céleste des flancs du mont Mérou. Daitias et Açouras, épris de ses charmes, oublient tout, l'immortalité même qu'ils ont conquise, pour s'abandonner à l'extase qu'elle leur apporte (voy. AMRITA); Siva, Siva le destructeur, Siva le feu dévorant, tombe lui-même à ses pieds, et mendie un sourire de sa bouche. Mohini-Maïa, pourtant, n'est pas toujours l'illusion riante et douce. Le feu, symbole de la vie, est souvent fatal et destructeur; Mohini-Maïa aussi a une face terrible. Elle est alors Moudevi, la déesse de la discorde et de la misère, qui dessèche l'âme, qui stérilise la terre, et parcourt le monde avec un corps vert, montée sur un âne, animal impur et abhorré.

MAHANATMA, dans la cosmogonie du Manava-Dharma-Sastra, est la grande âme, la force vitale répandue dans toutes les parties de l'univers. Lorsque Pouracha-Viradj développe l'œuf d'or qui flotte sur les eaux primordiales, Mahanatma apparaît après les cinq éléments et A-kankara (l'individualité). Elle est suivie par Mana (l'intelligence).

MAHÉCHA, c'est-à-dire *grand seigneur*, roi des géants ou Açouras, dans la mythologie indienne, qui le représente avec une tête de buffle. Il voulut chasser les dieux des Souargas, les battit et les contraignit à chercher un refuge sur la terre, dans le pays de Saces, où ils se virent réduits à vivre d'aumônes. Vichnou et Siva, indignés du triomphe de l'impie, se sentent animés d'un nouveau courage. Cette énergie divine, se personnifiant tout à coup, devient la puissante déesse Mahamaïa, dont la tête domine les montagnes les plus hautes. Elle taille en pièces les Açouras, et finit par tuer Mahécha lui-même, malgré ses métamorphoses successives en lion, en éléphant, etc. Mahamaïa,

comme la Minerve (l'énergie-sagesse des Grecs), coupe la tête à son ennemi terrassé, et vient montrer aux dieux ce sanglant trophée. Il n'est pas besoin de faire remarquer la conformité de ce grand épisode avec la gigantomachie grecque. On trouvera d'ailleurs, à l'article DAITIAS, un parallèle des deux mythologies à ce point de vue. Holwel a été plus loin; il a vu, dans la lutte des dieux et des géants, le type de la révolte des anges commandés par Satan.

MAIA. Épouse de Brahm, le dieu suprême. Elle ne diffère point de Sakti (l'énergie), et de Parasakti (la grande énergie). Brahm, s'émanant, devient Brahma, Vichnou et Siva, c'est-à-dire la Trimourti mâle, et Maïa, descendant en même temps de la sphère irrévélée qu'elle occupe à côté du grand Être devient, sans cesser d'être Maïa, Sa raçouati (femme de Brahma), Lakchmi (femme de Vich-nou), Bhavani (femme de Siva), c'est-à-dire la Trimourti femelle, qui, se manifestant elle-même en divinités infé-rieures, fait émaner jusqu'aux plus bas degrés de la hié-rarchie divine la haute et primitive essence de Maïa. Brahm étant le père, Maïa est la mère, la mère par excellence, la mère de la Trimourti, la mère du monde et de toutes les forces qui le composent, le soutiennent et l'animent. Brahm pourtant est tout, Brahm est seul. Alors, croirez-vous, Maïa s'absorbe en lui; Maïa, c'est encore Brahma. Non; Maïa est le monde des phénomènes, des réalités vi-sibles, sensibles, tangibles. Mais ces phénomènes et ces réalités prétendues n'existent point; ils apparaissent; mais apparaître n'est pas être. L'homme passe la moitié de sa fragile existence dans les bras du sommeil; un monde nouveau se révèle alors à ses yeux; il y vit, il y souffre, il y pleure, il y éprouve mille et mille jouissances qu'il regrette à l'instant du réveil, et tout ce monde pourtant n'est qu'une vaine et trompeuse fantasmagorie. Il en est de même de celui que nous appelons le monde réel. Les fantômes que nous poursuivons le jour n'ont pas plus de réalité que ceux pour lesquels nous nous passionnons la nuit. Le monde de Maïa n'est qu'un rêve; Maïa, son nom le dit, Maïa est l'illusion. L'heure où cette illusion cesse, nous l'appelons la mort; nous ne voyons plus, autour ou au-dessus de nous, ni ciel, ni terre, ni mer; nous entrons alors dans la réalité, car ciel, terre et mer, tout ce qu'ils contiennent, vous et moi, ce que vous aimiez et ce que vous haïssiez, tout cela, vous dis-je, n'est qu'apparence et illusion.

Voler, piller, tuer, blasphémer, sont donc choses in-différentes? Gardez-vous de le croire. L'illusion, Brahm l'a produite dans sa sagesse; il a mis dans le monde des apparences, l'ordre et le désordre, le bien et le mal, c'est-à-dire le libre arbitre. Si quelqu'un transforme en illu-sion fâcheuse l'illusion agréable dans laquelle vous vivez, il a péché; il portera la peine de son crime. Puisque tout est illusion, et que l'illusion, le plus souvent, est pénible, ce que nous appelons la vie est un mal; le non-être, le Nirvana, est, par conséquent, le souverain bonheur. Mais la perfection humaine peut seule y conduire. La peine des méchants, après leur mort, consiste à aller animer d'au-tres corps plus ou moins nobles, selon le degré du mal auquel ils se sont abaissés. Ils peuvent devenir vermis-seaux, reptiles, tigres, lions, etc., etc.; et ces mille et mille formes ne sont, en réalité, que les cercles infinis des enfers. L'homme de bien, au contraire, celui qui a jeûné, prié, observé la loi, mortifié sa chair, monte dans le ciel d'Indra (l'air), où il revêt sans doute une enveloppe légère et presque invisible, plus rapprochée, par consé-quent, du Nirvana. Voilà comment les philosophes indiens savent concilier leur système avec les notions les plus saines de la morale. Le lecteur n'aura qu'à se reporter à notre article GANGA pour voir jusqu'à quel point d'austé-rités et de sainteté sont arrivés les dévots hindous, sous l'empire de ces idées. Et pourtant on a souvent, à cette occasion, tourné l'Inde en ridicule, sans se rappeler que, depuis deux siècles, une partie de l'Europe chrétienne, sous le nom de quiétisme, a adopté la doctrine du Nirvana, qu'elle a poussée à des conséquences plus extrêmes peut-être que les Hindous eux-mêmes.

MALACHBÉLUS, c'est-à-dire *roi-seigneur*, ou plutôt le *roi-soleil*, car Baal ou Bel était, chez les Orien-taux, un nom particulièrement affecté à cet astre. Malach-bélus, cependant, passe pour une personnification de la lune, idée à laquelle ce nom ne répugne point, puisque la lune, au point de vue mythologique, est la femme, ou, pour mieux dire, l'énergie femelle du soleil, son dédou-blement, en quelque sorte. Aussi disait-on *le Baal, la Baal*. La même appellation peut donc être commune à ces deux divinités. Malachbélus, du reste, était la lune mâle, comme le Lunus des Mésopotamiens, aux fêtes duquel les hommes et les femmes changeaient de costume, le Phar-nace du Pont, le Tchandra des Hindous, l'Ized Mah, qui, chez les Perses, est le génie masculin de l'astre nocturne. A Malachbélus on opposait Aglibel, qui parait être le même qu'Eliogabale (voyez ce mot), le soleil, par conséquent.

MALAINGHA. Anges de Madagascar qui occupent la première des sept divisions hiérarchiques dans laquelle sont classés tous ces génies. Ils président aux étoiles, aux planètes, aux mouvements des sphères célestes, aux sai-sons, et protégent les hommes. Ils ont les plus grands rapports avec les Amschaspands.

MALINAK. Le génie du mal chez les Groënlandais, qui donnent au bon principe le nom de Thorn-Gard-Suk. Malinak joue chez eux le même rôle que Maboïa (voy. ce mot) chez les Caraïbes.

MAMMON. Le dieu des richesses, dans la mytholo-gie syrienne. Il en est parlé dans l'évangile de saint Luc, chap. XVI. On ne sait rien d'ailleurs sur cette divinité.

MANDOU. Mendès en grec. Si Osiris était bœuf, Isis, vache, Hanouman, singe, Cneph, serpent, etc., etc., pourquoi Mendès ne serait-il pas bouc? Il y avait même des raisons pour qu'il le fût. Cet animal en effet est très-prolifique, et nous avons assez répété qu'au fond de toute la théogonie orientale on ne trouve en dernière analyse que ces deux grands principes : *fécondation* et *production*. Jablonski croit même que le nom de Mendès signifiait *très-fécond*. Mais ce caractère appartient égale-ment à Amoun ou Cneph, à Fta, à Fré, etc. Aussi Mendès représente-t-il toutes ces divinités. Comme bouc, il est le fécondateur par excellence. Lui donnait-on une tête de bélier. On avait Amon-Knef. Ajoutait-on à son nom celui de Fta (Fta-Mandou)? On l'identifiait à ce dieu; le soleil ou Fré enfin était souvent appelé Mandou-Li, et avait sous ce nom un temple magnifique à Kalabché, l'ancienne Talmis, dans la Nubie. Voilà ce que nous apprennent les monuments avec lesquels s'accordent parfaitement les au-teurs. Diodore, Horapollon et Suidas disent que les Égyp-tiens honorent le bouc parce qu'il est consacré à la vertu générative. L'inscription d'Evandre dans Théon le repré-sente comme étant Amon même; Diodore le prend pour Osiris (le soleil), et Hérodote en fait un des huit grands dieux de l'Egypte. Il était particulièrement adoré à Chem-nis ou Chmoun (aujourd'hui Akamin), la Panopolis (ville de Pan) des Grecs dans la Thébaïde, et à Mendès, dans la basse Egypte, sur la branche du Nil que les Grecs appe-laient Mendésienne. Dans cette ville et dans le nome qui portait son nom, le bouc et la chèvre étaient regardés comme des animaux sacrés et inviolables. On nourrissait dans le temple de ce dieu un bouc qui y était honoré à l'égal d'Apis à Memphis. Sa mort était signalée par un deuil général, et son caractère de grand fécondateur donnait lieu à des cérémonies qu'il ne nous est pas permis de dévoiler ici. Un grand nombre de savants ont cru retrou-ver dans Mendès le type primitif du dieu Pan, si célèbre dans la mythologie gréco-romaine.

MANITOU, c'est-à-dire *esprit*, est le nom que les peuplades de l'Amérique du Nord donnent à l'Etre suprême, qu'elles confondent presque toutes avec le soleil. Les tribus qui distinguent leur grand Manitou de cet astre n'en sont pas moins vouées à toutes les superstitions du féti-chisme, car elles reconnaissent une foule de Manitous inférieurs, qui reçoivent leurs hommages journaliers au détriment du grand Manitou, distingué d'ordinaire de la foule des dieux de bas étage par une épithète caractéristi-que. Ces divinités inférieures sont pour les uns un arbre, une pierre, pour les autres un serpent, un oiseau, etc. (Voy. MORISSOS.) Les Illinois leur immolent des chiens, ce qui ne les empêche pas de penser que nous avons des chiens pour ancêtres. Les prêtres des Manitous portent le nom d'Agotkons, que l'on a très-bien traduit par *jongleurs*. Les plus hautes fonctions de leur ministère consistent en effet en jongleries, en tours de passe-passe et de sorcellerie. Les Américains joignent à la croyance aux Manitous le dogme de immortalité de l'âme, qui, suivant eux, se dégage du corps sous la figure d'une ombre, pour se rendre dans Eskennane, le *pays des ancêtres*, ce qui nous fait penser à l'assemblée des pères chez les anciens Orientaux. (Voy. ENFER.) Mais, pour les tribus d'une naïveté primitive, l'homme n'est pas dans la création le seul être intelligent; les animaux et les plantes ont une âme comme lui; les pierres même n'en sont point privées. La civilisation a partout commencé sous les mêmes auspices. Dès que l'homme commence à combiner quelques idées, tous les êtres lui paraissent les membres d'une seule et unique

famille, et il établit entre eux une solidarité dont il finit par perdre tout à fait le souvenir en s'avançant dans la civilisation. Les Orientaux ont eu longtemps les mêmes croyances et les mêmes scrupules, et on en trouve des traces intéressantes dans les livres de Manou comme dans ceux de Moïse. Peut-être même ne faut-il pas chercher ailleurs l'origine de la métempsycose.

MANN. L'Adam germain. Il passait pour fils du dieu suprême Tuiston et pour père des trois grandes races des peuples germains, les Ingévones, les Istévones et les Hermiones. Chez presque tous les peuples on a rattaché l'homme à Dieu de la même manière.

MARAMBA. Dieu adoré dans le Loango, l'Angola, le Maba, le Congo, etc. Il est représenté avec une stature élevée, dans un panier en forme de ruche, et préside à la chasse, à la pêche, à la santé, à l'inviolabilité du serment. Dès que les enfants sont parvenus à leur douzième année, ils sont renfermés par les prêtres ou Netquas dans un lieu sombre, où ils passent quelques jours dans le jeûne et le silence; on les conduit ensuite devant l'idole, on leur fait sur les épaules deux incisions en forme de croissant; ils jurent fidélité à Maramba, et les prêtres leur apprennent quelles pratiques ils doivent observer et de quelles viandes il leur est défendu de manger. Cette singulière cérémonie d'initiation et de consécration est terminée par la distribution de quelques images du dieu ou de petites boîtes pleines de cendres saintes, que les jeunes gens suspendent à leur cou. — La justice rentre nécessairement dans les attributions d'une divinité qui veille à l'observation de la parole jurée. Aussi tout accusé est-il forcé de comparaître en sa présence. « Vois, Maramba, lui dit-il, ton serviteur vient se justifier devant toi. » Mais malheur à lui, s'il est coupable. Il tombe mort en prononçant cette formule consacrée. On sent tout le parti que les prêtres peuvent tirer de cette institution. Maramba, en outre, est le dieu de la guerre, et l'on porte toujours sa statue à la tête des armées.

MARISTIN. Epris d'un bel amour pour la philosophie, Démocrite, jeune encore, se mit à parcourir le monde pour étudier les hommes, et pour s'instruire dans la compagnie des sages. Il visita tour à tour les Gymnosophistes, les Chaldéens, les Mages et les Brahmes, et, chemin faisant, il se sentit pris d'un tel accès de rire, qu'il rebroussa chemin et revint à Abdère, sa patrie, où il continua de rire au nez de la Grèce stupéfaite, jusqu'à l'âge de cent neuf ans, ni plus ni moins. Me demanderez-vous ce qui avait pu désopiler à ce point la rate du philosophe? Je vous l'ai déjà dit: il avait parcouru le monde et étudié les hommes. Il connaissait les dieux eux-mêmes, et c'était là vraiment un réjouissant spectacle. Mais les dieux me font penser à Maristin. — Maristin est le Mars du Japon. On l'honore tous les ans au mois d'avril par une fête dont la description pourra vous plaire. Ses adorateurs, portant son image attachée sur l'épaule, se divisent en deux corps d'armée, et engagent d'abord quelques légères escarmouches. Plus d'un dévot y mord la poussière. Mais en tout pays la palme du martyre a son prix. Bientôt l'odeur de la poudre, l'inspiration divine, veux-je dire, anime les combattants. Les deux corps se rapprochent à portée de mousquet, une fusillade terrible s'engage; l'ardeur est portée à son comble; la mêlée commence, et, le sabre à la main, les deux partis deviennent sérieusement hostiles, se battent, se blessent, se pourfendent et se tuent jusqu'à ce que l'un d'eux s'avoue vaincu, ce qui n'arrive qu'après une boucherie horrible. Comprenez-vous maintenant le rire de Démocrite?

MARNAS. Dieu de la ville de Gaza, qui lui avait dédié un temple célèbre. Sa fête était remarquable par des courses de chars et autres jeux gymnastiques. Platon fait de Marnas un secrétaire de Minos Ier, ce qui pourrait confirmer l'opinion des auteurs qui voient dans les Philistins une colonie crétoise. Gaza même portait autrefois le nom de Minoa, suivant Etienne de Byzance, parce que Minos y avait formé un établissement. Tacite, confondant les Juifs avec les Philistins, les dit aussi originaires de la Crète. Mais, pour nous, Marnas n'en est pas moins une haute divinité, et non point un homme déifié. Etienne de Byzance et Lampride l'identifient avec Jupiter. Quelques savants croient que Marnas signifie *seigneur des hommes*.

MATCHI-MANITOU, c'est-à-dire l'esprit (le Manitou) de la lune, est, chez les sauvages de l'Amérique du Nord, la lune, considérée comme un mauvais génie. Les tempêtes ne proviennent que du Manitou de la lune qui s'agite au fond des eaux, et, pour l'apaiser, les crédules Indiens jettent dans les flots ce qu'ils ont de plus précieux.

MATRIS. Déesses hindoues qui jouent un grand rôle dans les guerres des dieux contre les géants. Les livres de l'Inde en comptent tantôt huit, tantôt dix. Trois d'entre elles se rangent autour de Vichnou, trois appartiennent au brahmanisme; trois autres au sivaïsme; la dixième, Aindri, paraît toucher à la fois au vichnouïsme et au brahmanisme. On les oppose souvent aux huit Vaçous, et comme ceux-ci président aux huit rhumbs de la rose des vents, on dit que les Matris gouvernent les huit portions correspondantes de l'horizon. On peut les considérer comme des émanations inférieures de la grande déesse Mahamaïa. (Voy. VAÇOUS.)

MELCARTHUS ou **MELCARTH.** Dieu en l'honneur duquel les Tyriens célébraient, tous les quatre ans, des jeux magnifiques. Le nom de cette divinité, qui signifie *le roi, le seigneur de la ville* (de *melek*, roi, et *kartha*, ville), nous montre dans Melcarth le dieu protecteur de Tyr. C'était évidemment un Baal, un dieu-soleil. L'Ecriture donne même positivement le nom de Baal au dieu des Tyriens. Les Grecs en avaient fait un Hercule. Ce dieu, en effet, ne différait point de Melcarth, que Sanchoniaton, dans Eusèbe, donne aussi comme correspondant à Hercule, et qu'il dit fils de Demarus-Jupiter. Melcarth était adoré à Gadès (Cadix), à Malte, à Carthage, etc. On entretenait dans ses temples un feu perpétuel. Il était représenté chargé de liens, pour rappeler sans doute ses rapports avec Adonis, et c'est aussi pourquoi on lui immolait des cailles, à cause de la migration apparente du soleil. A Gadès, on l'honorait comme recteur de l'année. Toutes les colonies tyriennes, à l'époque de sa fête, envoyaient à la métropole de riches présents et de précieuses offrandes. Carthage même n'y manqua jamais. La principale cérémonie de cette fête, appelée Autocaïsme (brûlement de lui-même), consistait à mettre le feu à un bûcher immense, des cendres duquel s'échappait un aigle, symbole de l'année, qui ne finit que pour recommencer. Le phénix égyptien, Hercule se brûlant sur le mont Œta, et cet aigle qui s'élançait du bûcher funéraire des empereurs romains, sont évidemment des symboles identiques. Le culte de Melcarth, porté par les colonies phéniciennes jusqu'au détroit de Gibraltar, explique aussi un des traits les plus connus de la légende de l'Hercule grec.

MELCHOM. Dieu des Hammonites, auquel Salomon éleva un sanctuaire dans la vallée de Ben-Hinnom, et Manassés un autel dans le temple même de Jérusalem. On le trouve aussi appelé Milcom ou Malcum. Ce nom est évidemment une corruption de *melek*, roi. Aussi Melchom est-il regardé par les savants comme identique à Moloch. (Voyez ce mot.)

MÉLUSINE. La protectrice de la maison de Lusignan, et la plus célèbre de toutes les fées de la mythologie française. C'est dans Jean d'Arras qu'il en faut chercher la curieuse légende. Pessine, dit cet auteur, femme d'Elinas, roi d'Albanie, mit au monde trois filles à la fois. Mélusine était l'aînée. Pessine avait exigé du roi qu'il ne mît point les pieds dans sa chambre jusqu'à ce qu'elle fût relevée de ses couches. Elinas ne put résister au désir de voir ses enfants, et la reine se trouva forcée de le quitter. Elle se retira dans les montagnes avec ses trois filles, et celles-ci étant devenues grandes, renfermèrent leur père, pour le punir de sa faute, dans la montagne de Brundelois. Pessine, irritée, leur infligea divers châtiments, et Mélusine, pour sa part, se vit condamnée à être moitié femme et moitié serpent tous les samedis, et fée jusqu'au jugement dernier. Le temps de cette dernière épreuve pouvait pourtant être limité à la durée de sa vie humaine, si elle trouvait un chevalier qui voulût l'épouser, et qui consentit à ne jamais la voir le jour de sa métamorphose. Mélusine était belle. Elle rencontra, en se promenant dans les bois, Raymondin, comte de Forez, qui, épris de ses charmes, ne tarda pas à l'épouser. Mélusine bâtit alors le château de Lusignan, et devint successivement mère de huit enfants. Le premier, Urian, qui devint roi de Chypre, était beau, mais son visage était plus large que long; il avait un œil rouge et l'autre bleu, et des oreilles d'une grandeur démesurée. Le second, Odon, roi d'Arménie, était beau, mais il avait une oreille plus grande que l'autre. Le troisième, Guion, duc de Luxembourg, était beau, mais il avait un œil plus haut que l'autre. Le quatrième, Antoine, roi de Bohême, était beau, mais il avait une griffe de lion sur la joue. Le cinquième, Renault, roi de Bretagne, était beau, mais il n'avait qu'un œil, avec lequel, il est vrai, il voyait à vingt et une lieues. Le sixième, Geoffroy, seigneur de Lusignan, était beau, mais il avait une dent qui s'allongeait d'un pouce hors de sa bouche. Le septième, Froimond, comte de Parthenay, était beau, mais il avait sur le nez une tache velue comme une peau de taupe. Le huitième, qui se fit religieux, avait trois yeux, dont un au milieu du front. Vous voyez que Mélusine prospérait, malgré la malédiction de sa mère. Malheureusement, Raymondin était curieux. Un jour, un samedi, pendant que sa femme était renfermée dans sa chambre, il fit avec son épée un trou dans la cloison, et la vit avec sa queue de serpent. Mélusine, poussant un cri, s'envola tout à coup par la fenêtre, et Raymondin la perdit pour toujours. On raconte qu'elle se réfugia dans le Dauphiné,

dans la fameuse grotte de Sassenage, au milieu de laquelle se trouvent deux trous creusés dans le rocher, et qui, à sec pendant toute l'année, se remplissent d'eau le jour des Rois. Mélusine leur communiqua le don de prophétie, et épousa ensuite le seigneur de Sassenage, dont elle eut un fils, qui perpétua sa race. Mais cette dernière tradition est mensongère, gardez-vous de l'adopter. Mélusine est une fée poitevine, et le Dauphiné n'a rien à démêler avec elle. Il faut que vous sachiez qu'un religieux dominicain, nommé Etienne, appartenant à la famille de Lusignan, fit, après Jean d'Arras, un livre qui laissait bien loin en arrière la chronique de cet auteur, et qui fit regretter à toute la noblesse française de ne pas descendre de Mélusine. Les Sassenage trouvèrent moyen, ainsi que les Luxembourg et les Rohan, de rattacher leur généalogie à l'illustre fille de Pessine. Telle est l'origine de cette seconde légende. — Mélusine ne cessa point de protéger la maison de Lusignan. Ecoutez Brantôme : il nous apprend que l'empereur Charles étant en France, on le conduisit au château de Lusignan. « Ce beau château, si admirable et si ancien, qu'on pouvait dire que c'était la plus noble décoration vieille de toute la France, et construit, s'il vous plaît, d'une dame des plus nobles en lignée, en vertu, en esprit, en magnificence et en tout, qui était Mélusine, de laquelle il y a tant de fables. » Brantôme nous dit ensuite que la reine-mère se rendit à la fontaine pour interroger les femmes qui lavaient la lessive. Les unes lui dirent qu'elles avaient vu Mélusine « se baigner dans la fontaine en forme d'une très-belle femme en habits de veuve; » d'autres, qu'elles la voyaient, mais à de longs intervalles, le samedi, à vêpres, se baigner, moité femme et moitié serpent; d'autres, qu'elles la voyaient se promener tout habillée et avec majesté; d'autres, qu'elle paraissait sur la grosse tour, en femme et en serpent, et qu'elle poussait trois grands et effroyables cris, quand un malheur devait arriver à ses parents, ou à la France, ou quand un roi de France cessait de régner. « Et cette dernière apparition, ajoute Brantôme, était regardée par tout le monde comme un fait positif. Une multitude de personnes en furent témoins, trois jours avant la destruction du château. Depuis lors, Mélusine a cessé de se montrer. »

Telle est l'histoire de Mélusine, histoire qui a eu tant de retentissement, il y a quelques siècles, dans la France et dans l'Europe même, et qui, nous le pensons, a donné lieu, en Allemagne, aux apparitions de la Dame blanche (voy. FÉES), qui, trois jours avant la mort d'un des membres des grandes maisons de Rosenberg, de Bohême, de Brunswick, de Brandebourg, de Bade et de Pernstein, se montrait en habits de deuil sur leurs manoirs féodaux. Le rapport entre les deux mythes est de toute évidence, puisque ces grandes familles étaient toutes unies par les liens du sang, et que nous voyons un des fils de Mélusine avec le titre de roi de Bohême. — Recherchons maintenant l'origine de cette fable. Mélusine, dit Bullet, est le même

nom que Mélusène et Mélisende, qu'on retrouve dans nos chartes les plus anciennes, et la Mélisende ou Mélusine, si populaire dans le Poitou, était fille d'Aymery de Lusignan et femme de Raymond de Poitiers, prince d'Antioche. Quant au château dont on lui attribue la fondation, il fut bâti par Hugues II, au milieu du douzième siècle. C'est donc à tort que Boucher croit le nom de Mélusine formé de la réunion des deux mots Melle et Lusignan, villes qui, suivant Besly, n'ont jamais appartenu à la même famille. Ce dernier auteur et Chorier font venir Mélusine du celtique *milo* ou *mile*, qui signifient guerre, et Bullet, de *melys* ou *melus*, agréable. Mais Mélisende ou Mélusine, rappelant, par la consonnance, les deux mots *me-lusen*, c'est-à-dire moitié anguille ou moitié serpent, le peuple finit par oublier le premier sens pour s'attacher au second, et, je vous le demande, que peut être une princesse moitié femme et moitié serpent, sinon une fée? Le raisonnement de Bullet est ingénieux. Malheureusement, le celtique était une langue morte au douzième siècle, et Mélusine reste encore à expliquer. On peut dire toutefois que la fée anguiforme qui se baigne si volontiers dans la fontaine de Lusignan, offre les plus grands rapports avec les sirènes, si connues au moyen âge, et avec cette wivre ou vouivre de la Franche-Comté, qui a aussi la queue d'un serpent et qui aime tant à se plonger dans les eaux transparentes des fontaines.

MEMNON. Dieu ou roi dont la colossale *statue vocale* est encore debout sur la rive gauche du Nil au milieu

des ruines de l'antique Thèbes aux cent portes. Les légendes grecques ne doivent point nous occuper ici. Memnon était Égyptien, et nous nous tiendrons renfermés dans la vallée du Nil. Il n'est pas un de nos lecteurs qui n'ait entendu parler de sa fameuse statue et des sons qu'elle rendait aux premiers rayons du soleil. Ce fait a été souvent nié, mais le témoignage de toute l'antiquité ne saurait être sérieusement réfuté, et de nombreuses inscriptions qu'on voit encore sur la statue viennent confirmer les assertions des écrivains. Nous citerons, entre autres, celle qu'on lit sur la jambe droite : « Moi, C. Lœlia, épouse d'Africain, préfet, j'ai entendu la voix de Memnon, à six heures et demie du matin, la première année de l'empire de Domitien. » La suivante, écrite sur la jambe gauche : « Moi, P. Balbinus, j'ai entendu la voix divine de la statue vocale de Memnon, autrement l'Phaménoph. Je me trouvais dans la compagnie de l'aimable reine Sabine (*c'était la femme d'Adrien*). Le soleil était à la première heure de son

cours, la quinzième année de l'empire d'Adrien. » « Moi, Mitridaticus, tribun de la douzième légion, j'ai entendu la voix de Memnon, à six heures du matin. » On ajoutait même que la statue rendait un son plaintif au coucher du soleil. Les suppositions, comme on peut le penser, n'ont pas manqué pour expliquer ce singulier phénomène, qui, dit Pausanias, rappelait le bruit d'une corde d'instrument lorsqu'elle vient à se rompre. Cet auteur semble l'attribuer à la qualité de la pierre; Kircher croit que le colosse renfermait quelque mécanisme; Paw fait arriver sous la statue un conduit souterrain du fond duquel les prêtres faisaient parler Memnon. Cambyse, roi de Perse, voulut à toute force découvrir le mystère, et fit renverser la partie supérieure de la statue. Memnon, mutilé, ne cessa point de saluer les premiers rayons de l'astre du jour, mais ses articulations devinrent moins claires et moins harmonieuses. On trouve à ce sujet un curieux dialogue sur la jambe gauche de la statue. C'est Memnon qui parle à un visiteur : « Cambyse m'a mutilé, moi, ce marbre formé à l'image du soleil. Je possédais autrefois la voix mélodieuse de Memnon. Cambyse m'ôta les accents par lesquels j'exprimais la joie et la douleur. — Ce que tu racontes, réplique le visiteur, est déplorable. Ta voix est maintenant obscure et incompréhensible. Infortuné! je plains le malheur qui t'a réduit à cet état. »

Un passage de Lucien nous apprend que Memnon faisait entendre quelquefois un oracle en *sept* sons ; d'autres mythologues rapportent le même fait, et une légende donne Memnon comme le père des sept Muses de la Sicile, et le prétendu tombeau de Memnon à Ecbatane était une tour à sept enceintes de diverses couleurs. Ce nombre sept n'est pas sans importance. Il rappelle nécessairement les sept cordes de la lyre, les sept planètes, les sept sphères, et par conséquent le soleil conducteur des Muses et des planètes, et recteur des sphères célestes. Memnon, fils de l'Aurore, selon la légende grecque, serait-il donc le soleil ? Les faits à l'appui de cette opinion ne nous manqueraient pas, mais nous ne voulons pas descendre dans ces détails. Nous rappellerons seulement que les *memnonium*, ou tombeaux de Memnon, se retrouvaient dans beaucoup de contrées, et toujours sous forme de tours, de pyramides, etc., symboles du feu et du soleil. La tradition cependant attribue à Memnon une vie humaine et terrestre. Mais n'en peut-on pas dire autant d'une foule de hautes divinités ? Quoi qu'il en soit, beaucoup d'auteurs, qu'on ne saurait accuser d'évhémérisme, admettent l'existence historique de Memnon. Creuzer, après Jablonski, le prend pour Ocoumandouéi (Osymandias). Mais cette opinion ne saurait être soutenue depuis les découvertes de Giulio di San Quintino. On a vu, dans une des inscriptions que nous avons reproduites, Memnon appelé Phaménoph ; Pausanias, d'un autre côté, rapporte que les Thébains disaient que la statue dite de Memnon était celle de Phaménophis. Or, Phaménophis c'est Aménophis avec l'article masculin, et nous lisons, dans la *Chronique d'Alexandrie*, que Cambyse ordonna de couper, par le milieu, Aménophis, statue colossale vulgairement appelée Memnon. Telle est l'opinion adoptée par Champollion, qui, dans Memnon, voit Aménophis II, fils de Thoutmosis III.

MEMQUETHEBA ou **ZOUHÉ**, plus connu sous le nom de **BOTCHICA**. Le civilisateur du plateau de Bogota, dans la Nouvelle-Grenade, au nord-ouest de la Ligne. Les Muyscas étaient encore barbares et sauvages. Botchica, fils du soleil, vieillard à barbe longue et touffue, et d'une autre race par conséquent que les indigènes, arrive dans le pays avec Chia, Ioubécaigouaïa ou Houithaca, sa femme. Il apprend aux Muyscas à se faire des cabanes, à cultiver la terre, et les réunit en corps de nation. Chia, au contraire, aussi méchante qu'elle était belle, traversait sans cesse les desseins de Botchica et faisait échouer ses projets par la force de ses enchantements. Sous sa dangereuse influence, la rivière de Founzha couvrit de ses eaux la vallée entière. Presque tous les habitants périrent. Botchica, irrité, chassa sa femme, qui, transportée au sommet des airs, devint la lune, car jusqu'alors les étoiles seules répandaient leurs vacillantes clartés dans les ténèbres de la nuit. Le sage vieillard brisa ensuite les rochers qui s'opposaient à l'écoulement des eaux (voyez KACHER); réunit les Muyscas dispersés, bâtit des villes, institua le calendrier, établit le culte du soleil, fit cesser les dissensions des Zippas ou chefs, qui se disputaient l'autorité, leur fit reconnaître un Zaque ou roi héréditaire pour veiller aux intérêts du peuple et un souverain pontife électif, mais indépendant, pour régler tout ce qui avait rapport à la religion et gouverner le corps des Xèques ou prêtres. Il accomplit encore une foule de miracles, et, sa mission terminée, se retira sur le mont Idacanzas, dans la vallée d'Iraca, près de Tounja, où il vécut pendant cent cycles (deux mille ans), dans les exercices de la piété, après quoi il disparut.

Cette légende est du plus haut intérêt. Botchica, fils du soleil, le soleil même, puisqu'il a pour femme la lune, nous représente le plateau de Bogota, civilisé par une colonie étrangère à l'Amérique. Mais cette colonie, d'où venait-

elle ? Question insoluble. Quel pays nous offre reunis les dogmes et les institutions des Muyscas ? Aucun. Voici en effet le tableau que nous présente la civilisation de ce peuple : le culte du soleil, la séparation des pouvoirs temporel et spirituel, des hiéroglyphes, la trinité (car, selon M. de Humboldt, Botchica était représenté avec trois têtes, ce qu'indiquent d'ailleurs ses trois noms) se dédoublant en une triade femelle, comme le prouve Chia avec ses trois noms ; le dualisme, représenté par Botchica et sa femme, et, chose bien remarquable, le principe du mal identifié avec la femme. Si nous passons à la partie scientifique, on nous parle, comme chez les Arcadiens, d'un temps où la lune n'existait pas encore, quoique la terre fût déjà couverte d'habitants ; Botchica, qui règle le temps, compose la semaine de trois jours, et institue trois calendriers, le premier, rural et de douze à treize lunes ; le second, sacerdotal et de trente-sept lunes ; et le troisième, civil et de vingt lunes, le tout concordant avec un cycle de quinze ans, à chaque renouvellement duquel avait lieu, dans la ville sacerdotale de Sogamoso, une fête magnifique dont la cérémonie principale était le sacrifice d'une victime humaine, âgée de quinze ans, de sorte qu'elle naissait et mourait avec le cycle, toujours tirée du même village et élevée dans le temple du soleil. Des prêtres masqués, représentant les uns Botchica, les autres Chia, d'autres des grenouilles (premier signe zodiacal de l'année), d'autres Fomagota, symbole du mal, représenté avec un œil, quatre oreilles et une longue queue, conduisaient la guésa en grande pompe au pied d'une colonne qui paraît avoir servi à mesurer le passage du soleil par le zénith, et autour de laquelle on l'attachait. On décochait ensuite sur elle une nuée de flèches, et on lui arrachait le cœur, dont on faisait une offrande au dieu Soleil.

MENOUS ou mieux **MANOUS**. Génies de la mythologie brahmanique. Ils sont au nombre de quatorze et paraissent être des émanations d'un Menou supérieur, dont le nom figure à la tête d'un livre célèbre et d'une haute antiquité, le Manava-Dharma-Sastra ou *Code des lois de Menou*, dont nous avons une traduction de M. Loiseleur des Longchamps. Nous nous bornerons à faire remarquer le rapport nominal et fondamental de Menou avec le Minos crétois, le Ménès égyptien, le Numa romain, le Mann allemand, etc., qui tous sont des noms fictifs sous lesquels on a groupé et récapitulé les progrès de la civilisation primitive. Il est même à croire que tous ces homonymes indiquent l'homme, l'homme par excellence, l'homme en rapport avec la civilisation.

MESCHIA et **MESCHIANE**. L'Adam et l'Ève de la Perse. Nous avons vu à l'article KAÏOMORTS comment ils naquirent de l'arbre divin produit par la substance de l'homme taureau. Meschia et Meschiane avaient été créés pour être heureux, l'immortalité même leur avait été accordée, et rien ne troublait la sérénité de leur cœur et la pureté de leur innocence. Ahriman, le satan de l'endroit, ne se sentait pas d'humeur à les laisser vivre dans cet état de bonheur et de repos. Il vient à eux, sous la forme d'un serpent, et leur présente du lait de chèvre. La tentation sans doute était grande ; Meschia et Meschiane boivent la liqueur fatale et bientôt se sentent malades. Ahriman leur offre ensuite des fruits appétissants ; ils les prennent, les malheureux, ils les mangent et perdent cent béatitudes ! Mais ils en possédaient cent une, et la dernière leur resta. Ils avaient sans doute laissé quelque chose de la pomme. La femme surtout se distingua dans cette triste circonstance. La première elle sacrifia à Ahriman. Parvenus à la cinquantaine, Meschia et Meschiane eurent deux fils, Siamak et Béchak, et vécurent encore un demi-siècle. Le Zend-Avesta mentionne en outre quinze peuples nés de Meschia et de Meschiane et issus par Fréva des deux enfants que nous avons nommés. Six demeurèrent dans le Khonnerets, qui sans doute est l'Iran ; les neuf autres passèrent dans les six Kechvars latéraux montés sur le dos du taureau Sarécéok. Meschia et sa femme, comme bien vous pensez, reçurent le châtiment de leur faute. A l'heure qu'il est, ils se chauffent au feu de l'enfer, d'où ils ne sortiront qu'au jour de la résurrection. L'arbre qui leur avait donné naissance portait neuf autres couples représentant sans doute neuf races distinctes de la première, qui est la race par excellence et naturellement celle dont les Perses faisaient partie. Le Boundéhesch distingue en effet dix races d'hommes en rapport avec ces dix couples.

MESSON. Les sauvages ont plus d'imagination que nous ne leur en prêtons d'ordinaire. Avez-vous quelquefois pensé à la masse des eaux que la colère de Dieu fit déborder sur la terre du vivant de Noé, notre père? Vous vous êtes demandé sans doute comment s'était opéré l'écoulement de cet océan sans bornes et presque sans fond qui s'élevait de quarante coudées au-dessus des plus hautes montagnes. Je doute que vous ayez résolu la question d'une manière satisfaisante. Eh bien! les sauvages de l'Amérique du Nord l'ont fait.— Messon prenait un jour le plaisir de la chasse; ses chiens vont donner tête baissée dans un lac immense. Tout à coup les flots se gonflent, s'élèvent, franchissent leurs bords. Le globe est inondé, mais l'eau perd en profondeur ce qu'elle gagne en surface; Messon seul échappe; mais je ne vous dirai pas si Messon n'était point un dieu. Quoi qu'il en soit, il se lasse bien vite de ne voir que le ciel sur sa tête et la mer sous ses pieds. Il fait signe alors à quelques animaux gigantesques qui, dociles à son ordre, se mettent à laper l'eau qui couvrait la terre. Ce fut l'affaire d'un moment, et le globe se trouva bientôt à sec comme par le passé.

MÉROU ou **MAHAMÉROU** (le grand Mérou). Montagne célèbre dans la mythologie indienne et qui n'est que la chaîne immense de l'Himalaïa, idéalisée et divinisée. Le Mérou est la demeure ordinaire de Siva, il est Siva lui-même; il est la colonne du monde; il soutient le ciel, la terre et l'enfer; il est le monde tout entier. Autour de sa pyramide immense s'étendent sept zones concentriques ou Douipas (îles), séparées par autant de mers et bornées par sept enceintes de montagnes inférieures. Voici le nom de ces sept zones : Djambou, environnée d'une mer salée; Kouça, d'une mer enchantée; Pakcha, d'une mer de sucre; Salmala, d'une mer de beurre clarifié; Kraouncha, d'une mer de lait caillé; Saka, d'une mer d'ambroisie (voy. Amrita); Pouchkara, d'une mer d'eau douce. La zone Djambou tire son nom du magnifique arbre de vie des racines duquel s'échappent les quatre grands fleuves dont le Gange est le plus sacré (voy. Enfer scandinave, Gimle, etc.), et renferme la terre sacrée de Bharata (l'Inde). Une autre classification compte neuf grandes zones ou Khanda (contrées), et une troisième en admet quatre seulement, appelées Mahadouipas (grandes îles), placées aux quatre points cardinaux, contenant chacune un arbre de vie et arrosées chacune par un des quatre grands fleuves qui, d'une source commune, s'élancent du haut du Mérou par la gueule de quatre animaux, la vache, l'éléphant, le lion et le cheval. Ces quatre grandes îles forment les quatre flancs de la montagne universelle. Celle du nord, Outtarakourou, est rouge; celle de l'est, Bhadrasva, est blanche; celle de l'ouest, Kotoumala, est brune ou noire; celle du sud, Djambou, est jaune, ce qui les met en rapport et dans le même ordre avec les quatre castes indiennes Kchatrias ou guerriers, Brahmes ou prêtres, Soudras ou esclaves et Vaïcias ou artisans, distinguées par les mêmes couleurs et dans le même ordre. — Siva, qui siège sur le Mérou, ne diffère pas de Bacchus. Deonach, un des surnoms du dieu indien, est le nom même de la divinité grecque Dionysios, et la cuisse de Jupiter (méros, cuisse, en grec) dans laquelle Bacchus séjourna nous reporte au mont Mérou.

MIMIS ou **MIMIR**. Géant célèbre dans les mythologies du Nord. Il est le dieu des forgerons, l'artiste métallurgiste par excellence. Heureux ceux auxquels ils s'intéresse : il leur prête son marteau, et le monde est rempli de chefs-d'œuvre. Mimir, dans l'Edda, est relégué dans un puits aux ondes claires, où Odin, le Monocle suprême, cache son œil. Chaque matin Mimir s'abreuve d'une boisson immortelle dans ce gage que le père des batailles lui a abandonné dans l'abîme. Dans ce puits nous reconnaissons facilement l'Océan, où le soleil se couche. C'est pourquoi toute sagesse, toute création, viennent du puits de Mimir. L'eau, en effet, fécondée par le feu, passait pour être la mère universelle.

MITHRA. Un des vingt-huit Izeds de la mythologie zoroastrienne, mais le plus grand et le plus éclatant de tous ces génies du second ordre. Ormouzd même l'a créé; il est, disent les livres zend, brillant comme la lune, et plus élevé que l'astre Tachter. Il préside seul au 16 du mois, et avec Ormouzd au 8, au 15 et au 23; anéantit les œuvres d'Ahriman, protège les hommes, couvre la terre de fruits et de fleurs, lui dispense la lumière solaire, élève au trône les rois au cœur noble et généreux, donne la santé et la vigueur, écarte les mauvais génies des rues, des chemins et des lieux habités, et veille sur l'univers du haut du Gorotman. C'est lui qui a établi parmi les hommes les liens moraux, et qui pèse leurs actions à l'entrée du pont Tchinevad. (Voy. Ciel.) Mithra, dit l'Yaçna, multiplie les couples de bœufs; il a mille oreilles et dix mille yeux. On doit l'invoquer trois fois par jour, à l'aurore, à midi et au coucher du soleil : on l'a même presque toujours confondu avec cet astre, comme le prouvent plusieurs inscriptions. Mithra cependant est plus que le soleil; il est l'âme même, l'âme bienfaisante du soleil, car Mihr, autre génie persan, type de Mithra par le nom et par les attributions, signifie feu et amour. On a voulu l'identifier avec Mithra, un des dieux-soleils de l'Inde. L'homonymie ne permet pas de repousser le parallèle. Cependant il faut remarquer, avec M. Burnouf (*Comment. sur l'Yaçna*), que les attributs des deux divinités ne s'accordent pas entièrement. Les Grecs, adoptant sans restriction l'identité de Mithra et du soleil, écrivaient quelquefois son nom Μειθρας, parce que la valeur numérique des lettres dont ce mot est composé, donne un total de 365, nombre des jours de l'année solaire. (Voy. Belenus.)

MITHRIAQUES. C'est le nom qu'on a donné aux fêtes de Mithra, si célèbres aux premiers siècles de notre ère, et dont les savants n'ont pu préciser l'origine. Plutarque, dans la *Vie de Pompée*, nous apprend que les pirates de la Cilicie, exterminés par ce général près de cent ans avant la mort de J. C., étaient initiés aux mystères de Mithra. Le culte mithriaque était par conséquent répandu à cette époque dans une grande partie de l'Asie Mineure. Mais rien ne prouve qu'il fût une chose nouvelle en Cilicie, et, comme les religions ne s'établissent que lentement et progressivement, il faut nécessairement supposer que les Mithriaques étaient connues depuis longtemps dans l'Asie occidentale; depuis les conquêtes de Darius peut-être, ou du moins depuis la fondation de la monarchie des Séleucides, ce qui nous reporte à quatre siècles avant J. C. L'Egypte, nous voulons dire Alexandrie, avait adopté le nouveau culte avant l'établissement de la religion chrétienne, et c'est de là qu'il passa à Rome à une époque qui ne peut être postérieure à l'an 67 après la mort de J. C. Les Mithriaques envahirent l'Italie entière et la Grèce. Elles existaient déjà dans l'Asie et dans l'Egypte, et, chose curieuse, elles étaient répandues jusque dans la sauvage Allemagne, et c'est dans ce dernier pays qu'on a retrouvé le plus de monuments représentant les rites principaux du culte de Mithra. Est-ce à l'influence romaine qu'il faut attribuer ce fait remarquable? Mais les grossières sculptures qui nous sont parvenues ne paraissent point refléter l'art gréco-romain; elles en attestent plutôt la complète absence, et nous n'hésitons pas à croire que la Germanie avait reçu les Mithriaques de l'Asie centrale elle-même et non de Rome. L'histoire atteste les nombreuses invasions des peuples asiatiques dans l'Europe inculte.

On n'était admis aux mystères de Mithra qu'après de longues et douloureuses épreuves, accompagnées de jeûnes et de mortifications, et qui, suivant les différents auteurs, étaient de quarante-cinq, de cinquante ou même de quatre-vingts jours. La rigueur des initiations était telle, que les néophytes étaient souvent exposés à perdre la vie. L'initié était ensuite régénéré par un baptême accompagné de lustrations d'eau, et on imprimait sur son front une marque particulière, et probablement une onction. Il apportait ensuite une offrande de pain et de vin, on prononçait sur lui des paroles mystérieuses, et on lui présentait une couronne et une épée. On plaçait la couronne sur sa tête et il la jetait avec indignation par-dessus son épaule en disant : C'est Mithra qui est ma couronne! Il existait sept grades parmi les initiés, et l'échelle aux sept échelons correspondant á ces grades prouve que c'est á tort que quelques auteurs en ont compté huit. Origène nous a conservé la description de cette échelle mystérieuse, dont les échelons étaient de différents métaux, correspondant aux sept planètes. Nous mettons en regard et l'échelle et les grades en commençant par les plus bas degrés.

Grades.	Échelons.	Planètes.
Soldats...................	Plomb.......	Saturne.
Léontiques................	Etain........	Vénus.
Coraciques................	Cuivre......	Jupiter.
Persiques................	Fer........	Mercure.
Bromiques...............	Amalgame..	Mars.
Héliaques................	Argent......	Lune.
Patriques (ou les pères).	Or...........	Soleil.

Nous devons dire toutefois qu'il existe de l'obscurité sur l'ordre de ces grades. Le long de l'échelle on voyait sept portes, correspondant á chacun des échelons, et á l'extrémité supérieur il y en avait une huitième. Le plus grand et le plus secret des symboles mithriaques était relatif aux mouvements du ciel, aux révolutions des planètes et au passage de l'âme humaine par ces astres, ce qui fera comprendre au lecteur le symbole mystique de ces portes placées vis-à-vis des degrés de l'échelle. Quant à la

huitième porte, qui ne correspondait à aucun grade, elle était sans doute en rapport avec le *père des pères*, souverain pontife du culte mithriaque. — Les mystères de Mithra étaient célébrés dans une grotte obscure, à l'entrée de laquelle on immolait un taureau. Les monuments, qui varient dans les détails, reproduisent tous le sacrifice du taureau. Un jeune homme, coiffé du bonnet phrygien, ymbole éminemment solaire, est assis négligemment sur e dos de l'animal, ployant sur ses genoux, et lui plonge un yatagan dans la gorge. Un chien, un scorpion, un serpent, déchirent les parties génitales de la victime; entourée de deux personnages portant chacun une torche, l'une droite, l'autre renversée. Le jeune homme monté sur le taureau, c'est Mithra lui-même, le soleil; le taureau est l'emblème de la vie (voy. KAÏOMORTS), de l'année ancienne qui meurt pour renaitre, de la terre sans doute qui produit tout, et que le soleil, en quittant notre hémisphère, semble vouer à la stérilité, sens indiqué par la torche renversée. La grotte représente l'hiver, les ténèbres, le séjour obscur et mystérieux des germes qui ne se sont point encore manifestés. On a trouvé même, sur un bas-relief mithriaque, une représentation en douze tableaux, dont quatre contiennent le taureau, le bélier, le lion et le scorpion, ce qui indi-

que évidemment un mythe zodiacal et solaire. La fête la plus solennelle, celle des Gryphes, avait lieu le 24 avril.

Ce qui nous frappe dans ce culte, c'est que les macérations et les jeûnes qu'il ordonne sont formellement proscrits par Zoroastre, ainsi que le célibat, condition nécessaire pour arriver à la perfection chez les Mithriaques. Ces derniers croyaient en outre à la transmigration, dogme tout à fait étranger à la Perse; et l'on ne trouve dans ce pays aucun monument du culte mithriaque. On est donc autorisé à douter de l'origine persane de cette religion. Mais les jeûnes, les macérations, le célibat, la métempsycose, ont existé de tout temps dans l'Inde. L'Inde même adore Vichnou-soleil sous le nom de Mithra. L'Inde, par ses provinces septentrionales touche aux contrées d'où sont parties les grandes émigrations, qui à diverses époques se sont répandues dans l'Europe; l'empire Syro-Macédonien touchait d'un côté à l'Egypte et de l'autre à l'Inde elle-même. Mithra, qu'on a cru persan, serait-il donc hindou? Son culte aurait-il pénétré par l'orient de l'Europe dans l'Allemagne, dans la Gaule et jusque dans l'Irlande, où nous retrouvons le nom de Mithra appliqué au soleil? Cette opinion nous parait d'autant plus vraisemblable, que la caste sacerdotale des Magas ou Mages qui, avant d'être établie dans la Perse, existait dans la haute Asie, a jeté des rameaux, comme le culte mithriaque, dans la Germanie et dans la Gaule. On peut consulter á ce sujet nos articles MAGA, MAGADA et ROTH, divinité de la ville de Rouen.

MNEVIS. Un des trois ou quatre taureaux honorés par les Egyptiens, et emblème du soleil sous un de ses aspects; il devait avoir, ainsi qu'Omphis ou Onuphis, les poils noirs et retournés en sens contraire des autres taureaux. Il était nourri dans le temple d'Héliopolis, comme Onuphis dans celui d'Hermunthis. Son culte parait avoir précédé celui d'Apis, par lequel il fut éclipsé dans la suite.

MOKISSOS. Les dieux fétiches des habitants du Loango. Ils sont en nombre infini, s'occupent de tous les détails de la création, et président chacun á la vie d'un homme qu'ils rendent heureux ou malheureux selon leurs caprices. Pour les rendre propices on leur fait des offrandes et des sacrifices. Leurs statues grossières représentant des oiseaux ou des animaux s'élèvent dans les rues et sur tous les chemins. Les Mokissos obéissent eux-mêmes à Zamban-Congo, qui peut, quand il lui plait, leur ôter la vie.

MOLOCH, c'est-à-dire *roi*. Divinité que l'on s'accorde aujourd'hui à identifier avec le soleil ou la planète Saturne. Il était adoré par les Cananéens, les Phéniciens, les Hammonites, etc., et son culte fut pratiqué par les Israélites eux-mêmes jusqu'à la captivité de Babylone, mais non sans quelques interruptions. Sa statue s'élevait au sud-est de Jérusalem, au pied même du mont Sion, dans la fameuse vallée des Enfants de Hinnon, ou de Tophet. Les Phéniciens portèrent sans doute Moloch dans toutes les contrées où ils établirent des colonies. Il est certain, du moins, qu'il était adoré par les Carthaginois. Ses statues, d'une grandeur colossale, étaient d'abord surmontées d'une tête de bœuf, qui, dans plusieurs contrées, finit par faire place à une tête humaine. Ses deux bras, étendus en avant et légèrement inclinés, étaient disposés de manière à ce que la victime qu'on y déposait tombât dans un bûcher ou dans une fournaise placée devant lui. Mais cette forme primitive parait avoir reçu de nombreux perfectionnements. C'est du moins ce que nous disent les rabbins. Suivant eux, l'idole était d'airain et creuse, et présentait à l'extérieur sept compartiments, on peut dire sept chambres. Dans la première, on plaçait les simples offrandes; dans la seconde, les tourterelles; dans la troisième, une brebis; dans la quatrième, un bélier; dans la cinquième, un veau; dans la sixième, un taureau, et dans la septième, des enfants. La statue était, par conséquent, un colosse énorme. L'intérieur renfermait un bûcher ardent. Dans les grandes circonstances, et surtout dans les calamités publiques, on immolait à Moloch des victimes humaines. Les témoignages des auteurs ne permettent pas d'en douter. Il est probable, toutefois, qu'on a exagéré le nombre et la fréquence de ces barbares sacrifices. La Bible parle souvent des enfants qu'on faisait passer au feu en l'honneur de Moloch ; mais cette cérémonie n'était qu'une simple purification, un baptême par le feu, qui devait mettre l'enfant sous la protection immédiate de la divinité. Le roi Manassé lui-même soumit son fils à cette épreuve dans la vallée de Tophet. C'est un usage que l'on voit d'ailleurs répandu dans une foule de contrées où Moloch était inconnu. Quand on offrait véritablement au dieu des victimes humaines, on dansait en vociférant devant l'idole, au son des instruments les plus bruyants, pour étouffer les cris de la victime. — Nous avons parlé de la diffusion du culte de Moloch dans les colonies phéniciennes. Nous croyons le retrouver jusque dans l'île de Crète. Moloch, le dieu-taureau, ne diffère point, à nos yeux, du minotaure, qui portait également, sur un corps humain, une tête de taureau. Tout, en effet, est sidérique dans la fable crétoise. Le labyrinthe, avec ses douze grands compartiments, n'est-il pas un symbole des douze maisons du soleil dans les cieux ? La mère du minotaure n'est-elle pas Pasiphaé, qui signifie *toute lumière ?* Sa sœur Ariadne ne voyage-t-elle pas avec Bacchus (le soleil) ? Minos lui-même passait pour le fils de Jupiter. La tradition enfin nous apprend qu'on offrait au minotaure des jeunes garçons et des jeunes filles, comme à Moloch, et que les victimes de chaque sexe étaient au nombre de sept, nombre planétaire dont l'analogie avec les sept cellules de l'idole de Moloch n'échappera à personne. Thésée, qui délivre les Athéniens du tribut de sang qu'ils payaient à l'idole, en tuant le minotaure, ne sera donc pour nous qu'Athènes abolissant le culte homicide de Moloch.

MONTAGNES. Dès la plus haute antiquité, non pas chez un peuple, mais chez tous, les montagnes ont été regardées comme le trône de la divinité. L'Olympe était le

séjour des dieux de la Grèce ; l'Albordi joue le même rôle dans la mythologie persane, et le Mérou dans celle de l'Hindoustan. Nous pourrions multiplier les exemples ; mais nous devons nous restreindre. Tâchons d'expliquer l'origine de ce culte des hauts sommets. Une chose à remarquer d'abord, c'est que les peuples de la Grèce et de l'Asie occidentale et centrale plaçaient vers le nord leurs montagnes sacrées. Le nord est le point mystérieux du ciel. Nous retrouvons cette idée jusque dans les livres des Hébreux. Elihu, dans Job, représente Dieu venant du nord ; quand Ezéchiel a sa grande vision du char et des chérubins, c'est du nord qu'elle arrive. Ne doit-on pas rechercher l'origine de ces croyances dans ce sentiment naturel à l'homme, qui, en s'éloignant du berceau de sa race, l'i-

déalise parce qu'il le regrette ? C'est notre opinion ; et nous regardons conséquemment le Mérou comme le type de toutes les montagnes sacrées. C'est, en effet, des parameras des hautes chaînes de l'Asie centrale que se sont détachées ces innombrables colonies qui, se répandant d'abord vers le sud et ensuite à l'est, ont peuplé l'Asie méridionale et ensuite la Grèce. Reste maintenant le fait capital, la divinisation des hauts sommets. Ne l'oublions pas : dans les croyances antiques, le feu est le principe actif de l'univers, l'énergie créatrice et fécondatrice, le grand mâle dont la terre est la femelle. Localisé dans le soleil, il répand dans l'espace des torrents de lumière qui, en descendant jusqu'à nous, forment une pyramide immense qui a la terre pour base et le soleil lui-même pour sommet. La forme conique et pyramidale a donc été affectée comme symbole propre du feu, de la lumière, du soleil, et c'est sous l'influence de cette idée que se dressaient, dans toutes les parties du monde, jusque dans l'Amérique, ces pyramides colossales, ces obélisques de granit, ces tours mystiques au sommet desquelles on faisait des offrandes et des sacrifices à la divinité, et dont la première ébauche est le tumulus, resté à l'état rudimentaire dans les Gaules et dans les îles Britanniques, tandis qu'il se développait avec tant de hardiesse et de magnificence sur les bords du Nil, de l'Euphrate et du Gange. Eh bien ! cette forme pyramidale, n'en trouvons-nous pas le premier modèle dans les montagnes, cônes gigantesques dont la cime se perd dans les cieux ? Ce n'est pas tout : les montagnes semblent baigner leur tête dans les flots de la lumière éternelle ; leur couronne neigeuse resplendit dans l'obscurité des nuits, et quelques-unes, celles-là surtout ont reçu les adorations des hommes, lancent par moments vers le ciel des tourbillons de flammes, et sont toujours surmontées d'un panache de fumée ardente. Le Mérou est la demeure de Siva, le feu s'élevant à sa plus haute énergie ; il est même identique à Siva ; il s'appelle aussi Souralaïa (demeure du soleil), et l'Olympe grec signifie *tout lumière.* Allons plus loin. Les chaînes qui sillonnent le monde en forment la charpente osseuse ; elles paraissent soutenir le globe, au sein duquel elles plongent leurs racines immenses ; de leurs flancs s'échappent les grandes eaux qui rendent la terre fertile et productive ; aux époques diluviennes, les montagnes même ont servi de refuge aux hommes, qui leur ont dû la vie ; et tel est le sens de la fable de Deucalion et de Pyrrha, renouvelant la race humaine avec des rochers. Ainsi, production, conservation, fécondation, voilà trois idées qui se résument dans un seul mot, montagne, qui lui-même n'est qu'un symbole du feu du ciel et de la divinité. Voy. ADITIAS, ALBORDI, BOIS SACRÉS, GANGA, KAF, MÉROU, etc.

MORGANE. Fée célèbre dans les romans de la Table ronde et des époques postérieures. Elle passait pour sœur d'Artus, et passait pour avoir reçu des leçons du fameux enchanteur Merlin. C'est elle qui produit, dit-on, ces étonnants phénomènes de mirage qui ont lieu quelquefois dans le détroit de Messine.

MOUDÉVI (*Myth. hindoue*). Voy. MAHAMOHANI.

MOUMBO-IOUMBO. Blâmerez-vous Parmentier d'avoir introduit chez nous la culture de la pomme de terre ? Anathématiserez-vous Brennus qui vous a donné la vigne ? Je veux vous rendre un service plus méritoire. Je veux prendre rang parmi les bienfaiteurs de l'humanité. Je veux doter la France du culte de Moumbo-Ioumbo ! — Quoi ! direz-vous, un dieu nègre ? une idole de barbares ? — Ecoutez-moi, lecteur, lecteur marié ou qui aspirez à l'être ; c'est à vous que je m'adresse. Si vous êtes sage, et Moumbo-Ioumbo me garde d'en douter ! vous ferez tout à l'heure cause commune avec moi. Moumbo est le dieu des ménages. Il parle, il ordonne, et les femmes obéissent. Survient-il un différend entre vous et votre aimable moitié, vous vous rendez au temple, vous prenez le dieu pour arbitre, et votre procès est gagné. Un mari n'a jamais tort ! Vous voilà converti ; je le savais d'avance ; l'air béat avec lequel vous me regardez ne me laisse aucun doute sur le succès de mon entreprise. L'Europe est sauvée ! Il ne nous reste plus qu'à établir le culte de Moumbo-Ioumbo. Procédons comme les louables habitants de Janga. Fabriquons une statue de huit ou neuf pieds de hauteur ; elle doit être creuse, c'est le point capital. Elisons en secret un prêtre dont nous soyons sûrs ; un père de famille qui ait sur les bras une demi-douzaine d'enfants et une femme acariâtre. Moumbo-Ioumbo parlera par sa bouche. Voilà tout le mystère ! Mais gardez-vous de révéler à votre femme le secret sur lequel va reposer désormais l'ordre et le bonheur de la société, l'autorité du mari et la paix de la famille. Sachez qu'au siècle dernier le roi de Janga, pour l'avoir dévoilé à sa sultane favorite, qui avait des dents d'ivoire et un teint d'ébène, perdit, aux pieds du dieu irrité, la couronne et la vie !

MYLITTA. Haute déesse babylonienne dont le nom signifiait *génératrice*, si l'on en croit les Grecs, qui, pour compléter l'idée, joignent à son nom celui d'Aphrodite. Mylitta était donc une déesse mère, une déesse passiveté et fécondité, et sans doute la femme de Baal, principe actif de l'univers, créateur et fécondateur universel. Tous les ans, à l'époque de sa fête, les femmes envahissaient les rues voisines du temple, faisaient des feux de paille, et, environnées de cordes, attendaient qu'un passant vînt les délier et leur offrît une pièce de monnaie qu'elles déposaient dans le trésor de la déesse. Chaque femme devait, une fois en sa vie, se soumettre à cette bizarre cérémonie. Les Assyriens avaient une solennité qui n'était pas sans rapports avec la précédente. A certaine époque de l'année, ils réunissaient toutes les filles à marier, les mettaient à l'encan, et employaient l'argent qu'on retirait de cette vente à doter les femmes disgraciées par la nature ou trop pauvres pour trouver à se marier. (Voy. Adonies, Anaïtis, Apis, Astaroth, Baal-Péor, Bod, Bois sacrés, etc.)

NAGAKANIA, c'est-à-dire *la femme au serpent*, femme allégorique de la mythologie hindoue, que le *Skanda-Pourana* nous montre assise au pied de l'arbre de la sagesse (Kalpavrikcha), qui fleurit dans l'île du Soleil, vers l'occident. L'enfer s'ouvre béant au pied de l'arbre divin. Dans un autre passage du même livre, nous voyons l'arbre de la sagesse sortir des Patalas ou monde infernal ; il se nomme alors Lakchmivrikcha (arbre de Lakchmi) ou Vichnavavrikcha (arbre de Vichnou).

NANDA. Voy. Krichna.

NANNA. Voy. Balder.

NATS. Esprits aériens et malfaisants chez les Birmans.

NÉBO, NABO, NIBHAZ. Divinité des Babyloniens et surtout des Hévéens. Isaïe en parle dans son cha-pitre XLVIII. Si l'on en croit saint Jérôme, son nom signifie : celui qui préside à la prophétie. Nébo, qu'on est autorisé à prendre pour un dieu-astre, représentait-il le soleil ou la lune ? Ne le retrouverons-nous point plutôt dans la canicule ? Cette dernière opinion nous parait la plus probable. Son nom, en effet, offre, avec celui d'Anbo (l'aboyeur) ou Anubis, une ressemblance frappante, et on a donné à Nébo une tête de chien, ou, comme à l'Anubis égyptien, peut-être de cheval. Nous savons en outre des rabbins qu'on le représentait avec un serpent ; or, le serpent est le symbole de Mercure ou Anubis. Quoi qu'il en soit, Nébo était une grande divinité, puisque son nom, suivant la coutume orientale, figure souvent dans la composition de ceux des rois les plus illustres, tels que Nabo-Nassar, Nebu-Cadnestar, Nabo-Pul-Assar, etc.

NEFTHÉ. Divinité égyptienne, épouse de Typhon, dont elle partageait les qualités malfaisantes. Dans la théogonie égyptienne, elle personnifiait la terre en tant qu'opposée au ciel, et particulièrement la terre aride et sablonneuse, la Lybie, opposée au sol gras et fertile de la vallée du Nil. Symbole de la stérilité, Nefthé représentait aussi la mer, aux ondes imprégnées de sel qui engloutit le Nil bienfaisant. Ce n'est pas sans vraisemblance que plusieurs auteurs font venir du nom de cette déesse celui du Neptune latin, dont le nom même offre avec le sien la plus grande ressemblance. (Voy. Anubis).

NÉHALENNIE. Déesse adorée dans les Gaules, dans la Germanie, etc., et dont le culte nous est inconnu. On a trouvé, en 1466, plusieurs de ses statues dans l'île Valcheren, en Zélande, et, depuis, en France, en Allemagne et en Italie. La jeunesse parait être un de ses attributs. Elle est représentée tantôt debout, tantôt assise. Elle porte souvent des fruits dans son giron, et on voit à ses côtés une corne d'abondance, un panier et un chien. La ressemblance de son nom avec les mots grecs Νεα Ελ.ηνα (nouvelle lune) l'a fait assimiler à Diane ; d'autres la regardent comme une déesse-mère, et Keisler croit qu'elle ne diffère point de Nehand, divinité révérée jadis dans les lieux où s'élève aujourd'hui la ville de Halle.

NEITH, l'Isis de Saïs, était, dans la mythologie égyptienne, le principe générateur femelle, la femme d'Amon-Eneph. Avant la création des âmes et du monde, Amon était seul, et tout était en lui. Lorsque le moment de créer les âmes arriva, il sourit, ordonna que la nature fût, et de sa voix naquit un être femelle parfaitement beau : c'était Neith. Il la rendit féconde et l'associa à l'œuvre sublime de la création. Neith était une divinité androgyne, quoiqu'on la regardât plus particulièrement comme une déesse. Elle est ordinairement représentée avec la chair jaune ; deux bracelets ornent ses poignets et deux le haut de ses bras. Son sceptre, comme tous ceux des divinités femelles, est terminé par une fleur de lotus épanouie. Elle se tient debout ou assise, à côté d'Amon, dans la partie supérieure du ciel, et a sur la tête un vautour, les ailes déployées, et au-dessus du vautour le pschent, ou coiffure royale. Elle était le type de la force morale et physique, de la sagesse, de la philosophie, et présidait à la génération des espèces. Elle était donc une déesse mère. On lui consacrait le lotus, emblème du monde matériel ; le crocodile, emblème de l'eau ; le bélier et surtout le vautour, dont on avait fait le symbole par excellence du sexe féminin, parce qu'on s'imaginait qu'il n'existait pas de vautours mâles. Neith était aussi représentée avec une tête de lion, symbole de la vigilance, et foulant aux pieds l'énorme serpent Apoph ou serpent géant, ennemi des dieux et image des méchants ; elle était alors regardée comme gardienne de l'Egypte et des choses sacrées, et avait pour légende : *La gardienne puissante, œil du soleil, souveraine de la force, châtiant les impurs.* On l'invoquait aussi sous le nom de *Soleil femelle* et de *Mère de Paschakasé* ou *Phta.* Son culte était répandu dans l'Egypte entière ; mais elle était surtout honorée dans la ville de Saïs où elle avait un temple célèbre sur lequel on lisait cette inscription fameuse : *Je suis tout ce qui a été, tout ce qui est, tout ce qui sera ; nul n'a soulevé le voile qui me couvre ; le fruit que j'ai enfanté est le soleil.* (Voy. Chamemis, Athor, Bouto, Cneph, Isis.) Nous avons déjà retrouvé le

Neptune romain dans Nefthé, et dans Neith nous découvrons la Minerve athénienne. C'était l'opinion d'Hérodote, de Platon et d'Arnobe, confirmée par les traditions historiques qui nous représentent l'Attique colonisée par les habitants de Saïs. La preuve deviendra plus évidente encore, si l'on songe que l'olivier était cultivé à Saïs (en hébreu *zait*, olivier) comme à Athènes, que le lin était pour les deux pays une source de richesses, et que le tissage, dont l'invention était attribuée à Minerve, était une des gloires de Saïs. On connait la passion des Égyptiens pour les étoffes de lin, et n'est-il pas remarquable que les Athéniens, jusqu'à la guerre du Péloponèse, n'aient porté, selon Thucydide, que des habits de toile? Le nom même d'Athènes vient peut-être du mot sémétique *aten*, fil; quant à celui de Minerve, on peut le trouver dans l'hébreu *manevar*, ensuble, un des attributs de Neith, ou, si l'on en cherche l'étymologie dans la langue latine même, on verra que *menervare* signifiait instruire, donner des lois ou des leçons, sens que l'on trouve également dans les noms de Pallas et de Palès, divinités identiques à Neith et à Minerve-Athéné.

NERGAL. Dieu des Cuthéens, transporté à Samarie par Salmanasar. Si l'on en croit Selden, le nom de cette divinité vient des mots hébreux *ner-gal*, feu qui tourne; selon d'autres, il signifie source de lumière, fontaine de feu. Quelques auteurs lui donnent la figure d'une colombe; mais la plupart s'accordent à penser qu'il était représenté sous celle d'un coq, image du soleil chez les Perses. Ainsi le veulent Seden, Baal-Aruch, l'Onomasticon, Guido, Fabricius, etc., et nous ne sommes pas homme à leur chercher querelle à ce sujet. Pourquoi donc le coq qui orne nos clochers et nos drapeaux ne figurait-il pas comme la poule (voy. Succoth Benoth) dans la grande symbolique des cieux?

NESROCH. Divinité assyrienne dont il est fait mention dans l'Écriture (IV Rois, xvii, 39). Elle avait un temple à Ninive, et c'est aux pieds de son idole que Sennacherib fut assassiné par deux de ses fils. Nesroch était aussi adoré par les Arabes avec Iaik à tête de cheval, Iagouth à tête de lion, et Soona qui avait une figure de emme.

NIORD. Le plus grand des dieux du second ordre, ou Vanes dans la mythologie scandinave. Il préside au vent, aux tempêtes, à la mer, au feu central. Il a pour femme Skada, l'intrépide chasseresse, avec laquelle il passe neuf jours sur douze dans les montagnes, et trois sur le bord de la mer.

NIPARAIA. Dieu bienfaisant chez les Californiens, qui l'opposent à Touparan ou Ouac, le génie du mal. Niparaïa est le dieu suprême, le créateur, le conservateur. Touparan s'étant révolté contre lui, il le battit et le précipita avec ses partisans dans une caverne immense dont la garde est confiée à des baleines. Touparan cependant a conservé de l'influence sur les hommes. C'est lui qui les pousse à la guerre, et il compte en Californie beaucoup d'adorateurs ennemis de Niparaïa. C'est Siva opposé à Vichnou.

NOKKA ou **NIKKEN.** Le dieu de la mer et des eaux fluviatiles chez les anciens Danois.

NORNES. Les Parques des anciens Scandinaves. Elles sont au nombre de trois : Urd (la passée), Vérandé (la présente), Shuld ou Shald (la future). Les Nornes sont vierges comme les Parques de la Grèce, mais elles ne filent point comme ces dernières. Leur puissance n'en est pas moins grande. C'est par elles que tout nait, vit et meurt. La troisième, Shald, a donné son nom aux Skaldes, les prophètes et les poëtes de la Scandinavie.

NORR. Fils de Thorron, père de Nott ou la nuit. Sa sœur Goë ayant été enlevée, il fut envoyé à sa recherche, institua des sacrifices pour la réussite de cette entreprise, finit par la retrouver dans la Norwége, le second mois de l'année, qui depuis lors fut appelé Goë, chassa ou soumit les princes du pays auquel il donna son nom (Nor-wége). Cette fable offre la plus grande analogie avec celle d'Agénor.

NOUTE-FEN. Le Nil personnifié, le Nil-dieu.

OANNÈS ou plutôt **OEN.** Divinité syrienne qu'on représentait avec deux têtes d'homme ou une tête d'homme au-dessous d'une tête de poisson, avec le corps et la queue d'un poisson et des pieds humains. Cette bizarre composition fait naitre sur nos lèvres un sourire de dédain. Nous ne comprenons pas comment des peuples civilisés pouvaient se prosterner devant ces figures monstrueuses. Mais il ne faut pas oublier que tout est allégorie dans l'antiquité, et nous allons trouver dans le mythe d'Oannès un fait historique de la plus haute importance. Oannès était, dit-on, venu de la mer Erythrée à Babylone ; il passait le jour à enseigner aux hommes les lettres, les sciences, l'arpentage, l'art de bâtir des villes et des temples, l'agriculture et l'astronomie. Le soir il se retirait dans la mer. Ces traits ont paru assez caractéristiques à plusieurs savants pour regarder cette divinité comme identique au soleil, regardé par les anciens comme le père de la civilisation. D'autres l'ont assimilé à Jan ou Janus, avec lequel il a sans doute beaucoup de points de ressemblance. Mais à nos yeux Oannès est un civilisateur, un chef de colonie. Beaucoup d'auteurs anciens, Hérodote, Festus, Trogue, Pline, Solin, etc., disent que les peuples de l'Asie occidentale étaient originaires des bords de la mer Rouge. Telle est aussi l'opinion de Herder et de la plupart des savants modernes. Denys Periégète, dans Strabon, rapporte qu'un violent tremblement de terre, suivi sans doute d'une inondation, obligea les habitants de ces côtes à quitter leur pays; qu'ils remontèrent d'abord le cours du Tigre et celui de l'Euphrate, et de là se dirigèrent du côté de la Méditerranée (voy. Chna), d'où ils redescendirent peu à peu jusque vers l'extrémité septentrionale du golfe arabique. N'est-ce pas là toute l'histoire d'Oannès, dont le nom, selon plusieurs savants, vient d'un mot égyptien qui signifie étranger? Les récits historiques de Moïse ne concordent-ils pas d'une manière inattendue avec ces documents échappés au naufrage du temps? L'émigration d'Oannès, telle que nous l'avons présentée, n'explique-t-elle pas admirablement pourquoi Moïse attribue à un fils de Cham la fondation de Babylone et la première civilisation de l'Assyrie et de la Chaldée au milieu des tribus sémitiques? Ne nous donne-t-elle pas la raison des établissements des Cananéens dans la terre qui depuis fut la Judée?

Quant à la forme monstrueuse sous laquelle Oannès était représenté, Helladius et Byzantinus nous en feront connaitre les motifs. Ils nous apprennent qu'Oannès était un homme, mais que, suivant la coutume des peuples ichthyophages des bords de la mer Rouge, il était revêtu d'écailles de poisson ou de peau de baleine. Cette émigration d'Oannès fut suivie par plusieurs autres. On en compte jusqu'à quatre dont les chefs, connus sous les noms d'Annédotes, suivirent la même route qu'Oannès, et ne firent que développer les préceptes qu'il avait semés sur sa route. Berose, l'historien de la Chaldée, attribue à Oannès des livres cosmogoniques. Nous en parlerons au mot Omorka.

OB. Dieu syrien, qui rendait des oracles d'une voix si basse, qu'on n'entendait que la moindre partie de sa réponse, et qu'il fallait deviner le reste. Il était de croyance dans l'Asie occidentale que, lorsque la divinité voulait communiquer avec les hommes, elle parlait si bas, qu'on avait peine à saisir ses paroles. Ob était probablement un dieu ventriloque, c'est-à-dire qu'il avait des prêtres exercés à cette sorte de charlatanisme, et qui se cachaient peut-être dans sa statue.

OBERON. Roi des génies de l'air dans la mythologie scandinave. On lui donne pour épouse ou pour amante la fée Mab, déesse des songes, et plus souvent Titania. Shakspeare a jeté des flots de poésie sur Titania et Oberon, et Wieland a fait de ce dernier le héros d'un poëme où quelques détails gracieux, quelques conceptions ingénieuses ne rachètent pas toujours la pesanteur du style.

OBI (Le vieillard de l'). Dieu des Ostiakes invoqué surtout par les pêcheurs, ce qui ferait croire qu'il est la personnification même du fleuve. Ses adorateurs le battent souvent lorsqu'il n'a pas exaucé leurs vœux, et qu'ils regagnent leurs cabanes avec leurs filets vides. Sa statue est en bois, a des yeux de verre et de grandes cornes sur la tête. Un crochet de fer traverse son nez, qui s'avance en forme de hure de sanglier. Tous les trois ans on lui fait traverser l'Obi dans une barque.

ODIN. Le chef de la hiérarchie divine dans la Scandinavie. Dans les langues du Nord, il est nommé Oden, Woden, Wodan, Gwodan, c'est-à-dire *tout-puissant*, et reçoit souvent le titre de Allfader, *le père universel*. Odin a pour père Bure ou Bor, et pour mère Bélesta, fille du géant Bergthor. Avec le secours de ses frères We et Wile, il vainquit le géant Ymer (voy. ce mot), dont le cadavre immense fournit les matériaux de la création. Assis sur son trône (Hlidskialf), à Gladsheim (séjour de la joie), dans le

Walhalla resplendissant de lumière, il commande à l'univers entier; s'il fronçait le sourcil, comme le Jupiter d'Homère, le monde serait ébranlé; un signe de sa main pourrait arrêter le Rhin dans son cours impétueux; un mot de sa bouche lancerait la mer mugissante au delà de ses digues de rochers; sa puissance n'a de bornes que sa volonté. Nous nous trompons : il reconnaît un maître... le Destin. Ses deux corbeaux, Huginn, *la pensée*, et Munnin, *la mémoire*, lui rendent compte de tout ce qui se passe sur la terre, et pourtant, il ne pourrait pas, lui, le roi des dieux et des hommes, détacher de l'anneau qui la retient la barque d'un pêcheur, s'il en est écrit autrement au livre du Destin. Odin, comme Jupiter, comme Mithra, comme Amon, est le plus haut symbole du soleil considéré comme créateur, dispensateur et recteur universel. Source jaillissante de la lumière et de la vie, de la pensée féconde et des sciences qu'elle développe, il préside, comme Apollon, à la sagesse et à l'inspiration, à la musique et à la poésie. Il est aussi le dieu des combats ; les guerriers tombés sur le champ du carnage sont ses saints et ses martyrs, et pour eux les portes du Walhalla sont toujours ouvertes. La table d'Odin est abondamment servie ; mais le dieu distribue à ses deux loups, Freki et Geri, les mets qui la couvrent, car il ne se nourrit que de vin. Lorsqu'il descend sur la terre, Sleipner, son cheval à huit pieds, dévore l'espace ; s'il veut parcourir les mers, son navire Skildbladnir glisse sur les eaux comme le souffle du vent.

Frigga ou Freya, symbole de la terre, est son épouse, et il a pour fils Thor, le maître du tonnerre et le plus fort des dieux ; Balder, le dieu de l'éloquence, de la justice et de l'innocence ; Hermode, le messager céleste ; Wale, le dieu des archers ; Widur, le dieu du silence, etc.

Après avoir parlé d'Odin tel que nous le représentent les deux Edda, il ne sera pas sans intérêt de faire connaître la tradition rapportée par Saxo Grammaticus à son sujet. D'après ce document, Odin, dont le véritable nom serait Sigge, était le chef des Ases (voy. ce mot), race originaire de la mer Caspienne et du Caucase, avec laquelle il vint se fixer dans les contrées septentrionales de l'Europe, après avoir établi, dans son voyage, un de ses fils en Russie, un autre en Saxe, un troisième chez les Francs et un quatrième en Danemark. Sigge lui-même fut accueilli dans la Suède par le roi Gilfe, qui embrassa sa religion et lui laissa le trône. Sigge organisa un nouveau culte, créa des lois et établit sa résidence à Sigtune. Il prit ensuite le nom d'Odin, et institua douze Drottars, ou prêtres, auxquels il confia l'interprétation des lois, c'est-à-dire qu'il fonda un royaume théocratique. Il éleva ensuite le fameux sanctuaire d'Upsal, apprit à ses sujets l'usage de brûler les cadavres, réserva aux guerriers morts sur le champ de bataille le séjour du Walhalla (voy. Gimle), se fit faire, avant de mourir, neuf marques avec un fer de lance, et fut dès lors honoré comme un dieu. — Pour concilier ce récit avec celui des Edda, on a cru devoir admettre plusieurs Odin ; mais il est constant que les Edda ne reconnaissent qu'un dieu de ce nom. Il nous semble toutefois qu'on peut admettre sans difficulté cette pluralité dans l'unité. La religion scandinave avait pris naissance en Asie, et nous savons que les Orientaux adoptaient souvent le nom des divinités qu'ils adoraient. C'est ainsi que Hadad, le dieu-soleil des Syriens, avait donné le sien à plusieurs monarques de ce pays. Nous pourrions citer beaucoup d'autres exemples de ce fait, et nous comprenons parfaitement que le chef de la colonie des Ases, en Europe, eût pris comme caractère distinctif, comme titre d'honneur, le nom du dieu dont il avait introduit le culte dans ces régions lointaines. — Dans les langues du Nord et dans celle de l'Angleterre, le mercredi a conservé le nom de wodan, jour d'Odin.

OGRES. Par quel enchantement ce nom terrible, au lieu de faire glisser dans nos veines un frisson de terreur, vient-il éclairer nos lèvres et nos yeux d'un sourire de bonheur ? C'est qu'il nous rappelle les émotions naïves du premier âge ; les contes charmants dont nos mères et nos sœurs ont bercé notre enfance heureuse. Quelle histoire pourtant, quelle terrible, quelle épouvantable histoire que celle des ogres ! Vous secouez la tête, vous souriez encore ? Ignorez-vous donc que les ogres, loin d'être, comme vous vous l'imaginiez, des créations purement imaginaires, ont véritablement existé, qu'ils ont sillonné en tous sens la terre où vous vivez aujourd'hui avec tant de sécurité, qu'ils ont pillé, saccagé, brûlé les maisons de vos pères, et dévoré, dans d'horribles festins, leurs membres palpitants ? Faut-il vous prouver leur identité avec les Huns, Oïgours, Hungari ou Hongres, hordes sauvages vêtues de peaux de bêtes, troupes de vautours affamés dressés au carnage par Attila, de sanglante mémoire ? Le fait est démontré ; le doute n'est plus permis. Mais vous souriez encore ; vous ne voyez que l'ogre de ce bon Perrault et ses bottes de sept lieues, que lui enlève avec tant de dextérité votre ami le Petit Poucet, ou l'ogre de l'Arioste, qui, taillé en pièces par deux chevaliers, ramasse ses membres épars,

Ogres.

rajuste sa tête sur ses épaules et continue le combat. En vérité, je ne me sens point d'humeur à vous chercher querelle ; ami lecteur, vous avez raison ; l'illusion vaut mieux que la réalité ; un souvenir d'enfance vaut mieux qu'un volume d'érudition.

ŒUF. Nous avons vu, au mot Chaos, comment les anciens philosophes arrivèrent à formuler leurs systèmes cosmogoniques. Les phénomènes de l'incubation contribuèrent beaucoup au développement de leurs théories. L'œuf, pour eux, devint le symbole de la matière primordiale, confuse, inorganique, mais renfermant dans son sein les germes de toutes choses. Le germe placé dans le jaune de l'œuf représenta l'âme du monde, la force vitale latente ; le jaune fut regardé comme l'emblème du soleil ou du feu, qui réchauffe, qui couve, qui féconde ; la matière blanche et liquide dont le jaune est environné devint l'éther limpide et lumineux, cet océan igné dans lequel, suivant les croyances de l'antiquité, flottaient le soleil et les astres étincelants ; la coquille de l'œuf, enfin, représenta le ciel qui, de toutes parts, limite le globe que nous habitons, ou même la voûte du ciel et la terre, base de l'édifice du monde. Il n'en fallait pas davantage pour faire la fortune cosmogonique de l'œuf. L'esprit d'induction, toutefois, ne pouvait s'en tenir là. L'immense majorité des êtres de la création, les oiseaux, les poissons, les reptiles, les insectes, n'arrivent à la vie qu'après le développement ovulaire, et les anciens en disaient autant de l'homme et des animaux (Hippocrate, *de Naturâ pueri*; Aristote, *de la Génération des animaux*, liv. iii, chap. 9; *Histoire des animaux*, liv. i, chap. 5; Macrobe, *Saturnales*, liv. vii, chap. 16, etc.), malgré l'opinion vulgaire qui fait de ce principe, vrai ou faux, une découverte de la science moderne. Ouvrons maintenant les livres sacrés des différents peuples, consultons les traditions ; partout nous trouverons l'œuf cosmique, l'œuf du monde flottant sur les eaux primordiales, couvé par l'esprit, le souffle, le feu divin et donnant naissance à tout ce qui existe. Commençons par l'Inde. Bhavani vient d'être créée par Brahm, le dieu irrévélé, antérieur au temps et au monde, et du sein de la déesse s'échappent trois œufs d'où sortent bientôt les trois personnes de la Trimourti, qui développent l'univers rudimentaire. Dans le code antique de Manou, Brahm s'émane en eaux primordiales, et, dans ces eaux, dépose un germe d'où naît un œuf brillant comme l'or, qui, lui-même, renferme Brahma, le premier Démiurge. Brahma développe l'œuf, en fait jaillir une trimourti intelligente et animatrice, divise ensuite l'œuf, en forme le ciel et la terre, et place au milieu l'atmosphère, les hautes régions célestes et le réservoir permanent des eaux. — En Égypte, Cneph se tient sur l'Océan primitif avec l'œuf du monde à la bouche. La cosmogonie orphique, reflet des croyances orientales, nous montre d'abord la vase se déposant au fond des eaux ténébreuses et produisant Héraclès ou Cronos, avec son corps de serpent, sa tête de lion et son visage de dieu. Cronos produit lui-même un œuf énorme, qui se brise par un choc, et dont la partie supérieure forme le ciel, qui est un dieu, et la partie inférieure, la terre, qui est une déesse. Dans un autre système orphique, cité par Clemens Romanus, nous voyons le Chaos prendre, après des âges innombrables, la forme d'un œuf qui avait, sur ses flancs immenses, deux ailes et deux serpents. La Nuit couve l'œuf sous ses longues ailes ténébreuses, et il en sort enfin un être androgyne qui classe les éléments et sépare le ciel et la terre. Astarté, ou Vénus anadyomène (qui flotte sur les eaux), naît elle-même d'un œuf tombé dans les eaux terrestres, poussé par des poissons sur le rivage et couvé par des colombes. — Chez les Phéniciens, on trouve le serpent, symbole de l'intelligence, tenant l'œuf du monde à la bouche comme Cneph Agathodœmon (Cneph-Serpent). L'œuf de serpent jouait aussi un grand rôle dans la Gaule druidique. L'Océanie même fait sortir d'un œuf son Brahma, Tarao, le premier membre de la Trimourti taïtienne, qui de la coquille maternelle forme la grande terre (Taïti), et, des parcelles qui s'en détachent, toutes les îles environnantes. (Voyez Omorka, Ymer.)

OGMI ou **OGHAM**. Dieu des Gaulois qu'on a cru devoir assimiler à Hercule musagète (conducteur des Muses), et qui présidait, dit-on, à l'éloquence et à la poésie. Lucien dit qu'on le représentait sous la forme d'un vieillard, hâlé et ridé comme un vieux marin, vêtu d'une peau de lion, portant une massue dans la main droite, dans la gauche, un arc et un carquois, et tenant attachées par l'oreille, au moyen d'une chaîne extrêmement fine d'or et d'ambre, qui sortait de sa langue, une multitude de personnes. Cette divinité a fourni matière à discussion, et l'on peut tout d'abord se demander où Lucien avait pris ce portrait, car son récit sent beaucoup la fantaisie. Selon nous, son nom dérive de *og*, *ogi*, force, terreur, mer ; mot dont le grec *ogén*, l'Océan, est une des formes. Ogmi signifiait donc *la force de l'Océan*, ou *la crainte inspirée par l'Océan* ; de plus, la seconde partie de ce nom *mi*, veut dire *voie*, *ouverture*, et désigne l'action des eaux qui se précipitent hors de leurs rivages. Ogmi ne sera donc pour nous qu'une personnification de l'Océan débordé, qu'un symbole des cataclysmes du monde primitif, ce qui deviendra plus évident encore lorsqu'on saura que les Cariens donnaient à leur Neptune le nom d'*Ogoa*, dont ils célébraient les fêtes en simulant une inondation dans le temple du dieu. (Voy. Daityas.)

OMAN ou **AMAN**. Divinité persane qu'on trouve toujours en rapport avec Anaïtis ou Anahid. Or, Anaïtis représentant la lune, ou le principe femelle de la nature, il est à croire qu'Oman était le soleil, ou principe mâle de l'univers. Les mages, tenant de la verveine à la main, chantaient tous les jours des hymnes dans son temple, en présence du feu sacré qu'on entretenait à ses pieds, sur un autel. La tête du dieu se prolongeait en forme de cime de montagne, ce qui a porté Creuzer à l'identifier avec le mont Aman. Oman était surtout adoré à Zéla, où on célébrait en son honneur une fête nommée Saka, dans laquelle on portait son image en procession.

OMORKA. Déesse chaldéenne, nommée aussi *Omoroka*. Elle était femme du dieu Bel, et symbolisait le chaos primitif, ou plutôt l'élément humide, le principe femelle, qui, selon toutes les cosmogonies anciennes, joua le rôle principal dans la production des êtres. Omorka était un nom étranger même en Chaldée, où il correspondait à Thabath, mot qui, dans la langue grecque, signifie à la fois la *lune* et la *mer*.

Il fut un temps, dit Berose (dans le *Syncelle*), d'après les livres d'Oannés (voy. ce mot), le premier législateur de la Babylonie, où l'univers n'était que ténèbres et eaux ; de ces deux éléments combinés naquirent de monstrueuses créatures auxquelles présidait la déesse Omorka. On voyait alors des hommes avec deux ailes ; les uns avaient quatre visages ; d'autres n'en avaient que deux ; d'autres avaient sur un corps unique une tête d'homme et une tête de femme, et les organes de reproduction de l'un et l'autre sexe ; il y en avait avec des pattes et des cornes de bouc ; d'autres avaient des pieds de cheval ; il y en avait même qui, véritables hippocentaures, portaient un buste humain sur un corps de cheval. Les bœufs avaient des têtes d'homme ; les chiens avaient quatre corps terminés en queue de poisson : il y avait des chevaux à têtes de chien, et des hommes aussi bien que d'autres animaux avec des têtes et des queues de cheval et de poisson, et une infinité d'autres créatures qui réunissaient dans un seul corps des formes empruntées à toutes les espèces d'animaux. On voyait aussi des serpents, des poissons, d'autres reptiles et d'autres animaux extraordinaires, offrant un mélange singulier de toutes sortes de figures. Bel voulut anéantir cette primitive population du globe ; il coupa en deux le corps ou la tête d'Omorka, et tous les êtres qui étaient en elle périrent. De la partie supérieure de ce corps ou de cette tête, il fit le ciel et de l'autre la terre, mythe que l'on retrouve chez les Scandinaves dans l'allégorie du géant Ymer. (Voy. ce mot.) De nouveaux animaux furent produits par l'humidité du globe, et l'homme fut formé de la terre et d'une partie du corps d'Omorka, d'où vient sa double nature divine et matérielle. Bel, par la séparation du ciel et de la terre, divisa ensuite les ténèbres, dont il fit le jour et la nuit. Mais la dernière création était encore trop imparfaite pour supporter l'éclat de la lumière nouvelle ; elle périt : Bel ordonna aux dieux de couper sa propre tête, et d'en mêler le sang à la terre ; d'autres hommes et d'autres animaux prirent alors naissance ; telle fut la troisième et dernière création, la création actuelle. Bel perfectionna ensuite le soleil, la lune et les étoiles, et son œuvre fut complète.

Ce document est sans contredit un des plus curieux que l'antiquité nous ait transmis. Qu'Oannés ait ou non laissé des livres, toujours est-il que le récit de Bérose, puisé dans les archives des temples, remonte à une époque extrêmement reculée. Les anciens, le fait est à nos yeux indubitable, avaient connaissance de créations antérieures à la nôtre ; comme nos modernes géologues, ils savaient que les premières créations, essais informes de la nature, ébauches d'une œuvre plus parfaite et plus harmonieuse dans ses détails comme dans son ensemble, offraient des figures monstrueuses et bizarres d'animaux de toutes sortes ; comment étaient-ils parvenus à ce degré de connaissances ? Etait-ce pur effet du hasard, rencontre fortuite d'une imagination exaltée, ou véritable conquête de la raison initiée par l'étude et l'observation aux grands mystères du passé ? Ne serons-nous pas portés à adopter de préférence cette dernière opinion, lorsque nous verrons les plus hautes notions cosmogoniques répandues chez tous les peuples de l'antiquité ? Les Indiens croyaient, comme les Chaldéens, à des destructions et à des créations successives ; Moïse chez les Hébreux, Zoroastre chez les Perses, nous montrent, ainsi que les Etrusques, la création opérée à diverses époques appelées Ghambars, milles ou jours ; Empédocle, même chez les Grecs, formule une doctrine fort rapprochée de celle des Chaldéens. Mais, comme chacun des systèmes de ces peuples se rapporte admirablement à un système plus complet dont nous voyons partout des tronçons et nulle part l'exposé général, ne devons-nous pas en conclure qu'il a existé dans l'antiquité une véritable science cosmogonique, dont le lumineux faisceau a dû être brisé par des catastrophes que nous n'avons pas à rechercher ici, et n'y aurait-il pas pour les savants du dix-neuvième siècle une profonde et curieuse étude à faire à ce sujet ? Il nous semble, en effet, que ce serait agir bien à la légère que de traiter de fable sans importance le récit de Bérose ! Ne nous dit-il pas que ces figures d'animaux antédiluviens étaient conservées dans le temple de Bel, *le dieu créateur ?* Les sanctuaires, on le sait, étaient les académies du monde primitif ; les temples d'Esculape renfermaient de véritables musées anatomiques, pourquoi celui de Bel, chez les Chaldéens, caste savante entre toutes, n'aurait-il pas contenu une collection de fossiles? Bérose peut avoir exagéré la bizarrerie des anciennes créations ; mais le fond de son récit est vrai, et nous ne devons pas oublier que la science paléontologique moderne n'a encore porté ses investigations que sur quelques points très-restreints de la partie du globe la moins étendue et la moins féconde.

OMSET. Un des quatre génies qu'on voit figurer dans toutes les scènes funéraires des Egyptiens. C'est Champollion qui le premier a fait connaître son nom. Les trois autres génies ont, le premier une tête de cynocéphale, le second une tête de cheval, le troisième une tête d'épervier. Omset, au contraire, a une tête humaine. Ces quatre génies sont tantôt renfermés dans des gaines, et tantôt portent sur la tête le canope ou vase niliaque.

ONDINES. Nous vous avons parlé des Elfines. Les Ondines sont des génies de la même nature. Elles ont pour séjour les eaux transparentes des rivières et des lacs, où elles habitent avec les Ondins, qui leur sont soumis, ou du moins qui n'apparaissent à côté d'elles que comme des parèdres sans importance. Elles ont au fond des eaux des palais merveilleux, des villes entières, dont les habitants des bords du lac Steinberg croient encore entendre les cloches aux premières lueurs de l'aurore, ou le soir, après le coucher du soleil. Leur voix doit être douce comme celle des flots murmurants, et elles partagent sans doute avec les Nixes le privilége de ces onze mélodies, dont la dernière exerce sur celui qui l'entend un charme irrésistible qui le force, dit-on, à venir se précipiter dans l'abîme. Ces différents traits font rentrer nécessairement Nixes et Ondines dans la grande famille des Sirènes. (Voy. Fées, Mélusine.)

ONUPHIS. Voy. Mnévis.

ORMOUZD. L'Oromaze des Grecs est le principe secondaire du bien dans la théologie zoroastrienne. Ce nom est relativement moderne. Dans la langue zend on le trouve, non point sous la forme Ehoré-Mezdao, comme le disait Anquetil, mais sous celle d'Aharamazda, comme le prouve M. Burnouf dans son Commentaire sur l'Yaçna. Ce mot signifie *Roi-grand-créateur*. Ormouzd est la plus belle création du dieu suprême Zervane-Akérène ou Temps-sans-Bornes, qui l'opposa à Ahriman (en pehlvi Aherman, en parsi Achmogh), le principe du mal. Zervane-Akérène, après avoir donné l'existence à ces deux grands antagonistes, leur accorda douze millénaires, leur ordonna de créer chacun un monde, et se plongea dans le repos dont il venait de sortir un moment. Ormouzd créa le monde de lumière, l'Albordi, le Gorotman, le pont Tchinevad (voy. Ciel), par lequel l'Albordi communique au Gorotman, les trois sphères célestes, la terre, le soleil, la lune, les cinq autres planètes et toute l'armée des cieux divisée en douze bataillons, en vingt-huit compagnies, et comprenant 6,480,000 combattants. Ahriman, de son côté, produisit le monde des ténèbres, et une création noire, hideuse, méchante, égale en nombre et en force à celle d'Ormouzd. Au quatrième millénaire, Ahriman, bouillant d'ardeur, vient commencer le combat, mais il recule ébloui devant la gloire d'Ormouzd. Le génie du bien, pendant ce temps crée les sept Amschaspands, les vingt-huit Izeds (voy. ces mots), généraux et officiers de l'armée céleste et surveillants du monde, puis le divin taureau Aboudad, et enfin Kaïomorts (voy. ce mot), l'homme typique. La création est alors complète, et, au commencement du septième millénaire, Ahriman, à la tête de ses noires légions, fait irruption dans le monde d'Ormouzd, parvient même, mais seul, au palais de son ennemi, et, ébloui de nouveau, redescend sur la terre sous la figure d'un serpent, vicie de son souffle empoisonné tout ce qu'elle contient, tue Aboudad, Kaïomorts et séduit le premier couple humain. (Voy. Kaïomorts et Meschia.) Quatre-vingt-dix jours et autant de nuits se passent en batailles sanglantes. La victoire reste indécise ; Ahriman est enfin rejeté dans l'abîme. La lutte recommence avec le dixième millénaire ; Ormouzd est vaincu ; les hommes meurent ; les âmes errent gémissantes dans le séjour d'Ahriman ; les Dews (voy. ce mot) cherchent à les arrêter au passage

lorsqu'elles veulent franchir le pont Tchinevad ; les âmes humaines souffrent de plus en plus ; ainsi se passent presque tout entiers les trois derniers millénaires. Mais Ormouzd veille sur les hommes ; il leur envoie un sauveur pour les préparer à la résurrection générale. (Voy. Enfer.) Une chose bien remarquable, c'est que le génie du mal, dans la guerre contre Ormouzd, a voué une haine profonde à Zoroastre, qui n'existe encore que comme forme typique de son individualisme humain, et qu'il cherche à faire renoncer à la loi d'Ormouzd. Le Zend-Avesta représente Ahriman avec une longue langue, des jambes sèches et maigres et des genoux anguleux. Quant à Ormouzd, il doit être d'une admirable beauté, et il apparaît sous deux aspects. Comme Fta, comme Agni, il représente le feu, et, sous sa forme la plus élevée, la lumière, le feu idéalisé pour ainsi dire. C'est pourquoi il est appelé le plus agissant des Amschaspands dans l'Yaçna, où il est dit aussi que le soleil est l'œil d'Aharamazda. — Une secte fort ancienne, et qui paraît remonter au temps même du second Zoroastre, regarde Ormouzd et Ahriman comme existant par eux-mêmes, et rend au premier les honneurs que les partis orthodoxes n'accordent qu'à Zervane-Akérène.

Au point de vue philosophique, Ormouzd et Ahriman sont les symboles du bien et du mal, fils du temps que le temps doit réabsorber un jour. Au point de vue physique, ils représentent le jour et la nuit, la lumière et les ténèbres, l'été et l'hiver, dont les alternatives ont donné à l'homme l'idée de l'antagonisme des deux principes. En effet, voyant autour de lui tant de bien et tant de mal, tant de causes de joies et de douleurs qu'il ne peut ni prévenir, ni prévoir, ni comprendre, et dont sa raison lui défend de chercher l'origine en Dieu, qu'il ne saurait se représenter à la fois bon et méchant, l'homme a été porté à attribuer cet antagonisme à deux principes opposés. Le soleil, auquel il avait adressé le premier tribut de son admiration, de ses hommages et de son culte, était à ses yeux le dispensateur de tous les biens. Mais l'astre éclatant qui répand sur la terre les flots d'or de sa lumière n'abandonne-t-il pas chaque jour l'empire du monde à la nuit ténébreuse, et cette lutte du soleil, principe du bien, que l'on dit conducteur des sept planètes ou des sept Amschaspands, avec les ténèbres, que l'on regarda nécessairement comme la production du mauvais génie, ne nous montre-t-elle pas la voie que l'on suivit pour arriver au dualisme? (Voy. Atis, Adonis, Balder, etc.)

OSIRIS, ou, comme Champollion écrit d'après les monuments, **OUSRI, OUSIRI, OUSIRÉI.** Dieu égyptien auquel les Grecs donnaient pour père et pour mère tantôt Cronos ou le soleil et Rhéa, tantôt Jupiter et Junon. Il passait pour le premier civilisateur de l'Egypte, qu'il tira, dit-on, de la barbarie et à laquelle il donna des lois, enseigna l'agriculture, les arts, les sciences, etc., de concert avec sa femme Isis. Il éleva des temples, organisa le culte, bâtit Thèbes et une foule d'autres villes. Ce n'était pas assez; Osiris voulut être le bienfaiteur du monde entier, et, laissant à Isis le gouvernement de l'Egypte, il se dirigea, à la tête d'une armée de musiciens, de poëtes, d'artisans, vers l'Ethiopie, qui se soumit à ses lois et qu'il policia comme la vallée du Nil, y recruta des légions de satyres, traversa l'Arabie, pénétra jusque dans les Indes et aux extrémités de la terre, et revient en Egypte par la Thrace, la Macédoine et la Grèce, où il laissa Maron le vigneron, Macedo, et Triptolème, qui apprit l'agriculture aux Athéniens. L'Egypte reçut avec joie son bienfaiteur; mais Typhon, qui, pendant son absence, avait voulu usurper la couronne, n'avait renoncé qu'en apparence à ses projets ambitieux. Il invite Osiris à un festin splendide et fait apporter dans la salle un coffre d'un admirable travail. Il promet d'en faire don à celui des convives dont le corps pourrait le remplir exactement. Osiris entre dans la boîte fatale, Typhon et ses complices abaissent tout à coup le couvercle, et jettent le coffre dans le Nil, qui l'emporte à la mer. On trouvera à l'article Isis la fin de cette tragique histoire. Osiris était surtout adoré à Busiris, à Abydos et à Philes, qui se vantaient de posséder son corps véritable et non point les images qu'en avait faites Isis pour tromper ses ennemis. Mais, dans l'opinion publique, c'était la ville de Philes qui était en possession de ces divines reliques. Les privilégiés seuls pouvaient y pénétrer, et chaque jour on y versait sur son tombeau trois cents coupes de lait.

On ne tient plus compte aujourd'hui de l'opinion des auteurs qui, prenant à la lettre la légende d'Osiris, ne voient en lui qu'un roi divinisé, et l'identifient, ceux-ci avec Noé, ceux-là avec Moïse, d'autres avec Misraïm, fils de Cham, etc. Osiris est le soleil comme Isis est la lune, le

soleil dans toute sa gloire qui décline enfin et qui meurt pour renaître sous les noms d'Harpocrate et d'Haroéri. Osiris est le Nil, comme Isis est l'Egypte. (Voy. Apis, Isis, Sérapis.) Osiris enfin était le roi du ténébreux empire, le juge souverain des âmes. (Voy. Enfer.)

OUSU. Vierge célèbre dans la Chine, où elle est appelée la *Fleur attendue*, la *Fille du Seigneur*. Elle rencontra un jour, sur les bords d'un fleuve, un éléphant tout resplendissant de lumière, l'aspira, et se trouva enceinte d'un fils, qu'elle mit au monde au bout de douze ans. Ce fils était Fohi.

PACHACAMAC ou **PATCHACAMAC**, le dieu suprême des Péruviens ou Quichuas, qui vivaient dispersés,

lorsque Manco-Capac, fondateur de Cuzco et fils du soleil, vint avec Coya-Oxella, sa sœur et sa femme, leur enseigner l'agriculture et les autres arts, et leur apprendre à adorer Pachacamac. Nous n'avons point à discuter ici la réalité historique de Manco-Capac; nous nous bornerons à faire remarquer son analogie avec Botchica, Osiris, etc. — Pachacamac est généralement regardé comme le créateur et le conservateur du monde. D'autres cependant persistent à ne voir en lui que le soleil. A nos yeux, il était l'un et l'autre, comme le Baal de Babylone et tant d'autres divinités de l'ancien monde. Pachacatec, le dixième des Incas, bâtit en son honneur, dans la ville de Pachacamac, près de Lima, un temple magnifique dans lequel habitaient les vierges sacrées qui furent dispersées par les soldats de Pizarre, en 1533. Un autre temple, consacré au soleil, et le plus célèbre du Pérou, s'élevait dans la ville de Cuzco. Comme celui de Pachacamac, il renfermait des vierges sacrées. Ne peut-on pas conclure de là que le soleil et Pachacamac n'étaient qu'une seule et même divinité? Ce dernier temple était intérieurement revêtu d'épaisses lames d'or. On y voyait le soleil, représenté sous la forme d'une tête rayonnante, autour se trouvaient quatre pavillons consacrés : le premier, à la lune, femme du soleil; il était garni de plaques d'argent; le second, aux étoiles et orné comme le précédent; le troisième, aux éclairs et au tonnerre, et garni d'or; le quatrième, à l'arc-en-ciel, dont on y voyait la figure et également couvert d'or. Un cinquième pavillon était destiné aux prêtres, qui tous appartenaient à la famille royale.

PAOULASTIA ou **KOUVERA.** Celui des huit Vaçous qui préside au nord. Il a sous sa garde les trésors cachés, et habite ordinairement à Laka, au milieu d'une forêt profonde, dans une grotte défendue par l'eau, le feu et des dragons aux yeux ardents.

PATAIQUES ou **PATÉQUES.** Divinités que les Phéniciens plaçaient à la proue et à la poupe de leurs vaisseaux pour les préserver des orages et des tempêtes. On les représentait sous la forme de nains ventrus. Leur figure était si grotesque, que Cambyse, entrant dans le temple de Vulcain, ne put retenir un éclat de rire en voyant ces étranges divinités. Les Phéniciens les mettaient aussi sur leurs tables, comme dispensateurs de tous les biens. On a cru que Melkarth, l'Hercule syrien, était un des dieux pataïques. On remarque, à ce sujet, qu'Hercule était anciennement le dieu de la table et qu'on le représentait quelquefois avec une coupe à la main.

PAVANA. Un des huit Vaçous de l'Inde. Il préside au nord-ouest, à l'air, aux vents, à la musique, pénètre toutes les créatures et embrasse tout l'univers. Le fameux singe Hanouman est son fils. On le nomme aussi Marouta ou Vaïou, et au-dessous de lui se rangent une foule de génies appelés Maroutas. Il a beaucoup de rapports, même quant au nom, avec le Pan grec, qui commande aux Panisques comme Pavana aux Maroutas.

PÉLÉ. Déesse des volcans dans les îles Sandwich. Elle était surtout adorée à Haowaii, où se trouve le volcan de Kérouïa. A l'époque de ses fêtes, la prêtresse descendait dans le cratère et s'écriait, en jetant dans le gouffre des aliments et des vêtements : « Pélé, voici ta nourriture; Pélé, voici tes vêtements. » Son culte est aujourd'hui à peu près abandonné. (Voy. Djaulamouei.)

PENNIN. Le dieu des habitants des Alpes Pennines. Caton et Servius, qui l'ont pris pour une déesse, l'appellent Pennina. On a trouvé une statue de ce dieu avec l'épithète *Optimus Maximus*, et une colonne sur laquelle se trouvait une escarboucle dite œil de Pennin. *Pen*, en celtique, signifie *tête*, sommet.

PEPENOUTH. Dieu de la guerre chez les anciens Saxons. On nourrissait dans son temple un cheval, sur lequel il assistait aux batailles pour protéger ses adorateurs.

PERKOUN. Dieu du tonnerre, adoré dans la ville de Kiev. L'idole de bois qui le représentait avait une tête d'argent, des oreilles et des moustaches d'or et des pieds de fer.

PÉROUN. Le Noé d'une île voisine de Formose. Ses sujets, enrichis par le commerce de la porcelaine, s'abandonnaient à tous les vices et à toutes les débauches. Péroun apprit en songe que l'île serait submergée par les eaux quand il verrait une tache rouge sur deux idoles, et qu'il devait s'embarquer avec sa famille lorsqu'il apercevrait le signe annoncé. Dans l'espoir de convertir son peuple, Péroun lui fait part de l'avertissement. Un impie, pour tourner en ridicule le songe du bon roi, va, la nuit suivante, marquer de rouge les deux statues. Péroun s'embarque aussitôt avec sa famille, et aborde en Chine, pendant que la population maudite trouve la mort dans le sein des eaux. Les Chinois méridionaux et les Japonais célèbrent encore des fêtes en l'honneur de Péroun.

PÉROUN. Dieu de la foudre chez les Slaves. (Voyez Cupalus.)

PHARNACE. Dieu du Pont et de l'Ibérie, qui correspond au Lunus, ou dieu-Lune des Mésopotamiens. (Voy. Lune.)

PIERRES SACRÉES. Les premières pierres sacrées furent vraisemblablement des aérolithes. On croyait que les dieux les envoyaient sur la terre dans un globe de feu pour en faire leur résidence parmi les hommes, et de là vient qu'elles passaient pour animées et qu'on les appelait *pierres vivantes.* Cela posé, on comprendra parfaitement le nom de Bétyles, qui leur était donné par les Grecs, car ce nom n'est qu'une altération légère des mots **Beth-El** (maison de Dieu, maison du Fort), qu'elles portaient en Orient, comme le prouve un passage même de l'Écriture (*Genèse*, ch. xxviii). Bien avant la naissance de Jacob, les Bétyles étaient l'objet d'un culte dans la Chaldée, comme le prouve parfaitement Falconnet contre Bochart, Vossius, Selden, Huet, etc. Les Chaldéens, adorateurs des astres et du feu, rattachaient d'autant plus facilement à leur système religieux l'adoration des aérolithes, qu'ils les regardaient comme des astres, ainsi que nous l'apprend l'antique historien Sanchoniaton, antérieur peut-être à Moïse. Ce que nous savons des religions de l'Asie occidentale nous prouve que, dès la plus haute antiquité, une foule de divinités étaient représentées par des

Pierres sacrées.

aérolithes, telles qu'Elagabal (voy. ce mot), le Manah, le Dysares des Arabes, la Lune dans la Caaba, etc., etc. Nous avons vu, à l'article Montagnes, que la forme conique était le symbole affecté au feu céleste et au soleil. Beaucoup d'aérolithes présentent cette même forme, et nous sommes fondés à croire que ceux-là étaient spécialement consacrés au soleil, principe mâle et actif de l'univers, tandis que les pierres carrées, ou qui s'éloignaient le plus de la figure prismatique, étaient identifiées avec la Terre (voy. Lune, Eau, Bouto, Isis, etc.), élément femelle et passif, considérée, à un autre point de vue, comme la base et le fondement du monde, opinion que, dans un cadre moins restreint, nous pourrions appuyer d'un grand nombre de faits. On sentira dès lors les rapports des aérolithes avec les obélisques, les pyramides, les colonnes, les tours qui, depuis les bords du Gange, de l'Euphrate et du Nil jusqu'aux îles Canaries et à l'Amérique, s'élevaient comme symboles du feu créateur et fécondateur. (Voy. Montagnes.) — Le culte des Bétyles passa de bonne heure de l'Asie dans la Grèce, et, dans ce dernier pays, on les honorait absolument comme dans la vallée du Jourdain, c'est-à-dire qu'on les arrosait d'huile. Un curieux passage de Pline (*Hist nat.*, lib. xxxvii, ch. 9) nous apprend qu'on leur attribuait le pouvoir de faire gagner des batailles sur terre et sur mer. On attachait beaucoup d'importance aux raies dont elles sont couvertes, et qu'on prenait pour une écriture divine, ce qui jusqu'à certain point pourrait avoir influé sur le choix des pierres destinées aux autels et sur lesquelles le ciseau ne devait jamais passer.

M. Michaud, pendant son voyage en Orient, a trouvé, dans la Mésopotamie, un de ces Bétyles qui mérite une mention particulière. Il est ovoïde, noirâtre et d'un pied de longueur environ. Sa partie supérieure, autour de laquelle s'enroule un serpent, est couverte de sculptures. On y distingue trois astérismes, une figure humaine, des animaux monstrueux tels que ceux dont parle Bérose dans son récit de la création (voy. Omorka), deux oiseaux et une barque. La partie inférieure porte une inscription cunéiforme, qui renferme sans doute l'explication des figures. M. Raoul Rochette croit que ce curieux monument fait allusion au déluge de Xissutr. On comprend que c'est là une pure supposition de la part de ce savant, mais il serait difficile d'en faire une plus vraisemblable.

La vénération dont les Bétyles étaient l'objet fut bientôt reportée sur d'autres monolithes d'une forme et d'une couleur à peu près semblables et auxquels on supposait peut-être la même origine. Ces monolithes furent pris pour témoins et pour gardiens des serments et des alliances. La *Bible*, tableau précieux des mœurs de la basse Asie aux premiers siècles historiques, en fait souvent mention, et les appelle *pierres de témoignage* ou *de commémoration*. Du temps de Strabon (liv. xvii), on voyait beaucoup de ces pierres entre l'Egypte et l'Arabie ; elles étaient noirâtres, cylindriques et posées debout sur un piédestal, assertion confirmée par les voyageurs modernes, qui en ont retrouvé un grand nombre. Apulée nous apprend qu'il y en avait jusque dans les montagnes du Liban, qu'on les baisait, qu'on se prosternait devant elles et qu'on les oignait d'huile. Tavernier en a rencontré jusque dans l'Inde, Cook et Anson jusque dans les îles de la mer du Sud. Ces pierres commémoratives étaient si sacrées, qu'on les faisait présider, pour ainsi dire, à l'élection des rois. Nous en voyons des exemples dans le couronnement d'Abimélech et d'Adonijah. (*Juges*, ix, 6. — I *Rois*, i, 9.) C'est à ces pierres même qu'il faut rapporter l'origine des dieux Termes chargés de veiller aux limites des propriétés. Nous lisons en effet dans Homère (*Iliade*, ch. xxi) que les bornes qu'on plaçait dans les champs étaient des pierres noires, ovales et pesantes, ce qui nous ramène au fétichisme des aérolithes.

Le culte rendu aux pierres se maintint même après la diffusion du christianisme. Au sixième siècle, les Romains avaient encore des Bétyles dans leurs laraires. La France, couverte des monuments druidiques, persista surtout dans son respect pour les Pierres sacrées. Un concile d'Arles, tenu vers 552, déclare coupable de sacrilége l'évêque qui ne cherche pas à empêcher les personnes de son diocèse d'allumer des flambeaux, de révérer les arbres, les fontaines et les pierres. Celui de Tours, de 567, et plusieurs autres, enjoignent aux curés de chasser des églises les adorateurs des pierres. Un concile de Nantes, du septième siècle, ordonne d'enterrer celles qui étaient l'objet de la vénération publique. Charlemagne proscrit ces superstitions dans ses Capitulaires ; plus tard, on fait transporter des Menhirs dans les églises (au Mans), on fait placer des croix au sommet des autres. Le fétichisme triompha de tous les efforts. Naguère encore les paysans allaient pendant la nuit oindre d'huile et couronner de fleurs ces pierres vénérées, et aujourd'hui même les Bretons croient qu'elles servent de demeure à une foule de génies malfaisants qui sortent pour danser autour au clair de la lune, et le Menhir, qui une fois par année sort de sa place pour aller boire au ruisseau voisin, laissant alors à découvert les trésors qu'il recèle sous son pied immense, est un fait dont vous chercheriez en vain à les dissuader.

Disons maintenant quelques mots sur les Menhirs et les Dolmens. Les *Menhirs* (de *men*, pierre, et *hir*, longue) sont des pierres longues dressées ordinairement sur leur extrémité la plus large et presque toujours dans une position verticale. Quelques-uns cependant sont plantés dans la terre par le bout le plus mince, et d'autres, par un effort de l'art, sont inclinés comme la fameuse tour de Pise, sans qu'il soit possible de donner une explication satisfaisante de ces anomalies. Leur élévation au-dessus du sol varie de quatre à vingt mètres. La Charente-Inférieure même en possédait un de vingt-cinq mètres, qu'on a scié pour en faire des pierres à bâtir. Les Menhirs se rencontrent souvent isolés, dans le voisinage des Tumuli ou des Dolmens. Quelquefois ils sont réunis en grand nombre. A Carnac, par exemple, ils forment des allées immenses, dont la largeur s'accroît à mesure qu'on se rapproche du point central occupé par un bloc énorme dans lequel est taillée une espèce de chaire, et environné d'un vaste espace libre appelé *Bal*. Carnac évidemment était un grand centre religieux ; mais on n'a pu hasarder que des suppositions sur la nature des cérémonies qui y étaient pratiquées. Quelques-uns ont pensé que l'élite de la nation s'y réunissait dans certaines circonstances, que les allées servaient de campement aux représentants des différentes confédérations, et que les délibérations avaient lieu dans l'espace vide sous la présidence de l'archidruide assis sur le siége dont nous avons parlé. D'autres, cherchant à expliquer pourquoi les allées de cette forêt de pierres sont sinueuses au lieu d'êtres droites, ont prétendu que

Carnac était un temple consacré au culte du serpent. Nous passons sous silence les autres conjectures.

Les *Dolmens* (de *daul*, table, et *men*, pierre), ou *pierres levées*, sont d'énormes tables de pierres placées horizontalement sur d'autres pierres enfoncées dans la terre et ordinairement au nombre de trois. Ces monuments sont plus communs que les précédents. On les a pris tour à tour pour des temples ou des autels ; on a même trouvé sur quelques-uns d'entre eux des cuvettes taillées dans l'épaisseur de la pierre et des rigoles qu'on a cru destinées à l'écoulement du sang des victimes. Mais les ossements découverts sous plusieurs Dolmens ont porté un grand nombre de savants à les regarder comme des tombeaux. On voit aussi des Dolmens dont la table s'appuie sur le sol même par une de ses extrémités. On leur donne le nom de Demi-Dolmens. On peut enfin rapprocher de ce genre de monument les *chambres* et les *allées couvertes*, d'une longueur beaucoup plus considérable que celle des Dolmens, mais dont la table est composée de plusieurs morceaux juxtaposés, et dont on ignore également la destination. — A côté des Dolmens et des Menhirs viennent naturellement se ranger les Tumuli, monticules factices élevés sur des tombeaux. Les Tumuli sont communs à tous les peuples du monde. Homère décrivit quelques-uns de ceux qui existaient dans les plaines de Troie, et nos voyageurs les ont retrouvés. L'Amérique en est couverte comme la France, l'Allemagne, les îles Britanniques, etc. Beaucoup ont été fouillés, et dans tous on a retrouvé des ossements d'hommes et d'animaux, des bracelets, des vases de terre, etc. La plaine de Salisbury, où se dresse le grand et magnifique monument druidique connu sous le nom de Stone Henge, en renferme un nombre prodigieux. Nous nous contenterons de mentionner ceux de Bougon, dans le département des Deux-Sèvres, où M. le docteur Sauzé, l'un de nos plus savants antiquaires, a fait, il y a quelques années, d'intéressantes découvertes. Le plus grand de ces Tumuli renfermait, dans deux salles formées de pierres énormes, une multitude d'ossements humains. Le second contenait trois cadavres assis le long de la paroi à laquelle ils étaient primitivement attachés au moyen de crochets taillés dans la pierre vive. D'autres Tumuli encore inexplorés, des Dolmens, etc., s'élèvent dans les environs, et nous ne saurions trop engager les antiquaires à porter leurs investigations sur cette partie presque vierge de l'ancien Poitou. (Voy. Teuta.)

PIKOLLOS. Le dieu des morts chez les Pruczes. Il apparaissait chaque fois qu'une personne venait à mourir. Si on ne l'apaisait pas par un sacrifice, il revenait une seconde fois, puis une troisième. Le plus proche parent du défunt devait alors lui offrir quelques gouttes de son sang, que les prêtres se chargeaient de tirer. On lui consacrait une tête de mort et on brûlait du suif en son honneur.

PILIATCHOUTCHII. Le dieu suprême du Kamtchatka, auquel on attribue la création. On le représente tenant dans ses mains les nuages, les pluies, les éclairs et l'arc-en-ciel, qui forme en même temps la bordure de ses habits. Le soleil et la lune sont ses yeux et tous les fleuves tombent de sa ceinture.

PIROMI. Le dieu suprême des Egyptiens, antérieur à la création, et dont les autres dieux sont des émanations. Hérodote (liv. ii, ch. 143) dit que ce mot signifie excellent et vertueux ; mais, en copte, Piromi signifie *homme*. On a remarqué que Brahm, se révélant dans les eaux primitives, prend aussi le titre d'homme. Les consonnes du nom de Brahm, B R M, sont en outre absolument les mêmes (le changement de B en P est très-fréquent) que celles de Piromi, P R M. On trouve aussi le nom de Brahm écrit Birouma.

PO. La nuit chez les peuples de l'Océanie, la source de tout, et la mère des dieux, que l'on nomme en conséquence Faau-Po, c'est-à-dire enfants de Po. — N'est-il pas curieux de retrouver en copte le même mot avec le sens de réceptacle des germes ? (Lanci, *Lettre à M. Prisse d'Avesnes*, 1847.) Po est alors opposé à Re (voy. ce mot), qui signifie l'*arroseur*, c'est-à-dire le soleil répandant sur la terre les flots de sa lumière fécondatrice.

M. Lanci va plus loin : il prétend que la réunion des deux mots Re-Po formait en Egypte le tétragrammaton divin, c'est-à-dire le plus haut nom de la divinité, qui, suivant cet auteur, a absolument le même sens que le Jehovah des Hébreux, qu'il dit également composé des principes actif et passif représentés par les deux pronoms Lui-Elle (Ilo-Ili). Nous ne pouvons ici suivre M. Lanci dans le développement de son idée. Il reconnaît en outre le Répo égyptien, dans le Renfo ou Remphan des septante. MM. Lanci et Prisse ont d'ailleurs retrouvé ce nom sur les monuments sous la forme Re-N-Po, dans laquelle, selon ces savants, le N indique que le Re est le principe mâle du principe femelle Po. L'épouse de Répo, sur les monuments, porte, selon M. Lanci, le nom d'Anata (Anta selon d'autres), d'où il croit que les Grecs ont fait leur Tanatos, la Mort. — Quant au Remphan des septante, pour n'avoir pas à y revenir, il est appelé Kioun (la reine des cieux) dans Amos. Or, Kioun signifie en égyptien les *aines* dans les deux sexes, et, affecté de l'article féminin, T-Koun revenait absolument à Po.

POGODA. Dieu qui, chez les anciens Slaves, présidait au beau temps et au printemps; on le dépeignait avec une robe bleue, des ailes bleues, une couronne de fleurs bleues, et planant dans une atmosphère tiède et douce au-dessus de la terre qui se couvre de verdure. Simzerla, la déesse des fleurs, placée à ses côtés, laissait tomber les fleurs dont ses mains étaient pleines.

POM. Le dieu de l'expiation au Kamtchatka. Il est représenté par un petit mannequin. Le jour de la grande fête de l'expiation on place entre ses jambes une baguette de douze pieds de long qu'on attache au plancher; on jette ensuite le dieu au feu, et le Kamtchatka se trouve pur de tous ses péchés.

PORENETS. Dieu slave qui avait quatre têtes et un visage sur la poitrine. Il tenait de sa main droite son menton et de l'autre touchait les cieux. Il rappelle, quant à la figure, le Mars vandale Porevith, qui avait six têtes (d'autres disent deux), dont une sur la poitrine. Le piédestal sur lequel reposait cette dernière idole était couronné d'armes de toute espèce.

POTRIMPOS. Les Pruczes adoraient sous ce nom le dieu de la terre et de toutes les productions auxquelles elle donne naissance.

POUROUCHA. Le premier homme selon quelques traditions hindoues. D'abord androgyne, il fut ensuite dédoublé, et prit alors le nom de Pouroucha-Viradj (homme-vierge). (Voy. ADIMO.)

POUSSA. Le dieu de la porcelaine en Chine. Avant d'être dieu, Poussa fut ouvrier. Mais il était animé du feu sacré. Nul ne l'égalait dans l'art délicat de façonner la porcelaine. L'empereur un jour lui demanda un morceau d'un travail difficile. Poussa se met à l'œuvre; il échoue; il recommence, et, désespéré de ne pouvoir faire passer dans son œuvre l'idéal qu'il a dans son esprit, il se précipite dans la fournaise ardente. C'est ainsi que Vatel se passa son épée au travers du corps, parce que la marée n'était pas arrivée à temps pour venir prendre la place qui lui était réservée sur la table du grand roi. Mais Vatel après sa mort ne se trouva point, que nous sachions, métamorphosé en la marée si impatiemment attendue. Poussa, plus heureux, devint dans la fournaise le chef-d'œuvre que rêvait le glorieux souverain de l'Empire du Milieu. Vous étonnerez-vous à présent que les Chinois aient fait un dieu de l'habile porcelainier ?

POUSTER. Une idole de deux pieds un pouce de hauteur, et d'une circonférence un peu plus considérable; tel était le dieu germain. Une marmite ! Un canope ! direz-vous. Pouster, en effet, n'était pas autre chose, si ce n'est qu'il avait une tête et deux bras. La divine marmite trouvée dans le château de Rottenbourg en Thuringe, et transportée en 1546 dans le fort de Sondershaus, était d'un métal inconnu. Une de ses mains, percée d'un trou, était placée sur sa tête. Un autre trou était pratiqué dans sa bouche. Les prêtres remplissaient l'idole d'eau et de matières combustibles, et bouchaient soigneusement les deux ouvertures. L'idole alors était placée sur le feu; l'ébullition commençait à l'intérieur; bientôt Pouster suait par tous ses pores, les bouchons sautaient; sa tête et sa bouche vomissaient des jets de flamme, et le peuple consterné de la colère de son dieu, lui faisait des offrandes de toutes sortes. Ainsi Pouster, en se jouant, faisait bouillir la marmit de ses prêtres.

PRASRINPO et **PRASRINMO.** Le couple primitif dans la mythologie thibétaine; mais dans ce pays l'homme descend du singe. Prasrinpo donc et Prasrinmo sont pour nous des ancêtres à corps velu et à queue flottante, ce qui nous fait penser à cette curieuse imagination des rabbins, qui donnaient à notre père Adam, de même qu'aux autres animaux, une queue longue et velue, ornement superflu, dont Dieu, mieux avisé, fit ensuite la femme. Vous trouverez sans doute les Thibétains bien osés de vous donner des singes pour aïeux. Cessez, lecteur, de vous indigner. Prasrinpo et Prasrinmo ne sont qu'une incarnation du couple divin Tsenrési et Kadroma. Ils eurent trois fils et trois filles.

PROUDENO ou **BROUDENO.** Le premier des Krives ou prêtres chez les Pruczes. Il vivait, dit-on, vers le quatrième ou cinquième siècle. Vaidevout était son frère ou son contemporain. Il ne diffère point sans doute de Briden ou Priden, que les Lloégrès identifiaient avec Edd. (Voy. ce mot.) De lui paraît dériver le nom des Pruzci.

PUNCHAO. Le dieu suprême des Péruviens, le même sans doute que Pachacamac. (Voy. ce mot.)

QOANTE-QONG. Dieu chinois auquel on attribue une taille gigantesque, et qu'on représente toujours suivi de son écuyer Lin-Tchéou. Il passe pour avoir civilisé le pays dont il fut le premier souverain.

QUAYAYP. Dieu californien, le plus jeune des trois fils de Niparaïa (voy. ce mot), le dieu créateur, et de la belle Anaïkondi. Né sur les montagnes, il en descendit un jour avec un nombreux cortége, apprit aux sauvages habitants de la Californie l'agriculture et l'architecture, leur donna des lois, et fut assassiné pour prix de ses bienfaits. Couronnant par une ironie amère leur œuvre d'iniquité, ses meurtriers lui mirent sur la tête un diadème d'épines. Quayayp disparut. Son corps, d'une merveilleuse beauté, n'est point sujet à la corruption ; mais, s'il n'est pas mort, sa vie est si languissante, que la parole vient expirer sur ses lèvres, et sa plaie est toujours saignante à son côté. Une chouette lui parle à l'oreille. Quayayp est probablement le soleil à l'époque où il paraît abandonner la terre, et son rôle de civilisateur, attribué par tout pays au soleil, peut nous aider à apprécier le véritable caractère de Manco-Capac (voy. PATCHACAMAC) et de Botchica. (Voy. MEMQUETHEBA.)

QUETZALCOALT. Dieu de l'air et du commerce chez les Mexicains ou Aztèques. Il paraît être arrivé dans le pays d'Anahuac à l'époque de la domination des Tolté-

Autel mexicain.

ques, ces Pélasges du nouveau monde, selon l'expression de M. de Humboldt. Les eaux diluviennes couvraient la contrée, il les fit écouler, civilisa les habitants encore plongés dans la barbarie, établit des congrégations religieuses, sépara les pouvoirs temporel et spirituel, confia le gouvernement civil et politique à son compagnon Huenac, et fut lui-même le chef du culte qu'il centralisa dans la ville de Cholula, qu'il avait fondée. L'apparition de ce civilisateur est un des faits les plus curieux que nous aient fourni les traditions des peuples. Quetzalcoalt comme Memquetheba ou Botchica était barbu, et par conséquent d'une race étrangère à l'Amérique, puisque les naturels sont glabres; il était en outre de couleur blanche, et il amenait à sa suite des hommes vêtus de longues robes noires, dont le peuple conserva l'usage jusqu'au seizième siècle pour se déguiser dans les fêtes. Quetzalcoalt portait lui-même un manteau parsemé de croix rouges. On rapporte qu'il avait prédit l'arrivée des Européens au Mexique et la chute de l'empire des Aztèques. La ville de Cholula ou Churultecal, si bien appelée par M. Beltrami la Jérusalem, la Rome et la Mecque de l'Anahuac, était célèbre par la foule des pèlerins qui s'y donnaient rendez-vous à l'époque de sa fête. Cholula possédait autant de temples qu'il y a de jours dans l'année, et un Téocalli, pyramide immense de mille trois cent cinquante-cinq pieds de largeur à la base, et de cent soixante-deux d'élévation, surmontée d'une plate-forme de quatre mille deux cent mètres carrés, sur laquelle avaient lieu les sacrifices et où s'élevait un temple de forme ronde, qui plus tard fut remplacé par une église. Le culte de Quetzalcoalt était souillé par des sacrifices humains, et le temple qui lui avait été consacré à Mexico était revêtu d'une quantité prodigieuse de têtes de morts, dont Gomara portait le nombre à cent trente mille, calcul, il est vrai, fort exagéré. Les victimes humaines qu'on immolait en son honneur étaient toujours nombreuses; le grand prêtre seul avait le droit de les frapper; on leur arrachait le cœur pour l'offrir aux dieux, et leurs membres palpitants étaient coupés par morceaux et distribués aux assistants. Parmi ces victimes, destinées à cette sainte boucherie, on choisissait le jeune homme le plus beau et le mieux fait, on le lavait dans le lac des Dieux, on le parait du plus magnifique costume de Quetzalcoalt, on lui rendait les mêmes hommages qu'au dieu lui-même, et le jour de la fête on l'immolait en grande pompe; on offrait son cœur à la lune, et on précipitait son corps du haut du Téocalli, autour duquel la foule dansait pour témoigner sa joie. — Quetzalcoalt était aussi regardé comme président à la guerre et à la prophétie, quoique ces deux attributs appartinssent plutôt à Vitslibochtli.

QUIAI. C'est le nom générique qu'on donne aux dieux dans la péninsule Transgangétique. Il précède ordinairement le nom spécial de chaque divinité.

RA, RE, RI. C'est le nom que les Égyptiens donnaient au soleil. Il faut remarquer toutefois que cette syllabe était ordinairement précédée de l'article Pi. (Voy. Fré.) Souvent, en outre, elle suit le nom de Cneph, et surtout d'Amon, car Cneph-Amon est encore le soleil, ou le premier Démiurge se localisant dans le soleil. Nous avons eu souvent occasion de parler du soleil comme générateur universel, et précisément en copte Ré signifie l'*arroseur*, celui qui répand sur la nature les torrents de la lumière fécondatrice. (Voy. Po.)

RADGAST. Dieu slave, adoré surtout par les Varègues, dont il protégeait la capitale. Il avait une lance à la main gauche, un coq aux ailes déployées sur la tête, et sur la poitrine un bouclier orné d'une tête de bœuf. On lui immolait les prisonniers chrétiens; le prêtre buvait de leur sang, et, dans sa surexcitation, rendait des oracles respectés. Le sacrifice était suivi d'un joyeux repas. Radgast était placé sur la même ligne et peut-être au-dessus de Prono et de Seva.

RADHA. Voy. Krichna.

RADIEN-ATHCIÉ est le Brahm et le Piromi des Japons. Comme ces deux hautes divinités, il vit dans un repos absolu, et délègue son pouvoir à son fils Radien-Kieddé. Mais ce dernier lui-même est trop élevé pour être souvent invoqué. Le peuple veut des dieux qui soient plus près de lui, aussi les Lapons adorent-ils presque exclusivement les Noaïda ou hommes du ciel, qui habitent le Vérald (l'espace ou même l'univers). Les justes vont après la mort habiter le séjour de Radien. Les méchants appartiennent aux Saivos ou génies infernaux.

RAGHINIS ou **RAGINIS**, sont dans l'Inde trente nymphes qui président à la musique. Elles sont des personnifications des différents systèmes musicaux, et quatre surtout ont de l'importance. Tout en elles est rhythme, harmonie, cadence et mélodie. On les représente souvent, répandant de eaux limpides, qui forment une mer dont les flots miroitants, frémissants et murmurants représentent l'océan des sons. Elles ont à la main une balance, symbole de la pondération musicale, et sont en rapport à la fois avec les eaux, les astres, et même avec les vents

Une foule de tableaux les représentent, et des oiseaux, à la voix mélodieuse et parés des couleurs les plus vives, se balancent au-dessus ou autour d'elles. (Voy. MAHAÇOUA-RAGRAMA.) La musique hindoue est aussi personnifiée dans les Ragas, représentant les sons, dont le nombre est incalculable, et qui même peuvent être multipliés à l'infini. Six de ces Ragas ont été divinisés.

RAGNAR LODBROK, fils de Sigurd Hring, roi de Danemark. Ragnar était grand de taille, spirituel, généreux envers ceux qu'il aimait, et terrible dans les batailles. C'est assez dire que Ragnar était un prince accompli. A la même époque régnait en Jutland un roi nommé Herrand, dont la fille, Thôla, joignait à une beauté ravissante, à une taille souple, élevée, élégante, toutes les qualités imaginables. Thôla était la perle des princesses. Herrand, toujours en extase devant elle, lui offrait chaque matin un cadeau, et il avait juré d'en faire autant toute sa vie. Un jour, il lui apporte un dragon jeune et beau. Les femmes, depuis notre mère Eve, ont toujours aimé les serpents ; les matrones romaines en portaient dans leur sein aux fêtes de la Bonne Déesse, et nous qui ne datons pas de si loin, nous en avons vu souvent former un bracelet vivant autour des bras de nos élégantes Parisiennes. Thôla donc raffolait de son dragon. Elle le mit dans une cage magnifique et lui fit un lit d'or. Le serpent, ainsi choyé, grandissait à vue d'œil ; l'or grandissait avec lui ; et bientôt il enveloppa de ses replis immenses l'appartement même de Thôla. Le dragon s'était épris de la charmante jeune fille, et, jaloux de son trésor, il ne permettait à personne, pas même à son père, de pénétrer jusqu'à elle. L'amour pourtant ne lui avait point fait perdre l'appétit, et il mangeait à chaque repas un taureau qu'il avalait d'une bouchée. Le roi était désespéré. Il ne se trouvait pas dans le Jutland un seul guerrier qui osât se mesurer avec le monstre. Herrand fit publier de tous côtés qu'il donnerait sa fille en mariage à l'homme, quel qu'il fût, qui la délivrerait, et que l'or qui servait de couche au dragon, serait la dot de la princesse. Ragnar, à cette nouvelle, se fait faire des culottes et un capuchon de peau d'ours, dont les poils épais étaient bouclés de

Lodbrok.

manière à ce que rien ne pût pénétrer à travers, ce qui lui fit donner le nom de *Lodbrok ;* il trempa ensuite ce singulier accoutrement dans de la poix bouillante, qu'il laissa durcir, et, l'été venu, s'embarqua pour le Jutland avec une escorte de guerriers. Laissant tous ses compagnons sur le navire, Ragnar descend sur le rivage, se roule dans le sable, arrive dès les premières lueurs de l'aube matinale au palais de Herrand, pénètre jusqu'à l'appartement de Thôla, s'élance vers le dragon, le frappe avec fureur, et le fer de sa lance pénètre si avant dans les flancs du reptile énorme, qu'il demeure fixé dans la plaie. Le serpent s'agite avec rage, une gerbe de sang empoisonné jaillit de sa blessure ; mais Ragnar avait tout prévu, il tourne le dos avec rapidité, et reçoit sur son manteau de peau d'ours le venin mortel, qui ne lui porte aucune atteinte. Il se retire alors, et regagne son navire. Le dragon, en se débattant dans les angoisses de la mort, avait fait trembler le palais tout entier ; Herrand accourt : Il peut enfin serrer dans ses bras sa fille bien-aimée ! Mais le guerrier libérateur ne vient point réclamer le prix de son exploit. Le roi pourtant veut tenir sa promesse. Il invite le vainqueur à se présenter à un jour fixé, avec le bois de lance auquel appartient la pointe qu'on a retirée du corps du dragon. Une foule de guerriers arrivent pour être témoins de cette grande solennité. Ragnar apporte le bois de la lance. Le fer s'y adapte ; il épouse la belle Thôla, et son vaisseau, fendant les flots écumants, le ramène bientôt avec sa compagne sur les côtes du Danemark.

RAKCHACAS. Voyez DAÏTIAS.

RAKTAVIDJA. Géant qui avait obtenu de Brahma le privilége de voir, en cas de blessure, sortir des milliers de soldats de chaque goutte de son sang. La déesse Tchandi le blessa ; une armée surgit pour le défendre. Tchandi invoque alors la noire Kali, qui vient recueillir le sang du géant ; et la déesse, après avoir exterminé les défenseurs de Raktavidja, le fait tomber lui-même sous ses coups.

RAMA. Huitième incarnation de Vichnou. Il eut pour père Déçaraden (voy. ce mot) et pour mère Kaouçalia. Le corbeau Kaka-Bhouçouda, qui est Brahma lui-même, le servit pendant les cinq premières années de sa vie, exécutant ses moindres volontés et se prêtant à toutes ses fantaisies enfantines. Un jour, l'oiseau divin, dans une extase d'adoration, se précipita dans la bouche du jeune dieu, et demeura un nombre infini d'années dans ses entrailles, qui renfermaient les Souargas, les astres, la terre, l'univers entier. Il en sortit enfin ; mais ce voyage était un rêve, et ce rêve, pourtant, une réalité. Rama fit des progrès merveilleux dans toutes les sciences, sous la direction du sage Vacichta. Arrivé à l'âge de la puberté, il suivit le célèbre pénitent Viçouamitra, qui avait besoin de son assistance pour triompher de Ravana, roi de Lanka (Ceylan), et de deux Daïtias qui l'empêchaient d'accomplir un sacrifice. Rama tua le démon femelle Taraka, une foule de partisans de Ravana, et mit en déroute Maricha, son général. Viçouamitra offre alors son sacrifice tant de fois interrompu, et se rend avec Rama à la cour de Djanaka, père de la belle Sita. Ce dernier s'éprend bientôt de la jeune princesse; mais Djanaka ne la donnera qu'au héros assez robuste pour bander l'arc dont les dieux lui ont fait présent. Une foule de radjahs se présentent; ils échouent; Rama s'approche le dernier, saisit l'arc énorme, et le tend avec une vigueur telle que l'arme se brise entre ses mains. Le jeune vainqueur retourne, accompagné de Sita, à la cour de son père. Mais Déçaraden (voy. ce mot), lié par un serment, l'exile pendant quatorze ans. Rama, suivi de Lakchmana, un de ses frères, s'enfonce dans la forêt de Dandaka, extermine les géants, et, les quatorze ans expirés, revient à la cour d'Aoude. On lui offre la couronne; il la cède à son frère Bharata, et va recommencer contre les mauvais génies une guerre d'extermination. Il triomphe; il fait mordre aux uns la poussière et repousse les autres dans le Dekhan. Mais une guerre plus terrible va s'engager. Ravana, à l'instigation de Smourianaka, sa sœur, irritée contre Rama, qui a dédaigné sa passion, enlève Sita, son épouse bien-aimée, et l'emmène dans l'île de Lanka. Rama marche contre le ravisseur; une armée formidable d'ours, de singes, s'élance à sa suite (voy. HANOUMAN, JAMBAVAN) et pénètre dans Ceylan; le sang coule dans vingt batailles; Rama parvient à gagner Bhavani, qui jusqu'alors avait combattu contre lui; Ravana périt dans un combat, Sita est délivrée. Rama police alors les peuples, leur enseigne les arts et les sciences, règle le culte, et, laissant l'empire à son fils Koucha, remonte dans le Vaikounta, son palais divin, d'où il veille encore avec Sita sur les hommes, qu'il protège; mais avec lui se termine le Trétaïouga, l'âge d'argent des Hindous.

RATOC-LAOUT-KIDOUL. Si nous vivions sous le règne du polythéisme, nul doute qu'on ne vît s'élever à Périgueux, au Mans, à Bayonne, à Strasbourg, des divinités présidant à la récolte des truffes, à l'engraissement des chapons, à la fumigation des jambons et à la fabrication des pâtés de foies gras. Les indigènes de Batavia, qui ne sont pas moins friands des nids d'hirondelles de mer que nos gourmets des mets délicieux que nous venons d'énumérer, les mettent sous la protection de Ratoc-Laout-Kidoul, ou la *Princesse de la mer du Sud*. Les en blâmerez-vous, ces braves Bataviens? Lecteur, vous ne l'oserez pas, et surtout lorsque vous saurez que ceux des nids qu'ils ne mangent pas ils les vendent aux gourmands de l'Inde et de la Chine au prix de 150 francs la livre.

RAVA, c'est-à-dire le *Vieux*. Dieu suprême des Finnois, qui lui donnent pour fils Ilmarénen, le dieu de l'air, et Vainamoinen, le dieu du feu. Au-dessous de lui se rangent encore, et peut-être comme simples émanations, Ioumala, le bon principe, et Perkel, le génie du mal.

RAVANA et KHOUMBHAKARNA. Ravana, le plus redoutable des adorateurs de Siva, s'il n'est Siva lui-même, était un géant à dix têtes qui régnait sur l'île de Lanka (Ceylan). Il avait osé attaquer les dieux jusque dans les Souargas; mais, vaincu par Indra, il se fit pénitent, consacra à Siva cent ans d'austérités, et poussa l'abnégation jusqu'à sacrifier à ce dieu ses dix têtes et dix de ses mains. Siva, pour le récompenser, lui accorda le privilège de n'être tué que lorsqu'on lui aurait abattu un million de têtes. Sa force était telle, qu'un jour, ayant trouvé Siva endormi dans l'île de Ceylan, sur le mont Kaïlaca, il enleva montagne et dieu, qu'il déposa sur le mont Himalaya, au nord de l'Hindoustan. Il avait pour frère ce vorace Khoumbhakarna, qui, dès le moment de sa naissance, avait dévoré cinq cents Apsaras, les femmes de cent Mounis, sans compter une multitude de vaches et de Brahmes. A l'instigation perfide de Saraçouati, Khoumbhakarna demanda un jour à Brahma, comme récompense de dix mille ans d'austérités qu'il venait d'accomplir, le privilège de dormir jour et nuit. Brahma lui accorda ce qu'il souhaitait; mais, mettant en ligne de compte la supercherie de Saraçouati, il lui accorda un demi-jour de réveil à la fin de chaque période de six mois. Vous vous imaginerez facilement l'appétit du géant après ce jeûne d'une demi-année; aussi, quand il se réveilla, dévora-t-il six mille vaches, dix mille brebis, dix mille chèvres, cinq mille cerfs, cinq cents buffles, le tout arrosé de quatre mille tonneaux de liqueur fermentée. Ravana avait été son pourvoyeur, et Khoumbhakarna, irrité de sa parcimonie, voulut le tuer. La Grèce a vraiment bonne grâce à nous vanter son Milon de Crotone, auquel il arriva de manger un bœuf à son souper. Il est vrai que Milon de Crotone aurait paru bien petit dans un lit comme celui de Khoumbhakarna, qui n'avait pas moins de vingt mille lieues de long. Sa force égalait celle de son frère, et, pendant ses douze heures de veille, il trouvait, après son repas, le temps de faire la guerre aux dieux, dont toute la puissance échouait devant un si rude adversaire.—Ravana et Khoumbhakarna sont une pure allégorie du culte sivaïte, de sa puissance et de sa majesté sauvage et barbare. C'est pourquoi ils ont pour adversaire Vichnou lui-même, qui, sous le nom de Rama, fait sa huitième incarnation pour triompher de Ravana, qui avait étendu son autorité sur tout l'univers (voy. RAMA, JAMBAVAN, HANOUMAN), et c'est pour assurer le triomphe du vichnouïsme que Saraçouati avait fait demander à Khoumbhakarna un sommeil presque éternel.

REMPHAN. Voy. Po.

RHIN. A l'article DRUIDES, nous avons parlé de la vénération de nos ancêtres pour les lacs, les rivières, les fontaines. Au pied d'une montagne du Gévaudan, était un lac particulièrement consacré à la lune (Hélanus ou Hélalus), où, chaque année, les habitants du pays venaient jeter des habits, des toisons, de la cire, du pain, etc., chacun suivant ses moyens. La fête durait trois jours, pendant lesquels on se livrait à la joie et aux festins. Le quatrième, au moment où les dévots s'apprêtaient à se retirer, un orage terrible s'élevait tout à coup et des torrents de pluie mêlée de pierres tombaient du ciel (Grég. de Tours, *Glor. Conf.*, cap. 2). Le lac situé dans les environs de Toulouse, et dont les flots engloutissaient tant d'or et d'objets précieux, était plus célèbre encore (voy. DRUIDES, ELFINES); mais le Rhin, surtout, recevait les hommages des anciens Celtes; et ce grand fleuve, qui, à toutes les époques de l'histoire, a joué un rôle si important dans les luttes sanglantes des peuples; ce fleuve que l'Allemagne invoquait naguère dans un chant de guerre devenu fameux, recevait, dès la plus haute antiquité, les hommages des guerriers de la Gaule et de la Germanie. Des armées entières venaient implorer son secours et lui demander à grands cris la victoire. La seule vue de ce fleuve, ou de quelqu'un de ses rameaux, dit Tacite (*Ann.*, liv. v, ch. 18), suffisait pour inspirer du courage aux soldats. Le Rhin même, dieu juste autant qu'il était puissant et redoutable, prononçait sur les contestations les plus délicates qui pouvaient s'élever entre les époux. Un homme doutait-il de la fidélité de sa femme, avait-il des doutes sur la légitimité du fruit qu'elle portait dans son sein, il attendait le moment de la délivrance, et l'enfant était précipité dans les flots; si l'enfant allait au fond, la mère était coupable. C'était le jugement de Dieu, jugement respecté, sur lequel nul n'aurait osé élever un doute, et la femme coupable expiait par la mort sa faute publiquement dévoilée. Les Romains, à l'exemple des Gaulois, divinisèrent le Rhin. Des médailles de César et de Drusus le représentent sous la figure d'un vieillard à longue barbe assis au pied d'une montagne, tantôt s'appuyant sur un navire, symbole du commerce qu'il développe, tantôt tenant à la main des roseaux ou penchant une corne pleine d'eau.

RICHIS. Génies de la mythologie hindoue, dont le caractère est fort obscur. Ils paraissent être de grands pénitents ou Mounis, on les confond même avec les Pradjapatis. On en compte ordinairement sept: Kaciapa (l'espace), Atri, Vacichta, Viçouamitra, Gotama, Bharadouadja, Djamadagni. Ils ne diffèrent point sans doute des Devarchis (divins Richis), Radjarchis (rois Richis), Maharchis (grands Richis) et Saptarchis (sept Richis), qui ne semblent être que des noms d'honneur de ces génies, mais qui paraîtraient indiquer d'autres Richis inférieurs. Les Richis habitent à quatre millions quatre cent mille lieues par delà la planète Saturne, et ils forment, dit-on, la constellation de la Grande-Ourse.

RIMAK. Dieu des Péruviens qu'on allait consulter avant de s'engager dans une entreprise. Il passait pour rendre par la bouche de ses prêtres des oracles infaillibles.

RIMER est dans la mythologie scandinave le géant qui, à l'époque du crépuscule des dieux, c'est-à-dire à la fin du monde, conduira le grand vaisseau Naglefare.

RIMMON. Dieu de la ville de Damas en Syrie, qui ne nous est connu que par un passage de l'Ecriture. Selden, qui fait venir son nom de *Rim* (élevé), croit qu'il est le même qu'*Elioun* (voy. ce mot), le Très-Haut. D'autres l'identifient avec Vénus, parce que Rimmon, en Hébreu, signifie *grenade.* Kircher opine pour Pomone. Nous préférons, avec M. Parisot, le rapprocher d'Amon-Ra.

ROTH. Déesse gauloise adorée par les Véliocasses et qui paraît avoir été une Vénus. On retrouve son nom dans Rothmag (Rouen), le Rothomagus des Romains. Quant à la syllabe Mag, vient-elle, comme l'ont pensé quelques historiens, du nom de Mag, fils du plus ancien roi de la Gaule, Gamothès? Nous ne voudrions point causer préjudice à ce royal rejeton ; mais nous nous sentirions assez porté à voir dans Mag ce nom si respecté dans les religions de tant de peuples depuis l'Inde et la Perse jusque chez les anciens habitants des îles Canaries, de la Sarmatie, de la Saxe et des îles Britanniques. (Voy. MAGA.) L'histoire même nous apprend que Charlemagne fit abattre le temple longtemps respecté d'une déesse saxonne, appelée Magada (c'est-à-dire *fille, vierge*), mot dont la dernière syllabe ne représente sans doute qu'un élément étranger. Ne se pourrait-il pas que Roth-Mag (la vierge rouge) fût le nom même de la divinité adorée par les anciens habitants de Rouen?

ROUDJAVITH ou **ROUGIAVITH.** Le dieu de la guerre chez les anciens Slaves. Il était représenté avec sept visages. Son nom est probablement le même que celui des Rugii.

ROUGNOUR. Géant scandinave dont la lance était de pierre à aiguiser. Thor, d'un coup de sa massue redoutable brisa l'arme de Rougnour. Depuis cette époque, les pierres à aiguiser semblent dans tous les pays n'être que les fragments d'une masse fracassée par un choc violent.

ROUSSALKIS. Voyez Lécuies.

SABAZIUS. Dieu phrygien qui passait pour fils de Cybèle et de Saturne, et auquel on donnait pour nourrice

Hippa ou même Nysa, ce qui fait nécessairement penser à Bacchus. Il paraît hors de doute en effet que ces deux divinités n'en faisaient qu'une. Nous savons d'ailleurs que le cri Saboï était un de ceux qui retentissaient le plus fréquemment dans les cérémonies bachiques. Les Sabazies, comme les Orgies, étaient des fêtes délirantes accompagnées de danses convulsives et de gestes désordonnés. Les prêtres ou les dévots ne s'y épargnaient pas plus que dans les solennités d'Anaïtis, de Baal, de la Grande Déesse syrienne, etc. Les mots mystérieux Evoï, Saboï, Hyès, Attès, Attès, Hyès, y étaient mille fois répétés. **M. Parisot,** qui rapporte Bacchus à Siva, explique ces mots par : Gloire à toi Siva, fils père, père fils, — et Fréret par : Heureux puissent être les initiés, Sabase père, ô père Sabase! Sikler croit que ces paroles étaient prononcées par deux chœurs, l'un de Mystes et l'autre de prêtres, et il les traduit ainsi :

Les mystes. Evoï, Saboï (mon père, mon nourricier)!

Les prêtres. Hyès (il est le feu ou la lumière)!

Les mystes. Attès (tu es le feu ou la lumière)!

Attès (tu es le feu ou la lumière)!

Les prêtres. Hyès (il est le feu ou la lumière)!

Sabazius est selon toute probabilité le même dieu qu'Adonis (le seigneur) et qu'Atys, ce qui ne contrarie point ce que nous avons dit plus haut, puisque Plutarque confond Adonis et Bacchus. Ces divinités, en effet, ne sont que le soleil, le soleil arrivant à son déclin, ce que Macrobe dit positivement de Bacchus (*Saturn.*, liv. Ier, ch. XVIII.) Une opinion singulière est celle de Plutarque, qui prétend que c'est du dieu Sabazius ou Bacchus que vient le sabbat des Hébreux, et qui veut en conséquence que le dieu des Juifs ne soit que ce même Bacchus appelé d'ailleurs Iao, comme lui.

SABÉISME. Voyez SOLEIL.

SAGABA. (*Myth. indoue.*) Voyez GANGA.

SAKTI. L'énergie divine, femme de Brahm l'irrévélé, et par conséquent la même que Maïa. Sakti pourtant diffère de Maïa. Celle-ci n'est que le monde extérieur, le monde des phénomènes illusoires et trompeurs ; Sakti est la force qui les produit, la vie latente. On donne souvent à cette déesse le nom de Parasakti (la grande Sakti), pour la distinguer des trois déesses de la Trimourti, qui prennent souvent l'épithète de Sakti, et qui ne sont que des dédoublements ou des émanations de la haute épouse de Brahm, comme Brahma, Vichnou et Siva sont des émanations de Brahm lui-même. Les livres sacrés mentionnent souvent huit Saktis ou Matris (voy. ce mot), dédoublement de Parasakti.

SALAMANDRES. Génies élémentaires qui vivent dans le feu comme les Sylphes dans les airs, les Gnomes dans les entrailles de la terre et les Ondines dans les eaux. Les Salamandres sont tantôt favorables et tantôt funestes aux hommes. Le feu qui réchauffe n'est-il pas aussi le feu qui brûle et qui tue? Ils prennent sous leur protection spéciale les animaux qui portent leur nom, et auxquels ils ont accordé le privilège de traverser les flammes sans en éprouver l'atteinte.

SALAMBO. Déesse babylonienne en l'honneur de laquelle on célébrait une fête de deuil. On la prend pour une Vénus.

SAMOUNDO. Femme d'Erlik-Khan (voy. ce mot); elle est représentée à côté de lui. Son corps est bleu clair, tandis que celui d'Erlik est bleu foncé. Héla, dans l'enfer scandinave, est bleue et blanche.

SANI ou **SANA.** Génie hindou qui passe tantôt pour le frère d'Iama, tantôt pour le fils du Soleil et pour une des sept planètes. Il préside à la conscience, aux destinées futures et à la transmigration des âmes. C'est un génie funeste dont le regard est mortel. Le corbeau, symbole de la métempsychose, est son attribut le plus ordinaire ; on y joint les serpents représentant les remords. Le septième jour de la semaine, samedi (jour de Saturne), lui est consacré et porte pour cette raison le nom de Sanidinam (jour de Sani.) Sani est représenté avec quatre bras, monté sur un corbeau et couronné de serpents. Ses chairs sont de couleur bleue.

SANKARA-ATCHARIA. Le bouddhisme a subi

nutant de persécutions que le christianisme. Sankara-Atcharia fut un de ses ennemis les plus acharnés. Il anéantit la loi de Bouddha dans l'Inde et entreprit de la détruire également dans le Népaul et le Thibet. Le grand Lama lui posa des objections qu'il ne put résoudre. Pour se débarrasser d'un si rude dialecticien, Sankara, par un pouvoir magique, s'élança dans les airs. Le Lama planta, la lame en haut, son couteau sur l'ombre que faisait le corps de l'impie, qui, tombant tout à coup, se fendit la gorge sur le fer vengeur.

SAN-PAU. Dieu adoré par les Mongols, les Thibétains et les Kalmouks. Il est représenté avec trois têtes et assis sur un tabouret. Un arc, symbole de la puissance, est placé auprès de lui, une mitre surmonte sa tête du milieu, qui s'élève au-dessus des deux autres. Celles-ci ont pour coiffure une espèce de calotte. Il tient un cœur enflammé dans sa main droite et un sceptre dans sa main gauche. Nul doute que San-Pau ne soit une personnification trinitaire identique à Hopamé, s'émanant en Sangh-Kie-Kontsioa, Tsio-Kontsioa et Kedoun-Kontsioa ou en Giam-Ciang, Tsihana-Tortsch et Tsenrési.

SARAÇOUATI. Sœur et fille de Brahma, qui, embrasé pour elle d'une passion incestueuse, la poursuivit longtemps de son amour. Saraçouati cherchait en vain à éviter sa présence. De quelque côté qu'elle se tournât, une nouvelle tête poussait sur les épaules du dieu, qui bientôt put étendre à la fois ses regards aux quatre points de l'horizon, qu'il embrassait jusqu'aux extrémités du monde. Ne

Saraçouati.

pouvant échapper à sa vue, Saraçouati s'élance dans les cieux ; une cinquième tête vient tout à coup se joindre aux quatre que possédait déjà Brahma, et la demeure même des immortels n'est plus un refuge pour la déesse. Siva, irrité, abat la tête audacieuse qui ne craignait pas de souiller la sainteté des cieux. Brahma est alors précipité dans l'abîme et condamné à subir une longue série d'incarnations. (Voy. BRAHMA.) Saraçouati n'en fut pas moins sa femme. On se demande tout d'abord quel sens est caché sous cette allégorie si grandiose, même dans son apparente brutalité. L'explication est facile à donner. Brahma est l'énergie créatrice, l'esprit qui vient organiser, animer et vivifier la matière chaotique. Mais cette œuvre magnifique ne s'accomplira que par la grande loi de l'harmonie, de la science, de la sagesse. Et Saraçouati, poursuivie par Brahma avec tant d'ardeur et d'obstination, Saraçouati, qu'il parvient à forcer jusque dans son dernier refuge, Saraçouati, comme son nom l'indique, est l'harmonie ; elle est la science ; elle est la sagesse ; elle est le Verbe. L'Egypte nous offre dans Isis et Osiris un mythe absolument semblable. Isis, en effet, est la fille, la sœur et l'épouse d'Osiris. Isis est la sagesse divine, elle est en même temps la nature, et la déesse hindoue, dans son essence infinie, embrasse elle-même l'universalité des choses. — Saraçouati, déesse de l'harmonie divine, préside naturellement à la musique, et, par suite, au langage et à l'éloquence. C'est pourquoi elle reçoit les noms de Vatch (la voix), de Ghi (l'éloquence), de Vakervani (rectrice de la parole), de Bhavati (l'histoire). Elle est mère de Nareda, le dieu de la sagesse ; de Dakcha, père de Savitri (le soleil ; Isis est aussi mère du soleil) ; des six Ragas, qui président aux modes musicaux. (Voy. RAGHINIS.) Saraçouati est ordinairement représentée à côté de Brahma ou seule, et tenant à la main une lyre ou vina, instrument inventé par Nareda.

SARIAFING. Les habitants de l'île Formose le

croient comme nous, l'homme est né parfait, l'homme est né beau. Tamagisanhach, qui l'a créé, en a voulu faire un chef-d'œuvre, un microcosme, comme disaient autrefois nos philosophes, c'est-à-dire un abrégé de tout ce qu'il y a de plus admirable et de plus ravissant dans la nature. Lisez Milton, même à travers Delille, et vous verrez qu'Adonis aurait cédé la pomme à notre père Adam. Telle était donc la volonté de Tamagisanhach. Mais Tamagisanhach n'est pas seul maître dans le monde. Il est à tout moment contrecarré par un mauvais génie qui a choisi le Nord pour demeure, et qui a nom Sariañng. Il suffit que le premier ait voulu les hommes charmants et beaux, pour que le second les veuille disgracieux et laids. Or, Sariañng, afin de combattre son adversaire, a choisi pour arme la petite vérole, et son plus doux passe-temps, depuis le commencement de l'année jusqu'à la fin, est de cribler le visage des pauvres habitants de l'île Formose. Pour l'honneur de Tamagisanhach, j'aime à penser qu'un jour ou l'autre il inventera la vaccine.

SATÉ ou **SATI**. Déesse égyptienne de second ordre qui, sur les monuments, est appelée Dame de la région in-

férieure. On voit souvent son image sur les monuments funéraires. Elle est ordinairement à genoux; sa coiffure est blanche ou bleue, et sa tête est ornée tantôt du pschent, tantôt d'une palme. Elle tient dans ses mains la croix ansée et le sceptre à fleur de lotus. Tantôt elle est vêtue d'une tunique, et tantôt le vautour, emblème de la maternité, couvre de ses ailes ses jambes et ses cuisses. Le serpent Uræus lui était particulièrement consacré.

SATIAVRATA. Le Xissutr, le Deucalion de l'Inde. Brahma dormait. Les Védas coulèrent de sa bouche, et le démon Haïagriva les dévora. La loi sainte se trouva perdue pour les hommes. Satiavrata, au milieu de la corruption générale, se faisait remarquer par sa sainteté. Il s'acquittait scrupuleusement de ses ablutions dans le fleuve Kritamala. Un jour, un petit poisson se présente devant lui; il le prend et le dépose dans un bocal. Au bout de quelques heures, le poisson avait tellement grandi, que le vase pouvait à peine le contenir. Satiavrata le place dans une cuve; le même miracle se renouvelle. Il le porte successivement dans un étang, dans un lac, dans le fleuve, et le poisson, grandissant toujours, se trouvait partout à l'étroit. Le pieux radjah le met enfin dans l'Océan. « Encore sept jours, lui dit le poisson, qui n'était autre que Vichnou, et tout sera submergé; mais au sein des vagues dévastatrices, un grand vaisseau t'apparaîtra; entres-y, muni de toutes les plantes, de toutes les graines, accompagné des sept Richis et entouré des couples de tous les

animaux. » Au bout de sept jours, en effet, la mer déborda sur la terre; des pluies immenses tombèrent du ciel. Satiavrata lui-même allait périr, lorsque le navire apparut. Il s'y renferma, après y avoir fait entrer les Richis, les animaux, et y avoir réuni les graines de tous les végétaux. Vichnou, toujours sous la figure du poisson, s'éleva à la surface des eaux, au moment où déjà elles commençaient à décroître, tua le démon Haïagriva et recouvra les livres saints. Satiavrata fut ensuite mis au nombre des Menous, et devint le septième d'entre eux sous le nom de Vivaçouata.

SAVITRI. A ce nom se rattache un des plus charmants épisodes de la grande épopée sanscrite connue sous le nom de Mahabarata. Nous ne connaissons, en aucune langue, rien de plus gracieux, de plus tendre, de mieux senti. C'est, comme le dit M. Pauthier, un diamant sans tache enchâssé dans une riche parure, une étoile chaste et pure rayonnant au milieu d'un ciel orageux. Nous allons en donner un extrait d'après la traduction de ce savant indianiste. Malheureusement, nous sommes obligé d'effeuiller sous nos doigts les fleurs délicates de cette guirlande de poésie pour la plier au cadre de ce recueil.

Asvapati, roi de Madras, n'avait point d'enfants. C'était, pour le puissant monarque, un chagrin que l'éclat du trône ne pouvait lui faire oublier. Pour fléchir les dieux, il vécut dix-huit ans dans les austérités de la pénitence, et fut enfin récompensé par la naissance d'une fille, qu'il nomma Savitri, en l'honneur de la déesse qui lui avait accordé cette faveur précieuse. Savitri était belle comme Lachmi; Savitri avait de grands yeux couleur de lotos, et lorsqu'elle fut parvenue à l'âge brillant de la jeunesse, les hommes disaient, en voyant sa taille élancée, ses formes arrondies et son front éblouissant : Elle est belle comme une fille des dieux. Et pourtant, nul jeune homme ne la demandait en mariage, la vierge aux yeux de lotos! Asvapati, plein de tristesse, lui ordonna de chercher elle-même le mari qu'elle désirait. Elle part sur son char d'or, visite les anachorètes dans leurs déserts, les sages dans leurs ermitages, les étangs consacrés où les religieux se réunissent pour faire leurs ablutions, revient enfin à Madras, et apprend à son père qu'elle a fait choix de Satyavan, le *Véridique*, jeune homme beau comme elle, et fils de Dyoumatsena, roi de Salva, qui, après avoir perdu la vue et le trône, vivait retiré dans un ermitage. Satyavan était sage, instruit, patient comme la terre, religieux, libéral, magnifique, d'un aspect agréable comme la lune; Satyavan était un modèle de toutes les perfections. Mais Naréda, le dieu musicien, le dieu prophète, qui se trouvait alors à la cour d'Asvapati, lui apprit que le fils de l'ancien roi de Salva devait mourir au bout d'un an. Va, Savitri, va, ma belle, faire un autre choix, lui dit son père. — On ne subit qu'une fois sa destinée, répondit Savitri. Qu'il ait une vie longue ou qu'il ait une vie courte, une fois qu'un époux a été choisi par moi, je n'en choisis pas un second. Le roi de Madras, accompagné de sa fille, va trouver Dyoumatsena dans sa retraite, et bientôt Savitri est unie à l'élu de son cœur. Dépouillant ses ornements royaux, elle se couvre d'un vêtement d'écorces d'arbres, et partage la vie solitaire de Satyavan. Dans l'humble ermitage, elle se sent heureuse, la fille du roi de Madras! Sa douceur, sa piété, ses qualités, la font aimer de tous ceux qui l'environnent. Mais le temps s'écoule; une tristesse profonde s'empare de la jeune épouse; elle songe à la prédiction de Naréda. L'année arrive enfin à son terme. Quatre jours encore la séparent du moment fatal! Dans l'espoir de fléchir les dieux, elle fait vœu de rester debout, immobile, et sans prendre de nourriture, pendant trois jours et trois nuits, et remplit sa promesse. Le quatrième jour, Satyavan se dispose à aller couper du bois et cueillir des fruits·faire la forêt, car son père aveugle n'a que lui pour soutien. Savitri, malgré son jeûne de trois jours, malgré sa fatigue, malgré sa douleur et ses angoisses, Savitri veut le suivre. Ils partent; les voilà dans la forêt; les grands arbres arrondissent sur leurs têtes leurs rameaux chargés de fleurs; les paons, aux couleurs éclatantes, passent en troupes autour d'eux; ils côtoient les fleuves aux flots transparents. Satyavan marche léger et joyeux; Savitri le suit la douleur dans l'âme et le sourire sur les lèvres. Le jeune homme remplit sa corbeille; les branches tombent avec fracas sous sa hache; mais tout à coup sa vigueur l'abandonne; il vient poser sa tête sur le sein palpitant de Savitri, et un sommeil invincible ferme ses paupières. Au même instant, Savitri voit, debout à côté de lui, un homme qui le regardait d'un œil avide. L'inconnu était couvert de vêtements rouges; ses cheveux étaient frisés; son visage, noir et jaune, brillait comme le soleil, et il tenait une corde à la main. C'était Iama, le dieu de la mort. Plein de compassion pour Savitri suppliante, il lui apprend le motif de sa présence, et fait sortir du corps de Satyavan un esprit de la grandeur d'un pouce (c'est l'âme sensitive, siége de la vie, et différente de l'âme spirituelle), le lie avec sa corde et se dirige du côté du midi. Il ne restait plus de Satyavan qu'un cadavre inanimé. L'épouse éplorée suit Iama. Retourne sur tes pas, va-t'en, Savitri, lui dit-il, va accomplir le sacrifice funèbre. — Là où mon époux est conduit, répond Savitri, là aussi je dois aller; c'est mon devoir éternel; ne me défends pas de te suivre. Iama, touché, lui promet d'exaucer le vœu qu'elle formera, quel qu'il soit, pourvu qu'elle ne demande pas la vie de Satyavan. Savitri le prie de rendre la vue à son beau-père. Le dieu continue sa marche; Savitri le suit encore, elle le suit toujours, et obtient de lui tour à tour que le trône soit rendu à Dyoumatsena, cent fils pour couronner la vieillesse de son père, cent fils pour elle-même et dont Satyavan sera le père. Elle obtient enfin la vie même de Satyavan, et une existence de quatre cents ans pour elle et pour lui. Yama délie alors l'esprit qu'il avait attaché; Savitri court auprès du corps inanimé, replace sa tête sur son sein, et le réchauffe sous ses mains délicates. Satyavan se réveille, et toutes les promesses d'Iama sont accomplies.

SCHAKA. Déesse babylonienne que l'on a comparée à l'Ops des Latins, et dont le nom rappelle à la fois la terre sacrée des Saces et l'épithète de Sakti (l'énergie), donnée aux hautes déesses de l'Inde. Schaka est la même divinité, sans doute, qu'Anaïtis, comme le prouverait cette fête des Sacées, qu'on célébrait, suivant Athénée (*Dypnosoph.*, liv. xiv), en l'honneur de cette dernière. Les Sacées duraient cinq jours, pendant lesquels les esclaves commandaient à leurs maîtres, ce qui avait lieu à Rome dans les Saturnales. On choisissait, en outre, un prisonnier condamné à mort. On lui accordait toutes les grâces, toutes les faveurs, tous les plaisirs qu'il pouvait désirer, et, la fête accomplie, on le conduisait au supplice. On retrouve chez les Mexicains un usage analogue. (Voy. QUETZACOALT.)

SEIT. L'Ahrimane des Lapons, le roi des mauvais génies. Il était adoré dans les forêts, au milieu des rochers, et on lui sacrifiait des chats, des chiens, des coqs, et rarement des rennes. Il était représenté par une pierre à laquelle on donnait la figure d'un homme, d'un quadrupède ou d'un oiseau, selon qu'elle se prêtait à l'une ou à l'autre de ces formes. On choisissait de préférence les pierres déjà creusées et bizarrement taillées par les eaux des cascades. L'île de Darra, dans le lac Tornéo, était son sanctuaire principal. Seit formait une sorte de trinité avec Tiermes (voyez ce mot) et Paive, déesse du soleil. Tous les ans, on interrogeait le sort pour savoir auquel des trois on offrirait le grand sacrifice. Un anneau tournant sur un tambour, autour des trois signes affectés aux trois divinités, décidait, en s'arrêtant devant l'un ou l'autre, à qui devait échoir le sacrifice. Mais à côté de ces signes on en traçait un quatrième, qui n'appartenait à personne. Si l'anneau s'y arrêtait, c'était un refus formel de la part de Seit, de Tiermes et de Paive, et tout le peuple était plongé dans la désolation.

SÉRAPIS. Un des dieux les plus célèbres de l'Egypte sous la domination étrangère. Ptolémée Soter, le fondateur de la monarchie des Lagides, voulut faire d'Alexandrie la capitale religieuse de l'Egypte. Il déclara un jour qu'il avait vu en songe un dieu qui lui ordonnait d'aller chercher sa statue à Sinope, dans le Pont (Tacite, liv. iv, ch. 83 et 84). Il envoya immédiatement des commissaires chargés d'apporter à Alexandrie la divine image. Le dieu de Sinope avait trois têtes, une de chien, une de loup ou de chacal et une de lion. Ces trois têtes rappelaient le Cerbère de la mythologie grecque et le monstre correspondant de l'Amenthi égyptien. Le dieu de Sinope fut assimilé à Pluton, ou plutôt, comme le dit Plutarque (Isis et Osiris), au Sérapis de l'Egypte, dans lequel les Grecs avaient reconnu le sombre époux de Proserpine. Son temple même fut élevé sur l'emplacement d'un antique sanctuaire consacré à Sérapis et à Isis (Tacite, *passage cité*), et c'est pour cette raison qu'il reçut le nom de Sérapis, sous lequel il n'était point connu à Sinope, suivant le témoignage de Plutarque. Cet auteur, dans la *Vie d'Alexandre*, parle positivement du culte qui lui était rendu à une époque antérieure aux Ptolémées. Diogène Laërce rapporte que Diogène le Cynique ayant appris qu'Alexandre se faisait adorer comme étant Bacchus lui-même, s'écria : Qu'on me fasse donc Sérapis! Pausanias (*in Atticis*) dit même que le plus ancien sanctuaire de Sérapis était celui de Memphis, et plusieurs écrivains de l'antiquité ont prétendu que c'était de Memphis et non de Sinope que Ptolémée Soter avait fait venir la statue de Sérapis. C'est donc à tort que beaucoup d'auteurs ont cru que ce dieu était inconnu à l'Egypte avant la domination des Ptolémées.

Le temple, ou Sérapeum, qui lui fut consacré par le premier des monarques de cette dynastie, ou, selon d'autres, par le deuxième, ou même par le troisième, était un des monuments les plus magnifiques de l'univers. Ammien Marcellin dit qu'il ne le cédait qu'au Capitole de Rome. Un sacerdoce largement rétribué fut créé en l'honneur du dieu, dont le culte éclipsa bientôt celui des autres divinités de l'Egypte. Il se répandit avec rapidité dans la vallée du Nil, d'où il passa en Grèce, en Asie, et, plus tard, en Italie. Du temps d'Aristide l'Orateur, au deuxième siècle de Jésus-Christ, l'Egypte ne comptait pas moins de quarante-trois temples dédiés à ce dieu. Celui de Canope, à vingt-quatre kilomètres à l'ouest d'Alexandrie, rivalisait avec le Serapeum de cette dernière ville, et attirait une foule prodigieuse. Nuit et jour, selon Strabon (liv. xvii), le canal qui conduit d'Alexandrie à Canope était couvert de bateaux remplis d'hommes et de femmes qui se livraient à des danses lascives accompagnées de chants d'allégresse. Le sanctuaire était une véritable académie de médecine. Les malades y accouraient des provinces les plus éloignées; les cures merveilleuses opérées par les prêtres de Sérapis, ou par Sérapis lui-même, étaient consignées sur des registres, et le temple était encombré des *ex-voto* consacrés au dieu par les personnes qui lui devaient la santé ou la vie. Les boiteux étaient redressés, les aveugles recouvraient la vue. Tacite (liv. iv) rapporte même que, par la vertu de Sérapis, l'empereur Vespasien guérissait les écrouelles et rendait la vue aux aveugles. — Un ancien écrivain ecclésiastique rapporte qu'un rayon de soleil pénétrant, à certaine époque, par une fenêtre pratiquée dans le mur oriental du temple, venait éclairer la bouche de Sérapis. On approchait en même temps une statuette, représentant le soleil, qui, attirée par une pierre d'aimant cachée dans la voûte, s'élevait vers le dieu comme pour le saluer, et retombait au moment où le rayon lumineux disparaissait. On croyait, selon cet auteur, que le soleil, après avoir rendu son hommage à Sérapis, retournait dans les cieux pour y continuer sa course bienfaisante.

Il nous reste à déterminer la place de Sérapis dans la hiérarchie divine de l'Egypte. Nous avons déjà vu, à l'article CANOPE, que le dieu-Vase ne différait point de Sérapis; nous avons dit, en outre, que Canope était Cneph. « Qui suis-je? » répond à Nicocréon, roi de Cypre, l'oracle de Sérapis, qu'il venait consulter. « La voûte des cieux est ma tête; la mer est mon ventre; mes pieds sont sur la terre; mes oreilles sont dans les régions éthérées; mon œil est le soleil, ce divin flambeau qui porte au loin ses regards. » Et quel pourrait être le dieu qui se définit ainsi lui-même, sinon Cneph, l'âme universelle qui pénètre le monde, qui le soutient et qui l'anime? Mais Sérapis n'est pas toujours considéré à ce point de vue transcendantal. Il se confond ordinairement avec Osiris, le soleil s'abaissant pour parcourir les signes de l'hémisphère austral. Il est alors le dieu de la région inférieure, le monarque du sombre empire, Pluton, comme les Grecs l'appelaient. Diodore (liv. 1, chap. 35) et Macrobe (*Saturn.*, liv. 1, ch. 19) le reconnaissent. Callisthène et Platon lui donnent en ce sens le nom d'*invisible*, une des épithètes du Pluton grec (Adès) ; plusieurs médailles même s'accordent avec Martianus Capella pour l'identifier avec le soleil. De plus, il est le Nil comme Cneph (voyez ce mot), et il affecte en même temps le rôle de Chmoun, ou Esculape ; de sorte qu'on peut dire, avec Creuzer, que Jupiter, Esculape et Pluton se sont donné rendez-vous dans Sérapis.

Les monuments ne nous ont transmis aucune image de ce dieu avec les trois têtes qu'il avait apportées de Sinope. Il est ordinairement représenté enveloppé depuis le cou jusqu'aux pieds. Sa tête est surmontée du modius ou boisseau, et on voit quelquefois à ses pieds un monstre à triple tête. Son image la plus curieuse est celle qui nous le montre environné d'un serpent énorme, qui fait autour de de lui quatre replis entre chacun desquels on voit le taureau, le lion, le scorpion et le verseau, qui correspondent aux quatre points équinoxiaux et solsticiaux ; la queue du serpent se trouve à son épaule et la tête à ses pieds.

SÉVA, SIVA ou **SIBA**. Déesse adorée par les Slaves Varégues. Elle présidait à la végétation, et on lui sacrifiait des animaux ou même des prisonniers. On la représentait, tenant une pomme dans une main et une grappe de raisins dans l'autre.

SICHOUPALA ou **SIÇOUPALA**. Radjah (roi) de Tchédi dans le Béhar, et parent de Djaraçandha (voy. ce mot). Sichoupala, géant à cinq têtes et d'une force prodigieuse, fut l'un des plus rudes antagonistes du vichnouïsme, ce culte doux et pacifique qui préparait la voie au bouddhisme, en ruinant le sivaïsme et le brahmanisme par les atteintes qu'il portait au système des castes. Sichoupala devait épouser la belle Roukmini ; mais la princesse aimait Krichna, et bientôt ce dernier, à la tête d'une armée, vint la disputer au géant pentocéphale. La lutte s'engage ; autour de Sichoupala se range la caste des Kchatrias ou guerriers, ennemis nés du progrès, partisans par instinct et par intérêt du culte barbare de Siva et du régime abrutissant des castes. Mais le peuple est pour Krichna ; le dieu triomphe après une longue suite de batailles et de victoires, et Sichoupala périt sous ses coups. (Voy. Krichna.)

SIGÉAMI. Dieu qui dans l'Indo-Chine préside aux éléments, et tient dans ses mains la foudre et les éclairs.

SIGNIR (*myth. scandin.*). Voy. Loke.

SIMZERLA. Les poëtes se sont plu à chanter Flore ou Chloris. La brillante allégorie des Grecs a ébloui les hommes du Nord. Ils ont oublié les trésors de leurs traditions ; ils ont dédaigné les perles de l'imagination de leurs ancêtres. Que de poésie pourtant dans les mythologies de l'Europe barbare ! Nous avons vu dans la Scandinavie le génie Kolna présider au mariage des fleurs. Chez les Slaves nous voyons Simzerla, l'amante de Pogoda, le dieu du printemps, planer dans les airs au milieu des brises folâtres auxquelles elle abandonne les boucles dorées de sa blonde chevelure. Un parfum de lis s'exhale de sa bouche charmante ; sa ceinture est parsemée de roses, et elle répand à pleines mains sur la terre les fleurs aux mille couleurs et aux senteurs balsamiques. Simzerla est-elle inférieure à Flore et à Chloris ?

SIONA. Déesse scandinave qui jette dans le cœur ces vagues pressentiments et ce trouble indéfinissable qui le disposent à recevoir les douces émotions de l'amour.

SKADA. Femme de Niordr et mère de Freir. Les Scandinaves l'invoquaient comme présidant à la chasse et aux tempêtes.

SKANDA, SOUBRAHANIA ou **CARTICAIA**. Fils de Siva et de Bhavani, et dieu de la guerre. On verra à l'article Ganéça sa rivalité avec ce dieu, qui était son frère, et au mot Ases, comment, dans son désespoir d'avoir été vaincu par Ganéça, il quitta le Kailaça et s'exila dans le pays de Kraouchna (la terre de grues). On le voit cependant plus tard figurer, comme auxiliaire de Ravana, dans la guerre soutenue par ce géant contre Vichnou. On le représente avec six têtes et monté sur un paon. Suivant Rhode, Skanda et son paon sont le symbole de l'année solaire, et Ganéça, sur son rat, celui de l'année lunaire. C'est ainsi que Rhode explique la rivalité de ces deux dieux, et le triomphe de Ganéça, qui fait plus tôt que son frère le tour du monde. C'est pourquoi aussi, dit-il, l'Inde honore Ganéça, et néglige Skanda, car l'année lunaire est l'année sacerdotale qui règle toutes les fêtes. Skanda est quelquefois appelé Harakoula, nom qui se rapproche beaucoup de celui d'Hercule (Héraklès).

SKIDNER. Voy. **FREI**.

SKOL. Loup monstrueux de la mythologie scandinave, et le pendant de Fenris. Fenris, en effet, à la fin du monde, doit engloutir le soleil, et Skol dévorera la lune.

SLATA BABA. Hérodote parle d'une *Vieille d'or*, adorée dans les contrées hyperboréennes. Cette vieille d'or n'était probablement autre que Slata Baba, dont le nom, en effet, a cette signification, et qui reçoit les hommages des Tartares des sources de l'Obi. On la représente tenant un enfant sur son sein, remarquable par sa volumineuse abondance. Autour d'elle le vent agite sans cesse des instruments en cuivre, et des trompettes qui rendent des sons prophétiques. On invoque surtout Slata Baba aux époques de calamités publiques, et elle révèle l'avenir. Ces détails rappellent les vases d'airain, les boules de métal et la statue suspendus aux rameaux des chênes de Dodone, et qui, agités par le vent, prédisaient également l'avenir par la variété des sons. La tradition grecque, il est vrai, fait venir Dodone de la Crète ou de l'Égypte. Mais le culte des chênes, qui se liait au culte de Jupiter dodonéen, n'est ni égyptien ni crétois.

SNORRA. Déesse scandinave qui présidait à la sagesse et aux sciences. Elle donnait son nom à toutes les personnes, hommes ou femmes, qui se distinguaient par leur sagesse et leur prudence.

SIVA. La troisième personne de la Trinité hindoue. Nous avons dit à l'article Bhavani comment il naquit avec Brahma et Vichnou. D'autres traditions l'élèvent au-dessus de la Trimourti et le substituent à Parabrahma lui-même. La religion hindoue, en effet, n'a pas toujours existé telle que nous la voyons aujourd'hui. La Trimourti paraît résulter de la fusion de trois cultes différents, on pourrait même dire de quatre, en comptant celui de Bhavani, qui peut-être a précédé les autres. Le sivaïsme viendrait alors après le bhavanisme. Il ne faut plus dans ce cas voir dans Siva le destructeur, opposé, dans la série des évolutions de la nature, à Brahma le créateur, et à Vichnou le conservateur. Son rôle est plus haut. Il est l'âme du monde, l'énergie éternelle qui pénètre l'univers. Il est le dieu des formes ; il les change et les renouvelle, il détruit pour créer ; il fait de la mort le marchepied de la vie. A côté de lui il n'y a place ni pour Brahma, ni pour Vichnou, car le créateur, c'est Siva, et qu'est-ce que le conservateur au milieu de ces perpétuelles variations et transformations de la matière et des formes ? Ramené aux principes cosmogoniques, l'élément qui domine dans le sivaïsme, c'est le feu, le feu qui réchauffe, qui crée, qui anime. Siva est donc le feu dans la plus grande extension de ce mot, le feu qui produit et qui détruit ; c'est pourquoi Siva nous apparaît sous deux faces absolument opposées, mais toujours actif, ardent, rapide, énergique, indomptable. Son rôle de destructeur a prévalu dans les croyances populaires, et surtout depuis le triomphe du vichnouïsme quiétiste. Monté sur un tigre, il parcourt le monde, la rage dans le cœur. Sa bouche crispée laisse entrevoir une double rangée de dents aiguës et tranchantes, des crânes humains couronnent sa quintuple tête, sa chevelure flamboie comme le cratère d'un volcan, des serpents s'entortillent autour de son corps et de ses bras ; ses quatre mains sont armées de glaives, de lances et de flammes ; ses yeux dévorent et foudroient, et son corps est couleur de cendre. Son culte est terrible et sanglant, et quand une loi plus douce se formula pour régénérer l'Inde, ses adorateurs le défendirent avec l'acharnement du fanatisme. Le récit de ces luttes, qui pendant si longtemps ensanglantèrent les fertiles contrées de l'Hindoustan, nous est parvenu sous des enveloppes mythiques, et on en trouvera des épisodes aux mots Krichna, Rama, Ravana, Sichoupala, Djaraçandha, Jagannatha, Jambavan, Hanouman. — Siva habite ordinairement le mont

Kailaça. (Voy. Mérou et Ravana.) Il a pour femme Bhavani, déesse eau-matière-primordiale, qui lui est souvent opposée. Parmi ses enfants, nous citerons Ganéça et Skanda. (Voy. ces mots.) La nomenclature seule de ses noms remplirait des pages entières de ce recueil. Nous nous contenterons de citer quelques-uns des plus caractéristiques, qui contribueront à le faire connaître : Baghis, Bhava (qui fait exister); Pochouvati (le maître de la vache); Ganghadara (qui a le Gange sur sa tête, voy. Ganga); Ougra (l'horrible); Roudra (qui fait pleurer); Hara (le destructeur); Boudecha (seigneur des sages); Viomagécha (seigneur du ciel); Mahadeva (le grand dieu). — Comme dieu bienfaisant, Siva est représenté sur une haute montagne, d'où sortent une foule d'animaux et de plantes. Souvent le taureau Nandi est couché à ses pieds. Il tient dans une de ses mains le trident, dans une autre le padma (lotus) ou le chevrotain des Indes.

SOLEIL. La première phase religieuse de l'humanité fut le fétichisme (voy. ce mot), que nous définirions volontiers un éblouissement de la raison au milieu du spectacle magnifique de l'univers. On peut, en effet, appliquer à l'humanité naissante les éloquentes paroles que Buffon met dans la bouche du premier homme : « Je me souviens de cet instant plein de joie et de trouble, où je sentis pour la première fois ma singulière existence. Je ne savais ce que j'étais, où j'étais, d'où je venais. J'ouvris les yeux. Quel surcroît de sensations ! La lumière, la voûte céleste, la verdure de la terre, le cristal des eaux, tout

Siva Langanadricouren.

m'occupait, m'animait et me donnait un sentiment inexprimable de plaisir. Je crus d'abord que tous ces objets étaient en moi et faisaient partie de moi-même... Tout à coup j'entendis des sons. Le chant des oiseaux, le murmure des airs, formaient un concert dont la douce impression me remuait jusqu'au fond de l'âme. J'écoutai longtemps, et je me persuadai bientôt que cette harmonie était en moi. » L'homme vit bientôt que tout cela n'était pas en lui, et, trop nouveau sur la terre, pour remonter des effets à la cause, se sentant d'ailleurs dans la dépendance de tous les objets qui l'environnaient, troublé, alarmé par le sentiment de sa propre faiblesse, il se prosterna devant les arbres qui le nourrissaient, devant les rochers qui faisaient saigner la plante de ses pieds, devant les animaux qu'il craignait, devant la tempête qui ployait sur sa tête les rameaux des hêtres et des chênes. Levant les yeux vers le ciel, il vit le soleil éclatant et radieux, et, selon la belle et naïve expression de Job, il porta sa main à sa bouche et lui envoya un baiser. Fétichisme et sabéisme se trouvèrent confondus dans son expansive adoration. Des siècles sans doute s'écoulèrent; la raison de l'homme se développa; il se sentit supérieur à la nature inorganique au milieu de laquelle il vivait; les animaux devinrent ses esclaves; la terre était à lui; c'était donc plus haut qu'il fallait chercher la puissance mystérieuse qui présidait à tous les phénomènes encore inexpliqués qui se succédaient devant ses yeux. Le fétichisme (voy. Jos) fit place au sabéisme. Telle fut la seconde phase du progrès de l'humanité. L'homme dès lors eut les yeux tournés sans cesse vers le ciel. Il étudia les mouvements des astres, qu'il regardait comme les dispensateurs de tous les biens et de tous les maux; il leur donna des noms; à chacun d'eux il attribua des influences particulières; mais, au-dessus d'eux tous, il plaça le soleil, le soleil qui réchauffe et qui féconde, le soleil, qui n'a qu'à paraître dans les cieux pour obscurcir les milliers d'astres qui gravitent dans les profondeurs dé l'espace. Le soleil fut donc le roi des cieux, le souverain du monde, et les peuples, dans leur effusion d'admiration, de reconnaissance et de joie, trouvaient à peine des noms assez magnifiques à décerner à l'astre bienfaisant. On l'appelait Baal (voy. ce mot) et Melech (le roi); Adonée, Adonis, Adonaï (le seigneur); El (le fort); Allah-Taalaï (le très-haut, voy. ce mot); El-Roï (le fort qui voit); Elion (le très-haut); Baal-Samen (le monarque du ciel); Hadad (l'unique); Re (le roi, l'arroseur, le fécondateur); Iao, Ieou, Iou, Iov, Iov, Jov, Div (d'où θεος, *deus*) (l'être, la vie, voy. IAO). Les Grecs même avaient écrit sur le temple d'Apollon delphien ce fameux monosyllabe : Eι (tu es, tu es par toi-même). Nous voilà bien loin du fétichisme ! L'homme était arrivé par l'adoration du soleil aux idées les plus sublimes sur la divinité. On détacha bientôt l'idée de l'objet; le soleil eut un génie identique à lui, mais placé au-dessus de lui; encore un pas, et les philosophes ne tardèrent pas à le faire, on appliqua à un être éternel, invisible, source de toutes choses, père du soleil lui-même, tous les noms que la reconnaissance humaine avait primitivement attribués à cet astre. L'homme avait conquis Dieu ! Telle fut la troisième phase du développement religieux dans l'humanité. C'est à cette époque seulement que peuvent commencer à se formuler les grands systèmes cosmogoniques de l'Inde et de l'Egypte, composés d'une triade dont le soleil (Fre, Vichnou) est un des membres, pure émanation de la divinité suprême (Brahm, Bouddha, Piromi), et réabsorbable en elle. Mais cette conquête de l'humanité devait rester longtemps ensevelie dans l'ombre des sanctuaires. Les nations étaient trop jeunes encore pour en profiter. Nous voyons un législateur, pourtant, devant lequel pâlissent toutes les gloires humaines, initier à ce dogme sublime un peuple tout entier. Ce peuple profite de l'absence de son chef et de son libérateur, et, ne pouvant adorer un Dieu pur esprit, il s'en fait une représentation matérielle, et cette image grossière, c'est le taurcau même, le symbole solaire dans toute l'Asie occidentale et dans l'Egypte !

Bas-relief du temple des quarante colonnes à Persépolis.

On connait les infidélités continuelles des Hébreux. On pourrait dire que la masse du peuple resta toujours idolâtre, et Jéroboam même ne parvint à consommer la scission de la nation qu'en faisant dresser à Béthel et à Dan le veau d'or d'Aaron. Franchissons neuf siècles pour arriver à la grande époque de J. C., et nous verrons encore les spiritualistes esséniens adorer le soleil, comme le prouve le texte positif de l'historien Josephe. (*Guerre des Juifs*, liv. II, ch. 22.)

Tout ce que nous pourrions dire ici du rôle attribué au soleil, comme principe actif et mâle de l'univers, serait une répétition. Il en serait de même pour ce qui a rapport aux différents aspects sous lesquels il était considéré; nous n'avons qu'à renvoyer le lecteur aux mots CNEPH, EAU, CHAOS, FTA, LUNE, BOUTO, PO, ORMOUZD, CHAMOS, ADONIS, ISIS, OSIRIS, BALDER, FRÉ, HARPOCRATE, HAROÉRI, DRUIDES, HÉSUS, etc., etc.

SOMMANOKODOM. Nom que les Siamois et une partie des habitants de l'Indo-Chine donnent à Bouddha. Ce nom signifie le *dieu samanéen* ou le *dieu soleil*. Une légende le représente sortant d'un lotos épanoui sur le nombril d'un enfant, qui, replié sur lui-même, se mord l'orteil sur les eaux primordiales. Une autre le dit fils du soleil et d'une vierge qui, honteuse de sa grossesse involontaire, s'enfonce au milieu des forêts, et le met au monde sur les bords d'un lac. Une fleur à large corolle était épanouie sur le cristal limpide; la jeune mère y dépose le nouveau-né; la fleur se referme aussitôt; l'enfant grandit, toutes les qualités, toutes les beautés, toutes les sciences, se développent spontanément en lui; bientôt il étonne le monde par ses pénitences et ses miracles, donne sa chair à manger à des brahmes qu'il a secourus, passe par cinq cent cinquante corps différents, et enfin s'évapore comme une étoile, ou, selon d'autres, meurt pour avoir mangé de la chair d'un porc animé par l'âme d'un de ses ennemis qu'il avait tué précédemment. (Voy. BOUDDHA.) On montre à Siam la trace de son pied comme on montre à Ceylan celle du pied de Bouddha. Il s'incarnera sous le nom de Fra-Narotté à la fin de l'âge actuel pour ramener les hommes dans la voie du bien. Plus d'un imposteur a déjà usurpé le nom de Fra-Narotté.

SOTHIS était chez les Egyptiens le génie de l'étoile Sirius, qu'on appelait l'étoile d'Isis. On le regarde comme identique à Thoth et à Anubis.

SOTOKTAIS. Le grand apôtre du bouddhisme au Japon. Il mourut paisiblement en 621. Il était né la troisième année du règne de l'empereur Fintats.

SOUAN, SAOVEN ou **SEVEN.** Lucine égyptienne, dont Champollion a retrouvé le nom sur beaucoup de monuments. On avait cru longtemps que l'Egypte n'avait point de divinité correspondant à Lucine ou à Ilythie, malgré le témoignage formel de Diodore de Sicile (liv. Ier, ch. 12), mais l'assertion de cet auteur est aujourd'hui pleinement confirmée. Le magnifique bas-relief d'Hermonthis suffirait seul pour lever tous les doutes. Sur le temple d'Athor, à Tentyra, Souan est représentée coiffée du vautour, emblème de la maternité. Un autre vautour enveloppe son corps de ses ailes plusieurs fois repliées. Champollion l'a aussi trouvée avec une tête de vautour. Il croit qu'elle est une des formes de Neith.

SOUDRA. Quatrième fils de Brahma et le père de la classe servile. (Voy. Brahma.)

SOUK, SOVK, SOUCHOS. Dieu dynaste égyptien, représentant la planète Saturne en tant qu'astre funeste et pernicieux. Le crocodile lui était consacré et portait son nom.

SOUNNA. Le soleil déesse chez les Scandinaves. Le loup Fenris, qui doit l'engloutir à la fin du monde, la poursuit sans cesse ; parfois il parvient à la happer, et de là les éclipses. Avant d'être dévorée tout à fait, elle donnera naissance à une fille aussi belle et aussi brillante qu'elle, qui éclairera les nouveaux cieux et la nouvelle terre après le crépuscule des dieux.

SOURADÉVA. La déesse de l'ambroisie aux Indes. (Voy. Amrita.) On la regarda plus tard comme déesse du vin. De son nom, les dieux sont souvent appelés Souras, parce qu'ils boivent l'Amrita, et les démons, géants, etc., Açouras, c'est-à-dire privés d'Amrita. (Voy. Daïtias.)

SOURIA est, aux Indes, le soleil, et en même temps un des douze Aditias ou soleils mensuels.

SOUROT ou **SUROT.** Nom de la planète Vénus chez les Egyptiens, et le quatrième dieu dynaste.

SRI, c'est-à-dire l'*heureuse,* la *fortunée,* est un des noms les plus connus de la mythologie hindoue. Il est appliqué à Lakchmi (voy. ce mot) et quelquefois à Saraçouati.

STORIOUNKAR. Dieu lapon qui passe pour le premier ministre de Thor. Il protége les hommes, les animaux, et en particulier les chasseurs. Les lieux solitaires, et surtout les montagnes, passent pour son séjour. Chaque Laponais a sa statue, qui consiste en un bloc de pierre qu'on va chercher sur la montagne et qu'on entoure de pierres plus petites représentant la femme, les enfants et toute la famille du dieu, qu'on peut d'ailleurs multiplier à volonté. Le bloc représentant la divinité est ordinairement assez gros. Quand un Lapon veut entreprendre quelque chose d'important, il va remuer la statue de Storiounkar. S'il la soulève avec difficulté, le dieu ne lui est pas propice. Il parait que son nom signifie *Freluquet.* Beau freluquet en vérité qu'une pierre sur laquelle le ciseau même n'a jamais passé !

SUCCOTH-BENOTH. Idole apportée de Babylone à Samarie par une des peuplades qui vinrent s'établir dans ce pays après la dispersion des dix tribus. Selden pense que Succoth-Benoth, qu'il explique par *Maison de Vénus,* était non point une idole, mais le temple ou plutôt la tente dans laquelle les jeunes filles donnaient à Mylitta le témoignage singulier de leur dévotion. Gesenius a adopté cette opinion en supposant que Succoth-Benoth pouvait être aussi le char, l'arche, la bari (barque sacrée) dans laquelle les nomades transportaient les objets de leur vénération. David Kimchi et les rabbins soutiennent, au contraire, que Succoth-Benoth était une déesse représentée sous la forme d'une poule, et font venir son nom de *Succui,* qui réchauffe, et de *Benoth,* filles, et par extension, poussins. Le savant père Kircher partage le sentiment des rabbins. La partie du zodiaque, dit-il, dans laquelle se trouvait le signe du taureau passait pour pleine de vie. Sous ce signe, en effet, tout est amour sur la terre, et la vie coule à flots dans le monde comme la séve sous l'écorce des arbres ; aussi l'appelait-on la maison des dieux, la maison de la lune (la lune présidait à la fécondité, voy. Lune), la maison propre de Vénus. Ce signe, en outre, est éclairé par la constellation des Pléiades, qui portait le nom de *Poule* chez les anciens, parce qu'elle représente une poule entourée de ses petits. Les Hébreux, pour la même raison, la nommaient Asch, mot qui exprime l'action de la poule rassemblant ses petits sous ses ailes. Les Arabes l'appellent encore Aldagageh, c'est-à-dire poule, et en France même elle reçoit le nom de Poussinière. Kircher cite encore, à l'appui de son opinion, d'anciennes médailles des Mamertins et de Sélinonte, où Vénus était représentée sous la forme d'un coq ou d'une poule.

SVANTOVITCH, c'est-à-dire *lumière douce.* Haute divinité des Slaves, qui présidait au soleil et à la lumière. Il avait un temple à Rugen dans la forteresse Arkona, où on entretenait en son honneur un cheval blanc, qui était son symbole identique. Avant d'entreprendre la guerre, on enfonçait dans la terre six lances rangées deux à deux, c'est-à-dire sur trois rangs et disposées de manière que le cheval pût les franchir sans sauter. S'il arrivait du pied droit, l'augure était favorable. Le prêtre seul avait le privilége de monter une fois l'an le divin coursier, à l'époque de la fête de Svantovitch, qui avait lieu à la fin de la moisson. De nombreuses victimes étaient immolées en l'honneur de ce dieu, quelquefois même on lui sacrifiait un prisonnier, qu'on brûlait après l'avoir attaché sur un cheval, attaché lui-même à quatre poteaux. Svantovitch était représenté par un colosse à quatre têtes, sans barbe, revêtu d'un habit court, et soigneusement frisé. Il tenait un arc dans sa main gauche et dans la droite une corne qu'on remplissait de vin tous les ans. Si le vin n'avait que faiblement diminué, on était certain d'une abondante récolte. Le tiers de toutes les dépouilles faites à la guerre appartenait à ses prêtres. Sa statue fut détruite en 1168 par Valdemar, roi de Danemark.

SYLPHES, SYLPHIDES. Les mythologies orientale, scandinave, germaine et gauloise même, ont révélé à notre imagination tout un monde de génies bienfaisants ou funestes. Les airs, la terre, les mers et le feu qui bouillonne dans les entrailles du globe, tout en est peuplé. Les traditions de tant de pays et de tant de nations viennent, dans les siècles de barbarie, converger dans l'Europe occidentale, à la suite des grandes invasions qui vomissent sur le monde romain les légions guerrières du monde barbare. La cabale qui, le long de l'Euphrate et du Tigre, avait enté sur un rameau juif les superstitions de la Perse et de l'Inde, pénètre elle-même dans la Gaule, dans l'Espagne et dans l'Italie. Elle est gravement commentée dans les écoles, et la mythologie du moyen âge s'échappe, bizarre et fantastique, de cette fusion de tant de croyances, comme le phénix du bûcher aromatique où il s'est consumé pour renaître plus jeune et plus vigoureux. Chacun des quatre éléments reçoit sa population de créatures mystérieuses et invisibles. La terre est peuplée par les Gnomes, génies laids, difformes et de petite taille, qui, avec leurs femmes, appelées Gnomides, habitent les fissures métalliques du globe, où ils gardent, comme les Griffons des Arimaspes, l'or et l'argent, les diamants et les pierres précieuses enfouis dans ces mystérieuses profondeurs. L'eau est peuplée par les Ondines, le feu par les Salamandres (voy. ces mots), et l'air par les Sylphes et les Sylphides.

Les Sylphes sont doués d'une jeunesse presque éternelle. Beaux, sveltes et gracieux, et portés sur deux ailes plus brillantes que celles des papillons, plus légères que celles des demoiselles au corselet d'azur et d'émeraude, ils se balancent dans les airs, glissent dans l'atmosphère sur les rayons du soleil, s'enivrent du parfum des fleurs que la brise leur apporte, viennent faire rêver d'amour les jeunes filles et se baignent dans les perles que la rosée matinale dépose sur le calice éblouissant des lis et des roses. Ces tendres murmures, ces mélodieux accords, cette harmonie suave que vous entendez les beaux soirs d'été lorsque vous vous égarez dans les prairies émaillées, sur les bords des ruisseaux limpides, sur la lisière des forêts touffues, vous les attribuez peut-être au souffle du zéphyr, au bruissement léger des insectes, aux ailes frémissantes des oiseaux ? Si un Sylphe daignait vous apparaître, il vous apprendrait que ces bruits, sur lesquels vous vous méprenez, sont les propos charmants des habitants du

monde aérien. — Les Sylphes occupent un degré intermédiaire entre les hommes et les purs esprits. Mais leur
corps est composé d'une matière si légère, si ténue, si
transparente, que nos sens grossiers sont impuissants à
la voir ou à la toucher. Quelquefois cependant, revêtant
une enveloppe plus rapprochée de la nôtre, ils se rendent
visibles à des mortels privilégiés. Mais ces apparitions
sont rares, et elles n'ont lieu qu'en faveur d'une jeune
fille qui a su captiver un Sylphe par l'attrait de sa beauté,
ou d'un jeune homme dont une Sylphide s'est éprise. Mais
le génie alors perd le privilége de l'immortalité ; ses ailes
radieuses se détachent de ses blanches épaules, et son
destin se confond avec celui de la créature humaine qui
l'a fait déchoir de sa splendeur primitive.

TACHTER, c'est-à-dire l'*astre par excellence*. Ized
de la religion zoroastrienne qui préside à la planète Tir
ou Mercure, au treizième jour du mois et à la région
orientale. Il pompe les eaux terrestres et envoie les pluies
sur le globe. Le Zend-Avesta lui donne mille bras pour
combattre les Devs.

TANE ou **TÉ-MÉDOUA**, c'est-à-dire le *père*, est
une des plus hautes divinités de l'archipel de la Société à
laquelle se rattache tout un système cosmogonique. Tane
pourtant, selon quelques-uns, n'est que le fils d'Etoua-
Rahai, et forme une triade avec ce dieu et Oro ou Mattiou.
— Tane eut, de sa femme Tarra, Po (la nuit, voy. Po), Arié
(le ciel), Avié (l'eau douce), Atié ou Te-Mide (la mer),
Matai (le vent), Taunou-Mahanna (le soleil sous la forme
d'un homme appelé Euroa Taboa). A la naissance de ce
dernier, tous les enfants de Tane descendirent du ciel.
Taunou, sa sœur, y resta seule jusqu'à ce qu'elle lui eût
donné treize fils, qui sont les treize mois, et vint rejoindre
le reste de sa famille. Mahanna s'unit alors à l'énorme
rocher Poppoharra-Haréha, et mourut après avoir vu
naître Tétouba-Amatou-Hatou. Ce dernier épousa le sable
de la mer, qui le rendit père de Ti et d'Opira. Son rôle de
générateur accompli, il cessa de vivre, et Ti prit pour
femme sa sœur, qui devint mère d'une fille nommée Ohira-
Rine-Mouna et mourut. Ti alors épousa sa fille, d'où trois
fils, Ora, Vanou et Titéri, qui s'unirent à leurs trois sœurs
Hennatou-Mourrourou, Henaroa et Nouvia. A cette époque
commença l'espèce humaine. (Voy. ETOUAS.)

TANFANA. Déesse germaine qui avait un temple
fameux chez les Marses entre l'Ems et la Lippe. Son nom
parait venir des mots saxons *Tan* (en allemand *Teen*), baguette, et de *Fana*, maîtresse. Tanfana, comme le pensent
la plupart des auteurs, était donc la déesse qui présidait
à la divination par la baguette. La rhabdomantie était une
des superstitions les plus répandues chez les nations barbares de l'Europe. Tacite, qui dans ses *Annales* nous parle
du temple de Tanfana (i, 51), nous apprend ailleurs que les
Germains pratiquaient cette sorte de divination. (*German.*
10.) On la retrouvait aussi chez les Scythes (Hérod., iv, 67),
chez les Alains (Ammien Marcellin, xxxi, 2), et même
chez les Orientaux, comme on le voit dans Ezéchiel (xxi,
21) et dans Osée (iv, 13). — Dans l'ancienne langue des
Celtes, *Tan* signifie feu, et Wachter, pour cette raison, a
pris Tanfana pour une Vesta.

TARAN. Dieu des Gaulois, appelé par les Romains
Taranis. Dans la théologie druidique, il vient immédiatement après Teuthatès et Hésus. Son nom en gaélique
signifie tonnerre. Taran, en effet, est le dieu qui lance la
foudre ; mais c'est là son rôle le moins élevé ; il est le
feu se manifestant par la foudre, l'étincelle électrique, le
fluide vital, l'énergie divine qui fait explosion dans le
monde, et qui communique à toutes les créatures l'étincelle de la vie. (Voy. DRUIDES, HÉSUS et TEUTHATÈS.) Taran
a été pris souvent pour Jupiter. Il ne peut lui être comparé que comme dieu fulgurant. Souvent aussi on l'a
confondu avec Mars. Dans un sens fort restreint, il peut,
en effet, comme dieu de la foudre, présider aux combats ;
le Thor scandinave, dont on a tant de fois rapproché le
nom du sien, réunit ces deux attributions. Mais on comprend difficilement comment Fenel a pu regarder Taran
comme le principe du mal, et l'opposer à Tuiston, qu'il
appelle le génie du bien.

TCHANDRA ou **SOMA**. Le dieu-lune chez les
Indiens. Toujours mâle lorsqu'il est en opposition avec
le soleil, il devient femelle quand il est en conjonction
avec cet astre, et prend alors le nom de Tchandri. Il est
un des neuf recteurs des neuf sphères célestes, et il préside aux eaux fécondantes, aux pluies, à la fertilité de la
terre et surtout aux herbes médicinales. Fils d'Atri, il
épousa les vingt-sept filles de Dakcha et de Praçouti, qui
sont les vingt-sept jours que l'on attribuait au mois lunaire. Tchandra, ayant enlevé la femme de Vrihaspati, la
rendit mère de Bouddha (voy. ce mot), et donna ainsi naissance aux Tchandra-Vansi ou enfants de la lune. Ce que
nous aurions à dire sur son rôle transcendantal se trouve
à l'article LUNE.

TEN-KA-DAI. Dieu qui rend au Japon des oracles,
célèbres comme ceux d'Apollon et de Sérapis l'étaient
jadis dans la Grèce et dans l'Egypte. Chaque mois on lui
amène une jeune fille, qui sort de son temple revêtue
d'écailles de poissons, et qui, éclairée par le dieu, répond
à toutes les questions qu'il plait aux Bonzes de lui poser.

TEN-SIN-SITSI-DAI. C'est le nom que les Japonais donnent à sept grands génies qui ont gouverné leur
pays pendant des milliers de siècles, et dont ils tirent
leur origine. Après eux vinrent les cinq Tsi-Sin-Go-Daï,
ou les cinq dieux terrestres, dont le premier eut pour
père Isanagi-No-Mikotto, le dernier des Ten-Sin-Sitsi-Daï,
qu'on peut regarder, avec sa femme Isanami-No-Mikotto,
comme l'Adam et l'Eve du Japon. L'oiseau Sekir avait
appris à ce couple divin le moyen de propager sa race. —
Mikotto est le nom générique de tous les grands dieux du
Japon, et Mikado celui des divinités de second ordre. Les
empereurs portent aussi ce dernier nom.

TEN-SIO-DAI-TSIN. La plus haute divinité du
sintoïsme japonais, qui est tantôt mâle et tantôt femelle,
parce qu'elle concentre en elle toutes les énergies de la
nature. Ten-Sio-Daï-Tsin a créé le monde. Le soleil existait déjà ; alors parurent les sept Ten-Sin-Sitsi-Daï, puis
les cinq Tsi-Sin-Go-Daï. (Voy. l'article précédent.) Le
règne terrestre de Ten-Sio-Daï-Tsin dura deux cent cinquante mille ans. Ce dieu est regardé comme le patron du
Japon, et on l'honore dans tous les temples ou Mia de
l'empire, mais plus particulièrement à Itsoumi, son ancienne résidence, dans la province de Goknaï. On ne l'invoque jamais directement ; mais ses adorateurs lui font
parvenir leur prières par l'intermédiaire des anges gardiens
appelés Sion-God-Sin. Son plus beau temple est celui
d'Iedo ; mais les plus célèbres sont ceux d'Icié, qui pourtant sont de fort petite dimension et couverts de chaume.
Ils sont environnés d'une multitude de chapelles ou Ma-
cias, consacrées à des divinités inférieures. On ne voit

dans l'intérieur qu'un miroir en fonte polie, symbole de la justice divine, en qui se reflètent les plus secrètes pensées de notre cœur. Non loin des temples d'Icié, on voit, sur une colline d'où la vue s'étend sur la mer, une grotte plus sacrée encore que le temple où le dieu alla un jour se réfugier. Dès qu'il y fut entré, dès que sa présence fut enlevée au monde, le soleil et les étoiles disparurent tout à coup.

TEOTL. L'être suprême chez les Aztèques ou Mexicains. Invisible, éternel, irrévélé comme Piromi, Brahm, Jéhovah, il n'avait ni temples ni statues, ni légende.

TEUSAR-POULAT. Génies des anciens Armoricains. Ils apparaissent sous forme de chiens, de chèvres, de vaches et d'autres animaux domestiques. — Les Teusar-Poulat, en nous ramenant sur la terre bretonne, nous imposent l'obligation de parler ici des Nains et des Korrigans.

Les Scandinaves, qui donnaient à quatre nains le poids de la voûte des cieux à supporter, faisaient naître la foule innombrable de ces génies de vermisseaux formés sur le corps du géant Ymer. La Scandinavie n'a point exilé les nains; ils défrayent encore la conversation des paysans de l'Angleterre, de l'Irlande, de la Belgique, de l'Allemagne, de la terre slavone, etc. Les Flamands et les Hollandais racontent sur leurs apparitions les histoires les plus merveilleuses, et leur donnent les noms de *Halvermannekens* ou *demi-hommes*, de *Jean qui n'est pas né*, de *Georges aux échasses*, etc. Les Suédois et les Bretons insulaires ne tarissaient pas jadis sur les espiègleries de Puke ou Puki, le plus fin, le plus dégourdi, le plus rusé, le plus futé de tous les habitants du royaume de nainerie. Mais, hélas! il n'est plus, le pauvre Puki! Quelque méchant géant l'aura tué, pour lui voler ses trésors; Thor peut-être, le grand batailleur, l'a brutalement assommé d'un coup de sa massue, pour le punir de quelque malice inoffensive; à moins que les Ases, réunis en cour de justice, sous le chêne ygdracil, ne l'aient condamné à une prison perpétuelle, pour avoir enlevé la boîte à parfums de la déesse Frigga, ou détaché la bandelette d'or dont Foulla orne sa flottante chevelure. Rendons grâce au moins à Perrault de l'avoir immortalisé sous le nom du Petit-Poucet!

Un trait important à noter, c'est que partout les nains sont en rapport avec les cavités souterraines du globe; ils sont métallurgistes, ils sont gardiens d'or, ils sont revêtus du caractère d'initiateurs et de civilisateurs, et à tous ces titres ils se rapprochent des Curètes de la Phénicie et de la Crète, des Cabires de la Samothrace, etc., avec lesquels on peut les identifier sans efforts. On en verra des preuves tout à l'heure. Parlons d'abord des nains de la Bretagne.

Les fées armoricaines portent les noms de Gan, Gwen, Korr ou Korrig, dont la réunion forme celui de Korrigan ou Korigwen, sous lequel elles sont plus particulièrement connues. Tacite (*Mœurs des Germ.*, ch. VIII) fait mention de la déesse celte Gan. Pomponius Mela appelle Gallinguen et Barringuen les neuf prêtresses de l'île de Sein; Vopiscus donne aux Druidesses le nom de Galligan. Ce nom est une altération de Korrigan ou Korigwen, et le fait devient évident lorsque l'on sait que les bardes cambriens (du pays de Galles) révéraient la déesse Koridgwen, à laquelle ils donnent neuf vierges pour suivantes. Fées, déesse et prêtresses. voilà ce que nous trouvons sous la dénomination Korrigan. Il y a plus, c'est aussi un des noms des nains, appelés tour à tour Korr, Korrig, Korrigan, Kornandon, Gwazig-gan (petit homme génie) et Duz ou Duzik, lutin, qu'on retrouve dans saint Augustin (*Cité de Dieu*, ch. XXIII) sous la forme *Dusii*. Ils passent pour les fils des fées, et comme celles-ci se plaisent à enlever les enfants nouveau-nés pour perpétuer leur race; il leur arrive quelquefois de mettre des nains à leur place. La nourrice trompée a beau apporter à ce nourrisson étranger tous les soins imaginables, il ne grandit pas, il est méchant, il mord, il égratigne. Si elle s'aperçoit de la supercherie, elle n'a qu'un moyen pour se faire rendre son enfant et se délivrer du démon qui l'obsède : elle prend des coques d'œufs et fait semblant d'y préparer à dîner pour les moissonneurs. Si le nain mani-

feste son étonnement, elle le fouette jusqu'au sang; et la fée. le cœur déchiré des cris de sa progéniture, accourt, ramène l'enfant enlevé, et emporte le sien. On trouve dans les chants populaires de la Bretagne, recueillis par M. de la Villemarqué, un curieux morceau à ce sujet.

« Marie, la belle, est affligée. La Korrigan a emporté son cher petit Laoïk ; elle a mis à sa place un nain, dont la face est aussi rousse que celle d'un crapaud ; déjà il y a sept ans qu'elle le garde ; il égratigne, il mord toujours sans dire mot, et toujours il demande à teter.» Un sorcier indique à la pauvre mère le moyen que nous avons fait connaître.— «Que faites-vous là, ma mère? disait le nain avec étonnement ; que faites-vous là, ma mère ? — Ce que je fais ici, mon cher fils? je prépare à dîner dans une coque d'œuf pour dix laboureurs de la maison. — Pour dix, chère mère, dans une coque!... J'ai vu l'œuf avant de voir la poule blanche ; j'ai vu le gland avant d'avoir vu l'arbre ; j'ai vu le gland et j'ai vu la gaule ; j'ai vu le chêne au bois de Brizal, et n'ai jamais vu pareille chose ! — Tu as vu trop de choses, mon fils : *clic! clac! clic! clac!* petit vieillard; ah! je te tiens! — Ne le frappe pas, dit la Korrigan, accourue aux cris de son enfant; rends-le-moi; je ne fais aucun mal au tien; il est notre roi dans notre pays. Et l'enfant enlevé se retrouva dans son berceau. Et comme Marie le regardait toute ravie, et comme elle allait le baiser, il ouvrit les yeux, il se leva sur son séant, et lui tendant ses petits bras : —Eh! mère, j'ai dormi bien longtemps. »

Les nains sont aussi puissants que les fées ; mais, au lieu d'être blancs comme elles, ils sont en général noirs, velus, hideux, ridés, trapus, ont les mains armées de griffes de chat et les pieds de cornes de bouc. Leurs cheveux sont crépus, leurs yeux, creux et petits, brillent comme des escarboucles; leur voix est sourde et cassée par l'âge; ils habitent sous les dolmens massifs qu'ils passent pour avoir élevés, et là, suivant la croyance des Bretons, des Gallois, des Irlandais, des Écossais, ils forgent le fer et les autres métaux, et font de la fausse monnaie, ce qui ne les empêche pas d'avoir des trésors immenses. Ils sont sournois, devins, magiciens et prophètes. Les caractères magiques qu'on voit sur quelques monuments druidiques, ce sont les nains qui les ont tracés, et le mortel qui parviendrait à les lire connaîtrait tous les lieux du monde où il y a des trésors cachés. Les nains dansent toutes les nuits autour des pierres gigan-

tesques qui leur servent d'habitation ; c'est une punition qu'ils subissent, et, dans leur ronde magique, ils chantent des chansons dont chaque couplet est terminé par ce refrain : Lundi, mardi, mercredi, qu'on a plus tard allongé de jeudi et vendredi. Mais jamais ils n'y joindront samedi, jour consacré à la Vierge, ni dimanche, tant ils ont en haine la religion chrétienne. On les a vus même autour des croix plantées au milieu des carrefours exécuter en dansant les gestes les plus impies, et même, dit-on, les plus cyniques. Un voyageur attardé, que, suivant leur cruelle habitude, ils avaient par force conduit à leur danse, répétait avec eux le refrain : Lundi, mardi, mercredi, et jeudi et vendredi. Tout à coup il ajoute samedi et dimanche. Un explosion de cris, de colère, de menaces, éclate autour de lui. Et pourtant sur l'heure même la punition des Duz aurait fini, si le voyageur eût ajouté encore : Et voilà la semaine terminée ! — Ces malins génies tiennent toujours à la main une grande bourse de cuir pleine do belles et brillantes pièces d'or. Parfois il leur arrive de la perdre ; le passant la ramasse ; il l'ouvre avec avidité. Mais l'or a disparu, et la bourse ne renferme que des crins sales, quelques poils et une vieille paire de ciseaux. Le mercredi est leur jour de fête, et c'est le premier mercredi du mois de mai qu'ils célèbrent avec chants, danse et musique leur grande fête annuelle. Les paysans bretons les craignent moins que les fées ; il osent même s'en moquer lorsqu'ils ont pu s'asperger d'eau bénite.

Une chose qui aura sans doute frappé l'esprit du lecteur, c'est la dénomination de Korrigan, appliquée en même temps aux fées, aux nains, aux neuf prêtresses de l'île de Sein et à une haute déesse celtique. Cette identité de noms implique nécessairement d'étroits rapports entre ces différents êtres mythologiques. Parlons d'abord de la déesse qui occupe tout natuellement le sommet de cette hiérarchie divine. Les anciens Bardes l'associent à un personnage mystérieux qu'ils appellent Gwion (l'esprit) et qu'ils surnomment *le Nain*. La déesse avait placé dans le vase mystique les différents ingrédients, les six plantes sacrées sans doute, dont la mixtion et la décoction produisent l'eau de la divination et de la science. Gwion veillait au vase sacré ; trois gouttes de la liqueur bouillante tombent sur sa main, qu'il porte à sa bouche, et, soudain, tous les mystères de l'avenir et les arcanes de la science se révèlent à lui. Koridgwen, irritée, veut le mettre à mort ; il s'enfuit et se métamorphose tour à tour en lièvre, en poisson, en oiseau. La déesse, pour le poursuivre, se fait levrette, loutre et épervier ; Gwion, serré de près, se change en grain de froment et s'enfonce au milieu d'un tas de blé de la même espéce. La déesse devient poule noire, et, d'un coup de bec assuré, saisit le grain de froment, l'avale, devient grosse, et pond, au bout de neuf mois, un enfant charmant qui s'appelle Taliésin, nom qui paraît avoir été commun aux chefs des Druides, des Bardes et des devins. (De la Villemarqué, *Chants populaires des Bretons*.) Ecartant les détails, nous voyons la déesse qui veut concevoir, la déesse qui veut être mère, et, en effet, le dernier terme de ses métamorphoses est la poule, un des symboles les plus frappants de la maternité, de l'incubation, de l'amour maternel. En d'autres termes, nous voyons ici la matière qui veut s'unir à l'esprit, à l'énergie, à la force fécondatrice. Or, qu'est-ce que cette puissance dans les anciennes cosmogonies ? Le feu. Koridgwen sera donc pour nous le principe passif, l'humide, l'eau, la terre, la lune, toutes choses identiques au point de vue transcendantal des cosmogonies anciennes. (Voy. LUNE, EAU, BOUTO, ISIS, NEITH, BHAVANI, etc.) Si nous cherchons à établir des rapports entre cette déesse et celles des autres peuples, nous verrons en elle Cérès, Junon, Diane, Ilithie, pour nous en tenir à la Grèce et à l'Italie. Par son nom déjà elle est Cérès, Korê, et Proserpine, fille de Korê. Héra même (Junon), c'est encore Korê fortement aspiré, et, dans l'ancien dialecte ionien, Héra voulait dire la terre. Chez les Sabins, Junon était appelée Curis, mot dont la parenté avec Korê ou Korri est assez évidente ; et, chose plus curieuse, si nous voyons la Celtique donner pour suivantes, à sa grande Korrigan, neuf prêtresses qui portaient le même nom, nous trouvons, à Rome même, un usage absolument semblable. Tous les ans, trois groupes de neuf jeunes filles chacun, parcouraient la ville et venaient se réunir à un endroit indiqué où les vierges chantaient un hymne à Junon, en exécutant une danse sacrée. N'oublions pas qu'un bassin mystérieux, le même sans doute que le vase mystique de Korrigan, jouait un grand rôle dans cette cérémonie (Tite-Live, décad. III, liv. VII), et ajoutons que la Grèce avait aussi ses nymphes de Korê ou Corycides. Quant au nombre neuf, il n'est pas de nature à nous embarrasser. Il s'agit ici d'une déesse force-productrice, d'une Ilithie, et la durée de la gestation est de neuf mois. Voilà déjà bien des preuves. Si l'on doutait encore que Koridgwen fût la lune, dont le rôle est si éminemment humide et passif dans les mythologies, nous ne croyons pas que cette hésitation pût tenir devant le fait suivant : Arthémidore, cité par Strabon (liv. IV), dit que, dans une île voisine de l'Armorique, on rendait un culte à la lune, sous le nom de Korê ou Kori ; or, au milieu du dix-septième siècle, il était encore d'usage, dans l'île de Sein, de se mettre à genoux devant la nouvelle lune et de réciter en son honneur l'oraison dominicale. C'est donc, comme le pense avec toute probabilité M. de la Villemarqué, de l'île de Sein qu'a voulu parler Arthémidore. Dans cette même île et à la même époque, on avait conservé la coutume de faire, au premier de l'an, une offrande aux fontaines, en y jetant un morceau de pain couvert de beurre, représentant, selon nous, les productions végétales et animales que nous devons à la grande Koridgwen. (Voy. la *Vie de Michel le Nobletz*, par le P. de Saint-André.) Ne voyons-nous pas aussi dans le curieux chant breton intitulé *les Séries*, les neuf Korrigans danser avec des fleurs dans les cheveux et vétues de robes de laine blanche, autour de la fontaine, à la clarté de la pleine lune ? Bornons-nous à ces rapides aperçus, et passons à Gwion et aux nains.

Dans la cosmogonie samothracienne, le premier rang appartient à Cérès, comme il appartient ici à Koridgwen. La grande déesse cabirique poursuit de son amour Jasion, le chef des Curétes, car Curétes et Cabires se touchent et se confondent. Ils s'unissent enfin, disent Homère et Hésiode, dans un guéret qui avait reçu trois labours, et de leur union naît Plutus, c'est-à-dire l'abondance et la richesse. Ainsi, les rapports de Jasion et de Gwion sont frappants. Le chef des Curétes représente tous les Curétes, comme tous les Faunes et tous les Paniques sont compris dans Faunus et dans Pan, dont ils sont des dédoublements. Il en est de même de Gwion, il est le nain primitif, le Korrigan typique, et nous en trouvons une preuve dans l'ouvrage remarquable de M. de la Villemarqué, où nous voyons que dans le pays, de Galles, on appelle indifféremment herbe de Kor et herbe de Gwion une plante médicinale que les nains passent pour affectionner. — Les Curétes, dont le nom est formé de Korê (la terre), aussi bien que celui des Korrigans, et qui, pour cette raison, sont appelés enfants ou ministres de Rhée, par Diodore et par Strabon, étaient adorés particuliérement en Crète et en Phénicie. Hérodote les dit même originaires de ce dernier pays. Ils exécutent, comme les Korrigans, des danses animées et bruyantes ; comme eux, ils sont métallurgistes, inventeurs, médecins, sorciers, agriculteurs. Or, la métallurgie, c'est la chaleur, c'est le feu, c'est Vulcain, c'est Fta. Curétes et Korrigans président, en outre, au commerce et même à la navigation ; en eux, par conséquent, s'unissent Vulcain et Mercure. Tout le monde sait que Vulcain était un dieu contrefait, difforme ; il se rapproche même beaucoup du nain, et Mercure, la plus grande divinité des Gaulois et des Bretons insulaires (voy. TEUTHAT), était représenté, chez nos aïeux, sous la forme d'un nain, tenant une bourse à la main, comme les Korrigans. Les anciens Bardes bretons appelaient aussi Gwion, le *nain à la bourse*, et une inscription découverte à Lyon prouve qu'on donnait au dieu du commerce et de la navigation, dans la Celtique, le nom de Korig (petit nain). Si l'on se rappelle en outre que Mercure, sous le nom de Cadmille, jouait un rôle très-élevé dans la théogonie cabirique, on ne pourra nier l'identité des nains de la Celtique avec les Curétes et les Cabires, et, ce fait admis, on ne sera pas surpris de trouver d'autres points de contact entre la Gaule et la Phénicie, dont les vaisseaux sillonnaient nos côtes jusqu'à l'île de Thulé. L'introduction des Curètes dans la Gaule, par les navigateurs de Tyr ou de Sidon, est d'ailleurs un fait attesté par Strabon (liv. IV, liv. x) et par Diodore de Sicile (liv. IV, p. 56.)

TEUTHAT, et, avec la terminaison latine ou grecque, **TEUTHATÈS**. C'est-à-dire *père des nations* ou *des hommes* (*teuth*, nations, *tad* ou *tat*, père). Dieu suprême des Gaulois, qu'on trouve aussi appelé Theut, Thoys, Thoyt, Thot, Tuis, Tis. Les Gaulois s'intitulaient ses enfants, et une de leurs peuplades n'est connue dans l'histoire que sous le nom de Teuthsah (fils de Teuth) ou Tectosages. Tout ce que nous savons de son culte, c'est qu'on l'adorait sous la forme d'un javelot quand on lui demandait la victoire, et sous celle d'un chêne pour le prier d'inspirer de sages avis. On lui immolait quelquefois des hommes. Les victimes les plus ordinaires étaient, dit-on, des chiens ; c'était le taureau à la grande fête du gui (voy ce mot). Si nous cherchons dans les mythologies des autres peuples un dieu analogue à Teuthat, nous le retrouverons dans le Taaut de la Phénicie (le Thoth égyptien), nommé Theuth par Platon, Cicéron et Lactance. Taaut ou Thoth, au premier abord, nous apparaît dans une sphère bien inférieure. Mais sur les monuments égyptiens il est qualifié de dieu grand, de seigneur suprême, et dans la cosmogonie de Sanchoniaton, toute défigurée qu'elle ait été par Philon ou par Eusèbe, il précède Elioun (le Très-Haut) et Beruth (les eaux primitives) qui produisent le ciel et la terre. Alors se déroule un gigantesque épisode. De l'union du Ciel (Ouranos) et de la Terre (Ghê) naissent mille créatures difformes et monstrueuses, premières ébauches de la nature, qui, toujours se développant, toujours se perfectionnant, revêtent enfin la forme qu'elles doivent définitivement conserver. Le Temps (Kronos), par les conseils de Taaut, la sagesse divine, met un terme à l'inépuisable fécondité d'Ouranos, son père. Il le mutile. Or, qu'est-ce qu'un dieu antérieur au ciel et à la terre, un dieu qui dit à la nature : Tu ne produiras plus? Ce dieu n'est-il pas l'Absolu, l'Irrévélé? Et en effet, dans l'ancienne théologie de la Grèce, Hermès n'est pas autre chose, et affecte en conséquence les noms de Tricéphale (dieu à trois têtes, dieu triple), et de Paramon ou grand Amon. Hermès, par son nom même, se confond avec Brahm (Birmi, Biroumi) et Piromi. (Voy. THOTH.) Il est donc la pensée divine à l'état d'irrévélation. Mais dieu veut enfin se manifester par la création, et, dans toutes les cosmogonies, ce désir d'où va jaillir le monde est Eros, l'Amour, aussi Hermès porta-t-il le nom de Herm-Eros. Tout est en lui ; il est androgyne, et voilà pourquoi on lui donne pour femme Hermaphrodite, et ensuite Harmonie, parce que l'harmonie c'est la création même. Tel était Mercure dans cette cosmogonie antique, qui, originaire de l'Asie centrale, se répandit tour à tour avec le cabirisme dans l'Asie occidentale, dans l'Egypte, à Samothrace, en Grèce, en Afrique, en Sardaigne, dans la Gaule et jusque dans l'Irlande, où M. Pictet a retrouvé non-seulement la doctrine, mais encore les noms cabiriques. Nous sommes donc pleinement autorisé à identifier Teuthatès et Mercure, comme le faisaient les écrivains de la Grèce et de l'Italie. Quelle était d'ailleurs la plus grande divinité des Gaulois lors de la fusion qui s'opéra entre le culte national et celui de Rome victorieuse? C'était Mercure. A l'imitation des Romains, les Gaulois lui élevèrent une multitude de statues. Mais ils le représentaient presque toujours sans sexe, parce que Dieu renferme tout dans son essence infinie, et qu'en lui sont concentrées toutes les énergies de la nature. Cette identification de Teuth et d'Hermès nous paraît incontestable. César dit positivement que les Bretons adoraient Mercure et le regardaient comme l'inventeur des lettres, de la poésie, de la musique, de tous les arts, et comme le protecteur des voyages et du commerce. Un ancien poëte gallois appelle *pays de Mercure* l'Angleterre, regardée comme le séjour des âmes après la mort (Procope, *de Bello goth.*, liv. IV, cap. xx. — Claudien, *In Rufin.*, liv. I. — Les bardes gallois et armoricains, etc.), ce qui fait songer nécessairement au Mercure psychopompe des Grecs. Les bardes donnent aussi à la Bretagne insulaire le nom de royaume de Merzin. Or Merzin, comme nous le voyons dans le chant des *Séries*, était un dieu bre-

ton, et son nom (*Mers-en*) en gaélique signifie homme de négoce, comme celui de Mercure signifie seigneur du commerce. Allons plus loin. L'Angleterre, pays de Mercure, ou de Merzin, était aussi le *pays de Gwion*, d'où le nom d'Albion, qu'on trouve écrit Alwion dans Eustathe et dans Agathémère. Mais Gwion, c'est encore Mercure. Sur un bas-relief gravé par Montfaucon, il est représenté avec une bourse à la main ; les bardes l'appellent le *nain à la bourse ;* il est le nain ou Korrigan prototype, et une inscription trouvée à Lyon nous apprend que Korig (le petit nain) était le dieu du commerce dans les Gaules. Merzin, Gwion, Korig, sont donc trois noms appartenant au même dieu. Si l'on réunissait les deux premiers, on aurait le nom même de Mercure. Il y a plus. Dans la théologie cabirique, Mercure aide dans ses opérations la grande déesse Cérès, qui travaille à l'œuvre du monde, et le nom même de Cérès, Koré, forme la dernière moitié de celui de Mercure. Il en est de même de Gwion ou Korig, qui joue un rôle absolument semblable auprès de la haute déesse Koridgwen, dont la dénomination nous offre le même mot Koré. Nous aurions bien d'autres développements à ajouter, mais le cadre de ce recueil nous impose des limites. Nous renvoyons du reste le lecteur à l'article TEUSAR-POULAT.

Mercure, Hermès, Thoth, Teuth, Cadmile, quelque nom qu'on lui donne, était le dieu Energie. C'est pour cette raison qu'à Parium et à Lampsaque il se confondait avec Priape ; c'est pourquoi Ithiphalle était une de ses épithètes les plus ordinaires ; c'est pourquoi il avait pour symbole la colonne. Athènes lui en avait élevé une multitude ; la Grèce en était couverte ; et nous voyons là l'origine des innombrables Menhir et des pierres fichées qui se dressent encore sur le sol de la Gaule, et que nous croyons identiques à ces nombreuses tours qu'on trouve sous le nom de *nuraghs* dans la Sardaigne, où la doctrine cabirique avait pénétré, comme nous l'avons dit. Le Menhir et la pierre fichée étant l'emblème de Teuthatès, on comprend pourquoi les Tumulus, toujours accompagnés de la colonne symbolique, avaient reçu le nom de colline, de Teuthat ou de Mercure.

Remontons à l'essence même de Teuthatès. Les Druides le regardaient comme le principe vital du monde, et audessous de lui vient se grouper à titre d'émanation une triade composée de *Hès*, le feu-lumière, de *Taran*, la foudre ou la lumière électrique, et de *Bélen*, le feu-lumière localisé dans le soleil. La place de Taran dans cette théogonie nous reporte encore au système phénicien, et nous croyons pouvoir ainsi formuler par analogie la cosmogonie des Druides. Teuthat incréé, irrévélé, absolu, existe seul dans l'espace sans bornes ; il veut se révéler ; il devient Hermeros (Teuthat-Amour). De ce désir naît le dieu feu-lumière, Hès, qui débrouille la matière chaotique ; il classe les éléments ; il agrège toutes les molécules similaires ; les plantes déjà sont enracinées dans le sol vierge ; les arbres étendent dans les airs leurs rameaux noueux ; insectes, poissons, reptiles, oiseaux, animaux de toute espèce, de toute forme, de toute grandeur, sont répandus sur la terre par milliers et par millions. Mais plantes, arbres, animaux, tout est inerte encore ! Pas un cri ! pas un bruissement ! pas un soupir ! pas une haleine ! nul indice de vie ! Hès s'émane en Taran ; la foudre gronde : l'étincelle électrique, le fluide vital, fait explosion dans le monde ! La sève coule, le sang circule, toutes les créatures se réveillent avec les instincts qui leur sont propres. L'oiseau étend ses ailes ; le poisson essaye ses nageoires ; le taureau puissant bondit dans la plaine. Rien ne manque à l'œuvre magnifique de la création ! Le feu-lumière, sous le nom de Bélen (le seigneur, le maître, le recteur), se localise alors dans le soleil, qui règne sur la création nouvelle, la réchauffe, la féconde et la perpétue ! (Voy. DRUIDES, HÈS, TARAN, et, pour la cosmogonie phénicienne, KOLPIA.)

TÉVETAT, DEVEHDAT ou **DEVAHDET**. Frère et adversaire de Somanakodom ou Bouddha. Tévetat possédait toutes les sciences, et il ne fit usage de ses vastes connaissances que pour persécuter Somanakodom. Lorsque ce dernier, absorbé par le Nivritta (*nirvana*, non-être), dans le sein de l'être suprême, fut devenu dieu même, Tévetat nia sa divinité, et le mit en demeure de le prouver par un miracle. Somanakodom fit tout à coup apparaître dans les airs un trône resplendissant d'or et de pierreries, autour duquel des anges descendus du ciel chantaient ses louanges. Tévetat alors forma contre lui une coalition de tous les animaux. Ne pouvant parvenir à le vaincre, il voulut au moins affaiblir son autorité, et, par la force de son éloquence, il parvint à rendre la moitié du monde schismatique. L'ange qui préside à la terre vengea enfin Somanakodom. De la chevelure de Tévetat il fit sortir une mer immense dans laquelle l'impie trouva la mort. Précipité au fond des enfers, Tévetat y est rôti, crucifié, couvert de plaies et couronné d'épines. Somanakodom descendit ensuite dans les huit régions de l'empire des ténèbres, et, touché des souffrances de son frère, il lui offrit sa grâce à condition qu'il adorerait ces trois mots : Ponthang (dieu). Tamaug (verbe de dieu), Saougkang (copie de dieu). Tévetat prononça bien le premier, balbutia le second et ne put articuler le troisième. Telle est la tradition des Siamois. Ce qu'il y a de positif, c'est que le nom de Tévetat a profondément divisé le bouddhisme. Une partie du Thibet et de la Mongolie lui rend le culte que les orthodoxes ne croient dû qu'à Somanakodom. Ses partisans portent le nom de Chara-Malahhai (bonnet jaune), par opposition à leurs adversaires, dont la secte est connue sous celui d'Oulansallaté (bonnet rouge). Les bonnets jaunes ont pour souverain pontife le Dalaï-Lama, qui réside à Lahsa, et les bonnets rouges, le Bogdo-Lama (Bogdobentchang, Bogdoïeïenn, en thibétain et en tangut), qui a établi sa résidence dans le grand couvent de Dachilumpa, près de la ville de Tsengtchsa, au sud de Lahsa. Dans les relations les plus récentes, la secte jaune est appelée Gillonkpa, et la secte rouge, Chammar. Le mariage est permis aux prêtres de cette seconde division du bouddhisme.

TEZPI ou **TESPIE.** Le Noé mexicain, dont l'histoire se rapporte plus qu'aucune autre au récit du déluge tel que Moïse l'a consigné dans la *Genèse.* Lorsque le grand cataclysme vint punir les hommes de leurs crimes, Tezpi s'embarqua dans un vaisseau en forme d'arche ou de coffre, avec sa femme, ses enfants, des animaux et des fruits. Les eaux baissèrent enfin, et alors il lâcha l'aura, ou vautour, qui, voyant le sol jonché de cadavres, resta pour les dévorer ; et, successivement, tous les autres oiseaux, dont aucun ne revint, excepté le dernier parti, le colibri, qui apporta dans son bec une petite branche.

THAMMOUZ. Dieu adoré dans l'Asie occidentale, avant la diffusion du christianisme et de l'islamisme. Les savants s'accordent, en général, à le regarder comme identique à Adonis. (Voyez ce mot.) Ezéchiel (VIII, 14), dans sa vision, parle des femmes de Jérusalem qui célébraient dans les larmes la fête de Thammouz, ce qui se rapporte, en effet, au culte d'Adonis. Maïmonide, rapportant une tradition sabéenne, dit que Thammouz était un prophète assyrien qui fut mis à mort par le roi de Babylone, auquel il avait enjoint de venir adorer les sept planètes et les douze signes du zodiaque. La nuit suivante, les statues de tous les dieux adorés dans toutes les parties du monde s'assemblèrent dans le temple de Baal, autour de la statue de ce dernier. Baal se jeta la face contre terre, les autres idoles l'imitèrent, toutes se mirent à pleurer Thammouz en racontant sa fin malheureuse, et toutes s'en retournèrent dans leurs temples dès les premières clartés du jour. C'est en mémoire de cet événement, ajoute Maïmonide, que, tous les ans, les Sabéens pleuraient Thammouz et célébraient en son honneur une fête de deuil le premier jour du mois de Thammouz.

THMÉI, c'est-à-dire *justice et vérité.* C'est le nom d'une déesse égyptienne, fille du soleil, qui préside aux quarante-deux juges infernaux, et qui reçoit dans son palais les âmes suppliantes qui vont comparaître devant Osiris. Dans la planche XXVI du *Panthéon égyptien* de Champollion, Thméi a la tête ornée d'une plume d'autruche fixée à sa coiffure par un riche diadème; elle ombre de ses deux ailes, bariolées de bleu et de blanc, le dieu Re-Tmou.

THOR, ASA-THOR (l'Ase Thor) ou **AKE-THOR** (l'aigle Thor). Dieu scandinave, fils aîné d'Odin et de Freia. Il préside aux saisons, aux vents, aux tempêtes, à la foudre et à la guerre, et habite Trodouangour (asile contre la peur), où il a un palais composé de cinq cent quarante salles. Sa massue Iolner, qui lui fut enlevée par son domestique, combattait, une fois lancée, sans que la main eût besoin de lui imprimer un nouvel élan; mais Thor ne pouvait, sans risquer de se brûler, la toucher qu'à l'aide de son gantelet d'acier. Comme la Vénus grecque a la ceinture de beauté, de même Thor possède le baudrier de la vaillance, qui double ses forces. Il est sans cesse en guerre contre les géants, et a pour antagoniste perpétuel le grand serpent Iormoungandour, qu'il terrassera à la fin du monde. Mais il périra lui-même asphyxié par les flots de venin vomis par l'épouvantable reptile. Sef, ou Sefia, sa femme, l'a rendu père de deux fils, Mod et Magour, qui survivront à la destruction du monde. Dans le temple d'Upsal, Thor était placé à la gauche d'Odin, avec une couronne sur la tête et une massue dans la main droite. On le représentait souvent dans un chariot attelé de deux boucs, qu'il conduisait avec des rênes d'argent, et la tête couronnée d'étoiles. On célébrait, au solstice d'hiver, sa fête, appelée Juul, qui servait de point initial à l'année; c'est pour cette raison que les Scandinaves donnaient à la nuit qui suivait le nom de *nuit mère.* De véritables Bacchanales signalaient cette fête. On sacrifiait à ce dieu des bœufs et des chevaux gras. Mais tous les neuf ans, au mois de janvier, on immolait en son honneur, dans un lieu appelé Lederun, en Zélande, des hommes, des chevaux, des chiens et des coqs. On a comparé Thor au Taran des Gaulois. Payne Knight le met même en parallèle avec Baal-Thurz, dieu phénicien représenté avec une tête de bœuf, parce que les statues de Thor étaient souvent taurocéphales.

THOTH. Dieu égyptien qui, suivant Philon de Byblos, dans sa traduction de Sanchoniaton, était appelé Taaut en Phénicie, Thoyth en Egypte, Thoth par les habitants d'Alexandrie, Hermès par les Grecs. Platon, Cicéron et Lactance lui donnent le nom de Theuth. — Il passait pour avoir civilisé l'Egypte. C'était à lui qu'on attribuait l'institution du culte, l'invention de l'agriculture, des caractères alphabétiques, de la grammaire, de l'astronomie, des mathématiques, des périodes du temps, de la géographie, de la musique, de la lyre, du commerce, des monnaies, de la magie, etc. Les Evhéméristes se sont obstinés à voir dans Thoth un personnage purement humain. Beaucoup même se sont attachés à prouver son identité avec Seth, Chanaan, Eliézer et Moïse même. Mais les savants ont abandonné ces ridicules assimilations. Thoth n'a jamais vécu sur la terre, Thoth est un dieu. Il reste néanmoins beaucoup d'incertitudes à son sujet, et la diversité des légendes ne permet pas d'apprécier d'une manière satisfaisante la place qu'il occupait dans la hiérarchie divine. La plus ancienne de ces traditions est celle qui nous est transmise par Sanchoniaton. Thoth, ou Taaut, y figure comme antérieur au ciel, à la terre et à Kronos (le Temps), dont il fut le conseiller; ce qui revient à dire que, dans la cosmogonie, Thoth est la sagesse divine présidant aux évolutions du temps. Nous n'avons pas à développer ici cette idée, que nous avons déjà exposée au mot TEUTHATÈS. Thoth fut le conseiller d'Osiris et d'Isis, comme il avait été celui de Kronos. Isis même, cette haute déesse qui s'identifie quelquefois avec Neith, la sagesse et l'énergie divines, est représentée comme son élève. Manéthon, dans le *Syncelle,* distingue trois personnes du nom de Thoth. Le premier, ou Hermès Trismégiste, avait inscrit les principes de toutes les sciences sur des colonnes, avant le déluge; le second Hermès, fils d'Agathodœmon, traduisit les écrits du premier; le troisième, Hermès deux fois grand, fut le conseiller d'Osiris et d'Isis, et c'est à ce dernier qu'il fait honneur des inventions utiles dont nous avons parlé. Mais, pour peu qu'on soit initié à la théologie de l'antiquité, on comprendra que ces trois Thoth ne sont que trois formes du même être, et si le second est fils d'Agathodœmon ou Cneph, le premier se confond nécessairement avec Piromi, le dieu incréé, absolu, irrévélé.

Si maintenant nous cherchons à formuler le rôle des trois Thoth de Manéthon, nous verrons d'abord l'intelligence, c'est-à-dire Dieu, se manifestant dans l'humanité pour lui révéler les principes des sciences. Cette grande conquête de l'homme est effacée en partie par un épouvantable cataclysme; l'intelligence vient reconstruire l'édifice à moitié détruit; le monde dès lors n'a plus qu'à progresser, qu'à se développer, et c'est le troisième Thoth, Hermès deux fois grand, qui préside à ce mouvement ascensionnel : attribution sublime qui fait de Thoth le génie protecteur de l'humanité. C'est par lui que l'homme grandit, s'élève, se met en communication avec les dieux. Il ne l'abandonne pas, même après la mort; et dans l'Amenthi, c'est Thoth à tête d'ibis qui écrit le résultat de la pesée

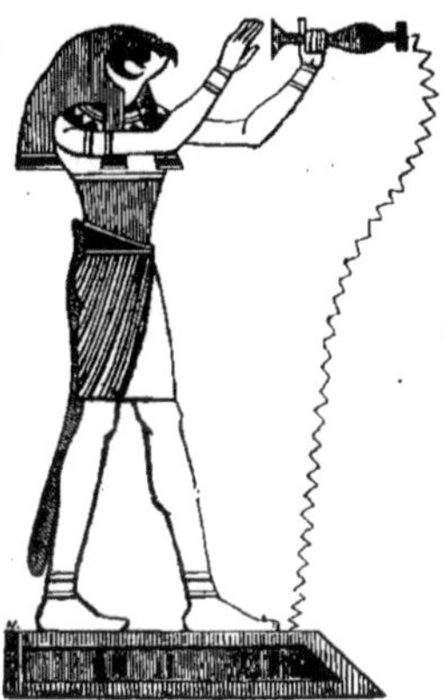

des âmes, qu'il présente ensuite à Osiris. (Voy. Enfer.) Les nombreuses représentations de Thoth sur les monuments ne laissent aucun doute sur le rôle divin qui lui est attribué dans la mythologie égyptienne. La tête d'épervier, le disque rouge ou rayonnant d'où sort l'uræus, les deux plumes droites, la palme, la croix ansée, sont des symboles affectés aux hautes divinités. On le trouve aussi représenté avec la tête d'ibis, celle de cynocéphale, et quelquefois avec la tête humaine.

Manéthon attribue à Thoth l'invention des colonnes ou stèles, sur lesquelles on écrivait les lois et les découvertes de la science. Ces colonnes portaient son nom, et c'est probablement ce qui aura donné lieu d'attribuer à ce dieu, pure manifestation de la sagesse dans le monde, tous les écrits conservés par les prêtres égyptiens. Ceux dont les Égyptiens mêmes le regardaient comme l'auteur étaient au nombre de quarante-deux, suivant Clément d'Alexandrie. Quatre étaient relatifs à l'astrologie, c'est-à-dire à l'astronomie; douze à l'hiéroglyphique, à la cosmographie, à la géographie, à la marche du soleil, de la lune et des planètes, à la chorographie de l'Egypte, à la description du ciel, aux cérémonies religieuses, à la mesure et à la nature de tous les objets employés pour les sacrifices, aux lieux consacrés par le culte; dix traitaient des honneurs que l'on doit aux dieux, des pratiques du culte; dix autres, appelés *sacerdotaux*, traitaient des rois, des dieux, et de toute la doctrine du sacerdoce; les six derniers enfin étaient consacrés à la médecine, à l'anatomie, aux instruments de chirurgie, aux maladies des femmes, etc. On a même porté jusqu'à trente-six mille cinq cents le nombre des livres attribués à Thoth.

TIAMAARATAAO. L'Adam des habitants de l'archipel des Amis. Il apparut sur la terre après le reste des mammifères, à l'entrée d'une grotte d'abord ténébreuse et bientôt inondée de lumière. N'est-il pas curieux de retrouver chez les sauvages la création de l'homme telle que la rapporte la *Genèse*, confirmée par la science moderne, c'est-à-dire postérieure à la formation des autres animaux?

TIEN. Le dieu suprême des Chinois, qui est pris tantôt pour le ciel, tantôt pour le soleil. Il a un temple magnifique à Pékin.

TIERMES. Dieu lapon qui présidait à la nature et qui la protégeait. Il était représenté par un tronc de bouleau, à l'extrémité supérieure duquel on fixait une racine du même arbre, de forme ronde, pour représenter la tête. On renouvelait chaque année cette image, adorée autour des tentes et des cabanes. Tiermes était un dieu essentiellement bon. On lui immolait des rennes mâles et adultes. Il était opposé à Seit (voy. ce mot), le chef des mauvais esprits.

TI-KANG. Dieu chinois qui préside aux enfers, où il commande à cinq juges et à huit ministres, dont on voit les statues dans les temples autour de la sienne. Aux côtés de son autel sont placées les deux tables de la loi. De véritables panoramas représentent des scènes infernales. On y voit des coupables précipités dans des chaudières d'huile bouillante, d'autres, coupés en morceaux par des diables, sciés en deux, dévorés par des serpents ou des chiens, étendus sur des grils au-dessus de brasiers ardents, etc. Pour reconnaître la culpabilité de ceux qui arrivent dans la sombre demeure, un des cinq juges place le coupable dans le plateau d'une balance et dépose dans l'autre les livres de prières qu'il a répétées pendant qu'il était sur la terre. Dire des prières, en effet, voilà le moyen d'éviter les peines de l'enfer. Celui qui est venu mille fois faire son oraison devant l'autel de Ti-Kang, a conquis le paradis, où il jouira d'un bonheur plus ou moins grand, selon les présents qu'il aura faits aux Bonzes et aux pagodes. Lorsque le mort est déclaré coupable, trois des juges délibèrent sur le châtiment qu'il convient de lui imposer; le cinquième est chargé, lorsque le criminel a accompli son temps d'épreuve, de désigner le corps d'homme ou d'animal dans lequel son âme sera renvoyée. Dans le prétoire infernal aboutissent deux ponts, l'un d'or et l'autre d'argent, qui conduisent les âmes aux célestes béatitudes si elles ont suffisamment prié pour être pures et si elles apportent avec elles un laissez passer délivré par les Bonzes; d'où vous pouvez conclure, ami lecteur, que les Bonzes entendent bien leur métier.

TITHRANBO. Isis souterraine, qui était assimilée par les Grecs à Hécate. Son nom, selon quelques savants, signifie : *qui inspire la terreur.*

TLAÇOULTEUTL. Déesse mexicaine qui présidait à l'amour. On la nomme aussi Ichcouina, c'est-à-dire *la belle femme.* Au-dessous d'elle se groupent quatre autres déesses inférieures qui présidaient plus spécialement à la reproduction. Voici leurs noms : Tiacapan, Teigou, Tlaco, Choucosti.

TLALOCH, TESCALIPULTZA ou **TESKAT-LIBOCHTLI**, était, après l'irrévélé Téotl, le plus grand dieu des Mexicains. Il présidait à la pénitence, à l'affliction, à la vengeance, et punissait les hommes en envoyant sur la terre les famines, les épidémies, etc. Sa statue, d'un granit noir et luisant, était ornée de rubans, avait à la lèvre inférieure des anneaux d'or et d'argent avec un tuyau de cristal d'où sortait une plume verte ou bleue. Un gros lingot d'or brillait sur sa poitrine; ses bras étaient chargés de chaînes du même métal et une grande émeraude formait son nombril; il tenait à la main droite quatre flèches, et à la main gauche un miroir orné de plumes de toutes les couleurs. Les flèches étaient quelquefois remplacées par un javelot et le miroir par un bouclier sur lequel cinq pommes de pin, entourées de quatre flèches, formaient une croix rectangulaire à branches égales. A ses cheveux, dorés et tressés, pendait une oreille d'or, symbole de l'attention avec laquelle il écoutait les prières de ses adorateurs. Derrière le trône sur lequel il était assis s'étendait un grand rideau garni de têtes de morts et d'ossements humains. La plus célèbre de ses fêtes, celle des purifications générales, avait lieu le 19 mai. Les grands de Ténochtitlan apportaient la veille, au grand prêtre, un costume magnifique pour la cérémonie. La nuit se passait en préparatifs ; dès l'aurore, on ouvrait les portes du temple, et le prêtre sonnait du cor en se tournant vers les quatre points de l'horizon, comme pour appeler les fidèles des quatre coins du monde. Les dévots se précipitaient en foule dans le temple en se couvrant le visage de poussière. Les plus fervents se flagellaient avec des cordes garnies de nœuds ou de pointes et se déchiraient le corps avec des lames de couteau ; les autres jonchaient de fleurs et de rameaux verts les parvis du temple et les alentours du Téocalli. Les prêtres, le visage teint en noir et les cheveux tressés avec des cordons blancs, faisaient ensuite le tour de la pyramide en portant sur un palanquin la statue du dieu, ornée de guirlandes nouvelles. Devant le palanquin marchaient deux prêtres, l'encensoir à la main ; la foule suivait en imitant tous les mouvements de l'encensoir. La procession accomplie, de jeunes vestales préparaient dans le temple, sur la table de Tlaloch, un grand festin qu'il partageait avec les dévots qui s'étaient fait remarquer par leurs macérations ou par la richesse de leurs offrandes. A la fin du repas, on offrait au dieu, dans un bassin, le sang d'un homme égorgé devant lui. Lorsque les grains ensemencés commençaient à germer et à poindre au-dessus de la terre, on sacrifiait encore à Téotl, sur une colline, un garçon et une fille, âgés de trois ans et nés de parents libres ; lorsque la moisson avait atteint la moitié de sa hauteur, une cérémonie pareille avait lieu avec cette différence que les victimes étaient choisies parmi les esclaves ; quand la récolte était parvenue à sa maturité,

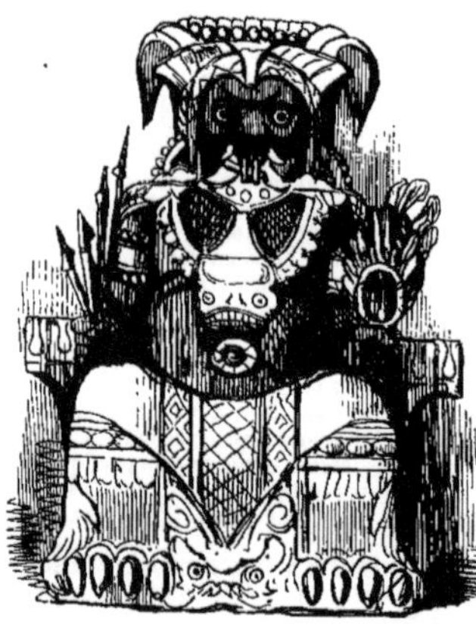

Tlaloch se contentait d'une offrande de maïs et de gomme copale. — L'immolation des victimes humaines était suivie d'une cérémonie bizarre que nous devons mentionner, et dont on verra l'origine à l'article Tozi. Un homme, revêtu de la peau de la victime, parcourait les rues de la ville pendant plusieurs jours en demandant l'aumône et en battant ceux qui refusaient leur offrande. Le résultat de la quête sacrée était remis aux prêtres pour les besoins du culte, et le frère mendiant ne quittait la peau de la victime que quand elle rendait une odeur infecte et insupportable. La même pratique signalait les sacrifices humains accomplis en l'honneur de Quetzacoatl et de Vitzlipultzi.

TMOU ou **ATMOU**. Dieu égyptien dont le nom nous a été révélé par Champollion qui l'a retrouvé sur une foule de monuments, et qui l'assimile à Fré, gouvernant l'Amenti ou l'enfer. Fré et Tmou, en effet, sont associés sur plusieurs stèles et tableaux. Leurs noms même se

trouvent combinés. Tmou est ordinairement représenté assis sur un trône avec les chairs rouges ou vertes.

TONATIOUH. C'est le nom sous lequel les Mexicains adoraient le soleil. Ils donnaient à la lune celui de Metsli. On avait consacré à ces divinités deux magnifiques Téocalli dans les environs d'Otunba.

TOZI, c'est-à-dire la *grande mère*. Déesse mexicaine qui, avant d'être admise à siéger parmi les immortels, porta, dit-on, le sceptre sur le plateau d'Anahuac. C'est une belle et grande chose que l'apothéose. Mais les dieux mexicains faisaient payer cher l'honneur de leur compagnie. Vitzlipultzi, le dieu de la guerre, pour procurer cet avantage à Tozi, avait, en effet, ordonné aux Aztèques de la tuer, de l'écorcher ensuite et de couvrir de sa peau le corps d'un jeune homme. On fait remonter jusqu'à cette époque l'usage d'immoler des victimes humaines à Vitzlipultzi et sans doute aux autres dieux, et les singuliers usages dont nous avons parlé à l'article Tlaloch.

TPÉ. Déesse égyptienne qui est le ciel même, comme Potiri et Imoouth ou Imuthis, mais à un point de vue différent. On voit en elle le ciel femelle, fécondé par Imoouth, qui est le ciel mâle et actif. Sur les zodiaques rectangulaires, elle est représentée avec quatre bras et quatre jambes, des mamelles pendantes et un scarabée aux ailes d'épervier (symbole de la puissance créatrice) sur la poitrine. La longue robe qui la couvre est formée de lignes ondulées, signe hiéroglyphique de l'eau, et entourée d'une guirlande de lotus, qui désigne également l'élément humide. Tpé est donc le ciel femelle humide, ce qui rappelle les eaux d'en haut dont il est question dans la *Genèse*. Cette déesse figure aussi sur les monuments funéraires.

TRINITÉ. Nous avons déjà fait connaître les croyances trinitaires des Egyptiens, des Indiens, des Océaniens, etc. Pour ne pas faire de redites, nous renvoyons tout d'abord le lecteur aux mots Aaum, Bhavani, Bouddha, Bouddhisme, Brahm, Brahma, Maïa, Siva, Vichnou, Chamephis, Cneph, Fta, Divongarra, Lao-Tseu, San-Pan, Seit, Druides, Hès, Gui, Teuthat, etc. — La trinité a été formulée dans toutes les parties du monde, depuis la Nouvelle-Zélande jusqu'au Pérou. Comment les hommes sont-ils arrivés à cette idée si singulière en apparence de la multiplicité dans l'unité ? On a beaucoup discuté à ce sujet. Les uns ont soutenu, et soutiennent encore, que le dogme trinitaire n'a été connu que par suite d'une révélation d'en haut ; d'autres voient dans la triade les trois grandes manifestations de la divinité dans le monde : création, conservation, destruction. Dans la religion hindoue, Brahma, en effet, est le créateur, Vichnou le conservateur et Siva le destructeur. Lorsque les trois dieux de la Trimourti apparaissent à Atri, « Apprends, lui dit l'un d'entre eux, apprends qu'il n'y a entre nous aucune différence ; l'être se manifeste dans la création, la conservation et la destruction, ses trois formes. Penser à une d'elles, c'est penser à toutes, c'est-à-dire à un seul dieu très-haut. » Ainsi s'expriment les livres sacrés. Mais ces trois formes n'étant que trois attributs, nécessitent un être supérieur. Au-dessus de la Trimourti trône en conséquence Brahm, Parabrahma ou Adibouddha. La triade égyptienne est également dominée par Icton ou Piromi, et celle des anciens Celtes par Teuthat ou Mérzin. La religion chrétienne seule reconnaît une substance une et triple, qui, étant la source primitive de toutes choses, ne voit rien au-dessus d'elle. L'origine de la trinité, telle que la donnent les livres hindous, est déjà très-satisfaisante. Nous croyons cependant qu'il faut remonter plus haut pour s'en rendre tout à fait raison. Le caractère le plus frappant de la divinité suprême chez tous les peuples de l'Orient, depuis l'Egypte jusqu'à l'extrémité du continent asiatique, c'est l'immobilité. Absorbé en lui-même, il a conçu un jour le désir de n'être plus seul dans l'espace infini qu'il remplit. Il produit alors dans l'Inde et dans l'Egypte les eaux primordiales ou la matière humide. Mais trouvant indigne de lui de sortir de son repos pour donner au chaos l'organisation qui lui manque, il se délègue en dieux identiques à lui-même, auxquels il confie le soin de créer et de gouverner l'univers. (Voy. Brahm, Brahma, Bouddhisme, Ormouzd, Kolpia.) Ces dieux, ces trois principes actifs du monde, renferment en eux toutes les énergies; c'est pourquoi, par un simple dédoublement de leur substance, ils produisent trois divinités femelles, qui jouent auprès d'eux le rôle de fille-sœur-épouse. (Voy. Maïa, Sakti, Saraçouati.) Nous voyons dans cette haute cosmogonie le principe passif ou élément femelle tout à fait subordonné au principe actif. Il semble pourtant en avoir été autrement à l'époque reculée où le dogme trimourtique commença à se formuler. Dans l'Inde une tradition remarquable fait naître les trois personnes de la triade de la déesse Bhavani (voy. ce mot et Vachouta) dont le culte paraît avoir sinon précédé, du moins dominé ceux de Brahma, de Siva et de Vichnou. Peut-être en fut-il ainsi de la déesse Koridgwen chez les Celtes. En Egypte le principe passif conserva même une place dans la triade, et c'est dans cette contrée que Platon avait puisé ses idées sur la trinité, et, comme le dit Plutarque (*Isis* et *Osiris*), son fameux triangle équilatéral qui avait pour base la *nature féminine*, et pour côtés la *virilité* et la *progéniture*.

Plusieurs auteurs ont voulu prouver que Moïse avait consigné dans le *Pentateuque*, et surtout dans le premier chapitre de la *Genèse*, le dogme de la trinité. Ils ont cru en trouver, après les rabbins, la preuve dans le nom pluriel d'Elohim, que Moïse donne à la Divinité. Mais cette assertion est dénuée de tout fondement. Les rabbins, aussi bien que Philon, n'ont commencé à se livrer à ces conjectures que sous l'empire des doctrines égyptiennes et de la philosophie platonicienne. Moïse, initié à la science de l'Egypte, connaissait certainement le dogme trinitaire, mais, comme le dit Gœrres, « il rejeta entièrement les idées répandues à ce sujet parmi les Egyptiens et les Chaldéens, pour ne pas altérer chez les Juifs le grand principe de l'unité de Dieu, et tout ce qu'on a pu trouver dans l'Ancien Testament relativement à cette croyance ne repose que sur une interprétation arbitraire. » C'est pour un motif analogue que Moïse ne voulut pas enseigner l'immortalité de l'âme, soit parce qu'il n'y croyait pas non plus qu'à la trinité, soit plutôt dans la crainte de faire tomber le peuple dans les superstitions de la métempsychose et de la nécromancie.

Arrivons aux Celtes et aux Bretons. Ils admettaient aussi la trinité, comme nous l'avons vu aux articles Druides, Hès, Teuthat, Gul. Leur triade était composée de Hès (le feu sous toutes ses puissances), de Taran (le feu électrique) et de Belen (le feu localisé dans le soleil). C'est du moins ce que nous avons cru entrevoir. On nous accusera peut-être de faire jouer au feu dans la théologie celtique un rôle transcendantal qui ne lui appartient pas. Notre justification sera facile. Ecoutez le Barde Avaon, fils du grand Taliésin, dans son hymne au soleil. « Il s'élance, dit-il, il s'élance impétueusement, le feu aux flammes, le feu au galop dévorant ! Nous l'adorons plus que la terre ! Le feu ! Le feu ! Comme il monte d'un vol farouche ! Comme il est au-dessus des chants du barde ! Comme il est supérieur à tous les autres éléments ! Il est supérieur au Grand-Etre lui-même ! » Ne sentez-vous pas à ce fougueux élan, à cette énergique et sublime explosion de crainte, de respect et d'admiration, le Druide en extase devant le dieu qu'il adore ! Zoroastre a-t-il trouvé des paroles plus passionnées pour louer l'éternelle Lumière ? Moïse et David sont-ils plus émus devant le tabernacle de Jéhovah ? — Il est important d'ajouter ici quelques mots à ce que nous avons dit ailleurs des hautes divinités celtiques. Hès paraît être le même dieu que ce Hu, père de l'abîme, soutien de la Bretagne, auquel une victime humaine, avant de tomber sous le couteau sacré, chante l'hymne remarquable dont M. de la Villemarqué a donné la traduction, dans son livre des *Chants de la Bretagne*. « Hu, dit le poëte, ô toi dont les ailes fendent l'air, ô toi dont le fils était le protecteur des grands priviléges, le héraut bardique, le ministre... soutiens-moi ! » Le fils dont il s'agit ici doit être Belen ou le soleil, car partout le soleil a été regardé comme la source de l'inspiration poétique. Le Barde d'ailleurs s'écrie plus loin : « Gloire à toi, victorieux Beli, et à toi, roi Manogan. » Or, ce Beli, les Triades nous apprennent qu'il était un des trois bardes primitifs, c'est-à-dire sans doute une incarnation du dieu Belen; bardes et prêtres se confondaient,

et aujourd'hui encore Belek signifie prêtre. Quant à ce roi Manogan, dont le nom termine et couronne l'hymne de mort, et qu'on invoque comme le défenseur des libertés de l'île de Miel (ancien nom de l'Angleterre) et de Beli, il ne paraît point différer de Teuth, Gwion ou Merzin, dont les deux derniers noms étaient appliqués à la Bretagne insulaire. (Voy. Teuthat.) Gan même est synonyme de Gwion (esprit, génie), et Manogan signifie peut-être l'homme-esprit, ce qui ne doit point nous surprendre, puisque Brahma, considéré sous la forme la plus élevée, porte aussi le nom d'homme (Pouroucha). Man, qui a la même signification, était aussi une haute divinité germaine. (Voy. Manou.)

La Trinité druidique, se réabsorbant en Teuthat, était l'image même de l'univers. Les Téménes, selon les Triades, étaient aussi le symbole du monde. Ces enceintes sacrées étaient donc en rapport avec la doctrine trinitaire. Les monuments druidiques, en effet, paraissent avoir été environnés de trois cercles de pierres, correspondant en même temps aux trois cercles d'existence de la théologie druidique et aux trois transmigrations de l'âme. « Il faut que tous meurent trois fois avant de se reposer enfin, » dit la prédiction de Gwenc'hlan (de la Villemarqué, *Chants pop. de la Bret.*). « Je suis né trois fois, dit Taliésin; j'ai été mort; j'ai été vivant; je suis tel que j'étais. J'ai été biche sur la montagne; j'ai été coq tacheté; j'ai été daim de couleur fauve; maintenant je suis Taliésin. » Ainsi, de même que les Téménes rappellent les grands cercles du mont Mérou, la montagne du monde, de même aussi les Druides nous reportent à la triple naissance des Brahmes (Manou, liv. ii, *Slokas* 26, 169 et 170). L'idée trinitaire dominait le système druidique tout entier; voilà pourquoi le nombre des transmigrations est fixé à trois; voilà pourquoi on nous parle de trois royaumes de Merzin; voilà pourquoi on comptait trois Bardes primitifs, voilà pourquoi dans le Stone-Henge le diamètre du grand fossé de circonvallation contient trois fois celui du monument même. Trois avec ses multiples joue un rôle immense dans les croyances druidiques. Nous n'en citerons qu'un exemple. Merlin le Sauvage, dans son curieux poëme de la *Pommeraie*, fait une description ravissante de son bois sacré de pommiers, représentant les forêts druidiques. Mais ses arbres chéris ont été en partie renversés à l'époque de cette fameuse bataille d'Arderiz, où 80,000 hommes périrent, dit-on, à propos d'un nid d'alouette. Merlin pleure son malheur, le malheur du druidisme, et tout à coup il nous apprend que son bois sacré renfermait sept, plus sept fois vingt pommiers, c'est-à-dire cent quarante-sept. On ne s'attendait guère à voir figurer dans ses vers le nombre de ses arbres, aussi est-on naturellement porté à y chercher quelque mystère. Cent quarante-sept, en effet, renferme une multitude de combinaisons du nombre ternaire; si du second chiffre vous retranchez le premier, il reste trois; si du troisième vous retranchez le second, il reste encore trois, etc.; si enfin vous divisez le nombre total par trois, vous trouvez au dividende quarante-neuf, et là sans doute était un grand mystère, car quarante-neuf est précisément le nombre des pommiers détruits, pleurés par le vieux Druide.

TSI-SIN-GO-DAI. Les cinq dieux terrestres chez les Japonais. Ils suivent immédiatement les sept dieux supérieurs. Comme ces derniers, ils régnent sur la terre, mais les régnes des premiers sont plongés dans un infini qui ne permet aucune appréciation numérale, tandis que ceux des Tsi-Sin-Go-Daï, précédant immédiatement les temps humains, sont déjà exprimés par des nombres.

TUISTON. Dieu gaulois et germain, auquel on donne pour mère Tuis (la terre) et pour fils Mann (l'homme-dieu), d'où sortent les nations germaines. On ne sait rien sur son culte, si ce n'est que les bardes chantaient des vers en son honneur, privilége qu'il partageait avec toutes les autres divinités. Beaucoup d'auteurs ont voulu voir en lui un analogue du Pluton grec. D'autres l'ont opposé à Taran. (Voy. ce mot.) Quelques-uns l'ont pris pour un législateur, pour un régulateur du culte dans la Gaule ou la Germanie. On a souvent comparé son nom à celui des Teutons ou à celui des Allemands, Teutsch ou Deutsch.

TYPHON. Le mauvais génie, la personnification du mal chez les Égyptiens. Il avait pour femme Nephté (voy. ce mot et ANUBIS), et, selon la tradition vulgaire, Osiris était son frère. Lorsque ce dernier partit pour sa grande expédition, il lui confia le gouvernement des déserts situés à l'orient de l'Égypte. On verra, aux articles Isis et Osiris, comment Typhon mit à profit l'absence de son bienfaiteur pour usurper la couronne, comment il fut battu, et de quelle manière il se défit d'Osiris. Vaincu ensuite et fait prisonnier par Haroéri (voy. ce mot), il dut sa liberté aux prières d'Isis, à laquelle il avait, dit-on, fait commettre une autre faiblesse, se révolta de nouveau, et, défait une seconde fois, se métamorphosa en crocodile pour ne pas tomber entre les mains de son adversaire, reprit bientôt sa forme primitive, et, monté sur un âne, marcha pendant sept jours vers le nord et alla s'ensevelir pour toujours dans le lac Sirbon (aujourd'hui marais Menzaleh). Fourmont, qui prend Thoth pour Éliézer et Osiris pour Esaü, a cru retrouver dans Typhon le patriarche Jacob, parce que ce dernier supplanta Esaü comme Typhon supplanta Osiris. D'autres ont vu en lui Moïse, un roi de Sicile qui vient là on ne sait comment, le fameux Og, roi de Bazan; aux yeux du savant le Clerc, il n'est qu'une personnification de l'embrasement de Sodome et de Gomorrhe. Il serait oiseux aujourd'hui de combattre ces opinions. Typhon, comme nous l'avons dit en commençant cet article, est le génie du mal, mais dans un sens tout à fait local et égyptien. On peut voir tour à tour, en lui, le sol aride de l'Arabie, opposé à l'humus fécond de la vallée niliaque ; la mer qui engloutit le Nil bienfaisant, et pour laquelle les Égyptiens ont longtemps conservé un tel sentiment d'horreur, que les prêtres s'abstenaient du sel marin, qu'ils appelaient l'écume de Typhon; les chaleurs dévorantes; le vent brûlant du midi; les miasmes pestilentiels qui s'échappent des marais; les populations nomades de l'Arabie qui si souvent ont fait trembler l'Égypte. Typhon même représente les ténèbres opposées à la lumière, et, pour nous résumer en une phrase, il est tout ce que n'était pas Osiris, c'est-à-dire le mal sous toutes les formes. A côté de sa femme Nephté, que nous avons fait connaître à son article, il avait deux concubines, Thouéri et Aso, personnification des déserts du Sud. L'ourse, appelée chien de Typhon, l'hippopotame, le verrat et surtout l'âne, le scorpion et le crocodile, lui étaient consacrés. On lui avait même bâti, sous le nom de Typhonium, un certain nombre de temples; mais ces édifices contrastaient toujours, par leurs dimensions exiguës, avec les grands et magnifiques monuments qui s'élevaient à côté en l'honneur des dieux bienfaisants. On a prétendu qu'on immolait à Typhon des hommes roux; si ce fait est exact, il ne devait se produire que fort rarement. Plutarque nous apprend qu'aux époques des calamités publiques, on lui offrait des sacrifices d'animaux, et que les prêtres l'injuriaient et battaient sa statue, lorsqu'il ne faisait pas cesser le fléau. C'était sans doute un moyen de raffermir le courage du peuple. Sur les monuments on le voit représenté, selon Champollion, avec un corps humain, monstrueux par l'exagération des traits de sa figure et de son ventre; sous la forme d'un hippopotame au ventre énorme, etc.

TZOMÉ ou **PAYE-TOME**. C'est, dans les traditions de Rio-Janeiro, un vieillard blanc ou vêtu de blanc qui, un bâton à la main, aborda sur la côte. Il venait du pays des Guaranis, c'est-à-dire de l'Orient, et il parcourait le pays, apprenant aux hommes à se vêtir, à construire des maisons et à cultiver le manioc. Il s'arrêta enfin au cap Frio, et, maltraité par les habitants, se retira vers le Nord. Depuis, on n'entendit plus parler de lui. Les peuplades qui l'avaient forcé à prendre la fuite ne tardèrent pas à se repentir de leur cruauté, et prirent le nom de Tzoniéos, qui fut ensuite remplacé par celui de Tupinambac. — Suivant une tradition rapportée par l'auteur du poème épique intitulé *Caramuru*, ce personnage, appelé Sumé, était blanc, barbu, et venait de l'Orient à travers l'Océan. Il commandait aux vents, aux animaux, à la nature entière, et marchait sur la surface des eaux comme sur la terre même. Il quitta le pays pour échapper à la colère des Caboclos,

qui voulaient le tuer. — Les jésuites, se fondant sur la ressemblance du nom de Tzomé ou Paye-Tome avec celui de saint Thomas, n'ont pas hésité à prendre le civilisateur brésilien pour cet apôtre. Ils ont prétendu même que la chaussée de l'*homme blanc* s'était miraculeusement élevée pour lui faciliter les moyens d'échapper à ses persécuteurs.

VAÇOUS. Ce sont, dans la mythologie hindoue, huit génies qui régissent chacun une des huit régions du monde, et président à divers éléments, phénomènes, etc. On les a souvent regardés comme les époux des Matris.

VAGHOUTA et **PRIHANDA** sont deux géants que Bhavani créa pour sa défense dans ses guerres avec Siva. Ce dieu, en effet, lui est diamétralement opposé. Il est le feu et Bhavani est l'humide. A cette déesse même paraît se rattacher un culte fort ancien. On comprend, dès lors, ses luttes contre Siva. Bhavani pourtant est sa femme. Mais ce mariage mythique n'indique qu'une fusion entre deux croyances longtemps rivales. Les uns faisaient de la matière humide l'élément de toutes choses; d'autres attribuaient ce rôle au feu; plus tard, on combina les deux cultes; le feu fut considéré comme le principe mâle et fécondateur, et Bhavani devint la femme de Siva, sans cesser de lui être souvent hostile. Vaghouta et Prihanda furent les deux plus terribles champions qu'elle opposa à Siva et à ses partisans. Le premier était grand comme une montagne, et sa bouche était semblable à un abîme. Le second était armé de bras innombrables, et, dès qu'un ennemi se présentait, il le saisissait et le précipitait dans la gueule de son compagnon, qui l'engloutissait comme Rabelais faillit engloutir ces pauvres moines qui, dans leur effroi, s'étaient réfugiés dans les feuilles de sa salade.

VAICIA. Quatrième fils de Brahma et père de la troisième caste, celle des artisans. (Voy. BRAHMA, BRAHMAN.)

VAINAMOINEN. Dieu slave, fils de Rava et frère aîné d'Ilmarénen. Il est le créateur du feu, et c'est lui qui, après cette bienfaisante production, civilise les hommes, invente les arts et la lyre ou Kandéla. Le premier navire sort ensuite de ses mains. On le dépeint domptant, aux sons de l'instrument mélodieux qu'il a façonné, les ours et les rennes qui viennent faire cercle autour de lui; la mer abaisse sa grande voix pour l'écouter, les arbres se meuvent en cadence, et les meules de foin accourent en dansant dans les granges. Vainamoinen lui-même, ravi des divins accords qu'il produit, tombe dans un délire extatique et verse au lieu de larmes un torrent de perles éblouissantes. Ainsi dans ce dieu slave nous retrouvons tout à la fois Vulcain, Apollon, Amphion et Orphée, une poésie gracieuse que la Grèce elle-même pourrait envier, et des conceptions profondes comme celles des anciens sages.

VALKIRIES. Déesses scandinaves, qui, sur les champs de bataille, tranchent la vie des guerriers auxquels elles ouvrent ainsi les portes du Gimle. Dans le Valhalla elles leur servent la chair du sanglier toujours renaissant (voy. Gimle), et versent dans leurs coupés écumantes l'hydromel et la bière. Elles ont sous leurs ordres six héroïnes. Les Valkiries sont des Nornes inférieures.

VALHALLA. Grande salle du paradis des Scandinaves. (Voy. Gimle.)

VANES. C'est le nom que l'on donne dans la mythologie scandinave aux dieux du second ordre. Beaucoup d'entre eux sont fils des Ases.

VICHNOU. Le second membre de la trinité indienne. On le représente avec quatre bras. Sur sa tête étincelle la couronne à trois étages, et sur sa poitrine le magnifique diamant Kastrala, dont les feux illuminent l'univers entier. Dans une de ses mains il tient une massue, dans la seconde le Tchakra, ou roue flamboyante et dentelée, dans la troisième une conque ou plutôt le mollusque Sankra, et dans la quatrième une fleur de Padma ou lotos. Ces emblèmes, du reste, varient fréquemment. Dans beaucoup de peintures, il enlace de ses bras Lakchmi, sa femme; dans d'autres, la déesse est assise ou debout devant lui, et presque confondue avec lui. On le dépeint aussi flottant sur les eaux primitives, et couché sur le vaste serpent Adicécha, dont les têtes innombrables forment un dôme au-dessus de la sienne. Son corps est bleu foncé, et ses vêtements de couleur jaune, ce qui lui a fait donner le nom de Pitambara. Son séjour ordinaire est le Vaikounta demeure éblouissante de lumière et de richesses, et, lorsqu'il parcourt le monde, il a pour monture l'aigle, l'épervier ou le fantastique Garoudha, le roi des oiseaux. Vichnou s'est neuf fois incarné. La première de ses incarnations ou *avatar*, est connue sous le nom de Matsyasaram. Il prit alors la forme d'un poisson (voy Satiavrata); dans la seconde (Kourmavataram), il apparut sous celle d'une tortue, pour soutenir le Mérou à la surface de la mer de lait, tandis que les dieux et les génies faisaient tourner la montagne immense, afin d'obtenir par ce grand barattement l'ambroisie qui devait leur donner l'immortalité. (Voy. Amrita.) Sa troisième incarnation est celle du sanglier (Varahavataram). (Voy. Erunyakcha.) Dans la quatrième (Naracinghavataram), il emprunta les formes combinées du lion et de l'homme. (Voy. Erunyakcha.) Il accomplit la cinquième (Vamanavataram) sous la figure d'un Brahme nain (voy. Mahabali), et la sixième sous celle d'un Brahme parfait. (Voy. Paraçou-Rama.) La septième fois il se montra parmi les hommes sous le grand nom de Rama (voy. ce mot), et, s'incarnant pour la huitième fois, il fut Krichna. Bouddha enfin, le divin réformateur, complète la série de ses avatars, qui offrent ce caractère remarquable que Vichnou revêt dans ses incarnations des formes de plus en plus nobles, de plus en plus élevées, de plus en plus parfaites, ce qui nous rappelle ce principe de la philosophie hindoue consigné dans le livre de Manou, que le dernier venu dans la série réunit en lui toutes les qualités de ceux qui l'ont précédé. Une dixième incarnation aura lieu encore, et Vichnou clora l'âge actuel et procédera par la destruction de l'univers à l'avénement d'un nouvel âge d'or. Toutes ces apparitions de Vichnou, si célèbres dans la mythologie indienne, ont eu lieu de mille en mille années divines, dont chacune comprend trois cent soixante mille des nôtres. — Le culte pacifique de ce dieu, qui paraît postérieur au sivaïsme et au brahmanisme, après avoir eu des luttes terribles à soutenir contre les adorateurs de Siva, finit par opérer une fusion entre les sectes rivales (voy. Jagannatha), et par conquérir l'Inde presque tout entière. Il fraya la voie à la grande réforme de Bouddha, et c'est à point de vue qu'on a fait de ce dernier un avatar de Vichnou, quoique le bouddhisme ait combattu le vichnouïsme, comme le sivaïsme et le brahmanisme, et qu'il lui ait enlevé des contrées immenses. C'est ainsi que Mahomet a pour prédécesseurs Moïse et Jésus-Christ, dont les musulmans ont si cruellement persécuté les disciples. Le vichnouïsme est divisé en trois sectes. La plus nombreuse est celle dont les membres portent sur le front trois lignes perpendiculaires réunies par la base et tracées avec le limon sacré du Gange ou de la poudre de bois de sandal. Vichnou, par rapport aux deux autres membres de la Trimourti, passe pour le dieu bienfaiteur et conservateur. Mais il s'abaisse jusqu'au rôle de Souria, le soleil, ou même d'Aditia, le soleil mensuel, pour s'élever ensuite jusqu'à Para-Brahma lui-même. On le voit flottant sur les eaux primordiales, et donnant naissance à tous les autres Dévas. C'est alors qu'il prend le nom de Naraïana (qui se meut sur les eaux). (Voy. Brahma.) Nous ne pouvons mieux terminer qu'en donnant une citation d'un auteur qui fera parfaitement apprécier le caractère de Vichnou. « Il est descendu sur la terre, dit Creuzer, par un sacrifice dont lui seul était capable, pour la sauver d'une perte trop certaine. Il s'est soumis à toutes les faiblesses, à toutes les misères de l'humanité, à une mort cruelle, pour abattre l'empire du mal et relever l'empire du bien. Il s'est fait pasteur, guerrier et prophète, pour laisser aux hommes, en les quittant, un modèle de l'homme. Mais il n'en est pas moins le dieu par excellence, le représentant de l'être invisible, duquel il a reçu sa mission, puissant comme lui, juste comme lui, bon et miséricordieux comme lui, répandant ses grâces même sur ses ennemis, et n'exigeant de ses adorateurs que la foi et l'amour, qu'un culte en esprit et en vérité, que le désir de lui être unis, le mépris de la terre et l'abnégation d'eux-mêmes. Lui seul fait les véritables saints, lui seul peut donner le *Moukti* ou la béatitude éternelle, car il est Naraïan, il est Bhagavan, il est Brahm, il réside au centre des mondes, et tous les mondes sont en lui. Il est l'unité dans le tout. »

VIÇOUAMITRA ou **VIÇOUAKARMA**. L'architecte des dieux, le peintre, le décorateur, le forgeron, l'artiste par excellence. C'est lui qui a tracé le plan des palais magnifiques des Souargas (voy. Ciel), et qui les a fait construire sous sa direction par les Tchoubdaras, les ouvriers célestes. C'est lui encore qui, lorsque sa fille Nikchouba, femme du soleil, ne put supporter l'éclat éblouissant de son époux, coupa les rayons du dieu sur une roue de potier dans le Sakadouipa (pays des Saces). Cent ans lui suffirent pour cette grande opération, et après avoir ainsi barbifié son gendre amoureux, il employa les divines rognures à accomplir sur la terre toutes les merveilles que nous admirons. Les Indiens croient même que chaque soir, au moment où le soleil se couche, Viçouamitra rafraîchit sa barbe rayonnante.

VIDAR. Un des dieux secondaires de la mythologie scandinave et le plus puissant de tous. Il égale presque en force et en courage l'invincible Thor. Fils d'Odin, il tuera Fenris, lorsque le monstrueux animal aura mis en pièces le souverain des Ases et des hommes. Vidar préside au silence et à la discrétion. Chaussé de souliers de peau de buffle, il traverse les plaines du Gimle, les airs, les mers et la terre sans être entendu.

VITZLIPULTZI ou **VITSLIBOCHTLI**. Le soleil personnifié, le dieu de la guerre au Mexique. On ne doit pas s'étonner de voir ce dernier rôle attribué au soleil. Le feu, élément essentiellement actif et énergique, affecte ce caractère terrible et sombre dans la plupart des religions. Siva, dans l'Inde, est à la fois créateur et destructeur; Fta, en Egypte, n'est pas toujours bienfaisant; Mars fut primitivement identique à Vulcain, et Hésus, dans les Gaules, correspond, sous ce point de vue, au Mars des Grecs et des Latins. — Vitzlipultzi joue un grand rôle dans l'histoire primitive des Aztèques. C'est lui qui promet aux Mexicains la possession du pays auquel ils donnent ensuite leur nom; lorsqu'il les envoie à la conquête de la terre promise, c'est lui qui précède leur armée dans un coffre de roseaux nattés porté par quatre prêtres; il leur donne le signal du campement et du départ, rend des oracles, dicte lui-même son culte, désigne ses adorateurs, établit les cérémonies religieuses, enjoint à son peuple de laisser, après chaque station, sur le lieu où s'est reposée l'arche sainte, les vieillards et les infirmes pour y fonder des colonies. Lorsque les Mexicains s'impatientent, murmurent, refusent de marcher plus loin, il ranime leur courage par d'éclatants miracles, et apparaît en songe à un de ses prêtres, auquel il ordonne de dire à son peuple qu'il doit s'arrêter enfin et s'établir sur un lac, à l'endroit où l'on trouvera un aigle tenant un serpent (ou un oiseau) et perché sur un figuier enraciné dans le roc. Mexi, le chef du peuple émigrant, arrive enfin sur les frontières de la terre de promission. Vitzlipultzi le conduit à la victoire et disperse devant lui les Navaltécas, qui avaient eux-mêmes enlevé le pays aux sauvages Chichimécas. Les Mexicains rencontrent ensuite l'aigle et le figuier, y jettent les fondements de la grande ville de Ténochtitlan (Mexico), et, obéissant à un nouvel avertissement du dieu, la divisent en quatre quartiers et placent au centre l'arche nationale.

Vitzlipultzi devait le jour à la vertueuse Koatlikoé, qui habitait Koatepek, dans le voisinage de Toula. Elle le conçut miraculeusement d'un bouquet de plumes qui voltigeait dans l'air et qu'elle déposa sur son sein. Ses fils, les Ceutsonhouitsnahouis, irrités de cette inexplicable grossesse qui déshonorait la famille, et excités par leur sœur Koïolkhaouqui, résolurent de la tuer. « Ne crains rien, ma mère, lui dit le dieu qu'elle portait dans son sein; moi, ton fils, je sauverai ton honneur et ta vie. » Déjà, pourtant, le glaive parricide était levé sur elle, Vitzlipultzi apparut tout à coup armé de pied en cap, le visage courroucé, mit à mort les frères impies, sans épargner Koïolkhaouqui, pilla leur maison, et déposa le trésor aux pieds de sa mère. — C'est à Mexico surtout que ce dieu était adoré. Le téocalli (maison de Dieu) qui avait été érigé en son honneur, était une immense pyramide tronquée au sommet de laquelle on montait par un escalier de cent vingt degrés, qui occupait tout un des côtés. Sur la plateforme, pavée de carreaux de jaspe de différentes couleurs et environnée d'une balustrade élégante, s'élevait une chapelle couverte d'un toit de bois précieux. Là, sur un trône soutenu par un globe d'azur, placé lui-même sur un autel entouré de rideaux, apparaissait Vitzlipultzi, coiffé d'un casque de plumes de diverses couleurs; son visage affreux et terrible était encore défiguré par deux raies bleues, l'une sur le front, l'autre sur le nez; sa main droite s'appuyait sur un bâton en forme de couleuvre, et, dans la main gauche, il portait quatre flèches et un bouclier couvert de cinq plumes blanches disposées en croix. Dans une autre chapelle de la même grandeur, placée à gauche de celle-ci, on voyait le dieu Tlaloch (voy. ce mot), dont le culte se confondait avec celui de Vitzlipultzi. Quelques auteurs donnent à ce dieu des pieds de chèvre et des ailes de chauve-souris. D'autres disent qu'au lieu de nombril il avait une tête de lion. Son téocalli était environné d'une vaste enceinte carrée dans laquelle, selon Fernand Cortez, aurait tenu à l'aise une ville de cinq cents maisons. Cette enceinte était fermée d'un mur de huit pieds de hauteur, couronné de serpents sculptés, ce qui lui avait fait donner le nom de Coatépantli (muraille des serpents). On y pénétrait par quatre portes répondant aux quatre points cardinaux. Le sanctuaire de Vitzlipultzi occupait le rez-de-chaussée du téocalli; on y entretenait un feu perpétuel dans deux réchauds de cinq pieds de haut. L'enceinte contenait une multitude d'autres temples et plus de six cents feux sacrés. On y voyait aussi des maisons de retraite, où se retiraient l'empereur et les grands pour prier et jeûner à certaines époques de l'année, un très-bel édifice où l'on hébergeait les étrangers de condition, des étangs où les prêtres se baignaient, des fontaines sacrées, des volières pour les oiseaux destinés aux sacrifices, des jardins pleins de fleurs pour la décoration des autels, un bois avec des collines artificielles, des vallées, des cascades, des précipices, une maison en forme de cage où les Mexicains retenaient prisonnières les idoles des nations vaincues, des édifices où étaient entassées les têtes des victimes sacrifiées, rangées symétriquement sur des perches ou fixées autour des parois, où elles représentaient des figures bizarres et monstrueuses. Le plus grand de ces édifices, appelé Huitzompan, était un énorme môle de terre, de forme carrée, surmonté de soixante-dix poteaux reliés par des perches couvertes de têtes. Aux quatre coins de cette pyramide s'élevait une tour construite d'ossements assujettis avec de la chaux. C'est ce monument qui, d'après l'évaluation, d'ailleurs bien exagérée, de certains auteurs, renfermait cent trente-six mille têtes de victimes humaines. Mexico, comme on le voit, était une ville sacerdotale dans toute l'acception du terme. Elle contenait, dit-on, deux mille temples et trois cent soixante téocalli; mais ici, comme tout à l'heure, nous devons nous mettre en garde contre l'exagération.

La vie monastique occupait une large place dans les mœurs mexicaines. Mexico possédait des couvents de filles et de garçons. Les jeunes gens y entraient dès l'âge de sept ou huit ans, et n'en sortaient que pour se marier. L'âge prescrit pour l'admission des jeunes filles était de douze à treize ans; elles quittaient aussi le couvent pour se marier, étaient vêtues de blanc et prenaient le nom de *Filles de la pénitence*. L'entrée en religion avait lieu ordinairement par suite d'un vœu fait par les parents. Les historiens se sont plu à donner aux religieuses mexicaines le nom de vestales. Mais ce nom, auquel se rattache l'idée de chasteté et de virginité, n'a jamais été plus mal appliqué. — Décrivons maintenant la fête de Vitzlipultzi. On la célébrait au mois de mai. Dès l'avant-veille, deux vestales pétrissaient, avec de la farine de maïs et du miel, une statue du dieu, que l'on parait avec magnificence. Le jour de la fête, aux premiers rayons du soleil, les vestales, qui, dans cette solennité, prenaient le titre de sœurs de Vitzlipultzi, montaient deux à deux sur le téocalli, ornées de plumes, de couronnes et de bracelets de maïs; elles enlevaient de la chapelle la statue du dieu et la déposaient sur un brancard; des jeunes gens la descendaient au pied de la pyramide, et le peuple venait en foule l'adorer en se jetant de la terre sur la tête. Une grande procession se dirigeait ensuite vers le mont Chapultépèque; les prêtres faisaient un sacrifice; on rentrait dans la ville, et l'idole de Vitzlipultzi était hissée sur le téocalli, au moyen de cordes et de poulies et au bruit des instruments de musique. Le peuple alors redoublait de ferveur et jonchait le sol de fleurs et de verdure. Les vestales présentaient aux prêtres des morceaux de la pâte qui avait servi à faire l'image du dieu, et ces morceaux avaient la forme d'os humains disposés en croix. Les prêtres bénissaient ces saintes reliques; les vestales dansaient et chantaient des hymnes; on immolait les victimes, et chaque assistant recevait un morceau de la pâte consacrée, qu'il mangeait avec la ferme persuasion de manger le corps même de Vitzlipultzi.

VOLA. On a donné à une prophétesse scandinave ce nom, qui était la dénomination générique de toutes les sibylles du Nord. Les uns font venir ce mot du scandinave *vol*, plainte, et d'autres de l'étrusque *vola*, la paume de la main. On sait, en effet, que les Étrusques donnaient à leurs villes saintes le nom de Vola. Une des parties les plus fameuses de l'*Edda* est intitulée Voluspa, c'est-à-dire *parole de la Vola*.

VOTAN. Dieu ou héros américain, qui passe pour le père des Chiapanésiens. Il était, dit-on, chef de vingt hommes illustres qui donnèrent leur nom aux vingt jours du mois. Votan, par l'ordre de son oncle, bâtit une tour qui devait monter jusqu'au ciel, et fut chargé par dieu de diviser le pays d'Anahuac. La dernière partie de cette tradition rappelle la tour de Babel et le partage du monde entre les Noachides. Il faut aussi remarquer qu'Odin, le dieu suprême des Scandinaves, portait le nom de Votan ou Voden.

VRIHASPATI est, dans la mythologie hindoue, le dieu de la planète Jupiter. Il préside au cinquième Souarga (ciel). Tchandra, le dieu de la lune, lui enleva sa femme, qu'il rendit mère de Boudha, dont Vrihaspati devint le Gourou (instituteur). (Voy. Bouddha.)

VRIKCHA. Géant qui, à force d'austérités, obtint de Siva une force dix fois plus grande que celle qu'il avait d'abord, et le don de changer en cendres tout ce qu'il toucherait. Le privilége vous paraîtra peut-être exagéré, mais vous comprendrez la munificence du dieu, lorsque vous saurez que Vrikcha avait en son honneur déchiré son corps en lambeaux et détaché sa tête de ses épaules pour la jeter dans un brasier. Il y avait là certainement de quoi décourager tous les pénitents de la Thébaïde, qui pourtant n'y allaient pas, dit-on, de main morte. Malheureusement, on peut être dévot sans être sage. Vrikcha nous en offre la preuve, et il trouve son pendant en Midas, qui avait obtenu le don de changer en or tout ce qu'il toucherait. Midas en fut quitte pour des oreilles d'âne ; le géant hindou fut moins heureux. Enorgueilli de sa puissance nouvelle, il veut, comme le serpent de la fable, en faire l'essai contre son bienfaiteur. Siva s'esquive ; Vichnou, pour sauver de ce mauvais pas son confrère trimourtique, prend la forme de Parvati-Bhavani et se présente aux regards de Vrikcha. Voilà notre pénitent amoureux ; le cœur lui manque, la tête lui brûle ; la déesse lui jure qu'elle hait Siva, Siva ivrogne, laid et toujours entortillé de serpents, et qu'en revanche, elle adore l'invincible Vrikcha. « Comment donc, réplique le géant, as-tu consenti à le prendre pour époux ? — C'est qu'il danse à ravir, répond l'artificieuse Parvati ; j'oublie sa laideur quand je le vois livré à cet exercice, une indescriptible beauté rayonne alors dans toute sa personne. — O fille de l'Himavan, enseigne-moi cette danse qui t'a séduite ! que Siva n'ait pas sur moi cet avantage ! » Et Parvati de danser, et le géant d'imiter ses pas et ses gestes. La présence de la déesse l'enivre ; il ne voit qu'elle ; le monde entier a cessé d'exister pour lui ; Parvati, au milieu de ses gracieuses évolutions, recourbe ses bras charmants, les arrondit de mille et mille manières ; Vrikcha fait comme elle ; la déesse tout à coup pose sa main sur sa tête, le géant obéit au mouvement perfide ; il avait oublié le privilège même qu'il venait de recevoir de Siva, et son corps n'est plus qu'un monceau de cendres.

XIXOUTROS, XISUTRUS ou XISITHRUS. Jules Africain, Abydène et Apollodore mentionnent, d'après Bérose, dix patriarches antédiluviens, dont les règnes, suivant ces deux derniers auteurs, forment un total de cent vingt sares (quatre cent trente-deux mille ans). Xixoutros, fils et successeur d'Otiartès, fut le dixième de ces patriarches. Pendant son règne eut lieu le déluge. Voici les détails que Bérose nous a transmis à ce sujet. Kronos apparut en songe à Xixoutros, l'avertit que le quinzième jour du mois Dœsios, le genre humain serait détruit par un déluge et lui ordonna de mettre par écrit l'origine, l'histoire et la fin de toutes choses, et d'enterrer cet écrit dans Sippara, la ville du soleil. Il lui ordonna en outre de construire un vaisseau, d'y réunir toutes les provisions nécessaires, d'y renfermer des oiseaux et des quadrupèdes, et d'y entrer lui-même avec ses parents et ses amis. Si on vous demande où vous allez avec votre vaisseau, lui dit ensuite Kronos, vous répondrez : Nous

allons vers les dieux, pour les prier de rendre le genre humain heureux. Xixoutros se mit à l'œuvre et construisit un vaisseau long de cinq stades et large de deux. Le déluge étant venu et ayant cessé peu de temps après, Xixoutros lâcha certains oiseaux qui, ne trouvant aucune nourriture, ni lieu pour s'appuyer, revinrent bientôt au navire. Quelques jours après, il en lâcha d'autres qui revinrent avec un peu de boue aux pattes. Il les lâcha encore une troisième fois, et, ne les voyant plus revenir, il en conclut que les eaux étaient écoulées. Il fit alors une ouverture sur un des côtés du vaisseau, vit qu'il s'était arrêté sur une montagne, en sortit avec sa femme, sa fille et le pilote du navire, adora la terre, érigea un autel, offrit un sacrifice aux dieux et disparut avec les trois personnes qui l'avaient accompagné. Ceux qui étaient restés dans le vaisseau, inquiets de leur longue absence, les cherchèrent de tous côtés sans pouvoir les trouver, mais une voix, qui paraissait sortir du ciel, leur ordonna d'être religieux et leur apprit que la piété de Xixoutros l'avait fait transporter dans le séjour des dieux avec sa femme, sa fille et le pilote. Vous, continua la voix, vous êtes maintenant en Arménie ; allez au lieu où fut Sippara, déterrez les livres saints que Xixoutros y a déposés, faites-en part au genre humain, bâtissez Babylone et adorez! Nous ne pouvons entrer ici dans des discussions scientifiques. Nous ferons remarquer seulement la ressemblance frappante de la tradition chaldéenne avec la tradition des Hébreux originaires de la Chaldée. Les Hébreux, en effet, comptent, comme Bérose, dix patriarches antédiluviens, dont Noé ferme la série. Si, de plus, comme on y est fortement autorisé. on prend le Sare pour la fameuse période de 222 ou 223 mois lunaires, établie par les Chaldéens pour faire concorder les révolutions de la lune et du soleil, les 120 sares des patriarches chaldéens donneront un total de 2,222 ans, ce qui se rapporte parfaitement à la chronologie des septante, qui place un intervalle de 2,242 ans entre la création d'Adam et le déluge.

YAUNG-COOMPON. L'être suprême chez les habitants de la Côte-d'Or. Lorsqu'il tonne, dit William Hutton (*Voyage en Afrique*), c'est Yaung-Coompon qui se promène en voiture dans les airs. Ses prêtres, appelés hommes-fétiches, sont des sorciers et des jongleurs d'une immoralité dégoûtante. Ils offrent leurs sacrifices en cassant des œufs qu'ils laissent par terre, et qu'ils consacrent à celui de leurs fétiches qu'ils ont voulu honorer. Souvent ils attachent une pierre à une ficelle et la laissent sur la voie publique ; cette pierre alors est une divinité ; quelquefois les nègres sculptent en bois une image grossière, l'attachent à leur porte et viennent tous les matins lui rendre leurs devoirs religieux. Leurs temples consistent en cabanes de branches et de feuilles, dans lesquelles ils déposent des œufs, des pierres et des vases de terre en invoquant Yaung-Coompon avec des gémissements et en invoquant leur père (Majeh) ou leur mère (Minnach). Les divinités, d'ailleurs, varient selon les localités. A Dixcove, on adore surtout le crocodile; à Accra, la hyène; à Dahomey, le serpent. Le vautour est honoré sur toute la côte. Les sacrifices humains forment une partie importante des cérémonies religieuses, et solennisent la mort des rois et des grands personnages. Dans le royaume d'Ashanti ou Achanti, des centaines et quelquefois des milliers de malheureux sont immolés dans les mêmes circonstances ou à la saison des ignames. A Dahomey, on a vu soixante-cinq personnes torturées et mises en pièces au commencement de la récolte. Souvent aussi, on empale une Vestale pour obtenir des dieux une navigation favorable sur la rivière et l'activité des relations commerciales. M. Bowdich décrit ainsi le sacrifice d'un homme à Coomasie. Cet infortuné avait les mains liées derrière le dos. Un couteau traversait ses joues; on portait devant lui une de ses oreilles; l'autre ne tenait plus à sa tête que par un filet de chair; son dos n'était qu'une plaie; un coutelas traversait chacune de ses épaules, et des hommes, coiffés d'immenses chapeaux de peau noire, le conduisaient avec une corde passée dans ses narines. Des tambours précédaient le cortége. La fête du mois d'Adai, au commencement de janvier, est particulièrement célèbre par les sacrifices humains qu'elle exige. M. Hutchinson, chargé des intérêts britanniques à Coomasie, raconte que, pendant dix-sept jours, le roi de cette contrée fit tomber des centaines ou des milliers de têtes sous le couteau sacré, pour rendre la divinité propice à sa mère et à deux de ses sœurs mortes depuis qu'il était sur le trône. La musique accompagnait le barbare sacrifice; lorsqu'elle s'arrêtait, un bruit strident de cornets retentissait, et la foule répondait: Mort! mort! mort!

Les Ashantées croient à l'immortalité de l'âme, mais ils n'admettent point d'enfer. Yaung-Coompon les protége ou les punit pendant cette vie; mais, dans l'autre monde, il se contente d'avoir des rapports avec des personnages éminents, auxquels il accorde, comme sur la terre, pleine autorité sur les hommes vulgaires qui coulent dans les cabanes des fétiches une vie faible, languissante, et, pour ainsi dire, somnolente. (Voy. ENFER.) Terminons en rapportant la tradition sans doute assez moderne de ces peuples, sur l'origine de l'espèce humaine. Dieu, disent-ils, créa trois hommes noirs et trois hommes blancs, à chacun desquels il donna une femme de sa couleur. Il leur laissa la faculté de choisir le bien ou le mal, et fit placer sur le sol, d'un côté une énorme calebasse, et de l'autre un papier plié et cacheté. Les hommes noirs eurent le privilége de choisir les premiers; ils prirent la calebasse, qu'ils supposaient pleine d'une multitude de choses précieuses. Il n'y trouvèrent qu'un morceau d'or, un morceau de fer et plusieurs fragments d'autres métaux dont ils ignoraient l'usage. Les hommes blancs, à leur tour, décachetèrent le papier plié et y apprirent toutes les sciences. Dieu alors laissa les hommes noirs dans les bois et conduisit les blancs du côté de l'eau. Chaque nuit, il communiquait avec ces derniers; il leur conseilla enfin de construire un petit navire, qui les conduisit dans un autre pays, qui pourtant était encore une portion de l'Afrique, d'où ils ne revinrent qu'au bout d'une très-longue période.

YMER. Au milieu du Niflheim (mont des nuages) se tient le daim colossal Eskthirnir, et de sa corne puissante s'échappe la fontaine Houergelmer, qui donne naissance à tous les fleuves. Ces fleuves ne tardèrent pas à se glacer en s'éloignant de leur source; les gouttes empoisonnées qui tombaient du front du daim se congelaient elles-mêmes en roulant dans l'espace, et le vide (Ginnoungaga) se trouva couvert de montagnes de glace. Au milieu de cette croûte épaisse étaient les nuages ou le Niflheim, et à l'extrémité le feu ou Muspelheim (mont de feu). Un vent chaud, venu de cette dernière partie du monde, fit fondre

peu à peu les montagnes, et de l'eau qui en découlait se forma un géant androgyne d'une grandeur prodigieuse, nommé Ymer. La vache primordiale Audoumbla naquit bientôt de la même manière, et de ses mamelles énormes sortaient quatre grands fleuves de lait qui servaient de nourriture à Ymer. Quant à la vache, elle se nourrissait en léchant les blocs ramollis couverts de givre et de sel. Après les avoir ainsi léchés tout un jour, elle y vit poindre des cheveux; le lendemain une tête entière, et le surlendemain un homme beau, jeune et vigoureux nommé Bure. Ymer, accablé par un sommeil invincible, s'étant ensuite endormi, une sueur abondante mouilla tout son corps; de son bras gauche naquirent un homme et une femme, souche de la race des géants appelés Rinthoussar; de ses deux pieds sortit un autre géant plein de sagesse, tige d'une autre race. Un de ces géants, Aourgelmer (extrêmement vieux), fut père de Throudgelmer (robuste-vieux). Un autre, Bergthorer, donna le jour à Belsta, qui épousa Bore, fils de Bure, et mit au monde Odin, Vile et Vé. Ceux-ci se liguèrent un jour contre Ymer, le tuèrent, roulèrent son corps au bord de l'abîme et l'y précipitèrent. La terre fut formée de sa chair; les eaux et les fleuves de son sang; la mer de son bassin; les montagnes de ses os; les rochers de ses dents; les nuages de sa cervelle; la voûte du ciel de son crâne, dont quatre nains furent chargés de supporter l'énorme fardeau. Avec ses sourcils, les dieux, fils de Bore, bâtirent ensuite dans le Gimle la forteresse de Midgard, destinée à repousser au besoin les attaques des géants issus d'Ymer. Ils en avaient, il est vrai, noyé la plus grande partie dans le sang de leur père, mais l'un d'entre eux, Bergelmer (montagne vieille), fils de Throudgelmer, s'était sauvé avec sa famille dans une barque, et avait perpétué la race des géants de la gelée. Cette cosmogonie, si sauvage à la fois et si grandiose, touche aux religions orientales. C'est d'abord le feu, principe actif et fécondateur, qui dote la terre humide de sa première création; vient ensuite la vache Audoumbla, qui rappelle le taureau Aboudad de la Perse et la vache Khamadénou des Indiens. Le corps et le crâne d'Ymer, qui servent à former la terre et le ciel, offrent un rapport frappant avec l'œuf des cosmogonies orientales. Le sang du géant enfin noyant toute sa race, à l'exception d'une famille qui se sauve dans une barque, reproduit dans la Scandinavie la grande tradition du déluge.

ZAMBI. Dieux des habitants du Congo, dont les images portent le nom de *Mokissos*. (Voy. ce mot.) Au-dessous du Chitomé, leur souverain pontife, se rangent les prêtres supérieurs ou Atombalas, qui commandent les uns aux vents, les autres à la pluie, qui ensorcellent les eaux, qui même se vantent de ressusciter les morts, et les Nquit, confrérie sacrée qui vit au fond des forêts et s'y livre à toutes sortes de superstitions. Le Chitomé reçoit une dîme qui se compose des prémices de tous les fruits de la terre. Un feu sacré est perpétuellement entretenu dans sa demeure. S'il vient à tomber malade, on l'assomme, parce que, s'il mourait de mort naturelle, le pays serait frappé des plus grandes plaies. Les missionnaires n'ont fait que de faibles progrès parmi les Congues. Ils n'ont pu les détacher de leurs fétiches, même en faisant rôtir et en mangeant devant eux un de leurs boucs sacrés. Quant à la prétention des Atombalas de ressusciter les morts, les missionnaires assistèrent à une de leurs opérations et virent le cadavre remuer les lèvres. Il rendit même des sons inarticulés. Les bons pères expliquèrent sans hésiter ce miracle par l'intervention du démon. N'est-il pas plus naturel de penser que le sacerdoce congue connaît le galvanisme?

ZEMBÉNO ou **DISATOU**. Un des Bourkhans femelles des Kalmouks. Cette divinité n'a pas moins de trois cent soixante-dix mains.

ZÉMES. Anciens dieux des habitants des Antilles, qui les représentaient en général sous des formes hideuses. On leur offrait des gâteaux, des fruits, des fleurs, du tabac, et on accomplissait en leur honneur des processions dans lesquelles figuraient les Incas, et où les filles marchaient dans une nudité complète. La fête était accompagnée de danses sacrées, pendant lesquelles les insulaires chantaient des hymnes patriotiques. Les prêtres des Zémes rendaient des oracles, et distribuaient aux assistants les gâteaux offerts à leurs dieux, dont le moindre fragment était regardé comme un préservatif contre tous les maux. Les dévots ne s'approchaient de la statue d'un Zéme qu'après s'être enfoncé une baguette dans le gosier pour provoquer des vomissements.

ZÉNITCH. Dieu slave adoré à Novgorod. Il passait pour le feu vital, et son nom semble signifier le destructeur (*zniszeze*, détruire). C'est ainsi que Siva, aux Indes, est tout à la fois le feu qui crée et le feu qui détruit.

ZEOU, et, avec l'article égyptien, **PI-ZEOU**. Dieu dynaste qui paraît présider à la planète Jupiter. Guigniaut croit qu'il ne diffère point du Sôou, Sou ou Gaou, lu sur les monuments par Champollion, qui le prend pour Sem, Djom ou Khon, l'Hercule égyptien. Quant au nom même de Zeou, qui ne diffère point sans doute du Zeus grec, il n'a point été retrouvé sur les monuments.

ZERMAGLA. Le dieu de l'hiver dans la mythologie des anciens Slaves. On le représentait avec un manteau de neige bordé de givre, une haleine de glace et une couronne de grêle.

ZERVANE AKÉRÈNE, c'est-à-dire le *temps sans bornes*, est le dieu suprême de la religion zoroastrienne. Il correspond au Sarvam-Akiaram de l'Inde, dont le nom a la même signification. (Voy. ORMOUZD.)

ZHRALL ou **DHRALL**. Dieu scandinave, fils d'Heimdall. Heimdall a trois fils, Zhrall, Asi, Fadir, qui eux-mêmes donnent naissance à Aï, Karl, Iarl ou Rigr. Ces trois petits-fils d'Heimdall sont eux-mêmes pères chacun de douze fils. Ceux d'Iarl sont la tige de la caste noble; ceux de Karl, de la caste libre, et ceux d'Aï, de la caste des esclaves. C'est là parmi tant d'autres un grand trait de ressemblance entre la religion scandinave et celles de l'Inde, de la Perse, etc.

—

Nota. — On trouvera au mot TEUSAR-POULAT l'article NAINS.

La Science et les Monuments mythologiques.